T0270228

Los años sabandijas

Xavier Velasco

Los años sabandijas

ALFAGUARA

El papel utilizado para la impresión de este libro ha sido fabricado a partir de madera
procedente de bosques y plantaciones gestionadas con los más altos estándares ambientales,
garantizando una explotación de los recursos sostenible con el medio ambiente y beneficiosa para las personas.

Los años sabandijas

Primera edición en Penguin Random House: noviembre, 2022

D. R. © 2013, Xavier Velasco
c/o Schavelzon Graham Agencia Literaria
www.schavelzongraham.com

D. R. © 2022, derechos de edición mundiales en lengua castellana:
Penguin Random House Grupo Editorial, S. A. de C. V.
Blvd. Miguel de Cervantes Saavedra núm. 301, 1er piso,
colonia Granada, alcaldía Miguel Hidalgo, C. P. 11520,
Ciudad de México

penguinlibros.com

ISBN: 978-607-382-117-9

Impreso en México – *Printed in Mexico*

A Federico Patiño Guerrero,
el mecenas que diole alas al diablo

No te fíes de naipe limpio, que al que da vista
y retén, lo más jabonado es sucio.

FRANCISCO DE QUEVEDO, *Historia de la vida*
del Buscón, llamado Don Pablos,
ejemplo de vagabundos y espejo de tacaños

No quiero que vean la luz,
sino que sientan la flama.

RONALD REAGAN, sobre las sabandijas

1980

I. Cantata y fuga

—El Cucho paga poco, pero al chaschás —mascula el Ruby, como si rezara—. Le das tres extintores y sales de Tepito con novecientos pesos en la bolsa, o sea en el calcetín. Un vuelo de ida y vuelta a Acapulco. Trece y media botellas de Bacardí. Cinco discos importados. Siete tanques completos de gasolina.

—¡Concéntrate, carajo, que nos van a agarrar! —pega un grito el Roxanne, que detesta hacer cuentas y no siente el alivio que el otro experimenta multiplicando, dividiendo, sacando porcentajes y sumando cocientes, mientras escapan juntos del enorme estacionamiento del Sears, con la cajuela llena de extintores de fuego.

—Cállate ya. Y agárrate, chingao —da un volantazo el Ruby, trepa las cuatro llantas a la banqueta y barre con el claxon a los pocos peatones que aún no habían visto su Rambler amarillo—. ¡Órale, pinches changos, ábranse o se los carga la pescuezona!

—Te advertí que me daba mala espina —agita la cabeza, respira entrecortado, se frota los nudillos el Roxanne— y encima no tenemos para pagar la fianza.

—Fianza tus nalgas, Roxy —se carcajea el Ruby, al tiempo que las llantas delanteras giran hacia la izquierda y caen de golpe sobre el pavimento—. Si nos agarran, no hay derecho a fianza.

—No mames, ¿eso es cierto? ¿Por qué no me dijiste?

—Te dije que leyeras el Código Penal. Son de cinco a doce años nada más por el robo. Si la media aritmética pasa de los cinco años, hay que esperar el juicio guardaditos.

—¿Guardaditos en dónde?

—¿En dónde crees, pendejo? ¡En el tamborileiro, papá!

—¿En la cárcel-cárcel? No chingues, pinche Ruby —se estremece el Roxanne y gira la cabeza para seguir buscando entre las luces los faros del vochito que los perseguía.

—Nadie se va a ir al tanque, no seas nena. Ya te dije, mi Roxy: *Rudie can't fail.*

—¿Sabes alguna fórmula para sacar una media aritmética?

—La cagas, Roxy Baby. Ya acabaste la prepa y ni eso sabes. Doce y cinco serían diecisiete. Entre dos, ocho añitos y medio. Faltan los agravantes, que de seguro habrá.

—¿Agravantes por qué?

—Imagínate que se incendia el Sears y faltan extintores y nada más por eso hay un madral de muertos y chamuscados… Saldríamos en todos los periódicos.

—Pero nos los chingamos del estacionamiento…

—…que está lleno de coches llenos de gasolina. ¡Bum!

—¿Y eso es un agravante?

—No sé, carajo, ni que fuera yo agente del Ministerio Público. Mejor dime si vienen.

—¿Si vienen quiénes?

—¿Cómo quiénes, baboso? Los que van a entancarte por doce años.

—¡No digas pendejadas, que se nos va a hacer cierto!

—Tampoco es para tanto, Roxy. Tienes diecinueve años, sales de treinta y uno. ¿Qué purrún? —se finge *cool* el Rudie, con un ojo clavado en el retrovisor y el otro en el semáforo que acaba de ponerse en amarillo.

—Tu puta madre, ¿oíste? Y tus putas hermanas y tu puto papá y tus putos abuelos, yo no me voy a ir a ningún tanque —solloza ya el Roxanne, que no está para chistes ojetes y mamucos y hace rato que trae los huevos por amígdalas.

«Hace rato» podrían ser los tres minutos y cuarenta y nueve segundos que dura la canción que recién terminó, aunque el miedo lo trae desde que decidieron atracar el estacionamiento del Sears. «Tengo un presentimiento», quiso decirle al Ruby un par de horas atrás. ¿Pero cómo, si él era el más interesado? Además se hizo tarde. Llegaron ya de noche, había luces prendidas en cada piso, edificios enfrente y a los lados, gente que podía verlos desde cualquiera de ellos e ir a rajarse con los aguafiestas.

«Buenas noches, señor tira. Llamo para decirle que hay un par de rateros en su estacionamiento», se burló el Ruby para tranquilizarlo, pero igual el Roxanne intuía a sus espaldas el zumbido sutil de una mirada intrusa. Nada que al fin fuera a tomar en cuenta el Rat, el Rudeboy, el Rudén, el Rudie, el Robén, no exactamente mejor conocido como Rubén Ávila Tostado: fanático del Clash, ratero fino, desertor escolar, fugitivo frecuente, piloto de un maltrecho Rambler 72.

—¿Cuál estacionamiento? ¡Es una puta mina! —había alzado el Ruby los brazos y las cejas, con ínfulas de gangster colmilludo a la hora de planear el nuevo golpe—. ¿Tienes una emergencia? Vas por diez extintores al Sears de Insurgentes. ¿Necesitas boletos para el concierto de The Police? Papi Sears comprende, colabora y coopera. ¿Cómo la ves, mi Roxy? ¿Nos vamos de mineros?

¿Otra vez a la mina? Iba a ser la tercera, según el Ruby, pero el Roxanne sabía que sería la quinta porque él ya había ido dos veces por su cuenta. En una sacó cuatro, en la otra seis, aunque de eso sí nadie va a enterarse. Bastante lo ladillan con lo que ya le saben para encima proveerles combustible. «Pues sí, soy un romántico», explica si preguntan por su apodo, y acto seguido aúlla algún trozo selecto de la canción que al fin, hace no mucho tiempo, le salvó de seguir dando la cara por el nombre de pila que desde muy pequeño lo abochorna. «Es que me gusta mucho The Police», se defiende si alguno lo ve feo por dejarse poner sobrenombre de vieja. Y es más: de vieja puta.

Lo que el Roxanne no cuenta es su afición profunda y según él secreta por las colegas de la musa de Sting: beneficiarias últimas de los tres mil pesotes que el Cucho le pagó por los diez extintores. «¿Pa qué quiere pareja, entre tanta piruja?», se ríen sus amigos, que una vez lo siguieron a distancia hasta la impura esquina de Pánuco y Villalongín, engalanada noche tras noche por un puñado de jornaleras del catre. *El Roxannes*, le decían al comienzo del año. Luego fue divertido tumbarle la ese y descubrir que ni así se quejaba, porque al fin el Roxanne podía soportar que lo llamaran de cualquier manera, menos por ese nombre pestilente que ni cagando piedras lo representa: Lamberto Nicanor Grajales Richardson.

El buen ladrón respeta las corazonadas, pero el aventurero se mira desafiado. ¿Quién puede más, la adversidad o yo?, se provocó en silencio el Ruby Boy, nada más terminó de bajar por la rampa, enderezó el volante del ramblercito y contó seis, siete, ocho monos vestidos de naranja, parados a ambos lados de la salida. «Nos están esperando», chilló el Roxanne, y por toda respuesta el Rudeboy echó a andar el estéreo y le subió al volumen. Habían cerrado una de las dos rejas, el espacio era angosto pero, auch, puede que suficiente.

—¿A qué vinieron, jóvenes?, se acercó a preguntar un señor de chamarra de cuero con borrega, camisa a cuadros y la clase de Ray-Bans que un policía querría traer puestos de la cuna al panteón. Tendría ¿cuarenta años, cincuenta, poco más? Podría ser su padre, en todo caso, no sólo por la edad sino quizá también por ese tono a medias regañón y amenazador, sarcástico además, que hacía eco detrás de sus palabras. ¿Lo llamarían jefazo, capitán, teniente, comandante? ¿Traería una fusca dentro de la chamarra? ¿Estaría cargada, se las dispararía? Detrás de él, a un ladito, la chica copetuda de la caseta los fisgaba con asco receloso.

—Vinimos a buscar a unos amigos, pero igual ya se fueron —gritó el Ruby sonriente, sin bajar el volumen.

—¿Sería tan amable de abrirme su cajuela? —vociferó a su vez el hombre de los Ray-Ban, todavía jugando a conciliar autoridad, sarcasmo y gentileza.

—*First they curse, then they press me till I hurt...* —soltose canturreando el conductor, justo antes de sacar el pie del clutch y aventarle la lámina al par de anaranjados tan machines que estaban estorbando la salida—. *...Ruuudiiie-can't-fail* —siguió ladrando, al tiempo que enfrenaba, volvía a acelerar y los dos superhéroes de naranja daban un brinco a derecha e izquierda. Otro de ellos, atrás, pudo haber sido incluso el de las gafas, alcanzó a dar un manotazo en la cajuela y hacer pegar un brinco al copiloto, pero ya el ramblercito rampaba hacia la calle de Medellín, con el Rudie extasiado en el volante y el Roxanne embarrado en el asiento. A la caza el primero del milagro indudable, a la espera el segundo del plomazo inminente. Iban ya por la esquina cuando vieron salir a unos anaranjados en un vocho blanco. Un par, según el Rudeboy. Cuatro, se teme el Roxy.

Cada vez que dan vuelta en una esquina, dos cartuchos de plástico se deslizan de un lado al otro del tablero y chocan con la parte baja del parabrisas. Es un ruido irritante, pero los dos están en tal modo pendientes de la huida que ninguno se ocupa de atraparlos y echarlos a la guantera, o al asiento de atrás, o al pinche piso. *Zzzzzzzzz-tac-tac* a la izquierda. *Rrrrrrrrrr-trac-tric* a la derecha. Es viernes de quincena, las ocho de la noche. Demasiados obstáculos en el camino para que un Rambler deje atrás a un vocho sin dar más volantazos que acelerones.

—Hazte a un lado, cabrón. (*Zzzzzzzzz-tac-tac.*) Órale, pinche vaca. (*Rrrrrrrrrr-trac-tric.*) Muévete ya o te meo, jijo de la chinguanga. (*Zzzzzzzzz-tac-tac.*) Toma tus mocasines, vejete culiflojo. (*Rrrrrrrrrr-trac-tric.*) —va blasfemando el Rudeboy conforme sube y baja por banquetas, camellones, gasolineras, carriles prohibidos y un parque donde va a veinte por hora, correteando paseantes, futbolistas y un balón que termina reventado por la llanta delantera derecha.

—*Ruby can't fail!* —se entusiasma el Roxanne, un tanto salpicado de la euforia triunfante del momento. Atrás de ellos estallan los chiflidos que les mientan la madre sin cesar, pero a ellos dos les suenan como aplausos.

(—*Zzzzzzzzz-tac-tac.*)

—¡Huevooooooooooos! —sopla, crece, resuena, se evapora en la noche el alarido del piloto que recién se ha saltado otra luz roja, para más emoción en sentido contrario. Algo tienen los altos que el Ruby se los pasa con el placer que debe de probar el jinete que salta sobre la última valla del camino.

(—*Rrrrrrrrr-tric-truc.*)

—Seguro los del vocho también están chiflándonos… —se relaja, se estira, bosteza el Roxanne, luego de hacer una última reflexión: si tu coche es el único que cruzó el parque entero por la mitad, lo probable es que nadie te venga siguiendo.

(—*Zzzzzzzz-tac-tac.*)

—Por mí, Roxy, que chiflen a su culo; nosotros vamos a ir a ver a The Police —se envalentona el Rudeboy, tras meterse a la brava en el carril izquierdo del Viaducto.

(—*Rrrrrrrrr-tric-trac.*)

—¡Ya estuvo, puta madre! —da un manotazo al fin el copiloto sobre la mera orilla del tablero, pesca los dos cartuchos, los echa en la guantera.

—Pásame el de Police, esto hay que celebrarlo —oprime el Rudie ya el botón de *eject*. Si ha de festejar algo, el conductor prefiere que la música salga del viejo Pioneer que a puro martillazo liberó del tablero de un viejo Barracuda. «No cualquiera, ¿verdad?», presume a sus amigos, con el orgullo de un ratero *posh*. ¿Quién más trae autoestéreo de ocho tracks? Ya casi en ningún lado se venden los cartuchos. Eso, según les dice, es prueba de elegancia.

—¿Y las placas, pendejo…? —cae en la cuenta el Roxy, tras un rato de inventariar variables—. ¿Qué pasa si tomaron las placas de tu coche?

—Gracias por acordarme —se rasca la cabeza el conductor intrépido, mete segunda, pisa el pedal de freno y suelta una sonrisa de suficiencia—. Pero no te me arrugues, me la pelan igual. Es más, hazme un favor, dame el desarmador que está allá atrás.

Sometimes it's not so easy to be the teacher's pet, brota la voz de Sting por la ventana abierta del ramblercito. Uno a uno, los tornillos han ido saliendo y entrando a espaldas del Roxanne, que no quiere saber más del operativo y mira hacia el letrero de la calle: Nebraska. Si viene una patrulla, yo pego la carrera, calcula y enseguida se abochorna… ¿De veras soy así de culerito? Correrían los dos, en todo caso. Y los agarrarían, con toda certeza.

¡Vámonos!, salta hacia atrás el Rudeboy, se escurre para dentro del ramblercito, le entrega a su secuaz las dos placas de Texas que había atornillado sobre las de su coche, límpialas bien de huellas y métalas debajo del asiento.

II. Demasiado Brylcreem

El niño Rubén Ávila recién había empezado la primaria cuando oyó hablar del Hotel de México. Sería un rascacielos impresionante, cuando estuviera listo, decían sus primos grandes, pero él al fin creció acostumbrado a contemplar al elefante blanco en la pura obra negra, como una mancha vieja a la distancia. Funcionan, sin embargo, el Polyforum y un salón de fiestas. Eso lo sabe bien su primo Luis Tostado, que hace unos pocos meses trabaja ahí. También hay una suite presidencial: Luis prometió ayudarle a entrar hoy en la noche, cuando Sting, Andy Summers y Stewart Copeland den una conferencia de prensa.

—Al concierto no puedo colarte, pero a la suite seguro te consigo el acceso —le ha machacado Luis del martes para acá y ahora vuelve a decirlo, no bien los ve llegar a sus dominios.

—No le hace si no puedes clavarnos al concierto —fanfarronea el Rudeboy, con la seguridad de quien se sabe dueño de siete relucientes extintores—. Mejor ayúdame a comprar unos boletos.

—De a mil pesos cada uno… —alza las cejas Luis, suelta una sonrisilla maliciosa—. ¿Te dieron esa lana mis tíos, Rubencito?

—Es de nuestros ahorros… —se adelanta el Roxanne, mirando de reojo a los fotógrafos que esperan la llegada del terceto al vestíbulo de lo que ya muy pronto, se pavonea Luis, será el hotel más grande de México.

—¡Ah, chingá! ¿No me digan? ¡Estos gangsters de hoy, tan ahorrativos! —pela los ojos, se rasca la sien, les guiña el ojo izquierdo, gira sobre sí mismo el circunspecto joven Tostado y da la espalda a los elevadores, donde docena y media de periodistas

21

gritan en pos de una acreditación—. Vengan conmigo, pues, vamos a consignarlos.

Lo que sigue es un viaje a las entrañas del gran cascarón. Pasillos, pasadizos, montacargas, andamios, túneles y escaleras en penumbra, entre cientos de obstáculos que libran auxiliados por la lámpara sorda del primazo influyente. Esto no está pasando, se dice por segunda ocasión en menos de dos horas el Roxanne, y entonces se sacude nada más de pensar que a estas horas podría estar en la delegación, y mañana en la cárcel, y allá dentro hasta 1990. En lugar de eso, va a conocer al trío más caliente de Europa. «El futuro», sonríe, petulante, al tiempo que atraviesa un reguero de piedras y ladrillos. Su único temor, a estas alturas, es llegar a la suite presidencial cuando se haya acabado la conferencia y The Police no esté en el edificio.

Desde donde los deslumbrados amigos han podido juzgar, la suite presidencial es un raro reducto de glamour, perdido entre una selva de bardas y varillas y sombras y humedades, por no hablar de los miles de ratas que de seguro habrá, viviendo como reinas en penthouse. *Bring on the night!*, celebra el Roxy a volumen tan alto que un par de periodistas lo examinan con extrañeza entomológica y Luis se lleva el índice a los labios. ¡Shhht!, lo secunda el Ruby, cállate, que nos van a sacar a patadas.

Todo ocurre a patadas en la mente del Rudie, que cree en el punk como otros en la patria y no confía gran cosa en esas puterías del *new wave*. Demasiado shampoo. Demasiado Brylcreem. Demasiado Miss Clairol. ¿Qué no Sid Vicious se peinaba a gargajos? No sé si deberíamos gastarnos esa lana en un concierto de Los Tres *Assholes*…, reta al Roxy, nomás por hostigarlo, y remata escupiendo sobre el enorme espejo del baño de la suite.

—Qué naco eres, cabrón —arruga la nariz el aludido y se cobra al contado el chiste de los assholes—: ¿Por qué no de una vez sacas tu navajota y tasajeas los sillones de la sala, pinche sexpistolito de la Conasupo?

—Ándale, pues, pendejo —da dos, cuatro, seis pasos el Rudeboy, y luego media vuelta, mientras se baja el cierre del pantalón y se arrima a la orilla del jacuzzi—. Ésta se la dedico a La Policía.

—¡Espérate, Rubén! —pela los ojos, corre hacia la puerta, abre, echa un ojo, cierra, se escandaliza el Roxy porque ya escucha el chorro de pipí caer sobre la tina como un largo redoble de suspenso—. ¡No seas imbécil, güey, va a venir alguien!

—Vuelve a decir que soy un sexpanchito y un mantenido de la Conasupo y este rico tepache va a ser para tu hocico —dirige el Ruby el chorro hacia el encortinado, después a las paredes y al final dibuja eses sobre el piso—. ¡Acuérdate que *Ruby can't fail*!

—Dije sexpistolito, pero ya que lo pienso… —se asoma de regreso al pasillo el Roxanne, corta la frase y procede a esfumarse, no bien oye el rumor de las voces que anuncian la llegada del trío al que debe, entre tantas recompensas, la dignidad discreta de su apodo.

—Ay sí, pinche mamila. Ahora di que por gente como yo no hay tocadas en este país de mierda. Tendrías que estarme besuqueando las patas por traerte a chuparle el pito a Sting —rumia el *Rudie* y escupe de vuelta en el espejo, mientras se sube el cierre, se alborota el pelambre y deja atrás la resbalosa escena. No cualquier noche puedes mear una jodida suite presidencial, se dice, satisfecho, y es como si recién vaciara los riñones en un cartón de leche Conasupo—. A tu salud, Roxanne.

III. *Follow That Walkman!*

El trío está de pie ante los fotógrafos. No es que sean tan famosos, al menos de este lado del océano, pero en México no hay conciertos de rock y lo que llega es siempre gran noticia para el gremio agolpado frente a ellos. Serían tres perfectos hijos de vecino, excepto por los pelos pintados de amarillo que delatan el salto entre el punk y el new wave. ¿Qué es el new wave, al fin, si no un punk ambicioso?

—Lamberto Grajales, vengo de Radio Universidad —responde el Roxy con tono de autómata, sin mirar a los ojos a la preguntona, pensando nada más que en acercarse a ver el deslumbrante objeto que aún no está seguro de haber visto.

—¿Radio Universidad no es de música clásica? —frunce el ceño, la muy pinche metiche. Trae minifalda y dos colitas de caballo, pero podría ser mamá de Sting.

—Parece que ahora tienen un programa de rock —se entromete el greñudo de al lado. El Roxy sólo asiente y devuelve la vista al costado derecho del cantante.

—¿Cuánto crees que dé el Cucho? —se escurre entre las voces el potente susurro del Rudeboy, que ya está de regreso y ha clavado la vista en el mismo objetivo.

—Me cae que no te conozco —alcanza a murmurar de refilón el Roxy, la cabeza hacia atrás, los labios camuflados por la palma derecha.

—Insisto —exhala el Ruby, ya más cerca y a mínimo volumen—: ¿Cuánto daría el Cuchito?

—Si yo tuviera uno, de güey lo vendo —dice para sí el Roxy y mueve la cabeza lentamente, dudando entre sorpresa, fascinación y envidia.

—¿Viste esa grabadora, Zamarripa? —se oye la voz tipluda de un reportero, que al propio tiempo apunta con el índice a la cintura del cantante y bajista.

—¡Es un *walkman*! —corrige airado el Roxy, como quien se dirige a un cavernario.

—¿Ese estuchito azul es un *walkie-talkie*? —se entromete otra vez la ñora preguntona.

—Cállate ya, baboso, que nos van a agarrar por tu estúpida culpa —antes de permitir que su bocón amigo siga significándose entre los presentes, el Ruby por lo bajo le tuerce la muñeca y lo empuja hacia afuera del montón, al tiempo que le tapa la boca con los dedos y cuchichea al lado de su oído.

—¡Que me sueltes, pendejo! —se frena, se inconforma, se revuelve discretamente el agredido.

—¿Te sientes muy picudo porque sabes que es walkman y no grabadora, pendejo? —lo empuja el Ruby hasta un rincón vacío y lo regaña como haría un papá.

—¿Qué te importa, pendejo? —se echa hacia atrás el Roxy, ya levanta la voz.

—¡Shhh! Me importa que nos van a meter a la cárcel, pendejo —musita con los ojos saltones el Rat, sin dejar la espiral de pendejeo que suele acompañar sus polémicas menos amigables.

—¿Y a la cárcel por qué, pendejo?

—¡Por robarnos el walkman de Sting, pendejo!

—¿Y quién carajo le ha robado a Sting, pendejo?

—Tú y yo, pendejo, *of course*. ¿O piensas que nos vamos a ir sin él?

—¿Sin Sting?

—¡Sin su walkman, pendejo!

—No mames, pinche Ruby. Ahora sí que estás bien, pero bien-bien pendejo. ¿Quién te creíste que eres, pinche punky metido a ladrón de gallinas?

—Yo no me voy de aquí sin atracarle el walkman a ese güey —se remuerde los labios, besa la cruz el Ratboy—. Te lo juro, mi Roxy, por lo más sagrado.

—¡Ese güey es Sting, animal! —sacude la sesera, pela las córneas, frunce el ceño, se pega con la yema del índice en la sien el Roxanne.

—Yo no sé si en Europa Sting sea la gran caca, pero aquí es puro pájaro nalgón. Y ese güey trae un walkman, el primero que yo he visto en mi vida. Con esa información tengo bastante.

—Y eso que no has oído cómo suena el cabrón aparatito.

—¿Y a poco tú sí?

—Una vez, dos minutos nomás. Dos minutos de gloria, no mames. Fue en vacaciones, en una tienda gringa —mamonea el Roxanne, según él sin querer.

—¿Y por qué no te lo compró la Foca? Digo, con tanta lana… —deja escapar el Rudeboy una súbita ráfaga de tirria.

—Cómo crees, si costaba como doscientos dólares, y además el impuesto.

—¿No te suelta billete cuando viajan?

—Me dio hasta más, pero al salir de aquí. Para cuando vi el walkman me quedaban dos pinches billetitos de a veinte.

—¿O sea que ni siquiera intentaste chingártelo? —se han ido desplazando hacia un rincón, el Rudie está deseoso de entrar en materia.

—¿En Houston? No me chingues. Ahí te agarran y seguro te cogen.

—¿Qué te van a agarrar, si son pendejísimos? Te cogerán a ti, a mí me la pellizcan.

—¿De qué crees que están llenas las cárceles gringas? Te lo voy a decir, sin cargo extra: de pendejos pasados de reata que creyeron que todos menos ellos eran unos pendejos. ¿Captas o te lo explico?

—No, si ya te entendí —suelta el Rudeboy una risa sardónica—. Tuviste un Sony Walkman en las manos y no te lo clavaste… ¡Puta madre, qué estúpido!

—Ya sé, tú te clavaste las pilas en el Centro… —se hace el gracioso el Roxy, mientras pasa revista de reojo a Andy, Stewart,

Sting, echados en ese orden sobre sendos sillones de la sala, esperando el arribo de la traductora.

—¿Sabes qué, pinche Roxy? —corta el albur el Ratboy, le da un par de palmadas en el antebrazo—. Déjate de mamadas: nos clavamos el walkman del señor que modela para Miss Clairol y lo rifamos luego entre tú y yo.

—¿Qué? ¿Lo vas a asaltar?

—No sé qué voy a hacer, pero mejor pregúntame si *vamos* a asaltarlo.

—Yo no soy asaltante, baboso.

—Ni yo robo gallinas, baboso. Lo que digo es que *vamos* a agandallarle el walkman a ese güey.

—¿Se lo vas a quitar de la cintura?

—¿Y si esperamos a que él se lo quite?

—Si quieres de una vez nos lo cogemos…

—Va a tener mucha chamba, mañana en la noche. Ni modo que se lleve el chunche al escenario. Y mientras todo el mundo le bailotea enfrente, tú y yo vamos de shopping a su camerino. Que estará por supuesto vacío y esperándonos. O voy yo y me echas aguas, ¿cómo ves?

—¿También vas a orinarte en los espejos?

—Ya no seas rencoroso, Roxy Man. Imagínate, es un salón de fiestas. No estadio, ni auditorio, ni arena de conciertos. ¿No oíste lo que dijo mi primo hace ratito? Hay mesas, no butacas. ¡Mesas, puto, como en las graduaciones! ¿Tú crees que va a haber mucha seguridad? ¿Piensas que van a hacerle cambio de guardia al walkman de Lord Sting? ¿Le tienes miedo a andar en la trastienda de una b-o-d-a? No le saques, putito, piensa en grande.

—Buenas noches —retiemblan las bocinas, el silbido del *feedback* taladra ya los tímpanos de los presentes y el mismo Sting se tuerce hacia un costado, de modo que se asoma una vez más el bulto de metal con estuche de piel color azul, del cual pende un angosto cable negro que va a dar hasta el cuello del cantante y se bifurca allí para desembocar en dos pequeñas ruedas cubiertas de hule espuma, unidas por un arco de acero flexible y ligerísimo: los ínfimos audífonos.

—¿Y ya sabes que tiene controles separados para cada canal? —persiste en mamonear el Foxy Roxy. Luego da media vuelta y se escurre hacia el frente, donde al cabo halla un hueco sobre la alfombra, a no más de dos metros de las suelas del hasta hoy propietario del walkman.

—Lo dicho, Lambertito: nomás viniste a darle al Policía Mayor su tanda de frentazos en el ombligo —refunfuña allá atrás el *Moody Rudie*, pero vuelve la vista al costado de Sting y ya se recompone calculando que a ese bonito walkman le iría bien una Benotto de carreras. No es tan fácil robárselas, pero una nueva debe de salir como en treinta, cuarenta extintores. Demasiado trabajo para un pinche vehículo que ni motor tiene.

—¿Cuáles son sus influencias musicales? —pregunta un despistado y el Roxy ya se vuelve hacia su retaguardia para echarle unos ojos de pistola que delatan desprecio de iniciado.

—*La Cucaracha* —se pitorrea el cantante, y a una nueva pregunta suéltase canturreando *La Cockrasha* con lo que el Rudie juzga *el desparpajo típico del candidato al desvalijamiento*.

—¿Sabes cuál es El Reto de todos los rateros de este mundo? —informará más tarde el Ruby al Roxy, a la hora de abordar el ramblercito y devolver al Clash al ocho tracks—. *To fuck The Police!*

IV. Uñas amigas

Siempre que sus mayores tocan el tema de las malas compañías, en la mente del Roxy se dibuja el semblante de su amigo Robén. Fue él quien tuvo la idea de los extintores. Fue él quien armó el conecte con el Cucho. Fue él quien lo acompañó a la sección de discos de El Ágora, de donde se escurrieron con cuatro entre las uñas, *London Calling* entre ellos. ¿Y no sería de nuevo él quien se prestara a viajar a Tepito con la cajuela llena de extintores? ¿Quién sino él alardeaba con la mamada esa de que *Ruby can't fail*?

Las malas compañías son como Satanás. Te ofrecen las estrellas, se cobran con tus alas. ¿O sería al revés? No recuerda el Roxanne a quién se lo escuchó, sólo que para entonces ya era tarde. Renunciar a la forma de vida que te ofrece la compañía del Ratboy es como echar reversa a la evolución del *Homo sapiens*. Acéptalo, Lamberto, se dijo justo anoche ante el espejo, sin el Rudie serías un *Cro-Magnon* de mierda. O como él mismo dice: ¿qué prefieres, cómplice volador o empleadito rastrero?

—¿Casa de la familia Grajales? —imposta el Roxy el tono de niño bien, mientras cierra los párpados con fuerza y se espera lo peor por un tortuoso instante.

—Buenos días, señor, le llamo de la Comandancia General de Sears Roebuck de México… —reza la voz forzada, de repente tan grave que apenas se distinguen las vocales.

—¿Dónde andas, Rudecindo? ¿Cómo te fue en Tepito? —recupera Lamberto el aire y el acento, así como la culpa por no haberse atrevido a acompañarlo a visitar al Cucho. Después de lo de ayer, la idea de poner un pie en Tepito le parecía mucha temeridad. ¿Qué tal que los del vocho los buscaban allí?

—Me dio mil ochocientos por los seis que agarró, el séptimo ya no quiso quedárselo porque no le funciona el medidor —informa el Ruby a gritos, tapando la bocina del teléfono para que no se escuchen los motores que rugen a su izquierda.

—¿Y lo demás?

—Faltan doscientos pesos...

—¿De dónde los sacamos?

—Es temprano. Podemos ir por un par de extintores y llevarlos corriendo con el Cucho.

—Extintoras tus nalgas, yo ya no le hago a eso.

—No digo que vayamos al Sears de Insurgentes. Yo sé de un edificio en Villa Olímpica...

—¿El de tu casa, idiota?

—Al de mi casa ya no le queda ni uno, pero hay otro que está sin vigilancia.

—Pues sácatelos tú, pinche maleante.

—¿Así de puto, güey?

—Miéntamela si quieres, yo primero me quemo en un incendio que volver a agarrar un extintor.

—No tienes que cargarlos, maricón. Ni tocarlos siquiera. El plan es que me esperes en el coche, yo me los chingo en menos de lo que dices se-me-arruga-el-fundillo —sigue ladrando el Rudeboy, sin reparar en esas dos señoras que hacen cola atrás de él y lo van viendo más y más feo.

—Además de abusivo, majadero —pela los ojos la segunda de la fila.

—Y deje eso, señora, ¡delincuente! —comenta por lo bajo la tercera.

—Te espero aquí en mi casa, me cuentas cómo estuvo cuando salgas del tanque arrastrando un bastón... —se zafa, se desmarca, se encoge de hombros al fin el Roxanne, como quien ha pintado una raya en el piso.

—¿Con quién hablas, Lamberto? —relampaguea de súbito la voz tipluda de Felisa Richardson, desde hace quince meses viuda de Grajales y a cargo de cuatro hijos, el más chico de ocho años y el más grande rodeado de amistades extrañas y a buen seguro pésimas que lo apodan con nombre de mujer y para colmo a ella la llaman *Foca*.

—¿Bueno? ¿Roxy? Roxanne… ¡Contéstame, pendejo! ¡No le saques, putito! —vocifera el Rudeboy y sin pensarlo más estrella una, dos, cinco veces el auricular contra el disco de plástico transparente.

—¡Qué haces, muchacho idiota! —salta de su lugar la tres de la fila, nada más ver volar los primeros añicos.

—Déjelo, está drogado, no le vaya a hacer algo… —la contiene la número dos, que ya se ha resignado a caminar en pos de otro teléfono.

«¿Qué hacer en estos casos?», se preguntaría otro, aunque nunca el Ratboy. Sólo eso le faltaba, venirle chico a un reto profesional. En otras circunstancias lo dejaría pasar, pero es cuestión de orgullo y pundonor. Si el Roxy se rajó y anda de semillón tras las faldas de mami, él le va a demostrar que puras habas, no lo necesita. Huevos, pinche Roxana culiflojo: puedo sacar doscientos, o mil, o diez o cien mil pesos sin la ayuda de nadie, y menos de un putete como tú…, mascula por la calle y escupe al pavimento cual si fuese la jeta de su amigo el riquillo. Y lo de menos son los doscientos pesos: esa Operación Walkman sigue en pie y no va a ser el Rudie quien se arrugue. No porque sea muy macho ni muy acá ni nada, sino porque es ratero, piensa como ratero y cree que es de los buenos. Su orgullo no es pagar los mil pesos que cuesta el boleto del concierto de hoy, sino saber que los ha hecho robando. Que los del Sears ni el polvo le vieron. Que él solito ha saqueado rincones y azoteas de media Villa Olímpica. Que a un perito en pillaje no le asustan los trances de la profesión. Que al fin el que es buen gallo dondequiera hace quiquiriquí. Que otra vez, como siempre, *Ruby can't fail*.

V. Buscando a Doña Blanca

Río Ganges 22, departamento 1. El contrato de renta data de la primera mitad del siglo xx y está suscrito a nombre de Anastasia Farías viuda de Richardson, quien lleva cuarenta años pagando nada más que cien pesos mensuales a su arrendador, en virtud del decreto de rentas congeladas que hasta el año pasado la había librado de vivir atenida a la bamboleante gratitud de los hijos, que salieron de allí hace una eternidad y ahora viven todos en casa propia. Fue en los últimos días del 79 que Felisa, Elidé, Gildardo e Igor resolvieron dividirse las cuotas de la casa de retiro en Cuernavaca, que de ahí en adelante albergaría a la abuela ya enferma del Roxanne.

—Ahí de vez en cuando vente a hacer tu tarea y préndete la tele, hijito, para que vean la luz encendida y no le vayan con el chisme a la dueña de que ya doña Tachis entregó el equipo —suplicó alegremente la viejecilla al nieto consentido, como eludiendo el drama del momento, y así puso en sus manos las llaves de la puerta y el zaguán, bajo la condición de que nunca llevara a sus amigos. De amigas, eso sí, jamás habló.

Valentina Zamora Fragoso tiene veintidós años, ojos felinos, muslos continentales, escote de sorbete, medias de telaraña y se hace llamar Valery o Valeria. No es propiamente *amiga* del Roxanne (por más que de repente lo llame Jicotillo «de cariño»), como tampoco es novia, ni amante, ni mujer de los hombres que yacen a su lado. Tres, cuatro en cualquier martes, el triple o más si es viernes o sábado. Estoy rete ocupada, Jicotillo, alza los hombros y las cejas Valery si es que el Roxanne se emperra en platicarle. ¡Hazte pa trás, te digo, te van a atropellar!, lo empuja y da tres pasos en reversa para acercarse al Chevy donde ya tres amigos que la llaman *bizcocho* se turnan para hablarle de negocios. «¿Van a ir, papacitos?», la escucha preguntar el Roxy y echa abajo la vista, como si de repente recordara la urgencia de buscar unas llaves perdidas, y así se va haciendo humo hacia el carajo.

¡Valeria, ya llegó tu marido!, proclama una colega a grito pelado y al instante las otras sueltan la carcajada, sin tener que mirar porque ya saben quién es el jodón. Tu señora está en la horma, Jicotillo, le informan de repente, como dándole un pésame entre burlón y misericordioso. Roberto, les ha dicho que se llama. ¿Te consuelo, mi Bobby?, le coquetea alguna, sólo por darse el gusto juguetón de verlo incomodarse y recular. Luego lo ven rondar la calle del motel, a la espera de interceptar a Valery y ofrecerse a llevarla de regreso a su esquina.

Tras nunca más de cinco, seis minutos de esmerarse en hacerla reír —diez cuadras, dos semáforos— las colegas les dan la bienvenida tarareando la *Marcha nupcial*. Ándale, Jicotillo, le da un beso Valeria sobre el pómulo, vete para tu casa, antes de que estas viejas terminen de agarrarte de bajada. Cierra la puerta, suelta una risa pronta, se acomoda el escote, fija la vista en los coches que vienen bordeando la banqueta. Ya, pinche Jicotillo, retumba alguna voz que no es la de Valeria, a chaquetearse a su casa.

El Roxanne trae un Super Bee color naranja que hasta hace quince meses fue de su papá. Llantas anchas, rines de magnesio, spoiler, alerón, ocho cilindros, 300 caballos, motor 360 de 5.9 litros. Basta un acelerón en punto muerto para que ya el rugido del animalazo anuncie la presencia de otro aprendiz de playboy, pero a oídos del galante Roberto no es sino el relinchar de su corcel. Vas a marearte de tanto dar vueltas, le advertía Valeria (desde lejos, porque él las merodeaba sin hablarles). Vete a ahorrar y regresas, le aconsejaba luego, cuando ya la abordaba sólo para explicarle que andaba sin dinero, por el momento. Vende el coche, amiguito, yo aquí espero, le propuso jugando alguna tarde, a medias apoyada sobre la portezuela. ¿Aceptas intercambio? ¿En cuánto me lo tomas?, le siguió el juego el Roxy en su papel de

Bobby. ¡Hasta crees, Jicotillo!, soltó la risa Valery, entre mustia, coqueta y desdeñosa. ¿Qué tal que luego te enamoras de mí?

No fue sencillo hacerle la propuesta. ¿Quieres hablar de sexo y esas cosas, cochino?, frunció el ceño Valeria y el Roxy respondió agitando violentamente la cabeza. No era nada de sexo, la verdad. O sea, sí le gustaba pero también quería conocerla, aunque lo viera raro. Que ella escogiera el tema, le invitaba un café y le pagaba lo que ella cobrara. ¡Trescientos pesos por un pinche café!, quiso escandalizarse la interpelada y enseguida sonrió, algo menos ufana que condolida. Ven a buscarme por ahí de las once, pa que siquiera te haga descuento de estudiantes, le hizo un par de cariños en la mejilla, luego un pasito atrás, un beso al aire y el Roxanne hundió el pie en el acelerador, como quien se deleita pisoteando la sombra del cobarde que fue.

Media hora de plática en trescientos pesos equivale a diez pesos por minuto, se tardó en calcular el *Underground Bobby*, de camino al café de Río Tíber. Estás bien locochón, Robertito, rompió Valery el hielo, ya en la mesa, y él le sonrió con un dejo de orgullo. Dime algo, pues, que ya arrancó el taxímetro, lo espoloneó de nuevo. Enseguida pidieron un par de cocacolas y él se lanzó a contarle sus andanzas al lado del Rudeboy. ¡Ándale! Raterillos…, arqueó las cejas ella, ¿y entonces por qué nunca traes dinero? Al final fue una hora con quince, pero Valeria igual se lo dejó en trescientos: cuatro módicos pesos por minuto. Como amiga te salgo menos cara…, se despidió a la hora de subirse en el taxi y rechazar por séptima vez la invitación del galante Roberto a dejarse entregar a domicilio. Lo iba a ver su familia, ni que fuera su novio, se rio y lo hizo reír. Y por cierto, me llamo Valentina, gritó y le lanzó un beso desde la ventanilla.

No está orgulloso Bobby de ser el Jicotillo. Es decir, el Imbécil, piensa a veces Lamberto, de regreso a su casa. El pendejo abejorro que según la canción anda siempre rondando a Doña Blanca. En más de una resaca emocional se ha propuesto confesarle su nombre, pero al final «Roberto» se resiste a morir, nada más por el miedo al papelón. Es raro que uno diga que se llama

Lamberto y no escuche la risa, la risilla o mínimo el amago, que es lo mismo. Que conste, Robertito, que te cobro mi tiempo, no la plática, le ha recordado Valery de diferentes formas, cada vez que se ven a medianoche, y eso nomás porque mantengo a seis...

Bobby no tiene empacho en contarle cada una de sus fechorías, incluso y sobre todo las vigentes, pero le falta fuerza para inquirir en torno a aquellos seis fantasmas que su amiga pagada dice sostener. ¿Tendrá hijos, esposo, abuelos, hermanitas, padrote? Tanto miedo le tiene a la respuesta que prefiere darle la vuelta al tema. En vez de eso se empeña en invitarla a pasar nada-más-un-ratito en su guarida. Es aquí cerca, en Ganges veintidós, vamos alguna tarde..., se esmera el tal Roberto en sonar espontáneo. ¿Me vas a poner casa, Jicotillo?, se carcajea ella y entonces el Roxanne se siente tan Lamberto que se traga en silencio el menosprecio y hace coro a sus risas, vencido y obsequioso, ¿no te importa si la uso de oficina?

No es que quiera llevarla para tirársela, aunque tampoco es que no quiera tirársela, y de hecho lo quiere con todas sus fuerzas; pero si al fin sucede prefiere que no sea en un motel. Ha pensado en pedirle que no lo llame así, Jicotillo (le suena a *pendejillo*, de repente), pero igual es mejor ese mote de zonzo inofensivo que el *papacito* que les toca a todos. Un cafecito, un té, diez minutos nomás..., le ha propuesto otras veces, como un niño rogón ante una quinceañera. Dadas las circunstancias, se diría que goza del rechazo. Cual si al decirle no (y no, y siempre no) lo distinguiera, igual que la costumbre del trato familiar nos vuelve desdeñosos con la gente más próxima.

Valery y sus colegas llegan a trabajar entre seis y siete. Deben de ser no menos de veinte, pero en un día como hoy la demanda supera con creces a la oferta. Sábado de quincena: los coches ya se paran en doble y triple fila, las chicas van y vienen de la esquina al motel abordo de uno y otro, con la celeridad que impone el mayoreo.

—¡Circula, Jicotillo! —alza el brazo y agita palma y dedos la primera mujer de la fila que espera en la banqueta: peluca rubia, blusa azul turquesa y gesto de impaciencia fermentada—. ¡Si no vas a meterla, te me sacas de aquí!

—¿Puedo darte un mensaje para Valery? —estira torso y cuello el Roxanne hasta arrimarse a la otra ventanilla, como quien va a contar un gran secreto.

—¿Qué no entiendes que está cogiendo, cabrón? —truena una voz al lado, pero ya el conductor adelanta un billete de cien pesos.

—¡Tú cállate, pendeja! —reacciona la de azul, de pronto zalamera—. Perdónala, mi amor, es que le tiene envidia a tu señora.

—Dale este papelito de mi parte —se remuerde los labios el Roxy, la observa de soslayo con ademán de niño regañado—. Dile que al rato vuelvo, que no se vaya a ir.

VI. El golpe avisa

—Paparapam-paparapam… paparapam-paparapam… —tararea el Rudeboy la *Marcha nupcial* desde la cuarta silla de la mesa siete.

—Noseamamón-noseamamón… noseamamón-noseamamón… —le sigue el juego el Roxy, no de muy buena gana.

—¿Tons qué, mi Roxana, a qué hora te nos casas con Mister Sting? —no ha empezado el concierto, pero al Rudeboy ya le urge fijar su posición.

—Es un salón de fiestas, pero no vas a oír música para bodas —se pone pedagógico el Roxanne.

—¿Ah, no? —pela los ojos el Ruby y empieza a canturrear con la voz más aguda que le sale—: *Bring-on-the-Bride…*

—Ay, sí, qué cagado eres.

—¿Te imaginas al Clash tocando en una boda? Apenas puedo creer que pagué dos mil pesos por venir a un jodido casorio.

—Pagamos. Yo te eché en la cajuela siete extintores.

—Pagué, güey. Si por ti fuera no los habríamos ni vendido. Confiésalo, Roxana, se te arrugó la pucha.

—Pucha la de esa güera, ¿viste? —alza el pescuezo el Roxy, señala con las cejas—. Esa que viene disfrazada de Blondie.

—¡Ay, güey, está igualita! Sólo que es *De-bo-rah Ha-rry*, «Blondie» se llama el grupo.

—No mames, es lo mismo. Pinche ruco regañón.

—Lo mismo para ti, que no distingues entre boda y concierto.

—¡Cállate ya, carajo! ¿Si no querías venir qué mierda haces aquí?

—Vine a llevarme un walkman, y de paso a cuidar a un mariquita que otra vez va a dejarme colgado de la brocha.

—Pues yo vine a un concierto de primera, en un lugar de segunda, con un pinche ratero de tercera, para que veas que no soy tan mamón.

Entre el Ruby y el Roxy se interpone una zanja tan profunda como la que separa a la memoria de Sid Vicious del futuro de Sting, al delincuente puro del mero desmadroso, al ramblercito del Super Bee. Cada vez que pelean por alguna abstracción improductiva, como sería el caso de la mujer ideal o el destino perfecto, y con cierta frecuencia los gustos musicales, vuelven a la batalla fundamental donde uno es el silvestre y otro el acicalado. De sólo ver sus jetas enfrentadas, se entiende que el Rudeboy opine que el new wave nunca estuvo tan lejos del punk, y que el Roxanne corrija: …nunca estuvo tan cerca de enterrarlo.

No es que el Ruby desprecie el porvenir, ni que el Roxy vea el suyo en luces de neón, pero es lo que les toca hacerse creer para dejar bien claro que no son iguales, y que de hecho nada les avergonzaría más que un mal día llegar a parecerse. Se tienen, por lo tanto, alguna envidia sorda y soterrada, si bien intermitente, que a su modo equilibra la amistad. Nada raro sería, si ello fuera posible, que uno lo diera todo a cambio de poseer no más que lo del otro. Por eso se escarnecen y se ensañan, necesitan probarse que repudian aquello que les falta.

—Arrancando el toquín nos vamos a meter detrás de esas cortinas —susurra el Rudie, al tiempo que señala hacia el costado izquierdo del escenario y despliega aquel gesto de facineroso que ensaya ante el espejo desde los catorce años. Boca chueca, mirada displicente.

—Vine a *ver* el concierto, ya te dije —se encoge el Roxy de hombros, al tiempo que las luces comienzan a apagarse.

—Tsk… —se inconforma el Ruby, bromeando todavía—. ¿Ves cómo eres rajona, Roxanita?

—¡Cállate, cabrón! ¡Mira! —se petrifica la expresión del Roxy, no bien se transparentan las sombras de los músicos.

—No me voy sin el walkman, te lo advierto —estalla el Rudie, ya detrás de la música.

—¡Ve a advertírselo a Sting, pendejazo! —grita el Roxy y se vuelve hacia el escenario para unirse al inicio de la canción: *Young teacher, the subject of schoolgirl fantasy...*

—Está bien, niño popis —da un paso atrás el Rudie, como quien retrocede ante un costal rebosante de mierda—. ¿Sabes qué? Vas y chingas a tu madre.

No bien se queda solo, el Roxy suelta un aire satisfecho. Ayer, cuando escapaban de los hombres del Sears, se prometió en silencio que nunca más estiraría la mano para hacerse con nada que no fuera suyo. Más tarde lo juró, por el padre difunto y la abuelita enferma. Quiero ser arquitecto, no ladrón, se ha repetido a lo largo de hoy, con un dejo de orgullo anticipado. Lástima que no pudo contárselo a Valeria (la diestra enarbolada y la expresión solemne del regenerado): Ya no voy a robar, pa que no me regañes.

¿Qué espera que le diga, en todo caso? ¿«Ya no voy a ser puta, pa que no te me enceles»? ¿Quién sino un pendejete se encela de una puta? ¿Se quita eso, lo puta, con el tiempo? ¿Cuánto tiempo, si acaso? La cabeza del Roxy va y viene entre el concierto y el motel, hace escala en el Ruby y se dice me vale, no es mi pedo, que se vaya a la cárcel sin mí. *I hope my legs don't break... walking on the moon*, canta a coro con sus vecinos de mesa y celebra la suerte de estar ahí, bailando en un concierto, en vez de sollozando en una celda.

—¡Tssssssssh! —escupe gas pimienta el puño del Rudie, a un palmo de la jeta de un pelón con gafete *all access* que estaba descargando la vejiga. Una vez que lo mira desplomarse, le cae encima igual que un gavilán—. ¡Tsssh! ¡Tssssssssssssssh! —lo remata en el piso, hasta aflojarlo. Le arrebata el reloj, le vacía la cartera, lo jalonea del cuello y se escurre del baño hacia los intestinos del escenario con el pase colgando sobre el pecho.

—*I hope my legs don't break... walking on the moon* —canta el dueño del walkman, allá afuera.

—*What a day, huh?* —empatiza con el recién colado alguno de los *roadies* extranjeros, *backstage* adentro.

—*You bet, man!* —alza la cara Ruby el Escurridizo por no más de un segundo, aun si el incidente lo hace caer en cuenta de que su pinta punk funciona como un sello de autenticidad. Ya lo dice la madre, de cara a la evidencia: nadie en este país anda con esas mechas pintiparadas. Si los ingleses creen que es mexicano, los mexicanos lo darán por inglés.

—No se puede pasar aquí dentro, amigo, aunque traigas gafete —emerge un gorilón de la puerta del tercer camerino y alza la palma diestra no bien ve la perilla girar.

—*Sorry, buddy, no spanish* —hace el Ruby el intento de pendejearlo y se escurre hacia adentro de la habitación, al tiempo que distingue sobre el sillón del fondo, más allá de las dos cestas de fruta, un cierto estuche azul que ya le guiña un ojo de neón. Es como si una luz resplandeciera circundara las cuatro letras S-O-N-Y.

Al Roxy, en su lugar, le bastaría con poder contar que puso un pie dentro del camerino, pero el Ruby se inclina ante otros dioses. Preferiría, es cierto, ver en vivo a The Clash que a The Police, pero igual se saldría del concierto si hubiera alguna hazaña por consumar, como sería el instante en que posa ambas manos sobre el walkman de Sting que ya no es más de Sting, sólo eso le faltaba.

—¡Quietecito, cabrón! —ordena el polizonte y alcanza a sujetarle el hombro izquierdo, pero ya el aerosol se le incrusta en los párpados y le invade los bronquios una, dos, cuatro veces.

—*My baby drove up in a brand new Cadillaaaaac… Yes she did!* —hace esfuerzos el Rudeboy por sonar extranjero y confundir aún más al gigantón que tose, llora y tiembla sobre el piso (por si va de rajón, el muy chilletas), al tiempo que inspecciona el camerino y se dice que aquí empieza la fuga: su especialidad.

La cena prometida no es más que pizza fría. Las hay al por mayor, si bien la mayoría vuela entre mesa y mesa y no pocas terminan en el escenario. ¿Qué diría el Robén si el Roxy le contara que unos meses atrás vio a The Police en Francia, al lado de XTC? Ay, sí, pinche mamón, eso diría. ¿Y si ya lo agarraron, por ratero? ¿Lo echarán a patadas a la calle o mejor llamarán a la patrulla? ¿No es lo que anda buscando, el imbécil? Ya lo viene alcanzando la mala conciencia cuando el Roxanne resiente un empellón violento en el costado. No atina aún a quejarse y un pisotón amigo termina de robarle el equilibrio.

—Guárdate esto, mi Roxy —le resopla en la oreja el amigo furtivo y le endilga una bolsa de papel de estraza, como quien pasa una bola de rugby—. No me vieron salir, pero de todos modos que no me vean contigo.

—¿Estás bien, pinche Ruby? —se espeluzna el Roxanne, un poco a media voz.

—Vete, no me conoces. *Ruby can't fail*, adiós —se escurre, se levanta, se mueve de la escena la silueta del Rudeboy.

—¡Órale, pinche loco furioso! —obedece y pretende que maldice, recula, trastabilla, gatea, repta el Roxy más allá de su mesa, sin que nadie lo advierta porque arriba hay concierto y pizzas voladoras.

—El sospechoso trae chamarra de cuero, arete en la nariz y los pelos parados —repiquetea la bocina gangosa de algún radio cercano.

—Con permiso, se me cayó un reloj… —sigue reptando el Roxy entre las sillas, tras eludir apenas la carrera del par de vigilantes que muy probablemente van detrás del Rudie. Murmura, de antemano arrepentido—: Antes de que lo agarren, tengo que estar afuera.

—¿Cuál es tu mesa, oye? —se le cruza un extraño al que empujó de paso.

—Disculpa, estoy buscando mi reloj —se excusa, se desliza, se escurre ya el Roxanne, con la bolsa de estraza no muy bien escondida debajo de la axila y la playera. Luego, ya para sí, como rezando—: Perdóname, papá, nunca más vuelvo a hacerlo. Perdón, abue, de veras que es la última.

VII. Sugar Dandy

Es algo complicado brillar en sociedad cuando se presenta uno con la etiqueta de individualista. Será por eso, acaso, que el Sony Walkman viene con doble entrada para audífonos, más el botón cuadrado que permite a los dos comunicarse y remite la música a un segundo plano. A menos que no exista una pareja y se esté condenado a ver con desconsuelo hacia ese reluciente botón anaranjado que no se ha de oprimir de cualquier modo. Cierto es que la pareja no es suficiente, si todavía hace falta comprar otros audífonos. A menos que en lugar de gastar tu dinero en fruslerías, le hayas robado todo al buen samaritano que amablemente se hizo de un nuevo walkman con audífonos extra. O mejor todavía, te granjearas cien años de perdón estafando al ratero que en buena hora lo puso en tus manos.

I only look this way aaaaaat youuu, entona el Jicotillo pasada medianoche, con la vista perdida en la bolsa de estraza donde ya sólo queda el cassette de Miles Davis que venía metido en el aparato y recién reemplazó por *Outlandos D'amour*. ¿Se imaginará Sting que lo estoy escuchando cantar en *su* walkman?, masculla, entre goloso y satisfecho, al tiempo que se estira sobre la cama queen size de doña Tachis y trata de olvidar las noticias recientes:

—Le pasé tu recado a Valery, mi amor, pero qué crees... se fue con un cliente y ya no va a volver —pretendió lamentar la mensajera, impostando algún tono de niña castigada—. Ahora que si te animas, yo te alivio rico.

—¿Estás segura de que no va a volver? —inquirió secamente el aludido, como disimulando el papelón.

—Tu señora se fue de noche de bodas, Jicotillo. ¿No vas a emparejarte con una de nosotras? Te sale de a dos lucas de aquí hasta que amanezca.

—No, no, no, muchas gracias —se ensombreció Lamberto, ceremonioso casi, y dio un acelerón avergonzado.

Ha resuelto pasar la noche aquí, donde el Ruby no sabe que tiene una guarida. Incluso si le pegan y lo atormentan, jamás sabría decirles dónde está. ¿Y si no lo agarraron? ¿Cómo fue que lo vieron? ¿Cómo logró colarse al camerino? ¿Estaban conectados los dos juegos de audífonos cuando los encontró? Borra de su cabeza la última pregunta: él no tendría por qué enterarse de eso. Cuando Rubén pregunte dirá que se asustó y dejó la bolsa en una silla, sin siquiera haber visto su interior. Es más: lo registraron al salir. ¿Qué tal que lo he traído y me lo cachan…?, se fingirá aterrado de sólo imaginarlo. Nadie lo vio cargando ese paquete, nadie puede acusarlo más que de miedoso.

—¿Estás ahí, Jicotillo? —entra por la ventana una voz de mujer.

—*I guess this is our last goodbye…* —se desgañita el Roxy, todavía perplejo por esta sensación extraterrena de meterse la música hasta el fondo del cráneo.

—¡Ábreme, Bobby! ¡Es Valentina! —sube el volumen la recién llegada, un poco lloriqueando, aunque no lo bastante para hacer competencia a los audífonos.

—*But you'll be sorry when I'm dead* —desentona el Roxanne, sin percibir más voz que la del hasta ayer propietario del walkman.

—Soy Valeria, Jicote… La Valery, ¿te acuerdas? —grita la visitante intempestiva, una vez que lo escucha berrear *I can't, I can't, I can't stand losing…* Luego intenta un redoble a tres garras sobre el cristal de una de las ventanas. Tacatac, tacatac, tacatac.

—¿Quién toca? —vocifera, se zafa los audífonos, se arrepiente de abrir la boca el Roxy.

—¿Bobby? Soy yo, Valeria. ¿Me abres?

El muy putón, masca bilis el Rudeboy, todavía con los pelos de punta por la carrera larga y atropellada que de puro milagro lo ha sacado de apuros —se les perdió a la entrada del estacionamiento, camuflado por una camioneta— y lo trajo de vuelta hasta el lugar donde tendría que estar el Super Bee. Tres cuadras más allá, sobre la calle de Filadelfia, a un ladito del teléfono público. Hace más de una hora que terminó el concierto y el fugaz propietario del walkman de Sting está solo, sentado en la banqueta. Consulta en el reloj del pelón al que fumigó en el baño, agita la cabeza y se corrige: El muy traidor.

Las dos de la mañana. Ya marcó un par de veces a su casa y contestó la Foca, con voz de encabronada. ¿Bueno, Lamberto?, le gruñó a la segunda, como con ganas de morder el cable. De seguro jamás se ha imaginado que hasta su querubín la llama Pinche Foca. Tampoco le habrán dicho el nombre del motel donde trabajan sus prospectos de nuera. Es tan puto el Roxanne, monologa el Rudeboy, camino de Insurgentes, que de seguro ya se enamoró: se la ha de estar jalando con mi walkman.

¿Y si lo está canjeando…?, se detiene el Robén, a unos cuarenta metros del ramblercito, estacionado afuera de un condominio. ¿Dónde, si no entre putas, podría ir a esconderse la Roxana, con su jeta de nena y sus poquitos huevos? Perdone, señorita, bromea solo, de vuelta en el volante, ¿en cuántos ricos palos me tomaría usted un Sony Walkman? Pero igual no se ríe, sigue chupando jugo de vesícula mientras cruza una hilera de luces rojas, camino del cuartel operativo de las nueras espurias de la Foca. ¿Quién le asegura que entre el garage del motel, las calles aledañas y las esquinas de atención al público no se esconde un bonito Super Bee?

—¿Valeria? —alza las cejas, deja caer la mandíbula, abre luego los brazos un Bobby entre perplejo y hechizado, pero ya la aludida le saca el cuerpo y se escurre hacia adentro, como si fuera ella quien se chingó el walkman. (Y un montón de extintores. Y hasta los dos espejos que trae el Super Bee. Por no hablar de las llantas y los rines y los faros de niebla y el subwoofer y el resto del equipo que ha conseguido gratis al lado de su amigo Rudecindo. Muy tierno todo, claro, pero el bueno de

Bobby tiene sus prioridades)—. ¿Qué te pasa, mi Valentine? ¿Cómo puedo ayudarte?

La andan buscando, dice. No a ella, pues. A todas. Vienen en camionetas de la Delegación, ya agarraron a varias y la van a clavar, si la llegan a ver. ¿La conocen? No sabe, pero igual se le nota. No es la primera vez que la levantan, le arrebatan su lana y le piden cachucha pa soltarla. Cabrones patrulleros, de nada sirve todo lo que una paga con tal de que la dejen trabajar. Venía de regreso con un clientito cuando los vio en la esquina, trepando a las muchachas. No me dejes aquí, le suplicó. Y en eso se acordó de Río Ganges número 22. Casa del Jicotillo, ¿no? Ahí mero se bajó, y él nada que le abría. Otro poco y se sienta a chillar. ¿Recado? ¿Cuál recado? ¿Y se cree que tamañas envidiosas le iban a andar pasando mensajitos?

—A ver… ¡Cierra los ojos! —ordena el Jicotillo a su asilada, con una autoridad en tal modo rendida a su capricho que es inmediatamente obedecido.

—¿A poco es un estuche de belleza? —truena los labios Valery, se ríe para adentro, se deja acomodar una larga diadema sobre el cráneo, sostenida por un par de chipotes cubiertos de hule espuma que ya descansan sobre sus orejas—. De tu mamá, ¿verdad?

—¡Cht! No digas nada, escucha esto y me dices si te gusta —oprime *play* el Bobby, la voz todavía encima de la música. Luego suelta el botón anaranjado y la deja flotar en la estratósfera.

—¿Lamberto? ¿Dónde estás? No te hagas el gracioso porque… —amenaza Felisa Richardson el silencio del Rudeboy tras el auricular.

—¡Cállese, pinche Foca culifloja! —cobra venganza el Rudeboy en la infeliz Felisa—. Y dígale a la rata de su hijito… —se esfuerza en balde ya, una vez que la madre del Roxanne ha cortado la comunicación y lo ha dejado a solas con su rabia. O mejor dicho a solas al lado de ese Super Bee color naranja con la calcomanía de The Police estampada en mitad del alerón trasero, estacionado frente al número 38 de Río Nazas.

La primera intención que cruza por la mira del Rudeboy es por supuesto quebrarle los vidrios, rociar adentro un litro de gasolina y echarle un cerillazo desde la banqueta, pero una vez ausente la prudencia, lo detiene por fin la conveniencia. ¿Qué ganaría él con quemarle el carrazo al Putito Traidor? ¿Por qué no resarcirse de una vez? Nada más lo bastante para comprarse un walkman, aunque no sea el de Sting. ¿No se dio ya el gustazo, a manera de multa justiciera, de chingar a su madre por teléfono?

—¿A poco es de cassettes? —se ilusiona Valeria, con los audífonos sobre las sienes, las yemas ocupadas en abrir y cerrar la delicada puerta de aluminio por donde entran y salen los cartuchos.

—No es de Cassettes, es tuyo —se hace el gracioso Bobby, como esperando oír claras las gracias.

—Sí, cómo no, muy mío. Suena increíble, eso sí —se coloca de nuevo Valeria los audífonos y le sonríe con el ceño fruncido—: ¿Dónde te lo robaste, pinche Bobby?

—No me preguntes dónde, mejor a quién —le responde el Roxanne y vuelve a preguntarse qué va a decirle al Rudeboy, si no le cree.

—¿A quién, pues? —sube el volumen la última dueña del aparato, sin esperar a la contestación.

—A un pobre raterillo de segunda… —es decir, que se joda. De todos modos no le iba a creer.

—¿Me prometes que nunca me va a venir el dueño a reclamar? —oprime *stop* Valeria, chasquea la lengua contra el paladar, mira con divertida desconfianza.

—Soy de uñas finas, Valery —da un zarpazo en el aire el Roxy Man—. El dueño ni siquiera habla español…

—¿Puedo ponerle un cassette más bonito? —arruga la nariz, casi coqueta.

—¿No te digo que es tuyo? —sonríe el Jicotillo y frunce el ceño—: ¿De verdad traes cassettes en la bolsa?

—Me lo dejó un clientito, de recuerdo —saca la cinta al fin y la reemplaza dentro del artefacto.

—¿Entonces es verdad que cobras en especie? —bromea el Bobby, o eso quiere creer.

—Está bien, me confieso: se lo robé al bajarme de su coche. Pa que veas que yo también tengo mis uñas. Además, el ojete regateó. La agarran a una urgida y se pasan de vergas, Jicotillo. ¿Tú me ves tan jodida para regatearme? —dicho lo cual Valeria se levanta la falda y le enseña los muslos hasta las ingles.

—¡La práctica hace al maestro! —se felicita el Rudeboy entre dientes, nada más aflojar el quinto birlo de la cuarta llanta. Con semejantes rines, no debería soltarlas por menos de seis lucas. ¿Cuánto daría el Cucho, por ejemplo? Es capaz de ofrecerle mil por todo. Lo que no debería, en todo caso, es ir a ver al Cucho con esa mercancía. Nomás el puro estéreo y las bocinas valen una lanota, se engolosina luego calculando, mientras pone los últimos ladrillos y suelta la presión del gato hidráulico. Es la segunda vez en tres semanas que se roba ese estéreo y esas llantas, con sus debidos rines de magnesio y bocinas marca JBL. Se ha llevado también el volantito, el subwoofer, el ecualizador, los dos espejos y hasta cables y limpiaparabrisas; todo en un tiempo récord de veintidós minutos. Podría hacerlo con los ojos cerrados, se deleita pensando mientras corta de lado a lado las vestiduras con la navaja suiza que no ha de regresar a la guantera.

Cuatro llantas marca Parnelli Jones, rin 17, no viajan cómodas en un ramblercito. Apenas una cupo en la cajuela, dos más sobre el asiento trasero y la cuarta en el sitio del copiloto. Ya sea desde atrás, de frente o por los lados, parece más que nunca el carro de un ratero. Si cargarlo ya ha sido una osadía, pilotearlo a estas horas es gritarle a la tira que vengan y te abrochen. Lo peor es que debajo de una llanta, justo al lado de su querido gato hidráulico, se toparían con un extintor, y ésa sería otra historia. Mejor dicho, otra sopa que bien podrían sacarle con ayuda de un par de cachiporrazos, y hasta puede que ni eso hiciera falta porque al final, se teme, putitos somos todos (contando a los del Clash).

—Entre más tarde se hace, menos patrullas hay… —piensa en voz alta el Rudeboy antes de echar a andar la máquina del Rambler y sopesa la idea de esperar hasta cerca del amanecer para tomar camino hacia Villa Olímpica. ¿O será que no se aguanta las ganas de contemplar la jeta que pondrá el traidorcito cuando mire su coche desvalijado? ¿Y si más que mirarlo quisiera delatarse, para que no haya duda sobre su autoría? ¿Por qué no, en todo caso, dejarle alguna firma que le recuerde a quién chingaos traicionó?

—*¿Dónde está el amor…?* —se pregunta la voz intrusa del cantante desde lo hondo del walkman que fue de Sting, del Rudeboy y del Roxy, pero igual este último no alcanza a distinguir el cambio de frecuencia entre La Policía y José José. O acaso lo distingue y lo celebra, a juzgar por la lerda devoción con que de beso en beso le barniza los muslos a la dueña del walkman.

—Valentina… —rumia con insistencia el de los besos y desliza dos dedos por sendos diminutos controles paralelos que elevan el volumen hasta el máximo.

—Me vas a dejar sorda, Jicotillo —se deja hacer Valeria, con el dedo instalado en el botón naranja y la vista perdida entre el buró y la cómoda de doña Tachis.

—*…que te pintas de cualquier color* —desafina Lamberto delante del Roxanne y en el nombre de Bobby, ocupados los tres en subir hasta lo alto del arco celestial, donde un trozo de encaje color rojo presenta poca o nula resistencia al embate de lengua, labios, dientes, qué difícil cantar en estas circunstancias.

—Anda, pues, Jicotillo, te doy tu cachuchita acá entre amigos —musita Valentina mientras se va quitando blusa y falda.

—¡Rooooxanne! —aúlla el ídem por encima del coro de serafines que se monta en la voz del oficiante. Un efecto que escapa desde el walkman como un evento sobrenatural: José José llamando al planeta Tierra.

—*Rudie can't fail!* —ruge el autoaludido en el momento mismo de apretar el gatillo del extintor y dirigir el chorro al interior del Super Bee naranja que descansa sobre ladrillos paralelos.

—*...llena un poco de mi ser* —acompaña Valeria el canturreo del Bobby sin apenas oírlo, como quien viaja a bordo de un carrito de feria. Tu cachuchita, ha dicho, por si después le da por seguirse cobrando la grabadorcita. O por si se enamora, que luego es lo que pasa con los bobbies. Afortunadamente está el botón naranja, que evita a tiempo los malentendidos.

—¿En qué piensas, Valeria? —pregunta él, de verla cabizbaja.

—¿Cuánto dices que duran las pilas, Jicotillo? —alza los ojos ella, entretenida en apretar botones.

—Lamberto Nicanor, a tus órdenes —recordará la Valery que se despidió el Bobby, no sin antes pedirle que ya no lo llamara Jicotillo. Si es que la volvía a ver.

—Te doy dos mil por todo, güero —descorazonará el Cucho al Rudeboy, cuando ya brille el sol y haga falta borrar las evidencias—. Ya sabes, al chaschás.

1981

VIII. Mal negocio

—Dio la vuelta prohibida. Es sentido contrario. ¿No vio la preventiva? Venía haciendo eses. No tiene preferencia. Además invadió la línea peatonal. A ver, prenda sus luces. Trae descompuesta una direccional... —traza el suboficial Roa líneas rectas y cortas en el aire, con el índice a modo de florete flotando entre el tablero y el parabrisas. No le gusta tener que dar lecciones, pero le toca y más vale esmerarse.

—¿Cómo sé si no tiene preferencia? —rumia el cabo Danilo al lado suyo, un poco defendiéndose de sus tinieblas.

—Su licencia está vencida —alza ahora el dedo Roa y lo sacude machaconamente, a mitad de camino entre amonestación y ultimátum—. ¿Por qué le cuelga el mofle? No sirve el velocímetro. Le falta una tenencia. No le funciona un cinturón de seguridad. Trae las llantas muy lisas. Está contaminando. No coincide su nombre con el de la tarjeta de circulación. ¿Dónde está su factura?

—Espérese siquiera, déjeme que lo apunte —pide clemencia el cabo, pone cara de niño.

—¿Y el espejo derecho? Trae ponchada la llanta de refacción. ¿Viene tomado, oiga? ¿Dónde dejó la llave de cruz? Está oxidado el gato. ¿Y esa maleta, es suya? ¡Muéstreme un documento que lo certifique! —para el suboficial de pelarle los dientes, cierra y abre los ojos, suelta el aire, medita con la vista desenfocada. Luego tuerce la boca e inclina la cabeza para hacer evidente su resignación—: Tiene dos infracciones, mi estimado. Va a haber que remitir el vehículo al corralón y se le va a entregar en setenta y dos horas, previa acreditación de propiedad, pago de multas, infracciones y obligaciones pendientes.

Son las trece horas siete minutos, según el locutor de la XEQK, y al suboficial Estanislao Roa Tavares se le está haciendo tarde con el negocio. Como todos los días, pero hoy peor. Llevan más de seis horas camellando y no juntan siquiera para pagar la renta de la patrulla. Para joderla entera, ya no traen gasolina y tampoco ellos han desayunado. A ver, ¿a él quién le paga por el adiestramiento del cabo Danilo? Al contrario, le cuesta. A estas alturas, todo el mundo sospecha que una patrulla es primero un negocio que un servicio. Lo que nadie les dijo es que es un mal negocio. Un negocio de mierda, cómo no.

—¿Ya me entiende, pareja? —alza los brazos y extiende las palmas el suboficial Roa—. En este pinche bisnes todavía no se inventan los inocentes. Todos tenemos algún lado chueco, nomás es cosa de saber encontrarlo. No buscarlo, ¿verdad?, en-con-trar-lo. Que busquen los pendejos, entre lo que se encuentren. Nuestra chamba es hallar lo que no hay.

—Es que yo no me sé muy bien el reglamento —trata otra vez el cabo de comprar tiempo.

—¿Ha jugado a la perinola, pareja? —se estira y ya bosteza el suboficial—. Pues aquí es parecido. Toma uno, pon dos, y al final todos ponen. O sea que se levanta usted en la mañana, se mira en el espejo con cara de chingón y dice órale pues: Toma Todo, Jefazo. Y se agarra los huevos, para que conste el pedo ante notario. Luego se baña bien, si puede en agua fría, para que salga bien encabronado y listo pa cobrarse con el primer culpable que se le atraviese. ¿O sea quién, a ver…?

—¿Un infractor? —arruga las facciones el aprendiz.

—Cómo es usted pendejo, pareja, con todo respeto. ¿No le dije que aquí no hay inocentes? Y si no hay inocentes, todos son infractores. Voy a darle el ejemplo, pa que le caiga el veinte. Dígame un número del uno al diez, el que primero se le ocurra.

—Siete.

—Ahora cuente los coches que vamos rebasando de su lado. Al séptimo lo vamos a parar.

—¿Por qué?

—Por nuestras barbas, pues. Pero usted es tan reata que sin abrir los ojos va a encontrarle una falla.

—¿No le hace que sea taxi… minitaxi? —alza Danilo el cuello, se remuerde los labios, ya descubrió que aquel volkswagen verde, séptimo de la cuenta, trae una calavera medio rota.

—¡Me importa un pito el taxi, chingao joder! —farfulla, se endereza, se agarra la cabeza el suboficial y descarga un manazo en el asiento. Se libra de las gafas, tieso de puro atónito. Aguza la mirada, arruga la nariz, libera una sonrisa maliciosa y asiente varias veces, como si un sol secreto recién lo deslumbrara. Luego se rasca el coco, chasquea los labios, alza el dedo hacia el frente—: Mejor vete sobre éste, mijo.

—¿Ya le encontró algo chueco? —pela los ojos el subordinado.

—Pues sí, ya se lo hallé, pero no voy a hacer tu trabajo, cabrón —se pitorrea Roa, tras dar la orden por el altavoz al conductor del coche de adelante y detenerse justo detrás de él—. Órale, pues, pareja, duro con el felón.

—¿No le hace que sea gringo? —repara la pareja, ya con la portezuela entreabierta.

—¡Gringos serán mis güevos! —lo empuja el superior hacia afuera del coche—. Aunque sea Cassius Clay, o Mohammed Etí, o como se llame ahora el güey ese, usted igual va y se la deja ir, por violar el chingao Reglamento de Tránsito.

—Trece horas trece minutos, trece trece —apremia la XEQK desde el radio de pilas debajo del asiento, suena luego el pitido minutero y regresa la voz a gran velocidad—: Eshoradeinvertirenvaloresbanobras.

A pesar de la hora y el calor, el suboficial Roa ya se estira y bosteza con una sospechosa placidez. Cualquiera pensaría que de un instante al otro se le fueron las prisas. Como si en vez de esa triste carcacha con todavía más golpes que calcomanías estuvieran parando un Grand Marquis del año. ¿Cuántas calcomanías, a todo esto? Unas quince nomás en el vidrio trasero, calcula y se pregunta si eso no es suficiente para obstruir la visión del conductor. Echa mucho humo el mofle, aparte. ¿Le funcionará el claxon? ¿Traerá algún autoestéreo, robado a lo mejor (y es más: seguramente)? Pero sea como sea, y aunque traiga el más caro de los estéreos y la cajuela llena de bocinas, se embebe especulando, se rasca la ingle izquierda, suelta una risa amarga el de la voz cantante, ¿cuándo va a imaginarse en la que se metió?

—¿Sabes siquiera con quién te metes, cabrón? —tuerce los labios el conductor, como buscando compensar su extrema juventud con la insolencia propia de un heredero con escasas pulgas—. ¿Ya me viste la cara, por lo menos? ¿Cómo ves si mañana despiertas desempleado?

—Tranquilícese, joven… —titubea el de uniforme y echa un ojo nervioso a la patrulla.

¡Puta y se casó de blanco!, brama entre dientes el suboficial. El mocoso de mierda le está pisando la sombra al Danilo y ahora le va a tocar hacer de malo desde el mero arranque. Se mira un par de instantes en el retrovisor: a su edad, los más malos están de comandantes, tienen casa en Las Lomas y todo un batallón de muertos de hambre taloneando en las calles para pagar sus viajes, sus viejas y sus lujos. Él entre ellos, ¿verdad? Mordelón de patrulla. Oficial despedido. Capitán de mentiras y otra vez despedido. Suboficial de tránsito reinstalado por pura caridad. Un villano tan frágil que está a medio minuto de ser amenazado con perder su trabajo por un escuincle meón. Nada más de pensarlo y calibrarlo, siente fluir el chute de mala leche que hace falta para entrar en papel. Ándale pues, chamaco nalgasmiadas, recita, no sin música, tamborileando índice y meñique sobre la mera orilla del tablero, como que va siendo hora de que hagas un esfuerzo y te me acuerdes de la última vez que invertimos en Valores Banobras…

—Déjelo ya, pareja —ordena desde lejos el suboficial, súbitamente dueño del libreto, tras dejar la patrulla y salir a escena.

—¿Pido refuerzos, mientras habla con él? —se amedrenta Danilo de sólo verle la cara de piedra, susurra un par de frases inaudibles y se repliega al otro lado del Rambler, haciendo el ademán de cubrir ese flanco, mientras el conductor aprovecha y se encierra de regreso en el coche.

—Muy buenas tardes, joven —se asoma entre triunfal y diplomático el suboficial Estanislao Roa Tavares, una mano pescada del espejo y la otra entretenida en calzarse los Ray-Ban, por la ventana abierta del Rambler amarillo con las placas de Texas sobrepuestas—. ¿Sería tan amable de abrirme su cajuela?

IX. Charola mata fusil

La Princesa tiene dos sucursales, una en la esquina de Tacuba y Brasil y la otra en Félix Cuevas, al lado de Insurgentes. Ninguna de las dos es un buen parapeto para uno con la facha de Gamaliel Urbina —puede pasar por policía o ladrón, pero difícilmente da el gatazo de cliente de una joyería, aun si ésta ofrece anillos de brillantes al alcance de presupuestos grises— no tanto porque sea un miserable, sino porque un ladrón o un judicial suelen tener acceso a ofertas preferibles. ¿Qué tanto hace ese extraño contemplando el reflejo impreso en los cristales de la avenida, antes que el interior de las vitrinas? ¿De qué y por qué se esconde? ¿Qué trama de ese modo descarado?

Lo que está por saber el policía bancario que ya se acerca con el fusil en alto es que en la bolsa interna de la chamarra se esconde un arma algo más poderosa y de paso una joya más brillante, todo en un mismo producto. No se ha plantado aún el policía delante del notorio sospechoso cuando ya éste le puso en media cara la charola: esa mágica especie de salvoconducto que no sólo inmuniza al portador, sino además lo hace lucir temible. Más todavía si la charola incluye la credencial metálica y el escudo de la corporación, a ambos lados del estuche de cuero, y el colmo si las siglas de esa oficina corresponden a la División de Investigaciones para la Prevención de la Delincuencia.

El policía da dos pasos atrás, no del todo seguro de la autenticidad de la placa metálica. Pero ése no es el punto, pues lo que cuenta no es que uno cargue charola o pistola, sino que sepa emplearlas con toda propiedad. Sea, al fin, lo que sea el merodeador, se le ve la destreza de esgrimista en el impetuoso arte del charolazo. Cierto es que la charola de Gamaliel Urbina Flores no compite en pureza con los diamantes del aparador, pero es la autoridad con que éste la despliega lo que hace verosímil la amenaza. Hazte a un lado, cabrón, le ha dicho por lo bajo al de uniforme, al tiempo que le untaba la charola en la jeta.

La pinta manda, claro, y la del Gamaliel es patibularia. Bigote de aguacero, barba mal rasurada, nariz ancha y ganchuda, boca y belfos torcidos como en una perpetua mala gana. No tiene todavía el rictus de desprecio, la pose indiferente, la mala leche intrínseca de esos que hoy lo mandaron a merodear. Una chamba esporádica y no muy bien pagada, excepto cuando logra emparejarse y se lleva algún extra generoso. De cuando en cuando vuelven a prometerle que ya le van a dar la plaza y el salario, igual que el Comanchú se acerca y le pregunta por sus hijos, o el Muertis le regala una nueva charola, pero lo hacen nomás por encandilarlo. Un verdadero agente de la DIPD no necesita ni sacar la charola para hacerte cagar en los calzones, ni espera a que eso pase para olisquearte el miedo en los entresijos.

El Gamaliel tiene treinta y dos años, pero cualquiera le echa cuarenta y tantos. Puede que sea el alcohol, la costumbre de dormir mal y poco, o el lustro destemplado que se pasó en la cárcel antes de tropezarse con los agentes. Hará ya unos tres años que lo agarraron saliendo de una casa en Bosques de Las Lomas, que como es natural no era la suya, cargado de relojes, anillos y collares que le habrían ganado su tercera consignación penal, de no mediar entonces la intervención providencial del Muertis, quien solía ser amigo de su hermano mayor y de pura chiripa lo recordaba. Vas a ser un agente tan secreto que ni tu pinche madre va a enterarse, lo cabulearon sus reclutadores, todavía jugando a intimidarlo. Luego lo habilitaron, con todo y su charola troquelada. Fue así que el raterillo se transformó en *madrina*.

Al otro lado de la avenida, con dos llantas trepadas en la banqueta de Liverpool Insurgentes, está un coche color azul marino —Ford Galaxy sin placas, modelo 74— al volante del cual dormita un individuo con el periódico abierto sobre la cabeza.

se lee en el flanco izquierdo de la primera plana, bajo una imagen donde la princesa alza la palma abierta ante el gentío.

Hace más de tres días que Espiridión no duerme. Y tampoco es que haya comido mucho, con el Muertis arreándolo mañana, tarde y noche y el Comanchú pisándoles la sombra. Hasta ayer le bastó con el perico, pero hoy está mareado. Tanto que ni siquiera sueño tiene, aunque igual se conforma con taparse la luz del mediodía. Nada que no pudiera resolverse con una taza de *te con té*. Y luego el periquito, para estabilizar. Si pudiera escaparse unos minutos, echaba la carrera a la vinata, se armaba de una pacha de tequila y se metía al Denny's en busca de un tecito de manzanilla. O mandaba a comprarla al Gamaliel, pero ya dijo el Muertis que la reata está tensa. Al cabo el *te con té* puede esperar. Mejor mareado yo que encabronado el jefe, murmura para adentro con los labios cerrados y pegajosos, ni lo quiera Dios.

La charola descansa bajo el extremo izquierdo del parabrisas, a unos pocos centímetros del maldormido. Si a alguno por ahí le molesta o le enoja que la carrocería del Ford invada la mitad de la banqueta y un tercio del carril del trolebús, puede leer el nombre del interesado y arrepentirse a tiempo de perturbar la siesta del agente Espiridión Santacruz Rebollar. Un tipo de por sí poco agraciado, a juzgar por la foto en la credencial. Cara redonda, pómulos prominentes, mandíbula salida y un labio leporino que le complica la pronunciación y a menudo intimida a sus interrogados. Otro se habría dejado un buen bigote; el Espiro prefiere ser temido que amado.

Cuando suena la hora de abrir los párpados, el agente Santacruz experimenta una irritante sensación de despojo. Corrían apenas los minutos iniciales del sueño —los momentos en que éste se asemeja mejor a la muerte porque es hondo, pesado, insondable— cuando escuchó llegar del otro mundo la voz inconfundible, por tipluda, del Muertis. Para quien duerme así, a tan corta distancia del estado de coma y por tan corto rato, no es raro despertar con la certeza de que la vida es toda pesadilla. Y peor resultará si pasa por el radio su voz de adormilado, así que pega un brinco, carraspea, consigue articular tres ruidos guturales y oprime ya el botón para informar al Muertis que lo ha entendido todo.

—¿Estás durmiendo, güey? —chilla la voz de niño del Muertis, medio distorsionada por efecto de la bocina rota del radio.

—Negativo, mi Gil —se cuadra el aludido, con la respiración entrecortada por el candente amago de cagotiza—. Estaba ahorita sobres con el objetivo. Al Gamaliel lo tengo encima de él, aprovechando que ni se da fijón porque está de goloso con un cliente. Tú nomás dime y yo procedo en chinga.

Al otro lado del embotellamiento, sobre la acera norte de Félix Cuevas, la atención titubeante de Gamaliel Urbina oscila entre el Ford Galaxy que el Espiro recién abandonó y la acción en la esquina de la calle Manzanas, que al cruzar la avenida —seis carriles ruidosos y caóticos— cambia de nombre a Oso. Hace un par de años ya que Félix Cuevas se transformó en el eje 7 Sur y perdió el camellón, de modo que el Espiro y Gamaliel parecerían mirarse desde las dos orillas de un río ancho y alebrestado. Pero eso pesa poco para el motor interno de Espiridión, que apenas se ha polveado la nariz y ya cruza carriles como un banderillero, las manos ocupadas enarbolando el escudo metálico y blandiendo una Magnum .45, mientras los conductores van dando el enfrenón protocolario con los pelos parados de rigor.

A una seña distante de Espiridión, Gamaliel echa a andar por la banqueta. Es un paso gatuno, mal copiado de la plasticidad felina del Muertis y el Espiro, que en vez de autoridad transmite miedo. Cualquier otro mirón juraría que al fin se ha decidido a atracar La Princesa, pero de eso se trata: que prueben el chilazo del desconcierto (¿qué pasa?, ¿dónde estoy?, ¿compré boleto yo para esta pesadilla?). El brazo subrepticio de la ley sale a escena repartiendo el pavor a partes iguales, y en medio de ese caos baja del cielo san Espiridión, con La Ley de su lado como una amante untuosa y complaciente. Esta vez, sin embargo, la estrategia es ligeramente distinta. Van tras un oficial de Policía y Tránsito. Se trata de mosquearlo y levantarlo. Y antes hay que espantar al compañero, que tiene todo el tipo de mearse en las sábanas. Buenas tardes, señor, oficial, capitán, lo que sea o se crea el pendejete, sea usted tan amable de acompañarnos.

Una vez que estuvieran en camino ya le diría el Muertis quién lo mandó llamar con tanto protocolo.

X. Te con té

—¡Quietos, putos! —exige en un susurro el Gamaliel, una vez que se escurre a la patrulla (cual si bastara con su pura pinta para identificarse como caca mayor) y encañona el costado de Danilo, quien sin decir palabra ni apenas parpadear se deja despojar de su pistola.

—Trece horas veintinueve minutos, trece veintinueve —informa el locutor, mientras el chico malo del asiento trasero niega con un temblor continuo de cabeza. No es claro si dice algo o nada más resuella. En todo caso tiene ese rictus cándido y llorón de los que todavía se creen conmovedores. Sólo falta que grite que las esposas le están lastimando.

Hasta hace un parpadeo, la escena de allá afuera se bastaba a sí misma para entretenerlos: a solas, se diría que relamiéndose los bigotes, el suboficial Roa inspeccionaba el Rambler del sospechoso cuando llegó el intruso empistolado. Ya le había encontrado varios autoestéreos, dos ecualizadores, una bolsa repleta de espejos laterales y un gordo ramillete de limpiaparabrisas. Amén del extintor que alzó como un trofeo delante de Danilo y el recién esposado.

—¿Y tú cómo te llamas, guerrillero? —dispara Gamaliel, sin mirarlo de frente porque igual lo distrae, allende el parabrisas, la cortesía imperiosa del Espiro, reflejada en los ojos de repente saltones del suboficial Roa.

—Rubén, señor —ronronea el cautivo, sin aliento casi.

—¿Irene? ¿Irene qué? —se burla Gamaliel, todavía sin mirarlo.

—Rubén Ávila Tostado, a sus órdenes —se esmera en disminuirse el aludido, entre tragos ruidosos de saliva y jadeos que no consigue ahogar.

—Irene Ávila… ¿De qué burdel saliste? A ver, a ver… —lo observa, lo revisa, lo escudriña de súbito el cuasijudicial y ya le habla con dientes apretados—: Cuéntame, chiquitita, ¿coges, mamas o arremangas?

—¿Capitán Estanislao Roa Tavares? —alza el Espiro la charola mágica sobre el flanco derecho del suboficial—. Le voy a agradecer, de parte de mi jefe el agente investigador Gilberto Albarrán Vértiz y un servidor, Espiridión Santacruz Rebollar, que tenga usted la amabilidad de acompañarnos a una diligencia.

—¿Cuál capitán, mi jefe? Hágamela buena, yo soy suboficial de Policía y Tránsito —atina a sorprenderse el requerido, que ya le vio la mano en la matona, echa un ojo hacia dentro de la patrulla y entiende que de nada serviría ponérseles al brinco—. Pero dígame a dónde tengo que ir y yo allá me presento, nada más que termine con mi turno.

—No es cosa mía, Capitán. Si quiere allá le explica al comandante. Pídale a su pareja que lo cubra, mientras se desocupa con nosotros —cierra el Espiro la cajuela del Rambler y empuja por la espalda al suboficial.

Esto es estar salado, maldice Roa para sus adentros, toparse al cabroncito que lo chingó en el Sears y ser él quien termine pagándola otra vez. ¿Y si efectivamente es nomás un ratito? ¿Cómo va él a saberlo? ¿No es cierto que hay ratitos que duran cuarenta años? En todo caso, si lo van a joder, quisiera suplicarles que lo dejen ponerse a mano con el del Rambler. Se la debe, no se puede ir así.

—¿Traes ropa de paisano en la patrulla? —lo tutea el Espiro, descuidadamente, cual si ya hablara con un presidiario.

—¡No me haga esto, jefazo! Tengo chamba pendiente, estoy a medio turno, me van a dar tres días de arresto. Siquiera dígame por qué me llevan… —titubea, suplica, traga saliva Roa Tavares.

—¡Ya no chille, cabrón! ¡Saque sus chingaderas y jálele, carajo! —estalla el Gamaliel, cansado de mamadas. Ya encontró la mochila debajo del asiento y la avienta a las manos del suboficial.

70

Dentro hay un pantalón de color caqui, una camisa verde, una chamarra negra y el radio que persiste en hacerse escuchar: bancomexicanosomextenemosunservicioserioparaqueustedsonría.

—¿Me dejaría ver la orden de aprehensión? —bisbisea apenas Roa, como quien no descarta la posibilidad de estarse mereciendo un par de cachetadas.

—Vámonos, Capitán, en un rato regresa —hace un último esfuerzo Espiridión por parecer persona, guiña un ojo y devuelve la mirada hacia la contraesquina y el Ford que los espera.

—Ahí le encargo al mocoso, pareja —instruye Roa atropelladamente a su subordinado, que sigue intimidado por la furia impaciente del madrina y asiente taciturno, mecánico, espasmódico—. No me lo deje suelto, mientras vuelvo. Usted sabrá qué inventa: yo lo hago responsable. El cabrón tiene varias averiguaciones, ya nos pasa a deber una buena sopita. Me lo amarra en un árbol, si hace falta.

A excepción del carril del trolebús, que en teoría disfruta de la exclusividad del contrasentido, Félix Cuevas avanza de oriente a poniente. Una vez que los tres tripulantes del Galaxy ocupan sus asientos, el temido vehículo despega hacia el oriente con los faros prendidos y la torreta roja sobre del toldo. Cuatro cuadras más tarde, frente al logo estatuario de la tienda De Todo, Gamaliel mete freno y apaga el motor, sin preocuparse mucho por los dos trolebuses que trae atrás y tendrán que esperar a que se mueva, con semejante tráfico de frente. Algo debió pasar, más allá de Insurgentes, para que haya tanto coche parado.

—Catorce horas once minutos, catorce once —sentencia el locutor de la XEQK desde el asiento trasero del Ford. Más que una cantaleta irritante, el suboficial Roa cree percibir allí la voz de la esperanza. Si lo llevaran preso, se atreve a deducir, no se andarían con tanta gentileza, como ésta de dejarlo que se abrace del radio y lo vaya escuchando a mínimo volumen. Cierto que el bigotón le habla golpeado, pero el otro, que se ve que es el jefe, todavía lo llama Capitán. Más tarde le *sugiere* que se ponga su ropa y deje el uniforme en la mochila, «por un rato nomás». ¿Qué habrá dicho el chofer del trolebús de ver a un policía de tránsito en calzones en el asiento trasero del Galaxy? ¿Qué más iba a decir, sino que en algo chueco andará el güey metido? ¿Pa qué, si no, se quita el uniforme? ¿No será que lo quieren desaparecer? ¿Qué fue a hacer a De Todo el bigotón? Es para no seguir dando bandazos entre los negros meandros de la paranoia que Estanislao Roa se aferra a las certezas que le quedan en pie—: maestromecánicomarcoscarrascorrectificasumotorenochohoras.

—¿Qué transa, ése mi Monster? —saluda Espiridión el regreso triunfal de su madrina, que ya trae entre manos dos vasos de unicel y una bolsa amarilla con una garrafita de tequila Xalisco.

—¿Cuál Monster, qué passssó? —se queja tersamente el Gamaliel, vierte de un vaso a otro la mitad del té de manzanilla y completa los dos con el tequila.

—¿No había de otra marca, pinche Monstruo peludo? —arruga la nariz el agente, un poquito con ganas de joder.

—Fue lo que me dio el Gordo —se encoge de hombros el que hasta unos meses trabajara en De Todo como auxiliar de seguridad. «Venta Monstruo», anunciaba la publicidad, pero el monstruo legítimo sólo se aparecía cuando llegaba la hora de repartir sopapos y patadas a los raterillos. Y ése era él, con su cara de ojete. Pagaban una mierda, además. Le da vergüenza haber chambeado allí, y todavía más que lo mande su jefe a mendigar botellas y encima le haga burla con su pasado. ¡Monstrua peluda tu reputa madre!, le gustaría responderle ahora mismo, pero en vez de eso elige brindar con él.

—¡Salud, mi Gamalielo! —alza el vaso el agente Santacruz y se lo empina haciendo gestos de asco. Luego vuelve la vista para atrás y asoma la cabeza sobre el respaldo, como si viera a un niño en una cuna—. Tómese un tequilita, Capitán. ¿No le importa si le sirvo en mi vaso?

«¿Ñoli podta jile jibue ñibajo», retumba en la conciencia del suboficial Roa la invitación gangosa de su captor, pero antes que atreverse a confesar que no entiende un carajo recibe el privilegio sin chistar y se empina de golpe todo el vaso, bajo el ojo avizor de un par de pasajeros del sexto trolebús que cambia de carril en contrasentido para eludir al Galaxy con la torreta roja por lo alto y el charolón debajo del parabrisas.

—Catorce horas veinticuatro minutos, catorce veinticuatro —enuncia el locutor a la hora de cruzar lo que queda de la Glorieta Riviera y enfilar hacia la esquina del Sanborns.

—Disculpe las molestias, Capitán —inclina la cabeza Espiridión, igual que un monaguillo penitente. A un lado, en el volante, el Gamaliel lo observa por el retrovisor con los párpados caídos y los ojos contritos de quien ha cumplido órdenes terminantes e incómodas. Mirada de yo-no-quería-matar-a-tu-mamá, termina de extrañarse Estanislao Roa y ya se siente huésped, no rehén, cuando el carro se frena con violencia y él va a dar hasta el piso con todo y radio.

—¿Ves lo que haces, pendejo? —ruge una voz tiplada desde la calle—. Ya lastimaste al Capitán Roa y se va a encabronar el comandante.

—¡Qué! ¿Viene con el Comanchú? —inquiere Gamaliel casi entre dientes, mientras quita el seguro de las puertas traseras para dejar entrar al inspector Gilberto Albarrán Vértiz.

—¡Cht! Viene encabronado… —alcanza a prevenir Espiridión, antes de que la puerta termine de abrirse.

—¿Está bien, Capitán? —se inclina el asimismo llamado Muertis ante el torso enroscado, tenso y tieso que rebota de nervios entre asiento y respaldo.

—Sí-sí-sí —pega el brinco, se cuadra, se endereza el excapitán Estanislao Roa Tavares delante del enviado del comandante Erasmo Cortés Mijangos. Alias El Comanchú. Excolega. Expareja. Exaliado. Excompadre, ojalá. Puesto de otra manera, el único cabrón en este mundo al que habría pagado por no ver.

XI. Compadrazgo radiactivo

—La gente no nos cree si le contamos cuánto nos cuesta darles la protección —se queja amargamente el suboficial Roa con Albarrán Vértiz, sentado al lado suyo y entrados en confianza merced a la oportuna mediación del tequila Xalisco—. La gente cree que paga sus impuestos y ya con eso tiene seguridad. Nomás que no le dan a uno la patrulla, se la rentan. Hay que pagar una cantidad diaria, y no vaya a creer que es cualquier morralla. Con quince rentas de ésas me compro un coche nuevo. O se lo compran ellos, que se lo quedan todo. No nos dan gasolina, ni refacciones, ni mantenimiento. Eso y lo de la renta tenemos que sacarlo antes de refinarnos el primer taco. Lo que quiero decirle es que en este trabajo no hay tiempo ni para comer, y los jefes son siempre los primeros que comen.

—Tendría que oír un día, Capitán, lo que dice de usted mi comandante —chilla la voz de niño del Muertis, cuyos oídos no fueron entrenados para atender las quejas de los particulares—. Se le nota el aprecio. La amistad. Yo en el lugar de usted me sentiría orgulloso.

—Pues sí, somos compadres —tarda Roa Tavares en confirmar, acaso adivinando que de cualquier manera nadie prestará oídos a su respuesta. Bastante suerte tiene con que no le hayan dado sus chingadazos, en lugar de esa mierda de tequila que no ha servido para quitarle el miedo y ahora tampoco ayuda a espantar los fantasmas de un cierto compadrazgo envenenado.

A los dos los llamaban Supersónicos, pero no eran iguales. Prueba de ello es que a Erasmo le decían Supersónico Uno y Estanislao era el Dos. Se les veía mañanas y tardes apostados, cada uno en su moto de color tamarindo, sobre la esquina de Altavista y Periférico, turnándose con otros tres o cuatro coyotes para cazar a los correcaminos que pasaban volando a más de cien por hora, allá abajito. Dos minutos más tarde, el campeón se orillaba en nombre de la ley y abandonaba mansamente su bólido, listo para rendirse a la letanía y pagar el tributo a su perseguidor.

Fue en los años sesenta. Entonces los jefazos también pedían un entre, pero tampoco tanto como ahora. El Supersónico Uno cobraba esos impuestos y llevaba las cuentas de cada uno, ya luego se entendía con los jefes. Lo de Los Supersónicos no fue porque corrieran más que los otros, sino porque Roa y él eran especialistas en jerga legaloide, lenguaje rebuscado y alardes tecnológicos. Le ruego que me escuche, mi apreciado señor, arrancaba el también conocido como el *Chino* Cortés, por sus ojos rasgados y pequeños, espero esté consciente del riesgo que corremos no solamente usted, sino de paso su familia y un servidor. Guárdese su dinero, si es tan amable, levantaba una mano con elegancia, todavía quitándose los mitones y ya empujando la oferta hacia arriba. Lo tenemos grabado en el radar, mi distinguido amigo, sentenciaba, todo él autoridad en la materia, nos están informando de la Central que venía usted a ciento dieciséis punto cuarenta y seis kilómetros por hora.

La gente les creía, o eso pensaban ellos. En todo caso se les respetaba, no como ahora que los traen de asaltantes y la gente los odia y hasta para los pobres son unos muertos de hambre. Por lo menos Erasmo se fue a la Judicial, se flagela en silencio Roa Tavares, pero él sigue en lo mismo, con cincuenta años. Fue allá que le pusieron Comanchú, cuando ya era jefazo y trataba con capos y pendejeaba a chicos y grandes. Y fue así que le vino la idea lambiscona de arrimarse a pedirle que bautizara al niño con su nombre. Menos mal que además le pusieron Carlitos. Ni bolo dio el cabrón el día del bautizo, pero bien que empezó a cobrarse el compadrazgo. Y hasta hoy no ha terminado, por lo que se ve.

Una de las razones por las que nadie quiere deberle algún favor al Comanchú es que ha de darle a cambio crédito ilimitado. Soy padrino de tu hijo, solía recordarle a Estanislao, como si fuese una cuenta pendiente. Lo mandó un par de veces a cubrirles la huida a unos asaltabancos. Le daba a guardar joyas, coca, facturas, dólares, monedas de oro. Lo amenazaba por si le faltaba algo. Lo levantaba a media madrugada para que le llevara un pasecito. Con los años logró al fin eludirlo, tras perder el trabajo e ir a dar a la chamba en el Sears. En realidad, desde que regresó a la policía no ha hecho sino esperar este momento, como el apostador aguarda por su ruina. ¿Qué va a decirle ahora, luego de que se fue sin despedirse? ¿«Me dabas mucho miedo, mi querido compadre»?

—A esta reinita yo sí me la lonchaba… —comenta Espiridión, enterrados los ojos en la silueta de la princesa consorte, y despliega el periódico ante Gamaliel—: ¿Quiere taco, mi Monster? ¿Ya le vio las chichotas a Su Majestad?

—No lo estés distrayendo, que de por sí es pendejo, ¿verdad, mi Capitán? —resucita de un sueño hondo y rumiante el agente Gilberto Albarrán Vértiz, aún con la voz pastosa y el torso retorcido por el bostezo. Después arma un gargajo en el gañote, lo dispara por la ventana abierta, carraspea y afina su timbre de muñeco de ventrílocuo—: ¡Ah, qué mi Capitán! ¡Santacruz, échame ese periódico!

—¿Voy derecho, jefazo? —se esmera Gamaliel en complacer al gordito de la barba canosa, las ojeras profundas y la carne entre pálida y aceitunada. No por casualidad le llaman Muertis, ni por nada lo hacen a sus espaldas.

—Vas derecho y en chinga, güey —apremia Albarrán Vértiz y señala el camino de frente hacia el Ajusco—. Le vamos a deber las quesadillas aquí a mi Capitán.

—Quince horas diecisiete minutos, quince diecisiete —alcanza a cuchichear la XEQK muy cerca de la sien del suboficial Roa, quien todavía se abraza a su radio de pilas como al último trozo del mundo conocido. En estas circunstancias, ayuda recordar que *laesquinaquedomina* está en *aldamayminabuenavista* e incluso en este coche, aunque no le parezca al Comanchú, *Haste* sigue teniendo *lahorademéxico*.

Hace rato que traen la torreta guardada, pero igual no hace falta adivinar. Quienes los ven pasar saltan del estupor al disimulo en el tiempo que toma verles las caras, o fijarse en que el coche no trae placas, o activar el instinto de conservación. Luego empezó a llover, cundió la niebla y desde entonces tiene el suboficial la sensación de ser llevado a gran velocidad a lo largo de un túnel submarino. Se siente Supersónico, o cuando menos eso es lo que se dice para jugar un poco a que no viene ahora como viene, ni va hacia donde va, ni sabe lo que sabe del comandante Erasmo Cortés Mijangos. Puta la hora en que lo hizo su compadre.

—Te bajas tú primero, Santacruz —grita la voz de niño para hacerse escuchar entre la granizada, tras algunos minutos de ir sorteando los baches y las piedras de un camino curveado de terracería y desviarse al final por una brecha que es casi toda charco—. Me quedo con el Monster para escoltar al Capi, no sea que se le ocurra regresarse. ¿Sabe nadar, mi Capi?

No parece un cuartel, ni una prisión. El techo de dos aguas, el portón de madera y los azulejos sugieren nada menos que calor de hogar. ¿Será ésta la mansión del Comanchú?, se anima a especular el pasajero y en un desliz alegre se atreve a preguntarse qué va a hacer si el compadre le ofrece alguna chamba en la DIPD. ¿Y si fuera por eso tanta amabilidad? ¿Quién le dice que Erasmo no lo está esperando con una verdadera oferta de trabajo y una buena botella de Martell? ¿Hace ya cuántos años que no lo ve? ¿Qué dineral habrá hecho desde entonces? Entrado en fantasía, lo imagina invitándole un París de noche junto a la chimenea que sobresale al fondo de la sala, al tiempo que camina tras los pasos del Monster y se deja seguir por el Muertis.

—¡Tráiganme a ese traidor, chingada madre! —retumba en la capilla el gruñido rasposo del mandón en funciones, aunque dudosamente dueño de casa. De otro modo, tal vez, no se habría limpiado el lodo de las botas en el tapiz bordado de un reclinatorio. Tampoco habría colgado la diana en una puerta de madera tan fina, ni tiraría los dardos con ese desparpajo. ¿Y no será que anda tan emputado que ya le viene guango lo que rompa o ensucie?—. Dice que es mi compadre y se me esconde. A mí, que tantos años le maté el hambre, hazme el chingao favor.

—Ahem, mi comandante —carraspea Gilberto, teatralmente. Otro, que no temblara como el hoy convidado, le notaría el esfuerzo por parecer casual.

—¿Le vendaron los ojos en el camino? —inquiere el comandante, todavía de espaldas.

—Pues no, mi comandante —se le ensombrecen las ojeras al Muertis— porque usted dijo que...

—Ya estuvo, da lo mismo —descarta con un giro de la diestra y agita la cabeza como entrando en razón—. De aquí a un par de horas vamos a enterrar los recuerdos de viaje del Capitán Roa. Llévenlo pal corral.

—¡No me hagas esto, Erasmo! —se atraganta las babas, se revuelve, estornuda, toma aire, tose, ruge Estanislao y sus ecos se enciman en la pequeña cúpula allá arriba—. ¿Vas a desconocerme, mi hermano?

—¡Hermano! ¿Hermano quién? ¿Tú... Judas de Cagada? —ladra ahora el Comanchú, como se esperaría de uno con su leyenda. Luego da media vuelta y encara a Roa Tavares dardo en mano, con la frente arrugada, las encías de fuera, las verrugas temblando y los ojos recién saltados de sus órbitas. Un rictus en tal modo furibundo que sólo puede ser la mueca de un payaso. Por eso hace un silencio, da tres pasos, se le arrima a la oreja al invitado y musita, ya en claro son de burla—: ¿Qué pasó? ¡No sea puto, compadre!

XII. ¿Te has fijado en los perros callejeros?

Por la pura impresión que le da el fanfarrón de los ojos rasgados y la papada gelatinosa, el suboficial Roa reafirma las razones que tuvo años atrás para tomar distancia de Cortés Mijangos, al extremo de cambiar de teléfono, casa y club deportivo. Ahora, mientras lo escucha contarse chistes solo y carcajearse a coro con sus lambiscones, intenta en vano que una mueca rígida sustituya la risa que no le da la gana impostar. Al contrario, prefiere verse mal. Quiere que no haya duda de que está allí contra su voluntad y ya le urge enterarse para qué.

—A ver, compadre, deles aquí a mis bronsons unas clases de tiro —repara el Comanchú en su compadrito y le extiende tres dardos emplumados.

—Me lastimé este brazo —escurre el bulto Roa.

—Oh, qué la chingá… ¿Y el codito tampoco lo puedes empinar? —desafía de vuelta el comandante y le da un empujón a la altura del pecho—. Órale, Espiro, sírvele un lombricida a mi compadre, bien cargado pa que agarre valor.

—¿Y para qué el valor? —pela los ojos Estanislao Roa, como un niño a la espera de un castigo pendiente.

—Para hablarme de frente, por ejemplo. Al chile y a la cara, compadrito. Sin puterías, ¿verdad? —señala el de la voz la mano del agente que ya le extiende el vaso con el París de noche. El Martell, cuando menos, sí se le hizo—. Duro, mi Supersónico. De una vez dale fondo, pa que te sirvan la otra.

Tiran los dardos sin mucha destreza, no parece que lleven un marcador. Y aun si lo llevaran, Cortés Mijangos no es la clase de tirador que acepta tener mala puntería. Odiará por supuesto los juegos de mesa, deduce el invitado, con el vaso en la mano, o solamente aquéllos donde no pueda hacer algún ajuste sobre el resultado. Nunca supo perder, y ahora menos sabrá. Con todo ese poder bajo las botas y todo ese perico a su disposición, a ver quién va a llevarle la contra al Comanchú.

—Dime una cosa, mi buen Supersónico —relaja la expresión el comandante y deja caer la palma en la rodilla izquierda de Estanislao—. ¿No tienes por ahí una deuda conmigo?

—¿Deuda como de qué, compadre? —arruga la nariz el acosado, indeciso entre miedo y desafío.

—¡Cht, cabrón! No he acabado de hablar, jijuesupinchemadre —da un manotazo el de la autoridad—. Haz memoria con calma antes de responderme. Tú no quieres mentirme, ¿verdad? ¿Ya me entiendes lo que quiero decirte? ¿Verdad que a los amigos no se les miente?

—¿Yo cuándo te he mentido, mi hermano? —abre brazos y manos el suboficial.

—Y si no me has mentido, ni me estás debiendo algo, ¿por qué chingada madre te me escondes? —baja el tono de voz el de los dardos, como volviendo al clima de confianza—. ¿Qué tengo mal aliento o ya te andas cogiendo a mi mujer?

—No me escondí. Me dieron de baja. Así nomás, nunca supe por qué.

—¿Y te costaba mucho darme razón de ti, pedirme alguna ayuda, despedirte siquiera? ¿Qué no éramos compadres, güey?

—Tenía mucha vergüenza. No quería ver a nadie. Agarré la primera chamba que me ofrecieron.

—¿No te da gusto verme, entonces, cabrón? —dice esto el comandante y levanta la mano con la palma abierta—. Espérate. Antes de que contestes necesitas estar bien atendido. Órale, Gamaliel, aplícale al compadre el anti-antidoping.

En su código personal de urbanidad, el Comanchú sanciona gravemente el rechazo. Y eso el suboficial lo ve tan claro que se esmera enlistando los severos motivos de salud que le impiden meterse las dos líneas de coca que Gamaliel le acerca sobre un espejo de óvalo con el mango rosado. Sufrió ya un infartito, dice y se lleva el índice a la tetilla izquierda. Se lo prohibió el doctor, específicamente. Si no con todo gusto, compadrito.

—Uh, pos qué delicada me saliste —concede el anfitrión sin entusiasmo y enseguida levanta la cabeza para pegar un grito en dirección al techo—: ¿Ya está lista la alberca?

—Lista, mi comandante —se apersona en la puerta un gigantón con facha de jardinero, o será que está sucio de las botas al cuello. Botas de hule, además—. ¿Ya quiere que le traiga al beisbolista?

—Mire usted, compadrito —se relaja de golpe el Comanchú, al tiempo que responde al grandulón con un asentimiento apenas perceptible—. Como todo en la vida, las amistades tienen sus tiempos y sus límites. Eso de que los cuates se juren amistad para toda la vida suena bonito cuando está uno chamaco, ¿verdad? O cuando es uno puto, que no faltan los casos.

—¡Óigame no, compadre! —respinga el invitado, pero el otro lo calla con un gesto impaciente.

—¿Te has fijado en los perros callejeros? Se topan por ahí, se huelen las colitas, andan un rato juntos y ya, se hacen amigos. Al día siguiente no se vuelven a ver. O se encuentran y se rompen la madre. Porque así es la amistad, mi Supersónico. Uno da lo que puede, mientras puede. Hoy somos muy amigos, mañana ya veremos. Por eso me da gusto que seamos compadres. ¿Sabes qué es un compadre, Supersónico? Te lo voy a explicar, pa que luego me entiendas por qué mandé a buscarte. El compadre es el padre que no duerme en la casa. El que cuida de lejos al ahijado, porque un ahijado también es un hijo. Y si, Dios no lo quiera, el padre muere, el padrino se queda en su lugar. O sea que la relación no nomás sigue viva, sino que aparte crece con los años. Un compadre, mi querido Supersónico, es un amigo que se vuelve familia. Mi mujer, por ejemplo, le ha enseñado a mis hijos a que le digan tía a sus amigas, pero esas pinches viejas culiflojas nunca serán familia, por más que sus bodoques me traten como tío. Nomás eso faltaba, tíos mis tompiates. ¿Seguro que no quieres unas rayitas? Hazme caso, te van a caer bien.

83

Estanislao se niega y se hace perdonar con sendos movimientos de cabeza, para no interrumpir al de la voz. No sería en todo caso la primera vez que se metiera un pase, pero la idea de hacerlo con Erasmo le provoca terror. ¿Quién le dice que no, al calor del perico, iban a terminar jugando a la ruleta rusa entre compadres? Para no defraudarlo, luego entonces para no enfurecerlo, se empuja lo que queda del cuarto París de noche y ya pesca los hielos para el próximo.

—¿Cómo ves a esta carne de patíbulo? —adelanta una mano el Comanchú para alcanzarle una licencia de manejo.

—¿Quién es? —se le cae el semblante al invitado, por más que se empecina en disimularlo.

—¿Cómo quién es, Compita? —canturrea de pronto el comandante, como si hablara con un chamaquillo—. Él sí sabe quién eres. Y es más, ahí viene el nombre y los apellidos. Francisco. Hernández. Arrieta. ¿Voy a creer que no lo conoces?

—Un amigo de mi hijo, me parece —Roa Tavares abre y cierra los párpados un par de veces, mientras termina de cambiar de gafas. Son para ver de lejos, pero eso no lo sabe el Comanchú. Necesita acabar de digerir lo que de cualquier forma no acaba de entender. Por lo pronto, se cubre—: Eran compañeritos, en la primaria.

—Hace ya mucho tiempo… —pela los ojos el de las preguntas y asiente, comprensivo.

—Sí, claro —sonríe el invitado, malfingiendo la despreocupación.

—¿Y no se han vuelto a ver?

—No, que yo sepa.

—¿Diez años, doce ya…?

—Más o menos, yo creo.

—Más o menos… —arrastra el comandante las sílabas, luego chasquea la lengua, se rasca la papada, alza la voz de golpe—: ¡Y yo soy muy pendejo, por lo visto!

—No, ¿qué pasó, compadre? —palidece en un tris el suboficial.

—No me diga *compadre*, cabrón —farfulla sin mirarlo el Comanchú, con la mirada quieta entre pared y techo—. Si anda de mentiroso me dice *comandante*, para que yo dé curso a lo que procede.

—Alguna vez lo vimos en el súper, hace como dos años —pretende hacer memoria el acorralado—. Pero no son amigos, hasta donde yo sé.

—¿Ya no son amiguitos? ¡Hombre, qué mala suerte! —el tono juguetón anuncia con fanfarrias la amenaza—. ¿Pero entonces cómo es que el muchacho pendejo pregunta por ti?

—Te juro que no sé de qué me hablas, Erasmo. Carlos es estudiante. No se mete en problemas, ni me los da siquiera.

—Carlos… ¿Qué no era Erasmo?

—Erasmo Carlos, como el compositor. ¿No te acuerdas, compadre? Lo que pasa es que así le dice su mamá, ya ves que Carlos se llama mi suegro.

—Agh, agh, agh, agh, agh —estalla el Comanchú en una de esas risotadas espasmódicas donde caben igual amargura, sarcasmo, amenaza, desprecio y una alegría más o menos cochambrosa que aparenta tomar la delantera. Risa de fanfarrón. Risa que se alimenta del miedo que provoca. Risa para los pocos que entendieron el chiste y se piensan a salvo de sus irradiaciones. Risa fosforescente, sañuda y a veces de ultratumba. La risa que le gana al médico forense cuando al cadáver fresco se le escapa algún pedo.

—Erasmo Carlos Roa Saldaña. Tu ahijado, compadrito —traga saliva el suboficial Roa.

—Seguro que al mocoso cabrón le habría gustado más que su pinche padrino se llamara Roberto… —se explica el Comanchú, todavía risueño, y enseguida se empina sobre el reclinatorio, donde lo está esperando el espejo con sendas rayas paralelas.

—Listo, mi comandante —alza la vocecilla el Muertis, la mandíbula tiesa y los ojos fijos en la pared.

—¿Y el beisbolista qué, chingá? —se limpia la nariz, sacude la cabeza, frunce el ceño, rezonga el obedecido.

—Ya está en la alberca, jefe —se cuadra el Gamaliel, desde la puerta—. ¿Quiere que se lo traiga?

—Trépalo al trampolín —ordena el Comanchú, con la frialdad apenas suficiente para hacer el contraste con una súbita mueca malora—: Pregúntale si sabe nadar de muertito. Agh, agh, agh, agh, agh, agh…

XIII. *Strike Two*

El trampolín quedaría metro y medio por encima del agua, si la alberca no estuviera vacía. De pie en la mera orilla, con las manos atadas tras la espalda, el *beisbolista* proyecta una sombra cuando menos tres veces más grande que su figura escuálida y apenas un poquito más opaca que la playera de los Dodgers de Los Angeles, en tal modo enlodada que a duras penas deja sobresalir el enorme número 34, correspondiente al pitcher Fernando Valenzuela. No se ven desde lejos las mejillas amoratadas del amigo de Erasmo Carlos Roa, pero ya su jadeo discontinuo anuncia una expresión adolorida. Cinco metros debajo, en la zona más honda de la piscina, esperan cabizbajos seis prisioneros más: sentados, esposados y amarrados los unos a los otros. Si acaso el beisbolista llegara a resbalarse, caería justamente encima de ellos.

—¿Tons qué, mi compadrote? —da un codazo amistoso el comandante al suboficial—: ¿Conoce al beisbolista o se lo presento? Porque él lleva tres días hablándonos de usted.

—¿Qué pues, mi Capitán? —tercia el Muertis, sin voltear a mirarlo, entretenido en romper la envoltura de unos Raleigh sin filtro—. ¿Es o no es usted el famosísimo tío Estanislao?

—Es el Pancho —se rinde Roa Tavares, todavía pasmado por el espectáculo y víctima de un nudo en la garganta que ya no halla sentido en disimular—. ¿Qué hizo?

—Las preguntas las hace mi comandante —se entromete otra vez la vocecilla y el suboficial piensa en Benito Bodoque, el más pequeño amigo de Don Gato. Se acuerda, en realidad, de Carlitos y Pancho sentaditos delante de la televisión a la hora en que pasaba *Don Gato* en canal cinco. Luego en el parque Delta, una cachucha roja y la otra azul. Carlitos era *Diablo*, Panchito *Tigre*. ¿Cuántos años atrás? ¿Siete, ocho? Hace memoria y cuentas: tendrían que ser catorce. Doce o trece, bajita la mano.

—*Era* el Pancho, compadre —corrige el Comanchú, con un énfasis de ínfulas pedagógicas—. Ese chamaco del que usted se acuerda no es el mismo que tiene aquí delante. El Pancho que usted dice no sabía asaltar bancos. Y mi ahijado no sabe, ¿o me equivoco?

—Mira, compadre, aquí hay un error. Yo... —se apresura a apelar el suboficial, tartamudo por falta de argumentos.

—Tú, cabroncito, eres un policía —interrumpe sin más el Comanchú y alza el dedo al estilo del Tío Sam— y ve nomás qué amigos tiene tu hijo. Un rajoncito, encima. No hizo falta siquiera calentarlo para que nos cantara hasta quedarse ronco. ¿Sabes lo que nos dijo de mi ahijado, el güey?

—¡No dije nada, tío, te lo juro! —arrastra las palabras a gran velocidad el recién calumniado.

—¡Cállese, Valenzuela, o lo ponchamos! —pega el dedo a los labios el Espiro y apunta el dardo a Pancho con la otra mano.

—Venga pa acá, compadre —afloja la expresión el Comanchú, como buscando un tono de confidencia, y toma a Estanislao por el hombro izquierdo para llevarlo unos pasos allá, entre una jacaranda y un par de limoneros—. El asunto está así: todos esos pendejos que viste ahí tendidos están más fritos que un pollo con papas. Y antes de que me vuelvas a preguntar por qué, cumplo con avisarte: no lo quieres saber. No te interesa, ni te va a hacer bien. Aquí entre menos sepas, mejor vas a salir —ya le da palmaditas en la espalda, si bien pela los dientes y alza las cejas para ceder lugar a una nueva advertencia—: Ahora que no por eso la vas a ver de gorra...

—Una cosa, nomás —implora Roa Tavares—: ¿Qué van a hacerle a Pancho, compadrito?

—¿Qué pues? ¿Sí lo conoce, entonces? ¿No le digo que está frito, el pendejo?

—¿Y nomás me trajeron a verlo morir?

—Ah, qué el pinche compadre tan dramático, ya se me había olvidado lo bueno que es usted para armar la chillona. ¿Qué tal que en vez del Pancho estuviera mi ahijado en ese trampolín? Y ni me haga esa cara, que si no están los dos allí amarrados no es porque usted y yo seamos amigos, sino porque es mi ahijado, aunque le dé vergüenza ser mi tocayo. A usted me lo trajeron en lugar de él, ¿o habría preferido que lo pusiera en manos de estos tablajeros?

—¿Ni siquiera me vas a dejar defenderlo?

—Aquí ni tú solito te defiendes, cabrón. Pero está bien, me gustas de abogado. ¿Qué hago con el sobrino, según tú?

—Deja que me lo lleve, sólo por esta vez.

—¿Ah, sí? ¿Y quién paga el pato? ¿Tú le vas a explicar a mi General por qué dejé una cama sin hacer?

—Chíngame a mí, si quieres. Dile que por mi culpa se te escapó…

—Agh, agh, agh, agh —celebra la ocurrencia el Comanchú—. Qué huevotes los suyos, compadrito. No sé si hablo con un abogadazo o con un pinche santo, me cae de madres. ¿Y qué? ¿Dejamos huérfano al ahijado?

—Está bien, te mentí: Panchito no es sobrino, pero como si fuera —consigue relajarse el suboficial, pues su experiencia indica que el repentino tono chacotero corresponde al inicio de una negociación—. Hace ya tiempo que no lo veía, pero yo lo cuidé cuando estaba chamaco. Sigo viéndolo así, aunque vaya y asalte la Basílica. Y puedo asegurarte que tu ahijado no tiene la menor idea de eso. Como dices, compadre, soy policía. Déjame que lo arregle de otro modo.

—Mira, mi Supersónico: una cosa es que corran, otra que se me escapen —se rasca la cabeza, se hace pasar la lengua entre labios y dientes, aguza la mirada el Comanchú—. A mí nadie me ve la cara de pendejo, y los que me la vieron ya están comiendo tierra. Pero te voy a hacer una oferta mejor. Un chingado ofertón, por tratarse de ti y de Erasmo Carlos. No tienes que aceptar. Puedes irte de aquí con el primer regalo que le doy a mi ahijado: tú le diste la vida, compadrito, y yo se la perdono. Ahora que si también quieres que le levante el castigo a su amiguito, tienes que entrar al ajo con nosotros. Y de una vez te advierto: el que no está en el ajo está en el hoyo.

—Le entro a lo que me digas, si me dejas llevarme de aquí a Pancho —se frota ya las manos Roa Tavares, con un miedo tan tímido que parece entusiasmo.

XIV. El descalzo sin rostro

—Cero horas once minutos, cero once —señala el locutor la hora en que recobra la señal el aparato del suboficial Roa, recién sobresaltado por la irrupción de emergenciadalindeservicio24horastuxpanesquinabajacalifornia en medio del silencio sepulcral que flota dentro del Galaxy azul desde que abandonaron la casa de campo.

—Ya es viernes de quincena —rumia el Muertis con la vista en el techo y el paquete de Raleigh recién salido de la chamarra. Después mira hacia atrás—: ¿Gusta, mi Capitán?

—Yo no soy capitán —agita la cabeza el suboficial Roa, como quien se defiende de una acusación—. Tampoco fumo, gracias.

—¿Un tequilita, entonces, para el susto? —propone ahora el Espiro, jugando un poco al psicoterapeuta.

Sin decir más, el convidado agarra la botella y se la empina hasta la última gota, con una fruición que no es del todo extraña para sus anfitriones. Después tose, hace gestos y evita la mirada perruna de Francisco, tendido al otro lado del asiento trasero (le han dado ropa limpia, sacada de un armario de la casa de campo). Traen un par de cobijas, no más grandes que el frío que les pega en los huesos. Si aún estuviera cerca el Comanchú, les diría que es un frío del otro mundo. Agh, agh, agh, agh, agh, festejarían los otros detrás de él.

Agh-agh-agh, retumba la película en la cabeza del suboficial y es como si estuviera de vuelta en el infierno. Abre y cierra los párpados para ver si consigue detener las imágenes, trata infructuosamente de tragar la saliva que se agolpa debajo del paladar, hace esfuerzos frustrantes por concentrarse en la voz monocorde

que le dice al oído nohaycuervoquenoseanegronitequilaqueno-
seacuervo. No necesita ni taparse los ojos para seguir mirando a
los seis infelices tendidos a la orilla de la alberca. No vio cómo
ni cuándo los subieron. Nunca les vio las caras. Y menos bocabajo, amordazados, paralelos igual que balas en canana. Tampoco los oyó decir palabra, pero sigue zumbando entre sus
tímpanos el runrún de gemidos y resuellos nasales producido
por seis, cinco, cuatro gargantas, y en seguida tres, dos, hasta
llegar a aquella que él mismo iba a tener que silenciar.

—Tome su instrumental, doctor Supersónico —le guiñó un
ojo Erasmo y puso entre sus manos una Beretta nueve milíme-
tros. Luego enconchó las palmas en forma de altavoz y se arrimó
a la nuca del aún sobreviviente—. A ver tú, lloroncito, apúrate
a rezar porque aquí mi compadre ya tiene lista tu transfusión de
plomo, agh, agh, agh.

—Agh, agh, agh, agh, agh —lo siguieron el Espiro, el Muertis
y otros dos cuya pinta precisa no alcanzó a registrar Roa Tavares.
Recuerda en todo caso los apodos. El Sombras y el Gillette, imposible olvidarlos. A uno le tocó el tres, al otro el cinco.

—Échele, pues, compadre, para irnos a dormir —se dejó
acariciar por un bostezo largo el Comanchú, indiferente a los
quejidos sofocados del último en la lista—. ¿Seguro que no quieres un par de jaloncitos?

El suboficial Roa nunca creyó en la magia del perico para
quitar el miedo. No es que supiera mucho del asunto, pero ya
la experiencia le decía que bastaba una línea de esa mierda para hacerlo un jodido paranoico. Aceptó solamente por
prolongar la espera y aguardar un milagro. ¿Qué tal que al pobre
diablo le viene algún ataque al corazón?, se sorprendió deseando
justo antes de estirarse hacia Gamaliel, que sostenía el espejo en
el aire como un acólito la charola de plata. Ya con el polvo adentro, deseó un poco ser él quien sufriera el infarto, y otro poco
atreverse a meterle un plomazo en caliente al compadre. Pero
esas cosas hay que desearlas fuerte, no basta un pericazo para ser
Charles Bronson.

El ambiente festivo había comenzado con el primer *bang*. Nada más el Espiro le dio el tiro en la nuca al de los mocasines de charol, los hombros le saltaron a unos cuantos centímetros del piso. O así le pareció al compadre Erasmo, cuyo turno era el número dos. ¡Ya se te puso al brinco, Santacruz!, alardeó y echó mano de la Beretta, seguido por el coro de secuaces, agh, agh, agh, agh. ¿Cuánto vas a que el mío salta más arriba?, lo desafió enseguida. El suyo era un grandote de traje con chaleco y pelo engominado, tendido a la derecha del primer cadáver. No bien Espiridión echó mano a la bolsa trasera derecha y extrajo dos billetes de quinientos, el Comanchú volvió a la posición de tiro y despidió al de traje con una advertencia: ¡Quietecito, cabrón! No me vayas a hacer quedar mal…

No era del todo claro si el segundo de los ejecutados había saltado más que los demás, pero igual cada uno fue poniendo sus mil y aceptó la ventaja del Comanchú. Yo no tengo dinero, se excusó Estanislao con un sombrío tono de reproche que aquél prendió en el aire a botepronto: Yo le pongo la luca al compadrito. ¿Qué es peor?, se preguntó, pistola en mano ya, ¿seis gemidos a coro o nomás uno? No me maten, estaría suplicando bajo la mordaza, por lo que más quieran. Pero no se movía, ni temblaba de frío, así descalzo. Era sólo un murmullo sin aristas. Llanto, jaculatoria, maldición, quién iba a adivinarlo. Quiera Dios, hizo votos el suboficial, que este muerto no vaya a brincar más que el del compadre.

—Ya vamos a llegar, mi Capitán. ¿Dónde quiere quedarse? —brota la voz de niño del agente Gilberto Albarrán Vértiz y hace pegar un salto al suboficial.

—Cero horas cincuenta y siete minutos, cero cincuenta y siete —dictamina la QK por lo bajo.

—Yo no soy capitán… —repela Roa y trata de espabilarse. Se sacude, alza el cuello, da un vistazo por la ventanilla, alcanza a leer delante de un paso de peatones: *Altavista - Las Flores - Barranca del Muerto*. Recapacita entonces—: Déjenme donde estaba, allá en Félix Cuevas.

—Te sales en Plateros, mi Monster —instruye Espiridión a Gamaliel, casi afectuosamente.

—Si de algo le han servido sus primeras lecciones al Danilo —bisbisea para sí el policía, planchando con la mano el uniforme que se volvió a poner al salir de la casa de campo—, seguro que estará todavía esperando. Nomás falta que haya dejado ir al cabroncito de los extintores.

—Ya estuvo, Capitán —anuncia Espiridión, apenas Gamaliel mete el freno de mano frente al aparador de La Princesa.

—Capitanes mis huevos —corrige finalmente el aludido y desciende del Galaxy todavía abrazado del radio que declara porsuregiosaborydeliciosasuavidadlacervezaescorona. Detrás de él, como un zombi encapotado, trastabilla Francisco Hernández Arrieta. Parecería incapaz de caminar, pero una vez que planta los pies en el asfalto pega inmediatamente la carrera.

—¡Pancho! —reacciona tarde el suboficial, cuando ya el fugitivo atraviesa Insurgentes y corre entre La Veiga y París Londres, seguramente en busca de perderse hacia dentro del Parque Hundido. Se pregunta de pronto de quién se escapa el amigo de Carlos. ¿De los agentes, de él, de todos juntos? ¿No lo vio periquearse y meterle un plomazo al descalzo sin rostro?— ¿Adónde vas, chingao?

—¡Duro, mi beisbolista! ¡Róbese la tercera! —gorjea entre tosidos Espiridión, un segundo antes de que despegue el Galaxy y deje atrás los ecos de sus tripulantes. Agh, agh, agh.

—Una de la mañana cuatro minutos, una cuatro —sube el volumen Estanislao, diríase al fin libre de sus captores, y no obstante a merced de sus fantasmas.

En otra situación, se sentiría aliviado de acariciar el bonche de billetes en la bolsa derecha del pantalón. Le gustaría tirarlos, romperlos o quemarlos, en lugar de ponerlos en manos de Danilo, que de seguro no ha juntado nada. Falta un poco nomás, para cubrir el día. Falta, también, que el Comanchú no vuelva a aparecerse y eso sí nadie puede asegurárselo. Al contrario, si hubiera que apostar él pondría su dinero en la certeza de que antes o después regresará. No es verdad que su muerto haya brincado más, pero él así juzgó y todos lo aceptaron, agh, agh, agh.

—¡Un aplauso para mi compadrito! —arengó el comandante Cortés Mijangos a sus cuatro paleros y le puso en la mano las apuestas—: Tenga compadre, ahí pa que se compense por tanta lata.

—¿Por qué tan calladitos? —se hizo el gracioso el Sombras (¿o sería el Gillette?) delante de los muertos y Roa casi se lo agradeció, porque ya a esas honduras entendía que el peor de los quejidos no es tan espeluznante como la paz callada que lo suplanta. Quién pudiera sumarse a la risa de niño del Muertis. Igh, igh, igh.

Cuando aparece el cabo Danilo, encuentra a su pareja, superior e instructor tendido en una banca de cemento, al lado de la fuente de Liverpool. No se mueve. No habla. No para de llorar.

XV. Para que no me olvides

Tres Sanborns, dos Gigantes, tres Aurrerás, un Sardinero, dos Palacios de Hierro y cuatro Liverpooles, cuando menos. Sin contar las tienditas y boutiques donde también lo han agarrado robando. Siempre, hasta hoy, lo habían dejado ir. Unas veces comprando la mercancía, otras pagando el doble sin siquiera llevarse lo robado. Y otras a rollo limpio, cómo no. El chiste es aprender a negociar, se ha pavoneado el Rudie ante amigos, aprendices y cómplices. Pedir perdón con la cabeza gacha, reconocer las faltas antes de que ellos te las echen en cara, acusarte de estúpido inmaduro para que te atribuyan alguna madurez.

—Escúcheme, oficial —suplica el detenido, abrazado a la fuerza al tronco de un árbol, las muñecas unidas por las esposas del cabo Danilo—: Soy un escuincle estúpido, no merezco que nadie me perdone, y usted menos, ¿verdad?, pero usted de seguro es padre de familia, por eso yo le pido una oportunidad.

—Claro que sí, mijito, ya te voy a dar tu oportunidad —aprieta las mandíbulas, se afloja el cinturón, respira hondo el suboficial Roa, un metro y medio atrás de Rubén.

—Dos de la mañana veinticuatro minutos, dos veinticuatro —se escucha el radio desde la puerta abierta de la patrulla. Nada que robe el sueño a los vecinos de la esquina de Fresas y Magnolias, a un ladito del parque y el árbol del perdón.

—Aquí va tu primera oportunidad —anuncia Roa Tavares y descarga un certero cintarazo en las espaldas del esposado.

—Con la pura cajuela ya sacamos el día —evalúa Danilo, satisfecho, tras cumplimentar la orden terminante de mudar lo robado a la patrulla.

—…cho-co-la-tes-tu-rín ri-cos-de-prin-ci-pio-a-fin —canturrea una voz de niña golosa desde la XEQK.

—Once, doce, trece oportunidades —resopla Estanislao. No sabe si admirar el valor del mocoso, que ni un grito ha pegado, o temerse que sus golpes son blandos.

—Ugh, ugh —puja apenas el Ruby, temeroso de que se arme un escándalo, lleguen más patrulleros y termine en el tanque.

—Veintiséis, veintisiete —sigue adelante el suboficial, algo más relajado desde que le dio vuelta al cinturón y se aplicó a sonarle con la hebilla: ancha como charola de la DIPD y equipada con un pico de fierro que se encaja en los hoyos del cinturón, o en su caso la piel del escarmentado.

—¿Me van a consignar? —aprovecha una pausa el ratero del Rambler, que no ha perdido el ímpetu negociador.

—Treinta y seis, treinta y siete —ruge, atléticamente, Roa Tavares. Necesita apagar el carnaval de risas en su cabeza.

—¿Lo subo a la patrulla? —titubea Danilo, no bien su superior da unos pasos atrás y detiene la cuenta en el cincuenta y seis.

—Quítale las esposas —niega con la cabeza el suboficial.

—Dos de la mañana treinta y cinco minutos —marca la XEQK cuando Danilo enciende el motor.

—Si te vuelvo a agarrar te tuerzo, muchacho —se despide del Rudeboy el suboficial, le desliza en la mano las llaves del Rambler y le da dos palmadas en el hombro.

—Se acabó, se acabó, se lo juro, oficial, por mi madre que no lo vuelvo a hacer —solloza el conductor del ramblercito, tendido bocabajo sobre el pasto. Luego escucha la puerta que se cierra, el acelerón súbito, el silencio bendito. Sacude la mollera, suelta el aire de golpe, aliviado y de vuelta adolorido por causa de la pura exhalación. Luego flexiona piernas, codos, cadera, hombros, muñecas, apenas lo bastante para poder reptar hasta donde está el coche. Necesita ya entrar, cerrar la puerta, esfumarse de aquí, cantar victoria al fin de la derrota: *Ruby can't fail!*

—Rubén Ávila Tostado. Insurgentes Sur tres cuatro nueve tres, edificio ¿treinta y tres?, ¿treinta y cinco?, ¿treinta y ocho?, departamento quinientos uno —lee en voz alta el subcomandante Roa, a la luz de la lámpara sorda de Danilo. Tiene en la mano dos licencias de manejo y una tarjeta de circulación, las coteja con aires de investigador—. Rambler American modelo setenta, placas tres cero cuatro ce ele erre, a nombre de Ligia del Socorro Tostado Magaña, que reside en el mismo domicilio. Pobre vieja, de seguro no sabe el hijito que le vino a tocar. O no quiere saberlo, igual que mi mujer. Por eso los cabrones salen como salen. Tú te crees que pariste a un angelito, le digo a la pendeja, y ahí está el resultado. ¡Perdóneme, oficial, pormirreputamadrequenolovuelvoahacer! Tendría que dar las gracias, el chamaco cagón. Unos buenos cuerazos a nadie le caen mal.

La segunda licencia corresponde a Francisco Hernández Arrieta, nacido el diecisiete de agosto de 1960. Apenas tres semanas después de Carlos, hará cuentas ociosas el suboficial Estanislao Roa Tavares. ¿«Mi salvador», dirá, o ya habrá ido a contarle a Carlitos que su querido padre es un matón? ¿Y cuántos héroes no son también matones? ¿Volverá a ir a su casa y lo llamará «tío», como si cualquier cosa? ¿Se encontrará con Carlos en secreto o se esconderá de ellos para siempre? ¿Qué tiene que ver su hijo en esta pesadilla? ¿Les bastará el sustito, en todo caso? ¿Y bastará él, al fin, para mantener lejos al Comanchú? Esta última inquietud suplanta a las demás: el compadre no es de los que se van. Nada le extrañaría que hubiera usado a Pancho para amarrarlo a él. ¿No clarito le dijo que a él nadie se le escapa, ni le va a ver la cara sin ir a dar al hoyo? ¿No lo metió en el ajo, con todo y moronga? ¿No se ganó esa lana en plan de tablajero? ¿Y dónde estaría ya, después de recibirla, sino en la mera mira de Cortés Mijangos?

—¿Qué hacemos con las placas americanas? —se entromete Danilo en las cavilaciones del suboficial.

—Déjemelas, pareja, para algo servirán —se estira el jefe, suelta un largo bostezo, sacude la cabeza, espanta la visión del Comanchú con el dardo en la mano, destraba una sonrisa malaleche—: ¿Sabe que fui campeón de tiro al blanco?

—Zzzz… —alcanza a resoplar el cabo Danilo, con la vista extraviada en la avenida—. ¿Hace mucho?

—Hace unas cuantas horas, según la XEQK —se tuerce Estanislao para sacar un fajo de billetes y se lo extiende a su subordinado—. Me gané unos pesitos, ya con eso pagamos lo de la patrulla. Luego vemos qué hacemos con lo demás.

—¿Ya vio al de la Caribe? —señala el cabo el coche a su derecha—. Viene haciendo eses.

—Caribe azul, oríllese —ruge el suboficial ante el micrófono. Debe de ser tardísimo, pero el cabo tampoco trae reloj y a él no le da la gana prender el radio. Debería irse a dormir, pero ya sabe que no va a poder. El muerto que más pesa es el primero, le han dicho los que saben. Le toca, por lo pronto, espantar al fantasma. Bajar de la patrulla. Entrar en personaje. Esgrimir, como un sable, El Reglamento. Recordar, ahora y siempre, que en su negocio nunca hay inocentes.

1982

XVI. El festín de Lulú

La de Lulú es la típica historia que cada uno cuenta diferente, quizá porque parece de mentiras y hace falta esmerarse para hacerla creíble. O porque es demasiado suculenta para no incluir efectos especiales. O tal vez por ese ánimo protagónico al que suele apelar cada correveidile cuando viste un infundio de testimonio. Sobran los que aseguran que estuvieron ahí, o que conocen a uno de los testigos del penoso incidente, aunque lo más común es que de todos modos la audiencia se lo trague con enorme entusiasmo. Porque claro, si el chisme es un chismazo, ¿quién se va a interesar en verificarlo?

Tal como lo sugiere la coexistencia múltiple de versiones distintas y distantes, la historia de Lulú ha sido objeto de incontables condimentos, desde el cambio de nombres y escenarios hasta la maliciosa inclusión de toda suerte de detalles truculentos y patrañas flagrantes, como ésa de que el padre la encerró en un convento luego de que la madre se pegara un balazo. Otros cuentan que el novio fue el suicidado, tras verla trabajando en un burdel. Y hay también quienes juran que la infeliz salió con los pies por delante de un hospital psiquiátrico.

Paparruchas, señoras y señores. La verdad de la historia de Lulú —por algo está presente en todas sus versiones— tiene que ver con el fugaz instante, un parpadeo casi, que la echó de cabeza a la ignominia, precipitó la ruina de los suyos y persuadió a la tierra de tragársela. Si se trata, por tanto, de relatar con pelos y señales la historia de Alma Luisa Gómez Luna, es preciso aclarar que lo que medio mundo cree *su historia* no es sino un accidente que igual sirve de epílogo o prefacio. Escandaloso, sí, pero no suficiente para seguir sus huellas tierra abajo y rastrear su destino más allá del bochinche. Pues una cosa es que uno quiera morirse y otra que ya por eso vaya a dar a las manos del forense. ¿Quién dijo que las ruinas no tienen su mañana?

—Pues por eso, mamá, es mi cumpleaños —se defendió Lulú por enésima vez, todavía en la víspera de aquel viernes fatídico—. ¿No te digo que tengo que estudiar?

—¿Y no te dije yo que te lleves tus libros al rancho de tus tíos? —insistió la mamá, ya en un tono de súplica vencida.

—¿Tú crees que allá me voy a concentrar? —torció la boca la hija, con los brazos cruzados y la vista en el techo. Luego probó a ponerse pedagógica—: Necesito estar sola, mamita. Vete con mis hermanas, otro día festejamos.

Esa noche, Alma Luisa se fue a la cama con la ilusión de un niño en Nochebuena, pero la perseguía un vago sentimiento de culpa. Cierto, sus argumentos eran irrebatibles. Tantos años de oír que trabajo y estudio están siempre primero le daban la razón por *knock out* técnico, pero igual su coartada estaba coja. ¿Qué tanto iba a estudiar, en el mero principio del semestre? Nunca lo había hecho, ni tenía la fama de estudiosa. La prueba era que varias de sus viejas compañeras eran ya licenciadas y ella estaba empezando otra nueva carrera, después de tres intentos desganados. ¿Lo pasaba por alto la mamá, a modo de regalo de cumpleaños, o le compraba el cuento de la formalidad instantánea? Contenta como estaba por la cita secreta del día siguiente, Alma Luisa jamás imaginó que de esa disyuntiva colgaba su destino, como un péndulo.

Se despertó temprano en la mañana y no volvió a dormirse por el puro placer de anticiparse a paladear la lengua de Jimmy Papacito, mientras mamá y las niñas la pasarían bomba correteando gallinas y pescando ajolotes sin su ayuda. Saboreó, de una vez, la envidia de tantísimas pendejas que darían cualquier cosa por mínimo salir con Jimmy Campomanes. Ya pasadas las siete las oyó venir (de puntitas las tres por el pasillo, llenas de *happybirthdays* con su nombre) y se hizo la dormida para darles el gusto de despertarla.

—¿Seguro que te quieres quedar sola? —puso cara de niña la mamá y Lulú hizo una jeta de fastidio.

—¡Se va a quedar a dormir con su novio! —gritó Ana Ofelia con puntería infantil.

—¡Niña! —respingó a tiempo la mamá, sacudió la cabeza y se volvió enseguida hacia Alma Luisa—. Y tú no me hagas caso, Lulucita. La verdad, la verdad, estoy muy orgullosa de que seas así de responsable.

Ya eran más de las nueve cuando cruzó la reja de la calle y leyó el titular del periódico. ¿Qué quería decir que hubiera en adelante dos tipos de cambio, «libre» y «preferencial»? ¿Qué pasa cuando el Banco de México «se sale del mercado»? Si no se equivocaba, igual habían dicho hacía seis meses, cuando el dólar se fue de veintiocho a cuarenta. Pensó en dar marcha atrás y llevarle el periódico a la madre, pero prefirió huir antes de que el remordimiento le creciera. Por otra parte, ¿no ella misma decía que tenía sus buenos dólares guardados? Además del montón de modelitos que se habían traído de San Antonio, ya con el dólar a cincuenta pesos. Les subiría los precios, por supuesto. Por unos jeans Ellesse se dejaría pedir cuatro, cinco mil pesos. Y cada chamarrita Members Only la iba a dar en un ojo de la cara. Le quedaban vestidos, blusas, tops, un pequeño tesoro en fayuca de moda. ¿Qué tal que en una de ésas les iba hasta mejor?

Según había advertido a sus hermanas, mamá iría por ellas al colegio y saldrían directo para la carretera. Aún suponiendo que algo se les olvidara y tuvieran que hacer una escala en la casa, no pasaría de las tres de la tarde. Jimmy había sugerido que mejor fueran al autocinema, pero ni hablar. ¿Qué tal que los veían entrar o salir juntos? Además, era el día de su cumpleaños. Llamarían amigas, primos, tías, y ni modo que no la encontraran, si según esto iba a estar estudiando. Por otra parte, Lulú tenía claro que a un galán como Jimmy Campomanes no se le atrapa en el autocinema (donde ha ido con tantas, según cuentan). Tres semanas de ser novios secretos, mientras todos la hacían muy feliz al lado del pelmazo de Beto Bedoya, eran más que bastantes para saber lo que quería y no quería en la vida. ¿Y qué iba a hacer, por cierto, si a Adalberto le daba por festejarla? Era capaz de mandarle unas flores. O peor aún, traérselas.

Estaba harta de que el *loser* aquel diseminara el cuento de que andaba con ella, pero antes de ocuparse en desmentirlo tenía que esperar a que Jimmy cortara con su novia chilanga: una flaca mamona que conoció en Polanco y no es ni la mitad de guapa que ella. Y de cuerpo ni hablemos, si está más plana que una hoja de papel bond. Eso se iba a notar en unas horas, cuando al fin le saliera al joven Campomanes con uno de esos vestiditos escotados monísimos que apenas se trajeron de San Antonio. ¿O no había hecho ya mucho con pasarse esos días en San Antonio colonizando los probadores de JCPenney, Sakowitz, Marshall Field's, Joske's, Foley's y varias otras con y sin apóstrofe, *ándale, hijita, tú eres mi modelo*?

Contra las predicciones del sentido común, se diría inclusive que *sospechosamente*, Lulú vería llegar las ocho de la noche sin recibir noticias de Adalberto Bedoya. Vamos, ni la llamada de rigor. 17:58, había informado la videocasetera que compraron de paso por Nuevo Laredo, cuando Lulú oyó el timbre de la calle. Estaba ya arreglada, pero tenía el pelo medio empapado. Bajó en una carrera, cepillo en mano, se miró en el espejo del bañito de abajo y comprobó que no era casualidad que tanto su mamá como sus primas insistieran en su tal-vez-no-tan-remoto parecido con la famosa Olivia Newton-John. Sobre todo con el pelo mojado. ¿Y no se lo decía el mismo Jimmy: Te pareces a Olivia, *Dolly*, nada más que en bonito? *Let's-get-phy-si-cal... phy-si-cal*, entonó y dio una vuelta en redondo, contoneando caderas, hombros, muslos y costillas. Todavía cantaba cuando abrió la puerta.

En prevención de alguna visita intempestiva (Beto Bedoya odiaba a Jimmy Campomanes: igual que todo el mundo, lo había visto pasar quinientas veces en su Jeep rojo con franjas amarillas), Lulú le sugirió al amante furtivo que moviera su coche a la calle de atrás, a lo cual accedió de mala gana porque un Jeep Renegado nadie quiere esconderlo. Y menos al piloto, claro estaba. Lo dejó, finalmente, dando vuelta a la esquina, cerca de la caseta de vigilancia. ¡Sirve que me lo cuidan!, celebró, sin sopesar el riesgo de una eventualidad.

Le llevó de regalo un cassette de Journey y un corazón de vidrio repleto de *Kisses*. También traía prestado de su casa un original de *Xanadu* en VHS. ¡La heroína es tu doble, Dolly!, la animó, muy galante. Sabía, por lo demás, que en casa de Lulú había solamente una Betamax —desde que regresaron de McAllen, ella no se cansaba de mencionarlo— pero al fin su objetivo no era ver la película sino usar la ocasión como pretexto para subir directo a la recámara. No se lo había dicho: pensaba irse por ahí de las diez. O por lo menos a eso se comprometió con tres de los amigos que lo iban a esperar a esa hora en una mesa del Andy Bridges. ¡Órale, pinche Jimmy, le das su regarrote y nos alcanzas!

Ya casi había ocurrido, afuera de Las Aguas, en la Zona Azul, pero había muchos coches y Lulú se asustó. Y en el autocinema, la semana anterior: Jimmy llevó un sarape y los dos se encueraron debajo de él. ¡Tienes novia, Jaimito!, lo detenía ella, más o menos renuente, pero al cabo de un par de grados centígrados la idea le empezó a sonar atractiva. Acostarse con uno que tenía novia era como mudarse a las ligas mayores. Eso lo hacen las golfas, se temía, y este solo temor ya tenía la textura de una tentación. Además, no había de otra. ¿Cuándo se había visto a Jimmy Campomanes terminar a una novia sin estar ya embarcado con la nueva? Si para seducirlo se iba a esperar a verlo sin galana, tenía que formarse en una cola marca Disneyworld, repleta de ingenuotas que no quieren que nadie pueda decirles golfas. Como si para eso se expidieran licencias.

—*Hold on to that feeling!* —aconsejó Steve Perry desde la grabadora sobre el buró derecho de la alcoba materna.

—¡Tienes novia, Jaimito! —arrastró las vocales Alma Luisa, más o menos anuente, al tiempo que metía la mano bajo su pantalón, se hacía con su miembro y lo apretaba como un tubo de Colgate.

—Mañana en la mañana corto con ella, Dolly —se comprometió Jimmy, no exactamente con la mano en el corazón.

Ya sabía Lulú de la fama promiscua de Campomanes. Le habían dicho, de paso, que a todas las llamaba siempre Dolly para no equivocarse con los nombres, pero en vez de perder el interés se había dado a soñar con hacerse acreedora de esa distinción, como si el *Dolly* fuese una suerte de título o reinado. ¿Y no era ella la Dolly del momento? ¿No la tenía desnuda sobre el colchón king size de su mamá, es decir de su suegra, es decir en familia y por si fuera poco en su cumpleaños? ¿No le decía te quiero, te amo, no te me vayas nunca, Dolly Baby, mientras le ensalivaba los pezones?

La llamada sonó en el peor momento, es decir a mitad de un gran momento, pero Lulú tenía que contestar. 20:42, según la Betamax. Nada más escuchar de puro refilón la voz de la señora, Jimmy perdió de golpe la erección y quedó a la intemperie de Alma Luisa. Ya llegamos al rancho, le informó. ¿Qué tal iba el estudio?

—¡Todo de pelos, mami! —alardeó la estudiosa, con la mano derecha sumergida entre el vello del pecho del Señor de las Dollies.

—Hazme un favor, hijita —exigió la mamá en tono de súplica—: Estoy casi segura de que se me olvidó cerrar la ventanita de la cocina. ¿Puedes bajar a ver, no sea que se te meta un desgraciado? Anda, yo aquí te espero…

—Ven, acompáñame —le susurró en la oreja Lulú a su visitante, con el auricular metido entre las sábanas y un ánimo travieso de cómplice sarcástica—: No sea que se me meta un desgraciado…

—¿Otro más? —se hizo Jimmy el simpático, la tomó de la mano y dio el primer pasito hacia la cocina.

La escalera de casa de Lulú carece de descansos, va de una planta a otra pegada a la pared, perfectamente recta y diagonal. Jimmy bajaba lento, pisada por pisada, un poco remolcándola escalones abajo, como si así la fuera convenciendo de que no había peligro en la cocina, por más que la ventana no estuviera cerrada. ¿Y si no había peligro, por qué iban tan callados? Ya me está dando miedo, rompió el silencio ella y en ese infausto instante se encendieron las luces de sala y comedor, una de ellas encima de la escalera.

—¡Sorpresa! —sonó el coro disparejo. Algunos, más cercanos a la acción, no alcanzaron sino a decir «Sorpre» o «Sorp».

—¡Virgen Santa! —gritó la abuelita, que estaba a metro y medio de los dos encuerados.

—¡Alma Luisa! ¿Qué es esto, por Dios? —explotó la mamá dos instantes más tarde, en medio del silencio más insoportable que alguna vez reinó en aquel domicilio.

Lulú no reaccionó tan pronto como Jimmy, quien nada más mirarse lampareado trepó las escaleras de dos en dos, con una mano atrás y otra adelante. Antes de la vergüenza y el horror, Lulú quedó pasmada por un flujo engañoso de indignación. ¿Qué hacían todos esos metiches en su casa? Primos, primas, vecinos, amigas de la infancia, compañeros de la universidad y para colmo el bruto de Beto Bedoya, con su ramo de rosas y sus chocolates. Aunque no fue por eso, como varios creyeron y aún hoy lo sostienen, que pegó un grito largo y soltó el llanto, antes de terminar de reaccionar y correr a encerrarse en su recámara. ¡Lárguense todos!, berreó seis, siete veces, con el pudor tardío disfrazado de histeria desatada.

Quienes ahora se jactan de haber sido invitados a la fiesta frustrada de Lulú juran que vieron todo a mínima distancia, pero esa noche, al fin del espectáculo, los convidados fueron lo bastante corteses para resumir *todo* en diez letras amables y concisas: Yo-no-vi-nada. Un pacto de silencio que no llegaría vivo más allá del lugar de los hechos, si en principio cada uno tendría que explicar qué pasó con la fiesta sorpresa cancelada. Nada muy complicado para un chisme con alas, como el de esa Lulú cuya historia torcida casi todos conocen, o eso creen.

XVII. American Estrés

«Acuérdate, mi Lauris, vende hasta los calzones pero guarda tus dólares», solía aconsejarla Juan Martín, el hermano mayor, desde el día en que Alma Laura le contó que tenía sus ahorros en divisas. Por eso se compró el coche en abonos y no tocó la cuenta más que para sumarle papel verde. Todavía no era mucho, aunque ya suficiente, creía ella, para ponerla a salvo del naufragio de moda. Cuando otros respingaban por la inflación rampante y el derrumbe del peso, ella se consolaba calculando que cada nuevo tumbo incrementaba un poco su patrimonio.

El negocio, eso sí, iba de mal en peor. Lo que en febrero daba a dos mil pesos ya lo ofrecía en cuatro para el final de julio, y a como iban las cosas acabaría en ocho mil o más. ¿Quién iba a pagar eso, por el amor de Dios? ¿Y qué podía hacer ella, venderlo todo al costo? ¿Cambiar sus dolaritos para pagar la tarjeta de crédito? ¿Descapitalizarse? ¿Dedicarse a otra cosa? ¿Buscarse alguna chamba, a estas alturas? Cuando se estabilice la moneda, quiso tranquilizarla Juan Martín, que no era financiero pero opinaba con la autoridad de quien leyó el periódico de cabo a rabo, vas a tener un muy buen patrimonio.

La primera intención de Alma Laura, pasado el incidente del cumpleaños de su hija mayor, fue mandarla a estudiar a Estados Unidos. Lo dijo varias veces, al final de la fiesta que jamás empezó, acompañada apenas de dos de sus hermanas, tres sobrinos, una vecina y sus otras dos hijas (los demás se esfumaron, acuciados por el bochorno ajeno). ¿Y quién te dice que si la mandas fuera no se te va a acabar de destrampar?, opinó la vecina, que no tenía dólares para enviar a sus hijos a ninguna parte y encontraba antipática esa solución, amén de presuntuosa y contraproducente. ¿Y no era ésa la idea, por lo pronto, fanfarronear un poco mientras veía qué hacer con la vergüenza? ¿Qué hace la gente bien cuando los hijos salen desobedientes? Mandarlos a otra parte, por supuesto, para que quede claro que dinero jamás les ha faltado.

¿En qué fallé, por Dios?, se atormentó la madre de Lulú durante el par de días en que tuvo cabeza para culparse por el incidente. Seguía con la idea de mandarla a estudiar a San Antonio. O a Austin, ahí cerca. O a Kansas, donde estaban dos hijos de una prima de Ernesto. Si ya fallé, se dijo, es hora de acertar, y así encontró en la búsqueda de opciones un camino hacia afuera de la mala conciencia. Indagó cuanto pudo entre sus familiares y amistades, si bien notó que algunos la rehuían. Te va a salir carísimo, le advirtieron en más de una ocasión y ella dijo ni modo, qué más se le va a hacer, con la resignación de los acaudalados.

Hasta que llegó el jueves y una llamada madrugadora la devolvió de golpe a la realidad. Era un ejecutivo de American Express, quería saber por qué no había liquidado cierto saldo pendiente. Quince mil ochocientos veintinueve dólares y treinta y dos centavos, para ser exacto. Poco menos de ochocientos mil pesos, hasta hacía pocos días; mucho más de un millón, a como iban las cosas. Claro que fue un olvido, qué cabeza la mía, le explicó amablemente al telefonista. Tempranito en la tarde iría a pagar, no faltaba más.

No había sido la fiesta interrumpida de Lulú la única razón por la que se olvidó de pagar la tarjeta. Juan Martín, por un lado, insistía en que el dólar se iba a ir a más de cien, y ella a su vez guardaba la esperanza de liquidar la deuda con el importe de la mercancía, sin tener que tocar su patrimonio. En términos más simples, Alma Laura era víctima de una suerte de apego emocional, muy común entre quienes se miraban aún como sobrevivientes en medio de tamaña tempestad: se había encariñado con sus dólares.

Pensó en llamarle a Ernesto, pero la detenía el temor a que el chisme ya le hubiera llegado. Y si aún no lo sabía, ¿se lo iba a ocultar ella? ¿Quién le garantizaba que pasarían los meses sin que alguien le contara a su exmarido del espectáculo que había dado la mayor de sus hijas? Para suerte de todos, calculó, se había casado con un hijo único. Tenía pocos chismosos que lamentar. Pero quedaban varios amigos comunes, como sería el caso de Rodrigo y Marilú, que habían estado ahí con sus dos hijas. ¿Y qué tal la chismosa de Yusdivia, que cada día llamaba dizque porque para eso estaban las amigas? Ya podía imaginarse la regañada que le esperaba el día que llamara José Ernesto. ¿Ésa es la educación que le das a mis hijas?, escupiría, fuera de sus casillas. Si tuvieran un padre, otra cosa sería, tendría entonces ella que defenderse. ¿Y así le iba a pedir el condenado préstamo?

Para colmo de males, Ernesto andaba en líos. Llamó su secretaria, un par de horas después que el cobrador, para anunciarle que el dinero del mes tardaría unos días en «depositarse». El ingeniero está fuera de México, le hizo saber la chica y Alma Laura logró aguantarse las ganas de preguntar por qué no se la había llevado de paseo, y acto seguido tildarla de zorra. No le constaba, claro, pero tampoco iba a ser cosa rara que el desgraciado trajera de colchón a la tal Judith esa. Consideró la idea de pedirle el teléfono y el número de cuarto de su hotel, pero eso de ser la ex y jugar a la esposa le pareció grotesco. De vergüenzas estaba hasta la coronilla.

Para cuando Alma Laura se decidió a darle una tarascada a su querida cuenta de Banca Serfín, el gerente de la sucursal se encargó de explicarle lo que todo el país ya comentaba y ella no había tenido tiempo de acreditar: por instrucciones del Banco de México, las cuentas en divisas estaban congeladas. Por la tarde, en la sede de American Express, Alma Laura se supo compañera de incontables deudores atrapados por esa misma circunstancia, tanto que hasta llegó a creerse beneficiaria próxima de alguna especie de condonación. Yo hice todas mis compras con el dólar a 49.50, declaró por lo alto, plena de indignación ante los cuchicheos de los pesimistas, ¡y no pienso pagar ni un *penny* más!

Al cabo de unos días, las cuentas en divisas fueron descongeladas y de inmediato convertidas a pesos. Para entonces, el dólar pasaba de los cien, pero según la ley los pagarían a menos de setenta. Antes que sumergirse a hacer cálculos tristes y desesperados, Alma Laura se echó a llorar sobre la mesa de la cocina. Nos quedamos sin dólares, gimió, rabió, echó al piso los trastes, los vasos, los cubiertos, presa del desconsuelo de mirarse al garete y en picada, igual que todo el mundo en este pinche país.

—¿Estás bien, mami? —la interrumpió Lulú, asomada a la puerta con los ojos pelones ante tanto cristal despedazado.

—¿Qué se te ofrece, cínica ordinaria? —descerrajó la madre, a volumen creciente—. ¿No tienes suficiente con fregarnos la vida por andar ahí de cuzca? Estarás muy contenta de vernos en la calle, ¿no? ¡Vete para tu cuarto o no respondo!

—Buenos días, ¿la señora Alma Laura Luna Melgar? —intervino la voz en el teléfono.

—¿Quién la busca, señor? —resopló la aludida, con el coraje al alza y las reservas bajas de paciencia.

—Dígale que le llamo de American Express, en relación al pago pendiente de su tarjeta número...

—¡Chingue usted a su madre, usurero infeliz! —reventó en ese instante la tarjetahabiente y colgó con tal fuerza el auricular que un pedazo de plástico salió volando en dirección al refrigerador.

Cuando la quiebra asoma la nariz, el pobre va a la iglesia y el rico a la terapia. Los de en medio, no obstante el tormentón, se sientan a hacer números. Alma Laura ya estaba preparada para vender el coche o hipotecar la casa, pero pronto entendió que no podía vender lo que seguía debiendo ni hipotecar aquello que no estaba a su nombre. Llegó a pensar en rematar la ropa como un lote, aterrada de sólo imaginar una deuda preñada de multas e intereses moratorios. Luego, ya recobrado algún sosiego tras el pleito con la hija y el cobrador, se pescó del estado de cuenta, una calculadora y la libreta de los recados. Sus cuarenta mil dólares, que en las casas de cambio del aeropuerto se venderían

en más de cuatro millones, no llegaban ni a tres en su cuenta corriente. ¿Es decir que después de liquidar la deuda le quedaría menos de la mitad? ¿Cuántos dólares iba a comprar con eso? A como
iban las cosas doce, si no diez mil. Los guardaría debajo del
colchón, se prometió en un lapsus de optimismo. Nunca más en
un banco, aunque pudiera. ¿Y de dónde, a todo esto, iba a sacar
para pagar el coche y el resto de los gastos con los que Ernesto
no le ayudaba, si no quería tocar esa ridiculez a la que todavía
apodaba «patrimonio»? ¿Acabaré vendiendo mis calzones?, bro-
meó para sí misma, con los pies en la tierra de la amargura. Era
oficial: estaban en la chilla.

XVIII. *Small Town Girl*

Lo primero que vio la prima Corina cuando llegó a la fiesta sorpresa de Lulú fue el techo de vinil verde pistache del coche nuevo de la tía Lauris. No era común que fuera de visita, lo vivía desde niña como un viaje a la tierra prometida. Para empezar, la pura travesía de Canal de Miramontes a Ciudad Satélite implicaba soplarse virtualmente completo el Periférico. Luego estaba esa rara sensación de llegar a un planeta de facha futurista del que después odiaba tener que salir. Si existía de veras la reencarnación, especuló Corina delante del Dart K de su tía y sus primas, ella quería renacer en Satélite.

Un par de años más joven que Lulú, Corina la ha admirado desde que era niñita, con ese antojo ingenuo y fervoroso al que llaman *envidia de la buena*. Mi prima la bonita, la ha llamado entre amigos. Mi prima de Satélite. Mi prima ricachona. ¿Y ahora quién va a ser, mi prima la piruja?, se preguntó esa noche, Periférico abajo, a la vez que trataba de cerrar los oídos a la catilinaria de la madre. ¿Cómo iba a ser posible que su hermana botara a las escuinclas por andar correteando la vendimia? ¡Y esa niña, qué alcances por el amor de Dios! A ver de qué les va servir tanto dinero, con las hijas echadas a perder. Para que veas, Corina, lo que sucede cuando no hay papás, tú que ya estás cansada de aguantarnos. Dime yo qué me gano con cuidarlas a ustedes de las malas influencias. Ya lo agradecerán cuando tengan mi edad y vean los problemas por los que pasa una. Menos mal que tu hermana no vino con nosotros, y ay de ti si le cuentas, te lo advierto.

Ni falta hizo exigirle discreción. Luego de condolerse y espantarse por el súper quemón que su prima acababa de ponerse, Corina descubrió que estaba ante una buena oportunidad. Si amigas, primos, tías, vecinos y hasta el novio le iban a dar la espalda a la pobre Alma Luisa, ella podía ofrecerle la amistad más valiosa del mundo. La única, es decir. ¿O qué, se iba quedar sin su prima moderna, rica y guapa nada más porque estaba tatemada? ¿Quién le decía que en un descuidito no iban a ir a pasearse en el Dart K, aunque fuera bien lejos de Satélite?

Llamó tres veces, le contestó la tía y colgó la bocina. Otra vez fue Raquel quien levantó el teléfono y Corina tampoco quiso hablar. Necesitaba que ella contestara, pero entendió que eso no iba a pasar. ¿Quién, que se hubiera balconeado así, iba a darle la cara tan siquiera al teléfono? Una noche atinó a pelar oreja y escuchó a sus papás tocar el tema. Según esto, Lulú seguía de floja, encerrada en la casa. Todo indicaba que la tía Lauris no tenía el dinero para mandar a la hija a Estados Unidos. ¿No que ganaba en dólares?, se pitorreó el papá, que nunca había tragado a la cuñada y encontraba justicia en su desgracia.

Hay cuarenta kilómetros entre Calzada Acoxpa y el Vips Echegaray, pero Corina había hecho sus cuentas y calculó que en no más de seis horas podía estar de vuelta del planeta distante de Alma Luisa. Bastaba con volarse un día de clases. No sabía llegar del Vips hasta su casa en La Florida, pero tenía apuntada la dirección y esperaba que el taxi no saliera muy caro desde allí. No podía estar segura de topársela, y en realidad tampoco lo esperaba. En vez de eso, le había escrito una carta: su idea era deslizarla por la ventana de su recámara, unos cuantos ladrillos arriba de la sala. Bastaría con treparse en la reja y echarla rapidito, sin que nadie la viera.

«Queridísima prima Lulú», arrancaba la carta en tinta roja. «Antes que nada necesito que sepas que pase lo que pase yo jamás me pondré en contra tuya», se leía por encima del papel color rosa con una muñequita impresa sobre el margen. «Esa noche», seguía, líneas más adelante, «yo estaba de tu lado pero no te lo pude decir, y desde entonces no he logrado encontrarte». Al final, le ofrecía su sincera amistad, «aunque me veas muy chica y no viva tan cerca de ti como quisiera». Podía confiar en ella, no le diría a nadie (ni siquiera a su hermana) que se estaban hablando. Si ella quería, claro. Tal como lo planeó, Corina aventó el sobre por la ventana abierta y corrió de regreso a ocultarse en el taxi. Tres cuartos de hora antes de la comida, cuando se suponía que iría saliendo de la universidad, ya caminaba por Canal de Miramontes.

Casi todas las cartas contienen cuando menos una apuesta, más allá de su mera expectativa. Escribimos, es obvio, esperando una réplica y que ésta nos resulte favorable, pero en alguna línea tiramos los dados. Y así añadimos, teóricamente sin necesidad, una frase punzante, un chiste de mal gusto, una exageración inoportuna, una palabra no del todo cómoda pero quizá, con suerte, divertida. Una complicidad o una provocación, según sea el humor del destinatario. A modo de posdata, Corina había escrito: *Don't Stop Believing.*

A lo largo de septiembre y octubre, tuvo Corina tiempo más que bastante para encontrar hipótesis sobre el silencio de su prima Alma Luisa, y una de ellas fue ese guiño confianzudo de referirse justo a la canción que estaba sonando a la hora en que su mundo se vino abajo. ¿Qué tal que había dicho ay, sí, pinche metiche, sácate a la fregada? ¿Y si la había encontrado la tía Lauris, o Raquel, o Ana Ofelia, con lo chismosas que eran las tres? ¿Y si la habían tirado por accidente? Pasado su cumpleaños, el cuatro de noviembre, Corina *stopped believing.*

XIX. Lizamorfosis

El Dart K de Alma Laura tiene un radio con am/fm, asientos separados, transmisión manual y tracción delantera. No hace mucho que los lanzaron al mercado, pero entonces andaban por debajo de los doscientos mil pesos y en noviembre ya están por encima del medio millón. Baratos, comparados con un Grand Marquis; inalcanzables para quien se ilusiona con un vocho. Tal vez sea el diseño, la novedad, la moda, el equipo de fábrica, la línea cuadradita, la crisis evidente o la envidia imperante, pero hoy por hoy son coches muy notorios, y eso es lo que no siempre le acomoda a Lulú.

La paranoia es un miedo con ecos. Antes, cuando no era más que una chica satisfecha con parecerse a Olivia Newton-John, la envanecía pasearse con la madre y las hermanas por Plaza y los Circuitos en el carro recién sacado de la agencia, pero desde que abandonó el exilio en su recámara no puede ni asomarse a la ventana sin ser víctima de una manía persecutoria no del todo infundada. Una mañana fue con la madre a Plaza y al cabo de unos cuantos cruces de miradas, casi todos forzados por su misma zozobra, llegó a la conclusión de que era el hazmerreír de todo el mall y no salió del baño hasta que la mamá le compró una peluca. Entendió así Alma Luisa que si quería vivir sin paranoia tenía que empezar por fulminar a Olivia Newton-John. Iba a haber, además, que mudarse a otro pueblo donde no hubiese rastro de *Lulú*.

¡Puta la madre, puta la hija, puta la manta que las cobija!, dicen que dijo Ernesto cuando al fin se enteró del resultado de la fiesta sorpresa. Luego se echó un broncón con su exmujer, en torno a temas como la carestía, la patria potestad y el abandono.

Así, en lugar de reprender a la hija por lo que él encontraba responsabilidad directa de la madre, Ernesto lo asumió como una competencia y no tardó en proveerla del presupuesto para reinventarse, comenzando por el cambio de *look*. La madre, por su parte, contaba con otra arma de negociación: el Dart K sin el cual esa nueva Alma Luisa jamás iba a escaparse del pueblo suburbial donde era una apestada vitalicia *living in a lonely world*.

La tarde en que Alma Luisa apareció en la esquina de Calzada de las Bombas y Canal de Miramontes, su prima la de Coapa no la reconoció. O más exactamente dedujo que era ella por el coche. Le había llamado la noche anterior, nada más suponer que estaría sola (los tíos andarían en la misma boda que su mamá). ¿Qué tal si salían juntas mañanita en la tarde? ¿Habría algo que hacer, aunque fuera domingo? ¿Adónde era mejor que pasara por ella? Iba a traer el Dart, ya le contaría bien cómo sobrevivió al cumpleaños maldito. Ay, Corina, no sabes lo feo que me ha ido, gracias por seguir siendo mi prima consentida.

No es que se viera mal, sino que era otra. Haz de cuenta, jugó a pensar Corina cuando estuvo sentada al lado de ella, que Olivia Newton-John se fue a dormir y despertó convertida en Pat Benatar. Tacones altos, blusa resplandeciente, cinturón de satín, pantalón entallado, toneladas de blush y delineador. Luego el lipstick, las sombras, el rímel, las greñitas trepadas en la cara… ¡Ya dime algo, oye!, se exasperó Alma Luisa ante el silencio atónito de la pasajera, embebida de envidia de la buena. ¿O qué… tan mal quedé?

Nadie esa tarde iba a quedar mejor que Corina Guerrero Luna. Así arreglada y con tamaño coche, su prima era como un salvoconducto hacia afuera del blues dominguero. O mejor, hacia adentro de la fiesta sin fin que con toda certeza las estaba esperando. ¡Estás per-fec-ta, prima!, la chuleó por Taxqueña, Coyoacán y San Ángel, con el no-puede-ser a flor de labio y la risa traviesa de quien no piensa devolver la billetera que recién se encontró. ¿Y cómo no burlarse del destino, si el domingo pasado ni siquiera la habían dejado entrar, que dizque porque estaba ya muy lleno? ¿Tendría alguna idea la hermana mexicana de Pat Benatar de la clase de chuza que iban a hacer en un lugar como el Torremolinos?

No sólo entraron rápido, sino que encima el acomodador estacionó su coche en la mera banqueta de la entrada. O sea tú me entiendes, fanfarroneó Corina de camino a la mesa, ese espacio no está para carcachas: todo el mundo que pase va a ver tu coche nuevo de fachada del Torre. Hazme caso, primita, remató, con la vista torcida hacia otra mesa y la entonación propia de una vecina del Pedregal, yo estudio Arquitectura y te juro que no te la mejoro.

Lo inmejorable, al fin, es el flujo chispeante de mensajes cifrados entre las mesas del Torremolinos. Si en otras partes cabe preguntarse qué es lo que ésta o aquél hacen ahí, a esta suerte de bar alcahuetesco donde reina la fiesta inclusive en la tarde del domingo sólo se va a dos cosas: ligar y ser ligados. A toda hora y desde cualquier ángulo. Teóricamente sin distinción de clases, aunque en la práctica las clases se distinguen por la atracción que ejercen entre sí. Corina, por ejemplo, encuentra en la sonrisa perdonavidas del pelirrojo de la mesa de junto señales inequívocas de buena vida, enfatizadas por un par de top-siders que lo traen caminando sobre el piso de un yate, *as far as he's concerned*. ¿Y a quién no va a gustarle que el más mamón de todos los mamones alce la copa y brinde con su persona? ¿No es verdad que el soberbio sólo es tal mientras no nos distingue con su atención, y desde ese momento es simpatiquísimo?

No habían ni pedido el cafecito que según Alma Luisa se iban a tomar juntas cuando ya aterrizaban en su mesa sendas piñas coladas, cortesía de un par de aspirantes a golfos que levantaban cejas y vasos a quince, veinte metros de distancia. Otros, que por lo visto llegaron con pareja, le hacían ojitos de cualquier manera. Y ahí venía el niño que vende los peluches a entregarle el osito que le mandaba algún otro galán. Todo en cinco minutos, *believe it or not*, se asombró una que ya no era Lulú, ni quería que la llamaran Alma Luisa, justo ahora que estaba volviendo a nacer y no tenía cola que le pisaran.

—¿Y lo pondrías con ese o con zeta, prima?

—Ele, i, zeta, a, como Liza Minelli.

—Entonces serías *Laiza*, porque así se pronuncia. Hasta hay una canción, seguido mis papás ponen el disco.

—¡Ay, sí, tú, *mi iamarme Laiza Goumez*! Me oiría súper naca, no me arruines.

—Lisa, entonces, como la Mona Lisa. ¿Y si te digo Mona, de cariño?

Lo malo de la envidia de la buena es que en un descuidito se echa a perder. No ha olvidado Corina que antes, cuando eran niñas, su prima de Satélite era una presumida que se burlaba de ella y le decía andrajosa, dizque de juego. ¿No sería que la consideraba *súper naca* por llamarse Corina y vestirse en Suburbia? Por si las moscas, o puede que nomás por fastidiar, le siguió la corriente con el cambio de nombre pero lo pronunció como le dio la gana. O sea *Laiza*, y te chingas, resolvió a sus espaldas cuando la vio subir las escaleras que llevan a los baños, resguardadas por una corte de hienas saltarinas a la caza de carne de colchón. Lo dicen, entre risas, los conocedores: hay que ser muy idiota pa llegar con tu vieja al Torremolinos.

You-can't-hur-ry-love, la perseguía la música entre uno y otro piso, felizmente rodeada por desconocidos que parecían resueltos a no serlo más. ¡Qué fiestón tan de pelos!, se dijo en voz bien alta, valiéndole bolillo el qué dirán, como si de repente sus fantasmas se hubieran esfumado con todo y la vergüenza de llamarse Alma Luisa, apodarse Lulú y vivir escondida de esa engañosa fama de putona que recién acababa de pasar de moda. ¡Oye! ¿Cómo te llamas?, escuchó varias veces y respondió sonriendo Liza, Liza, Liza.

—¿Por dónde vives, Liza? —curioseó un espontáneo arrimadizo, con un brazo rodeándole los hombros.

—¿Yo? Por aquí… —tanteó la interrogada, sin mucha convicción.

—¿Por aquí en La Florida o en Guadalupe Inn? —le susurró en la oreja el encimoso y ella sintió que el mundo se le caía.

¿«Florida», había dicho? ¿Qué le sabía, el imbécil? ¿La habría reconocido? ¿Querría hacerse el gracioso? ¿La iría a echar de cabeza delante de todos? ¿En qué idioma le hablaba, perdón? Antes que detenerse a averiguar, quien hasta una hora atrás se llamaba Alma Luisa consideró un instante la táctica ofensiva, si bien harto riesgosa, de verter el residuo de su piña colada sobre la testa del entrometido, pero se decidió por una estratagema que tenía la ventaja de corromper de golpe al enemigo y rendirlo al servicio de la propia causa. Súbitamente dueña del escenario, la rozagante Liza se quedó tiesa por medio segundo, viró los ojos a derecha e izquierda y sin pensarlo más le asestó al preguntón un beso intempestivo entre los labios.

Para cuando terminó de enterarse que en efecto, el Torremolinos está en una colonia del sur de la ciudad que asimismo se llama Florida, la prima de Corina llevaba cinco piñas coladas y media. ¿O cinco y media piñas coladas? Puede que fueran más, porque no pronunciaba bien la «d» y había olvidado el nombre de su primer amigo. ¿O sería que nunca se lo dijo? ¿Cómo saberlo, en medio de tantas amistades relámpago cuyos nombres tampoco tenía claros? ¿Cómo fue que llegó después Martín, o Mario, o Marco, o como se llamara el que espantó al primero (que además traía novia, el muy cabrón)?

Te juro que mi prima no es así, se hizo Corina un poco la espantada cuando la vio besarse con el segundo, menos por defenderla que por tomar distancia de esa impetuosa L-a-i-z-a en la cabeza del pelirrojo, pero igual no tardó en seguir su ejemplo. Eso sí, a esas alturas ya sabía que le decían Gino, vivía en San Jerónimo y no andaba con nadie, por el momento. ¿Se verían allí mismo el sábado siguiente? No lo sabía muy bien, tenía que ponerse de acuerdo con su prima Laiza. ¿Podía darle al menos su teléfono? Es que está descompuesto, mintió sin convencer, pero si un día vienes y ves ese Dart K paradito a la entrada, seguro que me encuentras por aquí.

XX. Alitas de moscón

Adalberto Bedoya Chacón nunca ha sido muy fiero al seducir, pero es un tigre para acorralar. En las ocho semanas que se pasó rondándola, Beto salió dos veces con Lulú y seis con la mamá. Ya era también aliado de las hermanas, y por supuesto amigo de las que se decían sus amigas. Había sido él quien se ofreció a llevar la lista de invitados a la fiesta sorpresa, y eventualmente se encargó de excluir a quienes sospechaba sus cortejadores, empezando por Jimmy Campomanes, que según ella no era más que amigo, y en cualquier caso no debía enterarse de que había una fiesta cocinándose. La cosa es en familia, recalcaba Adalberto al fin de la llamada, un poco subrayando la jerarquía de novio oficial que Alma Luisa, en los hechos, jamás le había dado.

En la escala social de Adalberto Bedoya, que a los veintiséis años nunca ha tenido novia, vale más ser cornudo que ignorado. Si van a sentir lástima por ti, razona, avergonzado de sí mismo, mejor que sea por lo que te quitaron y no por lo que nadie quiere darte. ¿O no le había quitado ese fanfarroncito de Jimmy Campomanes la cosecha esperada por tantas atenciones? ¿Creía acaso la boba de Alma Luisa que acompañaba al súper a su mamá porque era muy simpática, la pinche vieja? ¿Se imaginaba que era cliente cautivo porque le había comprado algo de su fayuca? Pero nada de boba: puta de mierda, respingó el ofendido semana tras semana, sin llegar a la cuarta porque el gusto enfermizo de saberla en el hoyo se había ido salpicando de una aflicción callada que abochornaba a su ego vengador.

De entonces a esta parte, Beto ha recuperado la confianza en sí mismo por conducto de dos canales paralelos. De un lado, se conduele por Lulú y su familia, de la que hasta hace poco lucha-ba por ser parte. Del otro, se recuerda que una como Alma Luisa no es fácil que esté sola: es el mejor momento para echarle los perros sin riesgo de rechazo. La familia, además, descansaría. Y ella, que tanto se hizo la santurrona, le daría las nalgas a manera de gracias. ¿O qué, nomás a Jimmy Campomanes? Por más que la perdone, Beto no acaba aún de disculparse por sacar tantas bue-nas razones de la manga, en lugar de aceptar que Alma Luisa lo trae hoy más pendejo que antes de su cumpleaños.

Nadie es del todo ajeno a la flagelación del amor necio. Un pequeño chispazo de egoísmo galante, a tiempo disfrazado de piedad querendona, basta para incendiar la cosecha completa de rencor que con dedicación había uno sembrado. Tiempo de enamorarse a plenitud de lo que ya se sabe que no puede ser, no tanto *a pesar de eso* como *justo por eso*, no faltaría más, y a quién le importa al fin la vida de uno, ¿cierto?

Parecería la actitud de un borracho perdido y Adalberto Bedoya no es quien para negarlo. Hace un mes que recorre ma-ñana, tarde y noche la ruta entre su casa y la calle de Alma Luisa, con el sigilo propio de un vicioso y el júbilo malsano de quien se sabe traidor a su causa. No es un camino largo, pero está in-terrumpido por el río raquítico que separa Bosques de Echega-ray de La Florida, bordeado por dos cimas cubiertas de pasto que le suelen servir de parapeto. Más de una noche se ha mas-turbado ahí mismo como un chango, nomás de ver las luces de su casa y recordarla toda desnudita, cubriéndose la cara y los pezones y dejando aquellito a la intemperie. Una vez instalado en su papel de amante ignominioso, nada lo excita más que apretar ambos párpados y proyectarse entera la escena culminante de la fiesta fallida.

Hace tiempo que los impulsos idiotas han tomado la forma de cruzada. Lo más fácil sería, se ha dicho varias veces el de Echegaray, ir y tocar la puerta de su casa y preguntar por ella, pero eso implicaría saber qué hacer después con la vergüenza de ella y con la suya, ya no sumadas sino multiplicadas. ¿Y qué le iba a decir, lo siento mucho? ¿Yo no te vi encuerada? ¿Te he extrañado un montón? ¿No te quiero perder? No sería mi estilo, se consuela y se aferra a su estrategia, que hoy y siempre consiste en tender y estrechar un cerco en derredor de la presa buscada. Aguardarla, acecharla, rastrearla, acordonarla, arrinconarla. Rescatarla después, con puntualidad cósmica y arrojo celestial. Y esta noche, la del segundo sábado de diciembre, el cruzado se pega con el puño en la palma porque después de tanto merodeo su plan ha comenzado a funcionar.

—¿Ya sabes dónde está el Torremolinos? —se oye apenas la voz al otro lado, entre la gritería y la canción que suena hasta la calle. *Everybody's working for the weekend, everybody wants a new romance.*

—Tengo la dirección —miente el interpelado, que ha seguido de lejos a Alma Luisa por lo menos tres veces de Satélite a Acoxpa a Insurgentes, y si así lo quisiera podría señalar en cualquier mapa la ruta entre Florida y La Florida—. Voy para allá, no dejes que se vaya.

—No te oigo nada, Beto, ya te voy a colgar. Conste que te avisé… —se despide la cómplice y se escurre más allá del teléfono, sorbiendo la saliva y sacudiendo la mano derecha, si bien no exactamente para lamentarlo porque enseguida mira hacia el espejo, empotrado en mitad de la escalera, y se le escapa una risa maldosa—: Te pasaste, Corina.

Según la prima, está más guapa que antes. Otros le han dicho que se ve putona y él se ha reído como si no doliera. Peor todavía, como si no pensara que al final de su plan va a tener que tragarse su hilaridad. Mientras tanto, mejor le cree a la prima. En el fondo, prefiere a Olivia Newton-John, pero también supone que Pat Benatar cogerá más rico. Y de eso al fin se trata, porque al cabo no sabe si amor y enculamiento son la misma cosa, ni entiende aún el papel que su ego moreteado juega en este combate, pero daría por buena la revancha de tenerla en pelota y entre manos. ¿O será que también haría falta que medio mundo sepa qué tal estuvo el parche?

Hará un par de semanas que se atrevió a abordarla. ¡Hola, Corina!, la interceptó en la calle, ¿no te acuerdas de mí? Perdón, vas a decir que estoy loco, se excusó, teatralmente, nada más verla dar un paso atrás. Soy amigo de tu prima Alma Luisa, retrocedió de paso el agresor, levantando las palmas hacia ella igual que un futbolista que alega su inocencia frente al árbitro. Beto, el de Echegaray, ¿te suena?

No era que le sonara, sino que le chirriaba en la cabeza. Por más que ella y su prima se habían propuesto no tocar más el tema de *Lulú*, y de hecho la declararon muerta, de rato en rato regresaba el asunto de la fiesta maldita y el estúpido imbécil de Beto Bedoya, pinche *loser* metiche, lambiscón, encajoso. Ya olvídalo, mi Laiza, interrumpía Corina la andanada de insultos, piensa en cosas bonitas, *don't stop believing*. Ahora que si de creer se trataba, no estaba mal la idea de conocer otra versión del drama. Eres… Bedoya, ¿no?, fingió hacer un esfuerzo la recién abordada. Claro que te recuerdo, ¿cómo has estado, Beto?

Sólo quería una oportunidad, le explicó, atribulado, en un Denny's cercano. Nunca le había dicho lo que sentía por ella, a lo mejor por eso había ido a dar a los brazos de Jimmy Campomanes. Un golfo, un mentiroso, un embaucador. Y un mujeriego, claro. Además de poco hombre, porque en vez de quedarse a dar la cara se había escapado por una ventana. ¿Cómo iba él a aceptar que por una basura como el tal Campomanes se terminara todo entre los dos? No podía permitirlo, enfatizó con los ojos mojados y dio un golpe en la mesa que cimbró las dos tazas de capuchino. ¿Contaría con ella como aliada? Ahí estaba el teléfono de su casa, por si tenía noticias o lo que fuera. ¿Era mucho pedir que no se lo contara a su primita?

—Solamente parejas —se encoge de hombros el mamón de la entrada y se vuelve de espaldas a Adalberto, de cuyo brazo izquierdo cuelga un flamingo de peluche y satín.

—Ya me están esperando, *my friend* —mamonea a su modo el rechazado, al tiempo que se esfuerza por estirar el cuello, pararse de puntitas, periscopear el pedo en la terraza del Torremolinos.

—¿Beto? ¡No, por favor! —se paraliza Liza, nada más estirar un poco el cuello y advertir que el imbécil aquel vino hasta acá a buscarla. Lo ha visto varias veces patrullando su casa y está casi segura que hace unos pocos días la venía siguiendo por Cuatro Caminos. Mejor dicho, lo acaba de comprobar y apenas ha atinado a ponerse en cuclillas.

—¿Estás bien, Liza? ¿Puedo ayudarte en algo? —se acuclilla también el viejo conocido a quien hace una hora volvió a ver, después de dos semanas de besarlo en la boca sin motivo aparente y mirarlo esfumarse con una lagartona.

—¿Te pido un gran favor? Dile a mi prima Coris, la flaquita de la blusa morada, que me alcance en el baño de mujeres. Y tú espérame aquí, no te vayas a ir —dicho esto, Liza toma del cuello al mensajero y lo besa en los labios por segunda ocasión—. Por cierto, qué vergüenza, ¿cómo te llamas?

—Déjalo pasar, ¿sí? Es el novio de Laiza —le hace ojitos Corina al de la entrada, mientras desliza en la palma de Beto un trozo de papel donde ha escrito en dos líneas las reglas de este juego:

*acuérdate que
no nos conocemos*

XXI. *Donkey Kong*

En la noche del 11 de diciembre suele crecer el tráfico peatonal en avenidas como la de los Insurgentes. Familiares y amigos, niños y adultos, en apariencia grupos de excursionistas pero al fin cualquier cosa menos noctámbulos. Se los ve transitar frente al Torremolinos con un desinterés que desconcierta un poco al mamón de la entrada. «Está lleno», le ha informado ya a un par de peregrinos indiferentes, mismos que la verán sin duda más difícil para ingresar al atrio de la Basílica de Guadalupe, de aquí a unas tres, cuatro horas de camino.

—¿Eres católico? —se interesa Alma Luisa, al paso de un puñado de guadalupanos, y enseguida se vuelve hacia el mesero—: ¿Lo molesto con otra piña colada, señor?

—No sé —alza los hombros el cortejador—. Me bautizaron. Me confirmaron. Hice la primera comunión. Pero no rezo, ni voy a misa. ¿Tú sí?

—Con mi familia, a veces —tuerce los ojos ella, deja que se le escapen un instante hacia la mesa del fondo, frunce el ceño, resopla, se recompone—. ¿Cómo te bautizaron, pues?

—No me acuerdo —escurre el bulto él, con la vista perdida entre el gentío—. Creo en una pila repleta de agua helada.

—¿O sea que no vas a decirme tu nombre? —hace rato que allá, en la mesa remota, Beto Bedoya mira fijo hacia ella, mal camuflado por el cuarto tequila doble de la noche (se diría que está congelado en un brindis, como figura del museo de cera), pero ya la observada se aplica a contemplar su propio reflejo en los ojos coquetos de su acompañante.

—¿Prometes no reírte? —capta el mensaje el otro, podrido de advertir que el mamarracho aquel sigue clavado en ellos, piradito de mierda.

—¿Por qué me iba a reír, oye? —pesca Liza su mano, como quien dice *Let the show begin!*

—¿Hacemos una apuesta? —se le arrima a la oreja el hasta ahora innombrable (ya el calor de su aliento le rebota en el cuello)—. Si te ríes, nos damos otro beso. Si no te ríes, yo pago tu cuenta.

—Ok. ¡Cómo te llamas, ya! —se echa Liza hacia atrás, enteramente al tanto de su papel—. Yo no beso a personas desconocidas.

—Lamberto… —lanza el apostador su primer dado.

—¿Lamberto… nada más? —rechina ella las muelas, deja de respirar con tal de no reírse—. ¿No tienes otro nombre?

—Lamberto Nicanor Grajales Richardson, a tus órdenes —inclina levemente la cabeza, estira el brazo, permanece impertérrito el Roxanne ante las risotadas de Alma Luisa—. Y por cierto, me debes un besote.

—¡Eso es trampa, Lamberto! —celebra la risueña, como si se quejara—. Ya sabías que me ibas a ganar.

—¿Vas a querer factura o nota de consumo? —avanza el Roxy hacia ella, conscientes uno y otra de los ojos de Beto encima de ellos. Un condimento cruel, aunque sabroso.

—¿Qué quiere decir eso? —arquea las cejas Liza, sin el mínimo amago de retroceso.

—¿Me pagas o me cobro? —la alcanza ya el Roxanne, la envuelve con los brazos y procede a cobrarse sin otro papeleo.

No es un beso cualquiera el que le toca ver a Beto Bedoya. Por eso hace el esfuerzo de seguirlos apenas de reojo o fuera de foco, pero a cada momento lo vence el masoquismo y se lleva una nueva fotografía mental de lo que ya es un largo y ensalivado *clinch.* Soy el único imbécil que ha visto a esta piruja besuqueando a un pendejo y encuerada con otro, rabia el triste fisgón, seguro sin embargo de ser no solamente el único pendejo confirmado entre los Lulu's Boys, sino el imbécil más famoso de Satélite. Ahora bien, Adalberto se equivoca. ¿O es que cree que Corina, dondequiera que esté entre tanta gente, no ha visto el numerito de su prima?

Don't you want me, baby?, sigue el coro Corina mientras va procesando su información, desde el mismo teléfono donde hace un par de horas llamó a casa de Beto. De estar menos nerviosa, acallaría el tono de ocupado con dos dedos encima del aparato, pero apenas bajó las escaleras se topó con la escena del besazo y alguien adentro de ella se quedó tu-tu-tu-tu… Ni modo de volver con ellos a la mesa. ¿Y qué espera el idiota de Adalberto pa quitarme a esta zorra de en medio?, rumia entre coro y coro la de Coapa. Ay, Diosito, musita, *don't stop believing.*

—¿No prefieres que te traiga unos muppets, para que agarres onda de volada? —lanza un guiño a Adalberto el mesero de las cejas pobladas al que algunos asiduos apodan Lucifer.

—¡Ora pues, como vas! —se deja sonsacar el de Echegaray, con algún entusiasmo vengador porque, cobarde al fin, espera que el tequila lo eche al ruedo.

No quisiera Corina regresar a la mesa, pero tampoco le queda otra opción. Esperaba que alguno, entre tantos y tantos zopilotes presentes, se acercara de menos a hacerle plática, pero otra vez comprueba que sin la prima al lado ni quién le lance un can. Por ella está en el Torre, a lo mejor, pero ya se cansó de ser paje. De sentirse la pobre, la fea, la aburrida, la naca, la invisible, la que habla mal inglés, la que se ríe con la encía de fuera, la prima que no sirve más que de escalón. ¿Y quién se cree Alma Luisa, en todo caso, para escribir ahora sus apellidos con ese guion payaso a la mitad? ¿Puede ser una simple y miserable Gómez prima hermana de Toda Una Gómez-Luna? Y al final, si se trata de fama en sociedad, mastica hiel Corina, camino de la mesa, su primita es la zorra de la familia, y no sólo eso: la de la colonia. No estudia, no trabaja, no lava ni los trastes de la cena. ¿Es justo que lo tenga siempre todo?

—¿Nunca te han dicho que te pareces al cantante de Duran Duran? —suelta como si nada la de Coapa ante el Roxy, que habría preferido ser confundido con alguno de Bauhaus pero de todas formas se sentirá halagado: tanto invertir en *look* tiene sus dividendos.

—Ya no aguanto al estúpido *loser* de Adalberto —se entromete Alma Luisa, mascullando al oído de su prima.

—¿Todavía no se va? —mira hacia atrás Corina, con alguna extrañeza de pacotilla—. ¿Ya le viste la cara de enojado?

—Quédate aquí, primita. Acompaña a Lamberto mientras hablo con Beto, no sea que se le ocurra venirme a tatemar —masculla otra vez Liza y toma ya su bolsa, decidida a borrar los últimos vestigios de Lulú.

—¿Lamberto? ¡Cuál Lamberto, si es Simon Le Bon! —comenta la de Coapa, ya en voz alta, le da un codazo amable al interpelado y vuelve al cuchicheo, mientras cruza los dedos en señal de apoyo—: No te preocupes, prima, yo te cuido a tu *rock star*.

La historia de Lulú podría estar a salvo en manos de Adalberto Bedoya Chacón, que hasta hoy se ha conformado con lamentar su suerte de galán pusilánime. Más que a perder aquello que de hecho no era suyo, tiene miedo a quedarse sin misión, y entonces sin bandera. A falta de bravura, le envanece su aguante. Corina, sin embargo, carece de esos límites. Por lo demás, está un poco borracha (o eso es lo que argüirá si más tarde hace falta justificarse) y asume que Adalberto va a entretenerle un buen rato a Alma Luisa. Tiene tiempo de sobra para contar la historia de Lulú con inéditos pelos y señales. A ver si después de eso la va a seguir besando.

—¿Crees que eres mi mamá, para pedirme cuentas? —manotea Alma Luisa, indignadísima, y ya sube el volumen para dejar constancia ante la concurrencia—. No eres nadie, ¿me entiendes? O me dejas en paz o pido que te saquen.

—Déjame hablar, Lulú… —suplica en un puchero el de Echegaray, con los ojos del Roxy entre su público.

—¡Te callas, Adalberto! —se crispa ya Alma Luisa, nada más de escuchar el mote sepultado, y en el acto se frena, baja la voz, intenta sonreír—. ¿Quieres hablar? OK, pero no aquí parados. No tiene que enterarse todo el mundo, ¿o sí?

—¿Todo el mundo o tu novio? —intenta pitorrearse de sí mismo el cruzado, aunque con obediente discreción.

—Y si fuera mi novio, ¿qué? —se acomoda Alma Luisa justo en el lado opuesto de la mesa, no vaya a ser que empiece de encimoso.

—Es su exnovio y está bien enojado —finge angustia la Coris delante del Roxanne—. A mí se me hace que van a volver…

—¿Cuánto tiempo llevaban? —se interesa Lamberto, sin quitarle la vista a ese güey cuya novia lo ha besado tres veces, contando las dos de hoy.

—No sé. Cuatro, cinco años —entrecierra los ojos Corina, impostando un esfuerzo de la memoria y al instante saltando hacia la confidencia, no sin antes soltar una risilla cómplice—: lo que pasa es que Laiza, o sea Lulú, que también le decimos, le pinta mucho el cuerno. Y él es rete celoso, ni te cuento.

El desengaño es monstruo tragaldabas. Emplea uno expresiones como «qué horror» y «ni te cuento» justo para apelar al apetito oscuro del morboso. Tan pronto alguien nos cuenta un pedacito de lo que menos queremos saber, le urgimos a que siga hasta el final. Es como una espiral cuya resaca ingrata desemboca en la calle de la amargura. Mal puede, sin embargo, desengañarse aquel que tiene vocación de redentor. Pues al contrario, es como si una alarma digital le advirtiera: *¡Lamberto, alguien te necesita!* Alguien perjudicial, de preferencia.

La razón por la cual se ha cambiado de nombre Alma Luisa le parece a Lamberto escalofriante, mas en lo hondo del Roxy que lo habita flota una simpatía solidaria y magnética. Nada más escuchar el relato de la prima bocona, le envenena la idea de ser protagonista de una historia tan *cool* como la de Lulú. Por otra parte, si lo que dice Corina es verdad, es seguro que Juan de la Chingada se la querrá tirar, allá en Satélite. ¿O sea que no miente por arribista, sino que le ha contado que vive «ahí cerquita» para borrar la huella de su pasado *porn*? *Wow!*, se admira el Roxanne, qué nivelazo, pero no mueve un músculo de la cara por dos razones de primera importancia. Una, ya no soporta la cháchara insidiosa de esta cacatúa. Dos, aquel perdedor se ha empujado tres muppets en hilera y le está haciendo un súper oso a Liza.

O sea que existe *otra* colonia Florida…, cavila el Roxy para distraerse del soliloquio de la prima Corina. ¿Está cerca de Plaza Satélite?, le ha preguntado ya un par de veces y se le ha hecho la loca, seguro ni eso sabe la hocicona. ¿Liza, Laiza, Alma Luisa, Lulú? Se la imagina en Penny Land, jugando al *Donkey Kong*, y todavía mejor: adentro de la máquina, en el papel de la pobre princesa, cautiva del gorila energúmeno que ya le echa barriles desde lo alto. ¿Y qué otra cosa pasa, allá en la realidad, si Liza se ha parado de la mesa y ya le vació encima una piña colada al pendejete, que todavía mojado se le encima para besarla a huevo? De zancada en zancada, el Roxy se desplaza hacia la acción resuelto a reventarle la madre a ese cabrón de mierda, según se lee en sus ojos furibundos, pero al fin se conforma con encajarle el puño a media espalda y dar un paso atrás. Beto Kong se retuerce, suelta a Alma Luisa, da la media vuelta y lanza una patada en dirección al Roxy que encuentra en su camino a un borracho equis. ¿Qué pasa?, pregunta otro. Quiso besarme a fuerza, maldito sateluco, se horroriza Alma Luisa y en medio santiamén ya son seis, ocho, doce las patadas que Adalberto recibe en el suelo. Alguno lo levanta, dizque para ayudarlo, y lo vuelve a tumbar de un putazo en la jeta y un patín en los huevos, pa que aprenda a no ser irrespetuoso. Luego otras paladitas y al final un vasazo en la cabeza.

Poco alcanzó a decir Donkey Bedoya antes de desplomarse por última vez, pero al fin suficiente para mover los números del juego. Avísenle a Corina, se le oyó suplicar un par de veces. De ahí a certificar que había sido ella quien suplicó al mamón de turno que dejara pasar al agresor, no hubo sino que hacerle dos preguntas y escucharla de súbito tartamudear. Vas a ver con mis tíos, pinche gata perversa, escupió por lo bajo Alma Luisa, por decir cualquier cosa en lugar de lanzarse a cachetearla.

—Vente conmigo, Liza, mientras se calman estos peleoneros —la envuelve el Roxy, con la autoridad propia de un gladiador de Penny Land, y se la lleva directo a la calle, mientras allá detrás los meseros levantan al villano del piso y le protegen la retirada. Pasa como mareado, entre gritos, insultos y empujones (fue-ra fue-ra, corea la mayoría). Trae la camisa rota, la cara entera un solo jitomate. Sangra de la cabeza, la boca, la nariz.

—Ay, Lamberto, qué lindo, te juro —se deja conducir de la mano Alma Luisa, al tiempo que ata cabos redundantes y se re-pite que sólo la Coris pudo avisarle a Beto que estaban en el Torre.

Caminan en silencio, por Insurgentes, dan la vuelta en la esquina y tuercen otra vez en Tecoyotitla. La calle está vacía, si bien cada minuto pasan dos o tres coches de camino hacia el sur. Podría decirse, con estas salvedades, que Alma Luisa y Lamberto están solos y envueltos por las sombras. Una de ellas los hace detenerse.

—¿Ves esa barda? —señala el Roxy, desde la acera opues-ta—. Es un convento. Al fondo no se ve pero hay una capilla. Allí hice mi primera comunión.

—¿Dónde? ¿Cuándo? —vuelve en sí la exLulú—. Perdóna-me, no te estoy entendiendo. Es que por más que trato no logro sacudirme la preocupación.

—¿Por el exnovio *creepy*? —se acompaña el Roxanne con unas sobaditas en el hombro.

—Ese estúpido nunca ha sido mi novio —se sacude Alma Luisa, con repelús patente.

—¿De verdad? —salta el Roxy, chasqueando la lengua.

—¡De verdad qué! —desenvaina Alma Luisa, indignada hasta el tuétano—. ¿Te dijo eso Corina, que ése y yo fuimos «novios»?

—Pues, no sé. En cierto modo —prende la mecha el Roxy, mustiamente.

—¿Cómo que «en cierto modo»? —hace *bum* el cohetón y estalla la bodega—. ¿Qué te dijo de mí la imbécil de mi prima?

¿Te contó que es mitómana y cleptómana? Yo lo sé por mi tía, o sea su mamá…

—Tampoco es para tanto, pero se nota que te tiene envidia —una vez más, la diestra del Roxanne se aplica a manosear la hombrera de Alma Luisa—. ¿Quieres que te lo cuente, aunque después te duela?

—¿Tú no crees que sea justo que me entere siquiera de lo que esa traidora inventa sobre mí? —gime, ya más serena, la ofendida.

—Te lo puedo contar ahorita que volvamos, con dos piñas coladas como la que le echaste encima a tu admirador —concede, embauca, encanta, festeja ya Lamberto Nicanor.

—¿Servidas en dos vasos como el que le estrellaron en el coco? —se carcajea Liza, redimida de golpe por el lado ligero de la culpa.

—*Of course:* a la salud de los sobrevivientes —prepara el Roxy pala y zapapico para acabar de dar por difunta a Corina.

—¿Y qué es lo que esperamos? —cruza los brazos Liza, menos Lulú que nunca.

—Es que tengo una duda… —aguza la mirada Lamberto Nicanor, como si le contara las pestañas y realizara un par de operaciones aritméticas. Luego entre ojos y cejas señala hacia la puerta al lado de la barda—: ¿Nunca te han dado un beso enfrente de un convento?

XXII. Ojo del tigre

—No la chingues, Morfín. Pregúntale a un cabrón que sepa de esto y te va a confirmar que el más padrote de todos los vodkas tampoco sabe a nada —envuelto en un mandil de cuero negro que le da identidad y jerarquía, el gerente del H.H. Harry's regaña por lo bajo al mesero novato que osó abrir La Botella de Wyborowa—. Lo que menos importa es qué marca te pidan: tú les das Eristoff, chingue su madre. A menos que los quieras invitar de tu bolsa. Y si alguno se queja ya sabes, te disculpas, le retiras el drink, le echas unas gotitas de limón, cambias de vaso y se lo traes en chinga. ¿Sabes qué va a decir? Es más, lo va a gritar, pa que todos se enteren que es conocedor: ¡Qué diferencia! ¡Ésta sí es Viborova!, y hasta le va a brotar el acento polaco.

—Hay un güey que te busca allá afuera, Jimmy —arruga la nariz, escupe en la maceta, señala hacia la puerta un sacaborrachos de patillas crecidas y copete engominado—. Trae el hocico roto y viene enjarradísimo.

—Vente conmigo, Wilo, por si las *flies* —sonríe el del mandil, le apunta con el índice por cañón y el pulgar por martillo, sacude la muñeca como si disparara, da media vuelta pronta y enfila lentamente por el corredor, moviendo ya los labios para sumarse al coro que lo acompañará de bocina en bocina hasta la puerta—. *There's no one like you... I can't wait for the nights with you...*

—¡Ése mi Frutilupis! —abre los brazos el recién llegado, algo menos borracho y tanto más herido que lo anunciado—. ¿No te acuerdas de mí, tu socio favorito?

—¿De dónde te conozco yo, cabrón? —se impacienta al instante Jaime Gutiérrez Campomanes, conocido por todos como

Jimmy, pero nada contento con quien lo llama por el odiado apodo que su nariz de gancho le ganó desde niño. Otro alumno del Greengates, seguramente. Un pobre pendejete, si él no lo recordaba—. ¿No te bastó con la putiza que te dieron? ¿Sabes a quién le vas a decir Frutilupis?

—Soy tu hermano de leche, Frutilupis —persiste en su insolencia el extraño de la camisa ensangrentada—. Espérate, no-más. Antes de que me saques a patadas, dime una cosa. ¿Nunca te habló de mí una tal Alma Luisa Gómez Luna? ¿No te suena mi nombre, Adalberto Bedoya? ¡Yo estaba en su cumpleaños, Frutilupis!

—Llévalo a la oficina, Wiliberto, que le sirvan un drink y ahí los alcanzo —ordena el del mandil al del copete, de espaldas a la acción algo más por la risa que la prisa.

Una de las ventajas de *la oficina* es que el gerente tiene la única llave. Por eso la ha llamado el *Dollie's Room*. Sólo él sabe lo que hizo con cada una de las invitadas que han entrado y salido bajo el mismo apodito, aunque a todos les consta que la Dom Perignon que finge descorchar con cada Dolly es la misma botella rellena de un vinito espumoso marca Baco que le sale en ochenta pesos por *refill*. Ahora bien, esta vez toman ginebra. Oso Negro y Squirt para el invitado, un Beefeater con tonic para él, cervezas los demás excepto el Wilo, que bebe whisky Passport con Mirinda.

Cuando Jimmy llegó, Beto seguía lavándose la cara. Pudo haberlo hecho antes de venir, pero apostó a su pinta de piltrafa puteada porque era un argumento en favor de la rabia. Ya sé, no me conoces, se defiende al momento de abandonar el baño, con las manos en alto, los pelos empapados y la cara colmada de hinchazones. Pero yo sé quién eres, balbucea por lo bajo, con los labios a medio cerrar, te tiraste a mi vieja, la quemaste con todos, nos jodiste la vida, pinche Jimmy.

¿A qué viene este imbécil?, se pregunta en silencio el del mandil de cuero, tentado de, en efecto, correrlo ya a patadas, pero igual carcomido por la curiosidad. ¿Cómo acabó de irle a la

Lulú? ¿Qué dijo la familia? ¿Qué tanto hablaron de él? Luego de relatar ante propios y extraños el legendario lance sin calzones que redobló su fama de calavera, le envanecía la idea de sumar nuevos pelos y señales a la historia de su graciosa huida. Por eso ha hecho venir a otros *mandiles*, que ya llegan y encuentran acomodo en el sofá forrado de plastipiel, delante del borracho moreteado a quien han concedido la silla reclinable, detrás del escritorio, no tanto por piedad como por el vivísimo interés que despierta la historia más contada de los últimos meses. ¿Quién va a querer perderse los detalles morbosos del *affaire* Lulú-Jimmy, en boca del idiota que se decía su novio y nada más por él logró verla encuerada? ¿Quién no quiere escuchar qué tanto se le vio, qué cara puso, cómo terminó el *show*, qué tal está de buena?

—¡Cuéntales, pinche socio! ¿Verdad que es una mami? —se ha entusiasmado Jimmy tras el tercer *gin-tonic* y el alimento al ego que supone el relato del despechado.

—Pues yo le vi unas nalgas muy sabrosas, pero cuéntales tú, que se las agarraste —rendido a la evidencia, Beto ha asumido el papel de bufón. Necesita que sepan que es un buen perdedor.

—¿Agarré, nada más? —frunce el ceño sin perder la sonrisa el Frutilupis, con esa calculada suficiencia que le da credenciales de farolón, machín y *latin lover*—. Cuando vuelvas a verla, pregúntale si no le mamé hasta la pata de la cama.

Duele, dice Adalberto para sí mientras finge la risa de rigor, pero también consuela. Imaginar las piernas de Lulú mojadas de las babas de su anfitrión lo hace sentir a salvo de las ansias que por ahora lo tienen trabado del coraje, y eso es precisamente de lo que vino a hablar. Que el Jimmy le pusiera ya lo acepta, porque ese personaje tiene la fama de tirarse a todo el mundo, pero que se la coja cualquier pobre pendejo del Torremolinos es como reírse de él en su carota. Y de Jaime también, ¿a poco no?

Pero la insidia es un trabajo fino. Beto entiende que por ahora toca permitir que se siga luciendo el cogelón. Que abunde en los encantos de Lulú. Que los presentes vayan poniéndose cachondos. Que alguno se interese por saber cómo le fue después del numerito. Que lo den por borracho inofensivo, antes que por cobarde y acusetas. Que lo dejen contarles dónde, cómo y con quiénes anda puteando ahora la del cumpleaños. Que le piquen la cresta al protagonista: No mames, pinche Jimmy, eso calienta. Que se enteren que justo en este instante, las nueve de la noche y unos pocos minutos, mientras habla con ellos de Alma Luisa, uno de esos ojetes se la está sabroseando en el Torremolinos. Que por fin le pregunten a él quién se lo madreó.

—¿De casualidad sabes qué hicieron con mi ropa en la casa de tu señora esposa? —ya en el quinto *gin-tonic*, Jimmy es más amigable, aunque no mucho menos fanfarrón.

—¿Cuál ropa? ¿Tengo cara de lavandero? —Adalberto nunca comprenderá por qué a las viejas buenas les gustan los pederos, pero éste le provoca celos especiales. ¿Y cómo no, si ya los vio desnudos?

—¿Sabes cómo salí de casa de tu vieja, puto? —refunfuña al instante el pedero amigable.

—Pensaba preguntártelo —reconoce Adalberto, entre taimado y tímido—. La mamá de Lulú también tiene esa duda.

—Encuerado, cabrón —se enoja el del mandil, gesticula, arruga la nariz, sopla con ella, expulsa un moco seco que aterriza en la orilla del escritorio—. Con las nalgas al aire y el coche estacionado a pinche cuadra y media, de frente a la caseta de vigilancia y debajo de un poste de luz. Para colmo la puta vieja esa, tu querida suegrita, me aventó la patrulla. De milagro, me cae, no me agarraron —no bien se ríen los otros, su amor propio recobra galanura—. Otro poco y me ven en los periódicos.

—Oye, yo estaba ahí. No sé quién te haya echado a la patrulla, pero seguro no la mamá de Lulú —testimonia Adalberto, obsequiosamente.

—*Estábamos, my friend*, y tú te fuiste pronto. Yo me quedé escondido y clarito escuché a la bruja de mierda recibir en la casa a los patrulleros. Les dijo que se habían metido a robar y que vio a uno brincarse la ventana del baño y su chingada madre, la vieja irigotera.

—¿Y tú qué, dónde estabas? —abre de más los ojos Adalberto, algo más admirado que ofendido.

—Enfrente de ella, pues —ríe y hace reír el Frutilupis—, pero ése fue el error de los patrulleros. Revisaron hasta las coladeras de la jodida casa. Nadie pensó en checar dentro del coche.

—Te escondiste en el Dart... —¡Ya me lo sospechaba!, grita el gesto sabihondo de Adalberto, como si aún estuviera en posición de negociar el diámetro de su ridículo.

—Me descolgué del balcón al garage —goza narrando el del mandil de mando—. Primero oí las voces de la casa, luego las de la calle. No sabía que el coche estaba abierto, lo descubrí en la desesperación. Estuve hasta las seis de la mañana hecho bolita detrás del respaldo. Salí a la calle modelando un pinche taparrabos hecho con una bolsa de El Sardinero. Tuve que andar a gatas hasta el coche, me terminé de joder las rodillas por sacar del chasis el duplicado y arrastrarme hasta dentro de mi Jeep y botarme al carajo de la pesadilla. Y todo por la puta de Alma Luisa.

—Alma Laura, se llama su mamá —precisa, pudibundo, el yerno de mentiras.

—¿Y quién crees que le dio mi descripción exacta a la mamá, si la vieja chismosa ni me conocía? —prende un cigarro Jimmy, da el golpe, se aligera—. Y eso que ya había yo cogido en su recámara...

—Pero todos te vimos, aunque fuera un segundo —insiste aún el novio imaginario.

—¿Ves esta cicatriz, debajo de la ceja? —se arrima el narrador a la luz de la lámpara en el escritorio—. No me la han descubierto varias de mis viejas y tu suegrita se las describió como si a ella también me la hubiera picado. Pero se la peló, aunque se haya quedado con mis jeans Aca Joe y unos top-siders verdes de poca madre que apenas me acababa de comprar. No dudo que los venda, la muy muerta de hambre.

El reloj electrónico en el escritorio marca las 10:40 de la noche del sábado 11 de diciembre cuando Adalberto finalmente se arranca con el tema de La Súper Putiza. «Maldito sateluco», jura que lo llamó el chilango que estaba sobres con Alma Luisa. ¿Y él qué iba a hacer, reírse? ¿Hacerse el sordo? ¿Pegar la carrera? La bronca es que eran tres y yo estaba muy pedo, se excusa el moreteado y añade que entre golpes y patadas alcanzó a oír la risa de Lulú. «Dile que digo yo que se regrese al Bronx», dice que dijo.

—¿Cómo la ves, mi Wilo? —menea la cabeza, da una nueva fumada, vacía los pulmones el del mandil de cuero.

—Eres de Echegaray, ¿no? —se rasca la cabeza el copetudo, mira con displicencia al chismosito—. Qué raro, no te he visto.

—Zotoluca 90, a la vuelta de Atenco. Vivo ahí desde niño —certifica Adalberto, más o menos ufano. Él sí que ha visto al Wilo, sobre todo en las fiestas. Nada más se aparece con sus amiguitos y todo el mundo sabe que va a haber mádrax. ¡Ya llegaron los Roots!, corre la voz, y en un ratito empiezan los botellazos. Les fascina madrearse, y más si no hay motivo. Nunca mires a un Root a los ojos, aconsejan los promotores de la paz, aunque hay otros que encuentran todavía más riesgoso sacarles la vuelta. Se encabronan igual, según parece, ante la indiferencia que la atención. Una razón de peso para seguir nadando de muertito—: ¿Y tú?

—¿Dices que la morrita sigue ahí? —checa el Wilo el reloj, sin volverse un instante hacia el moreteado.

—Seguro, por mi madre —besa Beto la cruz, pero ni quién lo pele.

—¿Tons qué, mi Wilo biónico? —se pone en pie el gerente y le da un empujón en el hombro al sacaborrachos—. ¿Les caemos de visita?

—¿Qué? ¿Otra fiesta sorpresa? —ya se truena los dedos, se remuerde los labios, se soba los nudillos Wiliberto. Diríase que nadie mejor que él sabe que nada de esto puede quedarse así. Los moretones, por ejemplo, se le van a poner como naranjas al inquilino del número 90 de Hacienda de Zotoluca. Pero eso es un granito, comparado con lo que va a pasarles a los chilangos esos que se lo putearon. ¿Tanto les gustan, pues, las satelucas, como para perder los dientes por ellas? No se sabe la letra de *Eye Of The Tiger*, pero la ha comenzado a tararear.

Falta apenas un cuarto para las once y ya pasan de veinte los convocados. Camino de la calle, rodeado de cabrones copetudos a los que no se atreve a ver de frente, a Adalberto le da por preguntarse cuánta gente en Florida, Echegaray, Bulevares, Lomas Verdes, Bella Vista, incluso Santa Mónica y Viveros, sabrá lo que pasó entre Jimmy y Lulú en la noche maldita del viernes 6 de agosto. En todo caso, se ríe para adentro Adalberto Bedoya, rebosando de la anticipación, pobre de aquel que crea que aquí acaba la historia de Lulú.

1983

XXIII. La mamá de los hampones

Mi querida hermanita,

Empiezo como siempre, pidiéndote disculpas por el retraso. Tú tan aplicadita que me contestas al día siguiente, y yo que necesito que caiga un huracán para escribirte. Te cuento: hace diez días que estamos acá en Houston. Me vine con Larisa y Felipito, ya ves que con los grandes no se cuenta. Se morían por venir, claro, sólo que a andar de vagos, y pues no. Imagínate tú, si allá no los controlo, cómo me va a ir aquí. Y es que ni te he contado, me traje al niño de un día para otro porque nos enteramos de una nueva terapia que parece que está haciendo milagros. Estoy muy animada, por lo pronto, aunque te he de decir que se me parte el alma de verlo medio día metido entre aparatos (cada vez que me pone su carita de sácame de aquí, me dan ganas de correr a agarrar el próximo avión a México). Con un poco de suerte, ya me dijo el doctor que en unos pocos meses podría ir cambiando las muletas por un bastoncito. Tendríamos que volver un par de veces, pero si es por el niño voy a donde haga falta.

Y esas son todas las buenas noticias, porque ya lo demás está fatal, Lilí. Cómo será la cosa que mis mejores días de los últimos meses han pasado dentro de un hospital. Por lo menos aquí tengo esperanzas. Miro al niño sufrir, pero también me consta que mejora. Además, tiene once años. No sabes la ilusión que le hace ver las caricaturas en la mañana, porque claro, pasan los comerciales de todos los juguetes que te imagines. Y yo encantada, qué te puedo decir. Es el último al que le compro juguetes, para que algo así vuelva a pasar voy a tener que convertirme en abuela. Y eso es lo que me tiene desesperada, tanto que te confieso que te escribo para saber qué piensas. Necesito un consejo, una opinión, lo que sea que me saque un poquito del aturdimiento. ¿Cómo te explico? Ya no sé si la loca soy yo o si es que Dios quiere ponerme a prueba. A este paso, querida, en lugar de ir a ver a mis nietecitos voy a acabar visitando a tus sobrinos en un reclusorio.

No estoy exagerando, por desgracia. Sólo Dios sabe todas las que he pasado con Lamberto. Y las que paso, y las que pasaré, porque ahora ya no es uno sino dos los maleantes. ¿Sabes por qué tampoco quise traerme a Houston a Lamberto y Gregorio? Me da un miedo espantoso que los descubran en alguna fechoría. Ya ves que aquí no se andan con cuentos: al que roba lo encierran, y nada de que le hablan a su mamacita para que lo rescate, como ya tantas veces me pasó con Lamberto y ahora me está pasando con Gregorio. Tiene dieciséis años, lo han expulsado de cuatro colegios, va a repetir tercero de secundaria y es la tercera vez que se mete a robar en casa ajena. Ya podrás suponer la famita que se ha hecho con los vecinos. Más la que a mí me toca, yo que nunca en la vida me he quedado con un centavo de nadie. Si antes era Felisa, la señorita Richardson, la señora Grajales, ahora me ven pasar y dicen «mira, ahí va la mamá de los hampones».

¿Te acuerdas de Crisanta, la cocinera? ¿Sabes que la corrí por una travesura de Gregorio? El escuincle malvado me sacaba el dinero de la billetera y yo le eché la culpa a la otra pobre. El colmo es que Gregorio no movió una pestaña. La oyó rogar, llorar, indignarse, insultarme y no dijo ni pío. Imagínate cómo me sentí cuando encontré el botín escondido en el fondo de su portafolios. Y él tan campante, aparte. Le di sus bofetadas y ni perdón pidió. Al contrario, se me puso flamenco y amenazó con irse de la casa. ¿Tú crees que me lo voy a traer así, como si no tuviera suficiente con cuidar a Felipe y evitar que la niña se me enchueque también? Qué te voy a decir, hay días que abro los ojos y me siento una vieja fracasada.

Nunca te lo había dicho porque me daba pena. Si nada más pensarlo me escandaliza, imagínate sentarme a contártelo. Aunque seas mi hermana, y por eso también te lo he ocultado. ¿Con qué cara te explico, Lilicita, que no he tenido éxito en sembrar en mis hijos los valores que a ti y a mí nos inculcaron? No sabes la de veces que he pensado ay, Dios mío, qué diría Elidé si se enterara de esto. Tú siempre tan estricta con tus cosas y yo que tengo en casa a dos niños muy cerca de la pubertad conviviendo con un par de granujas que por si fuera poco parecen maricones.

Y ése es otro capítulo. ¿Sabes cómo se visten tus sobrinitos? Lamberto trae los pelos entre rojo y naranja, un arete con plumas y pulseritas de hule de la muñeca hasta medio antebrazo. Pulseras de colores, como niña. ¡A los veintidós años, Elidé! Leí en una revista que es un problema generacional, pero miro a los primos de su edad y ninguno trae pantalones rojos con resorte en los tobillos ni una banda naranja en la cabeza. ¿Sabes cómo le dicen sus amigos? No lo vas a creer: la otra noche, tardísimo, llamó a la casa uno de esos gañanes, y como el angelito andaba de parranda, le dejó con la bruta de tu hermana un recado que me puso a temblar: Dígale a la Roxana que le habló el Chaca-Chaca. ¡«La Roxana», por Dios! Y digo que soy bruta porque debí decirle sus frescas al malviviente aquel, y en lugar de eso me quedé callada. ¿De qué o por qué ese apodo tan horrible? ¿Y sabes qué me dijo al día siguiente, cuando le pregunté? Nada. Se encogió de hombros. Pues ahora me lo explicas o no te vas de aquí, le grité, ya de plano, y él en vez de aplacarse me insultó. Qué digo, me humilló. «Pues tampoco me explico por qué te dicen Foca.»

Dime una cosa, hermana: ¿Tengo cara de foca? ¿Cómo es que mi propio hijo permite a sus amigos que me pongan apodos, y para colmo viene y me los repite? Soy tu madre, le dije, desgraciado, y le di en la cabeza con la pistola de aire. Cómo sería mi rabia que se hizo pedazos. ¿Sabes que lo hice adrede? Pude haberle pegado con el paraguas o el destapacaños, pero al menos así ninguno de los dos va a volver a peinarse con mi secadora. Porque si el grande se ve así de ridículo, el chico ya parece árbol de Navidad. Trae las mismas pulseras («gumis», que les dicen), más un collar de perro con picos hacia afuera y los pelos parados como escobeta. Haz de cuenta mohicano, sólo que con pistola y fijador. Pero hasta eso podría yo entenderlo si no anduviera con las cejas depiladas y los ojos pintados. ¿Y cómo no iba a hacerlo, si tiene ahí el ejemplo del labregón mayor? ¿Quieres ser maricón?, le dije. Ándale pues, que te peguen el sida, pero no me perviertas a tu hermano. Pensé que iba a dolerle, que se me iba a enojar, o siquiera a quejar. Pero no, en lugar de eso se carcajeó delante de mí. La actitud de un maleante, ya te digo. ¿Qué iba a hacer, hermanita? ¿Dejar que mi Lamberto se siguiera pudriendo con quién sabe qué clase de amistades? ¡Sólo eso me faltaba! ¡No, señor! Pero antes de tomar medidas drásticas (ya sabes cómo soy) decidí contratar a un detective.

Lo acepto, suena bobo, pero no sabes la tranquilidad que ha sido irme de México sabiendo que hay ya no uno, sino dos investigadores profesionales encargados de cuidar a mis hijos. A lo que hemos llegado, dirás tú, y con mucha razón. A la edad de Lamberto, su papá era ingeniero y pagaba la escuela de sus hermanos. ¿Y tu sobrino qué? Hace tres años ya que estudia Arquitectura y todavía no aprende a dibujar. Cómo será la cosa que prefiero creerle que dizque va muy bien con tal de no cargar con más malas noticias. Es verdad que a Lamberto se le ha ido quitando esa manía tan fea de apoderarse de lo que no es suyo, pero creo que hasta eso preferiría con tal de no tener un hijo amujerado que se maquilla con mis pinturas y cualquier día de éstos se me cambia de nombre o hasta de sexo. A ver, ¿cuándo en la vida iba yo a imaginarme preocupada por una cosa así? Perdóname, Lilí, no fuimos educadas para esta clase de vicisitudes. Nada más te lo escribo y se me cae la cara, por Dios Santo.

Según dice la tele, el huracán Alicia va de salida, pero igual a nosotros nos queda una semana más aquí. Para entonces, ya estará de regreso el calorón de la semana pasada (la pobre de Larisa por poco se me insola, nomás de caminar un par de cuadras entre el hotel y las tiendas de enfrente). Y a todo esto, ¿qué sabes de Anastasia? Como que se ha alejado en los últimos años, ¿no crees? Yo, la verdad, la última vez que hablé con ella fue al merito principio del entierro de mamá. Porque ni se quedó, ¿te acuerdas? Por lo menos Igor fue a misas y rosarios, aunque luego volviera a desaparecerse. Como él ha sido siempre, ni para qué engañarnos. Aunque tampoco deja de entristecerme saber antes de ti (con lo lejos que estás), que de aquellos ingratos que se dicen hermanos, viven los dos bien cerca de la casa y no los veo ni por casualidad.

En fin, Lilí querida, ya te conté mis penas. ¿Cómo va todo con los nuevos alumnos? No sabes la alegría que me da que estés dando tus clases otra vez. Y ya que tratas con tantos muchachos, te encargo una vez más que te acuerdes de mí y de tus sobrinos. Esperaré con ansias tu respuesta.

Te quiere y te recuerda,
Feli

XXIV. Fayuca de Celaya

La Florida, Satélite, sábado 3 de septiembre de 1983

José Ernesto:

Te escribo porque pienso que ya es hora de que tú y yo lleguemos a un acuerdo. Creerás que ando con ganas de pelear, como luego me dices, pero esta vez no voy a reclamarte nada. Al contrario, quiero darte las gracias por tu ayuda. Ya sé que te lo dije por teléfono, y si lo vuelvo a hacer es porque no quisiera dejarte con la idea de que soy una ingrata, ni una desvergonzada (por más que me conozcas y lo sepas, ¿verdad?). Antes que nada, entonces, quiero que quede claro que las niñas y yo te viviremos siempre agradecidas, cuando menos por ese detalle. Tú, muy amablemente, no me has pedido cuentas, así que de una vez te me adelanto.

Hace ya casi un año que nos diste la mano con el préstamo y apenas te he abonado un par de cheques. Eso sí, se nos han arreglado las cosas. Como bien lo dijiste (aunque en esos momentos te mandara yo al diablo porque el tacto nomás no se te da) mi negocito nunca iba a crecer si seguía yo chambeando «de pinche camionera». Qué coraje me dio, pero tenías razón. Cuatro días para ir y venir de San Antonio eran, como tú dices, demasiada friega. Además, con el dólar a ciento cincuenta tenía que traerme puros saldos y ya ni así sacaba lo del mes. Te lo expliqué, ¿te acuerdas? Como decía mi hermano Juan Martín, era muy largo el *payback* de la inversión.

No te quise contar pero la idea fue suya. Conoce a un proveedor, allá por la Basílica, que te copia las prendas con todo y etiquetas. Las telas, los diseños, los colores, todo les queda igual. O en fin, muy parecido (pero muy). Yo sé que estuvo mal venirte con el cuento de que todo me iba a llegar por barco de Hong

Kong, pero es que yo no estaba tan segura de que te iba a gustar el plan de la maquila. Figúrate nomás si no me convenía: por unos jeans Jordache, que en Estados Unidos me salían en treinta y cinco dólares (más de cinco mil pesos, más los gastos del viaje), pagaba yo aquí menos de novecientos pesos. Ochocientos setenta por millar, ¿tú crees? Juan Martín me había dicho que tenía un distribuidor muy bueno que nos iba a comprar todo al contado. ¿Y por qué no los manda hacer él mismo?, me preguntaba yo, hasta que le llevamos la mercancía y la quería por menos de lo que yo pagué. Ríete, pues: me daba la mitad.

Juan Martín, pobrecito, estaba apenadísimo conmigo. Te fallé, me decía, pero el primer problema era qué iba yo a hacer con tanta ropa nueva. Playeras, pantalones y chamarras amontonados entre baños y recámaras. Dormíamos en la sala, para que te imagines. La mercancía, eso sí, estaba tan bonita que me dije una cosa: ¿Sabes qué, Alma Laura? ¡No te rindas! Me habían contado de un tianguis que se pone los sábados en Chapultepec, sólo que más allá del Panteón de Dolores, así que nos lanzamos con todo y mercancía. Lulú no quería ir, pero yo la obligué. ¿Quieres llevarte mi carro en la noche? Pues cooperas, chiquita.

Eran como las cuatro de la tarde cuando llegaron a quitarnos de ahí, aunque para esas horas ya éramos ricas. Yo había pensado en dar las cosas muy baratas, con tal de que salieran, pero llegando allá tu hija me abrió los ojos. Mira, mami, me dijo, hay pura gente bien, véndeles todo al precio de las tiendas gringas. Total que se los puse un poco más barato, y así se los decíamos. ¡Aprovecha, oye! ¡Te estás llevando los nuevos diseños a los precios del año pasado! ¡Aquí te cuesta menos que en Estados Unidos!

El sábado siguiente fue también Juan Martín, que se quedó vendiendo con Lulú mientras yo iba a arreglarme con la gente del tianguis. Les di su buena lana, les regalé unas muestras y me ofrecieron dizque un buen espacio, pero yo dije gracias, estoy mejor allá en mi cochecito. Como dice Lulú, en el coche parezco una señora bien. No una pinche marchanta, como dirías tú. Y tu hijita feliz, con sus cinco centavos de comisión por cada peso que íbamos vendiendo, pero al segundo sábado me empecé a preocupar. Vendimos todo lo que venía en el Dart y más de la mitad de lo que había en el coche de mi hermano. Dos millones ochocientos mil pesos en dos sábados. Ahora sácale a eso el cinco por ciento. ¿Qué iba a hacer Alma Luisa con tanto dinero? Ni modo de quitarle su comisión. Además, es muy buena vendedora. Guapa, amable, simpática, chamaca, dime quién mejor que ella. Pero también es mi hija, así que la agarré, de regreso del tianguis, le di sus comisiones y la despedí.

No seas así, no es justo, me empezó a lloriquear, y yo nada, lo siento, no seré yo quien te convierta en vaga. No mamita p'acá, no mamita p'allá, te prometo que esto y aquello, y entonces yo le digo ¿sabes qué, Lulucita? ¿Quieres chambear conmigo los fines de semana? Muy bien, pero va a haber dos condiciones: una es que te me inscribes en la universidad, la otra que ahora sí tú vas a pagarla, porque ya estuvo bueno de sacarle dinero a tu papá. Y bueno, yo juraba que me iba a armar un drama de radionovela, y en vez de eso se puso rete seria. Tienes razón, mamita, que me dice, voy a entrar en agosto a la Ibero.

No lo reconoció, pero obviamente lo tenía planeado. Desde que puso un pie en la tal Ibero no hace más que alardear de la cafetería y la biblioteca y sus nuevos amigos y la ropa que traen, cómo será la cosa que ahora hasta sus hermanas la remedan. Y bueno, ya ves que últimamente le ha dado por hablar con la papa en la boca. ¿Sabes qué les decía a sus compañeritos? Que mi Dart K era suyo. Y yo, claro, tenía un Le Baron del año.

La verdad, José Ernesto, no me hace mucha gracia que sea mentirosa. Pero también pensé: tampoco es mala idea. Darle a la niña el Dart y que lo pague a cuenta de comisiones. Y ya que el coche es toda mi tiendita, no estaría de más llegar en un buen carro a la vendimia. Que vean que las cosas son legítimas, no las está ofreciendo cualquier india tepuja. Como madre, me dejaba tranquila que la niña pudiera ir en su coche a la universidad. Como patrona, quería estimularla y comprometerla. Y como comerciante, eran los pasos lógicos del crecimiento de cualquier negocio. Esto último me lo explicó Juan Martín, un día que me animé a ir a ver los coches. Él me recomendaba que me esperara a que saliera el Topaz, yo para el caso prefería un Fairmont Elite, aunque lo fueran a descontinuar, pero luego nos fuimos a la Chrysler y como que me pudo más el gusanito del Le Baron K (qué te puedo decir, no me quería bajar). Bien caro, ya sabrás, pero era una inversión y se iba a pagar sola. Total, ya había mandado hacer más ropita.

Te confieso que ya desde esas fechas (marzo, abril) tenía para pagarte, pero tenía también que sanear mis finanzas. Suena pípiris nice esto de las finanzas, y hasta de eso se trata, pero es que yo no me hago muchas ilusiones. No puede ser verdad un negocio tan bueno, me decía desde entonces. Había que explotarlo mientras nos durara. O sea que no sólo mandé hacer más, sino mucha más ropa. Y el resto se me fue en el Le Baron.

En fin, ya te lo dije. Si has de enterarte de mi coche nuevo, mejor que sea por mí. No soy una inconsciente, ni estoy chiflada. Es más, de una vez déjame que te informe que desde que llegamos en el Le Baron, las ventas se nos fueron para arriba. Tenemos que llevar el Dart que ahora es de tu hija y el Falcon de mi hermano repletos de ropita, y ya van varios sábados que volvemos vacíos. Luego dice Alma Luisa no, mamá, o sea, lo nuestro no es un coche, es un Grand Stand de la Feria Mundial. Claro que no lo dice porque sí, ya la conoces cómo es de mañosa. Ándale mami, vamos de shopping a Estados Unidos, para que te hagan los nuevos modelos. ¿Te acuerdas que llamó para avisarte que íbamos unos días a San Juan del Río? Pues nos fuimos a Atlanta, en viaje de negocios. Sólo que era un secreto entre las dos: queríamos cambiar de proveedor. No porque no confiáramos en Juan Martín, sino que descubrimos que los maquiladores vendían nuestros diseños en Tepito, a la mitad de lo que yo pedía. Y él en vez de indignarse los defendía, así que no le quise contar de nuestros planes. Nos pasamos tres días ajuareándonos y volvimos con toda la colección otoño-invierno. Cuando menos pensó, ya estábamos vendiendo la nueva mercancía.

Encontré unos marchantes de Celaya, bastante más careros que los otros, aunque también mejor hechecitos. ¿Te acuerdas de las tres playeras Polo que te dieron las niñas en tu cumpleaños? No me digas que no parecen gringas. Hay gente que se acerca a pedirme consejos para reconocer la mercancía buena, y por supuesto yo les doy sus tips. ¿Ves estos pantalones? Fíjate en las costuras. Compáralos con unos de Tepito. ¡Nada que ver!, les digo, se van muy satisfechos y regresan el sábado siguiente. Son los originales, le informan a la novia, muy ufanos. Ahora que si eres tú quien me pregunta, te diré que si pones una Polo original junto a una de las mías, vas a notar algunas pequeñas diferencias. Y si las lavas más de cinco veces, puede que se desgasten un poquito más rápido. Eso sí, para entonces ya traeré otros modelos, otras marcas. La clave es hacer pocos, para que no se me quemen tan pronto. Yo, que pasé tres años de fayuquera, sé cómo hacer sentir especial a la gente. ¿Quién no quiere tener a una señora *nice* y su hija guapetona de asesoras de modas, a ver?

Fuera de eso, las niñas están bien. Raquel volvió a las clases de flamenco y Ana Ofelia no ha vuelto a reprobar materias. Lo que sí yo no sé si esté tan bien es que Lulú ya viva en otro mundo. Es linda y adorable en la vendimia, antes y después de eso la señorita apenas tiene tiempo para desperdiciarlo con su familia. Yo entiendo que la Ibero está hasta por Taxqueña, en casa del demonio, y ni modo que venga a comer a su casa, pero es que ni en domingo le miramos el polvo. Se levanta a la una de la tarde, come con sus amigas en el Caballo Bayo y se pasa la tarde en el Torremolinos. Si tengo alguna suerte, me la voy a encontrar a media madrugada, recién desempacada del tal Vog. ¿Te ha contado la niña de esos lugares? Según me lo presume, son de gente muy bien («gente blanca», dice ella, con carita de Estefanía de Mónaco), pero también yo digo, ¿qué persona de bien va a andarse emborrachando el domingo en la noche?

Lo que seguramente sí ya te contó es que anda con un novio del Pedregal. También es de la Ibero, sólo que está en los últimos semestres. Tiene un nombre vaciado, el pobrecito. Ya le dije a la niña (ahí medio en broma) que ay de ella si le pone «Lamberto» a un nieto mío. Se ríe, por supuesto, pero yo hasta la fecha me sigo preguntando qué clase de papás bautizan así a una criatura. Luego ya ves que tu hija tiene un imán para los desgraciados, pero tú y yo quedamos en no hablar más de aquello, ¿verdad? Lo que pasó, pasó, y ojalá haya servido de lección. Por eso descansé cuando supe que la habían aceptado. Hace cuatro semanas que va a clases y se ha hecho muy amiga de unos dieciochoañeros que la traen risa y risa, según ella.

¿Ya captas el problema, Ernesto? Pues sí, todo va bien, y hasta muy bien, si olvidamos el pequeño detalle de que la señorita se ha vuelto una extranjera en esta casa. Yo, que hace un año me tuve que quedar sin amistades por el pecado de organizarle una fiesta sorpresa en su cumpleaños, y en lugar de correrla o castigarla le ayudé a recobrar la confianza en sí misma, soy una bruja fea y aburrida que hay que quitar de en medio porque no checa con la decoración. Van tres veces, aparte, que me sale con su babosada esa de «ay, mamá, no seas naca», y en la última sí le volteé un soplamocos. Si le damos vergüenza a la señoritinga, por lo menos que tenga educación y se calle el hocico enfrente de nosotros. «Más naca serás tú, que andas ahí de encimosa con tus juniors», la puse en su lugar, pero ni le importó porque en cinco minutos ya estaba muy risueña en el teléfono. Total, mejor así. Al cabo, acá entre nos, prefiero eso a tenerla aquí triste y encerrada como hasta hace unos meses.

«Estás criando un monstruo», me ha advertido Natalia, pero como ya ves que Lulú se peleó rete feo con la prima (y como ella bien dice, siempre le tuvo envidia), yo me pongo del lado de mi niña. Pobrecita Corina, eso sí, una también la entiende. Tu excuñado es un payo de lo peor y mi hermana antes muerta que llevarle la contra. ¿Adónde va a llegar con esa educación? Además, aunque sea mi sobrina, la inocente parece renacuajo. Carita de ranita y cuerpo de ajolote. ¿Cómo no va a sentir envidia por el porte, la clase, el cuerpazo, los ojos, las facciones tan finas de Alma Luisa? Y a eso súmale el coche, la casa, los modales, el novio millonario y el dineral que está ganando ahora. Es que hasta yo la envidio, verdad de Dios.

Del tal Lamberto no creas que sé mucho. Alma Luisa me da la información con cuentagotas. Parece que también vive con su mamá, porque el papá murió hace pocos años, y tiene tres hermanos más pequeños, uno de ellos malito de las piernas. El más chiquito, pobre. Trato de hacerle plática, cuando viene por tu hija, pero apenas lo saco del no señora-sí señora. Muy educado, claro, aunque con la carita de pícaro. Se ve que jamás le ha faltado nada. No me cae mal, el chico, aunque traiga los pelos de escobeta y esa facha de punk amujerado que ojalá sea cosa de la edad. Porque con esa pinta y además arquitecto, ya me dirás qué van a murmurar.

Supe que andabas mal en cuestión de dinero. Por otra parte, hace tres meses ya que no has depositado en nuestra cuenta. Entiendo que te lluevan compromisos y que atiendas a tiempo tus demás prioridades, así que no te voy reclamar. Te propongo mejor un intercambio, algo que salga bueno para los dos. Un *win-win situation*, que dice Juan Martín. Ahora que según sé traes algunos problemas con tu negocio, no quiero que tus hijas resulten una carga más sobre tus hombros. Yo afortunadamente voy muy bien. Iría mucho mejor si no tuviera que reinvertir ganancias, pero ahí me he hecho fuerte con tu préstamo. Por eso hemos pensado que sería buena idea que en lugar de pasarme la pensión vayamos descontando directamente de lo que te debo. Me apoyas y te apoyo, José Ernesto, por el bien de las niñas. ¡No me digas que no es una idea excelente!

Es verdad, eso sí, yo te había ofrecido pagarte tu dinero en un mes (ya sé que me aclaraste que te urgía), pero date una vuelta por la casa, verás que hasta el garage está lleno de paquetes con ropa. Ése es mi capital, por el momento. O sea el patrimonio de tus hijas. No sé cuánto nos dure el negocito, pero si nos ayudas con esta prórroga de veras vas a hacer una buena obra. Dirás que estoy cobrándome la pensión a lo chino (y no voy a negarte que le hace bien a mi alma no tener que tratar con tu querida secre), pero como te digo, no soy yo la que gana. Son Raquel y Ofelita y Lulú. Ya ves que por lo pronto te estás ahorrando todo lo de la Ibero. Y además, qué te digo, no te puedo pagar. Hace un año, tus hijas y yo estábamos en la ruina. Hoy, milagrosamente, salimos de ese bache y vamos para arriba, pero necesitamos una manita. Una que ya nos diste y por ahora nos mantiene a flote. ¿Qué les digo a tus hijas entonces, José Ernesto? ¿Pueden seguir contando con su papá?

Te mando los saludos de las tres. Y los míos, de paso, aunque no te hagan falta, ¿verdad? Ya en serio, espero que muy pronto se mejoren las cosas en el negocio. Yo sé que te va a ir bien, como a nosotras cuatro. Gracias por comprender la situación.

Con afecto,
Alma Laura Luna Melgar

XXV. Cara de palo

Pedregal de San Ángel, septiembre 25 de 1983

Querida Elidé,

No sabes la ansiedad con que he esperado tu respuesta. Hasta pensé en llamarte, pero es que no me siento nada cómoda hablando de estas cosas en el teléfono. Casi nunca estoy sola, cuando no son los niños es la servidumbre, o los grandes que igual entran y salen como fantasmas, el asunto es que nunca puedo estar bien segura de que no va a haber pájaros en el alambre. De verdad que es muy feo que ni en su propia casa pueda una ventilar sus cosas personales, quién fuera tú que vives con tus gatos y tus libros. Y no es que no disfrute de sentarme a escribirte, pero a veces las cartas se hacen viejas muy pronto. Para cuando el cartero trae la buena noticia, resulta que las malas ya se le adelantaron por telegrama.

Me escribiste una carta muy bonita. No sé si estoy de acuerdo con todas tus ideas, pero me consta cuánto quieres a mis hijos, sobre todo a los grandes, y aprecio que te esfuerces tanto por entenderlos. Sé que a veces me excedo con la preocupación y eso probablemente los afecta, aunque no entiendo cómo. Pero de ahí a aceptar que los apabullo hay un trecho muy largo, mi querida Elidé. Tienes razón en creer que mandarlos seguir con detectives no es el remedio ideal, pero es el que me queda. A lo mejor allá, en ese primer mundo tan bonito del que no sales hace más de diez años, maestros como tú educan a los jóvenes de otra manera, pero aquí todo va de mal en peor y hay que remar en contra de la corriente. Siempre que llevo al niño a la terapia en Houston me digo ay, Felisa, ¿qué haces viviendo en México? Pero luego me acuerdo del tugurio en Westheimer de donde fui

165

a sacar una noche a Lamberto y termino por darme de santos de vivir en el mundo en que crecí. Quiero decir, crecimos, aunque tú te escaparas tan temprano.

No sé qué habría pensado si te hubiera leído antes de recibir el informe de los investigadores. Me habrías hecho dudar, cuando menos en parte. Tú crees que menosprecio tu carrera, y hasta que te hago menos porque soy la mayor. Si eso fuera verdad, no te andaría pidiendo consejo. A mí también me da la sensación de que a veces me ves un poco por encima del hombro, con todos esos títulos académicos, pero también por eso te respeto y aprecio tu opinión. Yo no hablo cuatro idiomas ni tengo un doctorado en Filosofía, pero soy madre, viuda y tengo cuatro hijos. Créeme que algo he aprendido desde que era tu nana consentida y te llevaba al parque de la manita. Y antes de que te enojes, déjame que te cuente.

Por supuesto que habría preferido que tuvieras razón. Mi trabajo de madre, sin embargo, era pensar lo peor. Y prevenirlo, claro. En la carta anterior no te quise contar de lo que hablé con Flores Zamudio, que es como se apellida el detective. Del nombre no me acuerdo porque casi no lo usa. Parece que el señor trabajó algunos años en la policía y luego en una empresa de seguridad, así que le pedí no sólo que siguieran a mis hijos, sino que los cuidaran. Y si era necesario, que los defendieran. El tipo no quería responsabilizarse, hasta que le ofrecí más dinerito. Fue por eso también que me tranquilicé, porque ya hacía semanas que traía algo así como un presentimiento. Ya te digo, Lilí, cosas muy de mamá. ¿Cómo y por qué? No sé, pero así es. Una a su modo sabe cuando sus críos están en peligro, y ni modo de hacerme la loca.

El reporte tardó un poco en llegar. Lo primero que supe fue que a los detectives los habían golpeado y estaban en urgencias del hospital de Xoco. Según Flores Zamudio, él y su canchanchán son expertos en artes marciales, pero igual los dejaron como santocristos. Y todo por cuidar al bruto de Lamberto, que se metió en problemas con unos pandilleros del Estado de México y ya no hallaba ni cómo escondérseles. No me dijeron más porque estaban muy mal, Flores Zamudio con dos costillas rotas y una fractura en el metatarso. Al otro le faltaba la mitad de los dientes y tenía como cinco huesos rotos. Eso sí, mi Lamberto se escapó muy a tiempo, no quiero imaginarme la paliza espantosa de la que lo salvaron. ¿Cómo iba yo a dejarlos a su suerte? Al día siguiente hice que los pasaran al ABC, ya te irás figurando en lo que me ha salido el chistecito, pero al final qué bueno que hayan sido ellos dos y no uno de mis hijos, con la pena.

Me tuve que ir a Houston, después de eso, así que de una vez jalé con todos. Prefería que anduvieran de vagos allá a que aquí me mataran a golpes a Lamberto. Me moría de ganas de ponerle sus buenas bofetadas, pero quería esperar a que los detectives me lo contaran todo para saber qué hacer, así que por lo pronto me hice la sueca. Pensé en mandarlo fuera del país o encerrarlo en alguna buena clínica, dependiendo de lo que me dijeran los detectives, pobres. De regreso los vi, todavía lastimados y convalecientes pero ya habían escrito el informe completo. Declararon también contra los golpeadores, pero tuvieron la delicadeza de omitir cualquier dato que pudiera apuntar hacia mis hijos.

La primera pregunta que yo tenía era cómo un muchacho del entorno social de Lamberto podía relacionarse con unos pandilleros de Tlalnepantla, por el amor de Dios. Una pregunta tonta, por lo visto, porque los dos me echaron ojos de impaciencia. ¿Será cosa de drogas?, les pregunté, con los pelos de punta, pero en ese momento el canchanchán me puso enfrente dos fotografías. ¿Y esta chulis quién es?, pregunté todavía, zonza de mí. ¿Y quién más iba a ser, sino alguna pelada de esas que coleccionan hijos de familia? No estaba fea, claro, pero tenía tipo corrientón. Una típica chulis, ya te digo. Pintadísima, aparte, como para ir al circo. Según me fue explicando Flores Zamudio, resulta que era novia, o amante, o concubina, o ve tú a saber qué de uno de los mentados pandilleros. Y ahí fue a meterse el bruto de Lamberto.

Afortunadamente, tu sobrino nunca ha sido de pleito. De niño era miedoso, ¿te acuerdas? Luego, ya con las amistades asquerosas que se fue consiguiendo, no faltaría el rufián que lo defendiera. Lo sé porque, según dice el informe, no es la primera vez que Lamberto se salva de que lo mediomaten. Parece que a finales del año pasado se armó una gresca horrible en un bar de Insurgentes, el Torremolinos, al que Lamberto va más que a sus clases, por lo visto. Y claro, ahí andaba él, besándose en la boca con la brujita esta, que además acababa de conocerlo. No sabía ni su nombre, imagínate tú. Y luego ya sabrás, alguien le dio el pitazo al pandillero, que ni tardo ni perezoso se lanzó a escarmentar a tu sobrino, sólo que otros muchachos intervinieron, lo golpearon, lo echaron a la calle y Lamberto se esfumó con la tipa, ve tú a saber adónde. Después, cuando volvieron, eran ya dizque novios. Hazme el favor.

Pero la cosa no paró allí. Al pandillero lo golpearon muy fuerte, creo que incluso lo descalabraron, y no creerás que se iba a quedar tan contento. Regresó acompañado de una docena o más de pelafustanes, listos para vengarse de los que le pegaron, y en especial de tu querido sobrino. Supongo que también estarían decididos a llevarse a su chulis a Tlalnepantla, pero se les cruzaron unos peregrinos, le sonaron a un par que traía cargando un altar a la Virgen, que como supondrás fue a dar al pavimento, y se armó un sanquintín de Padre y Señor Mío. Tú bien sabes que nunca me gustó que Lambertito fuera tan sacatón, pero de ésta le doy gracias a Dios. Y a la Virgen, de paso, por ser tan oportuna. Hubo varios heridos y hasta algunos balazos, pero Lamberto ya no estaba ahí. Se fue por la azotea, según esto. Con ella, por desgracia.

Si esa noche mi hijo se hubiera decidido a sacudirse a la fulana esta y nunca más volver al tal Torremolinos, otro gallo nos estaría cantando. Pero no nada más la siguió viendo, también iba y venía a casa de ella, ahí por la periferia de Satélite. O sea los mismos rumbos de los pandilleros, mira qué casualidad. Nada me extrañaría que la Lulú esa tuviera algún pariente entre los gañanes. Su nombre es Alma Luisa, pero en su casa le dicen Lulú. Ahora bien, mi hijo la llama Liza. ¿Ya sospechaste lo mismo que yo? Pues sí, la tal Lulú es una fichita.

Lo que sea de cada quien, estos señores son muy profesionales. No sé cómo le hicieron pero lograron que una prima de ella les contara por qué nuestra querida chulis se anda cambiando el nombre, aunque hubo que pagarle algunos pesos. Me dieron una lista de direcciones y teléfonos donde venía tanto el de la Lulú como el de su primita, que por lo visto no la quiere nada. ¿Creerías que esta tipa celebró su cumpleaños totalmente desnuda, con todos sus amigos? De repente llegó la mamá con la abuela y pescaron a todos a media orgía. Y bueno, se enteró todo Satélite. Además, la fichita tenía un novio por cada colonia, así que de seguro estará acostumbrada a que los pobres diablos se peleen por ella. Le gustará, también, como a todas las furcias. Y ahora mi pobre hijo trae detrás a una tribu de salvajes por la burrada de fijarse en ella. ¿Tú crees que sea justo?

No sé si esto te baste para ver de otra forma a mis detectives, pero si me preguntas, Flores Zamudio es La Divina Providencia. No quiero imaginarme lo que hubiera pasado si no he seguido yo mi instinto de mamá. También por eso fue que decidí ir un sábado a darle un buen vistazo al enemigo. La mamá de la chulis trabaja nada menos que de fayuquera. Los sábados se pone con un fulano y la hija a vender ropa dizque de buenas marcas, a la entrada del tianguis. Así que desde el viernes le aparté a Noé la mañana del sábado para que me llevara ya sabrás, de incógnita, a la tercera sección de Chapultepec. Y en efecto, allí estaban, con la cajuela abierta repleta de fayuca.

Me puse los anteojos, miré bien a la niña. Se veía algo mejor que en la fotografía, pero igual muy pintada, y la madre no digas: haz de cuenta mujer de diputado. Peinado de salón con tinte rubio verde, vestido abierto arriba de la rodilla. Nadie le ha dicho a la pobre mujer que a esas horas ya cerró el cabaret. La hija, como ahora dicen, puede que dé el gatazo, cuando menos mientras no abra la boca, pero la madre la desacredita. Dime, si no, por qué en ya casi un año de andar juntos mi hijo no se ha dignado presentármela, ni nombrarla siquiera. ¿Por qué más iba a ser, sino porque él también ya se dio cuenta de que su princesita es una pelandusca?

Me tuve que aguantar las ganas de soltarle sus frescas a esa niña delante de la madre. Dime qué iba a lograr, si a leguas se veía que eran tal para cual. Pasé a un ladito de ellas, que estaban regateando con unos clientes, y me fui a dar la vuelta como si nada. Parece que es un tianguis muy conocido. Son los que estaban antes en Polanco, pero ahora en vez de chácharas lo que venden es puro contrabando. De otra manera, con lo lejos que están, seguro ni las moscas se les pararían. Eso sí, todos son muy amables y hay mucha gente bien. Vi las televisiones muy baratas, pero el precio es meterte con fayuqueros. ¿Qué garantía te dan, Lilí? Si compras una tele, no la tienen ahí. Les dices dónde vives y te la llevan. ¿Quién te asegura que cualquier día de éstos no llegan y te asaltan, o te secuestran, ni lo quiera Dios? A lo que voy, hermana, no es a que me interese una televisión, sino a que no se puede confiar en esa gente. Justamente por eso no le hablé a la amiguita de Lamberto ni para preguntar el precio de una blusa, y también porque, aquí entre nos, tenía otra marchanta más segura.

No sé si sea cosa de familia, pero así como aquéllas ofrecen su fayuca en Chapultepec, la prima chismosita hace en su casa ventas de garage. De pura suerte Noé conoce por allá. Canal de Miramontes, Calzada de las Bombas, otro poco y llegamos a Xochimilco. Dios mío, decía yo, ¿será que la primita vive en una chinampa? En todo caso, ahí sí podía entrar. Para qué, dirás tú. Dirás también que soy una morbosa, hasta puede que tengas razón, pero necesitaba saber más. Y por cierto, ¿sabes cómo se llama la prima? Agárrate: Corina. Yo pensaba que iba a ser otra chulis, pero ésta es más bien furris. Muy feíta, además, o mejor dicho como pegarle a Dios. Estaba con la madre y un hermano, las dos con delantal como de maritornes. Vendían pantalones a quinientos pesos, vestidos a ochocientos y calcetines a cincuenta el par. Trapeas la banqueta con esa ropa horrible y seguro te meten a la cárcel. Camisitas de niño recién remendadas, libros de escuela todavía forrados, un tocadiscos roto, una televisión en blanco y negro, dos alteros enormes de historietas y fotonovelas. Yo pensaba comprarles alguna cosita, para no parecer muy sospechosa, pero las porquerías eran tantas que preferí pasar por preguntona. ¿No tendrían por ahí otro tocadiscos? Gracias a eso, pude entrar a la casa.

Tenían una consola de tiempos de María Castaña y querían por ella quince mil pesos. Me pusieron un disco de Pedro Infante, mientras yo hacía como que no miraba los muebles de la sala forrados con el mismo plástico de los libros. ¿Te imaginas, Lilí?, ya se los comió el sol y todavía no los estrenan. En la pared, que es como de cartón, tienen un payasito llorón al óleo y un espejo Luis XV, de esos que te separas tres centímetros y ya te ves como en la Casa de la Risa. Y enfrente, claro, la televisión. Prendida a toda hora, por lo visto. Compitiendo, además, con Pedro Infante, que sonaba como borrego acatarrado. ¿Sabes qué marca era? Lerdo Chiquito. ¿Y sabes qué hice yo? Les dejé dos mil pesos a cuenta por su consola modelo Herman Munster y salí disparada con Noé. Supongo que me siguen esperando. Ay no, hermana, qué gente tan horrenda. Imagínatelos en Navidad.

Vas a decir, de nuevo con razón, que se me está pegando lo polizonte. Y es que yo no quería dar un paso en firme sin tener antes toda la información. El lunes, muy temprano, me fui para la Ibero. No acabo de entender cómo a esos gallineros (así les dicen ellos a sus aulas de lámina) se atreven a llamarles universidad. O será que salí muy ofuscada y todo lo veo negro, pero es que me llevé dos chascos espantosos. ¿Sabes que al holgazán de tu sobrino lo han corrido no una, sino dos veces, por no alcanzar el mínimo promedio requerido? Ahora mismo lo tienen dado de baja, parece que pidió un segundo indulto para ver si lo dejan regresar. El colmo es que le falta el setenta por ciento de los créditos y ya van seis semestres que pagamos. Haz de cuenta que estuviera en tercero, y eso si le permiten reinscribirse.

¿Te acuerdas la tristeza que me daba pensar que su papá, que en paz descanse, no alcanzó a verlo entrar en la universidad? Pues ahora pienso y digo ay, inocente, de la que se salvó. Déjate tú el coraje, la humillación de ir a poner mi cara de palo en la oficina de Servicios Escolares y que las empleaditas se me quedaran viendo como a una pobre bruta recién desengañada. Con lo orgulloso que era mi Gildardo, si volviera a vivir se moriría en el acto nada más del bochorno. Y antes de que me digas por enésima vez que a los dos labregones les hizo mucho daño la falta del papá, recuerda que a nosotras nos pasó lo mismo y no por eso nos descarrilamos.

Salí de ahí con ganas de aplanarle la cara a bofetadas, pero algo no acababa de encajar. Según los detectives, Lamberto seguía yendo a la universidad. Anduve por un par de corredores y fui a dar hasta la cafetería, que más parece desfile de modas. Hice cola en la caja, pagué por una dona y un café y me senté a mirar hacia las otras mesas. Había algunos muchachos estrafalarios, pero la mayoría parecían más formales que mi hijo. Justamente me estaba preguntando cómo era que Lamberto se iba a conseguir novia a los *night clubs*, en lugar de fijarse en tantas chicas lindas que estudian ahí con él, cuando veo venir entre las mesas nada menos que a mi querida Chulis. Andaba muy oronda, pintadita al estilo del payaso en la sala de su prima, con otras dos fulanas empeñadas también en hacerse notar. Ay, Lilí, se me fue el alma al suelo. ¡Ahora además de amantes, condiscípulos! De repente las risas y el griterío de las otras mesas me retumbaban dentro del cerebro. Haz de cuenta que se reían de mí. ¡Suegra cara de foca!, dirían. No alcancé ni a probar la dona azucarada. Ya estaba de regreso con Noé y seguía aturdida. Confundida. Noqueada, en realidad, pero ya no ignorante, ni cándida, ni estúpida.

A la noche, en la casa, me armé de valor. Por recomendación de Flores Zamudio (que dejó trunca la investigación y se la había asignado a otro detective), no podía ni mencionarle a la tal Lulú, y mucho menos a los pandilleros, así que lo agarré por la universidad. Yo de tonta pensé que se iba a amilanar en cuanto le dijera de la suspensión, pero en vez de eso se me puso al brinco, dime tú con qué cara. Que si cuando era niño lo traumamos, que si no lo dejamos aprender karate, que lo metimos a un colegio espantoso y bueno, se quejó hasta de su nombre. Mira, yo estoy de acuerdo en que mi suegro tenía un nombre muy feo, el pobrecito. Nadie querría llamarse Nicanor, ¿pero Lamberto, cuál es el problema? Dime si alguna vez viste a papá sentirse avergonzado de su nombre. De repente me queda la idea de que todo lo nuestro le afrenta, o le pesa, o le fastidia. Lo mismo que al hermano. Nunca les faltó nada, Lilí, y a su padre no puedo resucitarlo. Para ellos es muy fácil culparla a una de todo, pero yo digo no, Elidé, no puede ser que salgan tan ingratos.

Yo sé que a estas alturas Lamberto considera que su madre es una vieja loca y menopáusica. Y es que no sabes cómo le grité, con todos los motivos que tenía. De la Ibero me dijo que estaba yendo en calidad de oyente, para que luego le revaliden los créditos. Pero yo sentía rabia por la chulis, así que le seguí gritando mentiroso, embustero, mal hijo, desgraciado, indecente, canalla, hipócrita, cobarde, ingrato, mal nacido, todo lo que me vino a la cabeza. Y ni modo, le di sus bofetadas. Las recibió muy digno, mirando para arriba como si no dolieran. ¿Ah, sí? Pues con más ganas se las di. Perdóname, querida, que te lo diga de este modo tan feo, pero ya iba siendo hora de enseñarle a este bruto a tener madre.

De Gregorio no me dijeron mucho. O será que con tanto descalabro ya me parece poco que faltara al colegio un par de días y se sacara el coche para ir con sus amigos a una fiesta. Está muy intrigado, ni se imagina lo que tuve que hacer para enterarme de sus barrabasadas. Lo que sí funcionó de maravilla es haberles comprado el juguetito ese del Intellivision, yo creo que a eso se debe la mejoría. Desde entonces, tengo a los tres más chicos peleándose por él. No sé si sea tan bueno que se pasen las horas embrutecidos, pero prefiero eso a que anden en la calle con ve tú a saber quién. Últimamente, a Gregorio le ha dado por traer a la casa a sus amigos. De repente se amanecen jugando y yo de plano me hago la dormida. Ya veré qué hago luego para restringírselos, por lo pronto les compré otra consola. Es el modelo nuevo, para que no se tengan que pelear.

Como te digo, hermana, estoy consciente de que el juguete este no es por fuerza la mejor solución, pero no puedo estar en cuatro guerras al mismo tiempo. La vida se me va en terapias, tareas y jaquecas. Y si no son los hijos es la casa, la servidumbre, el banco, el contador, los abogados, la notaría, el dentista, la agencia de viajes… Ay, no, Lilí, me van a volver loca. Pero eso sí, antes muerta que abandonar a mi hijo en manos de esa gente que ni gente es. Y por cierto, ¿tú crees que sea posible que acepten a Lamberto por allá? ¿Podrías tú ayudarle a que le revaliden sus materias? Por favor no te sientas comprometida, nada más te pregunto para ir sabiendo cuáles son mis opciones. Antes de eso necesito poner un par de cosas en su lugar, ya te contaré luego qué tal me fue.

Te mando un gran abrazo, hermanita querida. Te agradezco otra vez que me permitas llorarte en el hombro, aunque sea la más grande y a veces la más rígida. De verdad, Elidé, gracias por entender.

Tu hermana que te quiere,
Felisa

XXVI. Fuego amigo

Manita chula:

Antes que nada, me gustaría saber si ya me perdonaste o me vas a leer así enojada. Ya sé que no lo voy a saber, a menos que me escribas de regreso, aunque sea para mentarme la mitad de mamá que me toca. ¿Entonces qué, manita? ¿Ya me vas a escuchar? Ándale, no seas cruel. Dime luego, si quieres, que tiraste mi carta sin leerla, pero ahorita sí léela, no seas así.

Acepto que hay millones como yo y que todas decimos ay, yo soy diferente, y resulta que andamos en las mismas, ¿no? Pero yo soy distinta porque soy tu hermana, y también porque voy a darte no sólo un buen cuñado, sino el campeón de todos los cuñados. ¿Sabías que los hombres que fracasan en su primer matrimonio tienen un treinta y tres por ciento más de probabilidades de éxito con el segundo? También leí un artículo que clarito explicaba por qué los amoríos de oficina no pueden evitarse.

Ya sé que muchas veces me quejé de él contigo y que hasta prometí que me lo iba a sacar de la cabeza. Fui una bruta al hablarte así de mal del hombre que ahora va a ser mi marido. Exageré, también, ya sabes cómo es una cuando se cree engañada. O no sé, malquerida. Menospreciada. No le tuve paciencia, ni confianza. Llegué a pensar las peores cosas de él, y para colmo se las eché en cara. ¿Te imaginas lo mal que me sentí cuando me enseñó el acta de divorcio? Neto podrá tener muchos defectos, pero hasta ahora nunca me ha mentido. Y antes de que me vuelvas a decir que él es un cinicazo y yo una ilusa, te repito que vamos a casarnos. Ya tenemos la fecha y el lugar. Y ahora vete p'atrás: ya lo sabe la Vaca.

¿Te acuerdas que hace un año jurábamos que nunca lo iba a soltar, por más que ya estuvieran divorciados? Las hijas, además, le sacaban dinero todo el tiempo. Era su cochinito, más que su papá. Como decías tú, qué podía esperarse de tamaño mandilón, ¿no? Pero igual yo elegí creer en él, si tú quieres porque me sentía sola, o porque soy muy burra con los galanes, o porque era mi jefe y estábamos el día entero juntos, o porque pinche Vaca ya me trataba con la punta del pie cuando yo ni era nada de su viejo. Pero eso ya cambió, y me consta porque yo estaba ahí cuando Neto le dijo «Alma Laura, me caso con Judith».

Y adivina qué hizo ella... No lo vas a creer, manita. Pues que sean muy felices, nos deseó, hasta sonriente. Como diciendo ya lo decía yo, pero me vale madre, a estas alturas. Y esto era lo que yo quería contarte, para que no te diera el patatús al ver la invitación de nuestra boda. Te pedí que leyeras esta carta, aunque luego decidieras quemarla y jurarme que nunca la leíste, porque espero que mínimo te dé una idea bien clara de la clase de hombre que es mi prometido. Te juro que yo misma no lo creo, es como si me hubiera ganado el primer premio de la lotería, pero luego lo pienso y digo ¿por qué no, con todos los billetes que había yo comprado?

Dicen que solamente unas pocas mujeres saben leer los ojos de los hombres, y seguro que no soy una de ellas, pero es que Neto no sabe mentir. Yo había decidido terminar con él desde principio de año y el trabajo no me lo permitía. ¿Cómo lo iba a dejar, si lo tenía delante de las nueve a las seis y sábado y domingo me mordía los dedos para no llamarle? No voy a ser tu amante, le decía muy digna, y un ratito más tarde ya me estaba comiendo mis palabras. Por otra parte, me pagaba la renta. O sea que si quería renunciar, tenía que resignarme a estar sola, jodida y en la calle. ¿Y sabes qué pensé? Yo no tenía ahorros, pero llevaba cuatro años y medio de invertirle mi vida a esa relación. A ver, ¿cuánto vale eso? Pude haber estudiado una carrera, ¿sí? Y en vez de superarme como profesional fui a entregármele a Neto. Así, sin condiciones, y es más, con todo en contra porque él tenía dinero, posición, esposa, casa, hijas, y yo no era más que una empleada suya. Claro que él me tenía cantidad de atenciones y me decía cosas muy bonitas, aparte de venir a llorarme sus penas cada vez que la Vaca lo maltrataba, y aunque tú no me creas yo nunca provoqué nada de lo que él hizo. No le pedí que me mandara flores, ni que me persiguiera, ni que me enamorara, ni que dejara su reino por mí. Cedí, y lo pagué caro, pero seguimos juntos y voy a ser su esposa. Algo debí de haber hecho muy bien, ¿o no, manita?

La verdad, tuve suerte. Hasta hace poco tiempo yo era como un fantasma en la casa de Neto. Me llevaba de noche, me sacaba a escondidas, me negaba en mi cara por teléfono y todavía se hacía el indignado, «Por favor, Alma Laura, cómo puedes pensar que tengo algo que ver con Judith». ¡Y estaba allí en la cama, junto a mí! «¿Por qué te pide cuentas, si ya están divorciados?», le repelaba yo, con mi carota de segundo frente, y él me decía «No es eso, pero cómo le explico que es verdad lo que tanto le estuve negando sin que vaya y me acuse de adulterio y termine quitándome a las niñas, además yo no quiero que ellas te odien, deja que pase un tiempo, que se enfríen las cosas…» Dos años me soplé esa cantaleta. Un domingo en la tarde me tuve que meter en el clóset del cuarto de servicio, para que sus hijitas no fueran a enterarse que tenía a la rompehogares en casa. Dos horas encerrada, oyéndolos reírse a carcajadas. Todo por que la Vaca no fuera a comprobar las sospechas que tanto le embarró cuando vivía con ella frustrado y amargado. Nomás salí de ahí (chille y chille, ya sabes), pedí un taxi de sitio y le dije, antes de irme, ¿sabes qué Ernesto?, perdóname por hacerte feliz, te prometo que no vuelve a pasar.

Claro, todos los hombres se equivocan. Al día siguiente le entregué mi renuncia, como dándole la última oportunidad. Y tómala, manita… me rogó de rodillas que me quedara. «Sin ti no valgo nada, nena, por favor no me dejes.» Ya sé que hay quienes creen, comenzando por la Vaca y sus hijas, que soy interesada, pero nadie en el mundo conoce las finanzas de Neto mejor que yo, que recibo los cheques, liquido las facturas y le llevo las cuentas hasta de las tarjetas de crédito, y en esos días andaba quebrado. Debíamos muchísimo dinero, todo el día sonaban los teléfonos y yo tenía que estar inventándome excusas para no pagar. Para colmo, la Vaca le había pedido un préstamo a mi Neto, dizque por unos días nada más. No había ni un centavo, pero Neto agarró lo de los impuestos y como supondrás, la Vaca no pagó. Se compró un coche nuevo, mientras Neto sudaba para quitarse a Hacienda de encima. ¿Y qué hice yo? ¿Dejarlo, ahora que ya era un pobretón? Al contrario, más bien. Lo apoyé como pude, con todo lo que tengo. Y aquí vas a enojarte, ya lo sé, pero igual te lo voy a confesar.

Te he contado que Neto vive en Chiluca, ¿no? La casa está bonita, pero no es suya. La otra casa se la quedó la Vaca y la oficina también la renta. Todo se iba a arreglar en cuanto nos pagaran el dineral que estaban debiéndonos, pero mientras nos iban a embargar. Y eso si no metían a mi Neto a la cárcel, así que hice de tripas corazón y le ofrecí prestarle yo el dinero. ¿Cuál dinero?, dirás. Y aquí es donde la puerca tuerce el rabo. ¿Te acuerdas que mamá se empeñó en que pusiéramos la casa a mi nombre? Pues sí, la hipotequé, con tu perdón. Neto no me quería aceptar esa ayuda, pero yo lo obligué. ¿De qué mejor manera le podía demostrar que lo quería a él, no a su dinero? Si la Vaca lo dejaba en la calle, yo de ahí mero lo iba a levantar. Si Neto no podía confiar en ella, yo le confiaba toda mi vida a Neto. A ver, que comparara.

Por supuesto, mamá no sabe nada. Saqué las escrituras del archivero sin que se diera cuenta y no le conté a nadie más que a Neto. Él quería firmarme un pagaré, yo le advertí que nada de papeles. Llegué con el dinero en efectivo y se lo puse sobre el escritorio. Ya te di el corazón, le dije muy romántica, qué me importan las cosas materiales. Y le salvé el negocio, con esa hipoteca. Como él dice, quién más lo hubiera hecho. Le pidió a sus hermanos, a sus amigos, a todo el mundo menos a mí. Mira tú qué sorpresa, ¿no?, la pobre secretaria lo rescató del hoyo.

Nomás no te me asustes, que ya tengo el dinero de regreso. Esperaba tardarme un poco más, pero pasó una cosa no sé, medio marciana.

Era sábado y estábamos juntos. Muy contentos, también. De esas veces en que salía de viaje de negocios y regresaba rete cariñoso. Acababa de ser mi cumpleaños, aparte, así que me traía mi regalo y varios recuerditos, como siempre. Me compró mi pastel, me cantó el Happy Birthday y en fin, me hizo feliz... hasta que comenzó a llamar la Vaca. Yo sabía que era ella, te lo juro, desde el primer timbrazo le dije no contestes, por favor. Pero siguió sonando, como en una película de espantos. ¿Y si era una emergencia? Ernesto no me lo iba a perdonar, así que le pedí que contestara. Me cubrí la cabeza con la colcha para que no me viera taparme los oídos. Me estaba festejando mi cumpleaños, oye. No quería que la maldita Vaca terminara de echármelo a perder.

Luego vengo, me dijo. Y que saco las uñas, manita. A mí no me haces esto, cabrón, le grité, enojadísima, porque como te digo no sabía yo nada de lo que había pasado. ¿No entiendes que mi casa se está quemando?, me gritó de regreso, hecho una furia. Lo que más me dolió, como ya te imaginas, fue que usara el «mi casa» para hablar del jacal donde había vivido con la Vaca y sus hijas. Que, por cierto, ni estaban en la casa cuando se les quemó. ¿Se las iba a llevar a vivir con él? Porque seguro lo iban a chantajear. ¿Y yo qué?, me decía, pero seguía callada mientras él se arreglaba para ir a quedar bien con las malditas damnificadas. ¿Cómo te explico, manis? Yo sabía mi papel, ésa era mi ventaja. Si alguien iba a gritarle y a ponerlo de malas, mejor que fuera ella, ¿no? Conmigo le tocaba estar contento, aunque a mí se me retorciera el hígado. Pero ni modo, pues, la bruja era la otra. Así que le pedí una gran disculpa, antes de que se fuera, y me aguanté las ganas de soltarle todas las palabrotas que tenía en la cabeza.

Ya te imaginarás que me sobraron horas para pensar lo peor. Ahora voy a quedarme sin marido, sin casa y sin familia, lloraba yo en la cama. No nada más por mí, te lo juro, también por mi mamá, y por ti, y por toda la gente que iba yo a defraudar. Para cuando mi Neto regresó ya era la tarde del día siguiente, y a esas horas yo estaba que me metía un tiro porque vino un señor, muy tempranito, preguntó por Ernesto y luego por mí, que como ya te dije no era más que un fantasma en esa casa. «¿Es usted la señora Judith Pascual Barreda?» Híjole, casi me hago pipí. Nada más de enterarme que el fulano sabía quién era yo, me puse tan nerviosa que lo dejé pasar. Eran como las nueve de la mañana. ¿Quién te toca la puerta en domingo a esas horas?

Era un señor atento, aunque muy misterioso. Gordo, cabezón, calvo, como de cincuenta años. Nunca me dio su nombre, según esto era un investigador privado. Le ofrecí un cafecito pero traía prisa. Se quedó tres minutos, a lo mucho. Me enseñó algunas fotos, más o menos borrosas. Que si sabía yo quién era ese muchacho. Cómo iba yo a saber, ¿verdad? «Dígale a su marido que este jovencito es la persona que ayer incendió la casa de sus familiares, en la colonia La Florida. Sí está usted enterada, ¿verdad?» Ay manita, no quise ni abrir la boca. ¿Y si era policía? Volvió a guardar sus fotos y se fue. Me dejó su teléfono «para ver si llegaban a un arreglo».

No te voy a negar que se sintió bien rico cuando me dijo Neto que la arpía de su ex llevaba declarando más de siete horas. ¿A poco es sospechosa?, pensé. ¿Qué tal si me comía el recado del señor de las fotos, y con suerte encerraban a la Vaca? Ya sé que estuvo mal, pero no dije nada. Luego empezó la bronca con la aseguradora, que no quería pagar sólo porque la póliza se había expedido cuatro días antes del incendio. Como quien dice, qué casualidad. Fue ahí que me enteré que tenían la casa asegurada por un dineral. Con eso alcanzaría para mandarse hacer dos casas más bonitas, según me explicó Neto. Además de pagarme lo de la hipoteca.

¿O sea que el incendio era buena noticia? ¿Y ahora qué iba yo a hacer con el recado que me había comido? ¿Cómo se lo explicaba sin hacerlo enojar? No quería preocuparte, amor, pero ahí tienes que vino un señor muy misterioso… Y se lo fui soltando, bien asustada porque podía ver cómo se le iba encendiendo la cara. Cuatro veces seguidas me preguntó por qué me lo callé, luego le vino un ataque de tos. Amor, te va a dar algo, me preocupaba yo y le daba palmadas en la espalda. Nada más se calmó, fue corriendo al teléfono y marcó el número del gordo de las fotos. Estaba como loco, yo no sabía si de la emoción, del miedo o del berrinche o vete tú a saber. Luego le gritó horrible al pobre gordo, hasta que aquél le dijo usted no se preocupe, yo le mando las fotos a su domicilio. Le adelantó, de paso, los datos del loquito.

Adalberto Bedoya, se llama. Parece que era novio de la hija más grande, aunque ella lo negaba. Vivía cerca de ellas, en Echegaray. Y digo que vivía porque en una semana ya se lo habían llevado para el reclusorio. Tenía meses que los vecinos lo veían rondando la casa de la Vaca y sus hijas. Las espiaba hasta con binoculares, ya lo tenían fichado, pero dime quién se iba a imaginar que era pirómano. Dice Neto que catearon su casa y encontraron dos tambos todavía con restos de gasolina. También tuvo que ver en no sé qué pelea, con unos pandilleros de allá de Echegaray, igual por culpa de la tal Lulú. Lo único que no termina de cuadrarme es de dónde salió el gordo de las fotos. Se lo pregunté a Neto y se hizo el loco, a mí se me hace que le sacó dinero. Lo que a mí me importaba, para el caso, era qué iba a pasar con Ernesto y yo. Por cierto, ¿te conté que mi Neto y la Vaca se habían casado sólo por lo civil?

Fue en esos meros días que lo acompañé a la aseguradora y zas, que nos topamos con la Vaca. Yo juraba que me iba a poner barrida y regada, pero antes de eso Neto la barrió a ella. ¿Cómo iba respingar en esos momentos, si gracias a las fotos que nos trajo el gordito iba a poder cobrar la prima del seguro, y de una vez pagarnos lo que nos debía? «Me caso con Judith.» Tómala, pinche Vaca. Me echó ojos de pistola, pero tragó camote. Y yo como princesa, manita. No la volteé ni a ver. Soy la señora Gómez, me animaba, estoy muy ocupada para perder mi tiempo cuidando vacas. Muy contenta, también, pero digo ocupada porque ahora sí tenía mucho arroz por cocer. Para pasar del dicho al hecho, ¿no?, empezando por ir a recoger mis cosas. ¡Ya parece que iba a perder el tiempo! Desde esa misma noche me instalé aquí en Chiluca.

Tampoco creas que ha sido tan fácil. Alma Laura y las hijas joden a cada rato, siempre se les ofrece alguna cosa y nunca llaman a otro que no sea mi Ernesto. Anteayer, por ejemplo, íbamos a ir al cine y a cenar cuando llamó la Vaca para decir que la hija se le fue de la casa y creo que del país. Y como Ernesto y yo nos pusimos de acuerdo en no tocar el tema de la Vaca y sus Vaquitas, me quedé con las ganas de enterarme del chisme. Total, prefiero así. Soy la señora Gómez, no la Vaca II.

¿Entonces qué, manita? ¿Me perdonas o no? ¿Vas a estar en mi boda? ¿Quieres ser mi madrina de cojines? Y todavía mejor, ¿no quieres ser madrina de tu sobrinita? No te lo había dicho, voy a hacerte cuñada y luego tía. Va a llegar en seis meses y me late muchísimo que va a ser niña. Iris Gómez Pascual, ¿cómo te suena? ¿Verdad que está mejor Iris Leticia, para que escoja ella el nombre que le guste? Ay, manita, ya me urge que nos veamos. Por lo pronto, te mando una foto que Ernesto me tomó la semana pasada. ¿Ya me viste los ojos? ¿Verdad que se me nota lo contenta?

No te quito más tiempo, mana. Espero que estés bien y ojalá te den gusto mis noticias. Como ves, ya no soy la tonta de antes. Dale un beso a tus niños y diles que muy pronto van a poder conocer a su prima. O sea, si tú quieres. Mientras tanto, te mando cuatro boletos, para que también ellos vayan a mi boda. Ándale, ¿sí, manita?

Con cariño,
Judith

XXVII. Entiende a tu mamá

Queridísimo Igor,

Te escribo a la carrera porque tengo montañas de trabajos y exámenes por revisar. Recibí hace unos días la invitación a la boda de tu hija. Me da mucha tristeza no poder ni por ésas ir a México, o más bien no poder dejar la casa. Me explico: hace casi dos meses que tengo aquí viviendo a Lamberto, el hijo de Felisa. ¿Te acuerdas que era yo su tía consentida? Pues ha cambiado un poco, aunque tampoco tanto. Tu hermana se quejaba de que era un malviviente, un vago, un criminal, y la verdad es que no es mal muchacho. Un poco flojo y algo retraído, pero también simpático. Sencillo. Comedido. Dudo que se merezca que lo traten así.

Tú ya sabes cómo es Felisa de especial. Sólo a ella se le ocurre ponerles detectives a los hijos. Lambertito me cuenta que vino a dar acá porque unos pandilleros lo querían golpear y le quemaron la casa a su novia. La pobre de Felisa está muy afectada, pero también ella tiene la culpa. No puedes oprimir así a los chicos. Si yo fuera hija suya, sería delincuente juvenil. Por otra parte, Igor, debes saber que tengo mis sospechas. Lo que Feli quería era poner al hijo a salvo de la novia, no de los pandilleros. Tú ya sabes cómo es de exagerada, no puede Lambertito ponerle el ojo encima a una chica bonita sin que Felisa grite a los cuatro vientos que es una Mata Hari de petate.

Por esto que te digo, nada me extrañaría que hubiera mano negra en el entuerto aquel de la chamusquina. Una cosa sí entiendo: según lo que me cuenta, sus dizque detectives son unos delincuentes. Quiero decir que si ya en el pasado fue capaz de espantarte tres novias con anónimos y amenazas de muerte, a ti que eres su hermano, qué no estará dispuesta a hacer por sus críos. Narcisismo, se llama ese problema.

¿Sabes lo que encontró Lamberto al día siguiente del famoso incendio? Nada menos que un sobre con su nombre lleno de fotos de la casa en llamas. Estaba en la guantera de su carro, que llevaba dos días metido en el garage. Esa noche salió volando para acá. ¿Te imaginas a Feli recibiendo las fotos de los detectives y guardándolas en el coche del hijo? Yo también, but of course!, pero me hago la loca con Lamberto. ¿Qué más voy a decirle? Entiende a tu mamá, tiene muchas presiones, tiene a tu hermano enfermo, le hace falta tu padre, en fin.

No es mi problema, claro, ni soy quién para andar metiendo mi cuchara, pero me he encariñado con el sobrino y no pude evitar tomar partido. Por eso le acepté que trajera a su novia, y hoy hace dos semanas que la tengo asilada con nosotros. Ella también estudiaba en la Ibero, estoy haciendo todo lo posible por que les revaliden algunas materias y con suerte les den alguna beca, ni modo de quedármelos aquí. Por ahora, eso sí, ella duerme en el cuarto de invitados y él se pelea el sillón de la sala con los gatos.

Felisa por supuesto no sabe nada. Ya quiero ver la cara que pondría si supiera que ahora soy amiga de su futura nuera. Es muy guapa, por cierto, aunque un poquito snobbish. Pero se porta bien, me ayuda con la casa y nos hace la cena todas las noches. La pobre está muy triste porque se le quemaron los ahorros que la muy burra fue a guardar en la cómoda, y además la mamá se fue a la quiebra (tenía la casa llena de la ropa que pensaba vender). Por lo pronto la tengo de asistente, para que cuando menos se entretenga. Me da mucha ternura porque hace cualquier cosa para no parecer mexicanita, pero sigue jurando que le echaron mal de ojo.

Así que te decía que por ahora no puedo salir de vacaciones. Algún día Felisa va a enterarse y ya sabes cómo es, no va a bajarme de traidora y alcahueta. Y yo voy a tener que defenderme, así que más me vale ser buena chaperona. No digo que Lamberto y Alma Luisa no me inspiren confianza, pero como decían en la casa, entre santa y santo, pared de cal y canto. Por desgracia, Igorcito, yo soy esa pared y no puedo moverme de donde estoy.

Perdóname, otra vez, por no poder estar donde quisiera. Dale un abrazo fuerte a Sonia y a la Chivis. Y explícales las cosas, por favor sin echarme de cabeza. Diles que tengo aquí a un par de becarios y no puedo dejarlos solitos con los gatos, nada más no les cuentes que uno de ellos es primo de la novia. Dile también a tu hija que en cuanto pueda iré, aunque sea para que me presente al guapo de su esposo. Mientras tanto, querido, te abrazo desde aquí (hueles a suegro, Igor). Merry Christmas!

Tu hermana que te extraña,

Elidé

1984

XXVIII. Papeliza y papelón

—*Hi there!* —canta la voz chillona, gangosa, algo más infantil que femenina—. *This is Jessica Lange, calling you from Los Angeles.*

—Número equivocado —rezonga de este lado el interlocutor, aunque ya se figura que es a él a quien buscan.

—*Am I speaking to Mister Robin Aveelah?* —se esmera mal la voz, seguro que es un hombre.

—*Yes*, digo no —hace como que duda el recién aludido. Bien que lo reconoce, pregunta por hacerse el interesante—: ¿Quién le llama, perdón?

—*Do you speak any english, sir?* —persiste el de la broma, conteniendo la risa.

—*Why do you mind, cocksucker?* —resuena el esperado contraataque.

—¡A huevo, *that's my man!* —celebra el vozarrón de uno que ni volviendo a nacer pasaría por Jessica, y mucho menos Lange.

—¿Eres tú, pinche primo? —se finge aún despistado Rubén Ávila. O desinteresado, que es la idea.

—*Speak english*, cabrón! —primo mayor al fin, el hijo topillero del tío Emilio aún se dirige a él con cierta juguetona autoridad. Se asume incluso, a veces, su gurú. ¿Qué tal van las mujeres?, lo intimida a menudo, como si fuera el tutor de su pito.

—¡Qué milagro, Luisillo! —todo primo menor sabe que su papel consiste en regatearle autoridad al grande, entre otras diligencias necesarias para enterrar la admiración pasada y alimentar el desafío presente—. ¿Vas a pagarme ya lo que me debes?

—Acá tengo en la mano lo que te debo, güey… —habla de bulto Luis, rascándose el escroto sobre el pantalón.

—Lávatelo hasta el fondo —corresponde Rubén la cortesía. Un trámite esencial, si tomamos en cuenta que la llamada llega en tiempos difíciles y eso, ante el enemigo, hay que disimularlo.

—Ya en serio, cabroncito, ¿qué tal anda tu inglés? —la garantía, tratándose de Luis, es que jamás te llama sólo por saludarte. Además, es seis años mayor. Los treintones no van al cine juntos. Si alguna vez te busca, es porque le conviene; si le conviene, es porque es cosa chueca; y si es una chuecura, algo habrá para ti.

—¿Comparado con qué? —se hace el desentendido el veinteañero—. Con mi ruso, de pelos. Por ejemplo.

—No seas sangrón, Rubén, te digo que es en serio —ahora ya hace la voz del tío Emilio, a medias regañona y suplicante—. ¿Tienes un buen acento, por lo menos?

—¿Como acento británico, *milord*?

—Acento gringo, güey. ¿Te sale bien?

—Más o menos, supongo —entra ya en personaje el hijo descarriado de la tía Ligia—. ¿A quién hay que saquear?

—¡Shhhh! Cállate, pendejo —cuchichea el otro, falsamente alarmado, y regresa a lo suyo—: Dime otra cosa, ¿sigues con la actuación?

Actuar de mala fe. Actuar bajo presión. Actuar con prontitud. Actuar en consecuencia. Actuar por interés. Actuar sin precaución. Actuar para pensar. Actuar sobre la herida. Si lo mira con calma, lleva toda la vida en el escenario. Siempre que le preguntan al respecto, no consigue Rubén ahuyentar la sospecha de que lo hacen con sorna, o incredulidad, o menosprecio. O será que ni él mismo se muestra lo bastante convencido; menos aún se miraría dispuesto a citar el examen de conciencia que le llevó a afirmar su vocación. «Me cansé de fallar como ratero», respondería el Rudeboy a la pregunta «¿Por qué es usted actor?»

—No «sigo», *soy* actor profesional —esta última palabra la pronuncia más lento, arrastrando la ese como un signo de pesos

190

recurrente, al tiempo que se asoma a la ventana al lado del teléfono.

—¿Ensayas, te preparas, vas a *castings?* —parecería burlón, si no sonara tan interesado.

—¿Por qué tanta pregunta? —se desespera el ladrón retirado.

—Una cosa, muchacho, es que los dioses te hayan elegido, y otra muy diferente que no tengan sus dudas —va aderezando Luis la oferta misteriosa—. Si me apuras, tendría que decirte que hay chamba para ti. Un trabajo de lo más placentero, el sueño húmedo de un verdadero actor. O sea un papelón, eso es lo que te tengo, pinche primo rayado. Un papel exactito a tu medida. Muy bien pagado, aparte, como tiene que ser. Y deja que conozcas al elenco de reinas que te va a acompañar. ¿Sabes que tienes cara de estrella de cine?

—Ándale, pues —se burla el adulado, mira hacia el otro flanco de Insurgentes, imagina a los dioses señalando hacia él desde lo alto de la pirámide enana de Cuicuilco—. ¿Y tú qué? ¿Tienes ojos de productor?

—¿Sabes qué es lo que tengo, mi querido *Bad Boy* de Villa Olímpica? —lanza el anzuelo al agua el encandilador—: Diez papelitos verdes con la jeta de Benjamín Franklin, metidos en un sobre con tu nombre.

—¿Es en serio… mil dólares? —doscientos diez mil pesos, ni cómo despreciarlos.

—*Sweet-dreams-are-made-of-this…* —canta Luis en la orilla de la bocina y enseguida recobra compostura—. Ya no tengo tu edad, muchacho. *Time is money, you know?* Si te busco a estas horas es porque quiero hacer negocios contigo. Mil dólares al chile, nomás por aceptar. Y otros mil cuando acabes con la chamba. ¿«Chamba», digo? No mames, Rubencito, es el mejor trabajo de tu vida. Conozco gente que lo haría de gratis, y de hecho pagarían por estar ahí, pero como te digo: *You're the man.* ¿Cómo estará de buena mi propuesta que todavía no empiezas y ya me das envidia?

—¿Cuántos años de cárcel me tocarían? —inquiere, medio en broma, el actor desempleado.

—Déjame ver… Catorce menos cinco, más tres y medio, menos buena conducta… —chacotea de regreso el sonsacador, sin dejar el terreno de la verdad a medias—. Quiera Dios que ninguno, por ahora.

No es la primera vez que el primo Luis le sugiere un negocio demasiado atractivo para ser lícito, aunque es verdad que nunca se ha negado. Por algo se disputan de un tiempo para acá el título de Rata de la Familia. Luis se ha llevado a tres tíos, dos tías y cuatro primos entre las patas con negocios fantasma y préstamos que nunca consideró la extravagante idea de empezar a pagar. Y él se ha hecho mala fama entre la parentela, cuyos miembros coinciden en señalar la urgencia de contarse los dedos después de dar la mano «al raterillo aquel». Así que no fue raro que el tiempo los hiciera colegas y compinches. Cada uno, eso sí, con su canijo rango.

—¿Y qué tengo que hacer? —ha bajado la guardia el raterillo.

—Necesito que vengas, pero ya —jala de la carnada el estafador—: Ni modo que te dé la lana por teléfono.

—¿Quieres que vaya a verte a tu oficina? —a partir de este punto, las órdenes las da Benjamín Franklin.

—¿Que qué? ¡Ni se te ocurra! A *mi* oficina *no* entras —ordena, cauteloso, el de las instrucciones—. No pueden vernos juntos, por ahora. Tampoco somos primos, ni paisanos siquiera. En un rato te explico, ya con calma. Tú dime, ¿en una hora está bien? ¿Te late si nos vemos en el Siete Happy?

Son las doce cuarenta en Villa Olímpica. Parece exagerado creer que lo vigilan, pero el Ruby se ha hecho uno con su monomanía. Sagacidad felina, preferiría llamarla. Sale del edificio tapándose la cara, se escurre hacia la tienda Conasupo, da varias vueltas entre los pasillos, cruza el área de cajas y gana al fin la calle. Atraviesa Insurgentes a la carrera, logra pescar al vuelo la combi verde donde ya no cabía pero al cabo cupo. Lleva consigo sus mejores trapos: top-siders Timberland, pantalones Girbaud y un suéter Perry Ellis con mangas de vampiro. Facha de actor famoso, se ha dicho ante el espejo, con el libro de teatro bajo el brazo. Regalo de la madre, que hasta la fecha sigue creidísima. Nunca es igual contarle a la familia que estudia Arte Dramático a tener que pasar por actor de verdad. Cobrando, para colmo. Y por supuesto no es tan emocionante. Ahora mismo, esta suerte de escape sigiloso le recuerda que su vida no es suya y por lo tanto tiene que robársela. Esos cabrones judas no se van a quedar tan contentos cuando agarre sus dólares y se les pierda. Y lo van a clavar, si llegan a apañarlo, pero ya está cagado de trabajar para ellos. Mientras tanto, que piensen que sigue de güevón allá arriba en su cuarto. Que le cuiden el Rambler, de una vez. ¿Debería confesarle al chueco de su primo que nunca ha puesto un pie en un escenario, o que trae a unos judas oliéndole el culito? Debería, a lo mejor, pero justo por eso va a quedarse callado. Nadie, ni su conciencia, va a venir a decirle a Rubén Ávila lo que tiene que hacer.

XXIX. Síndrome de Singapur

Luis Tostado asegura que elige el Siete Happy por el *Singapore Sling*, aunque el primo sospecha que la razón es el Menú Económico. Puede armarse un cuentón con las puras bebidas y lo paga contento, pero le duele el codo gastar más de lo mínimo en comida. Y entre menos coma uno, más pronto hace lo suyo la ginebra. Por otra parte, es un lugar discreto. Te asomas a la calle y estás en Insurgentes, basta con que te eches a caminar para volverte parte del paisaje.

—¿Conoces a este güey? —planta una foto Luis sobre la mesa, como un *croupier* que asesta el primer as—. ¿Podrías escribirme aquí su nombre?

—Es el primer James Bond —hace una mueca de impaciencia Rubén.

—No lo digas, escríbelo —interrumpe el *croupier*, con un dedo en los labios—. Pero no el personaje, el nombre del actor...

—No sé si el apellido va con una o dos enes.

—Da igual, léelo en voz alta.

—Sean Connery, la pesadilla de Roger Moore —cae Ávila en la trampa.

—No es «Sin» —mamonea Tostado, con pedagógica generosidad—, se dice «Shon».

—¿Te acuerdas que a tu hermana le gustaba Shaun Cassidy? —divaga el dizque actor, por llevar la contraria de algún modo.

—No mames, Rubencito, estamos trabajando —llama al orden el primo cabecilla, con ademán de ruego encarecido—. El nombre es irlandés y se pronuncia «Shon», pero se escribe S-E-A-N. Me urge que aprendas a decirlo bien.

—Ya te capté: me vas a proponer que sea el nuevo James Bond —estira la insolencia el primo desmadroso.

—Algo por el estilo —alza el índice Luis, doctrinalmente—. Una mezcla de actor y agente secreto. Buen alcohol, buena fiesta y un pelotón de mamis alrededor. Te lo dije, *my friend*, te tengo un papelazo —dicho esto, planta dos fotos más sobre la mesa. En ambas aparece el mismo actor, con melena y sin ella.

—¿Y eso? —arruga las cejas el examinado.

—¿Conoces a este güey? —por el tono sobrado y retador, parecería que habla un agente del Ministerio Público.

—¿Como de dónde, o qué? —vale encogerse de hombros, asume el Ruby.

—Del cine, por ejemplo —aclara el otro, no sin ironía—. ¿Te dice algo esa cara?

—Tiene como mi edad, ¿no? —alcanza a defenderse el agredido. No porque él sea actor va a conocer a todos los actores, y menos a los nuevos, ¿o sí?

—¿*Como tu edad*, pendejo? —suelta la risotada el de las fotos—. ¡Es igualito a ti!

—No soy yo, te lo juro —alza el Ruby las palmas, jugando al comediante.

—Ya sé que no eres tú, mi estimado *Bad Boy* de Huipulco. ¿O Cuicuilco? —ahora le da palmadas en el antebrazo, con la voz y la jeta del tío Emilio—. Pero podrías ser, no me digas que no.

—Quieres que sea yo el doble de ese gringo... —se adelanta Rubén, indeciso entre alivio y decepción.

—Al contrario, cabrón —lo pesca de los hombros su empleador inminente, tras pedir con un giro de los dedos otra ronda de *Singapore Slings*—. El doble no me sirve. Necesito que seas el original.

Toda complicidad es telepática. Ya sabes de lo que hablo..., sugiere el ademán sardónico de uno. Ya lo decía yo..., confirma la risilla retozona del otro. Se conocen, se entienden, se adivinan, se azuzan, se alternan en el trance trapecista de pasarse de listos y chistosos. ¡A huevo, pinche primo!, han meneado cabezas de forma sucesiva, como quien da por buena la contraseña y devuelve su crédito al compinche. ¡Salud, chingá!, chocan los vasos, hacen olas los *drinks*. ¡Por el Menú Económico!

—Te presento a Sean Penn —despliega Luis la cuarta fotografía, donde aparece el nombre del actor, en papel de cadete adolescente—. Mira cómo se escribe, pero pronuncias «shon», igual que Connery. ¿No lo has visto en el cine? Seguro no te acuerdas, pero a huevo lo viste. Voy a echarte una mano... Timothy Hutton, Emilio Esteves, hijo de Martin Sheen... ¿Te suenan esos nombres? Son todos de Los Ángeles, este güey de las fotos es uno de ellos. Y ahora mismo está en México, haciendo una película de espías.

—¿O sea que el actor va a estar muy ocupado, mientras yo voy y me hago pasar por él? —se adelanta Rubén, por el placer de calentar motores.

—Exactamente, primo —eleva ambos pulgares el de la oferta—. Dejamos que ese güey siga con su película, y nosotros le damos a nuestro negocio. *And nobody gets hurt!* A ver, dilo en inglés: *Hi buddy! I'm Sean Penn!*

—¿No es el que sale en *Reformatorio*? —hace memoria al fin el primo intrépido.

—*Reformatorio*, o sea *Bad Boys* —se mofa una vez más el mejor informado—. ¿Ya me entiendes, *Olympic Village Bad Boy*? Vas a ser «tú», durante quince días, sólo que con acento californiano y un nombre conocido en el mundo del cine. Aunque tampoco tan-tan conocido, nadie te está pidiendo que la hagas de Al Pacino. Eso sí, vas a actuar veinticuatro horas diarias como galán de Hollywood. Sin fotos, ni entrevistas. *Low profile*. No me digas que no es un papelazo.

—No mames, pinche Luis —titubea la voz de la resignación. —¿Dónde chingaos vas a querer que haga eso?

—Fácil, en un hotel. Te mudas dos semanas y media a Toluca. En plan celebridad, consumo ilimitado. Lo que te estoy pidiendo es apoyo logístico, como profesional de la actuación. Y ahora que me acuerdo, déjame presentarme... —«Lic. Luis

Eduardo Tostado Mendoza, Director General de Relaciones Públicas», anuncia la tarjeta con el logo de Miss Estado de México.

—¿Quieres que vaya a un pinche concurso de belleza? —respinga de repente la voz del desengaño—. ¿Las tengo que enseñar a comer con cubiertos?

—¿Cuánto a que te enamoras, Rubencito, quiero decir, Shoncito? Una cosa, a propósito: prohibido revelar tu verdadero nombre, o nos vamos al bote tú y yo. Primos mis huevos, ¿sí? Conmigo eres Sean Penn hasta la muerte.

—Suplantación de identidad, falsificación de documentos, abuso de confianza, usurpación de funciones... —recita de memoria, con cierta fatuidad, el actor de mentiras.

—Dieciséis bomboncitos —aprieta las mandíbulas y retuerce los labios el incitador—. Tú me conoces, primo, yo tampoco le meto a la carne de burra. Esto es *Prime Rib*, marica. Podrías presentárselas a tu abuelita, y me consta porque es también la mía.

—Y tú les prometiste que ibas a contratar a aquel cabrón de Hollywood, pero algo salió mal y me llamaste a mí... —se luce adivinando el incitado—. ¿O lo planeaste así desde el principio?

—Dime la verdad, primo, ¿te dan miedo las viejas? —intimidar al tímido, tal es la esencia del pleito ratero.

—¿Qué tiene que ver eso? —extrañeza y sonrojo: mala combinación.

—O sea, sí te dan miedo...

—¡Yo nunca dije que me dieran miedo!

—¿Y por qué te defiendes, si según tú es mentira? ¿Te gustan las mujeres, por lo menos, o prefieres el consomé de murciélago?

—A huevo que me gustan, no me chingues.

—Pero les tienes miedo...

—¡Dije que no, carajo!

—¿Ya ves? Te dan pavor. Pero no te encabrones —lanza un guiño Tostado en son de paz—. Piensa que eres un famoso actor joven y viniste a dar clases de actuación. Entre puras mujeres, que se van a pelear por que les hagas caso. Corrijo: puras reinas, dieciséis mamacitas. La más fea, lo juro, te almidona el calzón a primera vista.

—¿Sabes qué es lo que sí me da como cuscús? —recula el joven Ávila, sin prestar atención al tufo de la última metáfora—. Nunca he dado una puta clase de actuación.

—Ni ellas las han tomado, así que están a mano —concluye categórico el publirrelacionista y se lleva la mano hacia dentro del saco, en busca de mejores argumentos—. ¿O te vas a rajar? Yo aquí traigo tu sobre, como quedamos. Con un mensaje de Benjamín Franklin. Mira, tiene tu nombre: Mister Sean Justin Penn. ¿Voy a creer que le sacas al parche?

—Al contrario, primito —se cuadra el quejumbroso ante el resplandor místico del *cash*. Tuerce enseguida el gesto, enseña los colmillos y se truena dos, tres, cuatro falanges con la impaciencia de un hombre de acción—. Si no lo fuera a hacer, no me daría miedo. ¿Captas, cabrón?

Eso merece un brindis y una nueva ronda. Que otros cierren los bisnes en la oficina, Luis se entiende mejor con sus congéneres pasado el quinto drink, en esa zona VIP del optimismo donde nada hay más sexy que la anticipación. Hora de hablar de transas y conquistas, con ánimo de pícaro irredento. ¿Sabes qué, Rubencito?, aquí vas a coger como nunca en tu vida. Momento de hacer bromas inocentes, para que no haya duda del mutuo compromiso. Tú que te echas pa atrás, mi querido *Sean Penis*, y yo que les informo a tus papás que te gusta la cocacola hervida. Tiempo de figurarse comparsas naturales y suertudos de origen. Acéptalo, cabrito, nacimos pa pashás.

No se parecen tanto, en realidad, pero el alcohol se encarga de transformar detalles en rebabas. Por otra parte, hay que considerar que el primo Luis ha sido siempre así. Farolón. Hocicón. Quedabién. Mamilongo. Falso como un billete de treinta y un denarios. La clase de cabrón que habla contigo como si fueras cámara de cine. Nunca vas a agarrarlo fuera de foco, ya sabe lo que buscas y te lo va a pintar de colorines. ¿Vale decir que conoce tu precio y en cada guiño intenta un regateo? Puede ser, yo no sé, recula ahora Rubén ante la contundencia del sobre con los dólares que ya le entrega Luis. Te busca el señor Jackson, se arrima a murmurar, guiñando el ojo izquierdo, viene de parte del licenciado Franklin. Le había prometido diez de cien y le ha entregado cincuenta de veinte. Un bulto que le abulta la sonrisa, de súbito sincera. Te pediría que firmaras de recibido, mi querido galán californiano, pero yo soy el único que se sabe tu firma, fanfarronea el otro con la ayuda de un codazo amigable y un jajaja que apenas tarda en contagiarse. Lo que sí urge, *Bad Boy*, es que te vayas inventando un autógrafo.

XXX. *Bad Boy*

Más que una suite, parece un camerino. El viernes que llegó —pasada medianoche, escoltado por dos supuestos guardaespaldas, con instrucciones claras de cerrar la boca delante de ellos y el resto del mundo, mientras quedara en él algún vestigio del hijo manolarga de la tía Ligia— el Sean Penn de mentiras se dejó apantallar por las veintisiete pulgadas de la tele gigante con cuerpo de robot que lo esperaba en mitad de la sala. A un lado, sobre la mesa del centro, dormía en su caja una Betamax de las nuevas. Me la podría comprar, si me diera la gana, se divirtió pensando, mientras iba pasando revista al espacio imperial que en adelante habría de usurpar. Cama king size, jacuzzi, vestidor, equipo de sonido, Jack Daniel's, Sauza Hornitos, una caja repleta de videocassettes, el clóset medio lleno de ropa gringa, nueva y de su talla, espejos por doquier, televisión por cable y un libro de actuación cuya sola presencia le pareció una burla, pero también una tranquilidad. Constantin Stanislavski, *An Actor Prepares*.

Haz de cuenta que es un retiro espiritual de cinco estrellas, subrayaría el primo por teléfono, temprano en la mañana del sábado. Con esa condición: no iba a salir de ahí mientras no fuera un perfecto Sean Penn. Ni la voz, ni el parado, ni el caminadito podían parecer hechos en México. Los gestos, las miradas, la sonrisa, el acento y hasta el timbre de voz había que robárselos a un par de personajes de las dos películas que muy probablemente más de una concursante habrá visto en el cine, no hace mucho tiempo. Mick O'Brien, Jeff Spicoli, antisociales ambos como, según se cuenta, es el propio Sean Penn. Tengo un muy buen contacto entre los productores de la nueva *movie*, se jactaría al final el primo inmencionable. Me dicen que este güey se escapa a cada rato, se mete cuanto fármaco se encuentra y se conoce todas las cantinas del Centro. No hablará un español muy exquisito, pero sabrá de menos cómo entrar y salir de los problemas. Como tú, Rubencito, no lo niegues, pedazo de cabrón.

De entonces hasta hoy —lunes a media tarde: se escuchan ya las voces de mujer en el *hall*— el Ruby ha escudriñado ambas películas sin hallar cuando menos una escena de la cual agarrarse. Le molesta la idea de parecerse aunque sea de lejos al tarado de Spicoli, y tampoco le agrada la idea de ir por ahí aceptando que es el protagonista de una caca como ésa de *Picardías estudiantiles*. Prefiere, en todo caso, ser como el de *Bad Boys*, aun si con trabajos abre la boca en toda la película. Mick O'Brien podría haber sido yo, con mucha mala suerte, se ha repetido a cada nueva función. ¿Cómo es que no conoce todavía una cárcel, después de tantos méritos acumulados? ¿Y no iría a dar allá mañana mismo, si llegara a saberse por quién se hace pasar? Se mira en el espejo, pone pausa en la videocasetera, frunce el ceño, no acaba de gustarse. De pronto lo persigue la sensación absurda de estar haciendo una caricatura. Atrasa y adelanta la cinta, da con el primer cuadro de la escena y la repite tres, nueve, veinte veces, un ojo en el espejo y el otro en la pantalla. Luis ha ido a visitarlo anoche y antenoche, con el sigilo propio de la ocasión, y opina que está listo para hablar español con acento de gringo putañero, pero el inglés le suena *a bit too fake*. Demasiado afectado para un güey que, en teoría cuando menos, recibe su correspondencia en la cantina y le dan calendario en el billar.

El problema de actores como el Ruby es el mismo que enfrentan los autores de diarios y bitácoras: sólo saben meterse en sus propios zapatos. Los de Rubén, no obstante, son tan confortables como la timidez pintada de insolencia donde suele escudarse siempre que alguien espera mucho de él. Tantas veces lo ha visto el primo Luis desafiar a sus padres, tíos y abuelos con esos aires de mecagoentodo, que apenas tiene dudas de su apuesta. *You're such a fuckin' Bad Boy!*, lo anima, con aplausos reiterados.

Por eso no se extraña cuando por fin lo ve dejar la madriguera, llevando por delante unas gafas oscuras y el rictus displicente de un yonqui bien provisto. Ha elegido, además, la camisa floreada y los bermudas. Tenis sin calcetines. Bandana en la cabeza. ¡Se le perdió la playa a tu estrellita!, le comenta a su paso otro organizador y Luis abre las palmas, con cierta satisfecha mansedumbre. Pinches gringos, concede por lo bajo, ya sabes cómo son.

La timidez no siempre es suficiente para encubrir el horror al rechazo. Preferiría Rubén pasar por arrogante a ser objeto de un probable desaire: bochorno de bochornos. Esta vez, sin embargo, no sucede lo mismo. Puede que sea debido a las tres concursantes que, en efecto, lo recuerdan del cine. O a partir de la forma espectacular en que lo presentó el cinicazo de su primo hermano. O por la prontitud con la que le celebran las risas más estúpidas que en su vida ha soltado. Nunca se sintió guapo, ni simpático, sino torpe y pesado en los dominios del cortejo sensual, sólo que ahora no es él quien debe responder por sus aturdimientos recurrentes, sino un actor fureño que habla mal español y entiende casi nada del que llega a escuchar. Podría meter centenares de patas a cuenta de este candor intachable, que entre peor salga todo mejor resultará. O cuando menos eso está pasando. Se ríen de él y hasta piedad le tienen, empezando por la pronunciación grotesca que invita a corregirlo entre risotadas. Errores ensayados que a su vez son motivo de nuevas fallas. *My mexican is awful*, se disculpa, se explica, con señas y aspavientos redundantes.

Apenas las ha visto, según le hace saber al pariente secreto, de regreso en la suite. Estaba muy nervioso, tenía esta sospecha más o menos recóndita de que el teatro completo se le vendría abajo si se salía un instante del papel. ¿Se dio cuenta, siquiera, de que hasta la más fea tiene lo suyito? Maritzita, *my friend*, no ocultaba su antojo de actor gringo. *Malintzin? Who's Malintzin?*, regresa a su papel el falso americano y anota mentalmente la gracejada. «Maleenshee», le dirá, delante de las otras, y hará cara de Robinson Crusoe. Ya te gustó, ¿verdad, pinche padrote?, se refocila Luis al tiempo que alza el vaso de *bourbon on the rocks*, ¿qué se siente venir a hacer verdad la profecía del dios Quetzalcóatl?

No estaba tan nervioso, en realidad. Tampoco es cierto que las viera «apenas». Había algunas cuantas que bien podrían darle sus fuetazos, por decirlo con cierta teatralidad. En la pura media hora que duró la merienda, tomó nota callada de los nombres de cada una de sus favoritas. Katia, María Fernanda, Maritza, Federica, Celina, Flor del Carmen, Angélica Vianney. Siete en total, aunque puede que seis. De las últimas dos no está seguro. Flor del Carmen parece un tanto rústica y a Angélica Vianney la desprestigia el nombre. Ya puede imaginar lo que diría Luis si lo viera tirándole los perros a alguna de esas dos (y ya nomás por eso resiente un acicate antojadizo). ¿No que no le hacíamos a la carne de burro, primo?

—*Yo* puede que no le haga —le responde al espejo del lavabo, cambia de flanco y sonríe a la cámara, con algún adiestrado desparpajo—... *But what about Sean Penn?*

XXXI. Ángel de Tultepec

Escuchar lo que se habla a tus espaldas es ponértele a tiro al desengaño. Y no obstante es difícil evitarlo, más todavía si se hace impunemente. Es como un remolino de amargura, donde el miedo al rechazo cumple el papel de una resaca atroz de cuya fuerza es tarde para sustraerse. Pues no se trata ya de espantar los temores, como de comprobarlos y compartir la hiel del desprecio recíproco. Tiene cara de bobo, ha opinado Celina delante de él, durante el desayuno. ¿La cara, nada más?, se hizo chistosa Katia y Maritza soltó la risotada. Sean Penn, por suerte, no ha entendido un demonio, y al cabo su trabajo es que el Ruby jamás se dé por enterado. Viajar ligero por este valle de lágrimas, he ahí la misión del personaje.

Ahora bien, si se trata de actuar con ligereza, el Ruby considera que esas tres pinches nacas están eliminadas de su lista, de la cual han salido asimismo Flor del Carmen y María Fernanda, por tener el mal gusto de insistir en cuán enamoradas están de los pobres pendejos de sus novios. O es tal vez que le ignoran, y eso les resta puntos dramáticamente. En cambio, Federica le hace plática. En inglés, además. Es algo pretenciosa, tiene cara de niña, complexión de gimnasta, nalgas de fantasía y una constelación de pecas diminutas que muy probablemente, imagina Rubén, proliferan debajo de la ropa, igual que tulipanes sobre una cordillera. La otra sobreviviente bien podría alquilarse como Virgen María para las procesiones. Tendrá diecinueve años, veinte cuando más. Sonríe con los ojos, y es como si de pronto saliera el sol en medio de la noche. Una sonrisa *cool*, sabihonda, aerodinámica. Le da algún escozor en el músculo discriminatorio preguntarse cómo es que tamaña princesa no elige entre llamarse

Angélica o Vianney. ¿O es que en su casa no se han dado cuenta de que esos nombres juntos suenan como a vedette? El contraste, no obstante, le seduce en lugar de repelerle. Por otra parte, no está mal hacer números. ¿Cuántas, con esa pinta de muñeca de Lladró, aceptarían ir siquiera al cine con un vago quebrado como él? Ninguna, incluida ésta, si va a intentarlo a bordo del ramblercito; más de una, quizás, y ésta en primer lugar, si quien se lo propone es el protagonista de *Bad Boys*.

Te vi en *Reformatorio*, le comentó al cruzarse en el pasillo e hizo un breve ademán de aplaudirle. Poseído un instante por el torpe y cobarde Rubencito, Sean tardó en responderle *oh, sure, cool, yeah, you rock, Ann-hey-lee-kah!*, sin quitarse las gafas ni sacarse el cigarro de la boca. Luego, ya en la primera clase de teatro, se lanzó a masticar un español apenas eficaz para hacerse entender a tropezones, salpicado de equívocos irónicos y errores coloridos, peor todavía construido que pronunciado. Ha dicho «introducir» por «presentar», «actitud» por «actuación» y «estoy muy excitado», en vez de «emocionado», antes de entrar en temas esotéricos, como sería La Memoria Emocional y el, *you know, Threshold of The Subconscious, how do you say «threshold», Fradareekah?*

Cada vez que el Sean Penn de pacotilla secuestra las palabras de Stanislavski para hablar del *umbral del subconsciente*, la mirada de Angélica Vianney se congela en sus labios, cual si oyese su nombre escapar de un megáfono. Se ha inclinado hacia el frente, con las piernas cruzadas, el codo en la rodilla y la mejilla descansando en la palma. Una pose entre atenta y soñadora que invita al orador a la elocuencia y al gallo a la pelea, según observa Luis desde la puerta, distraído no más que un par de instantes de los pezones duros de Maritza, dueños indiscutibles de su atención en tanto no cometan la grosería de reblandecerse.

Tal cual consta en sus hojas de registro, Angélica Vianney Sevilla Magallón nació en el municipio de Tultepec el 9 de septiembre de 1964, estudia la carrera de Administración y ganó hace dos años, en Tulancingo, el título de Reina de la Primavera. Lo dice con desdén, como si hablara de otra muy diferente a ella, cuando le toca el turno de presentarse y pronuncia su nombre con suficiente aplomo para que el Ruby le halle la melodía. ¿Y no es verdad que aun el apelativo más chirriante nos suena majestuoso tras pasar por el filtro de la fascinación?

I want a new drug..., va el Ruby bailoteando por la orilla de la alberca, en pleno idilio con el personaje. Ha dado su primera clase de actuación con la soltura de un hombre de playa y la inocencia de un gringo de pueblo, tiene más de un motivo para relajarse y sacar al Huey Lewis que desde hace unas horas lleva dentro. Si ya logró evitar la primera catástrofe, lo que viene tendrá que ser mejor. ¿Y cómo no iba a serlo para quien canta y baila delante de quien venga y a pesar de las risas de Maritza y Celina? Par de cabronas, dice para sí, no sin alguna simpatía indulgente, y vuelve a la canción. *One that makes me feel like I feel when I'm with you.*

El mundo no es así, eso ya lo sabe. La realidad, hasta hace pocos días, era una cloaca negra y laberíntica de la que iba escapando como el cocinerito del *Burger Time*, perseguido por huevos, pepinos y salchichas, jugándose el pellejo por guisar hamburguesas que de todas maneras no habrá de saborear. En el mundo del Sean Penn de Toluca la vida ocurre igual que en MTV, donde vivir rodeado de finas pieles danzando en fila y para colmo en mallas es asunto de todos los días. ¿Cuánto cuesta una suite como la suya? ¿Cuánto estará cobrando la ratota de Luis por tener dos semanas a un actor gringo encerrado en Toluca? ¿Cinco, diez, veinticinco mil dólares? ¿Y no se los merece, por esta vez siquiera? ¿Cuanto valió traerlo de las pantallas negras del *Burger Time* a las doradas playas tolucalifornianas? ¿Y cuánto costará, terminado el idilio con la vida, resignarse a jamás volver a ser estrella de MTV? Esta última pregunta le parece estorbosa, especialmente ahora que llegan del pasillo las voces y las risas. Si el programa del día no miente, es hora del ensayo en traje de baño. ¿Tendría que agradecerle a su querido primo la vista panorámica de su balcón, o es que en la vida de un actor famoso no hay cuartos, sino suites, todas ellas con vista hacia la alberca llena de mamitas?

Tendrías que estar besándome las bolas, le había advertido Luis aquella tarde, al calor del octavo *Singapore Sling*. Guardando proporciones, no andaba tan errado el primo trinquetero. En un descuido hasta se quedó corto. «Un descuido», digamos, sería la atención desconsolada que dedica Rubén a la ausencia de Angélica Vianney. Nada que Luis ni nadie tenga por qué notar, siempre que el infragringo se conserve *The Coolest Guy In Town*. Naturalmente a Sean Penn le habría complacido verla en traje de baño, tanto como le agrada contemplar a las otras desde la terraza, camuflado detrás de gafas y cachucha, pero es que en-un-descuido la ausente del momento es el único público que cuenta para el actor que él busca interpretar. No es que lo vea tan claro, pero ya la sospecha parecería bastante para desvelarlo.

Antes de despojar al enemigo de banderas, armas o territorios, es necesario arrebatarle el sueño. Probablemente no sea la más guapa, concede el falso Sean a la hora de la cena, aún con las babas de Rubén colgando no bien la vio llegar, de reojo riguroso, pero a ver quién le gana en personalidad. Cosas que uno repite a lo pendejo cuando intenta jugar al equilibrado, pese a las evidencias que le contradicen. *You leave an impression*, observa la canción de los Romantics, seguramente hablando de Angélica Vianney. ¿Y no es obvio que su misma rareza la hace *one-in-a-million* y hasta *second-to-none*? Aborrece Rubén concederle de nuevo la razón al primo, pero sus profecías se cumplen puntualmente. Sabe que va a pasar la noche en vela no porque le preocupe cualquier cosa, sino porque le apena la posibilidad de perder la conciencia siquiera dos minutos de este tiempo hechizado. Tampoco es que haya trabajado mucho, pero ya sabe que éste es el mejor trabajo de su vida pasada y futura. Si otros lo envidian por la suerte alcahueta de verse a toda hora rodeado de mujeres lindas y amigables, él se envidia a sí mismo por darse el lujo de ignorar a quince en el nombre de la que le hace falta. Angélica Vianney. Angélica-Vianney. An-gé-li-ca-vian-ney. Angélicavianney. No me digas, se dice, que no tiene su música.

XXXII. El infragringo

Si fuera circo y no concurso de belleza, supuesto no del todo disparatado, el payaso sería *Quico* Medinilla. Un gordito coqueto y jactancioso a quien sus inferiores se precian de encontrar muy divertido. Suele copiar sus chistes de la televisión, aunque igual los repite con empeño y soltura suficientes para exigir tributo a su cordialidad. No espera, hay que decir, ocurrencias mejores que las suyas, ni habrá de acreditarlas o aplaudirlas, como no sea para darles la vuelta y reírse a costillas del que jamás será su coestelar. Le faltan aún tres años para cumplir los treinta, si bien ya en el papel es el jefe de Luis. Le tocaría a Rubén, teóricamente, sumarse al coro de la risa pronta, pero el gringo no entiende un pito de sus *gags*, ni parece enterarse cuando se burla de él y lo llama Sansón delante de las chicas. Luego será San Chon, Panzón, Zonzón, todo cuanto le sirva al superior para robarse el aplauso del público. En síntesis, Rubén encuentra a Quico abominable y Sean acepta el rol de su patiño, deglutiendo uno a uno los chingatumadres.

(Angélica Vianney pela oreja y entorna los ojos, luego mira a Sean Penn y suelta una risilla copartícipe. Es como si pintaran una raya en el piso entre ellos dos y la demás manada. Al cabo de unas cuantas muecas correspondidas, el efecto equivale a encontrar en sus ojos una suerte de zona franca emocional. El refugio nuclear del impostor. El camerino móvil del protagonista.)

¿Sabe algo el pendejete este de Medinilla de las transas de su subordinado, o de veras se cree que él se llama Sean Penn? En todo caso, no piensa quebrarse. Si llegara a caérseles el teatro, no será por su falta de convicción. Incluso si trajeran al original con todo y abogados, Rubén diría ni madres, *motherfuckers*, yo soy Sean Penn, ése es un huelepedos. Anoche mismo se lo prometió al primo en esos términos. Cuéntales lo que quieras, tírate a la que puedas, nada más no te bajes del personaje, volvió a rogarle aquél antes de despedirse, aunque te lo pregunte el Presidente de la Pinche República. Quiso tocar el tema del humorista en jefe, pero Luis lo atajó con las cejas alzadas y una palma en alto. Óyeme esto que digo, lo instruyó, de vuelta en los zapatos del tío Emilio, Ricardo no es «cagado», es ca-ga-dí-si-mo, pero tiene su ego. Síguele la corriente, dale sus palmaditas, festéjale sus chistes aunque no los entiendas. Que es lo que se supone, ¿no?

No siempre los payasos hacen reír, pero lo que éste busca es amedrentar. Hay algo en sus ojeadas recurrentes que cualquier gringo descifraría de golpe. Es el gesto impetuoso, inequívoco e internacional de quien siente crecer la comezón de romperte el hocico. ¿Le serviría mucho reírse de sus chistes, tras acusar recibo de sus amenazas? En todo caso se hace el distraído, cada vez que detecta la atención desafiante del payaso celoso. Porque ése es el problema, ¿no, pinche mamoncete?, masca rabia Rubén, con la vista perdida en el ancho paisaje de su cobardía. La mejor prueba de que no soy Sean Penn, lamenta, avergonzado, es que no me he atrevido a tumbarle los dientes a este comecaca. Imagina el escándalo y se mira en el tambo, de cualquier forma. Entonces se consuela. Nadie que tenga cola que le pisen pelea en igualdad de condiciones, todo impostor es digno en su secreto.

—¿Y tú qué te creíste, gabacho chupapichas? —se le arrima Ricardo Medinilla, con el aliento a ron como punta de lanza, y le estampa la mano pesada sobre el hombro—. Aquí están mis pendejos, los tolucos, ¿no?

—*Howdy buddy! What's up?* —sonríe el aludido, imperturbable.

—¡*Howdy buddy* mis huevos, güey! *Don't jaudibodi mi*, farsante... —da un paso atrás el jefe, con la mueca sonriente aún en su lugar, a modo de sarcasmo perentorio—, ya te vi que andas sobres con la Vianney. Y también Federica, ¿no, galán? Que no me entere que te tiras a alguna, porque te dejo para cuidar harems —alza y mueve los dedos índice y corazón para emular un corte de tijeras—. ¿Ya me entendiste así, o quieres que te mande un par de intérpretes?

¿Qué tendría que hacer? ¿Renunciar, escaparse, quejarse con el primo? Es casi media noche, la disco del hotel funciona hoy solamente para las concursantes y a Angélica Vianney no le interesa el baile. Prefiere hablar con él, según le ha hecho saber en las tres ocasiones que han tenido de pararse en manada a bailotear. Voy al baño, le advierte y ya le ordena: no te muevas de aquí. No bien la ve volver, sonriendo nada más que para él, se mira el Ruby Penn cargado de razones para seguir zurrándose en su dignidad. ¿Por qué ha de darle el gusto al borracho de mierda? ¿Le queda todavía algún decoro a la estúpida hipótesis de que él es gringo y todo le suena a chino? ¿No es verdad que de pronto se distrae y el español le sale *a bit too good* para lo poco o nada que admite comprender?

«Yo no soy quien tú piensas», le ha repetido el gringo de pacotilla con señas insistentes y frases en pedazos. ¿Ah, sí?, se mofa, entretenida, la del nombre compuesto, ¡no me digas! ¿Por qué? Anda, cuéntame más. Casi no le habla de ella, como no sea para recordarle la escasa simpatía que le inspiran las otras. *Why you actor?*, se esfuerza en continuar con la entrevista, *me no important. No, no, no! You are tremendously* importante, *you hear me? I said tremendously, you are such-a-tremendous-mexican-lady.* Son siete *vodka-tonics* los que por ahora animan sus palabras, amén del aliviane de llenar los zapatos de uno a quien el fantasma del rechazo le viene incomparablemente guango. Uno cuyo español ha mejorado tanto en los últimos cuarenta minutos que ya echa a volar términos como «trácala», «chalán» y «videocasetera» y conjuga los verbos en subjuntivo sin siquiera un error que lo exonere. Qué tentación, ésta de delatarse. Qué ganas de sembrarle dinamita al teatro. Qué fastidio sería, sin embargo, despertar del hechizo que los tiene ocupados en sobrevolarse, igual que dos mosquitos merodeando una lámpara. Qué ojos lindos, al cabo. ¿Quiere saber de veras cómo es que se hizo actor?

¡Abusado, pendejo!, gruñe al pasar el humorista en jefe y le suelta un manazo en la coronilla, pero Rubén está muy seanpenneado para prestar complejos al provocador. ¿No dice la canción que las cosas son fáciles *when you're big in Japan*? Nada más natural para un *Big in Toluca* que confesarle a Angélica Vianney el origen oscuro de su profesión. *I was a thief, you know?* Io phuih ratherrou. *I'm on probation, actually*. O sea *right now. What are you laughing at?*

¿Y quién te enseñó a hablar como chilango?, sigue riéndose Angélica Vianney. *Sheelang who?* No ha podido evitar el borracho Rubén que se le escape ya el tercer o sea, pero al osado Sean le da igual el control de calidad. Y es más: prefiere así. De una vez que se entere. O que empiece a enterarse, tan siquiera. Se supone que habla mal español, según le explica entre susurros suspicaces. Pero es que si les cuenta que vivió un tiempo en México, van a acabar sabiendo que estuvo en la cárcel. ¿Y qué mejor que la complicidad para hacer concebible lo improbable? ¿No es también la mentira aliada del bandido, secuaz entre secuaces, abogada piadosa de las causas proscritas?

La verdad es poliédrica y contradictoria. Necesita de más de un punto de vista para aspirar de lejos a la precisión, si bien no a la pureza, que le es naturalmente inaccesible. Hecha esta salvedad, vale dejar en claro que la historia que ahora relata el Ruby Penn contiene porcentajes de verdad inferiores al treinta por ciento. Demasiada franqueza, en todo caso, para las pulgas de Luis Tostado, que hace un rato cayó como ave de rapiña sobre Maritza y no puede meter en orden a Sean Penn sin arriesgarse a que su jefe se la baje. Trata de hacerle señas a lo lejos, las dos palmas abiertas, las cejas levantadas, la cabeza rampante. ¿Qué le cuentas, estúpido?, querría decir el ademán entero, mismo que el Penny Boy interpreta a su gusto como ¿qué tal estás?, y al instante le muestra los pulgares apuntando hacia el techo. Nada que en su lugar no haría Jeff Spicoli, por decir algo.

—No sé por qué te estoy contando esas cosas —se oye decir el Ruby, por ahí del undécimo *vodka-tonic*, y se encuentra en tal modo convincente que le viene un acceso de autonáusea moral—. ¡Qué farsante sonó eso! —se corrige y le saca una carcajada.

—Oh, Cherry, oh-oh, oh-oh… —entona atrás Celina, ya *a capella.*

—¿Y siempre eres tan tímido? —se lanza a arrinconarlo la alumna consentida, pero ya los meseros se apresuran a recoger los vasos y el sonido se apaga abruptamente.

—¿O sea *tan* hipócrita? —baja la voz Sean Penn, con el acento gringo de vuelta en su lugar, intimidado ante la sola idea de que le llamen tímido.

—¿Hipócrita *tú*? —Angélica Vianney termina la pregunta, cierra los párpados, suelta una risa cáustica, niega con la cabeza y lo mira de vuelta, en un gesto que Sean Penn y Rubén Ávila interpretan a dúo como puro candor. ¿Y cómo no, si están enamorados?

XXXIII. Rubicón

Luis y Rubén no acostumbran bailar la misma canción, pero si alguien pregunta dirán que fue la música lo que los acercó. ¿Sabes dónde consigo un estéreo a buen precio?, alcanzó a oírlo el Ruby preguntar a otros primos, todos más grandes que él, en una Nochebuena con la abuela. Se hizo el occiso un rato, después lo abordó a solas. ¿Cuánto quería pagar por el estéreo? ¿Buscaba alguna marca en especial, Jensen, Clarion, Alpine? ¿Para cuando lo iba a necesitar? ¿Tenía las bocinas? ¿Dos o cuatro? ¿Ampli, ecualizador, subwoofer, algo más?

No había Rubén cumplido los quince años y ya ofrecía ventas sobre pedido. Eran trabajos burdos, todavía. Destrozaba el cristal, reventaba el tablero, arrancaba los cables a jalones, pero eso no tenía que saberlo el cliente. Dos semanas más tarde, en la merienda de la rosca de Reyes, Luis recibió completo su pedido de manos del primito emprendedor. Cuatro bocinas, un autoestéreo y dos faros halógenos por el precio de un radio am/fm. O sea un dineral, para un alumno de segundo de secundaria que trabajaba en días de vacaciones.

Desde entonces los une la *win-win situation* de saberse cliente y proveedor. No es que confíen mucho uno en el otro, pero ése es su papel en el emplasto. Ganar o perder juntos, a como dé lugar. Y Rubén no quisiera traicionar a su primo —que bien o mal ha sido su mejor cliente—, por eso se pregunta qué tanto perdería Luis Tostado, por ejemplo, si el Sean Penn de mentiras se le llega a fugar con una concursante.

¿Perdería el empleo? ¿Descubrirían el fraude? ¿Culparían de todo al impostor sin nombre? ¿Tendría en adelante que dejarse el bigote y la barba, o de plano raparse para que nadie lo reconociera? ¿Y si no? ¿Qué tal que Luis y el jefe se reparten los dólares que faltan y aquí no pasó nada? Ahora bien, casi nadie se escapa con un perfecto extraño. Saltar al otro lado de la legalidad implica someterse a la franqueza, y hasta valerse de ella como prenda para sellar un pacto de lealtad. Le miente uno a su madre, no a su cómplice. ¿Y cómo va a pedirle a Angélica Vianney que se escape con un güey que no existe? ¿Va a decirle su nombre, su historial y todo lo que le ha jurado a Luis que no diría ni bajo tormento? ¿Cómo le cumple a un cómplice sin traicionar al otro?

Hace días que se muere de ganas. Nada quisiera más que quitarse de cuentos y soltarle la sopa a Angélica Vianney. Aunque es cierto que cada vez avanza, inclusive desde que a Medinilla le dio por merodearla. Se aparece sin más, como un diablo puntual. Cualquiera pensaría que adivina el momento en que están juntos, pero también cualquiera lo pensaría dos veces y se diría pendejo, ¿tú crees que no le sobran lambiscones que le den el pitazo cada que te le acercas a la mamacita?

Esmiuxki, Mister Chon, se escurre Quico en medio de los dos, *esmiuxki, esmiuxki. Esmiuxki or not esmiuxki?* Hace voces de niño, de perico, de rana, sabe que no es gracioso pero no va a cejar hasta que lo sobornen con una encarecida risotada. ¿Cómo podrían saber sus informantes de las llamadas entre cuarto y cuarto? ¿A través de Celina, que duerme junto a Angélica Vianney y es testigo de sus conversaciones? Por si las moscas, ella apenas habla. Sí, no, ¿de veras?, ay qué oso, ay qué trauma, ay que bárbaro. Es mi primo, le ha cuchicheado un par de veces, tapando la bocina.

Ciertas revelaciones sólo ocurren a modo de intercambio. Cuenta uno sus secretos y espera recibir en pago los del otro, que se sentirá en deuda nada más escucharlos. Es una ley de reciprocidad, que no obstante se rompe en el caso del cura o el psiquiatra. ¿Será que la huidiza compañera de cuarto de Celina se pasa una hora y media confesando o terapeando a ese dudoso primo que por lo visto nunca para de hablar? Muy poco sabe el Ruby de su interlocutora, pero ni falta que hace, si para eso lo trae cacheteando el asfalto. Amar es inventar, en nombre de un instinto crédulo, mentiroso y antojadizo que encuentra en el azar un mapa de mensajes del destino. El silencio de Angélica Vianney parecería otro de esos avisos. Es la oportunidad para hacerse elocuente y revelarse entero, sin pedir ni esperar otra correspondencia que su atención perpleja cada vez que se quita un antifaz.

El más grande pecado de los que se confiesan suele ser la omisión: ese rostro pasivo de la mentira que pareciera siempre distraído. Hay cosas que la gente no cuenta de sí misma. Datos clave, de pronto, para alumbrar un ángulo que se prefiere oculto. Por miedo, conveniencia, pudor, coquetería, crédito. Confesarse es pintarse, contamos la verdad de nuestras vidas como quien se retrata sobre un lienzo. Sin verrugas, ni arrugas, ni rastro de secretos esperpénticos. La envidia, por ejemplo, peca de inconfesable. Por cuanto tiene de automenosprecio, el sentimiento ruin por excelencia no merece el perdón del amor propio.

Padecerla es callarla, por eso la negamos entre risas incrédulas y airadas. ¿Envidia yo? ¡No jodas! ¿Cómo crees? ¡Vete a la mierda! Rubén Ávila es demasiado arrogante para aceptarse como un envidioso. Es decir, a sus ojos, un comecaca vil que aborrece en secreto cuanta fortuna encuentra más allá de su alcance. Rubén cree que la envidia no puede confesarse porque él mismo la encuentra inexcusable. Y no sólo eso, también anticuada.

«Envidia de la buena», si es que la frustración no tardó demasiado en hacerse deseo. Es decir que hay dos fases, cuando menos: envidioso es aquel que se queda trabado en la primera. La envidia es una fruta que se pudre pronto, el Ruby puja fuerte por enfriar la cabeza cada vez que la siente regresar. Porque es la misma, ¿cierto? Ese látigo viejo de tener siempre amigos incomparablemente afortunados. Casotas con alberca y cancha de frontón y campo de golfito, donde cada cumpleaños era más divertido que un viaje a California. Al menos para él, que hasta la fecha no conoce California y vive todavía en Villa Olímpica y tiene un ramblercito del 72 y trae detrás a un par de judiciales y está hoy aún más lejos de tener una casa con alberca de lo que se veía cuando era el becadito que llegaba al colegio en taxi o en vochito y respondía, temblando de vergüenza, que su padre y su madre eran neurólogos. Es decir, que los dos trabajaban, seguramente porque ganaban poco y había que echarle veintes al cochinito.

¿No era verdad que las mamás de sus amigos se pasaban la vida entre el club, la boutique, la mesa de canasta, el salón de belleza y el aeropuerto? ¿Por qué la suya no, chingada madre? ¿Tus papás son muy pobres?, le preguntó una niña del salón, al día siguiente de empezar la primaria. ¿Cómo pudo saberlo así de rápido? ¿Tanto se le notaba que en su casa no había tele a color? Desde entonces, el Ruby se teme que sus carencias saltan a la vista.

Antes de los quince años robar es aventura. De los quince a los veinte es un deporte extremo. Después de eso ya empieza a verse mal. Peor todavía si te has hecho mañoso y lo que ayer robabas en las tiendas hoy se lo chingas a tus amistades, con la coartada vieja de que la vida está en deuda contigo. Los almacenes bullen de soplones a sueldo, nunca sabes cuál de ellos anda zopiloteando tras ratas como tú (siempre un poco más obvias de lo que se imaginan). Y a las casas sólo entra la gente «de confianza». Cual sería el caso de Rubencito Ávila, artífice de la uña en territorio amigo: el único camino que hasta ahora conoce para zafarse de la puta envidia. Confesar unas cuantas entre tus raterías puede atribuirte un halo de temeridad, pero acusarte de ser envidioso es pedir de rodillas que te llamen jodido. Y eso Rubén no puede permitirlo. ¿O es que va a confesarle a Angélica Vianney que el suéter Perry Ellis que tanto le chuleó se lo sacó del clóset a, digamos, el hermano de un compañero? ¿Compañero de qué, de dónde, desde cuándo? ¿Qué va a quedar en pie, si dinamita todas sus mentiras cosméticas? No cuida uno tanto lo que va a confesar —eso es cosa espontánea, coqueta, antojadiza— como aquello que tiene que omitir. ¿Y qué coño va a hacer, si por más que se esfuerza no puede ser quien dice, ni decirle quién es?

No es igual ser sincero que suicida. ¿Qué tan sincero, aparte? En el caso del Ruby, lo suficiente para saberse al otro lado del río. El Rubicón, ¿no es cierto? ¿Qué huella habría dejado Julio César, de no haberse atrevido a cruzar ese río medio tocayo suyo, cuya orilla contraria lo convertía en *outlaw* sin otra diligencia? ¿Y con qué otro objetivo iba a cruzar el Ruby el Rubicón, sino para saberse, y de paso exhibirse, al otro lado de la sensatez, irreversiblemente? Le gusta esa palabra: irreversible. Llegado un cierto punto del trayecto, el avión ya no tiene gasolina para volver a su puerto de origen. ¿O es que podría Rubén convencer de regreso a Angélica Vianney de que se llama Sean y se apellida Penn, luego de confesarle su nombre y apellidos, sus enjuagues con Luis, su parentesco real, su desazón reciente, su timidez profunda, su adhesión anhelante, sus ganas de escaparse con ella adonde sea y que se joda el mundo? ¿Le costaría mucho ponerse en sus manos, ahora que se ha entregado él a las suyas?

Suena conmovedor, y al fin de eso se trata. No hay romance sin rehenes, promesa sin chantaje, caricia sin maniobra. Todo vale, una vez cruzado el río. Un gran paso quizá para Rubén, pero un resbaloncito para ella, quien apenas tuvo que abrir la boca para saltar de lado a lado el Rubicón. Lanzador compulsivo de dados cargados, tendría que saber la cantidad de trámites burocráticos que la gente se ahorra con un beso en la boca. ¿O acaso cree, el zoquete, que Angélica Vianney se ha pasado las horas con él en el teléfono sólo por escuchar sus pendejadas? Y hoy, que todas se fueron a una cena de gala y ella se hizo la enferma para poder quedarse, Rubén ha aprovechado la ocasión para encuerar su alma delante de ella, una gestión tortuosa que al menos esta noche lo privará de mirarla encuerada.

Pasa de medianoche cuando Rubén y Angélica Vianney se despiden, a mitad del pasillo. Un beso corto, pero aún en la boca. De esos que rara vez ocurren por error y a menudo dan fe de picardía. Nada ha pasado, claro, más que unos cuantos gérmenes en el encuentro de las dos salivas. Puede entenderse como un gran avance, pero hay quienes lo ven como un gran desperdicio.

Una jugada tímida, de cliente que pide muestras gratis antes de decidir la adquisición. ¿No le diría algo así su primo Luis, si llegara a enterarse de lo no-sucedido?

—Hasta mañana, y gracias por la confianza —le retiene una mano Angélica Vianney, mientras usa la izquierda para tentarse justo la comisura donde siente la huella de humedad.

—Ya te di medio beso, falta la otra mitad —la sujeta del talle el de las confidencias.

—Mejor dame uno y medio, para que sean dos —musita en un mordisco la del nombre compuesto y pasa a la ofensiva con las ansias caníbales de quienes del amor esperan nada más resarcimiento.

Los besos de carencia suelen ser tempestuosos. La piedad por sí mismos vuelve elocuentes a los egoístas. Es como si en un beso pudieran ahogar todos sus agravios, hacer el inventario de sus decepciones, describir cuán canalla fue el pasado y subrayar la suerte que han tenido esta vez. ¿Por qué tardaste tanto?, parece reclamar el beso del carente, y lo hace con tal ímpetu que es como si chillara: ¡No me dejes! Un beso que ya incluye el desenlace ingrato, hace falta engañarse para verlo distinto. Un beso desahuciado, por más que sea el primero y delate zozobras paralelas. Y no obstante Rubén termina de besarla y despedirla y escucha en su cabeza el aplauso del público. Todo o nada, susurra para sí, atrevido y ufano cual clavadista ante el acantilado, con un chispeante gesto de fullero romántico, calcado no hace mucho del actor Richard Gere.

De regreso en la suite, frente a la Trinitron donde los Thompson Twins imploran *Doctor! Doctor! Can't you see I'm burnin', burnin'?*, Rubén salta a la cancha de su imaginación resuelto a practicar la incierta disciplina en la cual nunca nadie le ha ganado: la chaqueta mental. Contemplar escenarios hipotéticos cual si fueran vivencias inminentes, con la inocencia justa para pensarse el héroe de la película. «¡Qué más da, echa los dados!», propone Richard Gere en el papel de Jesse Lujack, conocido también como Jack Burns: un *bad boy* ciertamente más cercano a Rubén que el absurdo Sean Penn de Villa Olímpica, como no se ha cansado de temérselo. En su más sustanciosa chaqueta mental, Rubén invita al cine a Angélica Vianney, señala a la pantalla donde recién comienza la proyección de *Breathless* y afirma: Ése soy yo.

Despierta por el ruido de cierta percusión desentonada y lo atribuye a la televisión. Toma el control remoto, apaga el aparato, pronuncia el nombre: Angélica Vianney, esboza ya el principio de una sonrisa idiota cuando vuelven los golpes que lo despertaron. Alguien toca la puerta, se extraña, se corrige, se ilusiona porque quién más va a ser sino ella. Su novia, nada menos, aunque de hecho no se lo haya pedido. Pero igual se besaron, se estrecharon, se tocaron, eléctricos y helados de los nervios, o así lo creyó él y le contó su vida, o buena parte de ella, con tal de sosegarla y sosegarse. ¿Ocurren estas cosas entre extraños?

¡Momento!, va a gritar, al tiempo que se peina con la mano delante del espejo, y alcanza a corregirse por los pelos. *Moment! Just a moment, please*, se faja la camisa, se arranca las legañas, se levanta del sillón de la sala, se acomoda la ropa que traía puesta. Devuelto bruscamente del sueño catatónico que sigue a algunas buenas puñetas mentales, y en-un-descuido no sólo mentales, el Ruby se pregunta qué pasa al otro lado. Si hace unas pocas horas no paraba de carcajearse con sus errores al hacerse el gringo, ¿cómo no se ríe ahora que vino a despertarlo, de seguro para darle un besito? Es temprano: las siete de la mañana. ¿Será que no durmió, de estar pensando en él? En todo caso el Ruby sigue amodorrado cuando llega a la puerta, la abre todo sonrisas y topa con la jeta de Quico Medinilla.

XXXIV. Gavilán y paloma

Llegó agitando una pluma Mont Blanc, prensada de la orilla de una servilleta. *Pisanlov, pisanlov. Nomorguar, pisanlov. Nomorguar-nomorguar. Pisanlov, pisanlov. Amigous, Mister Shon?*, le extendió la derecha, congeló la sonrisa, propinó el apretón protocolario y a la postre un abrazo de bribón en campaña. *May I come in?*, preguntó en buen inglés y sin más diplomacia entró, trastabilló, se abalanzó de golpe al minibar. Whisky solo, sin hielos. Derramó la mitad sobre la alfombra, nada más tropezarse de camino al sillón.

—*I said peace and love, brother* —abre apenas la boca el incróspito intruso y ya viaja el hornazo por el medio ambiente—. *Sorry for being an asshole. Cheers. Peace and love.*

—*Cool, buddy. No hard feelings* —resucita Sean Penn a regañadientes mientras va al minibar, saca una lager, la abre haciendo palanca con las muelas, vuelve sobre sus pasos—. *Cheers!*

—*No, no, no, that's not fair! Gimme that beer, I don't drink with pussies* —se levanta el borracho, llena un vaso de whisky, se lo enjareta al Ruby y rumia en español—: Ni creas que me vas a venir a fichar, gabacho chafaldrano.

—*Cheers...* —se resigna el anfitrión al whisky, aunque igual se levanta a servirse unos hielos.

—¿Me entendiste, amiguito? *Got my elegant spanish?* —se balancea Quico, del torso para arriba. Sigue agitando su bandera blanca—. Yo te conozco, güey. *I know your thoughts, I can see through your eyes.*

—*Oh really! Mi comprende un pokitou di casteianou...* —intenta empatizar, sin muchas esperanzas, el gringo de estraperlo.

—A ver, pues, *look at me*, sin mamadas —da la orden el borracho, arruga la nariz, entrecierra los ojos, como un niño jugando a escudriñar—. *You really want to know?* —hace una pausa, chifla, pela los dientes, agita mano y dedos—. Estás enamorado.

—*Beg your pardon?* —finge mal Rubencito el desparpajo.

—¿Sabes que yo te admiro un chingo, güey? —gruñe y eructa Quico Medinilla, de camino a la puerta del baño—. No te vayas, galán. Ahorita mismo hablamos de tu vieja.

Con un poco de suerte, se dice el anfitrión, Medinilla se quedará tendido junto al escusado. Vomitará, seguro. Despertará por ahí del mediodía, cuando ya sea muy tarde para volver a verlo. Si todo sale bien, tal como lo planearon antes de despedirse. Como quien dice, si ella no se arrepiente. Es huérfana, le ha dicho. Vive con sus padrinos y ya no los aguanta. Voy adonde tú quieras, Rubén, le prometió, mirándolo de frente, desafiándolo casi. Vámonos a Morelia, yo allá tengo un amigo que nos presta su casa, inventó al vuelo él, sólo por elegir el rumbo opuesto a la Ciudad de México. Ya se le ocurriría algo en el camino. Pero todo eso, claro, con-un-poco-de-suerte: ese último ingrediente que rara vez termina coronando los desvelos de la chaqueta mental.

—No me digas que ya te me dormiste, mi querido aprendiz de Marlon Brando —vuelve del baño Quico, la cabeza mojada, la camisa fajada, la corbata en su sitio. Pasmantemente lúcido.

—*Beg your pardon?* —regresa el Ruby a medias de su ensoñación.

—A ver, cabrón, ya estuvo, no se me haga pendejo. Me entiendes, ¿no, gringuito? Lo que yo estoy diciendo es que te enamoraste de una concursante, cuyo nombre es Angélica Vianney. O sea que *beg your pardon* mis huevos... —encaja Quico el dedo en el renglón.

—*Are you OK, Ricardo?* —se empeña el agredido en dirigirse al borracho de hace cinco minutos.

—*What do you mean «OK»?* ¿Insinúas que estoy pedo, pinche gringo? —suelta la carcajada Medinilla y lo interrumpe un ataque de tos.

—*Should I call the doctor...?* —titubea Sean Penn, ya pensando en fugarse de la escena.

—Estoy bien, estoy bien —recupera la voz el tosijoso—. *I never get too drunk, no matter what I drink.*

—*That's so cool, you know?* —se hace el idiota el Ruby, con el tanque vacío de convicción.

—¿Sabes de quién soy hijo, mi querido Penndejo? —se arrima Medinilla, le da tres palmaditas en el antebrazo—. ¡Y ni me salgas con que no me entiendes!

—¿De kin erres tú ihou?

—No me creo que nadie te lo haya dicho…

—*No way, I swear, Ricardo. Who's your dad?*

—¿No te hueles siquiera de quién soy heredero?

—…

—¡De La Chingada, güey! —refulgen de repente los ojos del gordito—. Me entendiste, ¿verdad?

—*Wait a minute… You said mother or father?* —se aferra el Ruby a la última tabla del barco.

—¿Y sabes qué me dijo mi mamá, cabrón? ¿Quieres que yo te cuente lo que dice de ti doña Chingada? —lo está gozando, de eso ni duda cabe—. Pues ahí donde la ves, mi madre es muy chismosa. ¿Me creerías que vino a platicarme que te vio besuqueándote con tu noviecita?

—*Sorry, you know, I don't…*

—*Sorry my ass, cabrón. You don't speak any Spanish? Oh my goodness!* —se pitorrea el jefe del primo Luis, totalmente dueño de su papel—. No pensarás que estoy muy pedo, ¿o sí?

—*Pedo like in… too drunk, you mean?* —sabe el Ruby que le crece el ridículo, pero no es él quien lo va a detener. Soy Sean Penn, soy Sean Penn, insiste para sí.

—Una cosa es estar alcoholizado y otra que ande borracho —declama el otro, con la vista en lo alto y el índice derecho en erección—. O sea que si piensas que soy un pinche alcohólico, *think again.* Alcohólicos, *my friend,* los teporochos. *The bums, you know?* ¿Quieres saber quién soy, en realidad? ¿Quieres que te presente al auténtico Quico Medinilla? Mucho gusto, señor: soy un alcoholicoco.

—*Beg your pardon?* —se enroca por última vez lo que queda del falso Sean Penn.

—Déjame ver si entiendo, mi querido actorazo —llena Quico los vasos, alza el suyo en señal de brindis a distancia y le da un largo sorbo a modo de preámbulo—. Yo vengo a hacer las paces a tu territorio, te ofrezco mi amistad, te confieso mis vicios… ¿Y por toda respuesta tú me sigues mintiendo? Te lo juro, cabrón —tuerce los dedos el alcoholicoco, hace el ademán de besar la cruz—. Un *beg your pardon* más y se arman los putazos.

—… —¿en qué idioma tendría que defenderse el Ruby?

—La diferencia entre un alcohólico y un alcoholicoco, que por lo visto nadie te la ha enseñado —apenas se detuvo a tomar aire, ya dejó de importarle la reacción de Rubén— es que el alcoholicoco nunca pierde el sentido de las cosas. Si yo fuera un borracho nada más, puede que me creyera todas las pendejadas que me cuentan. Pero estoy en mis cinco, ¿ya me ves? No solamente no me caigo de pedo, ni quiero vomitar, ni me siento morir, sino que estoy más lúcido que tú. ¿Me crees así o prefieres que te lo demuestre?

—… —suelta el aire, abre brazos y manos, agita levemente la sesera el Ruby, entre *what-can-I-say* y así-es-el-pedo.

—Yo, que llevo dos días chupando sin parar, sé perfectamente dónde estoy parado —se levanta de un salto Medinilla, señala hacia sí mismo, da unos cuantos brinquitos, amaga con bailar—. Tú, en cambio, crees que haciéndote el gabacho con ese acento chafa, de estudiante del pinche Harmon Hall, vas a dejar de ser un tal Rubén Ávila Tostado. El primo de Luisito, mi segundo de a bordo. ¿Voy bien o me regreso?

—Perdón —se atraganta, se traba, se derrumba de golpe el aludido—. Yo creía que…

—¿Sabes que si quisiera te metería preso? —planta Ricardo cara de circunstancia—. ¿Crees que no sé que el rata de tu primo te dio cuatro mil dólares por hacer el teatrito con las niñas?

Por una vez, el Ruby sepulta sus impulsos. No responde, ni salta, ni mueve un solo músculo de la cara. ¿Lo está transando Luis, como ya sospechaba? ¿Tendría que acusarlo o protegerlo? ¿Cómo evitar, de una u otra manera, que la cuerda se rompa por lo mas delgado? Es gracias a estas dudas repentinas que Rubén llega vivo al estallido de las carcajadas. ¡Así me gusta!, intenta decir Quico, entre risas y toses. Luego se hace entender a fuerza de palmadas en el hombro. Estás cabrón, lo aclama y le viene la risa de regreso.

—¡Salud, por la lealtad! —se tumba Medinilla en el sillón, levanta el vaso, se lo empuja hasta el fondo—. Ya me había contado el buen Luisillo que su primito no es de los que se rajan. ¿Qué dijiste, mi querido Rubén? ¿«Me está chingando el Güicho dos mil verdes»?

—¡Brindemos por Sean Penn! —atrapa el Ruby la pelota en el aire y al fin los dos se ríen al unísono. Todo lo cual tal vez sonaría mejor si no estuviera en medio el plan del día. ¿O se le va a rajar a Angélica Vianney?

Hay amigos que uno jamás tendrá. Gente que habla otro idioma con las mismas palabras. ¿O será que no dicen lo que sienten, ni mucho menos sienten lo que dicen? Nada que no aparente resolverse con unos cuantos drinks, anestesia local para la incomprensión. Pasado el sexto whisky, Ávila y Medinilla se ríen a destiempo, probablemente por motivos distintos. ¿A qué horas va a largarse este pendejo?, se desespera a ratos el anfitrión, que no quería embriagarse y ya empieza a temerse que fracasará.

¿Desde cuándo conoces a mi primo?, ha intentado tres veces hablar de algo en concreto con el visitante, pero no hay evidencia de que éste lo escuchara. Cuéntame qué se siente conocer al auténtico Quico Medinilla, suelta un manazo el gordo sobre su hombro y él responde con otra risotada, y otra, y otra. ¿Sabes que desde ayer traigo tortícolis?, tuerce el cuello hacia atrás, arruga la nariz, guiña un ojo el gordito. ¿Quieres saber por qué, más bien? Chíngate ésta, cabrón: ¿Te acuerdas de Maritza, la que te hacía ojitos? Pues me la ando cogiendo desde antier. Ahora le da codazos y se asesta unos golpes en el pecho. ¡Adivina por qué me dio tortícolis!, se jacta Quico, saca la punta de la lengua, jadea, se acaricia la entrepierna.

—¿Y tú qué? ¿Ya? —choca Quico la palma con el flanco del puño, chap, chap, chap: seña internacional que alude al coito.

—¿Yo ya qué? —finge puntual demencia el agredido.

—¿Cómo que tú ya qué, cabrón? —lo pesca en la evasiva el de la tortícolis—. ¿Ya te tiraste a Angélica Vianney? ¿Mínimo le aplastaste los chicharrones?

—No mames, ¿cómo crees? —vibra Rubén de súbita indignación ante la sola idea de contarle sus cosas a este güey, ni que fuera su amigo.

—¿O sea que no… nada? —vuelve la palma al puño, chap, chap, chap.

—¡Por supuesto que no! —se yergue el ofendido, con falsa sobriedad.

—Calma, Rubén, no tienes que jurar. Yo sé mejor que nadie que eres inocente. Pero *muy* inocente, ¿verdad? Más inocente que Los Santos Chingaos Inocentes —vuelve a besar la cruz el borracho remiso—. ¿Y sabes por qué sé que eres así? Número uno, porque te enamoraste de esta vieja. Eres de los pelmazos que se enculan, sin ganas de ofender. Número dos, porque si no te hubieras enculado, ya te la habrías tirado. Y claro, no serías un inocente.

Es «inocente» aquel que no es culpable, pero es «un inocente» quien carece ostensiblemente de malicia. Con frecuencia irritante los culpables se hacen pasar por cándidos para librarse de toda sospecha. Si acaso alguien mañana le preguntara al Ruby por qué accedió a meterse su primer pericazo en compañía de un amigo tan dudoso como el gordito Medinilla, juraría que lo hizo por necesidad. ¡Ni modo de fugarse en ese estado! ¿Qué iba a pensar Angélica Vianney? Lo dicho, un inocente.

Angélica Vianney Sevilla Magallón abandonó el hotel de madrugada, pocos minutos antes de que Medinilla se presentara en la suite de Ávila. Salió escoltada por un par de botones, amén de Luis Tostado, el propio Medinilla y cinco policías de uniforme. Un cortejo discreto entre el cuarto 238 y el taxi que esperaba sobre Paseo Tollocan. ¡De ti ni se acordó!, suelta una risa cáustica el gordo Medinilla, otra vez circunspecto para que no haya duda de que está hablando en serio. Tuvimos que expulsarla, cosas del reglamento, se finge compungido, pero no ha terminado. ¿No te dije de quién era yo hijo?, parecerían fanfarronear sus ojos. Es la mueca mordaz del adversario cuando escupe, cantando, *jaque mate*.

No sabe Quico si hay una regla específica, pero «indudablemente» había que sacarla del concurso. No porque te besara, mi querido Rubén, se pone paternal el de la información, gozando a todas luces de saber lo que sabe y embarrárselo a plazos en la jeta. Tampoco porque fuera a escaparse contigo, ¿verdad, galán? Y no te estuve espiando, lo que pasa es que tienes una novia muy poco discreta, se encoge de hombros el ejecutor y procede a soltar el machetazo:

—Todo nos lo contó. Se iban a ir a Morelia, según le prometiste. O según te creíste, por inocente que eres. Y por cierto: «Angélica Vianney», mis huevos. Tu dulcinea se llama Gabino Magallón. Por eso lo tuvimos que expulsar.

XXXV. Los caballeros no mueren

Duele menos, al fin, lo que nos ha pasado que aquello que ya no nos pasará. Al orgasmo del chaquetero adolescente suele seguirle un acceso de culpa, cuando no de vergüenza ante sí mismo, y una sed de pureza preñada de propósitos edificantes. La chaqueta mental, por otra parte, no conoce el orgasmo. Luego, no tiene fin. O eso al menos quisieran sus clientes frecuentes, mudarse enteros a su ensoñación y nunca más volver a este valle de lágrimas de bajo presupuesto. Pero el hecho es que vuelven, desolados, a seguir con el juego entre los calabozos del desengaño. «Imbécil», «perdedor», «estúpido de mierda», va escupiendo el verdugo de sí mismo sobre la espalda de su vanidad, una vez que se han ido el pasmo, el susto y casi la vergüenza. Puede uno ingeniárselas para lidiar con aquello que tiene, o siente, o cree sentir, ¿pero cómo administras lo que te falta?

—No es que extrañe a la puta, te lo juro —se muerde los nudillos Rubén Ávila, como con la esperanza de sepultar una a una sus palabras—. Y al puto menos, claro. A ése más bien quisiera ir a cortarle el chóstomo, o lo que tenga allí el farsante de mierda. ¿Sabes qué es lo que extraño, pinche primo? ¡A mí mismo, cabrón! O sea no a Sean Penn, no me mires así —se ha quitado la mano de la boca, la expresión de pesar cede el paso a una mueca descompuesta que desembocará en un rictus de rabia reivindicadora—. Quiero decir que igual nadie me vio, o sea nadie más, pero por una vez en mi chingada vida hice las cosas bien, me porté como un dandy, y ve cómo me fue. Y ese güey se murió, Luis, ¿me entiendes? Está muerto por culpa de esa puta, o puto, o lo que sea.

—Te mató al caballero, con todo y armadura... —inclina Luis la testa, como lo haría el médico frente a un cuadro complejo de herpes zóster. Acto seguido, sin dejar el papel, le da un par de palmadas en el hombro y procede a ponerse pedagógico—: ¿Sabes qué, Rubencito? Tienes suerte. Los caballeros no se mueren tan fácil. Y es más, cabrón, como su nombre claramente lo indica, un caballero no se va sin ti. Los caballeros, igual que los putos, son así hasta la tumba.

—No me hagas esos chistes, pinche Luis —vuelve a morderse el Ruby los nudillos—. ¿No ves que está llevándome la burger?

—¿Qué? —pela los ojos Luis para hacerse el gracioso—. ¿Ya no se te para?

—¡No mames, ya, carajo! —respinga el Ruby, en tono irreprochablemente viril.

—¡Y tú no seas chilletas, carajo! ¿No te dije dos veces que Federica preguntó por ti? ¿Qué te cuesta invitarla a salir? Te va a decir que sí —besa la cruz el primo—. Yo te lo garantizo. Es más, ¿quieres mi coche? Te lo presto. Y si no tienes lana, llévatela al chingado autocinema, al cabo que ella vive por allá. La abrazas, la apapachas, le bajas los calzones, dejas que te destraume, lavas las vestiduras y me lo devuelves.

No quiere ver a nadie, le repite. Vino sólo porque hoy es Navidad, pero mañana mismo se regresa. Como quien dice, vino a verlo a él. O como quien no dice, vino sólo a advertirle, suplicarle, exigirle que diera el incidente de Toluca por jamás ocurrido. ¿También lo de Sean Penn… o nada más el *affaire* con Gabino?, sube el volumen Luis innecesariamente. ¡No le digas Gabino!, se atraganta Rubén, menea el cráneo, hace una mueca de asco. No sé quién sea ese güey, ni lo quiero saber, ¿ya?

Hace un rato prendieron su primer churro juntos. Otro pacto secreto para la lista, se ríen al unísono, a dos cuadras de casa de la abuela. Iban a la tiendita, se excusaron. Seguro que los tíos seguirán cuchicheando a sus espaldas, y eso que nadie les ha olido los dedos. Peor ahora que Rubén les vino con el cuento de que sigue chambeando con Luis. Tal para cual, dirán. Qué no dirían, se martiriza el Ruby, si supieran por quién arrastra la cobija. ¿Y lo sabe él, acaso? ¿No es verdad que podría ir y descuartizar al malparido de Gabino Magallón y seguir extrañando a Angélica Vianney? La chaqueta mental se sabe triunfadora cuando se independiza de la realidad. Desde entonces, el recuerdo de Angélica Vianney se ha hecho maleable, tanto así que el «Vianney» ya no lo ocupa, siempre que se le ofrece inventarse una novia.

Vive en Morelia, cuenta, nos vamos a casar en un par de años. Y no es que tenga tantos interlocutores. Desde que salió huyendo de Toluca no ha tratado sino a desconocidos. Luis se portó a la altura, le dio el resto del pago y un boleto de avión a Puerto Escondido: no le sería difícil encontrar algún búngalo barato, mientras se le pasaba el mal sabor de boca. ¿Te digo una neta, primo?, le aconsejó, a la hora de despedirlo, dedícate a coger y a fumar mota. El Ruby, sin embargo, no atendió más que a la segunda indicación. Chaqueta mental manda, tuvo que haber resuelto mientras huía de los judiciales y eludía el asedio de sus diablos internos. Prefería, para el caso, ser alcanzado por Roa y el Muertis antes que por la sombra de la deshonra. Se imaginaba en la primera plana del *Alarma!*, al lado de Gabinno-Vianney, y encima el titular a ocho columnas: ¡MUJERCITOS!

—¿Nunca se te ocurrió sospechar algo? —puja Luis por hacerse entender sin soltar la humareda en los pulmones.

—Por mi madre que no —besa la cruz Rubén—. ¿A poco a ti sí?

—Caímos todos redondos —exhala, tose, absuelve, abre las palmas Luis en dirección al cielo—. Ricardo estaba en shock, ya ves que le gustaba. Eso sí, pinche primo, yo no me la fajé. ¿No le sentiste un bulto por ahí?

—Dos nada más. Arriba… —pormenoriza el Ruby, taciturno—. Abajo no hubo modo. No se dejaba, ahora ya sé por qué.

—¿De verdad? —deja caer la mandíbula Luis—. ¿Le agarraste las chichis operadas, cabrón?

—Tanto como agarrar… —siente sudar las manos el del ramblercito—. No sé, se las toqué.

—¿Por encima o por debajo de la ropa? —inquiere el primo grande, presto a la sicalipsis.

—Por debajo, un poquito —minimiza Rubén—. La derecha nomás.

—¿Y qué tal, suavecitas? —persevera el morboso, trata de no reírse.

—No sé —hace cara de fuchi el engañado—. Me arrepentí.

—¿Y eso por qué? —contrae los dedos Luis, como aplastando un pedazo de esponja—. ¿Se la sentiste dura, como piedra? ¿Cuadrada? ¿Dispareja?

—Ni dura ni deforme —reconoce Rubén, meneando la cabeza. Traga luego saliva—. Fría, como pared.

Le había prometido a los papás que llegaría a la cena de Navidad. Esas horas de tregua en las que es de mal gusto profundizar en nada más allá de los buenos propósitos. Tenía mucho trabajo, les decía, cada vez que llamaba. ¿Y ahora qué va a decirles, cuando acabe la cena y le toque largarse de regreso? Nada, de preferencia. Su idea es esfumarse, ya luego disculparse. No espera que le crean, *anyway*. Casi nunca les llama, desde que vive asilado en el búngalo. Le espeluzna la idea de enterarse por boca de los padres que el Capitán o el Muertis fueron a buscarlo. Algo deben de olerse, últimamente suenan como raros. ¿Y no hasta el tío Emilio le echó la aburridora a la hora del abrazo? «Ya cásate, muchacho, entra en razón.» ¿Qué quiso decir eso? ¿Se habrá rajado Luis con el papá? ¿Pensarán que es putón, en una de éstas, además de ratero, mariguano y mal hijo? En todo caso no quiere saberlo. Que crean lo que quieran, escupe el perdulario, de regreso en la calle. ¿Qué tanto más se van a sorprender si se escabulle ahora, sin despedirse? Como ladrón, ¿o no?

—¡Quihúbole, guerrillero! —brota la voz tipluda del Chrysler Cordoba blanco que bloquea las puertas del garage de la abuela.

—Muy buenas noches, mi estimado Rubén —emerge de la sombra la silueta del otro, que ya le pone una mano en el hombro, casi paternalmente, y el Ruby siente una parte del alma de regreso en el cuerpo. Si ha de enfrentar a esta bestia peluda de Gilberto Albarrán, mejor que esté presente el Capitán Roa—. ¿Dónde andabas, muchacho? ¡Feliz Navidad, pues!

—¿Me puedo despedir… de mi familia? —suplica con los ojos el recién apañado, hace cara de niño, sume el cuello para empequeñecerse.

—¡Súbase ya, cabrón! —pierde paciencia el Muertis, al volante del coche.

—Ándale, mijo, en un rato regresas —miente un poquito el Capitán Roa y Rubén ya lo sabe, pero igual le consuela obedecer.

Se le acabó la fuga: ésa es su Navidad. No tiene que esconderse, ni jugar a ser otro, ni vivir paranoico. Alivio suficiente para tenderse sobre el asiento trasero, bostezar, estirarse y decirse total, así soy yo. Salí malo, carajo, ya qué se le va a hacer.

1985

XXXVI. El talón de Erasmo

El hombre abre los ojos quince minutos antes de las siete. Despertar en el lobby de un hotel, amanecer como un borracho vagabundo, le da una sensación a medias desolada y vergonzante. Ya pasadas las tres de la mañana, cuando el bramido de la aspiradora daba por fantasmal su forzada presencia, se había resignado una vez más a la piedad asqueada de los empleados del último turno. Antes lo despertaban para pedirle cuentas, ahora ya lo conocen y le guardan algún respeto asustadizo, no más que el necesario para dejarlo babear el sillón y perturbar la noche con tesoneras salvas de ronquidos.

Despiértame a las siete, le pidió el comandante, y sin embargo se va a encabronar. Así se pone, siempre que se desvela. Ya en el elevador, descubre que no trae la llave de la suite. ¿Qué será peor?, juega a dudar, de pronto, ¿entrar a despertarlo o tocarle la puerta? La última vez que se le apareció junto a la cama, terminó con la fusca del jefazo refundida entre lengua y paladar. Entiéndeme, compadre, andaba bien pedote, se disculpó más tarde, ya pa qué. ¿Y si toca la puerta y se desaparece? Tendría que dar tres golpes muy bien puestos y pegar la carrera para abajo. Juraría más tarde que él no fue. ¿Pero quién más va a ser, a estas jodidas horas? Las siete y cinco ya. Se remuerde los labios, no quiere despertarlo. Puede que hasta prefiera que se enoje después. ¿Y si mejor se espera diez minutitos más?

Por mí me lo quebraba, cavila de regreso en el elevador, paladeando el consuelo de imaginar un día mejor que hoy. ¿Sería tan difícil aplastarle la jeta con la almohada? ¿Y cómo, pues, si no tiene los huevos ni para despertarlo? ¿Cuándo se ha visto, aparte, que cacachica coma cacagrande? Regresa al lobby, se asoma a la calle, siente alguna premura por vaciar la vejiga y resuelve que si ha de soportar al cabrón Comanchú recién madrugado, será mejor que ya haya ido a mear. Una vez en el baño, el hombre se acomoda en un retrete. Aprovechando el viaje, se aplica a descargar el intestino. Y de paso hacer tiempo, prolongar su agonía unos cuantos minutos, de perdida.

Son ya las siete y cuarto en el reloj del lobby, pero el hombre que deja atrás el baño prefiere distraerse contemplando los candelabros en el techo, como lo haría quizás un huésped regular. Esto es, como si fuera él quien se hospeda en la suite de cortesía y no el pinche chalán que se duerme en el lobby. A sus años, carajo. Muy tarde ya para enseñarse al menos a dar uso de espada a esa charola falsa con la que se abre paso sin mucha autoridad. No se da a respetar, puede que sea por eso que inspira esa confianza desdeñosa en el hijo de puta más desconfiado que en su jodida vida ha conocido. ¿Sería tan difícil acobardar al gerentito aquel para que le prestara algún cuarto sencillo? ¿Y qué tal que se enchila el Comanchú? ¿No se supone que por menos de eso le metió él mismo un tiro al Gamaliel? Apenas disimula que se le va el aliento, cada vez que lo cuentan el compadre y el Muertis, con su risa de mierda. Las últimas dos veces ha tosido a propósito, para justificar la sensación de ahogo. He ahí lo que ellos saben: Estanislao Roa es un sobreviviente. Por eso se contenta con dormir en el lobby.

Tarde otra vez, se acuerda de la llave. Ha decidido entrar, ya no tocar la puerta. Con un poco de suerte, se lo va a agradecer. Se acostó por lo menos a las cuatro, estará de seguro moribundo en la cama. Habrá corrido a la putita de anoche. Pobrecilla muchacha, tan bonita que está, mira nomás adónde fue a caer. De vuelta en el sillón, se distrae calculando sus probabilidades mientras rebusca bajo los cojines. Con la llave de nuevo en su poder, llega al elevador apenas tarde. ¡Me carga la chingada!, rezonga en voz bien alta y mira hacia los lados, cual si pusiera a prueba su porte amenazante.

Desembarcado al fin en el quinto piso, Estanislao va por el pasillo dando grandes zancadas, se detiene delante de la suite donde sigue durmiendo Cortés Mijangos, le da vuelta a la llave y enfrenta un escenario de botellas, ropas y cartas de baraja española regadas entre sillas y sillones. ¿Estará bien llevarle su perico a la cama, para que se levante de mejor humor? Mala idea no es, reflexiona, con cierto instinto maternal, y se pone en cuclillas para reunir un poco del polvo refulgente que todavía invade la mesita de centro. Con un par de tarjetas de cartón junta una montañita nada desdeñable, siente una inoportuna cosquilla en la nariz y en el último instante desvía el estornudo hacia atrás. Respira dos, tres veces, vuelve la vista al montecito blanco y lo mira alejarse de su alcance. Tal cual, con todo y mesa. Y muebles y cortinas y paredes. Un estupor fugaz, truncado abruptamente por el bufido súbito del Comanchú. ¡Compadre, está temblando!

Lo ve salir en los puros calzones, sin pistola, charola ni autoridad siquiera, pero ya no lo nota porque el piso se mueve como una puta lancha en mar abierto y las columnas crujen tal como imaginaba cuando niño que sonaría la escena del fin del mundo. Afuera se oyen gritos, golpes, truenos, ahora que el comandante abre la puerta y se lanza a correr por el pasillo. Estanislao repta tres, cuatro metros, se levanta, da un paso y comprende que nadie espera a nadie, y menos todavía Erasmo a él. ¡Compadres mis tompiates!, se dice en un acceso relámpago de rabia y se lanza aterrado a perseguirlo. Cierto es que, como todos en esas escaleras, Roa Tavares va en busca de la calle con la esperanza frágil de salvar la vida, sólo que corre menos por causa del horror que del odio recóndito que en valiente momento le ha venido a estallar. Si la gran mayoría tropieza y trastabilla, él se desliza como un predador. Oye apenas los gritos, las súplicas de auxilio, los pasos empeñosos que le siguen. Aún le faltan dos pisos cuando distingue la espalda de Erasmo, entre otras que tampoco traen camisa.

Un nivel más abajo, Roa Tavares le pisa los talones a Cortés Mijangos. Sólo uno de ellos, para ser exacto, al tiempo que le aplica un empujón certero a media espalda. Como en una película de policías, ya lo mira rodar escaleras abajo. Apenas una imagen saltarina, en medio de la turba que se atropella camino del lobby, pasando por encima de lo que se interponga. ¡Ayúdame, compadre! ¿Dónde estás, compadrito?, persiste en los oídos de Estanislao el chillido blandengue del Comanchú aplastado y pisoteado, aun después de dejar las escaleras y pegar la carrera por la suerte de cripta crepitante que hace dos parpadeos todavía era el lobby del hotel Regis. Titubea de pronto en mitad del tropel, cuando un estruendo y otra gritería terminan de orientarlo. Si todos esos vidrios que cayeron del techo eran un candelabro, aquella luz al fondo seguro es la salida.

¡Capitán!, ha gritado alguien a sus espaldas. La voz es de mujer, pero igual Roa Tavares huye de ella cual si fuera la sombra del Comanchú. Salta despavorido el camellón, entre gente perpleja que mira a las alturas, como esperando la señal divina que le imponga una pausa al Armagedón. ¡Capitán Roa!, se le pesca del brazo la mujer que ha corrido cinco pisos tras él. Nada más detenerse y enfrentarla, Estanislao se derrumba allí mismo. Si las piernas dejaron de obedecerle, teme que el corazón amenace también con rebelarse. Pisó en falso al bajar de la banqueta, pero aún no tiene tiempo de dolerse. ¿Qué haces tú aquí?, jadea, un poquito pasmado de encontrar que el fantasma bañado en caliche que tiene frente a él es la misma persona que ayer se fue a la cama con el Comanchú. La bonita, se dice y se interrumpe porque la mole al fin se viene abajo. Luego estira los brazos, se abraza de sus piernas, la derriba, la envuelve, la cubre con el cuerpo mientras el cielo acaba de caerles encima.

A Estanislao Roa le habría gustado mucho ser bombero. Todavía a los quince años fantaseaba con escenas heroicas donde él volvía entero de la catástrofe, de la mano de un niño y cargando a un perrito. Luego, diría la madre, le entró el chincual de hacerse policía. Hoy que se ha hecho el silencio y el hotel no es más que una entre tantas montañas de cascajo, el bombero frustrado se pregunta si habrá sobrevivientes debajo de los fierros. No ha dejado de huir del Comanchú, por más que ahora se mire sano y salvo delante de su tumba. Si yo fuera bombero, se dice, todavía ensimismado, me metería a buscar la zalea de ese cabrón de Erasmo, para estar bien seguro.

No es un chiste, lo necesita fiambre. Ya se oyen las primeras ambulancias y la chica ha parado de temblarle en el pecho cuando cae en la cuenta de que el difunto debería ser él. ¿No fue lo que intentó, la primera vez que logró sacudírselo? Esfumarse. Perderse. Nadar, en adelante, de muertito. Lo hizo mal, por entonces. Pero ocurre que *entonces* no había vuelto a nacer, como hace dos minutos. Por si eso fuera poco, el compadre maldito yace unos buenos metros bajo un cerro de escombros. No puede maltratarlo, ni amenazarlo, ni arrebañarlo más junto a sus matoncitos.

—¡Capitán! Soy Perlita, ¿ya se acordó de mí? —lo mira frente a frente su protegida, pone cara de niña castigada, se encoge de hombros ante la evidencia—. Yo era amiga de Erasmo, digo, del comandante.

¿*Era* amiga y ya no? ¿Será que ella tampoco lo quiere vivo? ¿Y quién va a querer vivo a semejante hijazo de La Chingada? Incluso y sobre todo si al Comanchú se le sigue moviendo una patita, entenderá más tarde Estanislao (cuando las piernas vuelvan a sostenerlo, se resigne a cojear y calcule sus riesgos como sobreviviente), es mejor quedar dentro de las listas de muertos.

XXXVII. Goloso querubín

Maricruz Ruiz Hermida es su nombre completo, pero desde muy chica la llaman Perlita. Cara de niña buena, todavía. Salió un tris después de ellos, gritando no me dejen, Erasmo, Capitán, Diosito Santo. Iba descalza, envuelta en una sábana. La verdad, no era así que dijéramos *muy* amiga del comandante Cortés Mijangos, sino de Gil.

—O sea, era la novia, pero ya ve que en él no se puede confiar. Lo conoce, al Gilberto, ¿verdad?

—Si no lo conociera —suelta una risa opaca Roa Tavares—, no estaríamos tú y yo muertos de miedo.

—¿Y no habría manera —se remuerde Perlita el labio inferior y pone cara de niña mimada— de darle al Gil también su empujoncito?

Se pegó en la cabeza, ella lo vio. Lo atropellaron los que venían atrás, y los de más atrás, y los que luego lo hayan apachurrado. Lo dice con un rastro de genuina alegría que en estas circunstancias es inocultable. Hará una media hora que caminan juntos entre gritos, carreras, cascajo y ambulancias. Estanislao cojeando, Perlita con dos tenis de diferente número y estilo que encontraron en medio del reguero. Lo raro, pues, no es que Perlita vaya envuelta en una sábana por las calles pobladas de gente en camisón, pijama o calzoncillos, sino que su sonrisa de querubín goloso se conserve impermeable al espanto imperante.

Cruzan al fin un tianguis callejero, donde Roa Tavares compra la camiseta, los jeans y los zapatos para su compañera de ruta de emergencia. Se sacuden la tierra, se remojan el pelo en una toma de agua. No han hablado gran cosa, del Regis para acá, pero ya maldijeron juntos al Comanchú. Además somos cómplices, se sonroja Perlita, tú lo empujaste y yo le brinqué encima. ¿Qué no se lo ganó? Quisiera Estanislao compartir el ánimo entusiasta de la recién vestida, pero en momentos siente la cosquilla de volver al lugar de los hechos. ¿Qué tal que sigue vivo, el comemierda? Eso sería mejor, en cualquier caso, que dejarse ver vivos por el Muertis. ¿Y es así como cree que se le va a esconder, robándose a su novia y metiendo la cabeza en la tierra?

Hacen un alto pasadas las ocho, en una lonchería de la colonia Juárez donde piden dos jugos de naranja y una orden de molletes para ella. En la televisión aparecen imágenes de los restos en llamas del hotel Regis. Seguro estará muerto, ¿no?, bisbisea Perlita, de perfil. Estanislao niega con la cabeza. Unas pocas flamitas no le quitan la idea de que ese hijo de puta sigue vivo, porque le tiene un miedo sobrenatural. Tanto se ha desvelado pensando en escurrírsele que ya lo ve inminente, como una enfermedad desconocida o una condena inmune a las plegarias. Más de una vez se dijo que cada quien su cruz. Que algo debió de hacer para ganársela. Que si Erasmo no había pactado con el diablo, sería un castigo enviado por Dios. Que su destino era trabajar para él. Chantajear para él. Atracar para él. Jugársela por él. Y cualquier día de éstos mamarse unos plomazos en lugar de él. Lo tenía asumido, hasta hoy en la mañana: un tiempo tan extraño que le sabe a anteayer.

—Pensar que pude haberlo despertado a las siete…

—Ni lo quiera Dios, Capi.

—¿Tanto lo detestabas?

—Me amenazó de muerte, hoy en la mañanita. Estábamos despiertos, tenía rato que había amanecido. Vas a ver, pinche vieja, me dijo, tú que me juegas chueco y yo que te rebano las dos chichis. Luego empezó a temblar y se olvidó de mí. Dizque muy hombrecito y zurrado de miedo.

—¿Y tú no sentías miedo? —sonríe Roa, casi divertido.

—Pues sí, pero no tanto como el que me daba él. Si ya me iba a morir, mejor apachurrada que en rebanaditas —abre grandes los ojos la sobreviviente, un tanto sorprendida de atreverse a bromear al respecto.

—Y ya ves, te lo echaste.

—Nos lo echamos, mi Capi.

—Yo no fui, fue el temblor —alza las manos el hasta ayer pelele, desvía la derecha y estira el dedo índice para apuntar hacia otro cerro de cascajo. Como si hiciera falta, con la nube de tierra que se respira, por debajo de un sol pese a todo radiante que a ojos de la pareja proyecta el halo propio de un milagro. ¿O no sería lógico que la escena triunfal de mil resurrecciones simultáneas incluyera un efecto como aquél? ¿Cuántos de esos que inundan de pasmo el camellón no volvieron también a nacer hoy? Sólo que mientras unos hacen cuentas atroces de todo lo perdido, ellos se felicitan por lo recobrado.

Es como haber salido de la cárcel. Va uno por la banqueta presa de alguna euforia paranoica, renuente todavía a conducirse como lo que, recuerda, solía ser un hijo de vecino. Por suerte, el Capitán —Tienes nombre de perro, compadre, le gustaba joderlo al Comanchú— no ha perdido sus Ray-Ban. Detrás de ellos se esconde, por ejemplo, el terror que le inspira la posibilidad de toparse al Gilberto en esa compañía, vivos los dos para su mala suerte. ¿Y qué iba a hacer un buitre como el Gil correteándolos a ellos, cuando podría andar saqueando tiraderos, casas medio caídas, edificios cuarteados y vacíos? Perlita está de acuerdo. Además, Capitán, mírese en un espejo. Ni se parece a usted, tiene cara de momia recién desenterrada.

No exageres, calcula el Capitán, tras mirar su reflejo en un aparador de General de Gas. Pero tampoco es que sea mala idea. Es más, viéndose bien, les falta camuflaje. Dos cuadras más allá dan vuelta por Durango y un policía de tránsito los intercepta. No se puede pasar, hay dos tanques de gas que podrían estallar «en cualquier momento». Justo antes de empezar a preguntarse por qué no de una vez se deshace de ella, el Capitán le planta su charola en las napias al de uniforme y toma de la mano a su acompañante. No es un gesto del todo cariñoso, y hasta podría tenerse por autoritario, de no haber esta urgencia de salvarse juntos. ¿O es que la va a dejar, tras agarrarla así, como si fuera la última mujer sobre la Tierra y él estuviese a cargo de salvar a la especie?

Una vez solos, ante lo que ya no es una escuela primaria, Perlita y Roa Tavares se embadurnan la cara y la cabeza con tierra, agua y caliche. Como pronto podrán certificarlo, esta pinta de parias repentinos los reduce a siluetas en medio de un paisaje siniestro de por sí. Es como si las calles fueran un mismo campo de batalla, patrullado por turbas de espectros aturdidos. Retumba un lloriqueo de sirenas que a Perlita le suena a canto celestial, a menos que una de ellas —ni lo quiera Dios— vaya o venga en el nombre del comandante Erasmo Cortés Mijangos, que Satanás lo tenga en su santo perol.

Van hacia el sur, aunque sin mucha prisa. Zigzaguean igual que los escasos coches, motos, camionetas que recorren a vuelta de rueda, con los faros prendidos, el sendero sinuoso de la avenida de los Insurgentes, entre las cordilleras de grava y hormigón, sembradas de varillas retorcidas, vigas rotas y cortinas rasgadas. A cada tanto escuchan comentarios fugaces sobre un pasado de repente remoto. En esa esquina había un restorán. ¿No era aquí donde estaba la zapatería? ¿Te acuerdas que allá arriba daban clases de baile? Nadie habla de los muertos, ni de los moribundos que con toda certeza los rodean. Los paseantes atónitos del panteón instantáneo apenas tienen tiempo de asimilar las ruinas sucesivas, el desamparo implícito, la suerte caprichosa de ser ahora mirón y no difunto, y en el caso de Perlita y el Capi, el alivio egoísta de no escuchar los gritos de los apachurrados. ¿Qué tal que el Comanchú consigue hacerse oír?

El cruce de Insurgentes y Viaducto divide la avenida como un pequeño monte dos comarcas distantes en el tiempo. Setenta años atrás, destrozos, tiraderos y polvaredas eran cosa común, tanto como los muertos y los heridos. Una vez que el paisaje devastado termina de escapar de su horizonte, Roa Tavares piensa en Julio Verne. Le gustaba, de niño, jugar a imaginarse al mando de una máquina del tiempo. Allá atrás estaría Victoriano Huerta, rodeado de cadáveres y ruinas. Y ahí enfrente el futuro, con el Hotel de México todavía inconcluso pero en pie, como todo alrededor. No se ve bien, por cierto, que a tamañas alturas del siglo xx vayan como si nada dos zombis insepultos por la banqueta de Insurgentes Sur. Claro que hay poca gente y menos autos, pero ello sólo ayuda a hacerlos más notorios. Él, por lo menos, ya dejó de cojear. Antes que dos mimados por la diosa Fortuna, parecen emisarios del purgatorio. ¿Está usted bien, señor?, se paró a preguntarle un patrullero y fue Perlita quien le contestó. Todo bien, yo lo cuido, muchas gracias. Nomás faltó que lo llamara «abuelo», pero es mejor así, pasar por viejo chocho que salir a balcón frente a la policía. Llegando al Parque Hundido, bajan hasta la fuente y sumergen cabezas, brazos, piernas, en ese orden. Dos cuadras adelante entran a París Londres, compran dos pantalones en oferta y dos playeras por el precio de una. Vuelven a remojarse la mollera en la fuente trasera de Liverpool y se cruzan de vuelta a la acera derecha, en dirección al sur. Van despacio, torciendo en bocacalles y avanzando por vías paralelas. Se alejan uno de otro, si están en la avenida, pero se abrazan en las calles estrechas, donde sólo una extrema putada de la diosa Fortuna les pondría en el camino a Gilberto, que seguro andará más preocupado por el Comanchú.

—¿Saben ellos que estabas con Erasmo? —«estar con»: ese amable sinónimo del verbo *copular*.

—¿No le digo que el Gil me dejó ahí? —se sonroja Perlita, baja la vista, intenta algún puchero resignado.

—¿Te dejó, así nomás? —curiosea el Capitán, entre saciando el morbo y agarrando confianza.

—Me cambió por dos lotes de fichas de póker —se mastica los labios la novia del Muertis—. Pasa taco, le pidió el comandante y el Gil ni lo pensó.

—¿Ya te lo había hecho? —pretende horrorizarse Roa Tavares, pero igual la imagina ir y venir de unas manos a otras, como fichas y cartas en la mesa. Esas cosas calientan, no debería pensarlas en estas circunstancias.

—Varias veces —alza las cejas, se encoge de hombros la mujer-taco—. Dos de ellas con Erasmo, otras con sus amigos.

—¿Y no le daban celos, con lo bilioso que es?

—Eso ya era más tarde. Al día siguiente. ¿Te gustó?, me gritaba, y luego me agarraba como a su hija.

—¿O sea a cachetadas?

—Cachetadas, patadas, fajillazos. Tubazos, de repente. Yo te voy a quitar lo piruja, decía.

—De eso te salvaste hoy.

—Pues sí, oiga, hasta ahorita —le ha vuelto la sonrisa. Tiene cara de niña, o sabe cómo hacerla.

—¿Conoce a tu familia, Gilberto? —pareciera que el Capi hace planes por ella, o que algo así quisiera que pensara. Acá entre nos, yo soy el que te cuida.

—Ya sabe dónde viven mis papás —chasquea los labios la hija descarriada—. Me tenía amenazada con hacerles algo. Y me la va a cumplir, si se entera que me fui con usted.

—Contigo —estira Roa la familiaridad.

—¿Conmigo qué? —sonríe Perlita, no sin cachondería.

—Que no me hables de usted. Somos amigos, ¿no?

—A la orden, mi Capitán.

—Estanislao, me llamo. Tanis, para los cuates. A un capitán, en cambio, no se le habla de tú.

—Erasmo te tuteaba, ¿a poco no? —suelta un codazo alegre la prófuga del Gil.

—Deja que me tuteara. Me pisoteaba, como colilla de cigarro —le rechinan de súbito las muelas—. Pero ya ves, nos pusimos a mano.

—¿Y si el Gil va y se mete con mis papás? —junta las cejas ella, pasa saliva.

—No, si cree que estás muerta —piensa en voz alta él, no muy seguro.

—¿Y se lo va a creer, así nomás? Ya ve que es desconfiado…

—«Ya ves.»

—Perdón, no me acostumbro. Ya ves cómo es, te digo. ¿Qué va a decir si no hallan nuestros cuerpos?

—¿Qué no viste el incendio en el noticiero? Con suerte y sigue en llamas el hotel, tú nomás imagínate la de chamba que tienen los bomberos. Dirán que nuestros cuerpos se carbonizaron.

—¿Dirán quiénes? —se sobresalta la aspirante a difunta.

—Los forenses, supongo —titubea el Capitán—. O el Ministerio Público, o el Registro Civil. Lo que sí puede ser es que al Muertis le dé por buscar a tus padres, para estar bien seguro.

—¿Los va a ir a amenazar? —chilla Perlita, con la voz quebrada.

—Los va a ir a ver llorar, en todo caso —se pone sentencioso el otro muerto en vida—. Si lo convencen, a otra cosa, mariposa. ¿Dónde dices que viven?

—No le he dicho, que diga, no te he dicho. Viven en Xalostoc, ahí cerca de Apizaco. ¿Qué tendrían que hacer para convencerlo?

—Ellos nada. Basta con que te lloren de verdad. Que te digan tus misas, tus rosarios.

—¿O sea la pantomima completita?

—Nada de pantomima. ¿Qué prefieres, que sufran de corazón y un día aparecérteles resucitada, o que lo finjan mal y el Muertis los agarre en la maroma? ¿Sabes qué pensaría, en ese caso?

—No sé. O bueno, sí. Diría que ando contigo.

—¿Y entonces?

—Yo qué sé. ¿Sacaría la rebanadora?

—Al final tus papás sufrirían igual, sólo que para siempre. ¿Te imaginas siquiera a cuántos inocentes se ha venadeado hasta hoy tu noviecito?

—Ya no es mi noviecito, cómo cree. Cómo crees.

—Él es el que lo cree. Ya con eso tenemos para sacar boleto.

—¿Y cuánto tiempo tengo que estar muertita?

—Tanto tú como yo vamos a ser difuntos hasta que estemos listos para resucitar —la mira de hito en hito el Capitán, como lo haría un cardiólogo alarmado.

Ya le duelen los pies, tal como se ha cansado de recordarle. Se despertó a una cuadra de la Alameda y está parada enfrente del Rélox. ¿Adónde diablos van, si se puede saber? ¿Y por qué a pie, por Dios? Reclama lloriqueando, recargada en un poste, pero igual no hay respuestas. No se puede saber, dice el gesto del Capi, deja que yo me encargue. ¿O acaso va a explicarle que así la necesita, totalmente rendida a su buen juicio? Al recién arrestado hace falta quebrarle la voluntad, doblegarle el espíritu en las primeras horas del encierro, para que se someta sin chistar y agache la cabeza delante del que manda. ¿Quiere resucitar? Que se sople el calvario. Sirve que así escarmienta, la muy cuzca.

—¿Adónde vamos, dices? —se burla el Capitán, a la hora de atravesar Copilco hacia C.U.— A salvarte la vida, ¿cómo la ves? ¿O prefieres que venga por ti el Muertis?

—¡Ay, ya no sé, de veras! —refunfuña Perlita, con cierta gracia—. ¿Tú a cuántos has matado? Digo, para no errarle.

—¿Contando al Comanchú? —revira Roa Tavares, fuera de broma—. Dos, nada más.

—¿Y por qué «nada más»?

—Porque no había de otra, eran ellos o yo. Igual que ahora Gilberto.

—¿Qué? ¿El Gil o nosotros? —se entusiasma Perlita, otra vez como niña.

—¿Quieres resucitar de entre los muertos de hoy, o cambiarte de nombre para toda la vida y no volver a ver a tu familia? —un Capitán hasta hoy desconocido alza la voz con rara autoridad, como si el puro mérito de la supervivencia lo hubiera hecho teniente coronel—. Tú lo dijiste, ¿no?, hoy en la mañana. A ese Gil hay que darle su empujón.

XXXVIII. Déjalo que descanse

Ben Hur, lo llaman ellos, desde que le conocen las dotes histriónicas. Puro pinche chillón, solía mofarse el Muertis, siempre que lo miraba hacer el numerito. Órale, mi Ben Hur, súbase al personaje, o lo subo yo a punta de chingadazos, lo apuraba con una patadita en el culo, para que no se fuera a sentir influyente. Una vez en su puesto, Ben Hur sabe gemir como una parturienta espeluznada. Puja, suplica, reza, bala, berrea, gime, aúlla, se desmaya de golpe y un minuto más tarde vuelve en sí, con la respiración entrecortada y el llanto machacón que suele acompañarla. Al Comanchú le daba mucha risa, aunque igual era parte del teatrito.

Un verdugo risueño hace mejor su chamba. Da la impresión de que la pasa bien, desearía quizá dilatar el momento de la confesión, con tal de prolongar el gozo del suplicio. Pero esas cosas cuestan. Comprometen. Se cansa uno de estar dando sopapos, luego no falta el puto que vaya de rajón y a bailar en la reata todo el mundo. Ahí es donde conviene tener a tu Ben Hur. Le pones su putiza de mentiras, delante del cliente que ya está con los ojos vendados, o metido en el clóset, o amarrado en el cuarto de junto. Que escuche los putazos, los jadeos, las risas, las arcadas, el ruido del metal. Que en lo hondo de sus próximas pesadillas resuenen los chillidos del Ben Hur. Luego llega su turno. Todavía ni los tocas y ya están empapando el pantalón. Después cantan a coro, cómo no, si puede más el miedo que el dolor. ¿Pa qué vas a tronarles las coyunturas cuando ya les quebraste la moral?

No es que a Ben Hur le agrade su trabajo, pero como le dice el Capitán: los estamos librando de un sufrimiento inútil. Es una buena obra, si te fijas. Decide qué prefieres, pinche güerito guango, ¿un trauma muy cabrón o una pata amputada?, le gustaba asustarlo al Comanchú. Tráete los alicates. Conéctate el soplete. Sácate la segueta. Nunca lo han lastimado, ni los ha visto emplear sus herramientas. Según el Capitán nunca las han usado, pero se ven muy sucias para eludir las dudas. Por lo demás, se trata de que los detenidos se crean que esas manchas parduscas son de sangre. Lo bueno del tormento psicológico es que el cliente se lo aplica solo.

Le han pedido otras cosas, de repente, pero ya no es el de antes. Ahora le gana el miedo. Se escama. Titubea. Recula. Planta la misma jeta de beato ante el patetas que cuando hace el papel de mártir a la carta. Se ha robado dos coches, ha entrado en cuatro casas, con el apoyo técnico de Espiridión y bajo la celosa custodia del Muertis, aunque igual se ha esmerado en ostentarse torpe, errático, blando, inútil para aquello que en otros tiempos solía ser su orgullo. Se recuerda, con amarga extrañeza, unos años atrás, jugando a preguntar a sus amigos quién era el buen ladrón, ¿Dimas o Gestas? Ninguno de los dos, se jactaba enseguida, el buen ladrón soy yo, que nadie me ha agarrado, menos crucificado. A estas profundidades del ochenta y cinco, nadie mejor que el Ben Hur sabe que la canción se equivocaba: *Ruby can fail.*

Se cansó de escapárseles. De paso comprendió que es mejor negociar con Roa Tavares que aguantarle la vara al Comanchú y sus chicos. Él, por lo menos, es un caballero. Le habla con propiedad exagerada, siempre que va a buscarlo para pedirle alguna *gentileza.* Espero francamente, mi estimado Rubén, no ser inconveniente ni abusivo, pero es que vine a verte para que me concedas otra de tus famosas gentilezas. Perdona que te tenga que llevar, tú ya sabes cómo es el rango de exigencia del comandante Cortés Mijangos. ¿Quién iba a sospecharse que un señor tan atento y tan ceremonioso pudiera ser madrina del Comanchú, si obviamente no son ni de la misma especie?

Más que madrina suya es padrino mío, se reconforta al fin Rubén Hur Ávila. Se felicita, casi, sólo de imaginarse pescado de los huevos por los Comanchu's Boys. Y no es que no lo esté, de todas formas, ni que le conste que los maltratados son en verdad maleantes, ni que no se figure cómplice de secuestro, entre otras cosas, ni que no se avergüence, primero hasta los huesos, luego ya un poco menos, de aceptar las propinas que le da el Capitán por sus servicios, probablemente de su triste bolsillo, pero tampoco le queda otra opción. Si tan sólo pudiera quitárselos de encima, se propone de pronto, como retando a su ángel de la guarda, sería capaz de ser gente de bien. Conseguirse una chamba. Estudiar algo. Probar a ser decente, como le ha aconsejado el Capitán. Cuando pueda, mi amigo, te voy a dar la viada, le aseguró una vez, puede que un poco más por disculparse que por comprometerse.

No es un trabajo fijo, ni frecuente. Puede pasar un mes sin que lo busquen, o que lo necesiten para un par de funciones en la misma semana. Hablaban, claro, entre ellos de *las otras* funciones. Cosas escalofriantes, de las que se reían con tanta convicción que al final del teatrito terminaba siendo él quien protagonizaba los sueños espantosos. Y así hasta hoy. Pasa los días Rubén dándole fuego al *Pacman*, mirando videoclips y esperando a que el Capi se comunique. Una cosa, por cierto, es que odie su trabajo, y otra sería que rechazara el sueldo, por magro y esporádico que sea. Cuenta con él, carajo, se detesta por eso. Cada vez que los nervios lo atarantan y pierde un nuevo turno o tiene que volver al nivel uno, se ensaña maltratándose con los peores insultos que se le ocurren, con tal de confirmar que ni para eso sirve. ¡Mentecato!, le grita la mamá de noche en noche, si al volver del trabajo se lo encuentra en la cama, sin rasurar. ¡Fracasado, a tu edad!, lo acicatea el papá, temprano en la mañana, pero Rubén se vuelve a hundir en las cobijas, se tapa las orejas, se hace el firme propósito de pararse de ahí cuando se vayan, aunque sea nomás para prender el churro.

¡Estúpido! ¡Pendejo! ¡Inútil! ¡Comemierda! ¡Arrastrado! ¡Huelepedos! ¡Infelizmuertodehambrebuenoparanada! No es fácil encontrar buenas injurias cuando sigue uno absorto en la

255

trama neurótica de un desafío binario. El cerebro, ocupado en atender a incontables alertas mediante sucesivos impulsos coordinados, difícilmente alcanza a articular una frase que aspire a la congruencia, ya no digamos a la agudeza. Pero de eso se trata. Convencerse de que es uno pelmazo supone dar por nulo el propio talento y cobijarse solo al calor de un cinismo reparador que confirma y celebra sus miserias. Entre más torpes suenan sus autoinsultos, más siente merecer esos y otros mejores, que los demás dirán tal vez a sus espaldas. Al cabo le da risa, pero no cualquier risa. La crueldad no requiere del talento para hacer su trabajo, le basta con el pus del rencor viejo. Odia uno en los demás lo que más aborrece de sí mismo, por eso es necesario recurrir a los chistes para evitar tirarse por la ventana. Lo piensa, de repente, y hasta celebra con risas histéricas el chasco que, imagina, se llevarían el Muertis y el Comanchú cuando lo vieran muerto en un periódico y leyeran los nombres de los sospechosos. «Responsabilizo a los señores Gilberto Albarrán Vértiz y Erasmo Cortés Mijangos de lo que me suceda», escribiría al final de la carta estruendosa que enviaría a los periódicos antes de dar el salto por su ventana. Es más, les llamaría, los amenazaría, los retaría a que fueran por él, y nada más los viera cruzar la puerta se lanzaría al vacío. Sonriéndoles. Burlándose. Venciéndolos. No es que lo vaya a hacer, y todo lo contrario, pasarse la película lo ayuda a desquitarse sin mover un dedo. Bien que podría chingármelos, se refocila al fin, si me diera la gana. Luego prende otro churro y mira a sus angustias disiparse como el humo que expulsan sus pulmones. Detrás de cada *game over*, filosofa, contento, siempre hay otro *play again*.

Hoy despertó temprano, por culpa del teléfono. Nueve de la mañana, puta madre. Lo ignoró mientras pudo, la cabeza enterrada en las cobijas, debajo de una almohada ineficaz para ahogar esos *rings* impertinentes. A medias derrotado, dejó la cama por la regadera. Le espantaron el sueño, ahora sólo por eso menos contestaría. Si era el padre o la madre, les diría que salió a las ocho y media. Un rollo de trabajo, intentaría de paso entusiasmarlos y mataría dos pájaros de una pedrada. A ver, si eres actor, le reclama la madre con frecuencia irritante, ¿por qué no nos invitas a tus obras? ¿Te da vergüenza que nos conozcan, o andas en algo chueco? Son funciones privadas, se justifica. ¿Y qué más va a decir? ¿«¡Mamá, soy el Ben Hur!»?

Iban a dar las diez cuando volvió a la cama y descolgó el teléfono. Fumar mota a estas horas, ya lo sabe y parece que no entiende, equivale a amputarse la voluntad. Desconectarse el punk de la cabeza, canturrearse al oído *your love is king*, rendirse a la anestesia que se abre a sus antojos igual que un habitáculo uterino. Su idea es despertar en media hora, pero un sueño exquisito como el que ya lo tiene resollando en la cama no se interrumpe así porque sí. Qué vergüenza, Rubén, diría la madre de verlo despertar a la una y media, dos. O a las tres, cuatro, cinco, que también le ha pasado. Cuando no hay mota hay Valium, y ése pega más duro. Hoy mismo, en la mañana, no hubo una sacudida ni una gritería que lo sacara del sueño sin sueños donde suele esconderse de sus diablos nocturnos, incluso a mediodía porque ésos no descansan ni en el cumpleaños de su puta madre. La idea de verse solo, a merced del capricho del inconsciente, le atemoriza tanto como mirarse a expensas de sus cinco sentidos. ¿Para esto lo querías en la casa?, parecerían gritar los ojos del padre, que no consigue ver la diferencia entre haber criado un vago y un «actor». Y aunque así fuera, se exaspera la madre, ¿cómo es que no haces nada con tantas horas libres, a tu edad?

El temblor los pescó en la pista olímpica, a unos quinientos metros de las puertas del edificio. Hacía veinte minutos que corrían cuando el suelo se les hizo de chicle, las rodillas de trapo, el aliento de azufre de sólo imaginar al hijo sepultado frente a ellos. Corrieron de regreso, ya menos intranquilos tras comprobar que el mundo seguía en su lugar, subieron los tres pisos saltándose escalones, galoparon hasta el pie de su cama y ni así consiguieron despertarlo. Déjalo que descanse, concederían, pasado el sustazo. Regresarían deprisa a sus agendas sin aún figurarse que se habían saturado de asuntos apremiantes, desde buscar colegas entre los escombros hasta amputar miembros sin anestesia. Salieron diez minutos antes de las ocho, con el radio del coche puesto en el noticiero y el Jesús en la boca, literalmente. Menos mal que Rubén se va a enterar por la televisión, respiraría Ligia Tostado, entrando a Periférico. Con lo sensible que es, el pobrecito.

Sobra decir que un sueño tan sabroso como el que envuelve al Ruby al alba de la una de la tarde difícilmente va a dejarse intimidar por el timbre de un jodido interfón, y acaso ni siquiera ceda al chantaje vil de diez o quince golpes en la puerta. Pues a un huevón del calibre del Ruby las alarmas le suenan a canción de cuna. Si fueras rescatista, ha sentenciado el padre, te quedarías dormido en la ambulancia. Antes, cuando creía ser un buen ratero, le gustaba decir que *en caso de emergencia, extrema violencia*. Algo no muy distinto debe de haber pensado el hombre que lanza a su ventana una, dos, tres piedritas diminutas, y acto seguido la mitad de un ladrillo.

Solamente los muertos son indiferentes al estallido sordo de un cristal que se quiebra, y con él la burbuja de nuestra intimidad. El reloj del buró marca la una y dieciocho cuando Rubén despierta a la pesadilla, con los pelos de punta, un alarido apenas acallado y el impulso automático de esconderse, escaparse, evaporarse de ahí sin siquiera mirar por la ventana. No estoy aquí, se dice, resoplando, puedo subir volando a la azotea y acostarme detrás de los tinacos, pero también le llega de allá abajo una voz de mujer que repite su nombre. Se arrastra hasta la sala, mira entre las cortinas. No está fea, pero no la conoce. ¿Y si fuera una puta?, se deja fantasear. ¿Y desde cuándo hay putas que lo buscan tirando ladrillazos a su ventana?

—Mi estimado Rubén… —se hace escuchar, desde el pasillo afuera, una voz familiar cuyo tono mandón Rubén no conocía—. Ya sé que estás ahí, tienes tres para abrirme la puerta o le meto un plomazo a la chapa.

XXXIX. Malos pasos

Le pusieron *Perlita* a los nueve años, de lo linda que estaba ya desde aquel entonces. O sería que más que a una bonita, ella representaba a La Bonita. De la casa, la escuela, la colonia o la fiesta, siempre era Maricruz la joya rara. Sintomáticamente, pronto se acostumbró a que sus seguidores se pelearan por ella. De hecho, se aficionó. Aprendió a hacerlo bien, sin salpicarse ni comprometerse. Llegó a creer, con veinte años cumplidos, que el mundo le debía tributo de obediencia.

Pero los obedientes suelen ser aburridos. Igual que en las leyendas de esas joyas malditas que lastran la fortuna de sus poseedores, Perlita es la condena de Maricruz. Pues por más que ésta quiera ser una buena chica, a aquélla la envenenan los villanos. Más todavía verlos pelear por ella. Provocar, coquetear, azuzar, dejarse codiciar por los malos del cuento: tal es la droga dura que le gusta a Perlita, y al fin aguanta todo menos la indiferencia.

Puede que tenga muchas debilidades, aunque ninguna otra le ha salido tan cara. Le gustaría evitarlo, enseñarse a borrar esa afrenta insufrible de mirarse o siquiera temerse ignorada, pero una bofetada la insubordina menos que el desdén imperial de un hombre en su radar. No tiene que ser guapo, ni rico, ni simpático, ni siquiera galante, si bien son estos últimos quienes llevan ventaja de camino a su lecho. «Quien la atiende, la tiende», le divertía decir al Comanchú, a espaldas de Gilberto pero en presencia de ella. ¿Y no es verdad que hasta a ese cerdo infecto le gustaba gustarle, más todavía cuando andaba o quería andar perica? En todo caso, ya se le está olvidando. Una niña bonita como la que encontró por fin en el espejo, tras bañarse, peinarse y aplicarse una mano de gato en el tocador de un hogar decente, no puede ser capaz de probar una droga, tirarse a un tira o ayudar a matarlo, igual que cualquier hombre, si de verdad es hombre, responderá al influjo de su campo magnético y la creerá inocente creatura. No siempre le funciona, pero parece que hoy está de suerte. Si a miles de otros los dejó en la calle o los mandó al panteón, el terremoto de hoy la libró de la tumba para ponerla en manos ya no de uno, sino de dos caballeros andantes.

El otro es un taimado, tal vez un engreído, según alcanza a verlo por el retrovisor del Rambler amarillo. La saludó mamón, cuando le abrió la puerta del departamento, pero Perlita sabe distinguir la indiferencia auténtica del interés callado. Entre tanto canalla zalamero, un villano fallido como el que va al volante, vigilando de reojo hasta sus parpadeos, tiene que ser un súbdito especial. ¿Cómo no celebrar el esfuerzo que invierte el tal Rubén en derrochar estilo en su presencia? ¿Quién, que no tenga una cámara enfrente, se toma la molestia de prender, chupetear, saborear el cigarro con esa suficiencia de padrote cruzado con pandillero bajo el pellejo de un niño de mami?

Algo anda mal con la marcha del Rambler. Tuvieron que empujarlo entre los tres para poder salir de Villa Olímpica, donde el terreno es plano y el coche sólo arranca con tracción animal. Acaso demasiado entretenida en resarcir a su ego pisoteado, y sin duda aún perpleja por el milagro de hoy en la mañana, Perlita no ha atinado a preguntarse por el papel de ese vestido guinda en la obvia turbación del conductor. Va a haber que disfrazarnos, resolvió el Capitán en el departamento, tras pedirle a Rubén que encendiera la tele y soltarle, sin más, la media buena nueva. ¿Escuchas las sirenas, mi estimado Rubén?, se detuvo de pronto, con el dedo apuntando hacia su oreja. La ciudad está llena de cadáveres, todos corren por cuenta de la misma desgracia. ¿Te acuerdas que una vez te prometí que iba a darte la viada? Pues ahora necesito que tú me la des. Digo, que nos la des, a mí y a esta muchacha. Como quien dice, mi querido Rubén, la buena es que el Erasmo ya está fiambre, y la mala es que el Gil no andaba con él. ¿Te importa si nos prestas algo de ropa vieja, tuya o de tus papás, no sea que vayamos a topárnoslo? Cara de niña buena, ropa de su mamá. No sabe si rezarle o escondérsele.

Tampoco sabe el Ruby adónde van. Oficialmente, insiste Roa Tavares, tanto él como Perlita son perfectos difuntos. Igual que los espíritus, necesitan personas de verdad para influir en el mundo material. Uno de ellos se llama Rubén Ávila, al otro hay que encontrarlo a como dé lugar, antes de que los muéganos empiecen a podrirse. ¿Y desde cuándo habla así el Capitán? Él, tan educadito que paraba la trompa cada que al Comanchú le daba por reírse de los difuntos, tiene que estar hablando muy en serio para andarse con esos modos de marrano. Por eso le hace caso, en teoría, si bien Perlita sigue sospechando que lo que a él le interesa es deslumbrarla. Ella, que ha visto tantos zopilotes, reconoce enseguida a un pavorreal. ¿Y yo qué soy?, se ha preguntado luego. ¿Existe un ave puta y asesina? Ave María Purísima: nada de eso lo sabe el tal Rubén, ni tendría por qué, si ya el Capi le dijo que Erasmo «se cayó», poco antes de que el Regis se le cayera encima. Por supuesto que ellos ni se metieron, y de hecho se salieron, para bien de todos. Y como es natural Maricruz, que es o era la novia de Gilberto, esperaba en el lobby cuando empezó a temblar. La pobrecita tuvo una crisis nerviosa. Y ahora cree que Gilberto quiere hacerle daño. No sería, además, la primera vez. Le pega, la amenaza, la asusta con el cuento de que va a desaparecer a sus papás. ¿Qué caballero andante pasaría de largo ante atropello tal? Sería capaz de empujar yo solita un camión de redilas con tal de no quedarme sin ustedes, les ha dicho Perlita, compungida, y ambos han persistido en disculparse por hacerla empujar el ramblercito. ¿Qué opinará Rubén cuando le toque disculparlos a ellos por enredarlo en una trama de homicidio?

Nadie ha dicho que es fácil pedirle a un conocido, ni siquiera a un amigo, que te ayude a matar a algún hijo de puta, por mucho que lo sea y así conste. Por eso el objetivo de la misión conjunta no consiste, según Rubén lo entiende, en deshacerse del odiado Muertis, sino sólo en salir de su radar. En términos concretos, si bien tácitos, se trata de librar a la muchacha del vestido guinda del yugo de Gilberto Albarrán Vértiz. ¿Cuándo iba a imaginarse Rubén Ávila, fallido tipo duro y errático ratero, robándole la novia a un matón de charola? ¿Qué dirían los primos, los tíos, los abuelos si lo vieran en esos desfiguros? Andas en malos pasos, Rubencito. Nada más de pensarlo le hierve la saliva, por eso ni pregunta adónde van. Da vuelta aquí, le pide el Capitán, métete en la avenida, síguete ahí de frente. Para ser malos pasos, se pitorrea en silencio, los de esta reina van sobre ruedas. Sus ruedas. De eso se encarga él.

Hace unos pocos años que la calle de Oriente 178 cambió su nombre por el de Manuel Gamio, pero igual Roa Tavares podría llegar con los ojos vendados a la casa del número 509, antes 311. No recuerda muy bien dónde vivían los Hernández Arrieta, pero sabrá llegar si parte caminando de la que fue su casa. Se recuerda llevando de la mano a los dos, Carlitos y Panchito, a lo largo del paso de peatones que cruza Churubusco hacia la Campestre. Unas tres, cuatro cuadras, calcula el Capitán, lo difícil va a ser hallarlo ahí. Hasta donde le consta, no volvió el Comanchú a meterse con él. Pudo haberlo buscado, aunque fuera sólo por cerciorarse, pero le faltó cara. O quizá le sobró la cara de asesino que Pancho le iba a ver, justo antes de plantarle la señal de la cruz, o más probablemente pegar otra carrera como la de la última vez que se vieron. ¿Sabrán algo los padres, tan educados que eran? De una u otra manera, salga quien salga, el turno es de Perlita para tocar la puerta del 134 de Sur 71, y eso nadie lo entiende mejor que ella.

—¿Maricruz? —afloja la quijada, alza las cejas, sonríe sin querer un Francisco perplejo hasta los huesos, que por toda respuesta ya le tiemblan. Fémures, peronés, rótulas, falanginas, traidores todos.

—¡Shhh! —vibra también Perlita, por más que el Rambler siga allá en la esquina y nadie sino ella pueda asistir al show de su sorpresa—. No vengo sola, se supone que no sabes quién soy.

—¿Qué? ¿Trajiste a tu novio? —traga saliva Pancho, sin perder el sentido de la ironía—. Digo, para saber si voy por la metralleta. ¿O cómo ves, mejor el lanzallamas?

—No tengo ningún novio, pero tampoco vengo por mi gusto —vuelve la vista al piso, baja la voz, arruga la nariz la del vestido guinda—. Hay un señor que quiere hablar contigo. Y sí, es sobre Gilberto.

—¡Vienes con policías! —traga saliva, mira hacia la calle, entrebusca en los coches el primogénito de José Juan Hernández y Berenice Arrieta, que afortunadamente no están en casa.

—Nada más uno, pero quiere ayudarnos —da un paso Maricruz en dirección a Pancho, adelanta una mano para palmearle el hombro.

—¿A ti y a mí? —retrocede el de casa, evitando el contacto—. ¿No acabas de decirme que no nos conocemos?

—¡Que te calles, te digo! —respinga, brama, gruñe la ex del Muertis para hacer evidente la gravedad del caso—. No vine, me trajeron y te quieren hablar. Nadie te va a hacer daño, créeme por una vez, aunque opines que soy una basura.

XL. Ira de matarratas

Amar es amagar, según el agresor. El problema con Pancho es que hasta ayer jugaba a ser el agredido. El de la mala suerte. El perpetuo acreedor del ser amado. Nada de raro tiene que uno como él no encuentre diferencia entre cortejo y atracción. Hacerse uno «atractivo», pujar en tal sentido, es tornar negociable (luego así, prescindible) lo que se cree inminente y necesario. No se cumple la gesta de preservar la especie por medios democráticos, y ni siquiera lícitos. Y si bien el chantaje no es el mejor aliado en estos casos, ocurre que es el único a la mano. Por una vez, en siete años de siembra sin cosecha, ha sido Maricruz quien propicia el encuentro. ¿Ah, sí?, se ha pitorreado de sus muecas de niña santurrona, luego de tantas noches de jalársela con los ojos cerrados y mirarla desnuda, jadeante y embestida cual chivo ante el abismo por la verga sudada del execrable Muertis. Nada que Pancho atine a perdonar, por eso no negocia el precio de su ayuda.

—Diles que me conoces y eres mi novia, o voy ahorita y llamo al cero seis —amagó sin ambages el recién agresor, nada más fermentarle la rabia en las entrañas.

—Nunca he sido tu novia, ni tú me lo has pedido —alcanzó a coquetear la halagada agredida, con un fastidio nada convincente.

—Pues ya te lo pedí… —plantó Pancho de pronto la clase de sonrisa suficiente que alguna vez le vio al cabrón aquel.

—¿Y tú crees que no saben que yo andaba… que estaba secuestrada por Gilberto? —enderezó ya tarde Maricruz el curso descuidado de la pregunta, aunque al cabo mejor eso que nada.

—Les dices que Gilberto te obligó. Porque así fue, ¿verdad? —canturreó el cobrador, goloso de justicia—. ¿No es cierto, Maricruz, que el marrano de Gil te secuestró, te amenazó de muerte, te obligó a ser su novia? Así le dices, ¿no? «Hola, cómo estás, Gil». «Dame un besito, Gil». «No me abandones, Gil» —ya había detectado, allá en la esquina, las gafas y la facha de Roa Tavares. Se sabía en confianza y podía hasta abusar, aunque el miedo le helara el espinazo—: Tú y yo éramos novios y el Gil nos separó con amenazas. Dame un besito, Pancho, me vas a decir. No me abandones, Pancho, mi amorcito. Te agarro de la mano y listo, somos novios. Si no, no juego.

—No estoy jugando, Pancho. Se murió el comandante, en el temblor. Gil va a venir por mí, tú no quieres que me desaparezca…

—Déjame ver si entiendo. ¿Tú prefieres que *nos* desaparezca? ¿Yo qué tengo que ver con tus amigos gangsters?

—Según el Capitán Roa Tavares, tú los conoces desde antes que yo —reapareció Perlita con su zorrisonrisa, tras los ojillos cándidos de Maricruz.

—¿Yo? —se fingió sorprendido y enseguida indignado Pancho Hernández Arrieta, mientras la acorralaba entre pared y puerta, de manera que el beso resultara inminente, innegable, y como es natural, innegociable.

No se han vuelto a besar, ni llegaron al coche de la mano, si bien Pancho la abraza y ella se le acurruca. Viajan así detrás del Capitán y el Ruby, que han subido el volumen del radio y escuchan las noticias en silencio. Emergencias, derrumbes, heridos, condolencias, y para colmo nada del Comanchú. En un momento el tiempo se detiene y los cuatro se miran con horror. «Tal parece que el fuego en lo que hasta esta mañana fue el hotel Regis ha sido controlado en su totalidad.» ¿Es decir… *apagado*? Nada los une tanto en este instante como el temor a que Erasmo esté vivo. ¿Y no es el Muertis un segundo Erasmo con voz de niño y complejo de Rambo? No soy más que el chofer, se exonera Rubén ante el retrovisor al que ya no se asoman las córneas de Perlita. Vengo con Maricruz, se deslinda Pancho de la pandilla y la descarga a ella, que es la víctima, y ya los lleva tras el rastro del Muertis. Ella, que era la novia, le explica Roa Tavares a Rubén y éste se refocila mirando en el espejo la mueca berrinchuda del tal Pancho.

Se han saludado Pancho y el Capitán con familiaridad atenta y cabizbaja. ¿Cómo has estado, hijo? Bien, tío, gracias. ¿Se conocen, Panchito: Maricruz y tú? Hora de platicarle al Capitán y al Ruby qué se siente perder al amor de tu vida por las barbas de un matón de segunda. ¡Erasmo me ofreció que no te iba a tocar!, se ofusca el Capitán, a modo de disculpa. ¿Pero qué tal Gilberto?, lloriquea Perlita, ¿verdad que él sí no le prometió nada?

—Íbamos a casarnos... —se regodea Pancho pintando su desgracia— cuando me secuestraron, nunca supe por qué. Luego llegaste tú, tío. A salvarme la vida. Lo peor fue que el Gilberto me vio con Maricruz, así que luego vino y me sacó sus datos a cachazos.

Nadie lo dice así, pero es claro que entre los cuatro tripulantes del Rambler amarillo se está llevando a juicio a Gilberto Albarrán Vértiz. Ninguno ha dicho que merezca la muerte, pero todos parecen coincidir en que la vida sí que no la merece. A diferencia de ellos, víctimas y testigos, ninguno de los cuales considera que la vida sea vida cerca de esa alimaña. ¿Qué quiere decir «cerca»? Uno como Gilberto, se teme Maricruz, no sin algún despecho de parte de Perlita, nunca está suficientemente lejos. A menos que le pase lo que al Comanchú, que si todo va bien ya está donde le toca.

A más de uno le da, en días como hoy, por hablar de La Ira del Señor. Un llamado a la acción para quienes la ven como una garantía de justicia. Mientras dure La Ira del Señor, todos nuestros pecados correrán por su cuenta. Y ahí donde La Ira dejó el trabajo a medias, es misión y destino de la gente de bien ayudar al Creador a terminar su chamba. Lo dice el Capitán, para el consumo de Pancho y Rubén. Parecería un mal predicador, pero Maricruz sabe que se está confesando. Necesita explicar dos homicidios, el anterior y el próximo. Su defensa, por ahora, consiste en presentarlos como raticidios. Asuntos sanitarios, desde el punto de vista del Creador.

—¿A cuántos te has echado, tío Tanis? —corta el rollo Panchito, con menos insolencia que admiración.

—A ninguno, antes de trabajar para Erasmo. A dos, después. El primero a la fuerza, tú lo viste. El segundo hoy, temprano. Por cuenta del temblor —suelta, tiembla, descansa Roa Tavares, no bien lee en las sonrisas de los tres signos de aprobación contundente, entusiasta y próxima a la euforia. No se han puesto de acuerdo en otra cosa que en apartarse juntos del alcance del Muertis, pero ya Maricruz ha precisado que la única distancia tolerable, tratándose de Gilberto Albarrán, son tres metros de tierra apisonada.

—¡Ay, sí! —chasquea la lengua Pancho, con aires de cowboy—. ¿Tan poquitos?

—No sabes lo que dices, mi querido Panchito —menea la cabeza el Capitán, pensando más en su hijo que en el amigo. ¿Sabrá Carlos que su papá es lo que es?

—Yo le ayudé —se entromete Perlita, un poco por retar al novio forzoso—. Le di dos pisotones, ¿verdad, Capi?

Algo tiene La Ira del Señor que engrasa los engranes del patíbulo. Pues La Ira del Señor se da por justa y al cabo la justicia transforma a los sedientos en golosos. No es lo mismo esperarla en soledad que ir a su caza en grupo, esquivando desgracias y cadáveres como al fin de una guerra de resonancias bíblicas, donde el horror es moneda corriente y la muerte, no Dios, está en todo lugar. Perderse por las calles aún abiertas de la colonia Roma, recorrer Insurgentes en zigzag, atravesar Reforma en fila india, es al fin otro modo de entrar en el papel de justicieros. Entre tantas ventanas abiertas al infierno, tendrá que haber alguna por la que quepa el Muertis, antes de que el espanto vuelva a ser cosa rara y la justicia asunto de los justos.

XLI. La diosa sobajada

De su ilustre tocaya, la soberana egipcia, aprendió la sensual Cleopatra D'Montecarlo a entrampar a los hombres con el puro tamaño de sus pupilas. Hay quienes creen que nadie la mira a los ojos, tal vez porque no saben su secreto, pero ella bien que entiende las ventajas de salir a encuerarse armada de unas gotas de atropina. No es solamente lo que los hombres ven, sino todo lo que ella se libra de mirar. Con las gotas adentro, la expresión de sus ojos es desafiante, impúdica, cual si de ellos brotasen destellos de lujuria presurosa. Al público del teatro Colonial, según ha observado ella, le gusta imaginársela gozando de lo que hace, y la atropina así se lo sugiere.

¿Qué le cuesta al Panoyo, que es el que las anuncia desde el micrófono, atrás del escenario, presentarla por su nombre completo? ¿De qué le sirve que la llame «sensual», si va a comerse entero el apellido? ¿No dice así el programa, no se lo repite ella, no se da cuenta de la diferencia? Cleopatra, la sensual, puede ser cualquier puta, para eso se colgó el D'Montecarlo. Da más caché, y claro, es más cachondo. Casi se ha acostumbrado a ver borroso el mundo —un efecto constante de las gotas— pero soporta mal los reflectores. Nada más recibir el látigo de luz entre los párpados, suelta Cleopatra un grito de dolor más o menos ahogado que el público interpreta como bramido ansioso de concupiscencia, más todavía si ya está desnuda y ha empezado a reptar por la pasarela, incapaz de hacer foco en los belfos babeantes que se arriman a ella para chupar sus pechos o su sexo, ni en los ojos vidriosos que fisgan de pasada sus pupilas en éxtasis cosmético. Lo dicho, no les basta con sus propios ardores, necesitan creerla igual o más caliente. «¡Fuera manos, señores, pura boca!», les recuerda el Panoyo, por no dejar, y es como si contara un chiste malo.

Tampoco es que al Panoyo le disguste del todo la idea, pero de todas formas ya lo quisiera ella ver aquí, con diez monos encima que pellizcan, apretujan, succionan y en un tris hasta muerden. De rato en rato siente que la asfixian, y entonces arremete a manazos, codazos, rodillazos, todos desatinados porque le tira al bulto, pero también por eso dos veces peligrosos. Ese escuincle caguengue que está escupiendo sangre junto a la pasarela... ¿Tendrá qué? ¿Catorce años? ¿Viste qué patadón se llevó a medio hocico, por andarle mordiendo el monigote? Hoy apenas hay público. Pocos pero jariosos, insiste en comentar Estanislao, para quien la función es un poco terapia, dadas las circunstancias. De todos los presentes, son él y Rubén Ávila quienes guardan estricta compostura. Habrá quien piense que son padre e hijo, en pleno experimento formativo. Tío y sobrino, tal vez. O sin más eufemismos, loquita y bugarrón. Hasta que acaba el acto de Cleopatra y el Capitán se escurre por la puerta trasera, seguido por el Ruby que lamenta en secreto no poderse quedar a ver a esa pariente rubia de Rarotonga que acaba de saltar al escenario, inminente encuerada todavía misteriosa. ¿Y no es, por cierto, más interesante ver a esa tal Cleopatra escurriendo aún babas y sudores ajenos, envuelta en una toalla tras bambalinas?

—¿Qué te cuesta, carajo, pinche naco, decir mi nombre entero? —manotea Cleopatra delante del Panoyo, ya lo abofetearía si estuviera segura de atinarle—. ¿Sabes quién es Cleopatra? ¡Tu puta madre, fíjate! Y como está bien guanga la pinche vieja, yo me llamo Cleopatra D'Montecarlo, nomás para que no me confundan con ella.

—¿Cleopatra? ¡Ay, no me digas! Según yo eras Clotilde, chula, ya te rayas bastante con que no te presente como La India Clotis, que es como te conocen allá en tus andurriales —se emberrenchina el del sonido local, tras tomarse el cuidado de apagar el micrófono.

—¿Sabes quién es mi viejo, chotito culiflojo? —se acomoda Cleopatra la toalla sobre el pecho, resoplando de rabia—. ¿Sabes lo que va a hacerte si yo voy y le cuento esto que me dijiste?

—Aquí te buscan, Cleo —se entromete un gordito con cara de asustado, cuyos ojos reflejan aún el resplandor de la charola de Roa Tavares.

—Mi estimada señora —agacha la cabeza el de los Ray-Ban y se lleva una mano abierta al pecho—, le ruego me perdone por ser el portador de esta infausta noticia. Tengo entendido que usted es, o era, persona muy cercana y muy querida del agente Gilberto Albarrán Vértiz.

—¿Gilberto, sí…? —se acalambra al instante la entoallada, y tras ella el Panoyo.

—El agente Gilberto, que hasta hoy fue mi inmediato superior —se cuadra Roa Tavares y enseguida la toma del antebrazo—, falleció esta mañana, entre los restos del hotel Regis.

—¿Es un chiste, señor? ¿Se están burlando? —chilla Cleopatra, retira el antebrazo, tirita de repente, no nada más de frío.

—Permita, mi señora, que un servidor proceda a confirmarle que su seguridad está garantizada —la cubre el Capitán con su chamarra, tras deslumbrarla con el charolazo, y se la va llevando con el celo de un guardaespaldas israelí—. Espérame, Rubén, ahorita regresamos.

Para empezar, observa el joven Ávila, unos metros atrás, se nota que Cleopatra no tiene la costumbre de que los hombres le hablen con tanta floritura. En segundo lugar, es curioso que la pura mención del hombre al que invocaba para hacerse temer y respetar la ponga en ese estado de extravío. ¿Será, en tercer lugar, que la noticia le provoca entusiasmo? Pensándolo mejor, un evento como la muerte del Muertis tendría que hacer feliz hasta a la carcavera que en mala hora lo trajo a este mundo, aun si por el momento es mentira. ¿Y no es eso, por tanto, lo que en verdad más teme la dama de la toalla, que todo sea una broma y el Muertis siga vivo, para pesar de todos? Por un fugaz instante alberga el Ruby la exótica esperanza de sumar a Cleopatra al heroico escuadrón anti-Muertis. Ya la imagina a bordo de su Rambler, con la faldita corta como esa toalla blanca que casi se le trepa a media nalga. Lejos del escenario donde oficia de diosa sobajada, tiene toda la cara de Clotilde. Y de pronto a Rubén se le entiesa el asunto nada más de cranearla como hija de vecino. Clotilde en el mercado. Clotilde en la cocina. Clotilde en misa de una. Clotilde con diarrea. Clotilde con ladillas. Clotilde amoratada y mordisqueada en honor de Cleopatra, que es la artista. «Favor de no tocar a las artistas», vocifera el Panoyo al inicio de cada función, y no parece uno sino varios chistes. Puedes hasta escoger de qué parte de la frase reírte.

Vista de cerca, todavía sin toalla, recién devuelta de escenario y pasarela, Maiella Rivas, «La Venus de Ébano», es menos parecida a Rarotonga que a Tina Turner. ¿Qué me miras, pendejo?, recriminan sus ojos al metiche Rubén y éste vuelve la cara hacia sus tenis Fila, mordiéndose los labios como un seminarista en deuda con los sacramentos, aunque de hecho se escuda tras las cejas para no renunciar a seguirle mirando muslos y pantorrillas. Se promete volver, alguna noche, y entonces sí observarla con descaro total, como el degenerado chaquetero que en veladas como ésta teme haber sido siempre. Por lo pronto, no logra sacarse del cacumen el recuerdo vivísimo de La Sensual Cleopatra en cuclillas y al borde de la pasarela, poco menos que en posición de parto, y un parpadeo más tarde lamida, manoseada, mordisqueada como un jamón de sesenta y dos kilos a merced de una tribu hambreada ancestralmente. Una tribu de hienas, se corrige, pero igual se pregunta qué tanta distancia hay entre él y estos calientes de rapiña. Hace unos pocos años, calcula, divertido, le habría chupado el recto ahí delante de todos. ¿Y no se ha prometido regresar? ¿Quién le asegura que no llega pacheco y es capaz de encuerarse con tal de acompañar a Tina Turner en el escenario, pegársele, tallársele? ¿No está siendo capaz aquí, ahora, de cooperar con una tentativa de homicidio? ¿Por qué había de ser él mejor persona que el peor de todos esos chupachochos? ¿Alguno es asesino, por lo pronto? En estas tormentosas reflexiones se ha sumergido el Ruby, al fin solo en el *backstage*, cuando Roa Tavares reaparece, tras una puerta parda que presumiblemente lleva al camerino, o como sea que le llamen al sitio donde ahora está vistiéndose Cleopatra.

—¿Todo bien, Capitán? —remeda mal Rubén las maneras del joven agente judicial que como es evidente nunca será.

—Por aquí, mi señora —lo ignora el aludido, muy ocupado en, como él mismo ha dicho, *dar apoyo y custodia a la señora D'Montecarlo*. Cuidarla de sí misma, no dejarla escapar y, la de malas, ver a Gilberto vivo donde suele esperarla.

—Como usted mande, Capi —por el puro semblante tras las gafas oscuras, es difícil creer que esta Cleopatra mansa y aclotildada quiera correr hacia ninguna parte. Se lo ha creído todo, por supuesto. Es más, viene radiante. Si ha de tomar en cuenta semejante sonrisa de aquiescencia, juraría Rubén que la humilde Clotilde acaba de sacarse la puta lotería.

XLII. Exceso de equipaje

—Una cosa, Panchito, es que yo haya aceptado seguirte la corriente, por prudencia nomás, y otra que te aproveches de la situación y me estés fajoneando delante de todos.

—Te prometo que no lo vuelvo a hacer —alza una mano Pancho en solemne ademán de juramento, mientras desliza la otra por la cintura de la exnovia de su peor enemigo—. No delante de todos, o sea.

—Menos mal, ya es ganancia —se deja ella querer, con la resignación por coquetería y una sonrisa fuera de este mundo, si tomamos en cuenta que aquí y ahora lo notorio del mundo tiene que ver con ruinas, tiraderos, cadáveres, heridos, mutilados y sabrá el diablo cuántos moribundos cercanos.

—Ahora que si queremos ser profesionales —le habla al oído él, con la vista en el piso para disimular las luces de neón de lo que, a su entender y convenir, ya es un pequeño idilio. ¿Y quién lo dudaría, entre tantos fantasmas que van y vienen con palas, zapapicos, linternas o camillas, y de pronto los miran con un desdén rayano en ojeriza? —, ya tendríamos que estarnos besuqueando. Pa despistar, ¿me entiendes?

—¿Pa despistar a quién? —inclina la cabeza Maricruz, con el falso candor de una incondicional con dignidad.

—No sé… ¿A quien corresponda? —salta Pancho a la cancha y ataca con fruición de bicho malcogido. La besa, la apergolla, le embadurna el garrote en el ombligo, seguramente presa de antiguas calenturas, aunque tal vez más que eso. ¿Viejos rencores, por casualidad? ¿Sed de revancha fresca, no sólo contra el Muertis? ¿Celos retrospectivos, victimismo romántico, justicia retroactiva? ¿No extrañas a Gilberto, putita?, grita la tosquedad arrebatada de unos besos que quisieran dar náuseas.

—¡Déjame ya, pendejo! —saca las uñas la recién fajoneada, fiera como una novia de verdad. Da dos pasos atrás, regresa a su papel—. Y córrele, que se nos va a hacer tarde.

Eso de que Gilberto-me-obligó no le sirve a Francisco para quitarse el gusto de enchilada amargura que le ha dejado venir a enterarse, ahí delante de todos, por más que luego se haga la pudibunda, que la noche de anoche se la pasó en la cama del Comanchú. No era entonces «la novia» del Muertis, sino otra de sus putas para usar y prestar. ¿«Perlita», no es verdad?, la atormenta Francisco, una vez que han cruzado Plaza Garibaldi y toman el camino hacia la Lagunilla. No se escuchan mariachis, aunque igual menudean en el paisaje.

—Ya te dije, Gilberto me obligó —se exculpa Maricruz por sexta vez en el par de minutos que llevan discutiendo.

—¿Te obligó por tres años? Te encadenó, seguro —levanta manos y hombros la parte acusadora.

—Óyeme bien, Francisco —hace Perlita un alto imperativo. Va suavizando el gesto y el estilo—: No eres quién para darte explicaciones, pero a ver, ya me eché al Comanchú hoy en la mañana y vamos por la rata de Gilberto. ¿Qué más esperas que haga, corazón?

La cita es en la esquina de Allende y Ecuador, donde según Perlita suele encontrarse el Muertis con «la piruja esa». Lo siguió alguna vez, si bien jura que no por celos ni despecho, sino por encontrarle una debilidad. Y la prueba es que fue eso lo que halló en la persona de Clotilde María Ramírez Montiel, conocida, subraya, entre los teporochos y los padrotes como Cleopatra D'Montecarlo. ¿Quién, que se hubiera visto en su lugar, compartiendo a su «novio» con una burlesquera que se roza con cientos de sarnosos, no habría buscado el modo de protegerse? ¿Y cuándo va a esperarse el ojete de Gil encontrársela a ella en vez de su Cleopatra del Montón? ¿Alguien todavía duda quién de los cuatro llevó la peor parte?

—¡Y tú qué haces aquí! —brama, se traba, tose, carraspea la voz de niño de Gilberto, por una vez miedoso y titubeante. No tiene que decirlo: la creía cadáver.

—Vengo del Otro Mundo, a llevarte conmigo —esboza Maricruz su más dulce sonrisa, da un paso hacia adelante, alza la mano y suelta una descarga de gas pimienta sobre la boquiabierta perplejidad del Muertis, que al instante se enconcha y trastabilla, aunque no lo bastante para evitar una segunda aplicación a quemajeta vil.

—Con permiso, permítame ayudarle —interviene ya Pancho, que a la carrera fue y vino del Rambler, parado allá en la esquina con el motor andando, esperó dos minutos en la sombra y llega muy a tiempo para darle un batazo en la cabeza y otro más en el lomo al agente Gilberto Albarrán Vértiz. Diez segundos más tarde lo levanta del suelo, con la pronta asistencia del Capitán y el Ruby que ya se estacionaron aquí a un lado y han bajado del coche como dos paramédicos en día de temblor.

Entre los tres lo cargan, se diría que con cariño y esmero, lo depositan en el asiento trasero del Rambler y se hacen a un ladito para que Maricruz le suelte su tercera descarga de gas. Directo en la nariz, aprovechando que está desmayado, aunque siga tosiendo y le fluyan las lágrimas con profusión dramática. A sus flancos se sientan Pancho y el Capitán, vuelve el Ruby al volante y Maricruz se acomoda a su lado, recargada de frente sobre el respaldo, con el brazo estirado hacia atrás por si hace falta echarle otra gaseada al Muertis.

Vienen todos llorando. Muy tarde se dio cuenta Maricruz de que debió gasearlo afuera del coche, y ni modo de bajar los cristales. Aun si el Muertis se ve como un herido estándar, la posibilidad de que cualquier curioso se asome a la cabina los lleva a preferir lágrimas y tosidos, si bien el botecito de gas pimienta fue a dar a la guantera y en lugar de él empuña Maricruz el bat, dos palmos por encima de la nuca del Muertis que se agita y se revuelve, con la frente pegada a las rodillas y los brazos tan flojos que cuesta adivinar si está consciente. Tose, resuella, escupe, carraspea, se ahoga, ¿se muere, a lo mejor? Ruega por nosotros los pecadores, ahora y en la hora de nuestra muerte, cuchichea Maricruz y Francisco la sigue con los labios. No hay que tener poderes sobrenaturales, adivina, a su vez, el Capitán, para saber por qué rezan los tortolitos. ¿Qué le cuesta a la Virgen matarlo de una vez y ahorrarles la peor parte del trabajo? ¿No dice en el tubito que ese gas en exceso podría ser mortal? ¿Hará falta un exceso de batazos como el que aún lo tiene columpiando los hilos de hemoglobina sobre el asiento trasero del Rambler? Hasta hace poco rato, cada uno contaba con el Capitán para finiquitar este asunto pendiente, pero desde que entraron en acción les ha ido saliendo lo solidario. Ver ahí a su merced al ser aborrecido es de pronto un placer protosexual: el éxtasis del odio bien cobrado.

Más allá de la última fogata, donde ya no hay derrumbes, bomberos ni ambulancias, Rubén baja el cristal y se concentra en el siguiente paso, que consiste en llevar al invitado a la zona VIP del ramblercito. Hay que sacar el gato y la herramienta antes de echarlo adentro, se repite como un alumno machetero, y todavía antes de eso falta hallar una calle, un garage, un rincón bien oscuro donde hacer el traslado con la privacidad que el cliente merece. Podrían hablarlo ahora, decidirlo entre todos, pero es al cabo tanto el pavor que le tienen al de la voz de niño que incluso el Capitán le permite a Rubén tomar la iniciativa, escapar por Reforma, doblar hacia Polanco, detenerse delante de la estatua de Gandhi. No es un rincón oscuro ni una callejuela, hay demasiados árboles para certificar la ausencia de mirones. Puede que sea el peor de los parajes, pero le viene al Ruby un súbito prurito por sacar al matón de la cabina. Órale, los calienta, mientras abre la puerta y se baja del coche repitiéndose soy-un-cabrón-cualquiera y no-hago-nada-fuera-de-lo-normal, presa de alguna histeria mal disimulada. Gira la llave y abre la cajuela como lo haría un padre de familia, saca las herramientas, el gato y una chamarra sucia que no quisiera ver ensangrentada. A su lado, Panchito, Maricruz y el Capi ya llegan con el bulto. Cada uno lo carga de alguna extremidad y Rubén se apodera de la pierna que cuelga. Se escuchan sus sollozos de niño maltratado, mientras entre los cuatro lo refunden adentro de la cajuela. Ya despertó, se está zangoloteando. No puede abrir los ojos pero igual patalea, de modo que en lugar de batallar por torcerle las patas a la bestia, prefiere el Capitán pedir a sus compinches que den un paso atrás y azotarle la lámina directo en los tobillos una, dos, tres, cuatro veces. Naturalmente el Muertis chilla como un marrano, pero igual se contrae como el embrión que en mala hora fue y deja al Capitán cerrar como Dios manda esa cajuela.

En momentos como éstos, un autoestéreo hace la diferencia. Si no fuera por el Clarion con ecualizador integrado y las cuatro bocinas que con tantos esfuerzos arrebató de un Chrysler Magnum K en cierta madrugada emprendedora, los chillidos del Muertis resultarían una calamidad. Rubén y el Capitán, sentados adelante, apenas si perciben un zumbido remoto, irregular, tipludo, sepultado por el muro sonoro que de cualquier manera les mejora el ambiente. Por las dudas tomaron Periférico, donde no hay un semáforo imprudente que permita al de al lado ni al de atrás percibir los berridos del gaseado. Intranquilo, no obstante, por la cuestión de los graves y agudos, el Capitán ha echado fuera el cassette de Charlie Sexton del Ruby y ha puesto en su lugar una canción llorona que ya pescó del radio y empata limpiamente con la voz gemebunda en la cajuela. *Lo único que siento es hielo…*, pronto se suma al coro Maricruz, *… en cada palmo de mi piel*, con la clara intención de hacer saber al Muertis de la inutilidad de sus quejidos. *En cada beso de amor, en cada pelo*, canta con ella Pancho y se interrumpe para besuquearla, al tiempo que sus dedos se inmiscuyen bajo hombreras, tirantes, licra, encaje, sin que ella se resista porque también anhela con premura enfermiza desafiar a Gilberto en sus meras narices, tenerlo ahí llorando y besarse con otro, a unos cuantos centímetros del que muy pronto será su cadáver. ¿Qué tan pronto? A juzgar por la aguja en el tablero, están a medio cuarto de tanque de tener que cargar gasolina, y eso no puede hacerse con el Muertis berreando en la cajuela. Peor todavía ahora, que ya logró arrancar los cables de las dos bocinas traseras y sus gritos resuenan en toda la cabina.

—¡Aaaaaay! ¡Bujujujujú! —se mofa el del volante, a la vez que acelera y enfrena, pa poner en su sitio al equipaje. Nada más ha tomado la lateral, prueba con el zigzag.

—¡Ay, ay, ay, ay, ayyyy! —improvisa Francisco un mariachazo, pero allá atrás el Muertis persiste en su plañir.

—¡Cállese ya, Albarrán! —ordena Roa Tavares en tono de sargento encabronado, y como el otro no hace el menor caso, se vuelve hacia su izquierda y señala el volante—. Ándale pues, mi querido Rubén, dale su zarandeada al amigo Gilberto, para que no se aburra allá solito.

—Cómo no, Capitán, deje nomás dar vuelta aquí en el Zarandódromo —tuerce violentamente a la derecha el Ruby y enfila por Camino de Santa Teresa, donde se dará gusto a golpe de volante, frenazo y arrancón tras haber apagado lo que resta del radio estereofónico para escuchar la música de los chingadazos. Por el aspecto juguetón de la escena, cualquiera pensaría que el Rambler amarillo lleva dentro un festín adolescente.

—¿Y qué, piensan matarlo a pura curva? —se burla Maricruz, aprovechando el hueco silencioso que ha seguido a las últimas sacudidas.

—Falta la gasolina, de todos modos —piensa en voz alta el Ruby, que está a tiro de piedra de Villa Olímpica y añora el sueño tibio de ayer en la mañana—. Podría traer un tambo de mi edificio…

—Perdóname, Perlita, sáquenme ya de aquí —implora a media voz el encajuelado, acusando recibo por los últimos golpes.

—No sea chillón, muertito —sigue de guasa Pancho, da un golpe en el respaldo—. ¿Quieres otro batazo del beisbolista, o ya se te olvidó quién era yo?

A medida que pasan los minutos y nadie habla de cómo darle matanga al Muertis, la idea de ir a pie por gasolina va apareciendo menos indeseable. Pararse no muy lejos de la gasolinera, ofrecerle unos pesos al empleado por dos garrafas de aceite vacías. No es la primera vez, ni será tan difícil, ha concluido Rubén ante el Capi, que calla y otorga, y da la vuelta en una bocacalle sin iluminar. El Rambler se detiene a media cuadra, al lado de una barda de piedra volcánica que desde allí se antoja interminable.

—Vamos el Capi y yo —fanfarronea Rubén, con pose de Clint Eastwood, al momento de abrir la portezuela—, ustedes nos esperan con el motor prendido, y si ven algo raro se arrancan por nosotros.

—¡Córranle pues! —apremia Maricruz, de súbito animada, los mira dar la espalda al ramblercito y se brinca al asiento del conductor. Si a Francisco le asustaba la idea de quedarse los dos a solas con el Muertis, ella no oculta cuánto lo esperaba.

—¡Shhh! —urge al sigilo el novio de ocasión y se pasa también para adelante, sin soltarse del bat.

—¿Ah, verdad, Gilbertito? —prorrumpe Maricruz, a grito pelado—. ¿Y ahora qué vas a hacerme, maricón? ¿Te echo más aerosol, para que te nos pongas sentimental? ¿En serio no te enojas si te llamo «Titino»? ¿Verdad que quien te quiere te hará llorar?

—¡Abre, puta de mierda! —gruñe el Muertis, rabioso, y en el momento menos indicado regresa a los chillidos y los golpes. Nada que sus captores se miren inclinados a solapar.

—¿Quieres otro batazo? —se envalentona de nuevo Francisco, cuando ya Maricruz ha metido primera y torcido a la izquierda la dirección, tras lo cual acelera lo bastante para topar en la banqueta opuesta, destorcer ambas ruedas y afinar puntería en el retrovisor.

—Agárrate, Panchito… —resopla la ofendida, detrás de una sonrisa de metal cromado. Una vez más, no es el paraje ideal, pero quién va a negarle que es un buen momento. Por eso Maricruz mete reversa, acelera hasta el fondo, saca de golpe el clutch y lanza el ramblercito contra la barda—. ¡Hasta nunca, Titino!

Para suerte de todos, el motor sigue en marcha.

XLIII. Lo lindo del dinero

El terremoto de la noche siguiente agarra al Ruby sumergido en la orilla derecha de la última fila del teatro Colonial. Podría ser igual un mirón retorcido y puñetero que un cobrador que espera al corte de taquilla. Una vez que comienzan los gritos y carreras, entiende Rubén Ávila que es el momento de ir contra la corriente. Si empleados, desnudistas y espeluznado público se precipitan hacia las salidas, él pega la carrera hasta la puerta parda detrás del escenario, donde antes o después tendrá que aparecerse la sensual Cleopatra D'Montecarlo. Eso, al menos, si el teatro no se viene abajo, pero el intruso insiste en la sospecha de que por esta vez La Ira del Señor se ha puesto de su parte.

Regresan de una en una, pero no ve a Clotilde. «La función se cancela, caballeros, por motivos de fuerza mayor», resuena más allá de la cortina la voz distorsionada del Panoyo, «les suplicamos acudir a taquilla, boleto en mano, por el reembolso de sus entradas.» ¿Y tú qué buscas, güero? ¿Quién te dejó pasar?, escupe a su derecha, tras apagar el switch del sonido local. Vine a ver a Cleopatra, declara en voz tan tenue que tiene que decirlo una vez más, sólo que a la segunda pregunta por Clotilde. No sé, no la conozco, se vuelve de perfil el del micrófono, ya no trabaja aquí.

—¿Buscas a Cleo? —se asoma entre el telón Maiella Rivas, que ya ha reconocido al visitante y hoy entre tanto susto se apiada de él.

—Traigo unas cosas suyas, se las vengo a entregar —alza Rubén la bolsa de plástico impresa con el logo de Aurrerá que lo acompaña desde la madrugada—. Bueno, no es que sean suyas, pero sí son para ella.

283

—¿Eres policía, güero? —tantea Maiella, sin mirarlo de frente—. ¿Trabajas… trabajabas con el Gil?

—¡Yo no! —la frena el Ruby, luego le habla más quedo—. Soy rescatista, de los voluntarios. Le traigo unos efectos personales del difunto.

En la cartera de Gilberto Albarrán había cuatro billetes de diez mil pesos, uno de cinco mil, cuatro de mil, dos envoltorios del tamaño de una cajita de Chiclets llenos de cocaína y una agenda pequeña constelada de anotaciones y tachaduras, amén de varias notas y recibos que el Ruby echó por una alcantarilla, tras expropiar los billetes de diez y guardarse la cois dentro del calcetín, quién le dice que un día no le va a servir (después la esparcirá en un basurero, nada más lo persiga la resaca moral del acontecimiento).

La Cleopatra ya no va a regresar, le asegura Maiella, pero si desconfía que le deje sus datos y ella le avisará. Yo soy su única amiga, remacha, voy a verla mañana, antes de que se vaya al otro lado. Es que es gringa, le explica, por parte del papá. Va a tener a su niño allá en Los Ángeles, ahora que ya no hay quien le quite el gusto.

—¿Cómo? ¿Estaba embarazada, ella, Cleopatra, o sea Clotilde? —poco le falta al Ruby para santiguarse y Maiella suelta la carcajada.

—No «estaba», güero, está. ¿Entonces sí es verdad que se murió el Gilberto? —se relame los labios, desconfiada—. Yo no creía tanta buena suerte. ¿A poco de verdad no te contó la Cleo que a huevo la quería hacer abortar?

—Soy rescatista, no la conozco a ella —se escurre el mensajero, parpadeando de más.

—¿Y por qué ayer te fuiste con ella, a ver? —arruga la nariz La Venus de Ébano.

—La escoltamos nomás, hasta el sitio de taxis —se hace a un lado Rubén, le entrega ya la bolsa con cartera, chamarra y el estuche con la placa metálica que recogió al final, cuando entre el Capi y él arrancaron el asiento trasero del Rambler y extrajeron el fiambre a tirones.

—Nunca le creyó que el bebé era suyo —menea la cabeza la colega, con la vista en la foto de la credencial—. O bueno, eso decía, pero yo pienso que era por vergüenza. No quería ser papá del hijo de una pinche encueratriz.

—¿Y por qué no se fue antes a Los Ángeles? —tantea el rescatista inverosímil.

—Le tenía pavor al difuntito. ¿Qué tal que la alcanzaba por allá? —se santigua Maiella, le hace una carantoña a la fotografía en la credencial—. Aunque no me lo creas, era rete celoso. Pero este paquetito la va a dejar contenta, o sea tranquila.

Encontraron el cuerpo en los restos del Regis, junto a los de su jefe, el comandante, le ha mentido sin más, resistiendo el impulso de sentarse a despepitarlo todo (ahora que ya se han ido las demás, la mayoría jurando que va a temblar de nuevo). Así como me ves, le gustaría decirle, lo echamos a un derrumbe hoy en la madrugada. Lo cubrimos de tierra, piedras y basura, luego nos esfumamos cargando la camilla donde lo traíamos. Se conforma, no obstante, con pensar que el recuerdo del Capitán, Francisco, Maricruz y ahora Clotilde quedará para siempre borrado de su vida. No sabe quiénes son, nunca los conoció. Fue eso lo que pactaron al despedirse, ¿no? ¿Por qué tendría el Ruby que dejarse arrastrar por la resaca de una pesadilla, donde además él sólo era el chofer?

Yo no compro chatarra, le dijo el dueño del taller mecánico donde intentó vender el ramblercito. Es más caro arreglarlo que deshuesarlo, sentenció fríamente un hojalatero y le dio cien mil pesos por el coche, incluyendo bocinas y estéreo. Una miseria, al fin, pero de paso el fin de la miseria de vivir de bufón del Comanchú y el Muertis. Llantas, estéreo, rines, volante, spoiler, espejos, portaplacas, tapetes, faros halógenos, asientos delanteros: ¿no era todo robado? En lugar de aterrarlo, la experiencia de cargar un cadáver y contribuir a lo que el Código Penal entiende por «inhumación clandestina» le ha templado los nervios, y todavía mejor, los ha disciplinado. Si hasta Cleopatra pudo volver a ser Clotilde, ¿por qué el no iba a lograr sacudirse la peste, y todavía mejor, esculcarla, saquearla, enterrarla, olvidarla? ¿Y no es esto lo lindo del dinero, que no tiene memoria, ni Dios, ni lengua larga, ni entiende un pito de remordimientos?

En el tianguis de coches de Satélite, un Rambler amarillo del 72 se cotiza en doscientos noventa mil pesos. ¿Y qué tal aquel Javelin a medio despintar, por apenas doscientos quince mil? Ni el Capitán me reconocería, bromea, con los ojos de pobre en el retrovisor, y ya siente llegar la rauda taquicardia que brota de esta clase de elucubraciones. Por más que Roa Tavares insistiera en el tema de la vida decente y muy solemnemente le haya manifestado: Mi querido Rubén, aquí tienes tu viada, como si le colgara una medalla, la paranoia todavía respira.

Se escurre hacia la calle cabizbajo, sudoroso y tembleque, como si tras su pista viniera el Comanchú hecho un Terminator. Sabrá el demonio cuántas putas noches le quedan de soñar con la alegría macabra de Maricruz, la carne tumefacta del Muertis, la chatarra con sangre, el cepillo apestoso, las botellas de cloro. Sería tanto como adivinar cuántos días de gloria le restan a Panchito, antes de que Perlita reclame su lugar en el sino mutante de Maricruz. O cuánto tardará él en comprarse otro coche, conseguirse una chamba, olvidar a Ben Hur, resignarse a vivir del sueldito de mierda que le den, y eso si algo le dan. O cuándo volverá El Señor a enfurecer lo suficiente para hacernos Sus cómplices por unas pocas horas sedientas y golosas. O en su caso, qué alivio, nada más el chofer.

1986

XLIV. Escaleras y pirámides

Los sueños son absurdos hasta que se repiten. Dos, tres, seis, ocho veces, algo querrá decir. Hay quienes sueñan números de la lotería y salen a buscarlos al día siguiente. Como si lo que sueñan proviniera de una suerte de manantial sagrado para el cual el futuro carece de secretos. O como si al soñar viajara uno sin límites por el espacio, el tiempo, la memoria, el destino.

El sueño de Lamberto no ocurre en un lugar ni en un tiempo precisos, o en todo caso él no sabría decirlo. Si fuera un sueño cómodo o tranquilo, podría echar tal vez un vistazo al paisaje, pero se aplica tanto a salir del problema que no recuerda más que pasamanos y escalones, unos de hule y los otros de metal. Tampoco entiende cómo llegó hasta allí, dónde estaba antes ni hacia dónde quiere ir. Sólo sabe que sube y sube y sube, a lo largo de una escalera eléctrica que baja y baja y baja. Lo hacen mucho los niños, en ocasiones algún grandulón, y eventualmente llegan jadeando a su destino. Sólo que la escalera del sueño de Lamberto no tiene fin, ni acaso principio. Y es un poco más rápida, el mínimo tropiezo basta para perder el trecho que con tantos sacrificios había conseguido remontar.

Al principio trepaba los peldaños de dos en dos, con el ímpetu de un héroe del cine, sólo para muy pronto rendirse a la fatiga y terminar bajando diez, quince veces más de lo que había subido. No sabe, por supuesto, qué diablos hay abajo, pero ya se dio cuenta que va haciendo más frío conforme pierde altura. Un frío de mierda que al cabo lo despierta, cuando ya transpiraba estalactitas. Es posible que sea por las clases nocturnas de tae-kwondo, pero de un tiempo acá sube por la escalera sin apenas cansarse. No trata de vencerla, o sea de subir con relación al piso (si es que existe algún piso), sino de no bajar. Quedarse donde está: he ahí su cumbre.

No se trata de un sueño indescifrable, y al contrario, parece sintomático. Siempre que viene a México, o que recibe noticias de México, o que ya se las teme, vuelve el sueño de la escalera eléctrica. Lo que Lamberto no distingue aún es qué es lo que se hunde en su inconsciente. ¿Lo remolca en picada el destino, la familia, el país, la moneda? Cada día que pasa, le ha hecho ver un maestro en la universidad, el dólar cuesta un peso más caro. Noche a noche se mira algo más solitario, y menos competente, y más harto de no valerse por sí mismo. Con alguna excepción, como las matemáticas. Nunca había sido bueno para los números, o tal vez fue que nunca se interesó por ellos, hasta que conoció las probabilidades. Un cálculo a su modo enrevesado, descendiente directo de la ciencia y pariente cercano de la profecía, cuyos puntos de vista son tan irrebatibles como inciertos.

Todavía estudiaba Arquitectura cuando tomó Probabilidad y Estadística. Más que otro requisito académico, súbitamente aquella exótica materia se anunciaba como la última oportunidad para hacer una tregua con los números, y en un golpe de astucia entenderse con ellos. No era que proyectara llegar a ser un gran arquitecto —futuro cada día menos probable, como sus pobres cifras ya se lo demostraban— sino apenas calmar un escozor antiguo: el complejo de no ser «numérico», y en tanto eso aceptar la probabilidad (altísima, quizá) de ser ni más ni menos que un estúpido.

Profesores, papás, amigos, adversarios hicieron a su modo, en su momento, sorna y fama a costillas de su torpeza con sumas y restas. Nunca aprendió las tablas de multiplicar, hasta que tuvo enfrente el desafío secreto de calcular los riesgos que asume un jugador de póker, o ruleta, o blackjack, o canasta, o inclusive, *why not?*, ruleta rusa. Intereses ociosos, en principio, absorbentes después y al fin monomaníacos. Nada muy diferente de pasarse una noche con el *Burger Time*, el *Contra*, el *Snafu*. Llegado el fin de curso, a la vista de sus dudosos momios como arquitecto próximo, la profesora le hizo una sugerencia tan inaudita como reveladora. ¿Nunca había pensado en ser actuario?

No sabe dibujar, ni lo suyo es construir. Tuvo un par de mecanos y los guardó en el clóset a modo de reliquias. Es para niños grandes, pretextaba, como comprando el tiempo que jamás pasaría. Soy un sobreviviente, se recuerda a menudo y entonces se imagina en el pellejo de aquella rata sabia que deja el barco a tiempo. La que calcula el riesgo, se excusa hoy, con cierta petulancia, tras un par de años de estudiar Actuaría en la Universidad del Estado de Georgia. ¿Es México ese barco? ¿Es su casa, su madre, sus hermanos? ¿Es la memoria de su vida con Liza, por eso no la ve desde el 84, ni ella se digna al menos tomarle una llamada? ¿Bueno? ¿Quién habla? Soy la rata cobarde que se bajó del barco cuando empezó a hacer agua.

Siempre que vuelve a México y se le llena el sueño de escaleras eléctricas, despierta con malsanos deseos de buscarla. ¿Dónde estás, Alma Luisa?, se sorprende chillando como el putito que es, o fue, o será una vez más, cada que lo recuerde. ¿No es el remordimiento la etiqueta moral de la sobrevivencia? En el último viaje le pegó la nostalgia, pero en vez de cagarla persiguiendo a Alma Luisa se consoló con una reservación en la comida anual de la preparatoria. Nunca había estado en una. Primero porque no quería toparse al comemierda aquel de Rubén Ávila, luego por eludir el penoso camino que va de la autoestima al autoestigma. Ya podía imaginar al *Píloro* Muñoz preguntándole a gritos, lucido el cabronazo, cómo es que iba otra vez en primer semestre. ¿Cuántas carreras ha intentado ya, sin jamás conocer más allá del segundo? Voy en sexto semestre de *Actuarial Science*, se pavoneó esta vez, con un acento gringo en tal modo chocante que hasta a los mismos gringos habría disgustado. No era su idea, en principio, llegar a la comida a mamonear sus logros académicos en el extranjero —un poco exagerados, iba en mitad del cuarto semestre— pero igual no era el único a la defensiva. Tengo un conecte acá, traigo un bisnes allá, me ha ido de maravilla, gracias a Dios. Ya mero lo decían con megáfono. A saber desde cuándo le agradecían a Dios el don de hacerse menos entre amigos. Lo de siempre, sólo que ahora con saquito y corbata. ¿O sería que lo excluían? ¿Le irritaba que hablaran tanto de dinero, o que no lo invitaran a la discusión? Si el tema eran los dólares, él vivía en Atlanta y estudiaba Actuaría, ¿nadie tenía allí el mínimo interés en que un hombre de números le rescatara de la superstición? Ellos chambeaban, claro. Ya no eran estudiantes. Se llamaban uno al otro «señor», con alguna afectada familiaridad que a Lamberto le pareció asquerosa. Oye, señor, ¡salud por ese triunfo!

¿Actuario tú? ¡No mames, Roxanita!, buscó eco entre los otros el Maguila, que atesora carencias, apodos y defectos ajenos igual que otros la lengua de sus ancestros. Pero no prosperó, pues ya el Roxanne empezaba a adornarse con las conversiones. Dólares, francos, libras, pesetas, yenes, tú dime cuántos pesos traes en la cartera y yo te los convierto al puro chilazo. Uno por uno se los calculó, como quien juega ajedrez con un niño porque la mayoría traía diez, veinte, veinticinco mil pesos. O sea treinta dólares, con suerte. La bizca Fatalina cargaba como ciento veinte mil en la billetera. Unos ciento setenta tristes *bucks*, y hasta la previnieron «por andar en la calle con toda esa lana». Entrados ya en el tema de los asaltos, Lamberto se miró en tal modo extranjero que se dejó asustar como un gringo de gorro, sandalias y bermudas. ¿Cómo iba a ser posible que un pendejo fuera a dar a la cárcel o el panteón por pinches veinte dólares? Y ahí regresaron al tema del día. Mi querido Roxannes, tú que vives allá, ¿qué haces con veinte dólares?, le dio un par de palmadas en el brazo derecho la Zorrita Quiroz. Pura madre, ¿verdad? Y ahora dime, ¿qué harías con veinte mil?

Era un negocio simple. Como una lotería, sólo que con la suerte asegurada. La inversión era mínima: catorce mil pesitos. O sea veinte dólares. Morralla para él, que se gastaba eso en tres *Bloody Maries*. Imagínate que en lugar de bebértelos decides invertirlos, con ganancias de mil, diez mil, cien mil por ciento *en dólares*. Si los pierdes, tu vida sigue igual, pero si pican diez de los miles de anzuelos que pusiste con nada más que veinte pinches dólares, vas a andarte metiendo seiscientos. Y eso si te va mal, porque igual ganas diez o cien veces más. ¿Sabes cuál es la clave, Roxy Man? Nunca invitar a un naco, ni a un mediocre, porque esos güeyes rompen la cadena. Yo, por ejemplo, ya invité a Subirats y al Maguila, y es que no nomás sé que son gente decente, sino que sus amigos no se van a quemar por cuarenta dólares, ¿me captas?

Se lo explicó: por veinte dolaritos se compraba el treceavo lugar en la lista, más tres nuevos lugares que a su vez vendería en veinte dólares. Luego pondría los sesenta *bucks* en un sobre postal, dirigido al primero de los interesados. ¿Quería ver la lista? Que checara los nombres, había por lo menos ocho conocidos... ¿Cuánto podía tardar en caerle su lana, si estaban entre pura gente bien? El Roxanne asentía con la vista perdida, pensando ya no tanto en la superchería aquella de la pirámide como en el número diez de la lista. No era verdad que hubiera tantos conocidos, le sonaban si acaso los últimos cuatro, aunque el diez le bastó para participar. Venía cada nombre junto a la dirección. ¿De modo que el Robén seguía con sus papis en Villa Olímpica? ¿Le habría entrado a la pirámide esa para cambiar el Rambler por un vochito nuevo? No se rio de su burla, menos ahora que el fantasma de Liza lo llamaba rajón, miedoso, traidorcito. Incomodan de pronto las noticias recientes de aquellos que dejamos colgados de la brocha. ¿Seguiría de punk, el rudo Ruby? ¿Le guardaría rencor? ¿Qué tanto, por ejemplo? Antes de irse, Lamberto le dio los veinte dólares a Salvador Quiroz. Tener al menos una rebanada de la suerte del Ruby entre sus manos le devolvía el sabor de travesura de esos años maleantes en que el chiste del riesgo era saberlo inmenso y aun así desafiarlo. Soy tu fortuna, puto, susurró tantas veces como repasó el dedo por encima del diez de la lista.

Había venido a México por el *Spring Break*, mientras sus compañeros se la pasaban bomba en Miami Beach. Estarían chupando y fumando y cogiendo a lo bestia, se figuró, no exactamente con envidia porque su situación le parecía aún más preocupante que la de estos jodidos que salían a la calle con veinte dólares. Cuando menos ellos se los ganaban, pero a él lo seguía manteniendo la madre. Deberías apreciar los sacrificios que hace mi mamá por tener a su príncipe en Atlanta, lo regañó una noche la Foquita, que es como ahora le llama a la hermana que todavía no cumple los diecisiete y ya le habla con ínfulas de tía. Pero ahí están las calificaciones. ¿Cuándo en la vida fue tan aplicado?

Sí, tú, mira qué chiste, a los veinticinco años y en cuarto semestre, lo avasalla Felisa, que en el fondo prefiere tenerlo allá en Atlanta y soltarle el dinero según se discipline. ¿Y luego qué?, se arredra el Roxy de repente, ante la perspectiva de acabar la carrera e ir a buscar trabajo en una compañía de seguros. Faltaban tres, cinco años para que eso pasara. Tendría treinta ya, y todavía entonces la Foca seguiría manejando su vida a control remoto. A menos, por supuesto, que algo se le ocurriera. ¿Cómo, por lo demás, iba a buscar a Liza, si seguía siendo el mismo hijo de Mami? ¿No fue acaso por Mami que la dejó ir, y es más, la echó a patadas de su vida de junior? ¿Olvidó ya el mensaje que le escribió Alma Luisa en el espejo con su lápiz labial, «Focka tu madre, imbécil»?

XLV. Proyecto Cuicuilco

Nunca será lo mismo generar escenarios favorables que hacer cuentas alegres y gaznápiras. Todos alguna vez albergamos ideas insensatas, inclusive ridículas y estúpidas, como ésa de sentarte a imaginar —por ocio adolescente o candor infantil— cuánto dinero te echarías a la bolsa si cada uno de los otros terrícolas te regalara un peso. ¿Cuántos dólares son cinco mil millones de pesos a la mitad de junio del 86? Algo menos de *eight millions*, hace Lamberto el cálculo mental. Tampoco es que sea tanto, se pone desdeñoso, ya entrado en fantasía. ¿Y si en vez de sacarle ese peso a un ejército de menesterosos se limitara a los adinerados, algo así como el veinte por ciento de la población mundial —los meros opulentos— pero en vez de un pesito les bajara un dólar? Mil millones de dólares. Y ya, no pasa nada. El mundo en que vivimos, concluye, se entusiasma, seguiría siendo la misma chingadera después de hacerle entrega de su *billion dollars*. En términos científicos, admite, el problema recae en los miles y miles de idiotas y holgazanes que ahora mismo se enredan en especulaciones semejantes, como para que alguna llegue a funcionar. Y sin embargo ahí está la pirámide. Cierto, no le ha llegado un solo dólar, y no le llegará porque jamás vendió sus tres cupones. Total, que se jodieran sus excompañeros. Si iba a jugarle al multibillonario, tenía que ser él quien pusiera las reglas. Y eso es lo que ha venido a hacer a México. Si muchos creen a ciegas que Hugo y la Selección van a llevarse la Copa Mundial, ¿por qué no va a creerse Lamberto Grajales capaz de levantar una pirámide?

No puede hacerlo solo, por más que el riesgo le parezca mínimo. La Zorrita Quiroz hablaba de millones en semanas, suponiendo que todos en la lista mandaran su dinero según lo convenido. Lo que no le explicó es que al llegar la lista a veintiún ambiciosos tendrían ya que haber participado todos los habitantes del planeta. Lamberto no adivina si Dios juega a los dados, pero entiende que siempre, a como dé lugar, la casa gana. Mínimo riesgo, máximo rendimiento. ¿Es tan difícil eso?

Le apostó diez mil pesos a su hermano Gregorio a que los mexicanos perdían contra Bélgica, aunque al fin los pagó con mucho gusto, en mitad de una bacanal urbana que duró hasta pasada medianoche. *Velga pa los belgas*, coreó con un ejército de extraños entre el Estadio Azteca, la Zona Rosa y el Paseo de la Reforma. Y luego *Paraguay, Paraguay, te vamos a dar por ai*. Y ya borrachos todos, hombres y mujeres, *Verga pa los belgas*. No mames, lo que sea de cada quién, balbuceaba Lamberto, con las eses barridas, estas *parties* no se arman en Atlanta.

En Atlanta Lamberto es un solitario, pero al menos él cree que lo disimula. Cada noche va y viene por los bares de Buckhead en busca de una cara nueva, o casi. Alguien que se sorprenda, se admire o se interese cuando le cuente que viene de México, si es que llega tan lejos la conversación. Es más fácil tirárselas que sacarles plática, según lo adoctrinó un ecuatoriano que se las daba de conocedor, recién llegado a la universidad. Lo mismo le aconsejan sus amigos locales, hay que dejar el *chitchat* para el *aftershow*, pero el bobo de *Lambert* no acaba de entender. Es como si buscara conseguir el efecto contrario a sus anhelos. El Triple A, le apodan algunos mexicanos por allá —todos sus conocidos y ninguno su amigo— porque con las mujeres le pasa una de tres: las aburre, las ataranta o las asusta. El secreto está en creer que todo eso, en efecto, *le sucede*. Igual que un aguacero, una hepatitis, un descarrilamiento. Y tampoco es que tenga buena suerte en el juego, como querría el adagio de los malqueridos. Quienes más lo conocen (aunque igual no haga falta un *connoisseur*) encuentran en sus modos de galán improbable una afición secreta al fatalismo. Tanto teme al rechazo que de antemano cuenta con él. Luego ya se compensa en la certeza de que lo vio venir desde el principio. Mala suerte, otra vez, se encoge de hombros. Don Destino no está, parecería que se disculpa solo, pero si gusta yo le paso su recado.

Treinta segundos, dicen los que saben. El tiempo que transcurre entre el primer contacto visual con la desconocida y el fin de su interés por tu persona. Si la abordas pasados esos instantes mágicos, el hada de la alcoba te habrá devuelto la pinta de sapo. Al abordaje, gritan los piratas y ninguno se para a platicar su vida. Si el terco de Lamberto se aplicara a meterle un faje de albañil, ya ella se iría figurando sola el origen del pito que le están arrimando. Si tú fueras ninfómana, lo aconsejó Gregorio, para su vergüenza, ¿quiénes preferirías que te dieran fuego, un batallón de gringos aburridos o un pelotón de nacos bien calientes? ¿Me entendiste, Lambiche? Aquí no coge el bueno, sino el cabrón. El *mexican bandido*, que eres tú. Aunque te vean güerito y con esa bandana mayatona, déjalas que se enteren que llevas dentro un naco encabronado.

Al cachondo emboscado le da ciudadanía cuando abandona a solas el último bar, coge el Plymouth Reliant que tanto le gustaba manejar a Alma Luisa y va a buscar asilo al Cheetah III, cuyas desnudatrices lo conocen a una profundidad que lo calienta, sólo de recordarla. No es que sepan siquiera su apellido, menos aún que entiendan el español cochino en que se expresa cada vez que le bailan encueradas y lo miran sobarse la entrepierna, con los ojos vidriosos y la palabra *pucha* a flor de labio, pero al cabo a ninguna le ha pasado de noche la generosidad del *horny mexican*. Ha llegado a dejar doscientos dólares bajo las ligas de las bailarinas, más los tragos y el *tip* de la mesera.

No muy lejos del Cheetah, las aceras de Peachtree resultan aplanadas al paso persistente de unas cuantas piernudas de alquiler, que por cierto también lo conocen. Aunque sea de vista, si todavía hoy lo suyo es orbitar. No se atreve a meterlas a un hotel, ya lo ha hecho un par de veces en el asiento trasero del coche. Y otra más sobre el cofre, detrás de una bardita que le dejaba ver las luces de los carros sobre Peachtree. ¿Y si un día lo agarra la policía?

He ahí la variable que desvela al actuario, y en una de éstas lo descalifica: entre más crece el riesgo, más calienta perder.

«Vándalo comemierda», solía sentenciar, de repente en voz alta, cuando el Rudeboy saltaba a su memoria. Que fuera vengativo lo entendía, ¿pero por qué la envidia? ¿Tenía que haberle navajeado los asientos del coche, no era bastante con desvalijarlo? A cinco años de entonces, sin embargo, resiente más el peso del reconcomio que los restos de rabia contra ese pinche chango destructor. Hay días que se ríe, con alguna nostalgia complacida, si es que entre sus recuerdos se aparecen los intrépidos días del ramblercito. «Pinche loco de mierda», muda entonces el Roxy de opinión. ¿Qué huele peor, la traición o la envidia? ¿No debería haber una ley especial, siquiera un agravante, para el ladrón que traiciona al ladrón? ¿Cuántas veces el Ruby lo salvó de acabar en el tambo? Cierto es que en todas ellas también había sido él quien lo metió en el pedo, pero pudo salvarse a sus costillas, o dejarlo a su suerte, o sacarle ventaja, y nada de eso hizo. Hoy que Liza lo evita con sistema y rigor, Lamberto se compensa imaginando las posibilidades del Proyecto Cuicuilco, que es como ha bautizado al plan de la pirámide, si uno como Rubén formara parte de él.

Por lo poco que pudo sacarle a la Zorrita, el sufrido del Ruby anda de vendedor de seguros. Parece que probó con la actuación y no le fue muy bien. Ahora mínimo se da sus lujillos, como meterle lana a una pirámide. En lo que a él respecta, es seguro que no le llegará un centavo. Soy el traidor, ¿o no?, se pitorreó cuando hizo pedacitos listas y cupones. Le escoció, sin embargo, la imagen del agente de seguros. ¿Andará trajeadito, el mismísimo Rude Boy? Pensándolo de nuevo, el lujo que jamás debería darse el Olympic Village Loser sería quedar fuera del Proyecto Cuicuilco. Bautizado en tu honor, le haría la broma. Le pediría perdón, tan compungido como hiciera falta. Literalmente al pie de la pirámide.

El gran secreto de las pirámides financieras, ensaya su papel Lamberto ante el espejo, está en que se construyen de arriba para abajo. Nadie que esté en la base va a sacar un centavo, ¿pero qué tal los que están en la punta? Es decir, los que entraron primero. Gente, de preferencia, con medios económicos. Y aquí es donde entra el tema del *positioning*. La idea es que el negocio sea mamón. *Members only, you know.* Yo te vendo algo así como una membresía. Una oferta que no cualquiera te hace, ni a cualquiera se la haces. De pura gente bien, pa pura gente bien. Güeyes que sí van a mandar su lana, no pasados de lanza como tú y yo. ¿Y a quién van a mandarle el billetón? Pues claro, a ti y a mí, que estamos hasta arriba de la pirámide. ¿Jugaste *Monopolio* alguna vez? Era igual que el *Turista*. Imagínate que comienzas el juego con el tablero lleno de propiedades. Vas a ganar a huevo, ¿me entiendes? El riesgo es mínimo, el rendimiento espectacular. El chiste, insisto, es tener tu lugar dentro del vértice. Si lo haces bien, quiero decir, si eliges a unos buenos invitados, y ellos hacen lo mismo, y así diez, quince veces, va a caber un montón de gente en ese vértice. Una pirámide de punta grande genera mucha lana a mucha gente. Y los que pierden, no pierden gran cosa. ¿Qué más da si son miles o millones? Lo decía Huitzilopochtli: una buena pirámide bien vale unos pequeños sacrificios humanos. ¿No hace la misma cosa la lotería? La diferencia es que en Proyecto Cuicuilco la suerte está en tus manos. Y no digo que transes a tus amigos. De entre todo lo que te va a caer sacas no sé, el uno, el dos por ciento, y lo repartes entre tus invitados, y hasta los invitados de tus invitados. Imagínate, tienes un cuarto de millón, ¿por qué no enviarle cien o ciento cincuenta dolaritos a quienes te creyeron que esto era un buen negocio? Ponle que el privilegio les costó veinte dólares. ¿Qué tal van a caerles ciento ochenta? Ochocientos por ciento de ganancia, en menos de dos meses…

Por una vez descuidó las materias. Estaba demasiado entretenido dando forma al Proyecto Cuicuilco para atender a cualquier otra urgencia. Por una vez, también, le encontró a su carrera un objeto palpable. No es que piense en hacerse millonario, aunque tampoco lo descarta del todo. Le bastaría nomás con independizarse de la Foca. Seguir con la carrera y convencer a Liza de regresar a Atlanta. Que de una vez entienda que él no la traicionó, y la prueba será que habrá vuelto por ella. Alma Luisa, dirá, de rodillas tal vez, ¿aceptas ser mi esposa?

XLVI. Hugo estaba crudo

Las cinco de la tarde. Hace apenas tres horas que pasó lo imposible: Hugo falló un penal. En las calles hay fiesta, pero no consenso. El empate a un gol con Paraguay deja a los mexicanos casi clasificados, pero Hugol falló un gol y eso calienta. Hu-goes-un-ta-ru-go, clama la porra desde El Camello Rosa. Al otro lado de la calle de Copenhague —el paseo peatonal por cuyos adoquines fluye la fiesta entre Hamburgo y Reforma— la clientela de El Perro Andaluz acude a la defensa del delantero: Hu-goes-ta-ba-cru-do. Sobre una de las mesas que dan a la calle, el espontáneo maestro de ceremonias pega con la cuchara sobre el plato para exigir silencio y obediencia. Habrá quien piense, no sin buenos motivos, que se cae de borracho, pero el solo hecho de que siga chupando sin tambalearse, y encima sea capaz de hacerse obedecer por decenas de beodos alebrestados, nos dice que está un poco fuera de sí. Que todavía es él, pero en la piel de otro. Que está haciendo lo que él jamás haría. Que su insólito éxito como *cheerleader* le da la adrenalina suficiente para hacer picadillo de aquel *cool* mentiroso que hasta ayer le servía de escudo contra el mundo. Si Hugo falló un penal, ¿por qué no habría él de meter algún gol?

—Hu-goes-ta-ba-cru-do… —instruye el Roxy al coro a derecha e izquierda, luego a los de la calle, con las manos arriba como si agradeciera una aclamación—. Una, dos…

—…por-e-so-la-fa-lló —ruge el gentío, entre palmadas, cucharazos, silbatos, trompetillas, chiflidos que replican la melodía y la hacen más sarcástica.

—¡Larga vida al Señor de la Pirámide! —murmura para sí el gestor de porras, entre profético y envanecido, pero no cualquier día le toca a uno toparse al conductor de masas que lleva dentro.

La mesa de Lamberto no es donde está trepado, sino la de al ladito, que da a la calle. Cuando tiene una porra que le parece buena o pegajosa, va y viene entre las dos gesticulando, bailoteando, meneando las caderas y los brazos y rematando ¡a huevo! al final de la porra, con esa suficiencia que otorga la certeza de que El Señor alinea entre los tuyos (sólo que hoy la falló porque despertó crudo).

—Hu-go-tam-bién-chu-pa… por-e-so-la-fa-lló —improvisa, triunfal, el agudo Lamberto, como quien lanza el nuevo video de Madonna y de antemano sabe que van a verlo hasta el culo del mundo. Y dicho y hecho, tras un par de minutos le llegan ya las réplicas distantes del hu-go-tam-bién-chu-pa.

—Hu-go-chu-pa-ñon-ga… por-e-so-la-fa-lló —se arrima a sugerir un espontáneo más a la oreja del maestro de ceremonias.

—¡Qué passsó! —se incorpora de golpe Lamberto, más por el golpe de halitosis etílica que emana del sujeto que por el contenido de su porra—. Una, dos, tres: Hu-goes-ta-ba-cru-do…

—*El equipo tricolor tiene mucho corazón y en la cancha lo demostrará…* —canta una caravana en fila india, tomados de los hombros camino de Reforma.

—Hu-goes-un-ta-ru-go —vuelve a la carga la Selección del Camello Rosa, decidida en llegar antes de que oscurezca a alguna forma clara de desempate.

—Ca-me-llo-pa-ra-gua-yo… Ca-me-llo-pa-ra-gua-yo… —retoma la ofensiva el mariscal de campo del Perro Andaluz, decidido a quedarse sin aliento antes que permitir que cualquiera lo ignore.

—¿Cómo ves a este güey? —apunta por lo bajo Subirats, entre sorpresa, burla y admiración.

—No sé qué le pasó, está cagadísimo —celebra la Zorrita, como felicitándose por haberlo traído.

—¿Te acuerdas que era un pobre pendejito? —intriga Subirats, buscando regatearle un trozo de respeto al director de porras.

—En todo caso un *rico* pendejito —se inmiscuye de súbito Rubén, que con trabajos había abierto la boca para pedir sus siete *Bloody Maries*.

—¿O sea que según tú es multimillonario? —ningunea a traición Subirats a Rubén, como quien lo devuelve a Villa Olímpica.

—No me digas que no vive mejor que tú —dispara, ya enojado, el examigo del director de porras, sin preguntarse aún cómo es que lo defiende.

—Ni-ma-dres... Ni-ma-dres... Hu-goes-un-chin-gón —sigue la multitud a un Lamberto Grajales en tal modo metido en su papel que no advierte siquiera la gritería que crece medio metro debajo de sus palmas unidas en forma de altavoz—. Ni-ma-dres... Ni-ma-dres... Hu-goes-un-chin-gón.

—¡Tu puta madre, estúpido! —estalla Subirats y le vacía encima el drink a Rubén, al tiempo que salpica, tanto así que la empapa, la pantorrilla izquierda del director de porras.

Había sido la Zorrita Quiroz el anfitrión del palco. Resolvió, en un principio, invitar a Rubén, pero antes de eso le llamó a Lamberto. ¿Había lugar para él? Pues sí, dudó la Zorra, pero también le dije a Yasabesquién. ¡Perfecto, pues!, se apresuró Lamberto a dar su aprobación, como si fuera un trámite de ventanilla, ¿cuánto tengo que darte por mi boleto? ¿Me aceptarías dólares? El Ruby, por su parte, recibió la sorpresa en el estadio: estaba por llegar el examigo, tenía pocos minutos para decidir si cuando menos le daría la mano.

Como Lamberto bien parece entenderlo, las probabilidades de salir ileso de un pleito de borrachos pueden multiplicarse en la medida que éste se transforma en batalla campal. Nada más ha probado el frío, la sorpresa, la humedad en la pierna, su mirada saltó hacia Rubén Ávila, que era su sospechoso automático, sólo para encontrarlo chorreando cuba libre de los pelos, aunque ya en el momento de levantar el vaso y estrellarlo en el coco de Subirats, que a todo esto jamás le cayó bien. Y tampoco el Maguila, que está del otro lado de la mesa y ya apergolla al Ruby por el cuello. Tras raudos rodillazos en jetas respectivas, pega el brinco Lamberto y empuja a su examigo tres pulgadas al oeste del puñetazo que iba en su camino y ya da en la nariz de un parroquiano que todavía coreaba hu-goes-un-chin-gón.

—¿Quién te pegó, cabrón? —alcanza el Roxy al Ruby, ya muy cerca del piso, en medio de una lluvia de golpes y patadas sin destino preciso.

—¡A mí nadie, cabrón! —pela los ojos, le sonríe Rubén. Luego baja la voz, mira a la calle, guiña el ojo derecho—: ¡Vámonos ya, y que pague la cuenta Subirats!

Con trabajos se habían saludado (un levantón de testa ya era mucho), el partido aún estaba en cero a cero. No exactamente por casualidad, Lamberto apareció cuando el balón rodaba ya en la cancha, de suerte que ninguno alcanzó a saludarlo, presa el estadio entero de una tensión eléctrica que fue a estallar instantes más tarde, con el gol tempranero de Luis Flores que hizo saltar tres, cuatro, veinte veces al Ruby y al Roxanne, cada uno en su orilla de la fila para evitarse el oso de un abrazo como los que se daba todo el mundo justo en ese momento. Luego, en el medio tiempo, fue Rubén quien se desapareció, a la hora en que Lamberto desdeñaba, como muy casualmente, a sus excondiscípulos, para tirarle el can a la güera mamona del palco de al lado en sus quince minutos de fervor patriótico. Una tregua sin duda demasiado pequeña para hacer el intento de sacarle el teléfono —*por el puro acentitooo*, la remedó más tarde, ya en El Perro Andaluz, sabías que el papá cagaba lana en otro nivel— pero más que bastante para darle la espalda al escenario donde en cualquier instante podía aparecerse Rubén Ávila. ¿Qué tal que le quería vender algún seguro? Nada más empatar los paraguayos, unos minutos antes del final, se arrepintió el Roxanne de esta última ojeada. Por eso, cuando vino el penal de Hugo, alzó el pulgar derecho y esbozó una sonrisa de cartón ante el Ruby, que por toda respuesta cruzó dos dedos y peló los dientes. Huelga decir que a tales alturas del partido ya andaban ambos firmes en la peda. ¡Viva México, putos! ¿Cómo iban a pelearse, gruñirse, malvibrarse quienes al fin coreaban los mismos estribillos? Eso pasa en el cine, no en el Estadio Azteca.

We built this city…, sigue el Ruby cantando desde que se escurrió hacia Copenhague, poco menos que a gatas mientras gritos, insultos, platos rotos y vasos en añicos tomaban el relevo de las porras. Unos metros detrás va el *cheerleader* efímero, con la cara cubierta y el gemido impostado para que una de dos: nadie lo reconozca o se crean que trae la madre rota. *Marconi plays the mambo, listen to the radio,* van coreando y corriendo por Hamburgo, *don't you remember, we built this city on rock and roll?*

Bailar de Hamburgo al Ángel de la Independencia, apenas una cuadra sobrepoblada a extremos ganaderos, supone estar dispuesto a empinarse decenas de botellas con cualquier cosa dentro, del brandy Presidente al Brut de Fabergé. Antes eso, no obstante, que inaugurar una conversación rarísima cuyo tema ninguno se imagina. Cada vez que otro beodo les convida un traguito de *whatever*, se autorizan a mirarse a los ojos y menear la cabeza, con suerte intercambiar unas risillas más o menos sarcásticas que podrían descifrarse, respectivamente, como «ya valió madres» y «no cambia este cabrón». A partir de este punto, lo que era negociable se torna mero trámite. La fiesta nacional, la fuga simultánea, los tragos en la calle, el festín en el Ángel, el suelo que se mueve entre la brincadera, aquel par de morritas que recién les sonrieron: requisitos cumplidos para darse un abrazo conciliador, pero esos formulismos le parecen patéticos al Ruby y acaso un tanto payos al Roxanne. En vez de eso, se estrechan en un círculo de ocho, diez, quince, veintitantos borrachos que expectoran pedazos de *Cielito Lindo* como restos de tacos al pastor. Cosas que habrían jurado que jamás harían, aunque ninguna tanto como volver a hablarse. Flaquezas pasajeras del amor propio que solamente un pedo y un desmadre como éstos justifican. En la escala moral de Rubén Ávila, el estado alterado de conciencia es la salida digna del rencor. Cual si la peda fuese gracia celestial que sana y purifica lo que estaba podrido.

—Qué madriza se armó, ¿no? —rompe Rubén el hielo, como quien habla del tiempo de lluvias.

—¿Se armó? —tuerce el gesto Lamberto, suelta una risotada—. La armamos, ¿no? ¿Qué te hizo Subirats, que lo descalabraste?

—¿Creerías que ni me acuerdo? —se hace el gracioso el Ruby, algo más satisfecho que arrepentido—. Aunque igual ese güey me baila en la puntita del creador. Le estaba yo debiendo su vasazo.

—Se vio espectacular, no mames, de película —se recrea el alumno de actuaría celebrando al agente de seguros—. ¿Sabes cuándo se va a olvidar el puto Subirats del chico chingadazo que le diste? ¡En su lecho de muerte va a seguir maldiciéndote!

No se cuentan sus vidas. No se dan sus teléfonos. No se dicen siquiera sus apodos, sus nombres, ni más apelativo que unos cuantos insultos amigables. Y ya en la despedida, no sin algún afecto, se pendejean. Ahí nos vemos, putito. ¿Ya te vas, pinche ojete? Ahí te cuidas, pendejo. Ya vas, suerte, pendejo. Órale pues, pendejo. Adiós, pendejo. ¡Ya no chupes, pendejo! ¡Y tú ya no te pelees, pendejo! Las tres de la mañana, alcanza a leer el Roxy en el Swatch moradito que Alma Luisa se dignó devolverle, en la orilla final del último pleitazo, con esa mueca de asco que tan bien le sale.

—Ya veremos —se dice el Roxy Man, arrastrando las eses y los pies por una calle angosta que no conoce— si cuando me vea arriba de la pirámide va a seguirme poniendo cara de fuchi.

XLVII. De billón a billón

Hace años que Rubén no cree en su buena suerte. Como otros en la misma situación, se pregunta a menudo qué tuvo que ocurrir para que su destino se torciera al extremo de orillarlo a apostar contra sí mismo. «Ejecutivo de difusión», le llaman en la chamba, con la pompa melosa y dizque grave que da lustre a la carne de cañón. Para colmo, el supervisor de cuentas lo embarcó en la mamada esa de la pirámide. Recién había entrado a trabajar, ¿cómo le iba a decir que no a su jefe? Lo peor fue que después lo agarró de puerquito. ¿Ya lograste vender tus tres cupones? ¿Y mandaste el dinero? ¿Lo pusiste en un sobre, bien envuelto en papel aluminio? ¿Registraste el envío en el correo? ¿Tienes el comprobante? Acabó correteando a sus excompañeros para inscribirlos en esa pirámide, sin la mínima fe en recobrar siquiera los dólares que puso.

El primer sobre le cayó tan raro que tardó un par de horas en considerar la posibilidad de que fuera eso un rédito de la pirámide. Dos semanas más tarde, a tres meses de haberse dejado engatusar, recibió otro paquete de sesenta dólares. Y otro más, días después. Se lo contó a su jefe y lo miró extrañarse como si hablara de un resucitado. ¿Cómo va a ser que a ti te llegue antes, si en esa lista yo estaba primero?, le reclamó, indignado e incrédulo. La Zorrita, el Cholano y Fatalina tampoco recibieron un centavo. No es que sea una fortuna, pero su sueldo da risa y vergüenza si lo convierte a dólares. El puro contenido de los tres sobrecitos equivale a la quincena completa, y eso echándole ganas a la vendimia. Y ya que están llegando, ¿por qué nada más tres? ¿Será que tuve suerte?, se sigue preguntando cada vez que revisa su buzón y aventura la hipótesis de que algún cabroncito de su misma calaña se esté clavando los sobres con lana. ¿Y si fuera el cartero, la conserje, los empleados de la oficina de correos? ¿No queda por ahí más suerte con su nombre?

Suelen ser los salados quienes encuentran raras conexiones entre suerte y justicia. Les consuela creer, como en un amuleto, que la buena fortuna está en deuda con ellos y sus méritos. Si un día por accidente los favoreciera, dirían que fue un acto justiciero. Y con suerte el inicio de una era distinta. Pues son los acreedores de la fortuna, que como es natural está harta de aguantarlos y conoce de sobra la fama de salados que ellos mismos se han hecho. Cada vez que entra o sale de su edificio, Rubén visita el área de buzones con la resolución idiota del tahúr. Ya le toca ganar, los tres sobres no son más que el principio.

Contra lo que esperaba, parece que Lamberto le creyó. No tanto por los ciento ochenta dólares —ochocientos por ciento a noventa días, haz de cuenta tres mil doscientos anual, calculó, al altivo chilazo, el alumno de la Georgia State University— como por el concepto del negocio. A ver, cabrón, le da dos palmaditas en la clavícula, como quien se dispone a revelarle a un niño cierta clave secreta de la edad adulta, ¿nunca se te ha ocurrido imaginar que cada ser humano te regala un pesito? OK, quita a los niños, los pobres y los viejos. Más todavía, quita a la clase media. Sácale a cada uno ya no un pesito, sino un dolarito. Si en el planeta hay cinco mil millones de pendejos, ¿cómo ves que no el cien, ni el cincuenta, ni el diez, sino el cinco por ciento de tu especie ponga ese dólar dentro de tu alcancía. *One quarter goddamn billion!* Ahora, claro, ¿por qué iban a dártelo? Porque eres de confianza, ¿sí? Porque eres uno de ellos. O sea, estás en la punta de la pirámide. ¿Ya me entiendes, Rubén? Las pirámides crecen de arriba para abajo. Eso de que *los últimos serán los primeros* es pura propaganda patronal. *Which means, my friend, you gotta be the boss.* ¿Captas, *buddy?* Tus ciento ochenta dólares son muy buenos para irte de puerco al Cheetah III y atascarte las córneas de bizcocho. ¿Luego sabes qué pasa? Que la vieja se va con el siguiente pobre pinche diablo que le enseñe un billete de diez dólares. Hay una diferencia majadera entre tener tu propio Rolls Royce y manejar el de otro hijo de puta. ¿O qué, eres su chofer? Entiéndeme, Rubén: esos sobres que te llegaron por correo no son el fin de nada, sino el principio de algo. Algo Grande, cabrón, oye lo que te digo. No soy el pendejito que conocías, estudio *Actuarial Science* en la Universidad del Estado de Georgia. Dime, ¿cómo defines un negocio seguro? Ahí te va: un chanchullo sin riesgo. Sin víctimas. Sin huellas. Sin historia. Imagínate que eres un noble entre los mayas y te enteras que en Teotihuacán, casa de la chingada, en todo caso, tienen unas pirámides cabroncísimas. ¿Vas ahí de pinche naco a inscribirte en un tour, para quedarte abajo con la plebe, viéndoles los calzones a las nobles, o te construyes otra más cabrona enfrente de tu casa, allá en Chichén Itzá?

Se han vuelto a ver ocho días después de la tarde del Perro Andaluz. Fue el Roxy quien llamó, al número de siempre. Quedaron de encontrarse pasadas las tres en la esquina de Praga y Reforma, si acaso había desmadre. Es decir, en el caso de que la Selección clasificara a cuartos de final. Dos goles mexicanos y una docena de vodkas más tarde, ya habían rescatado de la turba gritona a un par de teutoncitas de gorro y banderín, hostigadas por una tribu local. Aliviánate, brother, intervino Lamberto, ¿qué culpa tienen estas pobres reinas de que el próximo sábado nos vamos a coger a sus seleccionados? Es más, le guiñó un ojo, te prometo que a éstas también nos las chingamos.

¿Cuántos litros de alcohol le habrá costado al Roxy espantarse tantas inhibiciones?, no para de pasmarse Rubén Ávila, desde que asiste a la función continua del junior retraído en el papel de yuppie desatado. Un año atrás le habría parecido insoportable; ahora hasta le hace gracia. ¿O será que es así como lo necesita, lanzado, presumido, golfo, sabelotodo, la clase de aspirante a cacagrande que jamás se haría amigo de un ejecutivo de difusión?

La buena suerte nos hace simpáticos. Mientras otros rezongan y se amargan porque la vida no paga sus deudas, el de la buena racha encuentra lógico que ésta siga creciendo indefinidamente. Desde que envió el primero de los sobres, Lamberto paladeó el deleite secreto de torcer a su modo los hilos del destino y transformarse en buena estrella ajena. Si, como imaginaba, el salario del Ruby era pequeño en pesos y diminuto en moneda extranjera, nada lo detendría para dar a tres sobres con sesenta dólares el valor esotérico de una señal divina. ¿Y quién sino un actuario de la GSU podía darle vísceras al esoterismo?

Rubén está de acuerdo con Lamberto, al pobre y al caliente los delata la prisa. Traen la urgencia en los ojos. Mueren por negociar lo que sí, lo que no, lo que nunca en la vida. Creen que lo disimulan porque pueden borrar tres o cuatro mensajes de cincuenta que enviaron, casi todos a espaldas de sí mismos. Nadie que esté tranquilo se afana en demostrarlo. La prisa está en las manos, las cejas, la postura del pie, la hinchazón en las venas de la muñeca. Dos pares, una tercia, ni siquiera el *full* basta para curarte entera la ansiedad. Un póker, una flor, eso sí que le calma a uno los nervios. Te deja negociar como Dios manda. O sea como Dios se lo manda a Sí Mismo. Desde el cielo, con la otra parte siempre de rodillas: rezando, prometiendo, implorando, moqueando, mientras Él permanece tan tranquilo Allá Arriba. En todo caso lanza algún relámpago, un ventarrón, algo que se interprete como respuesta, sin que Él se comprometa a nada más que continuar dejándose adorar. ¿Y quién es Dios, *my friend*, sino El Gran Propietario de la Pirámide? El Divino Casero, si es que no quieres ir a dar al sótano. El Dueño del Balón. El que no siente prisa por salvar a nadie (¿y cómo, si los tiene haciendo cola?). Rubén está de acuerdo con Lamberto porque piensa, como él, que a estas alturas del vigésimo siglo la salvación no se cotiza en pesos.

—No olvides, hijo mío, que de la misma fuente del amor a Dios brota el arroyo del amor al prójimo —abre el Roxy las palmas ante el cielo, con la pose del santo y la certeza del cartomanciano—. Ahora dime, ¿qué le pides a Dios? Que te libre del mal. Que te entregue tu pan de cada día. Que te traiga Su reino y haga Su voluntad. ¿Cuánto vale eso, mi querido Rubén? Quiero decir, en dólares. ¿Qué tantos necesitas para tener todo eso que esperas de Diosito? ¿En cuánto se cotiza tu pan de cada día?

—Por amor a mi prójimo, digamos, les andaría cobrando unos cinco mil dólares al mes —arrastra las palabras Rubén Ávila, luego suelta la risa y eructa en el camino.

—¿Y por qué tan poquito? —se compadece el engatusador.

—No es poquito, no chingues —refunfuña el agente de seguros—. Es el salario mínimo de las Ligas Mayores.

—Me cago siete veces en el salario mínimo del puto paraíso terrenal. ¿Cuánto gana un novato estrella, por ejemplo?

—¿Conoces a Dwight Gooden, el pitcher de los Mets?

—¿El Doktor K? —aplica el Roxy su acento de Georgia—. Lo vi jugar en el 84. Ponchó a diez y perdió contra los *Braves*.

—Ese güey. De veintiocho partidos, ganó veinticuatro el año pasado —se luce por su parte el Ruby—. ¿Y cuánto le pagaron? Cuatrocientos cincuenta mil dólares.

—Treinta y siete mil quinientos al mes. *Not bad.* ¿Y este año, por ejemplo?

—No sé muy bien. Como un millón trescientos. Más de cien mil mensuales.

—Ciento ocho mil trescientos treinta y tres dólares y treinta y tres centavos cada mes.

—Setenta y cinco millones de pesos —redondea Rubén, sin ánimo de seguir compitiendo.

—¿Exactos? —alza una ceja el aprendiz de actuario.

—Ay, sí, pinche Roxana cuentachiles —voltea la tortilla el vendedor de seguros—. ¿No prefieres que de una vez te lo convierta a sacos de frijol?

Conocemos la inclinación del Ruby a acariciar quimeras inasibles por la gracia de la puñeta mental. Y ahora que al fin al Roxy se le dan los números (prueba de que ha cambiado, se persuade el agente de seguros), prefiere hablar de miles y millones a tener que explicarle por qué le navajeó los asientos del coche, si ya le había quitado las llantas. Ya pasó mucho tiempo, además. No hay que ser rencoroso, chingá.

—Oye, cabrón, ¿tú sabes cuánto es un billón de dólares? —insiste en fantasear el que vive en Atlanta.

—¿En pesos? Setecientos billones.

—No mames, güey, no hay tantos pinches pesos en el mundo para cambiarlos por un billón de dólares —suelta Lamberto una risa agridulce—. Ahora, *a billion dollars* es distinto. Según nosotros, un billón es un millón de millones. Según ellos, *a billion* son nada más mil *millions*. O sea que los gringos te la ponen mil veces más fácil para ser *fuckin' billionaire*.

—Setecientos mil millones de pesos —suspira el otro, cuasi satisfecho—. Menos los treinta mil que traigo en la cartera, ya nada más me faltan seiscientos noventa y nueve mil novecientos noventa y nueve millones novecientos setenta mil pesos.

—¿Ya gastaste los dólares de tu pirámide? —vuelve el Roxy a su tema de campaña.

—Ahí los tengo guardados, pero ya los debo —Ándale, proponme algo, gritan a coro los gestos del Ruby—. Falta ver si me llega más dinero…

—¿Cuánto te va a llegar? ¿Sesenta más? ¿Ciento veinte? ¿Trescientos? ¿Sabes cuál es el sueldo diario de Dwight Gooden, cabrón? Ahí te va: tres mil seiscientos once dólares. Y tú estás esperando sesenta. Ponle que ciento veinte. Menos de lo que Gooden se mete en una hora. Y de una vez te digo que a ese pobre pendejo le pagan una mierda. ¿Sabes por qué? Por la misma razón que tú vas y abres el buzón a cada rato: llegaron tarde a la pinche pirámide.

—Ni modo, mala suerte —se encoge de hombros Ávila Tostado, del talante bohemio al desdén nobiliario.

—Yo diría más bien que es buena suerte, pero con malos números. ¿Cuánto dijo tu jefe que te ibas a ganar?

—Cientos, miles de dólares. No sé bien, no me acuerdo. Según yo, iba a perder mis veinte dólares.

—¿Qué día es hoy, Rubén? —se interesa Lamberto, un pelito formal.

—¿Hoy, domingo? Es el quince de junio.

—Anótalo, Rubén: domingo, junio quince del ochenta y seis. Terminó oficialmente tu mala suerte —le da la mano el aprendiz de actuario, luego aprieta con ganas para hacerse creer.

—¿A poco vas a invitarme los drinks? —recula, frunce el ceño, se soba los nudillos el que vende seguros.

—Voy a invitarte a una Magna Ceremonia —se endereza y engola la voz Lamberto—. ¿Cómo ves si pedimos una tella del alcohol que tú elijas, el más caro, si quieres, y de una vez ponemos la primera piedra del Proyecto Cuicuilco?

—No me digas, Roxana —lo tira a loco el hombre de Villa Olímpica—. ¿Y dónde va a ser eso?

—Número uno, muchacho: yo me llamo Lamberto, no Roxana —el aplomo del Roxy es otra novedad, ¿le ha ido tan bien o es pura faramalla?— Número dos: como ya te lo dije, las pirámides crecen de arriba para abajo. Número tres: es hora de elegir en qué parte del cielo vamos a cimentar nuestra pirámide. Así que te repito la pregunta: ¿cuánto vale tu pan de cada día?

XLVIII. La ley del caimán

Por principio, el Proyecto Cuicuilco reniega de su nombre. La palabra pirámide, o la mera alusión en tal sentido, le resta seriedad y crédito al producto. Hablan, en lugar de eso, de un fondo autogestivo de microinversión con rendimientos no determinados. El secreto, según sus fundadores, más los que en adelante repitan sus palabras, ávidos de un lugar en la estructura, está en la calidad de los invitados. Que nomás veas la lista de participantes y te vayas de nalgas. Que te inviten y te frotes las manos por el privilegio. Y es más, que no te inviten. Que te hablen del producto como un pequeño fondo en el que no hay lugar. Que te cuenten historias de güeyes que metieron cincuenta dolaritos y sacaron millones a las trece semanas. Que un día te den chance de participar y en unos pocos días ya hayas vendido los lugares que te tocan. Que mandes el dinero al primero en la lista y te sientes tres meses a esperar a saber si serás millonario o billonario. Y cuando explote el cuete, sus creadores vamos a estar en Bora Bora. A ver quién va a ir tan lejos por tan poco dinero. ¿Y no sería eso síntoma de falta de cuidado en la elección de los participantes? ¿Quién sino un miserable va a levantarte un acta por treinta y cinco mil jodidos pesos?

Un negocio privado, sólo para elegidos. Inversión mínima, rendimiento sin límite. Mandan hacer varios miles de hojas con cupones foliados entre el uno y el cien, sobre un fondo de trazos espirográficos que simula medidas de seguridad. La imprenta está cerca de Ecatepec, en una calle sin pavimentar. Han dado nombres falsos, con voces impostadas y un acento argentino de la peor calidad, aunque ya suficiente para que el impresor se despidiera de ellos echando vivas a Pumpido y Maradona.

Según reza la documentación, quien participa con sus cincuenta dólares se somete a las leyes de las Islas Caimán. Un detalle exquisito que el Roxy tuvo a bien transcribir de un contrato de American Express. El Ruby, por su parte, se ha pasado tres horas recopilando nombres y apellidos en la página de Sociales de *El Heraldo*: seis meses de periódicos apilados en el cuarto de triques de la casa del Roxy. Luego ha copiado todos en decenas de trozos de papel, mismos que combinó como un campeón de *Scrabble* para obtener los nombres de la lista. Juan Carlos Espinosa de la Borbolla. José Eduardo Crenier Fernández del Valle. Mario Martín del Campo e Iturriaga. Pura gente intachable, trece para empezar. Es decir que en principio se necesitan trece licencias de manejo, si es posible con acta de nacimiento. Nada de esto es barato, según ha investigado Rubén Ávila entre los falsificadores de la Plaza de Santo Domingo, pero el negocio no puede arrancar si no están los buzones listos para que llueva la dolariza.

«Minimizar el riesgo.» Tantas veces ha hablado Lamberto de ese tema, abstracto de por sí, que ya Rubén ve riesgos en cada esquina. ¿Qué pasa si otro actuario, por ejemplo, o cualquier financiero de verdad, se huele el trinquetazo del Proyecto Cuicuilco? ¿Cuánto van a tardar en agarrarlos, puede que hasta en la mera oficina de correos? ¿Cómo van a evitar que sus amigos, los primeros clientes, o sea las primeras víctimas, digan que fueron ellos sus engatusadores? ¿Cómo va a evitar él, que lleva meses vendiendo seguros, encontrar en los argumentos de Lamberto las mismas engañifas que debía esgrimir en su trabajo diario? Ahora bien, nadie ha dicho que a Rubén Ávila le moleste arriesgar. Pues todo lo contrario, el Proyecto Cuicuilco le interesa justamente porque es una locura. Estupideces de éstas se le ocurren tal vez a medio mundo, pero hay que ser de plano muy estúpido para intentarlas. Habrá, por tanto, un efecto sorpresa, y de su duración dependerá el margen de maniobra que les quede. Si todo sale mal desde el principio, y entonces no les caen más que los pocos dólares de la venta inicial, es posible que el riesgo sea mínimo. ¿Pero si sale bien? ¿Qué van a hacer con todo ese dinero, habiendo tantas pistas?

—¿Víctimas? ¿Cuáles víctimas? —se carcajea Lamberto, desde el sillón de Presidente del Consejo que se ha construido dentro de su cabeza—. ¿Alguna vez has oído que a los que no se ganan la lotería les digan así, «víctimas»? Tampoco «perdedores», porque no es que perdieran. Dejaron de ganar, que es diferente. ¿Y al que saca reintegro cómo le llamarías? ¿Sabes que también hay doble y triple reintegro? ¿Te han dicho quiénes ganan los premios gordos? Se te caerían las nalgas si te enteras de cuántos de los grandes ganadores son cacagrandes del pinche gobierno. ¿Y tú de veras crees que los ingresos de la lotería son «para la asistencia pública»? Mi papá nos decía que era la caja chica del presidente. Y nadie habla de «víctimas».

—Pues sí, pero ni tú ni yo somos el presidente, ni esto es la Lotería Nacional —repara aún Rubén, quizá porque no acaba de gustarle ese afán tan putito de reducir los riesgos. Muy en el fondo le ilusiona la idea de que la estafa llegue a hacerse famosa, y él con ella. Es una fantasía irracional, y de hecho imbécil, como tantos antojos emanados de un ego malcomido, en cuyo desenlace podemos ver al que fue propietario del ramblercito despedirse del cirujano plástico al volante de un Thunderbird del año, estrenando también un rostro indescifrable. ¿Quién no quisiera empezar otra vez, despertar cualquier día rico, guapo, impune?— Agarra la onda, güey, somos dos forajidos financieros.

—Ni madres, somos hombres de negocios —enfatiza Lamberto, casi indignado—. Tenemos el control del proceso completo. ¿Tú irías a quejarte al Ministerio Público por la pirámide en la que participaste?

—Claro que no —pone cara de listo el de la buena racha—. Gané ciento sesenta dólares y recuperé veinte.

—¿Y qué tal si a la gente que escojamos le mandamos un doble o triple reintegrito? —guiña un ojo el cerebro del Proyecto Cuicuilco—. ¿Cien dolaritos, ciento cincuenta? ¿Trescientos de repente, a un par de ellos?

—¿Ya con eso no van a denunciarnos? —se ilumina la cara del secuaz.

—No, cabrón. Ya con eso nos van a recomendar. O sea no a nosotros, al producto. Sería como invertir en publicidad. Y minimizar riesgos, que es lo que busca un hombre de negocios. Nadie quiere contar que lo hicieron pendejo. ¿Pero qué tal si saliste ganando? Te sientes orgulloso, porque eso prueba que no eres el comecaca que todos quieren creer. Así que se lo cuentas a quien puedas, pa que no quede duda de que eres una reata.

—¿Entonces qué, tú y yo somos chingones y todos los demás son unos comecacas? —ironiza el agente de seguros, con toda la insolencia de la que son capaces sus ganas de joder.

—Dime una cosa, mi estimado Rubén —hace el Roxy un esfuerzo por ponerse didáctico y ceremonioso—. Para evaluar el riesgo que estás corriendo, necesitas analizar tu *target*. Este producto no es para cacachicas, cuando menos en su primera etapa. Vamos a gente joven, con recursos. Nadie que arme una escena por unos pocos pesos. ¿Tú sabes lo orgulloso que es un yuppie? Conocemos a muchos, no me digas que no. Marco Aurelio Zermeño, Marcelo Lascuráin, los primos Quintanilla, el *Buitre* Subirats. ¿Te imaginas a alguno de esos pendejetes contando que le vieron la cara con un bisnes? ¿Sabes que Fatalina y el Cholano andan diciendo que ya les llegó lana de la pirámide?

—¡No mames! —salta el Ruby—. ¿Quién te contó eso? ¿Cuánto les llegó?

—¿Qué importa, si es mentira? —planta el Roxy su jeta de cínico enterado—. Esa pinche pirámide tocó tierra hace mínimo seis meses.

—¿O sea que yo también soy mentiroso?

—Tú no, ellos sí. Me consta.

—No me digas, actuario. ¿Y cómo le haces?

—Puro control de riesgos. A ti te mandé ciento ochenta dólares, y a ellos ni un pinche pito. Es la mente del yuppie: le horroriza el fracaso, y más que eso, la mala publicidad.

—No es cierto… —da un paso atrás Rubén, aún no sabe si escéptico o atónito—. No me chingues, cabrón. Dime que tú no hiciste esa mamada.

—Mamada habría sido que te los quitara —alza las manos abiertas el Roxy, como si el Ruby lo estuviera asaltando—. Y en lugar de eso te los regalé. ¿Me vas a demandar, cabrón?

—Tú me hiciste creer… —hincha el pecho Rubén, como novia recién desengañada.

—Yo te hice creer en Proyecto Cuicuilco —frunce el ceño Lamberto, sorprendido ante tanta ingratitud—. ¿Vas a cortarme la cabeza por eso? ¿Te sientes ultrajado? ¿Vas a aventarme al piso mis ciento ochenta dólares?

—¿No me entiendes, pendejo? —baja Rubén el tono y la testa, compelido quizá por la última pregunta—. Según yo, era un cabrón afortunado.

—Y lo eres, pendejo —pela los ojos el engatusador—, sólo que mucho más de lo que tú creías.

—¿Nomás porque tú dices? —mira hacia el techo el engatusado, como si resistiera el impulso de llorar.

—¿Yo qué, pinche Rubén? Esto es cosa de Dios, cabrón. De los astros, también. Del destino, pendejo. Tenemos el control de nuestra suerte, una oportunidad que quién sabe si un día se repita. No tienes que rezar, ni que tocar madera, ni que prometer nada. Estás en lo más alto de tu propia pirámide. ¡Desde aquí no se ve la clase media!

—¿Soy invisible, entonces? —alza la voz Rubén, no sabe si ofendido o nada más con ganas de pelear. Pues lo que le incomoda no es tanto que Lamberto lo embaucara con unos billetitos por carnada, ni que siga tratándolo como a un muerto de hambre, ni que esté más mamón ahora que nunca, sino que sea él quien dice lo que se hace. Nunca fue así, cuando robaban juntos y el Roxanne solía ser el sacatón. ¿Cómo es que ahora al Rude Boy, que era el de los huevotes, le espantan sus ideas, por osadas? ¿Dónde está la frontera entre osado y estúpido? ¿Y quién es él, al fin, para saberlo? ¿No son los perdedores a menudo invisibles, fantasmas, no-personas en medio del paisaje sin memoria?

—Pégame, güey, si quieres. Soy un junior ojete, ¿no? —adelanta la cara, se toca el pómulo, entrecierra los ojos el Roxy—. Órale pues, cabrón, reviéntame el hocico. Ponme en mi puta madre, de una vez. ¿O qué, me tienes miedo, puto? ¿Dejaste los huevitos en Villa Olímpica o todavía te queda la esperanza de que te compre un seguro de vida?

Chinga a tu madre, imbécil, farfulla el Ruby, da un paso adelante y suelta la primera cachetada. Pudo hacerlo con el puño cerrado, pero no está seguro de querer ir tan lejos. Lamberto, por su parte, recibe impávido la uno y la dos, pero ya la tercera le parece un abuso, de modo que le clava el puño a medio plexo, como un gatillo oculto que sin mayores trámites manda a Rubén al piso en calidad de saco de papas, mendigando el oxígeno como un agonizante. Perdóname, se agacha, se acuclilla, se hinca ya el taekwondoin al lado del golpeado. No quería lastimarte, Rubencito. Pégame más, si quieres. ¿Y qué va a hacer el Ruby, si ya salió madreado? ¿Estamparle la cuarta, la quinta bofetada? ¿Insultarlo y largarse, dizque muy dignamente? ¿Ventilar uno a uno sus rencores ocultos, como novia cogida y ninguneada? Por lo pronto, no deja de toser y aspirar bocanadas de aire fresco. ¿No es evidente, pues, que en todos estos años el Roxy se ha quitado lo putito y hasta lo ha aventajado en ciertos temas? ¿Y qué? ¿Se va a rendir, como cualquier ardido? Si lo mira con calma, sólo le queda una salida digna, que consiste en dejar que los tosidos se vayan transformando en risotadas. Esa especie de risa filosófica que pareciera comprender al fin la ausencia de sentido de las cosas, la inminente fatiga del rencor, el carácter fugaz de la existencia.

—¿Quién te contó que yo vendía seguros, pendejo? —se recompone el Ruby, casi despreocupado.

—¿Qué te importa, pendejo? —se reincorpora el Roxy, ya de vuelta en el guion de su amistad, donde nada que diga o insinúe tiene más importancia que la oportunidad de pendejear al otro, no más que por deporte.

—¿Qué dijiste, pendejo? «Éste está tan jodido que va a aceptar lo que yo le proponga», ¿no?

—Al contrario, pendejo. Dije «yo necesito a este cabrón, no voy a permitir que siga de jodido».

—¡Ay, sí, pendejo! «No voy a permitir…» Permíteme decirte que me la pelas, güey.

—¡No me digas, pendejo! Yo te la pelaré, si tú lo dices, pero de aquí a tres meses voy a sacarte de tu pinche chambita. ¿Ves cómo eres ingrato, Rubencito?

—«¡Ay, Rubencito, cómo eres ingrato!» —amujera la voz el que vende seguros—. Nomás no hagas la voz de la Foca. ¿Y qué cuenta, por cierto?

—¿Qué cuenta mi mamá? Los poquitos billetes que me da. Si crees que estás jodido con tu trabajito ese de vendedor ambulante, tendrías que ver cómo me las arreglo con la mierda de lana que me manda. Y eso sólo si saco buenas calificaciones.

—¿Ya te oíste, Roxana? ¿No te da pena, güey?

—Yo te saco de la aseguradora, tú me liberas de las garras de la Foca. No me digas que no es un trato chingón.

—¿Nunca se te ha ocurrido trabajar, pendejo? —se faja la camisa, se yergue, se mira en el espejo el Ruby.

—¿No me conoces? ¿Quieres que me presente? Estás hablando con el Director General Operativo de Proyecto Cuicuilco. Ahí nada más, pendejo.

XLIX. *Money for nothing*

Lamberto Nicanor Grajales Richardson recordará el verano del 86 como un tiempo imposible, en todo caso fruto del sortilegio que hizo de él un sujeto al que no conocía. El que dirige porras, minimiza los riesgos y construye pirámides de arriba para abajo. No es que esté muy seguro de sí mismo, pero se le ha hecho tarde para dar lugar a dudas. ¿Qué diría Alma Luisa si lo viera en acción, tirando dados y moviendo fichas para sacar del juego a su malvada suegra y regresar a ella, como el héroe romántico que en mala puta hora no se atrevió a ser? Diría vete de aquí, maricón, pocoshuevos, hijito de mamá, igual que se lo dijo en esos días, cuando aún había reversa para su cobardía, pero la tía Lilí sigue pensando que eso puede cambiar en el momento en que él tenga los pantalones de ir y darle la cara y plantarle un anillo de compromiso. Con perdón de tu madre, acostumbra añadir (y sacude una mano, en señal de pronóstico reservado).

Tristemente, no sabes valorar los sacrificios que una hace por ti, le reprocha la madre, siempre que se le ocurre pedirle más dinero. Y no es que él quiera más, sino que cada vez le llega menos. ¿Pues cómo no, si mes con mes le manda los mismos pinches quinientos mil pesos, que para cuando vuelva serán seiscientos dólares, si muy bien le va? ¿Con eso va a comer, a comprar libros, a echarle gasolina al jodido Reliant? Es asombroso, en cambio, lo que hacen treinta dólares en México. La magia de estos días, en los que todo sale tal como lo planeó, y en momentos mejor, bien podría deberse al efecto mesmérico que los dólares tienen últimamente sobre sus paisanos. Desde simples carteros hasta administradores de correos, no hay uno que no acuse cierta cosquilla pronta, nada más ver brillar el papel verde.

Tampoco es que le sobren, pero de hecho le rinden (los mil que trajo a México fueron un préstamo de tía Lilí). En otro tiempo, ya habría malbaratado los cubiertos de plata de la abuela, las mancuernillas de oro del papá, los rines deportivos del vecino. Hoy se dice que evita esos saqueos por respeto a sí mismo. Es decir, por no echar a perder la imagen de hijo bueno y estudioso que con tantos trabajos se ha construido en los últimos dos años. Nada del otro mundo, si se compara con el cambio de Gregorio, que es como un Luis Miguel parido por Armani, estudia Economía en el ITAM y trae una coleta a la Miguel Bosé que ha terminado por remacharle ese apodo mamón que a Lamberto le da vergüenza oír. ¿Por qué lo llaman «Micky», si su nombre es Gregorio?

¡Ahora resulta, se pitorrea el hermano, que está peor ser el Micky que el Roxanne! Más todavía, a él son las viejas (y no mames, *qué viejas*) quienes le dicen Micky. En lo que va del año, se esmera en torturar a su hermano mayor, Micky ha tenido más de veinte novias. ¿Y la Roxana qué (sin contar a las putas)? Mi hermano es un mamón, le ha confesado Lamberto a Rubén, un poco previniéndolo y al propio tiempo justificándolo, pero tendrías que ver a sus amiguitas: cuatro de cada cinco podrían pelearse el título de Madre de Tus Hijos. ¿Y quién mejor que alguna de esas reinas podría amadrinar el Proyecto Cuicuilco? ¿Cuántos luismigueloides y miguelbositos no pondrían con gusto sus cincuenta dólares con tal de complacer a la hija más bonita de Mister Big Shit?

¿Sabes por qué los ricos son tan ricos?, se lamenta Lamberto ante Rubén. Por pinches miserables. Todo lo quieren gratis o con descuento. ¿Cómo es que en los primeros diez días de operación el Proyecto Cuicuilco arroja ingresos por un total de ciento cincuenta dólares? Según ellos, la idea era dejar bien cimentados los primeros ladrillos de la pirámide, pero las amistades de Gregorio difícilmente se ven a sí mismas vendiendo cuponcitos o boletos de rifas o jodideces de esas. A la cuarta semana ya han vendido treinta y ocho lugares, la mayoría de ellos entre los compañeros de trabajo de Rubén y amigas de Lamberto de los tiempos del Vog y el Torremolinos. Mil novecientos dólares, apenas suficientes para cubrir los gastos de difusión, mientras se hacen pequeñas las expectativas y va llegando la hora de cancelar los apartados postales. Como quien dice, echarle tierra encima al Proyecto Cuicuilco. Una mamada sin pies ni cabeza. Una tristísima puñeta mental. Un insulto a las ciencias actuariales.

Han transcurrido ya treinta y tres días desde la tarde en que los seleccionados alemanes echaron del Mundial a los mexicanos. Es decir que a Lamberto le quedan nueve días de vacaciones y todavía no habla con Alma Luisa. Sabe, por una amiga que solía ser asidua del Torre y el Drog y conoce a la prima chismosa de Coapa, que está viviendo con el papá y su segunda esposa (de quien le hablaba pestes, todavía en Atlanta). Vivirá en un infierno, le gusta suponer. Se sentirá arrimada, inútil, frustrada, disminuida. Lo extrañará, quizás. Algunas tardes, noches, más en las madrugadas, Lamberto se hace con el coche de la madre o el hermano para ir a patrullar Residencial Chiluca. Con lo fácil que sería tocar nomás la puerta, verla y darle el anillo. ¿No le han garantizado el hermano y la tía que seguro Alma Luisa lo extraña igual a él? ¿No suele estar de acuerdo medio mundo en que esos son fenómenos paralelos y delatan sentimientos recíprocos?

Por la misma razón que el Roxy deja México sin haber ni intentado hablar con Alma Luisa, tampoco se ha atrevido a ir al correo. Vio al Ruby, dos días antes de tomar el avión. Hicieron cuentas: de los cincuenta y tres cupones que vendieron, eran dos mil seiscientos cincuenta dólares. Menos lo que invirtieron, les quedaban quinientos a cada quien. ¿De verdad no quería vender más en Atlanta? Allá no es como México, *my friend*. Los gringos son cabrones, te agarran y te cogen. Mejor, si vendes tú, mándame la mitad. Yo solo no me atrevo, mintió Rubén, como si el mero tufo del Proyecto Cuicuilco le empujara a correr en dirección a la aseguradora. Se atreverá, sin duda, al paso de unos días de rutina descorazonadora, y a la tercera venta le entrará tanto miedo que en un súbito ataque de pánico y pureza prenderá fuego al resto de la papelería y se dirá que él nunca estuvo allí.

Uno llama al demonio, tal como a sus fantasmas o a sus muertos, en la confianza de que nadie vendrá. Y si Dios, con su fama de benévolo, condena expresamente que se le invoque en vano, ya puede imaginarse la ira del de abajo, que está allá justamente por soberbio. No se desaira al diablo sin retarlo. Y por cierto, ni el ángel más idiota cae dos veces del Reino Celestial. De niño, uno le miente a Santa Claus con una impunidad desvergonzada. «Me he portado muy bien…», tiene la cara dura de escribir, como dando por bestia a su destinatario. Bueno habría estado aquel viejo alcahuete para traer la calma cuando todo era angustia, pero era al fin un santo tan peculiar que no venía sino una vez al año, en respuesta a una carta chantajista, comúnmente repleta de patrañas. Cada vez que el pequeño Rubén se sentaba en la alfombra a abrir regalos y descubría que el santo papanatas le había traído todos sus encargos, se repetía que algo tenía que estar chueco en el jodido Reino de los Cielos. ¿Quién de Allá Arriba daba crédito ilimitado a sus embustes? ¿No tendrían los santos que enviarle penitencias, castigos y desgracias, en lugar de juguetes y caprichos cumplidos al pequeño maleante que antes de los nueve años ya le había robado la cartera al maestro? Nunca, que recordara, se había portado bien en ningún lado. Y tampoco eran ricos, de modo que Rubén, una vez egresado del catecismo y celebrada su primera comunión, concluyó que el milagro decembrino sólo podía ser cosa de Satanás. ¿No decían también los catequistas que las mentiras son «morcillas al diablo»? ¿Qué habría hecho él, en el lugar de Santa, con la correspondencia de los mentirositos? Devolverla al cartero, por supuesto, para que la turnara a las autoridades competentes, allá en el sótano del sótano del sótano. Cada vez que escuchaba el jo-jo-jo del hombre del costal, el pequeño Rubén imaginaba al hombre de los cuernos. Sobándose las barbas, cagado de la risa con su carta entre manos. Como diciendo ¡ja!, este escuincle de mierda quiere mi chamba. ¿Lo premiaba porque era de los suyos, o se lo daba a cuenta de la compra de su alma? ¿Por qué debía temer a su castigo, si de él no había visto más que recompensas? Porque entonces Rubén estaba lejos aún de imaginar la generosidad en grado catastrófico: indicio inconfundible de que el demonio vino y proveyó.

Otro, en lugar del Ruby, se habría persignado, pero él se limitó a tragar saliva, mirar hacia ambos flancos, soltarse tarareando una canción de Sade que trae pegada desde la mañana. *In Heaven's name, why do you play these games?* Son las dos treinta y cinco de la tarde del primer viernes del mes de septiembre cuando de la oficina de correos de San Ángel sale Rubén con una bolsa de panadería. Ya no traga saliva, trae la boca tan seca que hasta duda de haberse lavado los dientes. No ha contado los sobres que sacó del buzón. Se persigna, de paso por la iglesia del Carmen, sin buscar más milagro que el de transparentarse aquí y ahora. Una vez que ha subido, sin siquiera jadear, las tres escalinatas que conducen a los baños del Sanborns, se encierra el Ruby en el primer cubículo con la premura de un cagón impenitente. Checa por la ranura de la puerta, no vaya a ser que venga un mirapitos y se entere de su prosperidad. Le falta el aire a la hora de abrir el primer sobre y desdoblar los pliegues del papel aluminio que oculta tres billetes de cincuenta dólares. Luego siete de veinte y uno de diez. Se le queman las manos, no sabe si de miedo o de emoción. Mil dólares más tarde, sonriente a su pesar, se le ocurre que es como abrir los sobres de estampitas que juntaba de niño, pero bajo una nueva perplejidad. *That ain't working, that's the way you do it*, canta casi en silencio, de los nervios, *money for nothing and chicks for free.*

Esconde el fajo bajo los pantalones, encima de la tapa del retrete. ¿Cuánto dinero habrá, que la creciente anchura del botín se empieza ya a sentir como una almohada? Con la torpeza propia del estupor vigente, se enconcha a la manera de un estreñido agudo, abraza los papeles en racimo y deja caer al piso tres de veinte. Los araña deprisa y otros más se le escapan de las piernas al suelo. Una vez en control de motín y botín, reúne y acomoda los sobres vacíos. Cuarenta y cuatro envíos en total. Seis mil seiscientos, especula, calcula, recalcula, al tiempo que desliza los sobres ya vacíos hasta el fondo del bote con papel cagado y acaba de guardarse los billetes en bolsillos, calzones, calcetines. ¿Y los demás apartados postales? Algo tendrá que haber, se figura Rubén, con el horror menguante de la hiena ante el tigre moribundo. No puede ser tan fácil, quisiera sentenciar, emboscarse, pintar su raya frente al Proyecto Cuicuilco, ¿pero eso cómo se hace? ¿Va uno con el dinero a la policía y les confiesa que es un estafador? ¿Se lo gasta mejor en un abogado? ¿Le echa la culpa de todo a Lamberto? Por mucho que se esfuerza en ingeniar salidas, sólo una le parece decorosa, y ésta consiste en evitar la cárcel y guardar el dinero. O sea ir adelante con el plan. Aceptar los designios de La Pirámide. Decir, por una vez, que es un tipo con suerte, un cabrón exitoso, una reata bien paraguas. Y comprarse otro coche, qué chingaos. Ser el cliente de su última venta, y a partir de mañana ni un seguro más.

Tendría que correr a los otros buzones. Empezar a pensar en llamarle a Lamberto. O en no llamarle nunca, si quisiera doblar de una vez la ganancia. Ahora bien, no va a dar con el Roxy antes de que sea noche, y eso si no se va a ver encueradas. Puede que no lo encuentre hasta mañana. Mientras logra salir del atolondramiento, toma una Combi en dirección al sur, pero se baja tras un par de cuadras para hacer una escala en la Ford de Chimalistac. No para de armar cuentas hiperbólicas, en especial desde que el vendedor le revela que el coche que le gusta no alcanza la barrera de los treinta millones. Que es más o menos lo que le tocaría si en los otros buzones hay el mismo dinero. ¿Quiere que se lo aparte?, se burla sutilmente el vendedor, que lo ha visto bajarse de la camionetita y ni por un instante lo confunde con un probable comprador. ¡Déjeme que haga cuentas!, juega el Ruby a seguirle la corriente, con los dientes pelados y la mueca de susto vacilón que suele acompañar los desvaríos guajiros del asalariado. ¿Cuánto me dijo que costaba el Rolls Royce?, parecerían decir las cejas de Rubén, pero igual sale de ahí con un folleto a todo color, cuyo lema no sabe si es un guiño a la quimera o un mensaje cifrado del demonio: *Ford Thunderbird 1986: El próximo paso es volar.*

L. Morir debiendo

Yo soy actuario, Ruby, no te voy a engañar, asegura Lamberto y le gana la risa delante de Drusilla, que está toda desnuda al lado de la mesa y espera el cien por ciento de su atención. *Just wait a second, baby, I'm talking to my partner*, no te voy a decir que no pueda engañarte, si para eso tiene uno la estadística, pero oye lo que digo: hay que morir debiendo.

Pasó Rubén tres días llamando al número de Lamberto en Atlanta. Se gastó algún dinero, mientras tanto. Pensó en ya no buscarlo, pero la mera idea de batallar a solas con los saldos diabólicos del Proyecto Cuicuilco lo inundaba de angustia. ¿Y por qué no mejor lo iba a buscar allá? Tenía tarjeta rosa, con su foto de niño y vigencia infinita. Faltaba renovar el pasaporte, cosa de ir a joderse una mañana. Ya en la agencia de viajes, compró un paquete con tres noches de hotel y al quinto día aterrizó en Atlanta.

No traía consigo armas de fuego, ni productos de origen vegetal, pero sí más dinero del que estaba dispuesto a manifestar, luego de recibir tanta correspondencia. Un día antes del viaje, regresó a la oficina de correos de San Ángel y encontró veintisiete nuevos sobres. Pero igual nada de eso lo declaró en la aduana. *Ruby can't fail*, pasó por ahí cantando, como para inyectarle alguna dosis épica al retorno triunfal del hueco en el estómago. Esos instantes frágiles en que el destino cuelga todo de un hilo, como cuando de niño veía las Olimpiadas por televisión y gozaba sufriendo del salto con garrocha en cámara lenta. Un talón traicionero, un dedo distraído, quizás hasta un mechón rebelde podía ser bastante para tumbar la barra y apagar la esperanza. Una vez en el taxi —cuyo asiento trasero lo recibió como el colchón al ganador de la medalla de oro— se dijo ésta es la mía, y más, *esto* es lo mío, y más: éste soy yo.

—Nos jodimos, pendejo —notificó Rubén a un pálido Lamberto, nada más dio con él en la universidad. ¿A quién si no al demonio han de pagarle los que mueren debiendo?

—¿Qué haces aquí, pendejo? —balbuceó el aludido, del aliento cortado al trago de saliva.

—Qué calor, ¿no, pendejo? —ondeó el Ruby la mano con diez billetes de cincuenta dólares desplegados a modo de abanico.

—¿Y eso, pendejo? —sonrió a medias el Roxy, también medio aliviado.

—Esto, pendejo, es poco menos del uno por ciento de lo que había llegado hasta anteayer —gruñó el del abanico, casi en son de reproche.

—No mames… —reparó el actuario potencial, dudando todavía del número de ceros que debía poner después del cinco, *are you pulling my dick?*

Fueron a la carrera al hotel de Rubén. Sólo a ti se te ocurre dejar toda esa lana en el cuarto, respingaba Lamberto, rebasando los coches a lo ancho de Peachtree como por avenida Patriotismo. ¡Pero puse el aviso de *do not disturb!*, se defendía en vano el negligente, ¿no que los gringos son tan ordenados? Una vez en el cuarto, vaciaron la maleta sobre la cama. Somos ricos, no mames, sentenció, como un zombi, el de las estadísticas. Bueno, ricos no tanto, se corrigió enseguida, pero tampoco pobres. Tras lo cual agarró dos, cuatro, doce puñados de billetes y los lanzó hacia arriba. ¿O es que se hace otra cosa, en estas circunstancias? Si de un día para otro la lana les llovía, ¿por qué no darse el gusto de mojarse? ¿No era hora de danzar al pie de la pirámide?

Pero el Ruby era escéptico. Terminado el ritual de los billetes, los iba recogiendo de la alfombra carcomido por dudas ominosas. ¿Era aquello la lluvia o la tormenta? ¿Cómo iban a pararla, en todo caso? ¿No era mucha pirámide para dos raterillos? ¿No asomaban los cuernos, atrasito del ápice? ¿Dónde esconder tanta lana maldita? ¿Y cómo era que el Ruby, el Rudie, el Rudeboy, el forajido intrépido que el Roxy conocía, se había transformado en Tamaño Putito? ¡No le saques, pendejo!, rabió Lamberto intempestivamente, el dinero es tan malo como el alcohol, por eso hay que acabárselos. Morir debiendo, güey, no se te olvide.

Drusilla se retuerce al ritmo de la música, con las nalgas pelonas a medio palmo de la nariz del Roxy, que por la ley de Georgia no la puede tocar, de modo que le sopla, recto adentro, se saca del bolsillo un billete de veinte y se lo planta entre ambos cachetes. ¡A comer, mamacita!, le gruñe en español entrecortado, rechinando los dientes, entiesando los labios, sorbiendo la saliva cual si hirviera por dentro. Más que una calentura desbocada, se diría que es una faramalla destinada a espantar al fantasma de Liza. «Al fin que ni quería», se esmera en expresar ese falso desdén vestido de lujuria. «Podría gastarme este billete en ti y mira dónde lo vengo a poner.»

—¡Ya, pinche soplaculos! —acarrea Rubén las consonantes, algo menos borracho de lo que da a entender.

—Es pal estrés, mi Ruby. Enfermedad de ricos, *you know* —hace una pausa el Roxy, da un sorbo al *Bloody Mary* y regresa a soplar con renovados bríos.

—¿Tons qué? ¿Vamos pa México? —suelta un codazo el otro en las costillas del soplaculos.

—¡Ya te dije que sí, con un carajo! —se deja exasperar el del largo aliento—. ¿No puedes ver que estoy muy ocupado o quieres un billete entre las nalgas?

—¿Ya sabe que eres puto, aquí la señorita? —insiste con el codo el impertinente—. Si quieres, yo le explico que es culpa de la Foca. Te me vas a rajar, ¿verdad, marica?

—¡Ya estuvo, pues, pendejo! —da un manotazo el Roxy encima de la mesa, pela los ojos, sonríe a la manera de un villano de Batman—. ¿Tú crees que voy a ser yo tan estúpido para perderme el último jodido chance de recobrar a Liza?

—¿Ya ves cómo eres puto? —celebra el Ruby el triunfo de la provocación—. ¿No que ya te cagaba, que ni aunque te rogara, que era una sateluca de tercera?

—¡Yo no dije eso, imbécil! —cae de nuevo en la trampa el añorante—. Sateluca tu madre, no me chingues.

—¡Y además la defiendes! —se carcajea en grande el buscapleitos—. Oye, ¿y besas a Liza con ese hocico de soplaculos?

—*See you, guys!* —se despide Drusilla, sin *hard feelings*, una vez que las risas de los dos mexicanos desdeñan por entero el rito barbitúrico de su alcancía.

Reír es transigir. Empatizar. Pactar. Capitular alegre delante de los hechos. Hasta hoy en la mañana, el poder de Lamberto contra la añoranza descansaba en sus ínfimos recursos económicos. No es que sea yo cobarde, se defendía mal de su recelo, es que soy pesimista. Pero desde que vio revolotear parvadas de billetes en el cuarto del Ruby, hasta su misma risa malandrina deja constancia de una fe en sí mismo que tenía extraviada en la memoria. Esa confianza alegre y ligerita en su capacidad de hacer posible lo imposible. Enracharse sin fin, revirar las apuestas, atacar a la banca hasta hacerla saltar en un billón de esquirlas verde y oro. Una vez que la risa se deje avasallar por la inconsciencia, cuando el Ruby, Drusilla y Peachtree Street terminen de borrarse del paisaje, un nuevo sueño terco habrá de visitarlo:

Alma Luisa lo llama, meneando las falanges hacia sí, como si fuera un niño que aprende a caminar. Anda, ven, Lambertito, no tengas miedo, parece suplicarle su sonrisa, y él quizá la oiría si no hubiera estallado en torno suyo la gritería burlona de un piquete de escuincles ladillas. ¡No le saques, mariquita! ¡Lero-lero, culerito! ¡Se te arruga, sacatón! Son todos niños más pequeños que él, que es casi adolescente y se muere del miedo a dejar la andadera.

Lo atribuirá, tal vez, a los *Bloody Maries*, apenas resucite al día dos de su nueva fortuna, pero a la noche el sueño volverá, poblado de escaleras presurosas. Y una de estas mañanas despertará torciéndose de risa. ¡Qué estúpido!, hará mofa de sí mismo, como quien ha encontrado una verdad inmensa detrás de un acertijo diminuto. Tantas noches sufriendo por subir, y el mensaje indicaba lo contrario. ¿Por qué no resbalar, caer, despeñarse hasta el fondo de una vez, sin otra protección que el poder del instinto?

Nada más ponga un pie en el aeropuerto —con un hueco en la panza por volver a saltarse las aduanas llevando ocultos demasiados dólares— probará el Roxy la dulce ponzoña de saberse en camino al Sótano Mayor, ahí donde Felisa cede su trono a Liza y lo que se temía improbable y absurdo es lo único real. El Proyecto Cuicuilco. La valentía. El amor. La fuerza de la risa contra el miedo. La victoria rampante del cornudo soberbio sobre el chantaje del fantoche alado. La libertad, obscena y ostentosa. Cuánta razón tenía la pobre Foca cuando atinó a decir que un día no muy lejano su hijo mayor sería forajido.

1987

LI. El pájaro de cuentas

Pedregal de San Ángel, abril 26 de 1987

Estimada Elidé,

Quiero que entiendas, en primer lugar, que no te escribo para regañarte. Bien sabes tú, hermanita, que razones me sobran para poner el grito en las alturas, pero ya estoy cansada de ridículos. ¿Sabes? Llega una edad en la que te das cuenta que no soportas un maltrato más. Ni una mentira más. Ni otra de esas miradas de compasión amable que en realidad pretenden jubilarte. Hágase a un lado, vieja menopáusica, eso es lo que te dicen con su atenta sonrisa. Tú, con tantos muchachos a tu alrededor, sabrás que las señoras como yo somos más un estorbo que un apoyo para ellos. Eso sí, no te engañes. Cuando menos lo pienses, porque así son las cosas, también a ti van a darte la espalda. Y si por un descuido conservaste esta carta y la relees, vas a entender muy bien lo que te digo. Por eso es que mejor ni te regaño. Ya la vida lo hará mejor que yo.

Por mi parte, he entendido lo inútil que resulta pedirte que te pongas en mi lugar. Supongo que es lo último que tú querrías hacer, y de hecho lo sé porque ya lo has andado diciendo por ahí. ¿Me equivoco, Elidé? Tú, que tan bien te entiendes con los maleantes y las trepadoras, atrévete a decir que no me has criticado a mis espaldas. Lo cual no es ni tan raro, si sumamos la cantidad de cosas que últimamente pasan a mis espaldas. Soy un cero a la izquierda, ya lo he visto, pero tampoco creas que he perdido el juicio para saber qué es chueco y qué es derecho. Así como tú escuchas a Lamberto y le aplaudes sus peores desatinos, yo sé de otras personas que piensan como yo y están interesadas en mis observaciones. Por desgracia, no son de mi familia, pero si algo he aprendido en esta vida es que una sobrevive con lo que tiene. Ni modo de engañarme, a Lamberto y a ti nunca los tuve.

Eras su preferida, desde muy pequeñito. Siempre me he preguntado cómo hacían mamá y tú para hechizarlo de aquella manera. Puede que sea verdad eso que dices sobre los otros tres. No es que los apartara yo a propósito, pero algo me decía que no debía soltártelos así. Esas complicidades entre adultos y niños están bien para cuentos y películas, pero la vida real es otro asunto. No puede una flaquear ni darles la razón, aunque la tengan. Que no es el caso, claro. ¿O me vas a decir que hasta la policía se está ahora equivocando? ¿Sabes cuántos papeles me han mostrado, escritos con el puño y letra de mi hijo, donde queda clarísimo que es un estafador y un pájaro de cuentas? ¿Y yo qué debo hacer, pagarle a un abogado para que me lo salve con trampas y mentiras? Sólo eso nos faltaba, que toda la familia se convierta en pandilla. Que medio mundo piense que eso que hizo Lamberto lo aprendió nada menos que en su casa. Y no, señor, eso no va a pasar, como que soy su madre y tu hermana mayor. Dime tú, por ejemplo, qué vas a hacer si un día la fama del sobrino llega hasta Knoxville, Tennessee. Puedes perder tu cátedra, Lilí. O algo peor, yo no sé. Tú que tienes colegas tan brillantes, pregúntale a uno que sepa de leyes cómo tratan allá a los encubridores. Peor si son extranjeros. ¿Quieres que te deporten? ¿Que te pongan un tache en el pasaporte y salgas en la prensa con tu cara de palo? De una vez te lo digo, eso es lo que te espera si insistes en seguir solapando a Lamberto.

Tú no sabes, Lilí, lo que es vivir huyendo de los reporteros. No hay día que no llamen o me persigan para hacerme preguntas espantosas. Al pobre de Gregorio sus amigos ya no le hablan igual, cuando pueden se ahorran el saludo. Y a los chicos ni digas, cómo será la cosa que hasta voy a cambiarlos de colegio. Lo que no sé es cómo van a evitar que los señalen allá también, nada más por los puros apellidos. ¿Qué hago yo? ¿Se los cambio? Dime tú por favor cómo voy a lidiar con este desprestigio. En los primeros días, cuando vinieron los inspectores de Hacienda, yo estaba segurísima de que había un error. Los corrí de la casa, llamé a la policía. De entonces para acá, ya van a ser tres meses, justo es la policía quien no me deja en paz. Como ya supondrás, soy sospechosa. Nada más no me creen que no sé dónde tienes escondido a Lamberto. Quise decir, que no sé dónde está. ¿Verdad, Lilí? Como ya te decía, me sobra edad para pasar por alto las faltas de respeto de policías, burócratas y tinterillos. Me explica el abogado que yo, como mamá, estoy exenta de la obligación de declarar en contra de Lamberto, y a mí me gustaría que esos reglamentos también me protegieran de las impertinencias de los reporteros, pero al fin no me libro de unos ni de otros. Hay dos en especial, un dizque periodista que por lo visto lo que quiere es dinero, y un pesado encajoso de la Interpol. Llaman a toda hora, y si no les contesto se aparecen dondequiera que yo ande, como perros de presa. ¿Sabes lo que insinuó ese barbaján en el periódico de anteayer? Que yo, Felisa Richardson viuda de Grajales, «podría estar implicada como protagonista de una red criminal internacional». Me pide el abogado que negocie con él, pero Gregorio insiste en demandarlo. Él, que estudia Derecho, tiene algunos contactos a muy buen nivel y me asegura que nos iría bien. Además, digo yo, ¿por qué va una a pagar por limpiar su buen nombre, si tampoco ha hecho nada por mancharlo? Pero si me preguntas, daría hasta la casa de Cuernavaca por poder regresar a donde estábamos antes de que Lamberto se fugara como el bribón que todos sabemos que es.

No sé si te lo dijo, se les fue por un pelo. Tenía días que lo andaban siguiendo. Podían haberlo detenido antes, pero querían pescarlo in fraganti. Y algo se olía él, porque en dos ocasiones se acercó al edificio de correos, le dio la vuelta y se regresó al coche. Después salió pitando, nada más se dio cuenta de que lo seguían. Parece que dejó el carro en la calle, corrió tras un camión de pasajeros y nadie más volvió a saber de él. Con excepción de ti, que ya sabrás la historia con pelos y señales. ¿Te imaginas la pena que sentí cuando me lo contaron, sentada en un jonuco que apestaba a cigarro y a pipí, con la cara de mi hijo pegada en la pared junto a media docena de facinerosos? Hiciste bien, Lilí, en no querer ser madre, por eso ni me gasto en explicarte lo que siente una madre en estas circunstancias, pero somos hermanas y a lo mejor logras imaginarte cuánto duele la traición de la sangre. Crecimos juntas, con los mismos preceptos. Compartimos creencias, principios, educación, estilo de vivir. Nunca fuimos tramposas, ni deshonestas. ¿Te contó tu sobrino predilecto a cuánto asciende el fraude, o la estafa, o lo que sea que haya hecho con la pirámide esa que me arruinó la vida? Son millones de dólares, todavía no saben si diez o quince. O más, porque los sobres han seguido llegando. Calculan que son cientos de miles de afectados. ¿Y qué espera Lamberto? ¿Que lo proteja, como una mafiosa? ¿Que haga el papel de estúpida delante de la prensa y de los detectives? Dile que digo yo, si fueras tan gentil, que no cuente conmigo para nada. No diré que soy justa, porque eso sólo Dios, pero yo estoy del lado de la justicia y no tengo por qué proteger forajidos.

No dejo de sentirme un poco tonta de estar aquí contando barrabasadas que de seguro sabes mejor que yo. A menos que no sepas que tu Lambertito tuvo el descaro de venir a meterse aquí como ladrón. Se saltó por la barda de la casa de al lado, entró por sus papeles y desapareció. Según los detectives, lo iban a detener en unas horas, nada más intentara usar el pasaporte. Y nada, sigue libre. Tan campante, ¿verdad?, con la tía alcahueta que lo mismo le atiende a sus fulanas que le cuida los pasos en el hampa. Sólo que eso, hermanita, se acabó. No sé cuántas vergüenzas me falten todavía, pero llegó la hora de que todos entiendan que Felisa Richardson no es tapadera, y mucho menos cómplice de nadie. ¿Tenían el retrato hablado de Lamberto? ¿Y qué esperaba yo para poner a la disposición de las autoridades todo el álbum de fotos de la familia? Cooperación total, ni más ni menos. Si ese desbalagado prefirió ser hampón que persona de bien, yo seré su primera acusadora. La ley no me lo exige, yo lo hago por decencia, y porque nunca he estado acostumbrada a ocultarle las cosas a la autoridad.

Es la tercera vez que te escribo por esta situación y todavía no tengo el honor de leer tu primera respuesta. He tratado seis veces de llamarte, y en todas ellas te he dejado el mensaje de que te comuniques con urgencia. Por lo visto, o sea por lo no visto, merezco cualquier cosa menos el privilegio de tus atenciones. Ya tomaste partido, es la verdad, así que ojalá entiendas mi postura. No te acuso de nada, al menos en concreto, ni me consta que obtengas beneficios económicos de tu complicidad con Lamberto. Se lo expliqué muy bien al señor de Interpol, también a su ayudante. Les aclaré, eso sí, que en tu lugar yo nunca habría hecho lo mismo. Soy la hermana mayor, fui educada para dar el ejemplo, aunque en el caso tuyo no haya sido de gran utilidad. Fuera de eso, les di tu dirección y tus números de casa y trabajo. No sé si serán ellos quienes te busquen, pero igual prometieron que iban a ser discretos, por el bien de la propia investigación.

Te suplico que no malinterpretes esto que estoy haciendo por mi familia. Tengo tres hijos más y ninguno merece lo que le está pasando desde que el grande se hizo la fama de granuja. No es justo que ellos paguen y él ande tan campante, gastándose el dinero que no es suyo. Tú sabes lo difícil que ha sido para mí rescatar a Gregorio, que a Dios gracias se ha corregido a tiempo, y cargar con la cruz de la pierna del niño en todos estos años tan difíciles. Me he gastado fortunas en tratarlo, y a Dios le consta que no me arrepiento, si se trata de un chiquillo inocente, pero Lamberto es todo lo contrario y tú serás lo mismo si sigues ayudándole. Dirás que te amenazo, pero es al revés. Yo en tu lugar esperaría sentada a los detectives y les diría todo lo que sé. Piensa, Lilí, que es una oportunidad. No sólo para ti, también para Lamberto. A ver si cuando salga de este lío, lo cual dudo que ocurra en un buen rato, se enseña a no mezclarse con rufianes, como ese tal Rubén de Villa Olímpica que desde que era escuincle me daba mala espina. De esos niños que crecen como plantas silvestres, porque el padre y la madre trabajaban los dos en el gobierno. Dime qué educación iba a tener, con tanta vecindad alrededor y a merced de los vagos que con toda certeza abundan por allí. Y desgraciadamente ése fue el pelagatos que mi hijo fue a escoger como amistad, entre tantos muchachos sin problemas de origen y formación. A ése tampoco han podido pescarlo, pero hasta donde sé no se fue con Lamberto. Y también sé otras cosas, Elidé, que si no se las cuento a la policía es porque no he acabado de perder el pudor, pero apenas me entere que Lamberto volvió a poner un pie en tu casa, o a recibir cualquier ayuda tuya, soy capaz de acusarte en una corte americana. Ya bastante me hiciste desatinar cuando le diste asilo y protección a la pelafustana de la Alma Luisa esa, así que esta vez trata de no equivocarte.

Le he pedido a Gregorio que me ayude a mandar esta carta por telefax en su universidad. No sé cómo funcionan esos aparatos, pero él me aseguró que en unos minutos, cuando mucho una hora, la tendrás en tus manos. Una vez más, te ruego que no me subestimes. Tengo gente siguiéndote y sé todo lo que haces. Me cuesta más trabajo abrir la caja fuerte de mi casa que juntar tres docenas de evidencias en tu contra. Te he puesto en el correo, adjuntas a una copia de esta carta, dos fotografías que corroboran mis señalamientos sobre tus deslealtades a la familia y a la sociedad. Está todo archivado y clasificado, para que los fiscales no pasen apuros. No digas, hermanita, que no te avisé a tiempo, y hasta por telefax.

Espero la presente no te cause dolores de cabeza, y si así fuera bienvenida al club. Entérate, querida, del horror, la vergüenza, el estigma de ser pariente próximo, y en tu caso secuaz de un delincuente. Y si yo como madre no supe darle a tiempo lo que se merecía, ya encontrará él allá, donde lo manden, quién lo meta en cintura y lo enseñe a ser hombre de bien, aunque le tome años y sufrimientos. A mí también me duele dar este paso, a mí que soy su madre y lo parí entre gritos, Elidé, pero eso no me hace una pandillera, ni responsable de sus fechorías. Las tuyas y las de él, que quede claro.

Hace tiempo, Lilí, que no eres joven. Créeme que pretenderlo es condenarte a la ridiculez. No querrás tú ser otra de tantas solteronas que padecen complejo de colegiala. Pero ése es tu problema, hermana mía. Yo, por mi parte, no te guardo rencor. Bastantes son mis penas, como has podido ver (y ojalá que también reflexionar), para encima albergar sentimientos malsanos en contra de mi sangre. Dios te perdone, hermana, que yo lo haré de todo corazón cuando el agua recobre su nivel.

Saludos afectuosos,
Felisa

LII. Bandida de familia

Chiluca, Estado de México, 2 de junio de 1987

Alma Luisa,

Es la primera y la última carta que te escribo. No te voy a engañar, sé cuánto me detestas y es obvio que estás muy correspondida. Hace tiempo te dije (y hoy te pido perdón por ser grosera) que cada día que pasas en mi casa vale por dos semanas en el purgatorio. No sé si exageré, pero te hice llorar y hasta sentí clarito como que te empataba el marcador. Yo juraba que ibas a ir con el chisme, porque como te digo me pasé, y también porque yo a lo mejor sí me habría rajado con tu papá. Así que cuando vi que no me acusabas, se me ocurrió que es hora de que tú y yo empecemos a entendernos como gente mayor. No en lo que a mí me guste, ni en lo que tú quieras, sino en lo que a las dos nos puede convenir.

Ya sé que para ti soy una pobre secre resbalosa, y que como tú dices «no somos iguales», pero también te consta que soy yo (y ya no tu mamá) la legítima esposa de tu padre. La mujer que escogió el señor que te dio la vida para que lo acompañe hasta la tumba. Ni tú ni yo, Alma Luisa, podemos evitar que la otra sea importante para Ernesto. Si hacemos de esta casa un purgatorio, tu papá va a acabar en el infierno (si no es que ya está allí, con tanto pleito sordo entre sus viejas). Y antes de que te enojes y rompas esta carta sin acabar de leerla, voy a darte una prueba de nobleza: me he portado muy mal, lo reconozco. No tengo ni dos años más que tú y a veces soy la típica madrastra. Pero nunca te he puesto a trabajar, ¿o sí? ¿Te exijo por lo menos que lleves tus platitos sucios a la cocina, o que tiendas tu cama, o que seas tan amable de no prender tus «chubis» en el cuarto del niño?

Voy a ser bien honesta: si por mí hubiera sido, nunca habrías entrado en esta casa. Pero ya ves, llevamos veinte meses de mentarnos la madre bajo el mismo techo. ¿Crees que he sido una bruja de anfitriona? No te voy a negar que he aprovechado cuanta oportunidad tuve a la mano para dejarte claro que no estás en tu casa. Ya sé que te molesta verme en ropa interior, y que crees que me pongo tangas y babydolls para embarrarte todo lo que hago con tu padre, o que tengo mejor cuerpo que tú, o que no puedes competir contra mí, pero en todos los casos te equivocas. Si voy y vengo así por mi recámara, el pasillo, la escalera o la cocina, es porque yo sí que estoy en mi casa. Tengo derecho a la comodidad, y qué pena si alguien se siente incómoda. ¿Entiendes el mensaje? Acepto que no he sido ni tantito amigable, pero tampoco digas que te hice la guerra. Si te marqué la línea fue para que tomaras tus precauciones. Siéntete tolerada, pero no bienvenida. Como cuando eres niña y tu papá te llama la atención. «¡Lulucita, estás en casa ajena!»

Yo sé que tu papá te tiene en un concepto muy bonito. Habla muy bien de ti, se le sale el cariño por los ojos. Y aunque tú no lo creas, me da gusto. ¿Por qué? Simplemente porque es el hombre al que yo amo, y porque eso comprueba que es un buen hombre y que si un día me deja de querer no va a darnos la espalda a mí y a su hijo. A tu padre le rompería el corazón perder la buena imagen que tiene de su niña, la mayor. No soy quién, por supuesto, para contradecirlo, ni pretendo que cambie de opinión. Tú crees que porque no crecí en Satélite, ni fui a escuela bilingüe particular, soy una pobre changuita ignorante, y hasta puede que estés en lo correcto porque yo no presumo de lo que no soy, pero también soy la señora de esta casa y me entero de cosas que tú ni te imaginas. Cosas que si yo usara en contra tuya, mi querida Alma Luisa, Neto te sacaría de mi casa a empujones. Pero créeme, no es eso lo que quiero. Le prometí a tu papi que iba a hacerlo feliz, no que iba a arrebatarle sus amores.

Puede que te dé risa, pero yo soy creyente y no te juzgo. Por eso (y por prudencia) he sido muy discreta, así que va siendo hora de que lo reconozcas. ¿Cómo ves si empezamos por tu clóset? ¿Qué diría tu papá si viera las bolsitas con mariguana que escondes en el forro de tu abrigo negro? ¿Crees que le daría gusto encontrarse, de paso, las tres monedas de oro que se le habían perdido de su cómoda? ¿Y por qué no te acuso, si según tú ya no te quiero aquí?

No husmeo, ni te espío, pero otra vez te digo que estoy en mis dominios. Si me diera la gana, me drogaría en mi cuarto, o en la sala, ¿verdad?, y dejaría olvidados los preservativos entre la ropa sucia, pero tú, mujercita, estás en casa ajena. Para tu buena suerte, no caíste en las manos de la típica madrastra. En lugar de juzgarte o acusarte, me he hecho la loca por el bien de tu papi. Yo también, cuando me casé con él, fui acusada de ser lo peor entre lo peor, y ya ves que no soy ni tu enemiga. Así como me entero de tus malos pasos, sé lo bueno que cuenta de ti Ernesto. Igual que yo, quieres mucho a un galán. Has sufrido por él, pero sigues pensando que vale la pena y te importa muy poco que tu familia piense cosas bien feas de ese hombre. Que si es un mariguano, que si una vez te dejó abandonada, que si lo anda buscando la policía, tú igual lo amas, ¿o no? Pues lo mismo me pasa con tu papá. Pregúntale a tu mami lo que piensa de mí, y luego de una vez que te dé su opinión de tu novio el bandido, y ya verás que a él tampoco lo quiere.

Eso sí, no soy boba ni dejada. Defiendo lo que es mío porque me lo he ganado y nadie va a quitármelo. Y aunque lo dudes, soy una mujer leal. Un poquito curiosa, a lo mejor, pero nunca indiscreta, ni infiel, ni traicionera. No soy de las que esconden el cuchillo, ni me tiembla la mano para usarlo, pero igual he aprendido que es mejor negociar. Como ya sabes y te da tanta risa, vengo de una familia de condición humilde. Nací en una vecindad, crecí en un multifamiliar, y si hoy mi madre tiene dónde caerse muerta es porque somos gente de trabajo. No digo que eso me haga mejor, tiene una sus defectos por lo mismo. Soy envidiosa, a ratos, y hasta un poquito ardida, si me buscan. Tengo manías de pobre que no puedo quitarme, como limpiar el plato con trozos de tortilla y comerme hasta las migajas del pan. Ya sé que hay quienes creen que tirar la comida es un gesto elegante, pero a mí me enseñaron que es un crimen. Me es más fácil matar a un guajolote que tirar medio plato de pavo a la basura. Y tú bien que lo sabes, por eso dejas un monte de sobras y les echas un chorro de café (no vaya a ser que a un pobre se le antojen). Y yo callada, claro. No porque sea débil, tonta o acomplejada, sino porque yo aquí soy la señora y tengo que cumplir con mi papel. No eres mi hija, manita, ni modo que te llame la atención, pero tampoco soy ciega ni sorda. Ni miedosa, ni hipócrita, así que aquí me tienes. Judith de carne y hueso. Abiertita de capa, sin odios y sin miedos. ¿Quieres más, Alma Luisa?

No vayas a pensar que siempre estuve así de filosófica. Me ha costado trabajo dominar mis impulsos (como quien dice, ignorar tus bravatas) y si lo he conseguido en los últimos meses fue porque oí el consejo de mis hermanas. Esas dos «najayotas» a las que tú humillaste con chistes de mal gusto y comentarios crueles, me aconsejaron que fuera paciente. Que no te armara bronca, porque una hija siempre será hija y una esposa no puede decir lo mismo. Sobajaste a los míos, Alma Luisa. Has andado diciendo que Ágata y Brunilda son unas pobres «chundas» que solamente vienen por la comida gratis. ¿O sea como tú, que si pudieras no estarías aquí? Luego vas y le cuentas a tu hermana Ana Ofelia todo lo que sucede en esta casa. Lo que dice tu padre, lo que hago o no hago yo, que soy la naca mala y ambiciosa. «Jodith», ¿verdad? «Pirujudith», también. Cositas de las que una se entera por ahí. ¿Cómo explicas, entonces, que siendo una villana tan vulgar me quedara callada después de tus apodos, tus insultos, tus carotas de fuchi con dedicatoria? ¿Qué habrías hecho tú si la vida te hubiera puesto enfrente un botón rojo que con sólo apretarlo me desapareciera? Yo tengo ese botón aquí, junto a mi dedo, y en lugar de mandarte a la fregada te estoy dando la mano, fíjate.

No logro imaginarme lo que vaya a pensar tu papá de tus vicios, pero si fueras una de mis hermanas ya te andarían metiendo en un anexo, para que allá te dieran tus trancazos. Tampoco sé cómo reaccionará si se llega a enterar quién le roba sus cosas de la cómoda. No creo, la verdad, que se le haya olvidado la condición que puso cuando llegaste a vivir con nosotros. Según tú era muy fácil de cumplir. Tanto que te ofendiste, ¿no te acuerdas? ¿Cómo se le ocurría a tu papá que pudieras volver a hablar siquiera con «el estúpido ese» que te dejó colgada de la brocha en un país extraño? Usaste esas palabras, mi estimada Lulú, pero nomás de oír tu tono berrinchudo me figuré que antes de Navidad ibas a andar chillando por regresar con él. Creo que te aguanté las primeras rabietas porque estaba ocupada comprobándolo. Me interesaba verte desesperada, por si me hacías buena la predicción y te esfumabas antes de Nochebuena. Luego te eternizaste y yo seguí esperando (igual que tú) noticias de Lamberto. Lo que no calculamos es que iban a llegarnos a través del periódico. ¿Te acuerdas lo que dijo tu papá? «¡Cuidadito, Alma Luisa, y ayudes a encubrir al estafador ese!» Y tú lo defendiste, como era de esperarse. «¿Tienes pruebas, papá?» Desde ese día me dije que el novio fugitivo no iba a tardar en visitar Chiluca.

    ¿Qué iba a hacer yo, si llegaba a enterarme? ¿Denunciarlo? ¿Contarle a tu papá? ¿Correr a amenazarte? ¿Ya me entiendes por qué no he querido apretar el botoncito rojo? No puedo hacerte daño sin lastimar de paso a mi familia. Cuando era niña, me intrigaba muchísimo que en las películas cayeran muertos no sé cuantos soldados por la explosión de una misma granada. Eso serías tú, si yo lo permitiera. Eso es lo que has buscado, desde que estás aquí. Hasta que tu Lamberto se nos hizo famoso y ya no te convino ser notoria. ¿Por qué? Pues obviamente porque pensabas esconderlo (o seguirlo, ayudarlo, encontrarte con él). Necesitabas una tregua conmigo, ni modo de pelear en los dos frentes. Yo me dejé querer, te acordarás de las fiestas que le hice al peluchito que le compraste a mi hijo. Todo por la familia, dice una en estos casos. ¿Complacida? Tal vez. ¿Corrompida? Eso nunca. Por respeto a mi hombre, a mi casa, a mi niño, a mí misma, no iba yo a convertirme en tu tapadera. Tampoco es mi intención provocar que encarcelen a tu novio, aunque conozco gente que nos puede ayudar a refundirlo sin por eso tener que salpicarte. Sólo que tú no quieres que lo agarren, ni te perdonarías que fuera por tu culpa, así que ahora tú y yo vamos a negociar. No por mí ni por ti, sino por nuestros hombres. José Ernesto. Ernie Junior. Lamberto.

Hablando de tu novio, tengo aquí entre mis manos un par de cartas suyas para ti. Si yo fuera tu madre, o me hubiera propuesto hacerla de madrastra, tendría que elegir entre darle estas cartas a tu papá o a la policía (y saldría lo mismo, porque ya ves que Ernesto lo prefiere en la cárcel que cerca de su nena). Por suerte para ti, no soy una fanática de la legalidad, así que me tomé la libertad de abrir los sobres, servirme un cafecito y leerlas con calma. No estuvo bien, lo sé, pero era parte de la negociación. Tenía que saber en qué me estoy metiendo si falto a mi deber por ayudarte. Parece buen muchacho, se nota que te quiere, aunque eso no le importa a la policía. Como seguramente ya te lo habrá anunciado, te mandó un dinerito y un boleto de avión de México a Tijuana. Todo lo tengo aquí, a tu disposición. No creas que me agrada o me acomoda descubrir que sé más de Lamberto que la policía, pero prefiero eso a arrebatarte el gusto por la vida. ¿Cómo lo sé? Sólo de imaginar mi vida sin Ernesto (y supongo que yo también iría tras él, si fuera un fugitivo de la ley).

No sé qué planes tengas, Alma Luisa, pero los míos no son protegerlos a ustedes de aquí hasta su vejez. Tampoco me parece que te escapes como una delincuente, porque si lo que quieres es cuidar a tu novio (y espantarle curiosos) tendrías que tener una coartada. Vas a tomar un curso, a estudiar un idioma, una nueva carrera. Algo que muchas chicas de tu edad o la mía darían cualquier cosa por hacer. Entre tú y yo podemos convencer a tu papi, y en lo que a mí respecta nunca he visto a Lamberto, ni sé que te haya escrito alguna carta, ni me consta que entrara dos noches a tu cuarto (la semana pasada), ni me imagino dónde pueda estar. Ahora que si decides quedarte con nosotros, tienes una semana para avisarle que su presencia aquí, así sea por carta o por teléfono, será oportunamente denunciada a las autoridades competentes.

Lo único, Alma Luisa, que no puedes hacer es papel de bandida y de hija de familia en el mismo escenario. O sea en esta casa, donde viven felices tu padre, su mujer y tu medio hermanito (por cierto, sin jamás preocuparse por la policía). Y antes de que te dé por sospechar que estoy haciendo esto por librarme de ti, pregúntate qué haría tu mamá en mi lugar. ¿Dejaría tus «chubis» donde los encontró? ¿Se haría la loca con tus raterías y tus promiscuidades? ¿Le cubriría la espalda a tu famoso prófugo? ¿Te daría la opción de quedarte en su casa, así como si nada? ¿Te escribiría una carta, siquiera? Y no es porque te aprecie, si clarito te he dicho que te aborrezco tanto como tú a mí, sino porque eres parte de la felicidad del hombre a quien yo amo. Eso es más importante para mí que todos los apodos que me puedas poner (porque buena de ardida que eres tú también) y los chistes que hagas de mi familia. Y así como ninguna de las dos queremos contrariar a tu papá (especialmente ahora que tienes a Lamberto de moscón), si revisas el contenido de esta carta verás que me incrimina mucho menos que a ti. Yo no soy drogadicta, ni ladrona, ni recibo dinero de un estafador. ¿Me aceptas un consejo de madrastra? Quémala ahorita mismo (no puedes darte el lujo de la indiscreción).

Si te interesa, hablé con un abogado. Me dijo que el problema de Lamberto está en la difusión que se le ha dado al caso. Los periódicos hablan de cantidades espectaculares y parece que esto es un robo hormiga, nada más que con mucha publicidad. De otro modo (y sin parte acusadora), me jura el abogado que el Ministerio Público agarraría de almohada el expediente. ¿Quieres otro consejo? Cuídale sus ahorros. Quiero decir, métete en tu papel, sálvalo del pendejo que lleva dentro. Con tu perdón y con todo respeto, ésa es nuestra misión. O sea nuestro papel, que te decía hace rato. Y si vas a quedarte con nosotros, sálvate de ti misma y no vuelvas a hablarle a ese señor ni por casualidad, si no quieres ser tú la que acabe de hundirlo.

¿Te parece que están claras las reglas? No digo que sean justas, porque si fuera así tú ya habrías ido a dar a la calle, o a la cárcel, o a una clínica popis de rehabilitación, pero mínimo evitan la injusticia mayor de causarle una pena a tu papá. Como ya te lo dije, no creo que te convenga escaparte otra vez de tu familia. Yo te puedo ayudar a que Ernesto te mande a estudiar lo que a ti se te ocurra, adonde más te guste, y nadie va a enterarse si recibes visitas o tienes por ahí un secreto con patas. Por otra parte, ya sabes la ilusión que tiene tu papá en que termines alguna carrera. Con tal de darse el gusto de verte con la toga y el birrete y a como van las cosas con la empresa, gracias a Dios, es capaz de pagarte cinco años en París. O en Nueva York, Madrid, Inglaterra, Monterrey (si es que alguien, por ejemplo, no pudiera salir del país).

Te repito, es la última carta que te escribo. Ahora que la termino, he tomado la precaución adicional de dársela a mi amigo el abogado para que la revise, te la lea en voz alta y proceda a destruirla según mis instrucciones. Perdóname que sea tan desconfiada pero ya ves, Lulú, la mula no era arisca. El abogado, en cambio, es de mucha confianza. Puedes decirle a él lo que quieras de mí sin que nos desgastemos con groserías en vivo y a todo color (mientras, aquí en la casa, te prometo que habrá puras sonrisas). Nada más te decidas, infórmanos para saber qué hacemos.

Por lo pronto, Alma Luisa, recuerda que esta carta nunca existió. Si en algo te equivocas, no va a ser por mi culpa que todo salga chueco, ni que entonces la cuerda se rompa por la parte más delgada. O sea tú, mi vida, y eso no lo queremos. Tampoco nos conviene. Si tú eliges una de estas opciones, me dejas ayudarte y protegerte. De otra forma, el primero en pagarla sería Lamberto. Diez, quince años de cárcel, según me dicen. Así que tú decides, Alma Luisa. Sin otro particular, quedo en espera de tu gentil respuesta.

Atentamente,
Judith Pascual de Gómez

LIII. En la palma del gorila

México, 10 de octubre de 1987

¡Dios te salve, Rubén!

Yo, que llegué a pensar que eras un espejismo, sigo sin convencerme de que seas real. Eres como un mesías, dentro de mi cabeza. No te imaginas cuántos falsos profetas han llegado clamando que eran tú. Todos sin excepción me han hecho llorar, pero ninguno de ellos de alegría. ¿Cómo es que hasta la fecha no doy crédito? Porque yo soy como santo Tomás. Como veo, doy. Y es más, pago por ver. ¿No me entiendes, Rubén? Pues ahí te va, mi semidiós bilingüe: vengo a entregarte mi alma de satín para que hagas con ella lo que mejor te plazca.

No te creas, es broma, pero igual algo de eso habrá por ahí. Sé que le escribo a un ser de carne y hueso, y por si fuera poco a un hombre de verdad. Y ahora sí que la mera verdad es que hay tan pocos de estos que cuando se aparecen los confundes con ángeles. Perdona que comience así de intensa, pero no te imaginas, corazón, lo que yo he batallado para dar contigo. Me encontrarás distinta de aquella tonta mustia a la que conociste, o mejor dicho, creíste conocer allá en Toluca. Ya sé que no coincide el nombre que recuerdas con la firma al final de esta carta, y hasta es posible que ni lo recuerdes, con la mala opinión que tendrás de ella después de todo lo que te contaron. En tres años, supongo, ya la habrás sepultado en la fosa séptica donde va a parar todo lo que no quieres que regrese. Y está muy bien, desprécialaa, entiérrala, sofócala en el caño de tu olvido, pero primero entérate quién es. Y si ya vamos a quitarnos las caretas, no podría platicarte quién soy yo sin contarte la historia del chismoso.

Ricardo Medinilla era un niño mimado por compensación. Por culpa, si tú quieres. La mamá trabajaba todo el día y el padre nunca puso un pie en la casa, pero igual cada mes se aparecía el chofer con un cheque tan gordo que hasta la fecha el hijo no acaba de entender para qué diablos trabajaba la madre. Tampoco entendía entonces, ni lo sabía explicar en el colegio, por qué usaba los dos apellidos de su mamá. Tendría unos siete años cuando oyó que otro niño le decía «bastardo». No acababa de entender la palabra, pero por si las moscas le puso una golpiza que hasta lo desmayó, y desmayado lo siguió pateando.

Llegó con esa fama a mi colegio. Lo habían expulsado la semana anterior, un mes antes de los exámenes finales, y el papá movió influencias para que lo aceptaran a final de curso. Era un niño ruidoso, engreído, voluble, caprichudo, indiscreto, bravucón, y más que todo muy vengativo. De esos monstruos de escuincles que coleccionan odios igual que estampitas. Tenía una libreta de taquigrafía donde anotaba sus cuentas pendientes. Del lado izquierdo ponía los nombres de sus enemigos y lo que le habían hecho para ir a dar ahí. A la derecha estaba la lista de venganzas, según iba pensándolas con toda calma. Por suerte o por desgracia, ya me dirás qué opinas, el rencoroso Quico era mi amigo.

No estaba en mi salón, pero igual me ignoraba de las ocho a las dos. Me tenía prohibido decir en el colegio que afuera nos veíamos, o que éramos vecinos, o que nuestras mamás eran amigas, o que yo sabía el nombre de su papá. Nunca quiso aceptar que mi amistad era desprestigiosa. Decía: «Como aliados secretos somos más poderosos», aunque a mí me trataban como mierda y no movía un dedo para evitarlo. Ya nada más por eso tendría yo que haberlo subido hasta el primer lugar de mi lista negra, pero yo no tenía lista negra y él contaba conmigo para ayudarle con sus vengancitas.

No diré que no fuera divertido, aunque no me divierte recordarlo. ¿Alguna vez has admirado a un canalla? ¿Te has sentido especial porque es tu amigo? ¿Y qué te hace pensar que a ti no te va a hacer las mismas chingaderas que a todo el mundo? Yo no sé qué sería de tantos miserables como Quico sin la cooperación de su fan club.

Admiras al malvado y ya por eso esperas que no repare en que eres una rata cobarde. Celebras que purgara a un niño de seis años y le quitara el lunch a uno de cinco sólo por ser hermanos de uno de su salón que le cae mal por su cara de bobo, y es como si con eso te vengaras por todas las que te hacen. De pronto me sentía como perro malvado de caricatura, festejando las gracias del villano apestoso que de seguro ni le da de comer. Pero es que luego son simpatiquísimos, y te juro que Quico jamás fue la excepción.

En el número uno de su lista negra, Quico había puesto puras iniciales. C-L-T-B. Y yo, que cada día escuchaba las pláticas de mi madre y la suya en el teléfono, sabía quiénes eran sus peores enemigos. Casilda, Lourdes, Tania y Bruno, la esposa y los tres hijos de su papá, que era procurador y los traía rodeados de guaruras. Varias veces hicimos sesiones de vudú —él era El Gran Satán y yo su asistente— para acabar con C, L, T y B. Degollamos muñecas, torturamos insectos, alfileteamos osos de peluche, hicimos juramentos de lealtad al demonio, o en fin, los hice yo porque el demonio era él. Podíamos jugar a cualquier cosa, incluso a veces juegos inventados por mí, siempre que él fuera el héroe, el almirante, el doctor, el sultán, el campeón, el marqués. Yo por supuesto era la asistente, la enfermera, la criada, la mesera o la pobre muchacha en aprietos a la que él rescataba o destripaba, según el personaje y sus caprichos.

Todas las amistades tienen su reglamento. De acuerdo con el nuestro, Ricardo era una estrella internacional y yo tenía la suerte de conocerlo. Nada que nadie más fuera a saber, porque además otra de nuestras reglas era que yo tenía que ser niña. No era una idea mía, pero la verdad nunca me quejé. Como decían mis tías, zapatero a tus zapatos. Una tiene que hacer no lo que más quisiera, sino lo que mejor le sale. Que es en el fondo lo que más quisiera, pero siente vergüenza ante sí misma y no digamos ante los demás. En el colegio yo era muy cobarde, me paraba los pelos la posibilidad de llegar a rasparme una pantorrilla y no era tan valiente para disimularlo, porque mi valentía siempre fue un secreto. Ricardo, por ejemplo, nunca habría tenido los pantalones para decir «soy niña», plantarse un babydoll y llamarse Esmeralda o Bárbara o Yesenia. Sólo yo me atrevía. ¿Por qué? Porque en-el-fondo en-el-fondo, era como Pancho Pantera: fuerte, audaz y valiente. Más, mucho más que Quico Medinilla.

Cuando el sexo llegó, lo confundí con otro juego inocentón. ¿Qué sería del infierno sin tantos inocentes nalgapronta? Pero es que según yo era como el futbol o las madrizas. Uno domina y gana, el otro hace el ridículo. Andabas por el patio, quitado de la pena, cuando un niño llegaba por detrás y te ponía el pirrín entre las nalgas. Te agarraba además de las caderas, para que no tan fácil te zafaras, y hacía todo el ruido que podía hasta que medio patio se enteraba que te estaban «cogiendo». Y tú te revolvías, pataleabas, luchabas como gata bocarriba (bueno, tampoco tanto) para probar que eso no te gustaba. No por la mala, pues, y en todo caso no con la ropa puesta, ni a la mitad del patio. Es decir, no de juego. Nada más de observar las caritas de hampones que ponían los adultos siempre que hablaban de eso, entendías que era una cosa seria. Si tu papá se cogía a tu mamá, no lo iba a andar gritando por las calles. Y ése era el gran peligro que corría Ricardo: compartir un secreto vergonzoso con alguien que ya había perdido la vergüenza. O sea yo, su niña de mentiras que jugaba con él a las muñecas.

¿Quién de los dos sería la maricona? Desde niño te enseñan, aunque nunca lo digan, que el que la hace de hombre es preferible al otro, que ya sólo por eso se convierte en la otra. Cosas que si las cuentas lo primero que escuchas son las risas. Automáticamente. Igual que si te enteras que fulana es cleptómana, te va a ganar la risa por default. Ricardo se reía todo el tiempo de mí, me llamaba con nombres y apodos de mujer, me embarraba el pitito encima de la ropa sin que yo hiciera mucho por resistirme, pero igual nada de eso lo prohibía el reglamento de nuestra amistad, donde se valía todo menos la indiscreción. Si Ricardo contaba en el colegio las cosas que yo hacía cuando jugábamos, me iban a pisotear como a una hormiga, y después a él como a una cucaracha. Y ahí estaba otra regla principal: yo me sentía siempre menos que él. Evitaba todas las oportunidades de competir. Para qué, si Ricardo tenía que ganar. Si de los otros niños se defendía con uñas y dientes, la idea de perder ante una niña le parecía absurda como un gato con trenzas.

Claro, ser perdedora tiene sus ventajas. No tienes un orgullo que defender, ni tampoco un prestigio que cuidar. Pretendes que esas cosas no te afectan, dejas que el enemigo se convenza de que eres un bichito inofensivo. Porque es el enemigo, eso a las perdedoras nunca se nos escapa. El problema es que, como ya te lo digo, me obsesiono muy fácil con los canallas. Como si de repente fuera Jessica Lange recostada en la palma de un gorila con los ojos de Quico Medinilla. Aplástame, le digo, nada más no me saques de la película.

No quisiera abrumarte con mis niñerías. Lo que quiero que entiendas es que nunca, y menos en la infancia, Ricardo me aceptó entre sus amigos. Yo era algo así como un pariente leproso, ese primito bobo, cobarde y femenino que un niño popular no invita a su cumpleaños. ¿Pero qué tal aplaude y sigue el juego cuando lo ve salir envuelto en el vestido de novia de su madre, pidiendo que lo llame Sherezada? Ya habíamos cumplido los once años, Quico me amenazaba con ir a delatarme con mis compañeros si no obedecía yo todas sus órdenes. «Vas a ver, vas a ver, que te vistes de vieja y te dejas coger», me cantaba el maldito, y yo fingía el susto pero me daba risa. Me temo que en el fondo, y ahora sí que de veras en el fondo, era eso todo lo que yo quería. Y él tenía demasiado que perder. Faltaba ver quién iba a merendarse a quién.

El sexo se hizo sexo (quiero decir mandón, obsesivo, encimoso) en cuanto pasó lista la testosterona. Como tener un coche de pedales y ponerle motor de gasolina. Seguíamos jugando como niños, o sea como niñas, de las muñecas al desfile de modas, sólo que con un sesgo cochinón. Él se había robado varias *Playboys* de una peluquería, yo tenía escondidas cuatro Barbies y un Ken que eran de mis hermanas, antes de que crecieran. Con esos ingredientes y el gentil patrocinio del ropero materno, que era divino, las niñerías se hacían calenturas sin que aparentemente nos enteráramos. A esa edad eres niño siempre que te conviene. Les hablas a las niñas como un galán del cine, te la jalas como un viejo cochino y te sientes culpable como un monaguillo. No digo tú ni yo, sino Ricardo. Fui aprendiendo a saber en qué parte del ciclo traía la cabeza, y entonces acercármele o huirle. Si antes me había llamado Señorita Cometa, Samantha, Sherezada o La 99, ahora dependía todo de sus humores. Si andaba calentón me decía Vampirella, pero si iba a llamarle a alguna novia me corría sin piedad. «Lárgate ya de aquí, Mary Consuelo.» Pero lo peor era cuando traía culpas de puñetero. Un día va a matarme, decía yo. Y como para colmo ya era más alta que él, se desquitaba con cualquier pretexto. Haz de cuenta que a las seis de la tarde era yo la modelo del desfile de modas y él un señor que me pagaba con aplausos, diez minutos más tarde me había convertido en una bailarina de striptease, y si mi único público ya no aplaudía era porque debajo del mantel se la estaba jalando como chimpancé. No habían dado ni las seis y veinte cuando ya le podía el remordimiento y corría tras de mí para darme mi tanda de cuerazos. Mis papás no llegaban antes de las diez, eran los dos campeones de boliche y competían juntos, así que nos quedaban muchas horas para hacerme la vida de cuadritos. Porque también yo así quería que fuera. Igual me calentaba, cómo no, pero había algo más. Algo que no diré que fuera amor, pero sí ese otro guiño a la fatalidad que es la licencia para enamorarse. Lo ves en las películas, en las telenovelas, en las caricaturas, y cualquier día necesitas probarlo. Probarte. Averiguar en qué te has convertido, con todos esos pelos nuevos entre las piernas y ese cutis de feto purulento que te hace improcedente para el amor. Y ahí está la jodienda, Rubencito, enamorarse a solas es como creer en milagros, que entre menos posibles te parecen, con más ganas te pones de rodillas.

Contra lo que podrías imaginar, el puro combustible de la pubertad no alcanzó para más. Yo diría que las culpas de Ricardito eran algo más gordas que sus hormonas, pero aquello cambió con el alcohol. ¿Qué pensarías de dos amigos secretos que a los dieciséis años juegan a ser vedette y espectador cautivo? Semejante pregunta puede operar milagros en el cerebro de un borracho como Quico, que en sus cinco sentidos es puro fake y necesita un shot de lo que sea para darse permiso de quitarse ya no digas la máscara, sino siquiera la tiesura del culo. Yo tampoco quería ver lo obvio, porque me acomodaba más el cuento de hadas donde Ricardo hacía de superhombre, hasta que desperté, literalmente, a la verdad desnuda, por desgracia también literalmente.

Habíamos bebido como dos amigotes en una despedida de soltero. Hablamos de deportes, de coches, de fiestas y de putas, como hacen los amigos de esa edad sin que nadie se alarme, excepto por el ínfimo detalle de que se dirigía a mí como Vampirella. Y yo estaba tan poco en desacuerdo que en lugar de gritar que andaba pedo y me sentía contento le decía al oído que estaba «desatada» y me sentía «plena». Tan bruta era la tal Vampirella que hasta había ido a ajuarearse a la Corsetería Francesa, creyendo que Ricardo Medinilla era el auténtico hombre de sus sueños. ¿Sabes qué hacía él cuando yo abrí los ojos? Exactamente: romperme el corazón. ¿O sea que el marica sacatón me maltrataba porque veía en mí la encarnación de sus deseos secretos? ¿Qué se creía esa loca depravada para chuparme el pito contra mi voluntad? ¿Quién de las dos, a ver, merecía más ser Mary Consuelo?

Ya sé, tendría que haberme hecho la desentendida, pero es que como dicen, monté en cólera. Si el machín de Ricardo se me amujeraba, yo mismita lo iba a despellejar, sólo eso me faltaba. Pero no me faltaba, y al contrario. Lo que pasa es que yo no quería darme cuenta, igual que mi mamá que presumía con todas mis tías que según la maestra de Educación Física era yo el alumno mejor formado del colegio. ¡Tenía cuerpo de niña, no me jodas! Piernas gordas, caderas muy carnosas, sufría para abrocharme sus corsés. ¿Mejor formado dónde? ¿En la cola para chupársela a Ricardo? Como que no, ya no, ¿verdad? Pero a mí me quedaban esperanzas. Qué tal que se corrige, pensaba. Me propuse ayudarlo a dejar de beber, como la esposa mártir que encontró su misión en la vida limpiándole a su viejo las vomitadas. Por otra parte, si lo ves con ojitos de misericordia, era un gesto piadoso. Un acto humanitario. Tú conoces a Quico, nada más imagínate qué bodrio de mujer sacas de ese gordito mofletudo y desnalgado. Ay, no, mi vida, ya hay muchas viejas feas en este planeta (incluyendo a mi madre y mis hermanas, que conste) para sumarles a Ricarda Medinilla. Peor todavía con esas pantorrillas de Popeye, El Marino Varicoso. Les pones unas medias de red y parecen la fruta del mercado.

Te estarás preguntando cómo fue que esa rata llegó viva hasta 1987. Otra no tan dejada ya le habría dado aire a la sabandija, pero como te dije, esto era un juego. No te voy a contar toda mi vida aquí, quería nada más que entendieras la trampa donde viniste a caer sin proponértelo. Pobrecito de ti, Sean Penn de petatiux, te metiste entre dos borrachas cocainómanas. Tres, contando a tu primo. Espero no te importe si le digo la Güicha. Las jotas somos como las cucarachas, síguele el rastro a una y vas a dar con veinte. Siempre que Ricardito se iba de borrachote con sus amigos, según decían ellos a jugar póker, yo ya sabía que iba regresar con la tripa empapada de almidón. No era que me extrañara, válgame la chingada, sino que me enojaba verlo luego del brazo de tanta frigidita de porcelana. ¿Sabes que hasta la fecha tiene «novia»? Hazme el puto favor. ¿Desde cuándo, bebé, las espuelas se llevan con los tacones altos? ¿Te has fijado cómo es de femenino, cada vez que le da por ponerse galán y hacer reír a huevo a las ultrapendejas? Tiene que haber millones de señoras más masculinas que él para bailar, y hasta para contar un chiste malo. Si un día, de pura suerte, vuelves a verlo hablando, imagínatelo con un clavel en la oreja: verás que en un instante todo se explica solo.

Claro, yo sé que tienes por ahí otra pregunta más interesante. No te la he respondido porque me da ilusión que te imagines cosas, pero ya va siendo hora de que me compadezcas de verdad, o sea si te pones un pedazo de instante en mi lugar. Lo que tú te preguntas es cuándo al fin se le hizo a Quico Medinilla empinarme y metérmela, ¿verdad? Siento decepcionarte: jamás, que yo recuerde. Y yo recordaría, te lo juro. La desgracia de las mujeres de mentiras es vivir condenadas a los hombres guangos. Te invitan, te seducen, te tortean, te encueran, se voltean y piden que les des. Y yo, que siempre dije que forzar a una jota a ser machito equivale a violar a una mujer, me lo he hecho tantas veces que ahora hasta lo disfruto. No digo que me guste, pero también es parte del juego. Ricardo es de esos putos que se miden la hombría según cuántos pendejos los obedecen. ¿Tú crees que yo me habría tirado a esa loca machina, si de mi decisión hubiera dependido? Sus guardaespaldas me llamaban «joven», como quien dice para no equivocarse, y en teoría también me cuidaban, pero a Quico le gustaba hacer chistes sobre sus examigos a los que habían madreado. Otros «jóvenes», ¿no? Hoy te traían el perico y los poppers, mañana te arrancaban lo puto a macanazos.

Le pusieron el coche con los guarros porque el papá tenía cantidad de enemigos, y él otra vez se sintió compensado. Pero como el Señor Licenciado tiene todavía más amigos que enemigos, nunca faltaba uno que le ofreciera a Quico alguna de esas chambas que ni chambas son, ganando un sueldo fuera de este mundo y ordeñando un botín de gastos comprobables que nadie habría perdido el tiempo en comprobar. ¿Cómo, si se sabía que el joven Medinilla era otro hijito del Señor Licenciado, aunque no lo dijera el apellido y nadie se atreviera a preguntárselo? Súmale al dineral que te imaginas un presupuesto para buena coca (uf, corazón, purísima y gloriosa, eso sí no se lo regateo) y el resultado es un gordito prepotente que hace contigo lo que le da la gana porque sabe que tiene todos los juguetes y adivina que mueres por jugar.

Ay, qué susto, Rubén, según yo decidí escribir esta carta para quitarme un poco de mi pésima imagen ante ti y mira nada más, me sigo incriminando. Pero ésa es la verdad, si yo era la sirvienta y el chichifo de ese pelafustán, es porque siempre tuvo con qué pagármelo. Y lo mismo pasaba con tu prima la Güicha, que no sé si lo sepas pero se anda cogiendo al padrino de Quico, un viejito que fue secretario de Estado cuando los ejes viales eran brechas. Tiene mucho poder y es un truhan, pero a sus protegidos los hace millonarios, así que no te extrañe que cualquier día de éstos la Güicha y la Ricarda se pesquen de la greña y se deschonguen, como las ratas de caño que son. Y si ellas son las ratas, ya me dirás qué somos tú y yo.

No me imagino cómo te habrán engatusado, pero a mí ni falta hizo que me mintieran. Necesitaban que me hiciera pasar por una tal Angélica Vianney, que se había operado para dejar de ser Gabino Magallón. Se suponía que yo era la triunfadora de un concurso de belleza que nunca sucedió, y por el que metieron alteros de facturas y recibos, pero a mí me bastaba con figurarme que iba a hacer realidad el sueño más bonito de mi niñez. ¿Y quién más que Ricardo, que tantas tardes me había visto bailar sobre la mesa, con mi banda de venda de gasa, el maillot negro de mi mamá y tres diademas en lugar de corona, sabía de qué pie cojeaba yo? Miss México. Miss América. Miss África. Miss Júpiter. Miss Shangri-La. Miss Lo Que Se Le Diera La Puta Gana A Quico. ¿Le iba a decir que no, ahora que me ofrecía un sueldo, un tratamiento de belleza y todo un guardarropa, Dios lo bendiga? Si me preguntas, darling, lo habría hecho de gratis y corriendo. Era una trama burda, qué quieres que te diga si ya hasta me pregunto si eso no sería parte de su chic. «Miren con qué descaro estoy aquí robando y de todas maneras me salgo con la mía, para que quede claro quién es quién.» Yo, que jugaba a las barbies con él, sé que es bruto para inventar mentiras, pero hay algunas que no sé resistir, como ésa de atraer los reflectores y desfilar «en femme» por una pasarela. ¿Que no iba a durar mucho? No me lo dijo así pero era de esperarse, si en este mundo infecto hasta las medias caen por su propio peso.

Reconozco que hicieron bien el casting. Habría preferido que me la dieran de estrella de cine, como a ti, pero es que por entonces yo no me había enterado que era celebridad. Estaba muy contenta de llamarme así, Angélica Vianney, y cada día estrenar zapatos de tacón, jeans de marca, vestidos entallados, brasieres coquetísimos, pantaletas de encaje, medias de fantasía, falditas pirujonas, pulseras y collares, haz de cuenta que vuelves a ser niño y te dan un mecano de diez mil piezas. O como si te compran una casa de muñecas tan grande que te vas para siempre a vivir en ella. ¿Te acuerdas que te dije que te había visto en una de «tus» películas? Perdón, era mentira. No me aguanté las ganas de adularte. Lo escuché sin querer, desde el baño del cuarto de Ricardo, un par de días antes de que llegaras. ¿Cuándo iba a imaginarme que el Sean Penn de petate me iba a cambiar la vida, igual que el de verdad se la cambió a Madonna? Yo, que no sabía nada del actorcete aquel, imagínate el chasco que me llevé año y pico después, cuando leí su nombre en los periódicos. Espero no te importe, Rubencito, pero desde que supe que tu doble y Madonna se habían nada menos que matrimoniado, tomé la decisión de actualizar mi look con mi currículum. En cuatro palabras, baby: por ti me madonnicé.

Aquí me tocaría pedirte una disculpa por haberte engañado tantas veces, seguidas además. Te dejé que creyeras que era la que no era, y peor, lo que no era. Te dejé confesarte y encuerarme tu alma sin decir «esta boca de señor es mía». Te dejé para siempre y ni me despedí. ¿Te dejé enamorado, a lo mejor? ¿Te dejé un trauma, entonces? Pues estamos iguales. Ya te conté quién soy, de dónde vengo y cómo fui a estrellarme en tu destino. Yo tampoco me supe resistir a tu encanto, o a tu hechizo, o a la pura sospecha de que tenía un hombre delante de mí. Esas cosas no pasan, lo que hay es bugarronas y machinas. A menos que recurras al engaño, que es como hacer papel de Cenicienta en un mundo inclemente donde ni un solo príncipe va a recorrer su reino en busca de una naca que calza del nueve y trae un huevo fuera de la pantaleta.

Y sin embargo, darling, no todo fue mentira. Entre tantas patrañas y engañifas, un beso de verdad no es poca cosa. Porque fue todo cierto, ¿o me equivoco? En cuanto a mí, te juro, fue lo único honesto que hice en todo aquel año, sin contar los insultos a Ricardo. ¿Crees que llevo dos años instalada en Madonna porque sí? Algo tiene que haber pasado en mi alma mientras tú me mirabas a los ojos con una transparencia, un resplandor, una sinceridad que yo no conocía. ¿Y esperabas que, en justa correspondencia, Angélica Vianney se bajara allí mismo los calzones para que ese milagro del destino volara en pedacitos? Me pregunto, Rubén, cuantos besos has dado en tu vida tan puros y sinceros como el que me plantaste afuera de tu cuarto. ¿Y ahora qué, ya no vale? ¿Lo borramos del alma, de la piel, de la sangre? ¿Ponemos de pretexto que fue una confusión muy lamentable? ¿Te asusta que te aclare que lamentablemente yo no lamento nada?

Te diría que soy inofensiva, pero te he dado pruebas de lo contrario. Te juraría que no pienso seguirte, pero ya es mucha carta para que me lo creas. ¿Y si te confesara que desde que Ricardo me sacó del concurso a media madrugada decidí que hasta ahí llegaban las mentiras? No digo, por supuesto, que a partir de ese instante ya nunca fuera yo a engañar a nadie. Mentir es muy bonito, si lo haces por tu gusto, deleite y capricho. Lo apestoso, mi vida, es tener-que-mentir. Vivir esclavizada por la paranoia y encima chantajeada por la culpa. No podía volver a ese chiquero después de caer en brazos de Sean Penn. Como quien dice, de volar con tus alas, aunque fueran robadas y de plástico.

Me encantaba que fueras un bad boy de verdad. Suponía que, si volvías a verme, lo más probable era que me insultaras, que me vieras con odio y repelús, que al primer parpadeo me corrieras el rímel a cachetadas y hasta a puñetazos. ¿Tú crees que el borrachote de tu doble no le ha dado sus buenos soplamocos a la

Material Girl? Te confieso, tenía mis fantasías, pero no te busqué. No sé si habría sabido por dónde empezar, ni estaba tan segura que fuera mi papel aparecerme así, como un espanto. Pero algo me decía que no iba a hacerme vieja, o sea viejecita, sin recibir noticias del amante bandido. Algo ibas a hacer pronto, me decía el corazón, que me iba a revelar tu paradero. Imagínate el vuelco que me dio cuando encontré tu foto en el periódico. «¡Ése es mi bad boy!», dije, con el pecho tan ancho que hasta reventé el bra. Vamos, cambié de talla desde ese mismo instante. Me dije que si un día filman una película sobre tu vida, alguien tendrá que hacerla de Angélica Vianney. Más de una vez soñé que tú y yo éramos prófugos de la justicia, como en una película de las que a ti te gustan, mi admirado bad boy.

Hace más de dos años que no sé de Ricardo. Me llegó un citatorio, a nombre de Juan Álvaro Zertuche Senosiain, que debía presentarse en no sé qué juzgado civil para aclarar, o declarar, o clarificar no sé qué pendejadas. Y yo no esperé más. Nadie que a estas alturas de la pasarela ose llamarme por mi nombre de pila podrá nunca traer buenas noticias. Según logré sacarle a tu prima la Güicha en una noche de alto cocainaje, Gabino Magallón era un travesti que vivía de putear en Insurgentes, con el nombre de Angélica Vianney. Supongo que de ahí la conocía Quico, parece que era guapa y daba buen gatazo. Como yo, ¿no se te hace? Se parecía a mí, según la Güicha, o para el caso era del mismo tipo. ¿La tenían escondida, secuestrada, enterrada, hospitalizada? Eso no me lo dijo. Sólo que el nombre estaba disponible para hacer «unas cuantas gestiones» con él. Lo mío era ponerle carne y hueso. Estirar la mentira mientras cobraban todas las facturas pendientes. ¿Sabes qué hizo Juan Álvaro Zertuche Senosiain? Ya te lo dije, me convertí en Madonna. Si pasaba por vieja en un concurso de belleza, no tenía para qué volver a dar la cara sin pintar por la loca coyona de Juan Álvaro. Entre tantos apodos deslucidos, Ricardo nunca supo mi verdadero nombre. Barbarella, me llamé un par de veces, jugando a ser actriz, pero nunca Ana Bárbara. Ése era mi secreto, me decía, para cuando tuviera que escaparme de él. Quise decir, cuando estuviera lista para ir a hacer sonar los tacones picudos de esa misma Ana Bárbara que te escribe esta carta temblando de emoción. ¿Y entonces qué, bebé? ¿Te gusto para Ana Bárbara?

Te diría que fue difícil dar contigo si estuviera segura de que ya te encontré. No creas por favor que he sido tan estúpida de ir hasta Villa Olímpica por ti. Encontré tu teléfono en el directorio, luego de haber leído en el periódico que tu mamá se llama Ligia Tostado de Ávila. He llamado tres veces, la última de ellas me contestó tu papi. Quería oír sus voces, imaginarme tu vida en familia, pero sé que esas puertas no son para mí. Deben de estar podridos de recibir visitas y llamadas, ahora que te volviste tan famoso. Y yo estoy de tu lado, no en tu contra, así que decidí dejar en paz tus huellas y seguirle la pista a tu amigo Lamberto.

Empecé por su casa, merodeando. Vestida de hombre, con chamarra y cachucha. Se me ocurrió acercármele al hermano, pero me vio cara de reportero. Es de esos galancitos que caminan como pilotos de carreras y traen el celular con la antena de fuera, como florete. «Hola, soy un amigo de Lamberto», me presenté a la entrada del garage y me cerró la puerta con el control remoto. Estará harto también de la persecución, y seguro que le dará vergüenza. ¿De verdad es tu amigo, ese Lamberto? ¿Para qué roba, pues, con tamaña mansión? Al cuarto día me armé de valor y decidí buscar a la mamá. La habían entrevistado en el periódico y juraba que estaba muy dispuesta a cooperar con las autoridades. Así que yo me dije: ¿qué conmueve a una madre en estos sanquintines? El dolor de otra madre, claro está. Si la señora aquella se ponía del lado de la policía, yo podía arrimarla un poquito hacia el mío. Fue eso lo que pensé, antes de presentarme en su casa con una panza de seis meses de embarazo.

Parece que el señor murió hace varios años, aunque el teléfono sigue a su nombre. Llamé un día en la mañana, de la calle, nomás la vi salir con el chofer, a ver qué les sacaba a las sirvientas. «Casa de la señora Felisa», te contestan ahí donde mi suegrita. Pregunté por Lamberto, con voz bien masculina, y me enteré que «el joven» andaba de viaje y no sabían cuándo iba a regresar. ¿Y la señora? Tampoco se sabía, pero con suerte a la hora de la comida. ¿No había nadie, entonces? «Nadie, señor, los niños se fueron a la escuela y el joven Micky a la universidad.» Iban a dar las diez de la mañana. Si me movía rápido, podía estar tocando el timbre de esa casa cerca del mediodía. Una vieja bocona y atarantada como la que me había hablado en el teléfono tenía que estar muy interesada en conocer a fondo el último estropicio del joven Lamberto.

Yo no soy de esa gente que hace planes. No vayamos más lejos, los planes de mis padres ya ves en qué acabaron. Veo más fácil que les broten alas a que les nazcan nietos. O será que mis planes son relámpago. No me había ni probado el vestidito de maternidad y ya lo iba a estrenar delante de la madre de tu amigo. Más que plan-plan, tenía yo una meta: entrar en esa casa antes que la señora Felisa Richardson. Recibirla en su sala, con algo de bochorno y carita de virgen mancillada. Me había probado el bulto de la panza, iba para tres años con el estradiol y la espironolactona, ya sólo me faltaba recolectar alguna información. Si lo veías así, era un plan muy preciso, pero dependía todo de mi talento para improvisar. Y ése no se planea, se ejecuta. El único talento que sirve en esta vida, querido, es el que alcanza para salvarte el pellejo. Qué papelazo habré hecho con esa Teresita (la misma lengualarga del teléfono), que me llevó a acostar a la recámara de tu amigo Lamberto.

Había un sobre con fotos en el buró. La hermana, los hermanos, la mamá, todos menos Lamberto. Luego vino la Teresita y me chismeó que las fotos donde salía él «se las dio la señora a los policías». Chequé los negativos y efectivamente, faltaban unas cuantas donde me pareció que salía tu amigo: así que guardé un par bajo la ropa de maternidad. Después me puse a hojear los álbumes de fotos que trajo Teresita. «Para que vea qué niño tan bonito era el joven Lamberto.» ¿O sea que quería que viera yo esas fotos para que fantaseara con mi bebé? ¿Qué hacía yo ahí, Rubén? ¿Cuál era mi coartada? Una idiotez, pensé. Estaba haciendo lo que Vilma Larios, jugando a ser más lista que la suegra. ¿Viste «Cuna de lobos», o de plano te chocan las telenovelas? Por las dudas, esa Vilma es la nuera de Catalina Creel, una señora tuerta y malvadísima que manipula al hijo y atormenta al hijastro. Una cosa era engatusar a Teresita y otra a la tal Felisa, que delataba a su hijo con la policía. Ya pensaba en largarme cuando llegó la vieja. Y lo dicho, bebé: Catalina sin parche. Hecha una furia, aparte. La misma panza que conmovió a Teresa le hizo sacar las uñas a Felisa.

¿Qué quería yo? ¿Dinero? ¿De qué o de dónde conocía a Lamberto? ¿Ya sabía la clase de criminal que era el papá de mi hijo, «si es que estás tan segura de que es suyo…»? Me lanzaba una pregunta tras otra, sin esperar a que le contestara porque obviamente estaba desquitándose. Así que la dejé que se cansara. Mansita y cabizbaja, la pobre de Ana Bárbara, qué culpa tenía ella de haberle creído al hijo, que en noviembre pasado le pidió matrimonio y unos días más tarde la dejó embarazada. Se lo solté después, muy suavecito. «No quiero su dinero, ni casarme con su hijo», le expliqué, toda digna. Yo nada más quería ver a Lamberto para que se enterara de que iba a ser papá. Y así la fui aflojando, porque al fin hasta a Catalina Creel le emociona la idea de ser abuelita. Luego se puso a hablar de su marido, de sus otros hijos, del horror de ser madre de un estafador, de las dificultades de la viudez y bueno, en media hora nos hicimos comadres. Hasta donde cabía, ¿verdad?, que tampoco era tanto.

Terminamos hablando de su hermana, la que vive en Estados Unidos. Dice doña Felisa que es ella la que tiene escondido a Lamberto, y que le da una pena de verdad espantosa, pero el asunto ya está en manos del FBI, «así que a Lambertito y sus secuaces los van a detener en cualquier momento». Yo por supuesto me puse a chillar. No me costó trabajo, nada más de acordarme que tú eres uno de esos secuaces. Luego le dio a la vieja por interrogarme. No quería creer que no lo hubiera visto desde marzo. De repente me dice: «No sé qué haces aquí, Ana Bárbara. Tendrías que ir a ver a mi hermana Elidé». Yo pensé que era broma, pero se había vuelto a encabronar. «Elidé sí que sabe dónde está tu Romeo, aunque dudo que seas la única Julieta», me restregó en la cara, la muy perra. ¿Y qué crees? Otra vez me eché a llorar. Ella será muy rica y yo una naca, me decía, mientras tanto, pero ya estoy en su telenovela. Soy una de esas buenas que disfrutan sufriendo. Entre más lloro yo, más luce la villana.

Me invitó ya en la calle, con la puerta oportunamente entrecerrada. «¿De veras no te quedas a comer?» Y yo que tantas veces alcancé a recordarle que soy una mujer decente y educada, le dije muchas gracias, señora, tengo consulta con el ginecólogo, y dejé triunfalmente el escenario. Tú que eres forajido, como dice la mamá de Lamberto, imagínate la emoción que sentí de salir poco menos que invicta de un quién vive con Catalina Creel. Me sentí hasta tentada de tratar de sacarle unos viáticos para la nuerita, pero me dije «ahí párale, Ana Bárbara, no le muerdas las chichis a la diosa Fortuna». ¿Qué más quería ya, si traía dos tiritas de negativos, la dirección de la tía y para colmo la bendición de la madre? No para mí (que por los puros ojos que me echaba, entre muecas asqueadas y sonrientes, no paso de panzona oportunista), sino para su nene malportado. «Dile que si se entrega tiene todo mi apoyo, y si no se le antoja complacer a su madre una vez en su vida, tiene de todos modos mi bendición». Mira, tú, qué descanso, pinche vieja diabólica. Con el nervio de estar en sus dominios, casi que agradecida de que no le llamara a la patrulla, entendí la jugada un ratito más tarde. Si delante de mí, que no era nadie, hablaba así del hijo y de la hermana, qué no le habría contado a la policía. Yo por supuesto no era la nuerita, sino un gran proyectil de México hasta Tennessee. «Por si no les bastaba con los detectives, ahí les va una barriga de seis meses con las huellas del mismo criminal.» Poco me extrañaría que la vieja zorra, con perdón de tu amigo, acusara a Ana Bárbara con la policía, para que la siguieran de aquí a Knoxville. Y ni modo, me dije, ante tanta maldad, éste es un caso para nuestro amigo Juan Álvaro.

Sé que soy una cínica y una conchuda, y la prueba es que sigo sin disculparme por todas estas cosas que no paro de hacer. Si por casualidad ves a Lamberto dile que me perdone, aunque no me conozca, por armarle ese chisme con su familia, aunque creo que en una situación como la suya, o sea la de ustedes, nunca sobra una buena pista falsa. Terminarán pensando que esa tal Ana Bárbara era una reportera, o quizás una amante de ocasión que buscaba achacarle la panza al heredero. En cuanto a ti, no tengo ni disculpa. Mira que hay que tener la cara dura para esperar que me sigas leyendo, pero si fuera así quiero que sepas que hago todo esto sólo por reparar un poquito de todo lo que he roto. Nunca fue mi intención hacerte, como dicen, víctima de un engaño. Me pasó igual que a ti, andaba vulnerable y me di el permisito de creer en imposibles. Gracias a eso, Rubén, tuve el valor de botar a Ricardo. No te voy a decir que desde entonces lleve yo así que digas Una Vida Ejemplar, y puede que sea todo lo contrario, pero soy quien yo quiero y en mi pueblo eso cuenta como milagro del Espíritu Santo. O sea tú, mi amor. Pero igual te equivocas si todavía temes que decidí escribirte una carta de amor. En realidad, Rubén, soy una pobre beata que reza cada noche por merecer esa palabra tuya que bastará para sanar su alma. Qué mamona, ¿verdad?, pero es que sí es así. Te debo una, Rubén, no por ti ni por mí, sino por esa Angélica Vianney que te trajo a mi vida y a la que un día tú y yo tanto admiramos. Me rescataste, y como por desgracia no eres realmente el Espíritu Santo, sospecho que me toca la misión de salvarte de las garras de doña Catalina Creel.

Ya no voy a contarte más mi vida. Tú al fin eras amigo de Angélica Vianney y dudo que suspires cuando la recuerdas. Tengo un plan muy sencillo, que consiste en gastarme mis escasos recursos en ir a visitar a la tía Elidé y entregarle esta carta para ti. ¿Qué le voy a inventar? Ya te digo, bebé, no se me dan los planes, y menos con el bruto de Juan Álvaro, que nunca se ha sabido su papel. Por todo lo que habló doña Felisa de ella, sigo creyendo que me va a escuchar. Hasta sería capaz de leerle esta carta en voz alta, pero cómo sé yo si las hermanas Richardson no salieron iguales de cabronas. Acepto que es posible (y hasta lo más posible) que vuelva yo de allá con mi carta en la mano. Es el riesgo que corro, por tener que confiar en Juan Álvaro. Pero si algo llegara a salir bien y mis palabras logran dar contigo, entiende que no me he propuesto verte, y si te escribo es justo por evitarlo. Porque en lo hondo de mi alma arrebatada no creo ser tan fuerte, audaz y valiente.

Ya lo decía el vaquero: en este pueblo, darling, no cabemos tú y yo. Te lo advertí desde el mero principio. Te tengo en un altar, muy cerca de la cúpula de mi sucia conciencia, donde nada te alcanza a salpicar. No sabría bajarte sin romperte, menos aún soy digna de que vengas a mí. Pero a mí, que también soy forajida y vivo de engañar a mis congéneres, no me gustó que esa vieja nalgona presumiera que ya iban a detener a su hijo. Como que resoplaba de satisfacción, y como que a Ana Bárbara y Juan Álvaro se les anda antojando taparle esa bocota con Kola Loka. Que si ésos son los buenos, por una vez ganemos las bandidas. Imagínate cuánto me seduce la idea, que por ella te pido que entierres el recuerdo de Ana Bárbara y me resigno a ser el tontón mariquita que nunca supo cómo tramitar el respeto de nadie. ¿Pero qué tal el pasaporte y la tarjeta rosa?

Anda, Pancho Pantera, súbete a tu caballo y escápatele al sheriff. Pon, como dicen, pies en polvorosa. No importa adónde vayas, corazón, seguro que hará falta un hombre de verdad. En este mundo lleno de quicomedinillas, los bad boys como tú son los héroes de todo el videojuego. Por eso van saltando de altar en altar, toing, toing, toing, toing, toing, hasta que un día ¡ping!, nos hacen el milagro de darnos otra vida. ¿Qué van a hacer después, sino esfumarse? Perdóname, Rubén, si no estuve a la altura de tu divinidad. Siento mucho no ser lo que parezco, aunque al mundo le consta que me esfuerzo. Las beatas somos beatas por falta de virtudes, ni modo que al revés. Y sin embargo, a veces, el cielo nos escucha. ¡Hosanna en las alturas! Deséame suerte con la tía Elidé. Por lo pronto, Rubén, Bad Boy, Jesse Lujack,

Jack Burns, Sean Penn, John Fucking Dillinger, la Chica Material se despide del Cosmic Desperado con una caravana en corselette y medias de black lace. (Cierra los ojos, darling, estas cosas no son para los santos.)

Con gratitud eterna (y un suspiro chillón),
Ana Bárbara

LIV. Otro nivel de gente

Acapulco, Guerrero, 28 de diciembre de 1987

Adalberto Mi Amor,

Estoy enojadísima conmigo. Has de sentir que soy la peor de las novias, ahora que te dejé solito en Navidad, pero si un día te dije que esto no es nada fácil para mí, o sea ni lo tuyo ni lo nuestro, ahora toda mi vida es pesadilla. ¿Te acuerdas que fui a verte al día siguiente de la noche de Halloween? No te quise contar, un poquito por celos y un poco más porque no soy chismosa, pero ya desde entonces mi familia completa andaba vuelta loca. No quería preocuparte, sobre todo. Y tampoco era grave, para mí por lo menos. Hasta que nos cayó la tía Alma Laura, con sus dos hijas chicas, a vivir de abonadas en mi casa.

Te cuento rapidito. A mi tío Juan Martín, que hace como siete años no tiene ni trabajo pero lo oyes hablar y juras que asesora a Ronald Reagan, le dio por convencer a dos de sus hermanas de invertir en la bolsa. Lo peor fue que a la tía Alma Laura se le ocurrió meter al ajo a su ex, y sopas, que se quedan en la calle. Tanto estaban ganando en los primeros meses, que hasta la tía Guada vendió su coche para ver si se hacía más millonaria. Todavía una semana antes de la quiebra, la tía Lauris hipotecó su casa. No sé cuánto perdieron, pero ella y el papá de mis primitas se quedaron más pobres que unas ratas. Como dice mi mami, qué suerte que nosotros no tenemos dinero, si no imagínate.

Yo no quería ni tocarte el tema, porque como te he dicho tantas veces me choca que el fantasma de mi prima Lulú se meta entre nosotros, aunque ella no se entere porque a los pocos días de la quiebra se escapó de la casa del papá. ¿Te acuerdas que te dije que vivía con él por el puro interés, y que si fuera pobre ni lo pelaría? Pues ahí está, se fue a Estados Unidos en cuanto le llegó el tufo a miseria. Como te digo, Beto, se me hace moño el hígado de hablarte tanto de ella, sabiendo yo lo mal que te trató, lo que tú la querías y el daño que te ha hecho. Nos ha hecho. Tú, que eres incapaz de espantar a una mosca, llevas más de cuatro años encerrado por culpa de esa resbalosa interesada, pero ya pronto van a cambiar las cosas. Ironías del destino, Adalberto. En unos pocos meses, si Dios quiere, tú y yo vamos a andar felices por las calles, mientras mi prima y su Simon Le Bon se pudren en la cárcel, por ambiciosos. Perdóname, mi amor, te juro que yo nunca he sido así, pero luego las cosas pasan por algo. ¿Cuándo iba a imaginarse la Lulú, con lo envidiosa que es, el gran favor que nos estaba haciendo? No digo que tengamos que estarle agradecidos, cómo crees, al contrario, pero sí estoy contenta de poder demostrarle que soy más lista que ella porque yo sí valoro lo que tengo, y no tengo que andar con delincuentes para poder vivir en Estados Unidos, ni tampoco me da pena decir que no conozco Estados Unidos. Ya me llevarás tú, cuando seas mi marido y no tengamos nada que esconder.

Pensaba yo ir a verte desde noviembre, como habíamos quedado cuando nos despedimos, pero en una semana nos cayó la familia y en ese mismo instante se fue a la China la privacidad. Desde entonces me quedé sin recámara, duermo con Ana Ofelia y Raquel en la sala y no tengo ni un clóset donde meter mi ropa porque el mío lo tiene la tía Lauris. ¿Sabes lo que es amontonar tu ropa en tres petacas y levantarte todas las mañanas a planchar lo que vas a ponerte? Yo sé que tus problemas son mucho más horribles en aquel lugar, pero tú cuando menos puedes sentarte a escribir una carta sin que te estén espiando los otros presos. Y es que ahora sí te entiendo, mi Betito adorado, es un horror esto de no poderte relajar ni en tu cama, porque llevas dos meses durmiendo en colchoneta con una parejita de presumidas que se quejan de todo. Como dice mi mami, ingratas y además maleducadas, pero ni modo de poner mala cara. Lo que sí yo no entiendo es que tengamos que ir y venir con ellas a todas partes sólo porque son «nuestras invitadas». Yo no las invité, le digo. Pero yo sí, me dice, y es mi casa, así que ya sabrás…

Mi único consuelo en las mañanas es que plancho mi ropa mientras espero turno para bañarme. Y como mis primitas agarran de cobija el chorro calientito, todos los días me toca bañarme a la carrera con el agua helada. ¿Qué culpa tengo yo que ellas vayan a clases en Satélite, si además mi trabajo está hasta el Centro y yo no tengo coche? No sabes cuántas veces he intentado escribirte una carta en la casa, pero es que ni en el baño se me hace estar solita. Te tomas tres minutos allá adentro y ya te están tirando la puerta. «¿Te vas a tardar, primaaa?» Hasta cuando me duermo las escucho, te digo. Esconden sus tenazas y su pistola de aire en mi clóset, pero bien que se acaban el shampoo y te gorrean hasta el Superponc. «¿Me prestas tu barniz, primaaa?» Lo peor es que se sienten nuestras benefactoras sólo porque trajeron la videocasetera y la televisión. Qué quieren que les diga, les devuelvo su tele grandotota a cambio de mi cuarto y mi vida privada.

«¿No tienes galán, primaaa?» Me lo habrán preguntado unas cincuenta veces, desde que están aquí. Fuera de eso, no hablan más que de cosas que pasan en Satélite, donde todos son nacos menos sus amistades. No quiero ni pensar lo que dirán de nuestros andurriales, si hasta dormidas traen cara de fuchi. A ver qué cara ponen cuando sepan que ese galán por el que me preguntan se llama nada menos que Adalberto Bedoya Chacón y va a dejar la cárcel con la frente muy alta, porque no sólo es un hombre inocente sino también el hombre de mi vida, les guste o no les guste, malditas argüenderas. Muy mis primas serán, y muy mi tía la madre, pero tú sabes que a mí no se me olvidan todas las canalladas que te hicieron. Claro que si no ha sido por eso, nunca me habría atrevido a caerte de visita en ese lugar. No sabes el coraje que me daba descolgar el teléfono y oír a mi tía Alma Laura hablar cosas horribles de ti, que eras amigo mío y me constaba que amabas a mi prima con todo el corazón. ¿Y ella qué hizo, cuando te calumniaron y te metieron preso? Irse a

Estados Unidos, como ahora. Perdóname que te eche limón en la cortada, pero me entra una rabia que no puedo parar. Contrólate, Corina, no dejes que te empujen a tus zonas erróneas. «¿Estás como de malas, primitaaa?» Si tuvieran su casa, ni voltearían a verme.

No sé si captas mi preocupación, pero yo sí que puedo ver la tuya. Tengo en mi casa a tres de las mujeres que más daño te han hecho en esta vida y me da miedo que lo tomes a mal. Nunca les importó averiguar si acaso se llevaban entre las patas a un inocente, con tal de que el seguro les pagara su casa chamuscada y se mudaran a otra más bonita. Ve lo que les duró la recompensa por levantarte falsos… Créeme, mi amor, que me daba más miedo que te enteraras tú que están aquí, a que supieran ellas que tú y yo somos novios en secreto, pero es que si me dejas elegir prefiero que sean ellas las engañadas. Ya te cuento, nos tienen invadidos, pero no se imaginan todo lo que yo sé. Tenemos el garage lleno de cajas suyas y en una de ellas me encontré su archivero. No te voy a contar las cosas que vi allí, porque puede que ni sean importantes, aunque de todos modos ya no van a encontrarlas. Ni ésas ni varias otras, que ya expropié en el nombre de Mi Señor Galán. Pobrecitas las tres, no se imaginan en qué cueva hechizada vinieron a caer.

De Lulú casi ni hablan. La versión oficial es que «se fue a Estados Unidos a seguir sus estudios», pero si les preguntas no saben dónde está. Antes, cuando les daba su lanita y tenía su casa de Chiluca, se llevaban muy bien con el papá. Después la tía Lauris le pidió a su exmarido que le invirtiera un dinero en la bolsa, él le prestó del suyo y se endrogó hasta el cuello por su lado. Cuando se vino abajo el negociote, Ernesto le pidió que le pagara y ella se hizo la loca, porque ya se lo había dado a Juan Martín para que le comprara más acciones. Y como no hay papeles que lo prueben, los papás de mis primas están en guerra. En guerra y en la calle, si lo sabré yo.

Por lo menos Ernesto no fue a invadir la casa de nadie. Hace un mes que salieron de Chiluca y rentan una casa en Valle

Dorado, creo que más chiquita que la nuestra. O sea, donde La Infanta Alma Luisa nunca osaría posar Sus Reales Patas, ¿no? Así que entre venir a sufrir a mi casa o tatemarse en la de su madrastra, prefirió irse detrás del botín de su novio estafador, ya le estará ayudando a terminárselo. Yo sé por qué lo digo, mi prima cae feliz en lo más bajo con tal de no bajar de clase social.

La tía Lauris está convencida de que su ex tiene dinero por ahí escondido, pero mi papá opina que nada más lo dice para justificarse porque no va a pagarle ni un mísero centavo de lo que le prestó. Mis labios por supuesto están sellados, pero yo sé de buenísima fuente que el papá de mis primas está más pobre que un carterista sin dedos. Me lo cuenta Judith, que odia vivir en Valle Dorado, pero más detestaba tener a la hijastrita de arrimada en Chiluca. Nos hicimos amigas el año antepasado, cuando nos invitaron al bautizo de su hijo. Yo no quería ir, por no tener que verle la carota a Alma Luisa. Fui por acompañar a mi mamá.

Tenían una casa moderna, elegantísima, con dos jardines y una fuente en la sala. Y como mi primita nunca se presentó, aunque fuera la fiesta de su medio hermanito, yo de plano me le acerqué a Judith y le dije que estaba enamorada de su casa. Lindísima, Judith. Tiene como treinta años y es cero presumida. Cuando quieras, me dijo, cerrándome un ojito, te vienes a comer y te invito al jacuzzi, para que platiquemos de la familia. O sea de Alma Luisa, que no tenía ni un mes de vivir en su casa y ya la había hartado con sus berrinchitos. Ni te imaginas, Beto, la cantidad de cosas que me ha contado Judy de mi prima. ¿Sabes que antes de huir de casa del papá tenía como un año hablando con Lamberto por teléfono? ¿Y cómo ves que él le mandaba dinero? Dinero malhabido, como todos sabemos. Dice Judith que cada fin de mes la veía cargando cheques de viajero que le llegaban por mensajería, escondidos en libros de aritmética. Y el colmo, la muy zorra se vio con él por lo menos tres noches, dos de las cuales lo metió en la casa, y seguro en la cama, cuando el papá y Judith andaban de viaje. Ya ves que tiene fama de ser buena anfitriona.

Sólo fui un par de tardes a su casa, cuando me aseguró que no iba a estar Lulú, ni su papá. La última vez que hablamos, antes de Navidad, tuve que ir a un teléfono público para que no me oyeran las «invitadas». La pobre de Judith no tiene ni para ir al salón de belleza, pero nomás le cuento de nuestras huéspedes y me pide perdón, de tanto que se ríe. Pues claro, yo también viviría contenta en Milpa Alta, si pudiera zafarme de la tía y sus hijas. Tú, que tanto las debes de extrañar, a que no sabes cómo le dice a mi tía Lauris… ¡La Vaca! Qué mala onda, le digo, y lo peor es que nadie la está calumniando. El que sí me da lástima es el extío Ernesto. Cada vez que está a punto de ser millonario, viene la tía Lauris y lo arruina. «La Vaca se aprovecha», dice Judy, pero temo que Ernesto, gorda y todo, la sigue queriendo. Yo la verdad no sé tú qué le viste a mi prima, pero así te habría ido en unos pocos años. Hija de vaca, ternera. Luego con esas plastas de pintura que dices ay, chiquita, ¿de qué circo te escapaste?

Lo que más me molesta es comparar la actitud de Lulú en casa de Judith con la de sus hermanas en la nuestra. ¡Nos ven como sus gatas, Adalberto! Es verdad que nos pagan la mitad de la renta y nos compran el súper, pero eso no les da derecho a hacerse las princesas con los trastes sucios. Deja tú que los laven o los sequen, si ni siquiera los levantan de la mesa. Y tampoco sacuden, ni barren, ni dan las gracias cuando mi mamá les devuelve su ropa bien lavadita. ¿Qué se creen, las payasas, si no tienen ni en qué caerse muertas? Acepto que Ana Ofelia y la Raquel no son tan insolentes como su hermana grande, porque aquí son hipócritas y barberitas, pero tendrías que oírlas echar pestes a espaldas de nosotros. ¿Nunca te hablé de Coco, la hija adoptiva de mi tía Guada? Tiene veintidós años, estaba a dos semestres de acabar la carrera y su familia se quedó en la chilla, así que últimamente se ha hecho muy amiguita de Raquel y Ana Ofelia. Con ellas se desquita hablando mal del tío Juan Martín. ¿Y cómo crees que supe que odian estar aquí y nos ponen apodos y se burlan hasta de la vajilla? No te voy a decir que Coco y yo seamos las mejores primas del planeta, pero yo sé que me prefiere a mí porque me cuenta lo que le contaron y coincide perfecto con mi vida doméstica, sólo que exagerado a favor de ellas y con varias mentiras que mejor ni te digo porque otra vez me enojo.

Hace tres días que llegamos a Acapulco pero hasta hoy conseguí quedarme sola. Nos prestaron un búngalo a seis cuadras del Marriot y las tres abonadas se quedaron cuidándonos la casa. Digo, nomás faltaba que nos las trajéramos, si ni así me he podido sentar tranquilamente a escribirle una carta a mi noviecito. Hace un rato se fueron para Pie de la Cuesta, de ahí planeaban ir a La Quebrada. Yo inventé que me duele la cabeza, con el pretexto de que nos desvelamos y me eché mis cubitas en la disco. ¿Sabes, mi amor? Estoy aquí en la playa y te siento a mi lado. Pienso en nosotros dos a cada momento, hasta cuando me está revolcando la ola. Preferiría estar presa, si fuera junto a ti. Así que no te creas que estoy mucho mejor, nada más porque tengo el mar delante. Te juro que habría dado cualquier cosa por ir a visitarte en Navidad, pero los dos sabemos que es un riesgo que no puedo correr. Míralo con mis ojos, corazón: no me hace falta ni alzar una ceja para que las chismosas de Judith y Socorro nos tengan informados de cada pestañeo del enemigo. De mí dependería, por ejemplo, que nuestras abonadas se enteraran dónde y con quién se fue La Pequeña Lulú, o que la policía se ahorrara quién sabe cuántas horas de trabajo, pero ahora que la tengo tan desaparecida me doy cuenta que estoy mejor así. Y si van a acabar por arrestarla, mejor que sea bien lejos de mi casa. Lo mismo dice Judy, que no la quiere ver ni en tarjeta postal.

He pensado en contarle a Judith de nosotros, pero cómo sé yo que no va ir de rajona con el marido. De ahí hasta mis primitas el chisme llegaría en dos escalas, máximo. Y a Coco por supuesto se lo contaría nada más para ahorrarme los gastos de publicarlo en todos los periódicos. Y de eso no se trata, mi amorcito. Ahora que el licenciado está así de optimista con tu caso, lo que menos queremos es que esa gente se una en contra nuestra. Hablé, por cierto, con un amigo que es también penalista. Ya le había comentado de tu juicio, con todas las irregularidades. Me prometió que lo iba a revisar y hace unos días me dijo que el problema no es tanto la salida por buena conducta, sino la reparación del daño. Le expliqué bien las cosas, esto va más allá del buen comportamiento porque además has seguido estudiando. Ya eres profesionista, digo yo, tienen que darte una oportunidad. No vayas a pensar que yo soy de esas novias que envuelven a los hombres en su telaraña, pero igual me tomé la libertad de pedirle a Román que vaya a visitarte al reclusorio y te dé una opinión independiente, sin costo para ti. No sé por qué se me hace que van a hacer buen clic. Él es un poco más grande que tú, pero también es fan de los Dallas Cowboys. Los ha ido a ver jugar como catorce veces y hasta los vio ganar un Superbowl. Apunta: Licenciado Román Augusto Tijerina, o Román Tijerina, que seguro él prefiere porque tiene dinero pero es rete sencillo. Ahorita, como todos, anda de vacaciones, ya lo hice prometerme que a mediados de enero te va a dar una vuelta por allá. Tiene muchas influencias, conoce a medio mundo, otro nivel de gente. La última vez me vio tan afligida que estoy segura de que va a ayudarnos.

A mi vida normal no sé cuándo regrese. Estoy armando un plan para inventarme una ida a Oaxtepec y en vez de eso lanzarme a visitarte. No es fácil para mí, tú ya lo sabes. Lo de menos son las cuatro horas que tarda una en cruzar y descruzar la ciudad, eso lo haría con gusto si no me manosearan tanto en las revisiones. Por más que mi familia se trague el cuento de que me fui a pasar un domingo padrísimo, siempre me ven volver con cara de panteón. ¿Tú crees que no me afecta verte así, ir y regresar sola con mis pensamientos, apachurrarme toda la tarde del domingo nada más de acordarme de tus ojitos tristes al despedirnos? ¿Sabes que ahorita mismo estoy llorando, Beto? ¡En la playa, caray! Ya hasta los niños se me quedan mirando. Qué le pasa a esta loca, han de decir.

En fin, ya estuvo bueno. Hay que ser positivos, ni modo que te quedes allí toda la vida. Y tampoco las primas encajosas van a estar en mi casa hasta el día de su muerte. No sabes la de pestes que mi papá echa de ellas, desde que nos vinimos a Acapulco, y ahora ya hasta mi mami le da la razón. Mis hermanos tampoco las aguantan, y eso que no han tenido que quedarse sin cuarto por su culpa. Como luego decimos, si el tío Juan Martín las arruinó, ¿por qué no las recibe él en su casa? ¿Quién les dijo que la nuestra es albergue? Me encantaría saber cuánto pensaban darnos, si en lugar de quedarse en la miseria se hubieran hecho multimillonarias.

Se hace tarde, mi amor. Por mí te escribiría diez mil páginas más, pero ya son las tres y el correo lo cierran a las cuatro. Espero que te guste mi foto con el burro cervecero. Me la tomé anteayer que estuvimos un rato en la Roqueta. ¿Ves cómo siempre estoy pensando en ti, tontito? Perdón que no te pida que me escribas, o que más bien te pida que no me escribas, pero si mi papá se entera de nosotros, es capaz de meterse al reclusorio y sacarte a balazos de tu celda. Con todo lo que ha dicho de Alma Luisa y Lamberto (no los baja de prófugos y delincuentes), imagínate el chasco que se llevaría de enterarse que tiene un yerno presidiario. No digo que sea así, porque me consta que eres inocente, pero él ni te conoce. Por eso te decía que mejor de una vez me voy para el correo y regreso a la playa sin cola que me pisen.

Lo importante, Adalberto, es que seguimos juntos, aunque estemos tan lejos. No es una prueba fácil la que estamos pasando, pero yo estoy confiada en que el 88 nos va a hacer justicia, y que dentro de un año vamos a recibir al 89 tú y yo juntos, aquí en Acapulco. ¿Quién me dice que no voy a ser para entonces la señora Corina Bedoya? Ay, ya me puse roja. Perdón. Te quiero mucho. Feliz Año Nuevo. Y feliz Navidad, un poco tarde. Cuídate de toda esa gente mala. Rezo mucho por ti. No me dejes jamás.

Te extraña,
Tu Corina

1988

LV. Soldado del Altísimo

El poder expiatorio de los lunes no está en las seis, siete horas que le toma viajar de Villa de las Flores al Reclusorio Sur, ni en las cinco que invierte en el regreso; ni siquiera en el miedo que crece desde el sábado a que esta vez no vayan a soltarlo. Eso me lo gané y me lo merezco, le repite a Matilde con firmeza de fraile penitente cada vez que ella intenta conmiserarse o solidarizarse. Lo que en verdad le escuece en las entrañas es llegar siempre a tiempo para mirar la fila de mujeres que esperan a que se abran las puertas de la cárcel. Hijas, esposas, madres, heroínas con menos causa que consecuencia. Una hora más tarde, cuando a su vez se forma para estampar la firma en el registro y prorrogar por otros siete días su frágil libertad provisional, el exagente de la extinta DIPD, exrecluso y exoveja perdida Espiridión Santacruz Rebollar confirma la evidencia redentora de ser beneficiario de una deuda impagable. Puede cerrar los ojos y mirar a su Maty parada en esa cola nueve, doce, quince meses atrás, día tras día, con su credencial falsa de abogado y sus doce horas diarias de subir y bajar de peseros, camiones, microbuses, sólo por no faltar a visitarlo.

No bien deja el juzgado y gana la calle, Espiridión toma el primer pesero como quien trepa a lomos de su ángel de la guarda. No está seguro de que sea Jesús El Responsable de su conversión, como tanto se esmera en cacarear delante de su suegra y su mujer (puede que en ese orden), pero le consta que los ojos de Matilde son el único espejo donde se mira digno de confianza. Inocente. Decente. Persona de bien. Gente que paga a tiempo lo que debe. El poder expiatorio de los lunes, según sabe entenderlo Espiridión, está en que son su única oportunidad.

Lo demás es recuerdo y le hace sombra. Tras dos años guardado, madreado, vejado, denigrado, el Espiro tomó la decisión de ser en adelante un hombre razonable. Se ha dejado la barba y el bigote, se esfuerza en pronunciar bien las palabras, se aprendió de memoria la vida de san Pablo y ahora la cuenta como si fuera suya. No fue a dar a la cárcel, «se cayó del caballo». Dice «fui fariseo», no agente judicial. Jura que en esos días «andaba ciego», en lugar de trabado de perico. Busca ser comprendido, ya no temido.

Fuera de eso, tiene que trabajar. Y ahí está la mamada, no sabe arrearse solo. Necesita un chicote que lo anime, una grúa que lo arrastre, un eslabón que lo ate a la bendita cadena de mando. Necesita poder seguir con Su Misión. Tenía un cliente en Baja California, pero ni modo de que llegara el lunes y no fuera a pasar lista al juzgado. ¿Qué tal si le pedían al hermano Felipe, su abogado, una manita con ese permiso, y así podría el Espiro irse dos, tres semanas para allá?

En principio Matilde se ofuscó. ¿La iba a dejar sola con el bebé? ¿Se había cansado de ella, así de rápido? ¿Tenía otra familia, en Baja California? ¿Por qué entonces no le quería decir qué iba a hacer por allá, ni con quién, ni por cuánto? ¿Qué le iban a inventar al hermano Felipe, cómo respaldarían la petición legal? ¿No era bastante con que ya le debiera su libertad, luego de todas las gestiones que hizo sin cobrar un centavo, por la gracia del Salvador Altísimo?

«Yo, que esparcí el espanto, hoy propago el sosiego», reza uno de los cánticos que le gusta citar a la hora de jurarle a su mujer que ya no es más aquél. Su Misión, le asegura, es resarcir al mundo por el daño que le hizo en otros tiempos. ¿Y qué más sabe hacer, si no cuidar al prójimo, darle seguridad, salvaguardar sus bienes, sus afectos? Le acomoda ese verbo: salvaguardar. Lo conjuga a menudo, pone el acento en cada consonante para que no haya dudas de su esmero. «Yo, que fui fariseo, soy soldado de Cristo», le ha cantado a Matilde en el teléfono, tras recibir al fin la buena nueva de que podrá faltar los dos lunes siguientes.

Asuntos de familia y de salud, según Matilde misma le hizo creer al hermano Felipe, y éste al juez de la causa, cuya esposa también es hermana. ¿No era esa coincidencia señal de que el Señor les echaba la mano en el proyecto?

—¿Cuánto le va a sacar a ese cabrón por no soltar la sopa, jefazo? —juega a hacer de adivino el Gamaliel, qué tal que es chicle y pega.

—Voy a pedirle chamba, ya te expliqué, hermanito —intenta Espiridión estirar otra vez el cuento de san Pablo reencarnado, se cruza las muñecas sobre el pecho—. Es mi misión.

—A ver, mi jefe, tóqueme la rodilla —remece Gamaliel la silla de ruedas, descreído y festivo—. ¡Quién quita que me cura y lo acompaño!

—Es en serio, mi Monster, no se mame su pito con esos pinches chistes tan ojetes —entra el Espiro a medias en la guasa, salta del tú al usted y de regreso para hacer más patente la confianza que siempre los unió contra esos dos cabrones que tanto los chingaron, mientras vivieron. ¿Y qué culpa tiene él de ser expresidiario y no cojo perpetuo?

—¿En serio le salió la aureolita, jefazo? —chasquea lengua y labios Gamaliel Urbina—. ¡No me falle, chingá!

—¡Aureolita mis güevos! —se rasca la mollera el interpelado, como si despertara de una ensoñación—. Tengo mujer y un niño de ocho meses. No puedo regresar al reclusorio.

—Zzzz —pela los dientes chuecos el exmadrina, con más alivio que preocupación—. ¿Y ahí como quien dice yo qué pitos toco en esa orquesta, *chief*?

—Shhh —se lleva el índice a los labios el hombre de la aureola optativa—. Ahora somos los buenos, mi Monster. Como que ya nos toca que nos toquen la reata.

Se han vuelto a ver en casa de la hermana del Monster, que desde el accidente lo cuida y lo mantiene. No es que Gamaliel crea en realidad que el plomazo en la rótula se le fue al Comanchú por accidente, pero ésa es la versión de la familia y no encuentra razón para contradecirla, menos desde que supo que aquellos dos culeros ya están comiendo tierra. Eso sí, no es lo mismo maquillar el pasado que cerrarle la puerta a un buen amigo. La familia lo entiende y lo respeta, y más lo va a entender y respetar cuando sepan que vino a ofrecerle trabajo, y por si no lo creen ha llegado con una lana por delante.

No hay lazo familiar que no se fortalezca con una transfusión de capital, y eso nadie lo entiende como quien hasta ayer fue un mantenido. Lo sabe en todo caso Espiridión, que hace ocho meses vive en casa de su suegra y no puede colgarse ni veinte minutos con el gasto de la puta semana sin que le sirvan su sopa de jeta. Le queda algún dinero, todavía. Unos veinte millones, por fortuna guardados en secreto. Puede comprarse un vochito del año, usar los otros siete en sacar los permisos, él ya sabe con quiénes, y volverse un taxista de bien. Puede buscar trabajo en una empresa de seguridad y apartar esa lana para el enganche de alguna casita. Puede ser tan idiota para despepitarlo con Matilde y la madre, pero vale insistir: ya es un tipo sensato. Quiere mucho a su Maty para verla rabiar porque de todas formas va a hacer lo que va a hacer, chingue su madre. Ha invertido, además, mucho tiempo y billete en este bisnes. No es, como el Monster cree, chantaje vil. ¿A poco es extorsión la venta de un seguro, por ejemplo? ¿Es delito cobrar por vacunarte contra la desgracia?

Hace catorce meses que amanece y se acuesta con el croquis del plan bulléndole en el coco. No es tan mal policía, finalmente. Pasaron cinco meses entre que se enteró del notición y consiguió dejar el reclusorio, pero desde aquel día no ha parado de perseguir la pista de esa celebridad a la que tiene el gusto de conocer. O mejor dicho, ese cabrón ratero que tuvo la fortuna de conocerlo a él: su centinela. Pues si de algo no duda Espiridión es de que aquel canijo le va dar trabajo. Trae con él un periódico percudido y pringoso donde aparece el nombre y la fotografía del futuro patrón. ¿Rubén Ávila, el Ben Hur? ¿Ese pinche chillón es multimillonario?

De todos los sucesos providenciales que lo han favorecido desde que el Muertis y el Comanchú lo entambaron «para apagar un cuete, por unas semanitas» y luego se murieron, los muy hijos de su chingada madre, hay uno que el Espiro celebra en especial: cuando se supo amigo de un Felón Mayor. Eso y la fe invencible de Matilde le dieron un sentido a la temeridad de volver a las calles y jugarle a pasar por persona decente. ¿Qué otra cosa, no obstante, hará el Ben Hur, dondequiera que esté? Con tamaña fortuna, se relame el mostacho Gamaliel, traerá uno de esos coches farolones que nada más se paran y les cae un enjambre de sirvientes, marchantes, pordioseros. Un coche del que nadie va a sospechar, mientras al dueño no terminen de alcanzarlo sus pendejadas. Que es lo que va a pasar con el Ben Hur y su amigo el riquillo, si el Espiro no llega antes que los tiranos.

«Dondequiera que estén...», redunda con gran énfasis, como si fuera el alguacil del condado y hablara con la prensa sobre los fugitivos, pero él de sobra sabe dónde están, y con quién, y quiénes más ayudan a esconderlos. Podría trazar el mapa de su fuga y escribir una lista con los avances de sus perseguidores. Tiene algunos conectes, por acá y por allá. Ha seguido la ruta de sus dineros, o buena parte de ellos. Les conoce los vicios, por lo que cree. ¿Extorsión? ¡No, señor! Lo que el Espiro espera de esta transa es restaurar la cadena de mando. Si su amigo Rubén se lo permite, va a alivianarlo igual que ese cabrón hipócrita del hermano Felipe, que le arrancó diez millones de pesos por hacer perdedizas dos causitas pendientes por homicidio, a escondidas de Maty y su mamá. Mil dólares al mes, más los viáticos y una lanita extra para el Gamaliel, ¿sería mucho pedir? Redondeando la cifra, tres millones de pesos. ¿A poco no los vale la libertad, con todo ese billete para sacarle jugo?

Voy al norte de Baja California, se explica vagamente Espiridión, como dando a entender que buscará al cliente cerca de la frontera. Una vez más se ha comido tres letras primordiales: s-u-r. No le asombra del todo que ningún policía haya ido a dar tan lejos, hasta hoy. Estarán protegidos, ya sea por sus palancas o por la ineficiencia de sus competidores. Pues ni la policía ni el dizque detective de la señora Richardson se han tomado siquiera la molestia de montar una guardia. Revelarle a Matilde o Gamaliel que su misión está, concretamente, al norte de Baja California Sur, sería tanto como echar a la basura diez querúbicos meses de hacerle inteligencia al bisnes del Ben Hur. ¡Una onda ejecutiva, pura categoría, chingá! ¿Quién nos iba a decir, mi Gamalielo, que la vida iba a hacernos cabrones de provecho?

Es un trabajo fácil, pero hay que ser discreto. Es más, si hacen las cuentas, nueve de cada diez de los pesos que Espiro le paga al Gamaliel son para mantenerle tapadito el hocico. ¿Lo entiende bien el Monster, o se lo va a explicar con el cañón de la .45 entre las muelas (ojos desorbitados, gruñido aguardentoso: una parodia viva del muerto Comanchú)? Sueltan los dos la risa, como certificando que basta una amenaza desmadrosa para decirse que nada ha cambiado. El negocio es el mismo, confiar y ser confiable. Lo demás es cumplir unos pocos encargos y estar muy a las vivas, para lo que se ofrezca. Cuando le toque tratar con Matilde, la versión oficial es que se conocieron en el templo y Espiridión, hombre muy compasivo, le consiguió trabajo de mensajero. Su primera encomienda: reclutar un taxista de confianza y lanzarse en putiza a un templo por aquí y hacer amigos entre quienes se dejen.

—Chínguele, pues, mi Monster —descarga un manotazo Espiridión sobre el hombro derecho del subordinado, para que no se sienta muy acá y le quede bien claro que aquí manda la verga—. Y no quiero enterarme que saliste de ahí sin convertirte en el hermano Gamaliel.

—Dios lo bendiga, jefe —se cuadra el aludido, siempre tan obediente.

LVI. La tía del siglo

A él tampoco le gusta su nombre, y menos todavía los diminutivos. *Greg* le suena como a gringo pendejo y se teme que *Goyo* es más corriente que un techo alfombrado. El apellido, aparte, no le ayuda. Dos de cada tres lenguas se atropellan al pronunciar gre-go-rio- gra-ja-les. Se mira a gusto, en cambio, siempre que los empleados americanos lo registran como *Gregory G. Richardson*. *Greg Richardson*, incluso, ya no suena tan mal. «¿Qué hongo, Luigi? Aquí el Richardson», saluda a algún amigo en el teléfono, con ese desenfado de *bon vivant* temprano que lo hace tan soluble entre sus amigazos. Las amigas lo siguen llamando Micky, y él no sólo se deja sino que lo fomenta, del peinado a los dengues que lo han hecho la estrella de la noche en una cifra incierta de bodas, fiestas y parrandas.

Tal vez el logro más notable de Gregorio, hecho que por sí mismo da prueba de su habilidad negociadora, sea haberle dorado la píldora a la madre, al extremo de hacerla su admiradora, sin por ello perder la confianza infinita de su hermano Lamberto, que amén de ser la cruz y la vergüenza de Felisa escucha a Love and Rockets como un poseso y suele amenazar con vomitarse si alguien lo obliga a oír a Luis Miguel. ¡Qué naco eres, cabrón!, se dicen uno al otro a este respecto, con alguna indulgencia que termina en carrilla y risotadas. «No puedo ni creer que mi hermano mayor sea así de irresponsable», se extraña ante la madre en la mañana, y un par de horas después ya le llama a Lamberto desde su celular. «Abusado, papá, que la Foquita anda bien emputada.» Basta con verlo sacudir la melena y acomodársela, mientras mueve caderas, hombros, labios al ritmo de *Cuando calienta el sol*, para entender que a uno como Gregorio no le preocupa nada más profundo que su último bronceado en Acapulquito.

Luego de tantos años de admirarlo sin la menor reserva, no se explica Gregorio por qué su héroe de infancia y adolescencia sigue sin aprender a decirle a la gente lo que quiere oír. Con lo sencillo que es, y deja eso, los dividendos que te genera. «Mi hermanito es un yuppie de mierda», de cuando en cuando deplora el Roxanne, con cierto orgullo mal disimulado porque a final de cuentas todavía le ve la cara de discípulo. No por nada compensa la queja de cajón con algún cacareo postinero: «Tendrías que ver el coche que trae, el escuincle mamón». «No sabes las viejotas con las que anda…» «Se viste en Bergdorf Goodman, ni con pistola lo haces entrar a un Macy's».

No está clara la cantidad de dólares que con el puro look de modelo de *Esquire* le ha sacado Gregorio a su mamá, pero tampoco hay límite de gastos concebible cuando tiene uno amigos con casa, yate y nenas en la playa. Cierto es que ha hecho negocios, desde que puso pie en la casa de bolsa y respondió con creces a las expectativas del Perrote Compeán, su amigazo desde la secundaria y heredero seguro del changarro completo. Según cuenta Gregorio a su apenada madre, desde el día en que estalló la pirámide de su hermano mayor, los Compeán ya lo miran por encima del hombro, con un recelo que lo mortifica. Pero es todo invención. Solamente entre enero y diciembre del año pasado, el Perrote y Gregorio viajaron juntos dos veces a Europa, tres a Nueva York y una a Río de Janeiro. ¿Quién les avisó a tiempo que la bolsa se iba a venir abajo, luego de tantos meses de forrarse como unos filibusteros? ¿Y quién le habría dicho a la pulcra Felisa que en la casa de bolsa de los Compeán crecieron asimismo las ganancias del proyecto Cuicuilco?

Esta vez viaja solo. Tomó un vuelo directo a Cincinnati, rentó un coche y maneja hasta Tennessee por Louisville, que es el camino largo, con tal de no pasar ni a cien millas de Knoxville. Trae cuarenta mil dólares en cheques de viajero, no quiere imaginarse el escandalazo, si llegan a asociarlo con Lamberto y Rubén. «Ahora menos que nunca», enfatiza delante de la tía Lilí, que está al menos igual de espeluznada. «Por haberme amafiado con

Lamberto, como tanto le gusta repetir a tu madre». Sueltan los dos una risa nerviosa, de gente respetable que quiere hacer constar el carácter exótico de la situación. «No somos dos maleantes», quisieran pregonar sus extrañezas, pero el tema no ayuda a ser sutil.

—¿Lo que me estás diciendo es que el amigo de toda la vida de mi hermano tiene un novio travesti, o novia, o lo que sea…? —arruga el visitante ceño, frente y nariz, ahora sí con los nervios de punta.

—No dije novia, dije «enamorada» —puntualiza Elidé, con cierta picardía que estimula el olfato de Gregorio. ¿Qué tal que es bien putona la Lilí, al cabo que acá nadie la vigila? ¿Y a poco no está rica, la verdad? ¿Cuántas veces, con unos años menos, se la jaló pensando en esas piernas? —Parece que se dieron unos besos, antes de que él supiera. Y ella está arrepentida, ¿sabes? *She's like, willing to make it up to him.*

—¿Y tú qué? ¿Te «amafiaste» con ella, así nomás? —se le traba la risa, se le encienden los pómulos, se le entiesa el garrote a Gregorio Grajales, aún más estupefacto de hablar en estos términos con Elidé que de escuchar la historia estrafalaria de Rubén y Ana Bárbara. De por sí a ese güey nunca lo ha tragado, y se lo ha dicho varias veces a Lamberto: «Tu amiguito es un criado, no me chingues».

—Al contrario, ¿no te contó tu hermano? —chasca la lengua María Elidé Richardson—. Me cayó de la nada, saliendo de una clase. Quería hablar de Lamberto, ahí a medio pasillo. Le dije que se fuera, que no lo conocía, que me dejara en paz o lo iba a reportar a *Security*. Imagínate el susto. Luego me arrepentí de no haberlo escuchado, pero en la noche me buscó en la casa. Lo habían arrestado, llamó desde la cárcel. Ya andaba de mujer, no como cuando vino a buscarme al trabajo.

—Casi no hablo con él —baja la voz Gregorio, conspirativamente—. Supe que la loca esta te llamó y le pagaste la fianza, pero cero detalles. Luego ya ves cómo es de misterioso. Si hubiera un campeonato de paranoia, tu hermanita Felisa y mi hermano Lamberto serían finalistas.

—¡Mi hermana, *for God's sake!* —sigue el juego Elidé, tal como a veces hace con sus alumnos—. No seas injusto, *Gregory*. *We are now like, way beyond her paranoia.* Tu madre no es capaz de imaginarse lo que estamos hablando tú y yo aquí. Va mucho más allá de su idea del mundo.

—Lo que mi madre cree es que para estas fechas ya es abuela. ¿Quién soy yo pa quitarle la ilusión? —se hace el gracioso Gregory, con los ojos y los hombros alzados.

—Óyeme bien, *big boy*, yo sé lo que te digo —se pone sentenciosa tía Lilí, con ese acento raro que ahora tiene y la hace más cachonda todavía—: la ilusión de tu madre es nuestra única chance de proteger a Lamberto y Rubén. Si Felisa averigua quién es la niña rara que según ella iba parirle un nieto, en dos días tu hermano y su amiguito van a estar en la cárcel, y nosotros iremos detrás de ellos.

—Según ella estaba escandalizada —elude la advertencia el sobrino obsequioso, quiere hacerla reír a como dé lugar—, pero al día siguiente ya andaba haciendo shopping de chambritas. ¿Bárbara, dices que se llama la mamá?

—La mamá se llama Álvaro, pero sus amistades le dicen Ana Bárbara. Ya la conocerás, te va a caer simpática. ¡Nomás no te enamores, que matas a mi hermana! —se le escapa una risa a la tía favorita y se tumba unos años más de encima.

—¿Cómo crees, Elidé? —se atropella el sobrino, planta cara de niño—. Digo, tía Elidé.

—Basta de tías, *Gregory*. Dime Elidé o Lilí, que me espantas los novios… —le da un suave pellizco la tía de sus sueños y se acomoda el pelo delante de un espejo imaginario.

—¿Y si te digo prima, mejor? —«A la prima, se le arrima…», bromeaban sus amigos del colegio, y él pensaba en las piernas de Lilí, antes de sentenciar: «A la tía, yo sí se la metía».

—¡No seas coqueto, niño! —frunce el ceño la hermana de la madre, no exactamente impermeable al halago—. Ni la burla perdonas, con las patas de gallo que se me han hecho, mira.

—Menos mal que nos vemos en cancha neutral, mi querida Lilí —se hace con más confianza el sobrino mimético, tiene un talento innato para saltarse trancas encantadoramente—. Ya me imagino allá, en tu bonito campus: seguro todos quieren ser mis tíos.

«Es mejor que tomemos precauciones, la Interpol y mi hermana no se andan con cuentos», había previsto a tiempo la catedrática y citó a su sobrino en Chattanooga. «¿Y ese coche de *playboy*, muchachito?», dudó entre preocuparse y carcajearse, no bien lo vio llegar al volante de un Mustang convertible. ¿Así quería pasar inadvertido? ¿Cuánto pagaba por rentar ese carro? ¿No entendía que su hermano Lamberto es prófugo de la justicia americana? Suspicacias aparte, salieron a pasear, animados por tres martinis secos que en el acto sellaron la complicidad. Pues tampoco hace falta un PhD para dar por sentado que de hoy en adelante Gregorio sólo puede estar de acuerdo con lo que diga o calle la opípara Elidé. Si no fuera pariente, lamenta para sí, ya le habríamos dado su mamila a King Kong. Le divierte ser guarro, es el mejor guardado de sus secretos. Lamberto ni siquiera se imagina la clase de cerdazo que puede ser su hermano cuando nadie lo ve. Con otro par de drinks, sin ir más lejos, tal vez se aventaría a arrimarle el pispiote a su tía predilecta, pero eso sería tanto como jugarse al blackjack la amistad personal de Catherine Deneuve. Además de un montón de dinero que él mismo vio crecer y multiplicarse.

—La cosa financiera sigue viéndola tú —se deja acariciar Elidé la cabeza por el viento del *freeway*, ha apagado el estéreo para hacerse entender; puede olvidar que es tía, pero no profesora—. Yo me encargo de darles asilo a los muchachos, tengo un contacto allá donde están ellos, además de la casa que nos prestan. No sabes las ventajas que me da mi trabajo. Hasta este viajecito, por ejemplo, me lo paga completo la universidad. Gasolina, hotel, viáticos. He hecho muchos amigos en el mundo académico, no solamente en Tennessee sino en varios estados, como California. Y es la gente que nos está ayudando. Inocentes, ¿verdad?

—Perdónalos, Señor…

—Exactamente: …*que no saben lo que hacen* —ríe de buena gana la profesora—. El dueño de la casa es un viejito que dejó de dar clases en tiempos de Elvis Presley y hace como diez años que no sale de su rancho en Palm Springs. ¿Qué más le da al señor que dos chicos muy bien recomendados se queden unos meses cuidándole su casa en el *you know*… Mar de Cortés? ¿Ves lo que digo, *Gregory*? Me estoy haciendo vieja, ya no me acuerdo cómo se llama el pinche pueblo donde está Lamberto.

—¡Muuu…! —para la trompa y muge el del volante. ¿No se imagina acaso lo sabrosa que se oye la mamacita pariendo palabrotas, con ese acento raro de cuasipaisana?

—Mulegé, claro —se pega con el índice en la sien la pasajera, haciendo un ademán de vieja decrépita—. Y ahora adivina tú quién hizo el gran favor de tapiar las ventanas y adecentar la casa, que estaba totalmente abandonada.

—¡No me digas que tú! —se agarra la cabeza el hermano del prófugo.

—Ni tú ni yo, *my dear* —prende un cigarro la tía previsora—. Nos hacía falta alguien que estuviera bien lejos del radar familiar, *if you know what I mean*. Por eso te decía que Ana Bárbara nos cayó del cielo.

—¿O sea que yo me hago demasiado notorio con el convertible, pero el travesti aquel pasa de noche?

—O sea que tú no conoces a Ana Bárbara —vuelve la música a la voz de Elidé—. Te cuento solamente que es lo bastante linda para que en un descuido le pidas matrimonio. Engañó a tu mamá y a las sirvientas. Al chico este, Rubén, lo hizo creer que iba para *Miss Universe*.

—¿Y eso no es llamativo, para el caso? —se defiende aún Gregorio, por inercia.

—Yo diría que distrae más de lo que atrae —mira al cielo y suspira la del plan—. Los hombres son muy bobos, con tu perdón. Si yo fuera un bandido, juntaría una banda de chicas lindísimas. Nadie sospecha de ellas, ni quién se fije en todo lo que las rodea. En un pueblo como ése, a mitad del desierto, una mujer bonita puede sentarse a armar una bomba de hidrógeno en la calle sin que nadie se dé por enterado. Y esta chica, además, no existe en realidad. Si mi hermana la busca, o la manda buscar, va a gastarse tu herencia persiguiendo a un fantasma. ¿Cómo me ves, *my dear*? ¿Soy buena criminal?

—¿Dices que habló conmigo esta… persona? —concede ya Gregorio, con la frente arrugada.

—Afuera de tu casa. No sé si lo oirías, le cerraste en la cara la puerta del *garage*.

—¿Y no me acordaría, si estuviera tan guapa?

—Iba vestida de Álvaro, que es un chico bastante insignificante. Por algo lo corrí de mi trabajo. Así que ni te apures, yo en tu lugar tampoco lo recordaría. Y por eso te digo que es perfecto, puede ser invisible o espectacular, según sea conveniente para nosotros —conforme entra en detalles, los ecos de la voz de tía Lilí van ganando frialdad y a su modo sumando *sex appeal*. Puede que tenga miedo, pero no se arrepiente. Habla de previsiones, simulacros, abusos y ganancias, incluyendo las suyas, con una ligereza arrebatadora y como ella bien dice: insospechable. Hay que ver la elegancia con que extiende la diestra y pesca el sobre con los cheques de viajero.

—Ya le dije a mi hermano, pero no me hace caso. Tengo amigos de amigos, todos *buenos amigos*, tú me entiendes, que están en el equipo del próximo gobierno —se revuelve en su trono imaginario el sobrino influyente, sólo le falta un puro entre las muelas. —Según me aseguraron, el caso está cerrado. Como dice mi hermano, sólo hay que ser discretos. Guardar bien el dinero. Darle a Rubén su parte y que se vaya.

—Tú no le vas a dar un cuerno a nadie, ¿sí? —lo toma de una mano tía Lilí, firme aunque pedagógica—. Ese chico Rubén se muere por correr a gastarse hasta el último *penny*, delante de quien sea, y entre más sean mejor porque es *new money*. No lo conozco, pero por lo que cuenta tu hermano sospecho que le tiene alguna envidia. Desde niño, ¿verdad?

—Es un pelafustán. Mi mamá lo aborrece y no se diga yo. Si ve que estrenas coche, lo mira sesgadito y hace bilis, según él en secreto. O si estrenas zapatos, o si fuiste a la playa, no es de los que perdonan que te vaya bien. Y eso no es nada, tía. Antes que iba a la casa, seguido se perdían los cubiertos de plata. Apenas dejó de ir, no volvió a faltar nada —rabia Gregorio, cada vez menos Micky—. ¿Sabes cómo le dicen? ¡Robén! Y por si fuera poco, el tipo se apellida Ávila Tostado. ¿Qué otra cosa iba a ser, con esas iniciales?

Alguna vez, de niño, lo admiró. Era su héroe, después de Lamberto. Desde entonces lo trata con una deferencia que ha ganado en palmadas, cumplidos y sonrisas cuanto se ha despojado de franqueza: nunca estuvo Rubén muy convencido de que fuera Gregorio quien guardara el botín, ni se siente seguro de que va a recibir todo lo que le toca. ¿Cuánto le toca, en suma? Según Lamberto, la mitad del total. Luego tía Lilí opinó que bastaba y sobraba con entregarle el doble de su inversión: algo así como el veinte por ciento del total.

—Tú, que lo vas a ver en unos días, explícale a tu hermano que los dineros extra son cosa tuya. Aquel chico, el ratita, no ha hecho más que esconderse, mientras tanto. Y eso gracias a mí, que he estado trabajando para ellos. Jugándome *my freedom, my profession, my prestige!*

—¡Eres la tía del siglo, me cae! —vuelve Micky a su puesto de adulador, sonrisa imperturbable por delante—. Nadie podría pagarte lo que has hecho por esos dos tarados. Y por mí, y por mi mami, aunque ella no lo sepa.

—Nadie podría pagarme, claro —asiente, algo burlona, la tía del siglo—. Pero sí compensarme, ¿no crees, *Gregory*? Porque esto que me traes son dos meses de renta en Mulegé. Soy la casera, *honey*. Me estoy haciendo una mujer mayor, no tengo esposo ni hijos que me mantengan. Me toca ahorrar, si aspiro a una vejez decorosa. ¿Tienes alguna cuenta en un banco de los Estados Unidos?

El tema del dinero resultaría antipático e impertinente sin el debido pacto de lealtad, que es la etiqueta del negocio ilícito.

¿Cómo saber, si no se empeña la palabra, que está uno entre personas respetables? «*Remember*: esto nunca sucedió, jamás me has visto en los Estados Unidos», remachará Lilí, con traducción incluida. Ni siquiera a su hermano se lo va a contar, ¿sí? Será un secreto que los dos compartan, ¿podrá confiar en él? ¿Se lo promete, de aquí hasta la tumba? Una vez aliviada de inquietudes mayores, la tía Elidé se quitará de vuelta cinco, diez, y hasta los dieciocho años que los separan, al momento de apearse del Mustang, dar al sobrino un abrazo sentido y cerrar con un beso descuidado. Es decir, en la orilla de la boca.

De regreso, en la ruta a Cincinnati, Gregorio seguirá paseándose los dedos índice y corazón por la misma hechizada comisura. Un beso oficialmente inexistente, como todo su encuentro en Chattanooga, es ya sólo por eso dos veces de verdad, seguirá suspirando la semana que viene, camino a Mulegé. Un beso-antídoto contra la deslealtad, si su mero recuerdo —incierto, resonante— evocará el convenio que los convierte en aliados secretos. Un beso todavía más clandestino que su papel en toda esta engañifa. ¿Y por qué otra razón, si no los regios muslos de tía Lilí, habría rentado el galante Gregorio un Mustang convertible?

—¡Greeegoooryyy! —aúlla el piloto al viento por la carretera. Se corta un huevo si no suena bien.

LVII. El jarrón del edén

Habría, por principio, que desconfiar de todos los edenes. ¿Qué paraíso es aquél donde resulta un crimen comerte una manzana y sobrevives bajo el ojo ubicuo de un administrador omnipotente? El paraíso es como los secretos: muy grande para uno, bastante para dos, insostenible en cualquier otro caso. Entre más sean los justos en compartirlo, menos cabrá un acuerdo al cien por cien. ¿Y no basta con que uno de los afortunados encuentre al paraíso siquiera un poco incómodo para considerar la demoniaca idea de cambiarle de nombre a ese lugar inhóspito de mierda?

Tiene ya varios días que Lamberto Grajales mira hacia el paraíso con un recelo que no sabe explicarse, pero cierto es que lo hace desde fuera. No quiere ser injusto, ni mezquino, ni ojete, puede que todo ocurra en su imaginación, si bien tampoco se le ha hinchado la gana despojar a sus chistes de un tonito sarcástico no exactamente alegre, apenas distinguible de la amargura por cuanto tiene de premonición. O es quizá que el Roxanne no encuentra su alegría del todo verosímil, ni se siente a sus anchas en la dicha oficial del paraíso.

¿Qué decir de un edén donde las frutas están todas podridas, pero uno se las come fingiendo que degusta un manjar exquisito? ¿Hay sentido en dejar el Jardín del Señor, así sea por unas pocas horas? ¿Qué le falta al Edén, a la Jauja, a la Gloria, que pueda uno encontrar en otra parte? Y si lo tiene todo, filosofa el Roxanne, sería una estupidez salir de ahí. ¿Por qué entonces se siente como en una prisión? Puede que sea el calor, o la escasez de opciones, o la jodida hueva que le da seguir contribuyendo al papelazo de feliz ganador e inquilino legítimo del Oasis Celestial, pero ser El Pendejo ya le sofoca el alma.

403

«¿Qué se cree este pendejo?», parecen respingar los ojos de archiduque traicionado que Lamberto dedica fugazmente a Rubén, y no sólo a Rubén. «¿Quién se cree esta pendeja?», rumió ya un par de veces al ver venir a Liza hacia los dos, nomás por provocarlo. O mejor: por probarlo. Siete meses de compartir edén despiertan demasiados silencios al unísono para seguir creyendo o pretendiendo que todo esto es un premio y carece de precio. ¿Qué es el infierno, al fin, sino un edén caduco? Hace un par de semanas que Lamberto se entrega al oficio infeliz de cobrador, para que nadie, y menos Alma Luisa, salga del paraíso sin haber liquidado su respectiva cuenta.

El amor se parece a un jarrón chino. No se puede pegar, una vez que se quiebra en pedacitos. La mayoría lo intenta, sin embargo, para-que-no-se-diga-que-por-mí-quedó, pero ocurre lo mismo que con las cicatrices. Miramos del jarrón antes las rajaduras que sus zonas lozanas, recordamos aquéllas mejor que éstas, nos apiada en secreto tener que pretendernos astigmáticos ante el mapa de grietas que salta al primer plano del jarrón fracturado, igual que el navajazo a media boca deja un rictus incierto en la expresión. O la enturbia, o la amarga, o la entristece, o peor aún, la caricaturiza. En lugar de adornar, su pulcritud fallida grita: decadencia. Un jarrón chino roto y pegoteado no se puede volver a quebrar. En todo caso, acaba de quebrarse.

Sería injusto insinuar que el amor de Lamberto y Alma Luisa se quebró en Mulegé. «El lugar es perfecto», solían decir los dos cuando recién llegaron, ansiosos de pegar el jarrón astillado. ¿Y cómo no, si hay playa, selva, mar, desierto, río, una escena silvestre en tal modo nutrida y abigarrada que parece espejismo, más que oasis?

—¡Mira nomás, pendejo! —hace el gesto Rubén de extender el paisaje prodigioso ante los ojos de su socio y amigo—. ¿Ya sabías que Dios es un nuevo rico?

—No me digas, pendejo —se pitorrea Lamberto, rezumando acrimonia—. ¿Y tú quién eres, uno de sus profetas?

En otras circunstancias le compraría el pleito, pero esta vez el Ruby elige comprar tiempo. Sabe que está en las manos de

Lamberto, no va a darle pretextos para balcanizar la tierra prometida. «Me tocó ser el bueno», se repite y libera un embrión de sonrisa, cada vez que su amigo el cancerígeno pone a orbitar alguna pulla fermentada. Por lo demás, Rubén tampoco está de acuerdo en regatearle crédito al edén por la pura opinión de un huésped malcogido. Uno detrás del otro, los amargos sarcasmos del Roxanne se deslizan intactos por el caparazón virtual del agredido, para quien por principio habría que desconfiar de esos niños mimados y mamones que dizque desconfían de todos los edenes. Y todavía mejor: habría que tirarlos siempre a locos.

Los celos tienen algo de hipocondría. Nada les satisface tanto como verificar sus miedos más oscuros y amargarse la vida con razón, aun si ésta es la primera de sus pérdidas. Basta un mínimo indicio, y en realidad no más que una ocurrencia, para ser arrastrado y engullido por el remolino íntimo del desengaño. «¡No soy idiota!», monta el celoso a lomos de una febril malicia a la que ya confunde con inteligencia. Puesto que si los hechos no alcanzaran para dar validez a sus sospechas, más idiota tendría que sentirse. Por fatal que resulte, prefiere uno perder credulidad en los seres queridos que desconfiar del propio entendimiento. Y sin embargo hay este zumbido en el ambiente, unas veces ligero y otras insoportable, igual que esos silbatos para perros que en teoría no podemos oír y sin embargo nos martillan la paciencia. Un zumbido que nadie sino Lamberto escucha, a menos que a los otros les suene a bossa nova. ¿Y no es allí donde empiezan sus celos, en la alegría sincrónica de Rubén y Alma Luisa? ¿Se queja acaso alguno de los cassettes del otro? ¿Por qué entonces los dos lo están jodiendo con que ya chole con los Cocteau Twins? ¿Desde cuándo les gusta la misma música? ¿Y de qué va acusarlos? ¿De pretender que no le ven las grietas al jarrón quebrado? ¿De maquinar un plan a sus espaldas para volverlo loco y poder irse juntos con su lana? ¿De esa sonrisa imbécil, por gratuita, que él no encuentra motivos para compartir? ¿Y si sus *happy faces* no fueran tan gratuitas, y entonces el imbécil resultara él?

Alma Luisa tampoco quiere ir a la guerra. Menos después de haber quemado sus naves por seguir a Lamberto al paraíso, cada uno con sus trozos de jarrón. Le marea la idea de volver adonde ya dejó de tener casa. Casa bonita, al menos. Eso de que la madre y las hermanas hayan huido del cuchitril de Corina para ir a rentar otro que es todavía más feo, *a una cuadra de allí*, le parece una nueva humillación y no quiere estar cerca para constatarla. Le tiene sin cuidado, a estas alturas del salto al vacío, que le llamen ladrona, prófuga, cómplice, delincuente o concubina, mientras pueda seguir en Mulegé. En términos binarios, se diría que desde que conoce el Nintendo no quiere saber nada del Atari.

Dos aficiones los mantienen unidos: los videojuegos y la mariguana. En los primeros meses se reían como unos principiantes, pero luego Lamberto se les fue ensimismando. «¡Esto no es real, carajo!», se quejaba en voz alta, sólo él sabía de qué. El desierto, la jungla, el Nintendo, la playa, la mota, la amistad, el noviazgo: ¿quién que disfrute a tope el espejismo quiere entender la química que lo hace realidad? «¡Ni que fuéramos náufragos!», se ha pitorreado el Ruby un par de veces del humor inestable de Lamberto, y Alma Luisa ha apretado la mandíbula para evitar la fuga de una risotada. Un aplauso callado pero aún elocuente, aquí donde el oxígeno se corta con cuchillo y algunos hallan música de fondo en el zumbido eléctrico imperante.

Juegan los tres por turnos, nada más oscurece. *Duck Hunt. Mario Bros. Arkanoid.* Un par de horas más tarde, Alma Luisa se mueve de la escena y ellos meten el *Contra* en la consola. Es hora de ponerse en las botas aladas de Bill y Lance, dos rambos acosados por miles de matones humanos y robóticos a los que urge rociar de fuego y plomo sin piedad ni descanso. Los une, como siempre, la impunidad triunfante. De la jungla a la base militar, de la cascada al campo de nieve, Rubén Ávila juega a ser Bill Rizer y Lamberto Grajales se mete en el pellejo de Lance Bean. ¡Abusado, baboso! ¡Ya te dieron, idiota! ¡Cúbreme pues, carajo! ¡No le saques, putito! Una tregua frenética y a su modo cordial que se extiende hasta media madrugada, cuando llega el momento de sacar el *Mike Tyson's Punch Out!!*

—¡Moco! ¡Moco! ¡A huevo! ¡Mámate ésta, pendejo! —se engolosina el *Gladiador* Grajales propinando jabs, ganchos y uppercuts en lo que queda de su contrincante.

—Tengo sueño, pendejo —suelta el control, se estira, bosteza el *Bulto* Ávila—. Ya me cansé de ser tu pinche *punching bag*.

—Espérate, pendejo, deja y te saco un ojo a chingadazos —lo dice suplicando, no quiere el receloso irse a la cama a seguir incubando malicias en cadena.

—Ya vete con tu novia, pendejo, va a pensar que te gusta el *soufflé* de guayaba —salta de su letargo el soñoliento a apagar el Nintendo y la televisión, como si recordara una cita pendiente—. ¿Ya viste qué hora es?

Nunca Rubén fue tan condescendiente, ni tan malo para los videojuegos. En Atlanta, Alma Luisa era más enojona que el octavo dragón del *Mario Bros*. ¿Y resulta que aquí es un pan del Señor? ¿Por qué lo tratan bien, cuando él ha sido tan mamón con ellos? ¿Sólo porque el dinero lo tiene Gregorio (en cuyo caso él los entendería), o quizá por motivos más interesantes? ¿No será que de pronto lo dejan ganar, nomás pa que no joda? ¿Por qué siempre hacen todo lo que él dice? ¿Por qué no se la cobran, cada que se las hace? Y el colmo, ¿desde cuándo los piensa como «ellos»?

Se quiebra el jarrón chino cuando los dos encuentran que a su *nosotros* le han crecido comillas. Alma Luisa, eso sí, no está del todo incómoda con las comillas. Valdría decir, incluso, que es muy feliz con ellas, por cuanto también tienen de paréntesis. Pues ahí donde Lamberto ve un jarrón quebrado, ella mira una interrupción propicia. Dirá, cuando haga falta, que jamás lo pensó, ni le habría cabido en la cabeza, pero hace varios meses que detecta en Rubén un velado interés por merendársela. El rozón en la pierna, la mirada fugaz, la risita emboscada: nada que los sensores de Lamberto puedan acreditar, en caso de emergencia (y a Alma Luisa le gusta imaginarse que lo de Rubencito es cosa de emergencia).

Hay, a saber, dos tipos de acreedores: los que «van a cobrar» y los que ya cobraron. Algunos, quizá muchos, se hacen viejos sin pasar del primero al segundo grupo; cualquier día la vida se les va sin pagar y los entierra con todo y comillas. Tal era el escenario que el Ruby más temía, desde que concibió la posibilidad de que el destino le jugara chueco. Siempre que le iba mal, es decir putamente a menudo, se consolaba en la creencia fácil de que cada madrazo que la vida le daba equivalía a una forma de ahorro que llegado el momento cobraría con creces. Nada que le sirviera, por ejemplo, en la hora azul de un domingo de mierda, que en esos tiempos eran la mayoría. Todos los perdedores, se decía en soledad, comparten esta estúpida certeza de que la vida está en deuda con ellos. ¿Por qué tenía él que ser distinto?

Todos somos distintos, cuando nos lo preguntan. ¿Por qué, si no, cree uno que el amigo que habla pestes de todos sus allegados va a hacer una excepción a sus espaldas? «¡Conmigo él no es así!», se envanece la novia nueva del vampiro. Traducción: *Yo no soy como las otras.* No sólo entonces soy yo diferente, sino que los demás, delante mío, dejan de ser iguales a sí mismos. Suena espectacular, hay que aceptarlo, pero si la confianza de Jesús el Cristo no hizo un aliado leal del amigo Iscariote, difícilmente puede el Ruby esperar que el granuja Gregorio vaya a entregarle todo lo que le toca, con la fama que tiene de uñas largas. Desde que lo conoce, o sea desde escuincle caprichudo y alzado, el hermano insaciable de Lamberto le ha bailado flamenco entre uno y otro huevo. Sus amigos son de esos que un día pierden el coche en el Jockey Club y al siguiente se compran otro más padrote. ¿Y cómo iban a darse esa vida de chundo adinerado, se desazona el Ruby, en sus horas de duda, si no a costillas de pazguatos como él?

No pensarán matarlo, sin embargo. Por eso, nada más recupera el sosiego, Rubén vuelve al jardín del edén con ínfulas secretas de terrateniente. No importa cuántas trampas pueda armarle Gregorio, no sólo a él sino al mismo Lamberto; el Ruby ha hecho sus números y ya sabe que no puede perder. ¿Cuánta lana sacó Gregorio de su lana, que ahora ya ni Lamberto se acuerda de ella?

¿Van a darle nomás el capital, o querrán descontarle todo lo que ha gastado de un año para acá? ¿Y si no le dan nada? ¿Qué le cuesta a Gregorio pedirle dos guaruras prestados a uno de sus amigos influyentes y encargarles que lo desaparezcan? Esto último, otra vez, le suena a disparate. Tampoco cree en verdad que los Grajales se encarnicen con él como dos zopilotes en gallinero. Uno y medio, si acaso, y eso ya deja un margen para negociar. Pero así como el Ruby no podrá ya evitar que el *Good Ol' Roxy* haga equipo en su contra con su hermanito el buitre, tampoco él ha firmado un documento que le impida cobrarse por sus medios. Y aquí es donde entra el arte de la negociación.

Hora de corregir el inventario y aceptar, con ternura protocolaria, que el jarrón chino roto tiene un valor apenas estimativo. Un saldo fraccionario, en realidad. *Apenas* cualquier cosa. «Como lo que quedó del dinero que los papás de Alma Luisa invirtieron en la bolsa», se ríe Rubén de dientes para dentro. No es que se esté vengando, ni que se robe nada, según sus cuentas. ¿Para qué ir a buscar hasta las nubes lo que caerá por fuerza de gravedad? Por eso no da un paso en dirección a ella. Es apenas —y aquí no tan *apenas*— empático y amable, si Lamberto anda cerca, y oficioso vasallo no bien desaparece. Un bufón, de repente. Un escudero, a veces. Y casi siempre un Lancelot de baja intensidad, con maneras de príncipe y modales de súbdito. Como quien dice, la mitad de pesado y el doble de simpático. «Y por si fuera poco, Fefis», termina de explayarse la todavía novia de Lamberto, en una briosa carta a su hermana Ana Ofelia, «parece que no hay Foca que temer.»

LVIII. Mi héroe adorado

Hay privilegios que ultrajan. ¿Cuál es la diferencia entre que te embodeguen en la suite o en el sótano, si lo que buscan es no verte en la fiesta? ¿Debe una mujer joven, guapa, sugestiva, elegante, moderna, codiciada, repito: codiciada, permitir que la nieguen igual que a un adefesio con mal de ojo sólo porque tardó en llegar al club? Siempre que algún intrépido espontáneo le pregunta qué tan difícil es ser tan mujer, Juan Álvaro Zertuche se remuerde los labios escarlata para no revelar que lo de verdad arduo no es transformarse en Ana, ni sentir como Bárbara, sino dejar de ser esperpento de feria. Después de tanto gasto, para colmo.

—¡Quieta, gata pendeja! —gruñe Ana Bárbara a las puertas del elevador, da un salto atrás, echa mano de una navaja de muelle con Betty Boop esculpida en el mango, lanza adelante el brazo y oprime ya el botón, para horror del *bell boy* que hace un instante volvió a verla feo y ha derramado el vaso de su paciencia—. ¿Muy machita, cabrona? ¿Quieres que te presente a un caballero, para que aprendas a tratar a una dama? Órale pues, marica, ya te llegó tu *Manual de Carreño*. Una grosería más, criadita bigotona, una bien chiquitita, así como tus bolas, y te hago otra panocha a media jeta.

—Bienvenido, señor... ¿Richardson Gregory? Mexicano, ¿verdad? ¿Te puedo hablar de tú? —se desparrama en gestos y atenciones el súbito aspirante a empleado del mes, al otro lado del mostrador del lobby—. ¡Felicidades, Gregory! ¿Es tu primera vez en Loreto? Te estamos dando el *upgrade* de cortesía para una habitación con vista al mar.

Hasta que no se instala en el bar de la alberca, pide un *Strawberry Daiquiri* y se distrae haciendo un censo visual, Gregorio no termina de entender dónde está. Demasiados mostachos, para el caso. Unos cuantos en grupo, la mayoría en pareja. Hay un par de mujeres, extranjeras también, perfectamente solas en sendos camastros. Los locales, en cambio (botones, camareros, meseros, el barman aquí mismo), se pasan de obsequiosos, como que ya conocen a fondo a su clientela. ¿Son sus nervios, quizás? Y si no son sus nervios, ¿fue su hermano Lamberto quien arregló que se quedara aquí? ¿Sería una condición de la tal Ana Bárbara? ¿Y ahora va a resultar que el joto es él? La última pregunta le parece graciosa, hasta que se recuerda socio y hermano de un auténtico prófugo de la justicia y maldice entre dientes, al tiempo que mastica una aceituna y le responde al barman que se llama Gregorio y no-no-no, no está solo en Loreto. Viene con una amiga, subraya abruptamente, mirando hacia otra parte. Si ha de caerle encima la policía, que no sea aquí, carajo, por favor.

—¡Yo no me voy de aquí sin mi marido! —bufa, brama, berrea la hasta hace dos minutos ocupante de la habitación 126, llevada en vilo de pasillo en pasillo por un trío de empleados de seguridad que muy probablemente saben demasiado.

—¿Qué te pasa, pues, loco? —salta a la escena como un *jack-in-the-box* el cuarto elemento. Conjunto color caqui, gafas negras de ciego, canas recién podadas *a la brush*, pistola al cinto, cachiporra en mano—. ¿Te calmas o te damos tus cariños?

—*Loca*, si es tan amable, señor comandante —se yergue la aludida, toma aire, estira el cuello, saca el pecho y las nalgas, mira hacia alguna nube a su derecha—. Y si cree que me asusta con su pistolón, tendría que echarle un ojo al de mi viejo.

—Zeta cuatro en veintinueve, atención zeta cuatro en veintinueve, aquí equis uno solicita refuerzos, cambio —grazna el de la pistola en el *walkie-talkie* y hace a los otros señas con la cachiporra.

—¡Ándale pues, sardito de cagada, nomás tócame un pelo y vas a ver lo que es bajarle la bragueta a Satanás! —da dos pasos atrás, se saca a Betty Boop de la cintura, se eriza como un gato furibundo la versión callejera de Ana Bárbara.

Aun en casos de emergencia extrema, no acostumbra la gente que se mete en problemas pedir a gritos un abogado, como lo hacemos todos si hace falta un doctor. En todo caso azuzan con llamarle a *su* abogado, más todavía si nunca lo han tenido, y cobrarse la afrenta con denuncias y demandas. No es tanto el abogado, sino la gritería lo que crispa los nervios del de la cachiporra. Por lo demás, se sabe que los abogados poseen un segundo oído que detecta enseguida, dentro de un gran perímetro, las faltas de respeto al derecho ajeno. Y si acaso los gritos parecen destemplados, habría que pasmarse ante la sola imagen de esos cuatro antropoides abalanzados sobre una mujer. Hay berridos, mordidas, jadeos, rodillazos, patadas a mitad del corredor.

—Buenas tardes, señores. Yo soy el abogado de la señorita —vocifera Greg Richardson, con las palmas al frente y entre dos dedos una tarjeta de presentación, con su nombre en el puesto de Asesor Jurídico y el logo de la Presidencia de la República—. Los hago civil y penalmente responsables ante las más altas autoridades por cualquier atropello físico o moral que pudieran causarle a mi cliente.

—*Oh my Gosh,* Supercán! —se ajusta la peluca, sacude la melena, se pitorrea Ana Bárbara con la voz melosita de la Dulce Polly—: Cinco minutos más, mi héroe adorado, y encuentras a estos gatos en rebanaditas.

—Calma ya, por favor, aquí no pasa nada. Yo sé, oficial, que es un malentendido. Más nos vale escucharnos, antes de que se afecten nuestros intereses y haya que proceder en otras instancias —desarruga la frente, inclina la cabeza, reparte palmaditas el *Underdog* del choro aturdidor. A partir de este punto, dejará caer racimos de apellidos resonantes, con una convicción en tal modo despótica, *si bien aún amigable,* que nadie querría ser el primero en dudar.

«La señorita», ha dicho Supercán. Esa palabra mágica que le devuelve el rango de persona y le evita el disgusto de sacar a la bestia de paseo. Antes bestia que monstruo, si tienes que elegir. La bestia cuando menos tiene sexo. Los monstruos son tan feos que no se reproducen, ni pueden operarse para ser *monstruas*. Despertar a la bestia que hay dentro de Ana Bárbara es gestión diligente para quien le da trato de varón. Es decir, de esperpento. Tampoco hay *esperpentas*, ¿o sí? Ser monstruo es esconderte, segregarte, emboscarte, vivir con el horror de horrorizar a quienes ni en mitad de un sueño apocalíptico se mirarían como tus semejantes. No acostumbramos ser piadosos con lo horrible, ni siquiera cuando así lo intentamos (con la grima escurriendo tras la careta tiesa y obsequiosa). Injustamente, aparte. ¿Cuántas niñas gorditas son tratadas igual que monstruos de película y en unos pocos años se revelan beldades? ¿Cuántas flacas atroces y frígidas habrá por cada gorda hermosa y cachondona? ¿Cuánto de ese desprecio es puro miedo hediondo?

—¿Y no es obvio, bebé, que hay en todo el planeta miles, óyelo bien, *miles de millones* de viejas mucho menos bonitas que yo? ¿Sabes cuánto me gasto al mes nada más en productos de belleza? ¡Más de lo que estos puercos les dan a sus marranas para que les rellenen la panza de frijoles! —enfurece la fiera, ya en el lobby, todavía susurrando pero ya echando lumbre por las pupilas porque el de las maletas la llamó «patrón».

—Mira, Anita, Ana Bárbara, yo no te conozco —se pone pedagógico Gregorio, podrido de seguir templando a su clienta pero contento al fin de largarse de allí—. Tampoco soy galante, ni caballero, ni abogado siquiera, todavía. Ya voy a recibirme y me conozco el rollo, como viste, pero si vine a dar hasta las tierras del Coyote y el Correcaminos es para apagar fuegos, no para provocarlos. Igual que tú, soy bueno para pelear, pero el arreglo me sale mejor. Les dije a estos mandriles que eras mi clienta, pero tú sabes que eres nuestra socia, de Lamberto y mía. Gracias por lo que has hecho, de verdad, pero agarra la onda: soy gente de negocios, no boxeador. Déjame que te ayude, ¿no, mi reina?

—Ríete, Supercán, pero es que no soporto a los maricas. Ni ellos a mí, ya ves: una tamalera siente que otra se le ponga enfrente —se ajusta la peluca, el tirante y el escote Ana Bárbara, diríase que *so-suddenly-cool*—. Y con la pena, les gustaste a todos. Tienes para escoger, papacito.

¿«Mi reina», le ha llamado? «Qué huevos tan azules», se exclama en estos casos, entre la indignación y el cumplido encubierto. Pero ha dicho Gregorio que es *gente de negocios*, lo suyo es la empatía y va a necesitar grandes reservas de ella para llegar armado a Mulegé. Lo entiende, lo sopesa, lo mide, lo analiza. A juzgar por la rabia que trae almacenada la amiguita pituda de Rubén, tiene que estarlo odiando con todos los ovarios que le faltan. No será tan difícil acabar de amarrarle las navajas. Tiene que aislar a ese cabrón del RAT, si pretende agarrarlo de las bolas antes de que se sienten a hacer cuentas. Tía Lilí tiene mucha razón, ese güey debería darse de santos de que no está en la cárcel, por pendejo y por naco y por pinche alzadito. ¿Cuántas veces se lo ha repetido a Lamberto, «nunca tengas amigos más pobretes que tú»?

—Y no es que sea mamón —ríe mamonamente el abogado en ciernes, por el puro placer de desdecirse, al momento en que el taxi toma la carretera en dirección al norte—, es un problema de oferta y demanda. Los sombreros de palma que vende ese cabrón no se usan en las fiestas de mi pueblo. Como tú dices, allá comen frijoles…

—Y acá chorizo, papi… —lanza otra vez los perros la valquiria ambidiestra, por el puro placer de importunarlo. Imposible que no esté al tanto del efecto que producen sus pullas en el niño de mami que la acompaña, de camino al oasis frente al mar—. ¿Has probado el que traen los inditos de fuera?

—Ya que estamos en plan tan relajado, mi querida Ana Bárbara —se salta la perífrasis el joven de negocios, con esa diligencia ejecutiva que distingue al chicote de la espalda—, déjame que te informe que tienes un amigo muy ingrato. Todos aquí traemos dividendos andando, menos tú. Quiero decir que estamos en lo nuestro —alza una mano, frota por tres segundos el índice y la yema del pulgar delante de sus ojos, nadie es indiferente al ademán glotón que simboliza el *cash*—. Cada uno en lo suyo, ¿verdad? Claro, somos amigos, o hermanos en el caso de Lamberto y yo, pero si nos metimos en este irigote fue porque había una compensación. Corrígeme, si estoy equivocado: Rubén no te está dando ni un centavo por esto…

—Pues, me pagó el hotel en Loreto —ironiza Ana Bárbara, hace boca de pato.

—¿Pagó por alejarte, no te quería allí? —fluye la mala leche, si bien azucarada por el tono balsámico de la voz cantante—. ¿Después de todo lo que hiciste por él? ¿Dónde estaría ahorita Rubén Ávila, si no le hubieras tú dado el aviso a mi tía Elidé?

—«El pitazo», se dice. Aunque salives, papi —suspira al otro lado del asiento trasero la recién azuzada, con algo más sentido de la resignación que del humor—. ¿Yo qué voy a saber dónde estaría ese bobo? Enterrado, en la cárcel, en el culo del mundo. ¿Y por qué ha de importarme, si como dices tú, paga por verme lejos, o sea por no verme? ¿Qué hago aquí, en este taxi? Te juro que no sé. He de ser muy pendeja, si no qué. Le prometí a tu tía, la de Knoxville, que iba a hacer cualquier cosa por ayudarlos. Supongo que por eso sigo aquí.

—Tú lo has dicho, Ana Bárbara: María Elidé es *mi* tía. También la de Lamberto, pero no de Rubén —traza el de la cizaña la línea fronteriza entre la protección y el desamparo—. Por eso es que los Richardson te agradecemos tanto lo que has hecho, y eso sin conocernos. Yo, por ejemplo, te cerré alguna vez la puerta de mi casa en las narices. No sabía quién eras, y en cambio tú insististe. Eso tiene un valor, y más en estos tiempos. Mi tía Lilí opina que eres una tipaza y ya ves, te dio toda la confianza. Ahora dime una cosa: ¿te trató mal mi hermano, en Mulegé?

—¿Tu hermano el perturbado? —hace un bizco fugaz, lanza un silbido al aire, se encoge de hombros la cuasiquejosa—. Yo supongo que no, pero tampoco bien. Anda como de malas, día y noche. Le doy miedo, además. No me mira a los ojos cuando le hablo, me contesta sí o no o no sé, mirando para el piso. No sea que se le vaya a pegar algo.

—¿Lamberto? —finge mal la sorpresa el hermano cortés—. Cómo crees, si él es bien alivianado.

—Nada nuevo, bebé —corta la otra con un suspiro misan-
trópico—. Tú ni te mortifiques. No es tu hermano, es el mundo.
Ya estoy acostumbrada a ser noticia, aunque me vean de lado. Para
una como yo solamente hay dos clases de gente: los que te la
sostienen y los que no. O sea la mirada, no me veas así.

—¿Dices que anda de malas, el malagradecido? ¿Y no sabes
por qué? —como quien dice, regresemos al grano.

—Yo no sé. Tú adivina. No me digas que no conoces a tu
hermano.

—Ok. Ya te entendí. ¿Qué onda con Alma Luisa?

—Así me gusta, papi. Los hombres son más guapos cuando
sueltan la neta desmaquillada. Dime tú, pues, qué onda con Alma
Luisa.

—¿Qué onda *yo*? Nada, por supuesto —ya se asoma el desdén a la nariz fruncida del cuñado renuente—. La he visto un
par de veces, a la carrera. También me tiene miedo, para que no te
sientas tan especial.

—Bueno, es que si a Lamberto le embarra que es mamón y
huelefeo, no me imagino a ti qué te diría, papi —ronronea, jo-
dona, la del nombre postizo.

—Mírame, socia, o sea… —aspira hondo *Papi*, ríe de refilón,
improvisa una pose guiñolesca—: ¿Tengo cara de insomnio, por
casualidad? ¿Se ve que me desvela el veredicto de la multitud?
Te juro que si es cierto me meto a una terapia.

—¿Qué tal que es la futura madre de tus sobrinos…? —se
escucha el aguijón al reventar la piel.

—¿Te explico algo, preciosa? —corta cartucho el chico de
negocios, como trazando el límite entre lo negociable y lo risi-
ble—. No quiero ser vulgar, tuve una educación bastante cuida-
dosa y soy un caballero con casi todo el mundo, como ya te ha
constado, mamacita. Pero cómo te explico, no tengo la estructura para entenderme con *ciertos* apaches. Y tampoco es que
nunca haya bailado alrededor del fuego —suelta un bufido
cáustico que casi llega a risa—. Una cosa es amarse, por cuestio-
nes turísticas, y otra reproducirse como en telenovela, no me

chingues. A ver si me entendiste: sobrinos mis tanates, y no les doy regalo en Navidad. Si a Lamberto le gusta consumir nalga obrera, a mí me saca ronchas, con perdón.

—¿Con perdón de quién, papi? No veo nalgas de ésas por aquí —esquiva el bulto la duquesa automática—. ¿O esperas que las mías se den por aludidas?

La carretera de Loreto a Mulegé da para una hora y media de conversación, dividida en dos partes: machacar a Alma Luisa, destazar a Rubén. Todo lo cual sería más sencillo si tan sólo Ana Bárbara dijera lo que sabe de los dos. Pero no vino a hablar, sino a observar. Si Gregorio se sabe pertrechado para decir lo que otros quisieran escuchar, hay que ver las antenas de Ana Bárbara, que lo lee como un *billboard* de neón y le endulza los lóbulos con jarabe de pico. ¿Alma Luisa? Una golfa, una chunda, una sateluquita de tianguis. ¿Rubén? Un muerto de hambre. Un vividor. Un acomplejado. Un envidioso-marca-acme. Nadie como Ana Bárbara para hacer coincidencia de la complacencia. Ay, no, Dios la bendiga, pobrecita, se viste como edecán de Juguetirama. Y Rubencito bueno, qué quieres que te diga, lo conocí dudando entre ser Richard Gere y Sean Penn, si un día te portas bien te cuento cómo y dónde, papi…

Jamás le quites una duda a un hombre sin dejar otras tres en su lugar, se aconseja Ana Bárbara en estas situaciones. No es la primera vez que ha de lidiar con uno como Gregorio. La clase de mamón condescendiente que te da su atención como una canonjía y ya nomás por eso te encuentra suertuda. «Me admiras y lo sabes», concede su sonrisa, con alguna largueza comprensiva. No sería muy raro que varios de sus gestos los hubiera ensayado en el espejo, ni que de cuando en cuando rematara con el pulgar arriba, el guiño padrotón y alguna arenga de cariño al ego, tipo *Go for it, Richardson!*

Viéndolo bien, sopesará Ana Bárbara en mitad de un bostezo no muy bien reprimido, este galán tiene algo de Quico Medinilla. Y lo dicho: no es la primera vez.

LIX. Piedras que fuego fueron

Solamente unos cuantos elegidos (no exactamente unos favorecidos, aunque sí, creen algunos, bienaventurados) saben lo que es la maldición callada de ser siempre observado fuera de foco. Allí donde no consta que te vieron, en esa zona medio nebulosa donde en teoría nada nos interesa. Fingimos prisa, a veces, y pasamos de largo o arrugamos los párpados para hacer evidente el foco en otra parte, o inventamos alguna actividad innecesaria —rascarse la cabeza, hurgar en los bolsillos— con tal de ahorrarnos un contacto visual inoportuno, inconveniente, chocante, vergonzoso, quién lo va a adivinar. Alguien a quien tal vez ni siquiera sabríamos qué decir, o qué cara poner si nos mira a los ojos, ineludiblemente. El contacto visual supone un compromiso intempestivo y de pronto engorroso, más todavía para quienes son tímidos, o están en deuda, o son olvidadizos, o tienen algo grande que esconder (algo que en un descuido les saltaría a los ojos, o los delataría, o los pondría en ridículo, o los empujaría a justificarse).

Cuando se hacía pasar por el agente que jamás llegó a ser, Gamaliel Urbina solía reconocer a un sospechoso a partir de su miedo al contacto visual. No todo el mundo sabe hacerse el distraído, cuantimenos en medio de un ataque de pánico. Y más difícil es distinguirse entre tanto mal farsante, cuando ya no son dos, ni cinco, ni ocho, sino decenas, y en poco tiempo cientos y miles, los falsos distraídos que se cruzan contigo sin mirarte a los ojos, ni casi reparar en tu existencia, como no sea para esquivar el bulto. Puede que no sean todos, pero eso es lo que siente Gamaliel desde que aterrizó en la silla de ruedas. Mejor eso a tener que aceptar los ojos de piedad que otros le asestan, como si él les hubiera pedido algo. Luego de tantos años de cobrarse a madrazos y apretones la falsa indiferencia de su prójimo, toda esta impunidad a sus costillas le revienta los huevos. O se los reventaba, hasta que un día el bálsamo comenzó a hacer efecto.

—¿No se queda a cenar, hermano Gamaliel? —vuelve de la cocina Matilde, llena de su seráfica sonrisa—. Al cabo que el hermano Leopoldo tiene su taxi aquí, afuerita de su casa. Él lo puede llevar de vuelta hasta la suya, va a ver que hasta le cobra más barato.

No lo mira con lástima, y al contrario. Es como si tuviera el alto honor de dirigirse a él: nada menos que un elegido del Señor. No le ha pedido cuentas de la chamba lejana de Espiridión, aun sabiendo que trabaja para él, y en vez de eso lo invita a unirse a la familia para compartir cena, o ir con ellos al templo, o quedarse en la casa a platicar con unos y otros en torno a temas como la creación del mundo, la voluntad del Creador, el perdón de los pecados y el camino seguro para llegar al Cielo. Nunca antes, que recuerde, alguien le habló con esa deferencia, y menos todavía desde que su mirada dejó de coincidir con la de buena parte de la humanidad. No es que entienda ni crea mucho de lo que escucha, sino que no le puede regatear el respeto a quien se lo demuestra a cada instante, mirándole a los ojos y llamándole hermano y creyendo que tiene salvación, él que nunca salvó a nadie de nada.

Matilde, Gamaliel y el abogado han ido varias veces al juzgado a tramitar las prórrogas de Espiridión, que hace ya casi un mes que no aparece, ni por supuesto les manda un centavo. ¿Entenderá el Espiro que esas cosas no ayudan a amacizar la cadena de mando, tanto que la menciona? ¿Quién no sabe que la puta miseria afloja las lealtades más aún que el respeto regateado? Tampoco es que no tengan en qué caerse muertos, sino que ya les sobra espacio y tiempo para caer de rodillas ante el mismo crucifijo, y eventualmente hallar una cruzada. ¿O es que luego de tanto trato de distinción iba a ser Gamaliel tan pinche ojete, o digamos tan inmisericorde de seguirse guardando todo cuanto sabía del marido esfumado y su real paradero? No hubo que preguntárselo, él solito cantó, cual serafín coludo.

—No es un chantaje, hermana, ¿cómo se imagina? Lo que sucede es que el hermano Espiridión tiene una deuda como de gratitud, ¿verdad?, con Dios y con la vida, que diga, con la vida que Dios le dio, ¿verdad?, con esa Luz —gime sin convicción el madrina fallido, todavía esperanzado en detener la marcha del taxi del hermano Leopoldo, que ya tuerce a la izquierda en Picacho y Boulevard de la Luz, de camino al hogar de los Grajales Richardson—, y él le prometió a Cristo que no iba a abandonar a un inocente, ¿no?, a un perseguido así, por la justicia, imagínese usted, hermana Matilde.

—Esta mujer de Dios tendrá mucho dinero… —se santigua la esposa del Espiro, ya indiferente al rollo del chantaje. No lo dice, ni lo insinúa siquiera, pero lo que le quema el amor propio es venir a enterarse por el achichincle que Espiridión tiene su dinerito. Hijo de la chingada, le gustaría decir, pero igual se conforta mascullando Jesucristo te reprenda, entre las oraciones con las que se ha hecho fuerte a lo largo del medio centenar de kilómetros que separa a Coacalco del Pedregal—, pero me va a escuchar, hermano Gamaliel. Si esto que usted me dice es la verdad, hay que estar bien seguros de que no queden dudas. No quiera Dios que el diablo se esconda detrás de ellas y qué hacemos con otra formal prisión, Señor, Cristo Jesús, no lo permitas.

—Mire, hermana, si usted toca esa puerta —truena al fin Gamaliel, ya afuera de la casa— nos vamos a quedar sin un centavo. Esa vieja, además, digo yo, esa señora nos va a meter a todos a la cárcel. Yo sé de buena fuente, se lo juro por vida del Niño Jesús, que aquí se hacen rituales de Palo Mayombe —hace la cruz, apenas por delante de Matilde, que ya se sobrecoge y palidece—. Ella misma acusó al hijo de ladrón, no porque fuera cierto sino porque él no quiso servir a Satanás.

—Jesucristo te reprenda, Satanás, te encadene a lo más profundo del infierno, de donde nunca saldrás —se atraganta, se frena, se conforta Matilde en el asiento delantero del taxi.

Recapacita—: Vámonos de aquí, hermanos —ordena, ora, declama en pie de guerra—: ya sabes que estás vencido. Ya sabes que estás vencido. Ya sabes que estás vencido.

—Cubro mi casa, mis hijos, mi familia, hermanos, hermanas en Cristo Jesús, con Su sangre preciosa, amén —se enroca por su parte el del volante.

—¡Bajo sus alas estamos! ¡Ya sabes que estás vencido! —se suma Gamaliel, no sea que se le note la serenidad.

Para cuando el Dodge Dart 73 del hermano Leopoldo logra dejar atrás el Pedregal, y con él los paisajes de piedra volcánica que de allá para acá se les han revelado como una misma fachada infernal, llega al fin el momento de orillarse, detenerse, abrir la puerta, el cofre y destrabar las velocidades. Nada del otro mundo, están acostumbrados. Por eso ya en la noche, cuando sea tiempo de compartir el pan y agradecer al Cielo Sus favores, ninguno de los tres encontrará riesgosa ni disparatada la idea de que Jesús les ha puesto ese coche en el camino para vencer, como Él, a las fuerzas del Mal.

No está precisamente seguro Gamaliel de que el Espiro se alegre de verlos, pero peor le caerían la policía y la prensa allá donde anda. Según han calculado, son dos días de viaje a Mazatlán, otro del cruce en ferry hacia La Paz, y el cuarto de camino a ese lugar tan raro cuyo nombre nunca antes oyeron, ni muy probablemente habrían oído, en otras circunstancias. A Dios gracias, el hermano Leopoldo le instaló al Dart un sistema postizo de aire frío, más poderoso que el original, y del cual con frecuencia se enorgullece.

—Y por curiosidad, hermano Gamaliel, ¿cuánto es lo que esos pobres hermanos perseguidos, que Cristo los proteja, le dan a mi marido de compensación? —se interesa Matilde, muy de casualidad, pero igual mira fijo al interrogado, cual si lo previniera contra la tentación de la mentira.

—Sabrá Dios, hermanita, yo ya le dije todo, bendito sea el Cielo —acusa Gamaliel, en su ferviente encomio, el fervor machacón de los recién llegados a la fe. ¿Quién es él, se recuerda, se insiste, se convence, para poner en duda las creencias de la única gente que le habla como a gente?— Como usted dice, pues, el enemigo anda por todas partes.

—*Dios* está en todas partes —alza el dedo Matilde, hace una pausa explícita—, pero el demonio puede acechar en cualquiera. Es capaz de tomar la forma de ángel, con tal de confundirnos y hacernos tropezar en sus engaños.

Para fortuna del interrogado, la mujer del Espiro no se vale de métodos extremos para sacar la sopa a los remisos. Nunca nadie confiesa todo lo que sabe, sólo «lo que sabía». Lo que podía contar, todo lo que le ayuda o no le perjudica, o no acaba de hundirle, o no le da vergüenza exagerada. Puede ser que el Espiro le perdone que le lleve a su vieja a la oficina, pero una indiscreción sobre el negocio se paga con los huevos en la boca (más de una vez lo vio, alguna por ahí ayudó a detener al hocicón, mientras el Muertis se cobraba a lo chino). De esas cosas se aprende, cómo chingados no. Tampoco es que el Espiro le haya contado tanto, pero igual se supone que es una buena obra, no una extorsión ni una cosa torcida. «Lo que sabía», aparte, ya ha sido demasiado. En las pocas semanas que lleva de visitar el templo de Coacalco y tratar a Matilde como hermana en Cristo, ha aprendido a quitarse los remordimientos mediante indiscreciones a medias redentoras. No es tanto que «el que fue» le pegue en la conciencia, pero por más que le entra a la oración no consigue espantarse la sospecha (y al contrario, le crece cada día) de que al demonio lo trae él adentro y está aquí encarroñando a esta gente tan buena que no lo cree tan malo sólo porque lo ha visto pagando penitencia. No es «el que fui», se dice, es «lo que soy». ¿O es que andaría metido en estas chingaderas si pudiera volver a caminar? ¿A poco no se le endereza el quiote cada vez que Matilde se le empina delante para mortificársele al Señor? ¿Va a creer que los hermanos nunca andan venenosos, ni le miran las nalgas ni las chichis a nadie, como si de verdad fueran, fuéramos todos hijos de los mismos padres, y ahí sí ni cómo andar de cogelones? ¿Se lo habrá imaginado la mujer del Espiro chaqueteándose en la silla de ruedas, para colmo con ella en la cabeza? Con estas salvedades discontinuas, Gamaliel se ha ido haciendo creyente y obediente. La idea de en verdad ser perdonado, absuelto, devuelto a la inocencia, dueño de alguna clase de dignidad, refulge ante sus ojos penitentes como las puertas mismas de la Gloria, y eso no es poca cosa para un alma perdida y un cuerpo anquilosado. Lo primero, con suerte, no será para siempre. De ahí a creer en milagros verdaderos no hay sino un parpadeo de Satanás.

Por lo pronto, al Espiro le está saliendo cola. ¿Qué margen de maniobra va a quedarle, con Matilde jodiendo detrás de él? Más que un apoyo, un par de lados flacos. Gamaliel lo adivina, pero también comprende que es el precio de meter al demonio en este negocio.

Espiridión dirá que es borrega y traidor y pocos huevos, aunque la verdad es que apenas hizo falta soltarle un par de chismes a su mujer, ella sabía de todo menos de Mulegé y el guardadito. Lo dice, lo remacha, lo ensaya en otro tono, le cambia tres palabras y no se convence. Por más que se lo ponga suavecito, el Espiro le va a dar sus putazos. La duda, en todo caso, es si va a hacerlo enfrente o a espaldas de Matilde. Y si ella va a hacer algo para evitarlo. Si quiere conservar su imagen de cristiano devoto y piadosón, ningún favor le hará que lo miren pateando a un hermano que está en silla de ruedas. ¡Jesucristo te reprenda!, se imagina gritando, en caso de emergencia, al tiempo que Matilde hace avanzar su silla por la cafetería del ferry que navega hacia La Paz. Total, si Jesucristo no lo calma, algo tendrán que hacer Matilde y Leopoldo para aplacar la furia de Espiridión Santacruz.

Leopoldo Sánchez Baz, el hermano taxista, entiende la cruzada como un negocio bueno y, de quererlo Él, también un buen negocio. Si, como tanto canta la hermana Matilde, las fuerzas del Señor serán recompensadas y bendecidas con un buen dinerito, estos tres mil kilómetros no van a ser en balde. Mínimo alcanzará para cambiar las llantas carcomidas del Dart, quiera Dios que ninguna se ponche en el desierto. Por lo pronto, lo que más le preocupa no es saber quién y cuándo le va a pagar el viaje, sino cómo va a hacerle la hermana pasajera para no ir a servir al amo equivocado. Ese apellido, Richardson, le da pésima espina. Solamente el recuerdo de la roca volcánica («¡Piedras que fuego fueron!», se espeluzna Matilde al invocarlo) le lleva a preguntarse cómo es que en esa casa de piedra del averno pudo vivir un alma en Cristo Jesús. ¿Quién le dice que el reino de las tinieblas no está, precisamente, en Mulegé?

LX. La patria era primero

No suele la lealtad reconocer sus límites. Su condición teóricamente pura la condena a lidiar con las expectativas más impertinentes, destinadas de origen a la decepción. Somos leales al modo del vendedor de fosas «a perpetuidad». Si las prerrogativas «vitalicias» nos parecen inciertas de por sí, cuando no abiertamente fraudulentas, ¿qué decir de un contrato cuya vigencia abarca la eternidad entera? Ahora bien, uno intenta, y eso es lo que le da fama de leal. Se diría que lo es en varios casos, de hecho la mayor parte, aunque de todas formas eso parezca poco. Puede uno serlo por toda la vida y basta una excepción para desprestigiarle. ¿Cuántos no son traidores desde el primer instante? Sólo que en el intento pasa que hay adhesiones paralelas y no siempre resultan compatibles. No mudan las lealtades, cambian las prioridades, sentenciaría con un guiño sabihondo el hermano mandón de Lamberto, a lo largo de una comida más sin Alma Luisa.

Lo toleró al principio, bajo la certidumbre de que se iría pronto a chingar a su madre. Y mira que a la vieja le hace falta, se excusó con Rubén, que está de acuerdo en todo lo relativo a Gregorio y Felisa. Lo de menos es que le caiga mal, eso lo aguantaría si la dejara en paz con esas jetas de fastidio sarcástico —la ceja levantada, el perfil aburrido, la risilla juzgona— que le dedica con o sin coartada. No me digas, se enfurece Alma Luisa con Lamberto, en una de sus raras y hace tiempo menguantes pláticas amigables, que en tu casa Gregorio también habla de nacos todo el tiempo. No lo hace a pesar de ella, sino en su mero honor. ¿Y no acaso aprovecha cuanta oportunidad se le presenta para emplear la palabra *sateluco*, inevitablemente con cara de basca? Es su manera de correrla de la mesa sin tener que pelearse con Lamberto. ¿O sería con Rubén? ¿Se cree la muy putita que va a batear a uno para irse con el otro, forrada de billetes *anyway*? Falta que él lo permita: he ahí el mensaje impreso en las flechas oblicuas de Gregorio.

El sol de agosto no es mejor que el de julio, aunque eso es nada si se le compara con el calor adentro de la olla. Gregorio no lo dice, pero ni modo de irse y dejar a su hermano entre *esta gente*, como se refiere a ellos en privado, o inclusive delante de Ana Bárbara, que disfruta de un cuarto sólo para ella y celebra las gracias de Gregorio como genialidades inauditas. Menos festejaría si pudiera escuchar lo que habla con Lamberto, cuando están los dos solos y se refieren a ella como Ano Bárbaro, tantas veces en tan pocas semanas que ya el apodo no les causa risa, ni les inspira mayor comentario. ¿Qué sabes de Ano Bárbaro? No sé, estará en su cuarto. Suele ser suficiente con un sobrenombre para pintar tu raya frente al sobrenombrado.

Para pesar del Ruby, que lo odia cordialmente, y Alma Luisa, que le tiene aún más miedo que rencor, Gregorio se solaza recordando ante todos, poco menos que a gritos, que está de-va-ca-cio-nes. Y por si alguien no entiende la implicación directa de semejante estatus, levanta alto los brazos, tararea un trocito del tema de *Rocky* y vocea un *gaaanaaaaamoooooooos* lo bastante invasivo para que los presentes no vayan a olvidar que tienen la fortuna de compartir oxígeno con «el miembro más joven del equipo», como, dice, lo llama El Señor Licenciado (hace una caravana juglaresca, simula que se quita y se pone el sombrero cada vez que lo invoca, con un aire en tal modo familiar que ya sólo le falta llamarlo Tío Charlie).

—Oye lo que te digo y apúntalo, si quieres —le remacha a Rubén para que todos oigan, incluyendo a Alma Luisa que está tendida al lado de la alberca—, hay nada más un par de candidatos para ocupar la procu, ¿me entiendes?, la-pro-cu-ra-du-rí-a, y los dos son mis brothers, y qué digo mis brothers, mis súper brothers. Haz tus cuentas, Rubén, y tú también, Lamberto, yo les prometo que empezando diciembre les devuelvo su vida y su dinero, y no va a haber un solo policía, ni un solo juez, ni un solo periodista que se atreva a tocarlos, ni siquiera a acordarse de sus nombres. Vamos a ser los dueños de este país, señores.

—¿No saldrá más barato *desaparecernos*? —juega el Ruby a fingir que lo dice de broma y se corrige al chile para ponerlo en duda—: ¿O *desaparecerme*?

—¿Te confieso un secreto, mi buen Rubén? —devuelve Grajalitos la cortesía, listo para reírse antes que nadie—. Llevo toda la vida de planearlo, cada vez que apareces. Ya lo intenté con pócimas, con brujería, con misas, con rosarios, y nada que tengo éxito, manito. ¿Cómo la ves que ya me resigné?

Siguen brindis, palmadas y nuevos carcajeos, ninguno de estos últimos inevitable. Pero nadie quisiera estar mal con Gregorio. Si hasta Alma Luisa aguanta calladita la vara, Rubén se afana en seguir la corriente y pretenderse libre de suspicacia. Sabe que es su papel, ha de pasar por cándido y aquiescente, mientras sigan a expensas de Gregorio. Ha de seguir mimando la fantasía de llevarse a Alma Luisa lejos de Mulegé, con dinero bastante para ya nunca más tener que trabajar. Ha de rehuir los ojos de Ana Bárbara, luego soltar alguna risa empática cuando escuche a Gregorio citarla por su apodo más reciente. Ha de decirse que Lamberto es leal, aunque sea también hijo de la Foca, y aunque él mismo no acabe de tragárselo, y aunque no tenga, él sí, la menor intención de serle leal. El dinero podrá estar bien guardado, pero pasa que Liza, como insiste en llamarla su próximo ex, no busca más que huir de los Grajales Richardson. Se las va a arrebatar, más tarde o más temprano. Mejor dicho a Lamberto, ya se ve que Gregorio no la soporta cerca. Y a él tampoco, pero lo disimula. No mucho, ni muy bien, y cada día menos, no por algún exceso de confianza sino que lo traiciona el peso del desprecio. ¿Qué tal que un día le da por maltratarlo, igual que ahora tortura a la *cuñada*? ¿Cómo sería el maltrato, por tratarse de él? Si de verdad tuviera el poder que presume, ¿qué obligaría a Gregorio a pagarle un centavo, en lugar de encerrarlo en el tambo o meterle un plomazo y enterrarlo de noche en el desierto? En estas circunstancias, no sorprende que en vez de espeluznarse por la aparición súbita de un matón conocido, probara el viejo Rudeboy un alivio tan grande como la paranoia que vino a mitigar el ex-agente Espiridión Santacruz Rebollar: a partir de esa tarde, su guardaespaldas (para envidia segura de los Grajales Richardson).

En realidad, la envidia puede esperar. Desde que Espiridión se instaló en Mulegé, lo de hoy es el recelo. Tu compadre se siente nuevo rico, le susurra al oído Gregorio a Lamberto, falta que se le cumpla. ¿De dónde va a pagarle su sueldo, por ejemplo? ¿Cuánto le prometió que le iba a dar? ¿Y a él quién le dio permiso para meter aquí a un guarro empistolado? Es por el bien de todos, quiere pensar el Roxy, con tal de no rendirse a la interpretación del hermano menor. Pues entonces tendría que aceptar no nada más que el Ruby busca intimidarlos, sino que se ha hecho uno con Alma Luisa y es en resumen su peor enemigo. ¿Y cómo iban los dos a hacerse uno, si no echándose un *quickie* a sus espaldas? ¿Cuántos ya llevarían, los ingratos de mierda?

—¿Tons qué, mi Nicanor, te sigues cepillando a la sateluca? —bombea Gregorio con el puño derecho, para que no se dude qué tanto la respeta—. ¿No te importa, la neta, tener hijos changuitos?

—Changa tu madre, güey —le gustaría pelearse por ella, pero no está seguro de no arrepentirse. Prefiere, para el caso, un chiste a tiempo—: Chinga, también.

—Ésa es foca, manito, y tú la chingas mucho mejor que yo —vuelve aquí el ademán del sombrerito—. Estábamos hablando de La Flor Más Bella de Naucalpan.

—Menos mal que Ano Bárbaro nunca te va a hacer padre, ¿no? —contraataca el aún novio de la agredida, con parsimonia un tanto musical.

—¿Qué te pasa, baboso? —brinca, da un manotazo, deja la guasa el doble de Luis Miguel—. Te advierto de una vez que esas bromas a mí no me las haces, y aunque seas más grande me la vienes pelando. Ya sabes, cuando quieras…

«El que se enoja, pierde», tendría que haberle respondido el Roxanne, pero ni falta que hizo. Según cuenta el hermano, van dos veces que ve a Rubén y Alma Luisa de la manita a media madrugada, una de ellas a la orilla del río y otra entrando en la alberca. Nada tan contundente, sin embargo, como las millas náuticas que hay entre Liza y él desde que renunciaron a pegar el jarrón. ¿Y no será por esa culpa fermentada que quiere creer en ella, y de paso en el Ruby, y por tanto en sí mismo (que es un estafador de buenos sentimientos)? Descreer de Rubén, por otra parte, no implica transferirle el crédito a Gregorio. Le dice que es un yuppie y un mamón, no lo que le preocupa en realidad, que es saberlo mitómano automático. Desde que es amiguito de tantos comemierdas con poder, apenas es posible hablar de cualquier cosa con su hermano sin que le salga el tono de influyente. «Un abrazo, señor», así se despidió de él la otra noche, antes de irse a la cama y quitarse la máscara, aunque fuera nomás por aflojar el culo. Hace un año, suspira, todavía le festejaba los chistes, sobre todo si eran a sus costillas. No hay más que oír la clase de idioteces que hacen reír a sus amigos fatuos para admitir que ni cómo entenderse con un pendejo al que ya no conoce. Maldeciría, si acaso la supiera, la hora en que Gregorio se apoderó del Proyecto Cuicuilco. O quizás el momento en que él mismo aceptó ser protegido por el hermano chico. Peor, mucho peor, por esos amiguitos más falsos que las tetas de Ano Bárbaro, de lejos se les nota que no tendrían problema en filetear la carne de su madre, si el negocio les diera dividendos. Pero eso es lo de menos, ávidos somos todos, delante del botín. Habría que ver la clase de alimañas de rapiña en que esos licenciados se transforman, nada más se embotellan, se emperican y les da por hablar de política. «Somos equipo», como dice Gregorio, a saber cómo y cuándo se le pegaron esos complejotes. ¿Y así opina que Liza es una naca? ¿Cómo va a osar Lamberto creer en su palabra de archiduque, si cuando no se está cayendo de la peda es porque anda trabado de perico, aunque pretenda que no se da cuenta? Tendría que bastarle al lagartón con saber que antenoche lo vio meterse un pase con Ana Bárbara, precisamente a la orilla del río, y no ha abierto la boca, ni la va a abrir, como no sea para hacerse constar el pasmo que le causa comprobar que su hermano es un extraño. Y algo más lamentable: que juegan en equipos contrincantes. Más fácil sería armar un club social de rusos y mujaidines que hacer a un cocainómano entenderse con un mariguano.

Reglamento no hay, pero la idea es que nadie se vaya antes de diciembre. ¿Qué cadena de mando, *by the way*, va a obligar al Espiro a quedarse encerrado e incomunicado en medio del desierto, mientras en el juzgado anexo al reclusorio se cocina su orden de reaprehensión? Voy a firmar y vengo, jefazo, le ofreció Espiridión a Rubén, y Gregorio objetó que habría que ser imbéciles para ponerse en manos de un pinche chantajista mal comido, que encima de eso es tira, y peor, extira. ¿Vamos a suplicarle… o a amarrarlo?, ironizó Rubén, a modo de respuesta, incapaz por lo pronto de advertir en la risa ruidosa de Gregorio un sesgo de sarcasmo vencedor. La risa de quien nunca suplicó, ni necesita de amarrar a nadie para que todo se haga a su manera. Rubén ha presentado a Espiridión con el grado postizo de teniente, pero Gregorio igual lo llama mijo. No ha tenido siquiera que mover sus palancas a larga distancia para saber su historia personal, incluyendo el periplo carcelario y el régimen de preliberación. Basta con asestar una docena y media de apellidos pesados como un ancla para la espalda frágil de un devoto de la cadena de mando. Dos generales, un teniente coronel y una gavilla de señores licenciados cuyo sonoro nombre urgía a la obediencia en los labios del que el Espiro nunca llamará jefe, ni jefazo, sino en todos los casos don Gregorio. Una ridiculez, a juzgar por la edad del aludido, pero al poder despótico le gusta ser absurdo, para que no haya duda de que el que manda, manda. Voy a ayudarte, mijo, tendió al final el Richardson su mano protectora y un par de días después le leyó la cartilla. Él le garantizaba su reingreso, ascenso y pago de salarios omitidos desde el día de su consignación. Entre tanto, quedaba asignado a su servicio, por una orden directa del Señor Licenciado. Lo del juzgado luego lo arreglamos, primero vamos a limpiar tu nombre. Fue una injusticia, mijo, pero ya pasó. Óyeme bien, cabrón, la patria te lo va a recompensar.

De estar La Patria al tanto de los ofrecimientos de Gregorio, por la expedita vía de sus siervos más próximos, habría quizá salido en su defensa, pero quién va a gastarse una bala de plata (y menos de platino, se pega suavecito con el puño en la barba el *so called Micky*) en hacerle ese paro a un guardaespaldas. Ya le dará una chamba, cuando el equipo asuma sus funciones. Por lo pronto, la cosa ha quedado entre los dos, al igual que los diez billetes de cincuenta dólares que ya le ha deslizado por lo bajo. Eso es por nada, mijo, un regalito del Señor Licenciado. Pórteseme a la altura y verá cuántos de éstos va a llevarse a su casa. Mientras tanto que esperen, ya le hará llegar él un mensaje a Matilde, con algún dinerito, ahí para que se ayude.

—*Tu voz es, padre, para mí sagrada* —declamará una noche de luna llena Micky, trabado de emoción, esperando el aplauso del Espiro y puede que la risa de la Barbie, como llama a su aliada cuando quiere algo de ella—, *mas la voz de mi patria es lo primero.*

—Se volvió loco, el güey —musitará el Roxy en la oreja del Ruby, al amparo del *Contra* y su hecatombe—. No le hagas caso, pura faramalla. Es mi hermano, pendejo. ¿Crees que me voy a aliar con él para chingarte? Ya estarías bien chingado, si eso fuera.

—¿Sabe tu hermano que me está secuestrando? Puedo gritarlo, si me da la gana… —amagará Alma Luisa ante Lamberto, nada más escuchar los golpes en la puerta y temerse que sea la policía.

—¡Cristo nuestro Señor, Espiridión! ¿Qué haces con esas armas y esa gente? —perderá, detendrá, recobrará el aliento lentamente Matilde, menos por la presencia intempestiva de fusca y tartamuda que por las contorsiones de Micky a media sala y el baile cadencioso de Ana Bárbara, que en estos menesteres suele alzarse la falda y enseñar los calzones chipotudos con más frecuencia que él se peina la melena con los dedos. Qué ganas de ponerle en su madre a la fiesta.

—Van a quedarse aquí, hasta el final del año, tu mujer, el taxista y tú. De ustedes tres depende, mijo, de una vez te lo digo, que nadie se me vaya a pelar de aquí. No porque yo no pueda hacer una llamada y mandarlos traer en una patrulla de caminos, después de que les rompan los dientes a fierrazos —mandará, gruñirá, resoplará, sentenciará Gregorio, con tan inoportuna fogosidad que hará temblar a Matilde y Leopoldo—. Tú, Gamaliel, vas a estar en la puerta y estos dos en el río. El gangoso se encarga de escoltarme, mientras esté yo aquí.

—Jesucristo te reprenda… —se cubrirá los ojos la hermana Matilde, nada más ver salir a Gregorio mugiendo como un toro, trabado del berrinche, las manos amarradas a la espalda y un cañón en la nuca que tiembla con el pulso del hermano Leopoldo.

—Teniente Santacruz, le recuerdo que esto no es sólo deslealtad, es traición a la patria. Usted no me libera en este instante y yo me encargo de que mañana mismo venga el diablo y se baje la bragueta… —olvidará Gregorio haber amenazado al místico de la cadena de mando, antes de recibir el cachazo en la nuca que lo pondría a dormir sin otro trámite.

—Dese preso, cabrón —se excederá, obsequioso, Gamaliel, al ajustar las cuerdas en las muñecas flojas del cautivo—. Ya sabe que está vencido.

1989

LXI. La rata pródiga

—¿Qué haces aquí, Lamberto Nicanor? —los nombres feos suelen ser eficaces, algunos tanto así que parecen apodos y da pena decirlos, aunque de ahí a olvidarlos hay un trecho. Recordamos por años, si no toda la vida, aquel apelativo mal compuesto que nos hizo reír y en seguida apiadar. Unos llevan el nombre, otros lo arrastran, pero esto último incluye cierta notoriedad compensatoria. Es como si al llamarte así en voz alta, con gran desfachatez, certificaran que no hay otro como tú, y así tu nombre horrible se hace música. Si los demás son él, tú eres Aquél.

—Manos arriba —sonríe chueco el Roxy, tras otear raudamente a derecha e izquierda. Apunta los dos índices hacia ella, igual que un pistolero del Far West. No acaba de extrañarle que lo recuerde, pero ya la escudriña y adivina que no vio los periódicos.

—No me digas que sigues de ratero… —baja la voz, entrecierra los ojos, retuerce la sonrisa, termina de dar crédito la maestra de cumbia a la presencia física del aparecido—. ¿Y vienes a asaltarnos o a aprender a bailar?

—Llevo diez días buscándote, mi Valentine —se da a compadecer el recién llegado, como un maratonista que ha cruzado la meta y se arrodilla en busca del aplauso.

«Lamberto Nicanor», se repite en silencio el Roxanne. Por una vez su nombre combinado le suena digno de un respeto especial. No está bien que lo piense, y menos hoy que viene a pedirle un favor, pero al fondo de su ego vapuleado le consuela y acaso le envanece comprobar que, entre tantos, se acuerda de su nombre, y aún más, de sus nombres. Antes de puta, ahora de bailarina, a saber cuántos miles de pendejos pasarán por su vida sin dejarle ni un surco en el recuerdo. Y entre los otros serán multitud a quienes rememore a su pesar. Hechas todas las restas, tal vez resulte miembro de una selecta minoría.

Lo hace esperar dos horas, en lo que dan las diez y se cierra la academia de baile. Y él, que baila hace meses con la paranoia, sale de ahí con la cabeza gacha, tras calzarse unas gafas polarizadas escandalosamente innecesarias. Puede que sea por culpa de esta inocentada que la maestra de cumbia se apiada y lo apergolla, como una noviecita, antes que, la de malas, les caigan unos tiras y se lleven con ellos al aprendiz de prófugo. A estas horas, por la calzada México-Tacuba, uno como Lamberto es cliente de policías y ladrones. Urge agarrar un taxi, el problema es que él no trae ni un centavo. Lleva diez días comiendo chocolates robados. Necesita su ayuda, por lo que más quiera.

—Pensé que me ibas a llamar Jicotillo —ya se va relajando el Foxy Roxy, conforme los molletes de frijol y queso terminan de extender su efecto bienhechor—. O hasta Bobby, ¿no?

—Menos mal que tú no me llamas Valery —se arrima a susurrarle la maestra de baile. Pela los dientes luego, tuerce la boca, sacude una mano, faltaría nomás que añadiera «Ay, nanita»—. Cuéntame, pues, Lamberto Nicanor, ¿qué te robaste ahora?

—¿Conoces los delitos de cuello blanco? —se para el cuello el Roxy, como para aclarar que él tampoco es el mismo, después de tantos años. Cuestión de jerarquía, en realidad. Debe de haber cientos de raterillos por cada raterazo—. ¿Sabes lo que es un *fraude maquinado*?

—No muy bien, pero suena como a mucho dinero —suspira la virtual encubridora, observa de reojo las mesas vecinas, espera a que el mesero termine de alejarse—. ¿Quiénes de tus amigos saben que me conoces?

—Nadie. No tengo amigos. Los que tenía sospecho que están en dos equipos: unos que se me esconden y otros que si pudieran correrían a acusarme. Lo peor es que ya no sé distinguirlos. Te despiertas un día y resulta que todos son vampiros. Tu mujer, tus amigos, tu hermano, tu mamá —las ojeras del

Roxy son lo bastante hondas y escarpadas para poner en duda su buen juicio, aunque también confirman su franqueza.

—¿Y qué tal si el vampiro fueras tú, chiquito? —finge alarma, sonríe, le propina un pellizco la cumbiambera—. A ver, ¿a cuántos les chupaste la sangre?

—¿Contando a mi mamá? —toma aire, mira al techo, gana ufanía el del topillo maquinado—. No sé, unos pocos miles. Todas cooperaciones voluntarias, igual que en los billetes de lotería.

Descreemos de lunáticos y perturbados, así como de intensos y moribundos, si nos hablan de espectros o fantasmas, pero difícilmente los tomamos por locos si figura en sus dichos algún dinero oculto o clandestino. Según le cuenta Valentina al Roxy, no bien la ha puesto al día con sus penas, el dinero que gana en la academia es una porquería, pero siempre que puede se consigue clientes particulares. No es nada de lo de antes, cómo cree. Trabajó un par de años fichando en La Concordia, pero ya después de eso nunca más. Tiene algunos ahorritos, aunque no suficientes para poner su escuelita de baile. Se aceptan donativos, le advierte, un poco en broma y algo más por tantear el terreno. ¿Qué espera de ella, al fin? ¿Es verdad lo que dice del tesoro enterrado o como la canción, la quiere cotorrear?

—No está enterrado, pero sí escondido —precisa seriamente el exJicotillo—. En mi casa, o en fin, en la de mi familia.

—¿Lo tienen los vampiros, entonces? —se angustia de mentiras Valentina, ya lo mira con ojos de Mary Poppins.

—No saben que lo tienen —frunce el ceño el Roxanne, como reconviniéndola—. Por eso me urge ir a rescatarlo.

—¿Y yo ahí qué, chiquito? —le acaricia ella el dorso de la diestra—. ¿Por qué tanta confianza, si ni sabes quién soy?

—Valentina Rosario Zamora Fragoso —dispara el Roxy, igual que policía—. Cumpliste los treinta años en febrero, el dieciocho, tienes una hija de tres años y medio y tu teléfono es el 5-27-96-38.

—¿Y eso qué? ¿Es un halago o es que estás bien loquito? —se finge preocupada, aunque no demasiado, la maestra de baile—. ¿Ya me vas a decir cómo me hallaste?

—Tengo esto para ti, perdón que haya abusado —a ocho años con dos meses de haberla sustraído de su bolso, pone el Roxy en manos de Valentina su credencial de alumna de la Escuela Bancaria y Comercial, expirada en febrero del 81.

—¿Ves cómo nadie puede confiar en ti, vampiro? ¿Así quieres que yo te esconda de la ley? ¿Cómo sé que no vas a chuparme la sangre? ¿Y por qué yo, pues? ¿Quién te dice que no te voy a ir a entregar?

Hace tiempo que el Roxy vive habituado a las preguntas sin respuesta. Pierde el tiempo quien busca explicaciones a una resolución intempestiva, obra antes del instinto que del intelecto, y quién sabe si no del puro azar. Mal podría decir, tras cuatro meses de dar tumbos a solas por el mapa, que hay en ellos algún vestigio de estrategia. Si hubiera de soltarle la verdad, le diría que se atrevió a buscarla porque no le quedaba nadie más. Que no tiene adónde ir ni en quién confiar y vino a dar hasta ella por estricta fuerza de gravedad. Que ha pasado las noches en moteles de mierda y hoy no quiere tener que pasarla en la calle. Que desde que dejó ir a Liza con Rubén le da lo mismo Chana que Juana. Que no sabe si odiar a su hermano por dejarlo en la chilla o aborrecerse solo por escapar a tiempo de Mulegé y dejar a Gregorio con la policía. Que el sexenio lleva cuarenta y tantos días y nada que la Foca y sus palancas lo sacan de la cárcel, porque de otra manera ya habría encontrado el modo de recurrir a él, hacerse perdonar y ampararse en la sombra de ese «equipo» que por lo hasta ahora visto no es el suyo. Que de haber otra opción jamás la habría buscado, y hasta puede que lo haga porque, aun tendido en la lona o atrapado en las cuerdas, se mira un poco por encima de ella. Pero esas cosas no las dice un caballero, y menos si no tiene dónde pasar la noche.

No hay lujos, se lo advierte. Nada de dormir juntos, además. Para eso tiene una hija, a él le toca dormirse en el sillón. Es un departamento de una recámara, puede tenerlo ahí unos pocos días, mientras encuentra el modo de meterse a su casa y sacar el dinero. Es en el quinto piso y no hay elevador. Podría ser el décimo, exclama el Roxy para sus adentros, y no estaría peor que estos últimos meses de vivir escondido y amargado, miedoso aunque deseoso de que se le acabaran los cheques de viajero que hasta hace dos semanas le pagaron la errancia solitaria. Ha pensado en quedarse a vivir en la playa, como se sueñan tantas pendejadas con una orden de aprehensión detrás, y no tarda en tirarse a soñar otra. ¿Qué tal sería largarse a una playa perdida con Valentina y su hija, cambiarse el nombre, aprender a pescar?

Lo piensa con más calma ya solo en el sillón, apagadas las luces, no porque en realidad lo considere, y menos lo maquine, como porque recién vio sobre una repisa cierto walkman forrado en piel azul. Esas cosas conmueven. ¿Y si en lugar de hacerse pescador invirtiera la marmaja escondida en poner una escuela de baile, en la playa quizás, o en cualquier parte? En todo caso no lo piensa mucho, una vez que el cansancio acumulado lo sumerge en el sueño sin sueños de los comatosos.

—¿Lamberto Nicanor Grajales Richardson? —la voz que lo despierta en la mañana parece más atenta que mandona. Lo cual, por cierto, no es ningún consuelo, si el gordo circunspecto está parado enfrente del sillón y no tiene la pinta de ser el mayordomo—. ¿Sería tan amable de acompañarme?

—¿Valentina? —alcanza a ronronear el soñoliento, se estira, se contiene, pega el brinco, da un grito—: ¡Valentina! ¿Quién es esta persona?

—¿Es usted el joven Lamberto Grajales? —persiste el de la voz, más solícito aún, y ya da un paso al frente para mostrarle un folio misterioso.

—¿Es la orden de aprehensión? —gime, jadea, tiembla, estornuda el Roxanne, mientras sus ojos saltan de la cocina al baño en busca de la única posible responsable.

—Detective privado Hermilo Flores Zamudio, para servirle. En efecto, joven, ya obsequió el juez la orden de aprehensión, pero aquí está el amparo con el que detenemos la acción penal que se pretende ejercer en su contra —declama como un loro el intruso de pronto bienvenido.

—¿Lo trajo Valentina? —intenta razonar el recién despertado.

—Pues sí, en cierta manera la señora cumplió con echarme una mano, pero la que me envía es su mamacita —notifica, encarece, abre brazos y manos el gordo comedido—. Doña Felisa anda muy preocupada, le va a dar mucho gusto saber que está usted bien.

LXII. El dichoso cambiazo

Martes 9 de mayo de 1989

Mi adorado Román,

Ni te asustes, que vengo a despedirme. Quise llamarte así porque es la última vez y había que darse el lujo, ¿no crees? Tampoco tengo nada qué pedirte, y si te da miedito que esta carta te pueda comprometer, léela y calcúlale cuánto me compromete a mí. No te voy a indicar qué hagas con ella, sé que en tus manos está igual de segura que en las mías. O hasta más, claro. ¿Todavía te acuerdas de la última noche que estuvimos juntos? Me echaste en cara que no confío en ti y ahora voy a probarte lo contrario.

Yo sé que es poco tiempo para tanto cambio, pero no soy la misma chica atormentada que conociste allá en el reclusorio. La noviecita buena del preso inocente. La que se aparecía en tu bufete con los ojos llorosos y la tanga de encaje. La que tú hacías mujer ahí mismo, en tu escritorio. La que te dejaba ir tan bien servido. La que aprendió a echar pestes de tu esposa y tus hijos y se atrevió a soñarse la próxima señora Tijerina. La peor de las mujeres, no lo dudo, si pienso en Adalberto, que tiene la mejor idea de mí. Pero créeme, Román, la gente cambia. Las personas cambiamos. No porque una se equivoque una vez, o dos o veinte, va a seguirla regando toda la vida. Así que si pensabas que yo seguía enojada por nuestro último pleito en el teléfono, asómbrate: estoy arrepentida. Dije cosas muy feas, que en realidad no siento. Amenazas también, que nunca cumpliría, cómo crees. No nada más por mí, o mi conciencia, o mi alma. Nadie mejor que tú sabes que la autoestima no es mi fuerte. Pero esas cosas cambian, o se olvidan, o se dejan para otra ocasión cuando

443

entiendes que hay gente que te necesita. Que eres todo para ella y no puedes fallarle, o en mi caso volver a fallarle.

Siempre que lo recuerdo me siento un poco monstruo, pero entonces pensaba que era lo más bonito que había sucedido en toda mi vida. ¿Te acuerdas que llegué con mi bolsa de Kleenex en las manos, y tú muy gentilmente me entregaste la caja que estaba en tu escritorio? Siento muy feo decirlo, pero más que abogado para Beto yo buscaba un consuelo para mí. Era muy soñadora, tenía dudas, pensaba en el amor como un hechizo que por arte de magia me iba a cambiar la vida. Y no me equivocaba, por lo visto. Cierto que nadie me avisó del precio, pero como tú has dicho, ya soy bien mayorcita para saber lo que hago.

Si me gusta decir, o me gustaba, que ese romance me cayó del cielo, no es para disculparme por mi resbalón, ni para reclamarte por haberme dado alas. Al revés, tú no tienes la culpa de ser un tipo tan interesante. Tampoco prometiste que fueras a sacar a Beto en dos semanas, pero yo oía tu voz no sé, tan varonil, tan cálida, y sola me creía que esto era como un premio del destino. Me sentía segura cuando me sonreías, me reía como tonta si hacías algún chiste. No sé si te he contado que yo soy buena para vibrar a la gente. Claro que en el teléfono te grité que eras cruel y canalla y otras cosas más gachas que ojalá me perdones y comprendas (lo que ocurra primero, como dice el anuncio), pero la verdad es que desde el primer día te vibré como un hombre de buenos sentimientos. Supongo que eso mismo pensarán tu mujer y tus hijos cuando te ven llegar y corren a abrazarte. No quiero imaginar en qué bruja perversa tendría que convertirme para ir a arrebatarles el concepto tan lindo en que te tienen, nada más porque el mío no es igual. Tú, que eres licenciado, entenderás muy bien que divida el tablero en dos secciones: culpables e inocentes. En la primera estamos solamente tú y yo, en la segunda nuestros seres queridos. Se trata de salvarlos, si queremos salvarnos. Tú lo entendiste antes, yo tuve que ser madre para cambiar de idea.

No voy a renegar de lo que fuimos, aunque no tenga nombre ni derecho a historia. Me basta con saber que mi bebé es el fruto de un amor muy hermoso, y que un niño que fue hecho con todo ese cariño no se merece un pedazo de padre, ni un apellido oculto, ni unos medios hermanos que lo verían con asco, o vergüenza, o desprecio. Qué injusta es la vergüenza, ¿no crees? Y tendría que darnos todavía más pena que esas estupideces nos apenen. Yo misma reconozco que al principio, cuando empezó todo con Adalberto, prefería que nadie se enterara de que mi novio estaba en una cárcel. De ti, en cambio, habría hablado como guacamaya. Peor, como enamorada. No voy a disculparme por lo que hice, porque es que yo habría hecho cualquier cosa por retener al hombre de mi vida. Y digo «retener» porque, aferrada yo, pensaba que eras mío por designio divino. Ay, Dios, decía luego, encima de hereje, cándida. Pero si no tenía derecho a tu cariño, sí era dueña de todo mi candor. Pensaba: tantos años de esperar uno así, quién me asegura que éste no es el bueno. Muy cándida seré, pero estaba en lo cierto. En el fondo de mí, sigo creyendo que eres el mejor de todos. Aunque no el más puntual, qué le vamos a hacer.

Estaba ciega, de todas maneras. Creía que el amor era un dios muy benévolo que perdonaba todo lo que una hacía en su nombre. Qué digo perdonaba, bendecía. La palabra adulterio, empapada en la clase de amor que yo sentía, sonaba como a un coro celestial. Cada vez que iba a visitar a Beto, volvía sintiéndome sucia, como si dar la mano y saludar de beso a tanto presidiario me salpicara de algún charco inmundo. Ya andábamos tú y yo, pero a mí me chocaba que el pretexto tuviera que ser siempre el caso de mi novio. Claro que no podía ser de otra manera, si nada más de verte y escucharte yo sabía que no había en todo el mundo un caso más urgente que el nuestro. Que lo demás no sólo podía esperar, sino tenía que hacerlo. In the name of love, ¿no? No me atreví a pensarlo con todas sus letras, ni te lo dije, ni te lo insinué, pero era obvio que estaba de acuerdo en no mover un dedo por sacar a Adalberto, y hasta meter los trámites fuera de tiempo, con tal de que siguiera la película. Luego me embaracé, cometí la torpeza de buscarte y me llegó la cuenta por tanto egoísmo.

Nunca en mi vida me sentí tan sola. Yo, que te había llevado al bar del María Isabel para que celebráramos La Gran Noticia, salí de ahí con una oferta de aborto. No digo que me asuste, puede que lo hubiera hecho sin tu ayuda, pero antes decidí contárselo a un amigo. Uno que me entendiera, sin juzgarme ni hacer más averiguaciones. Uno que me quisiera por encima de todo, que sin mí se sintiera totalmente perdido, que quisiera tener hijos conmigo. Como quien dice, uno que se llamaba Adalberto Bedoya Chacón, al que yo había escondido de mi familia sólo porque mi tía y mis primas seguían en la necia de que él quemó su casa por amor a Lulú. Sí, cómo no. ¿Qué amor va a despertar una vieja ofrecida que medio mundo conoce encuerada y no se digna ver a su familia desde que se mudaron a vivir a Coapa?

Yo no sé si mi prima se tomó la molestia de apreciar un poquito el valor de Adalberto, pero también soy vieja, aunque esté menos vieja, y sé que la alegría en los ojos de Beto cuando supo del niño no se compara con ninguna otra. Lo vi llorar, Román, de tan feliz. Haz de cuenta que abrí las puertas de la cárcel. Estaba tan contento que se puso a saltar, en vez de preguntarme, como tú, quién creía yo que pudiera ser el padre. Y hasta entonces, mi amor, entendí tu pregunta. El papá de mi niño sólo podía ser Beto, y si yo le había hecho tanto mal, estaba a tiempo de borrar ese daño. Y ya, ni le pasó ni le dolió. ¿Qué tenía que hacer? ¿Mentir? Ni siquiera eso. Yo, que por esos días inventaba pretextos de todos los sabores y colores para evitar que Beto me metiera en alguno de los cuartos espantosos donde se hacía la visita conyugal, le agradezco en el alma que me insistiera tanto. Gracias a eso, tenemos una familia. Tú allá y yo acá: culpables e inocentes, como canción romántica. Pero es lo que elegimos, ya que no somos cóncava y convexo, o tú nada convexo y yo que importa ya si más o menos cóncava.

Te parecerá raro que no te hable del niño, pero apuesto a que es más lo que te tranquiliza. Si escogiste el helado de vainilla, mejor ni pruebes el de chocolate. No es para ti, mi vida. Puedes sentirte en paz con tu conciencia, porque a este niño nada le va a faltar. Papá, mamá, abuelitos, una casa, un colegio, unos compañeritos que nunca lo harán menos, porque no será menos, y todo lo contrario, ya lo verás. O ya no lo verás, pero va a ser así. No esperes que te cuente cómo es, ni a quién se parece, ni cuándo me alivié, ni nada relativo a mi angelito, que él ya tiene a su padre para que se preocupe. Claro que no ha salido de la cárcel, pero desde allá adentro nos ha apoyado más de lo que te podrías imaginar. Y deja él, la familia. Mis suegros, mi cuñado, sus amigos. No son ricos, eso lo sabes tú mejor que yo, pero hasta mis papás están de acuerdo en que se han desvivido por apoyarnos al nene y a mí. No estamos solos, ni desamparados, solamente esperamos que pasen los dos meses que le faltan a Beto para salir.

No he dicho que sea todo color de rosa, y menos si contamos el escandalazo que armó la tía Lauris, en cuanto escuchó el nombre del papá de mi niño. Afortunadamente yo andaba fuera, no sé ni qué habría hecho si me ha tocado oírla. Llegó con Ana Ofelia, de visita a la hora de la comida. «¿Pero cómo, el pirómano?» Se le atoró el bocado, según cuenta mi mami. Y bueno, le hizo un drama de pesadilla. Lo llamó «carcelero», «degenerado», «piradito», «asesino», «maníaco-depresivo», «delincuente», «loco furioso» y no sé qué tanto más, porque entre más hablaba peor seguía enchilándose. Terminó por gritarle a mi mamá que mi hijo es portador de genes pirómanos y ella lo va a pagar cuando incendie su casa, si es que Adalberto no la ha quemado antes. Así que ella de plano las corrió, porque la hija estaba igual de enloquecida, y desde entonces no nos dirigen la palabra. Después de todo lo que hicimos por ellas, y lo que ellas hicieron para arruinarle la vida a Adalberto. ¿Sabes qué me dijo él cuando se lo conté? Que eso se llama culpa. Prefieren ser ingratas y hacer más grande el daño, nunca van a aceptar que fueron tan injustas y tan crueles, como ahora ya tampoco se quieren acordar de cuando eran sangronas y presumidas y se creían las dueñas de Plaza Satélite. Mira lo que es la vida, ahora viven a media cuadra de mi familia y yo voy a mudarme nada menos que a Bosques de Echegaray.

Menos mal que dejaron de saludarnos, así van a librarse del entripado. Yo no sé si de veras se crea mi tía la Vaca ese cuento de los genes pirómanos, porque entonces a ver qué genes delincuentes y trotacalles van a heredar los niños de mi prima Lulú. Y no lo digo yo, que desde muy niñita le aguanté humillaciones y groserías, sino mi madre, que de sobra conoce a su hermana la díscola y el cuñadito alegre, que ya va en la tercera mujer y no sale a la calle sin un fajo de amparos en el portafolio. (Yo, que soy muy amiga de su segunda ex, he llegado a pensar que a lo mejor he sido un poco injusta con la pobre Lulú, aunque le sepa cosas espantosas que mi tía ni siquiera se huele.)

No sé de qué se asusta Ana Ofelia. Después de los horrores que le cuenta Alma Luisa en sus cartas, tendría que estar curadita de espanto. Vamos a suponer, aunque a los dos nos consta lo contrario, que Adalberto quemó su casa en La Florida. ¿Yo acaso me he espantado y me he puesto a gritar porque Alma Luisa fuma mariguana, vive en concubinato con dos criminales, fue parte del secuestro de un hermano de ellos, se escapó por un pelo de la policía y ni su madre sabe dónde está? Claro que se supone que no he visto las cartas de Lulú, tampoco estoy así que digas orgullosa de haber tenido que leerlas a escondidas. Ni modo que me ponga a gritar lo que dicen, pero Ana Ofelia ha sido su cómplice, así que con qué cara se espanta del «perfil criminal» de Adalberto, como tanto le gusta machacar a la madre, si ella encubre a ladrones y chantajistas y secuestradores.

He pensado en contárselo a mi mami, pero viva la paz. Lo único que siento de que ya no nos hablen las malagradecidas es que voy a quedarme sin leer las nuevas cartas, si es que siguen llegándole a Ana Ofelia. Que también me da lástima, no ha de ser muy bonito recibir malas nuevas de una colega de los narcosatánicos, que para colmo lleva tu misma sangre. «¿Y no la llevas tú?», vas a decir y te vas a reír. Pero ya ves, mis primos y mi tía se sienten muy a gusto calumniando a Adalberto, y Alma Luisa bien, gracias, drogándose, robando y secuestrando. Eso no les afecta, vienen y hablan de genes y de herencia y de sangre con una cara dura que no la crees, Román. ¿Sabes qué? Las admiro, y no es broma. Una debe ser firme en sus decisiones, sostenerse en lo dicho, le duela a quien le duela y aunque luego se rían a sus espaldas. Tiene una su verdad y la comparte con sus seres queridos, y si uno, o dos, o muchos quieren creer otra cosa, pues excelente, digo, tampoco a mí me gusta revolverme con gente mentirosa. Peor si lleva mi sangre, qué vergüenza. ¿Quién va a querer ser prima de otra narcosatánica? Y mi hijo, por supuesto, el bebito precioso que nació de mi amor con Adalberto, tampoco necesita de esos parientes, ni de ningún otro.

Perdón que sea tan dura con lo del bebé, pero ojalá comprendas que en esto sí no me tiembla la mano. Con tal de no espantar al novio o al amante, una puede pasar por dulce, dejada y manga ancha, pero hablamos de mi hijo, Román Augusto. Yo sé, pudo llamarse como tú. ¿Cómo lo bauticé? No es cosa tuya, entiéndeme, ni lo será jamás. Y si al final lo digo y te hago la advertencia, no es porque se me ocurra que te importa un poquito lo que te he contado, sino por todos los recuerdos tan bonitos que ahora mismo tenemos que enterrar. No te preocupes por lo que me toca. Apenas sé quién eres, y si fui a tu oficina alguna vez o me vieron salir a medianoche, era sólo por ayudar a Beto. Él, que yo sepa, no te guarda rencor. Mi suegro opina que eres medio carero, pero cree que trataste y lo reconoce. Nada, eso sí, que vayan a recordar cuando la pesadilla haya pasado y tengamos al fin eso mismo que tú muy sabiamente no quisiste seguir arriesgando. O sea una familia. Gente que es como tú, que cree en ti sin siquiera preguntar, que no te va a dejar colgada de la brocha, que no te atreverías a traicionar porque sabes que son todo tu mundo y sin ellos serías una basura. Y por si dudas que haya yo cambiado, ¿cómo ves que la niña boba que conociste sería muy capaz de hacer picadillo al primero que le tocara a su familia?

Siento mucho, Román, que en una carta que empezó tan bonito quepa un adiós así, entre desconocidos, pero te lo advertí. Ser madre me ha enseñado a prevenir catástrofes y evitarlas a tiempo. Tú, que has sido papá, a lo mejor sabrás que el lugar más seguro para acostar a un bebé no es la cama, la mesa ni la silla, sino el suelo. ¿Por qué? Porque del suelo no se puede caer. Y el suelo entre tú y yo, Román, es el olvido. Algo así como un pueblo muy bonito que un día el mar se tragó, y ahora ya nadie cree que haya existido.

Tampoco soy la única que enterró su pasado. Adalberto lleva más de seis años en la cárcel por el crimen de haberse fijado en mi prima, y no por eso la odia, pero tampoco va a saludarla en la calle. Lo mismo yo contigo, así que ni te ofendas, si llegara a pasar. No sé quién seas, y si lo supe ya se me olvidó. ¿O crees que ya con Beto junto a mí voy siquiera a acordarme de esa cárcel? Si alguien me lo pregunta, nunca sucedió. Reclusorio, abogados, fajina, visita conyugal, nada de eso lo entiendo ni me interesa.

Lo mismo si me entero que una tal Lulú Gómez cayó presa junto con sus amantes. Yo nunca he sido amiga de delincuentes, ni tengo familiares con ese perfil. ¿Para qué iba a querer un abogado?

A ver si me entendió: yo a usted no lo conozco, licenciado. Tengo un hijo de un mes, estoy recién casada y no hablo con extraños. Le agradecería mucho que tenga la atención de tirar esta carta a la basura, y disculpe que no la firme a mano, pero si entre fantasmas esas cosas no se usan, menos entre personas que jamás existieron.

Atentamente,
Corina Bedoya

LXIII. El pan recién hurtado

«El Ruby» se hizo «Ruby» sin darse cuenta, casi. Raramente escuchamos nuestros apelativos en tercera persona. ¿Y no sería que la chica del Roxanne le quitaba el artículo definido por elemental buena educación? «Aquí Ruby me cuida, gracias», le gustaba decir cada vez que el Espiro y el Monster (ellos sí con artículo, al igual que «el Gregorio» o «la Matilde», a sus espaldas siempre) la agobiaban de más con su obsequiosidad de pacotilla. Rubén debió saber, y eso nadie lo ve más claro que Alma Luisa, que el mero simulacro de ser Ruby y no el Ruby ya implicaba una forma de compromiso. Un tránsito recóndito. Una corriente eléctrica. Una alianza sinuosa. ¿Qué son las atenciones de los otros, si no una invitación a alinearse con sus expectativas? Incitación, también. Y una orden, al fin, si lo que uno procura es su favor y aborrece la idea de vérselas sin él. Traduciendo: sin ella. De entonces para acá, Ruby ha sido implacable en su empeño por conservarla cerca, y de hecho muy cerca, desde que la presencia de tantos zopilotes transformó en heroísmo sus escarceos. ¿Y quién más que Rubén, por muy Ruby que ahora busque hacerse, sabe del gusto a miel del pan recién hurtado?

Los muslos de Almalú —ya le ha cambiado el nombre, por aquello del copyright sentimental— le parecen más grandes que su imaginación, y por cierto más tersos, y no cree que eso sea decir poco. Se pasaría las horas besándole los dedos de los pies tan sólo por el goce de anticipar la invasión del tobillo y más allá. Espinilla, rodilla, pantorrilla, no debe ser casual que rimen entre sí, ni que el soberbio muslo, cuya frontera norte linda con el retablo de los misterios, reclame del curioso atención indivisa y devoción vibrante. «Pueden volar mundos, morir astros, que tú eres como Dios: principio y fin», reza el poema que Ruby se ha robado para ella, como si hiciera falta decir nada para hacer evidente el fanatismo que rezuman sus ojos de sediento ancestral. Nunca nadie la vio con tamaña codicia, ni la besó con tanto miramiento, ni se rindió a su piel con semejante olvido de sí mismo, ni se probó dispuesto a mudarse al infierno por encender sus secretos azufres.

Nadie va a bendecir lo que ocurre en el cuarto 112 del hotel Real Hacienda, y ésa es otra razón para no detenerse. Sobran los adjetivos severos, displicentes o insultantes para calificar a los protagonistas, disuasorios quizás en el mero principio, cuando no eran más que especulaciones, y luego lo contrario, persuasivos como cosquilla quinceañera. No es que no se esforzaran por evitarlo, pero es que esos empeños sólo podían ser contraproducentes. Vigilar de reojo lo que más se desea produce distorsiones caprichosas, no del todo distintas a la certeza de asistir a un milagro. ¿Cómo entender, desde ese promontorio, que el zonzo de Lamberto se pasara las noches colgado del Nintendo, en lugar de postrarse a los pies de la cama de Almalú y entregarse a beber de sus elíxires? ¿Cómo no preferir, llegado el caso (y el caso siempre llega para quien es paciente), acabar condenado por insolente que perdonado por irresoluto?

Nunca es fácil, ni rápido, ni natural. «*This is wrong, Ruby*», hace Alma Luisa como que se atribula, pero ya sabe que en inglés no vale. A ver, ¿por qué no dice «hacemos mal», «esto es una traición», «qué poca madre tenemos tú y yo»? Ay, sí, tú, *this is wrong*. Siempre que se le niega con tan flaco rigor, Rubén tiene esta idea, más o menos etérea y de súbito húmeda, de que una esencia de hembra carente y acuciante asciende por la atmósfera, se mete en sus pulmones, le embotija las venas y le quema las naves al recato.

—Está bien, Almalú —se cuadra el agresor, recula, se hace fuerte en el extremo sur—. Déjame que te bese los talones. Te juro por mi madre que no paso de ahí.

—No tengo madre, Ruby, qué vergüenza —gime la acorralada, presa de una triunfal resignación, al tiempo que la falda

pasa por sus tobillos como un tren expreso y unas palmas tem-
blonas ya le suben y bajan por las corvas como planchas calientes sobre seda mojada.

—Tienes, pero en otra parte —rumia sin pensar mucho el
devoto Rubén—. ¿Aquí para qué la quieres? —apenas se le entiende, pero eso a quién le importa—. Oye, Almalú, ¿no es mala
educación que te hable con la boca llena de besos?

—Háblame, Ruby —se apresta a negociar la lisonjeada, víctima de un puchero casquivano—. Dime que no lo puedes evitar, que no lo aguantas más, que tengo un no sé qué…

—No sé qué —ruge el otro, con toda la razón porque una
vez que cruza la última frontera hacia la gloria, no sabe ya ni
dónde está tendido, ni acaba de creerse entre qué piernas, luego
de tanto espiarlas sin querer, o casi—. No sé qué, no sé qué, no
sé qué.

No es por decepcionar a los morbosos, pero eso de que
Jimmy Campomanes, o sea el fanfarrón del Frutilupis, se atrevió
a succionar la pata de la cama de Alma Laura cuando tuvo a
Alma Luisa a su merced, no es más que una figura de lenguaje.
Para que una osadía así se haga verdad, es preciso el concurso de
un fanático. Uno al que le preocupe cero punto cero si la colcha
y la sábana por la que se desliza su lengua endemoniada han sido
bien lavadas, o siquiera enjuagadas recientemente, pues una vez
lanzado a conquistar sus colinas ocultas encontrará risibles los
semáforos, antojables los ascos y urgentes las condenas. Uno
que, como el Ruby, lleve toda la vida perdiendo, de modo que
no tenga miedo a nada. Aquel que lamería el suelo de un establo
con tal de arrodillarse ante sus piernas.

No tenemos perdón, dicen a veces, antes maravillados que
compungidos. ¿Y para qué querrían el perdón, cuando la falta
de él los tiene lubricando su camino a la plena desvergüenza?
¡No tenemos perdón!, plañirán, si es preciso, cuando llegue el
momento de pedirlo y tengan que fingir el arrepentimiento relativo de quienes se lamentan sin el menor propósito de enmienda.
Lo harían otra vez, si fuera necesario. Mustia y ornamental es la

congoja que ocasiona la revancha cumplida, la tropelía exitosa, el engaño triunfante, la traición consumada, el atropello impune, y aun hallándolo todo deplorable queda siempre la opción de agradecer a Dios, el azar o el destino por lo que nos robamos sin el mínimo escrúpulo y devoramos luego a espaldas de sus dueños, asegurando a modo de coartada que ellos nunca sabrán lo que perdieron. ¿Y no para saberlo tenían antes que habérselo robado?

No esperan que sea fácil, ni natural, ni rápido. No acaban de creerlo, ésa es otra ventaja. Nada les garantiza que pasado mañana despertarán juntos, ni que de aquí a unos meses quede algo de los dólares que Rubén se guardó de enseñar a Lamberto, ya sospechando que éste haría lo mismo. Pero unos meses son la eternidad para quien vive a expensas del instante. Lo saben los empleados del hotel Real Hacienda: el futuro es invento de los leales.

LXIV. La tropa no se cansa

Atizapán de Zaragoza, 21 de mayo de 1989

Manita chula,

He empezado esta carta como veinte veces. Haz de cuenta que tengo que bailar el Jarabe Tapatío encima de mi orgullo de mujer, ya te imaginarás. Dicen que luego sirve de consuelo. Enfrentar una misma sus errores, aceptarlos, perdonarlos, superarlos. No soy yo quien lo dice, está en los libros. Es parte de un proceso, obviamente. Ya he ido a un par de cursos y a un retiro, ni te imaginas todo lo que lloré. Traía los ojos como jícamas con piquín, pero hasta eso me parecía más fácil que tener que aceptar que nadie me lo dijo antes que tú, ni más claro, ni de mejor manera. Bueno, no sé lo último, pero lo demás sí. Y qué razón tenías, manita. Para formar un verdadero hogar no sirve una braguet de condominio.

Claro que no te escribo para chillar en tu hombro. Si yo me lo busqué, yo lo voy a arreglar. En todo caso quisiera que sepas que he dejado de ser la zonza ataranatada que una vez lo dio todo por un señor que no la merecía. En el último día del retiro nos pidieron que hiciéramos un ejercicio de perdón. Y yo dije está bien, perdono a todos, hasta a Ernesto, que es falso, mentiroso y traidor, pero no acepto ya el papel de víctima. Recupero mi yo para mí y para mi hijo y para mis hermanas y mis padres y mis buenos amigos y hasta los enemigos que ya no lo son. Ojalá entiendas, pues, manita chula, que no quiera ni hablar de José Ernesto. Yo que estaba orgullosa de seguir a su lado cuando perdió la casa, y él me vino a engañar con una rica. ¿Sabes que fue tan cínico de salirme con la batea de babas de que también lo hacía por nosotros, y que así iba a tocarme «una mejor pensión»? Por eso te

455

explicaba, recupero mi yo, antes de que me acabe de gastar la energía en maldecir lo que ya no está en mí resolver. Por cierto, mana, me metí a unas clases de yoga. Sale una bien contenta, después del ejercicio. Como que te dan ganas de hacer las paces con tus enemigos. ¿Sabes qué es eso, Ágata? El primer paso en firme para saber si son lo que creías que eran, o a lo mejor el enemigo es otro.

¿Te acuerdas cuánto odiaba yo a la primera esposa de José Ernesto? Y bueno, estaba más que correspondida, por ella y por las hijas. Hasta que comenzaron las juntas largas y los viajes cortos. Siempre ha tenido muy mala memoria, y yo en cambio me acuerdo de cada uno de los pretextos chafas que le ponía a Alma Laura en mi presencia. ¿Te imaginas el show de volver a escucharlos, sólo que ahora del otro lado del teléfono? No es que sea una santa, manita, al revés, pero es que nomás supe que el infeliz de Ernesto me veía la cara de pendeja, con tu perdón, empecé a comprender a Alma Laura y sus hijas. No éramos enemigas, somos víctimas. Yo no sé qué merezca un hombre así, pero lo que entendí que no se merecía era que sus mujeres se pelearan por él. A ver si así siquiera averiguábamos quién es en realidad el señor Gómez Gándara.

No te engaño, ni espero que se te hayan olvidado las cosas que te he dicho de esas cuatro. Me pregunto si así como él se carcajeaba de que yo le llamara Vaca a su ex, se ríe ahora de todos los apodos que me habrá puesto ya la vieja esa (pobre ingenua, no sabe en la que se metió). Les será fácil, hasta en varios idiomas. Tampoco creas que olvido lo que sabes que sé, de las fotos de su casa quemada. Nada que me constara, ni de lo que quisiera yo averiguar, aunque después ya no pude evitarlo. Primero por Lulú, la hija más grande, ya ves que la teníamos de abonada y espía, y luego por la prima, que se hizo mi amiguita. ¿Te acuerdas que en la última fiesta del niño te enseñé a una flaquilla de nariz ganchudona que se llama Corina y es hija de una hermana de Alma Laura? ¿Y te acuerdas que más tardamos en quedarnos pobres que Alma Luisa en dejarnos por irse con su novio, el trinquetero? Bueno, pues hay un par de gatos encerrados.

No sé si te conté, cuando lo de la Bolsa de Valores la señora y sus hijas se mudaron a casa de Corina, y luego a otra casita ahí muy cerca, o sea rete lejos. Pues así, por la prima, me enteré de la vida que llevaban allá, y hasta de sus secretos porque como te digo, esa Corina está para amarrarla. Una vez me contó que ya sabía dónde se estaban escondiendo Lulú y su pandilla, gracias a su amistad con la hermana más chica, pero otro día, borracha, confesó que esculcaba entre sus cosas. De esas veces que oyes lo que te cuentan y no te explicas cómo se atreven a contarlo. ¿A poco creía que después de saberle esas mañas la iba a volver a invitar a mi casa? No sólo las espiaba, también les robó no sé cuánta ropa, y ahora las odia a ellas y a la madre porque no la apoyaron en una jugarreta, de la que a mí tampoco me acomoda ser cómplice, aunque ella no lo sepa, ni se lo huela.

La verdad, yo sí entiendo por qué la gente viene y te cuenta esas cosas. Se trata de embarrarte, hacerte cómplice. Es verdad que a Alma Luisa yo la llegué a esculcar un par de veces, pero fue por mi propia seguridad, no para ir de chismosa con Corina, y como ya estaba harta de que me salpicara, un domingo en la tarde me fajé los calzones y le caí a Alma Laura en su puesto de ropa en Pericoapa. Estaba con las hijas, otro poco y me sacan un crucifijo.

¿Sabes qué le agradezco a la nueva mujer de tu excuñado? Pasé de moda, desde que viven juntos. Dejé de ser la bruja rompehogares y me inscribí en el Club de las Vacas. Ya somos dos, y con los mismos cuernos. Yo no estoy en tu contra, le dije, bien tranquila, como luego nos habla la maestra de yoga. Estaba con clientes, no podía insultarme, ni correrme a patadas, ni iba a quedarse luego sin revisar los estados de cuenta que le llevé, todos a nombre de nuestro exmarido. Seguían llegando a la casa de Chiluca, me los guardó uno de los policías. Mientras los revisaba, con los ojos de plato por las cantidades, yo le hablaba de los juegos de copias que saqué de su archivo, antes de que se fuera con la nueva víctima. Tres terrenos, dos casas, inversiones en dólares en Estados Unidos… y me tiene viviendo en Valle Dorado.

«O sea que si ustedes se sienten engañadas, estafadas, usadas y abusadas, imagínense yo, que tengo un niño de cinco años al que no puedo ni pagarle el pediatra...» Y así las fui picando, para que ellas solitas entendieran que juntas éramos mucho más fuertes, y que ahora sí: pobre de José Ernesto. Total que yo no sé si lo vio así, como que me seguía teniendo desconfianza, pero de todas formas me invitó a merendar. A su casa, ¿tú crees? Haz de cuenta en la cueva del lobo. Peor todavía, a una cuadra de casa de la prima, que por suerte no se hablan ni se ven.

Yo tenía la idea, por la misma Corina, de que estaban pobrísimas. Comían y cenaban en su casa, me decía, porque en la de ellas no había ni refrigerador. Y para qué, ¿verdad?, si tampoco iba a haber con qué llenarlo. Pues ahí tienes que llego, me invitan a pasar y me topo con tremenda bodega. Hay dos cuartos, un baño, media sala y medio comedor repletos de fayuca de marca. Y el refri no digamos. Es nuevo, se ve caro y hace hielitos. Lavavajillas, horno de microondas, secadora de ropa, no te voy a negar que hasta me dio coraje, o si quieres envidia porque igual en la casa tengo las mismas cosas, sólo que no tan nuevas, ni tan grandes. Me reí, sin embargo, nomás de imaginar la ojeriza que le daría a la Coris tanta estrenadera, como para inventar que su tía y sus primas estaban muertas de hambre. No es que yo sepa mucho de aparatos, pero la de la sala es como un monumento a la televisión. Ernesto quería una de ese tamaño, aunque apostaba a que iban a bajar de precio. Ya se la habrá comprado, a estas alturas.

¿Ves que te dije que había dos gatos encerrados? Pues el otro, y bien grande (yo diría que tigre), era que ya había yo preparado el terreno. Alma Laura y las hijas tenían que estar taradas para tratarme mal, después de la ayudadota que le di a su pariente. Tú ya sabes, manita, que soy medio cabrona pero bien derecha. Fui un poquillo malvada con la intrusa, pero le di mi mano y la acepté. Hicimos un pactito entre nosotras. Cuando pasó todo lo de la bolsa, yo ya le había dado un dinerillo para que se escapara con el novio (sin que nadie supiera, ni siquiera el papá). Se ofreció a devolvérmelo pero le dije no, vete con él, es parte de tu herencia. Y por si te preguntas, tú que piensas en todo, por qué te estoy contando el secretito, pues nada menos que por la misma razón que la Lulú se lo contó a su madre, antes de irse. No le dijo adónde iba, pero sí que era yo buena cuatita y la estaba ayudando con los gastos. Le habrá caído en el hígado, por aquello de que yo era La Moda, pero después Ernesto nos ayudó a aclarar quién es el enemigo de las dos, o las tres, o las que se acumulen de aquí a que se le acabe la leche al semental. Discúlpame, manita, pero es que tú no sabes la cantidad de cosas de las que me enteré en esa merienda. Tuve que hacer esfuerzos sobrehumanos, por Diosito santo, para no escupir todo lo que Corina me había contado. Nunca he sido chismosa, tú me conoces mejor que nadie, pero sé que los chismes hay que administrarlos. Meterlos en el refri, si los ves muy calientes. Si yo soltaba todo lo que Corina me había chismeado de ellas, iba a haber una guerra civil en Acoxpa. Tampoco estaba bien regresarnos al tema de la casa quemada, ahora que ya sabía que el motivo del pleito no era que Corinita fuera a casarse con el que según esto la incendió, sino que el niño era de otro fulano, ya casado y con hijos, que como te imaginas se le hizo el occiso, así que la panzona se acordó de repente de que tenía un novio encarcelado (por bruto, para colmo). «Eso no se hace, Coris», dice Alma Laura que la aconsejó, ve tú a saber bien-bien qué le habrá reclamado, para el caso es lo mismo por-que igual terminaron de la greña. Y como no se puede estar así con todos todo el tiempo, esa noche firmamos, ellas y yo, la paz (¿oyes atrás la marcha solemne, mana?).

Casi ni hablamos de la fugitiva. Con la vecina, en cambio, hicimos picadillo. ¿Sabes cómo le dicen? La Maca. Hablaban dizque de una tal Macarena, cuando estaban viviendo en su casa, pero era el nombre en clave de «Macacorina». Ay, niñas, cómo son, decía la mamá, pero igual le ganaba la risa. «Pobrecita, la Coris, tan feíta.» La verdad, yo prefiero que me llamen Macaca a que me tengan tanta lastimita. ¿Sabes qué idea me dieron, con todas esas risas y gentilezas? Parecen cualquier cosa menos amargadas. Les va bien, se les nota. Ya les anda por mudarse de vuelta a Satélite, pero están esperando a rentar un local en Perinorte. Entiendo que las gracias de José Ernesto ya no les hagan mella como hace años, pero me inquietó un poco que de Lulú no dijeran ni pío. Peor, que la mencionaran como muy casualmente. Haz de cuenta que anda de vacaciones. ¿Sabes qué pensé, mana? Aquí hay león enjaulado. Como te digo, no es que yo sea chismosa, pero hay cosas que la gente no cuenta porque sí, y en todo caso acepta canjear la información. Con el tiempo, ¿verdad?, no en la primera cita.

¿Te imaginas las ganas que me dan de ir a tirarle el circo a la Macacorina? A lo mejor después, si es que voy y me rajo, termina todo el mundo por enterarse, pero ahorita se me hace que sería el fin del mundo. Si a la Coris le tiene sin cuidado la energía negativa que genera, yo sí pienso antes en las consecuencias. No quiero muertos, mana. Ya bastante salpicada he salido para ser responsable de otra barbaridad. Se me ocurre que Alma Laura y las hijas prefieren que Corina se largue de una vez a hacer su vida con el salado aquel, que en unos cuantos meses de aguantarla va a extrañar la prisión con toda su alma. Y el bebé al fin qué culpa, ¿no? Que tenga su papá, a mí qué me importa. Nadie querría quedarse solo con una madre como Corina, digo. ¿Y ella qué va a ganar, viviendo con sus suegros en Echegaray? ¿El privilegio de irse a pata a «Plaza», a lucir los vestidos que les clavó a las primas (porque no va a haber modo de que estrene)? ¿Y tú crees que no sé que la muy lángara esperaba que fuera yo a regar sus infundios por ahí? Yo conozco a mi gente, digo. Esa prima de la que hablaba Corina no se parecía en nada a la huésped que yo tuve en la casa. Loquita, ya sabemos. Atrabancada. Metalizada, como los papás. Presumida, también, menos mal que es bonita. Nada que se le acerque al monstruo de maldad que te pinta Corina. Y ésa es otra razón para no mover nada de donde está. Yo al principio le hablaba qué digo pestes, caca de madre e hija. Igual que a ti y a todas mis amigas, y ahora como que ya se me olvidó, ¿no?

460

Como ves, no estoy sola, ni triste, ni menos derrotada, sino al revés, manita. Ese señor con el que me casé sí tendría que estar bien preocupado, si pretende seguir gastándose el dinero de sus hijos en esa vieja con la que ahora está. Pobrecita, de veras. Dos exesposas juntas valen por cuatro suegras con machete. Total, que aquella noche salí tardísimo, pero ya en muy buen plan. Hasta me regalaron unos pants muy bonitos para Ernesto chico, no cabe duda que son gente educada. Lástima de exmarido, cómo será de lacra que ni las hijas quieren defenderlo. Ya sé que te preguntas la de cosas que no me habrán contado, pero voy a dejarte con la duda porque ya estuvo bueno de gastar tanta tinta en tan poco hombre. Espero que te baste con saber que lo tengo agarrado de donde ya sabes. Seré muy tonta, digo, pero no me dejo. Y eso lo saben todos, de Alma Laura a las hijas a la mujer aquella, y empezando por mi hijo, que no tiene la culpa de que su padre tenga frito el camote. Por eso tengo fe, vas a ver el sustazo que vamos a meterle a nuestro difuntito. Dos viudas furibundas y cuatro herederos ya es demasiada gente, no podemos dejar que esto siga creciendo. Así que es una lástima, pero ese camotito lo vamos a mochar, antes de que suceda otro accidente. Ya veremos si la pelada esta lo quiere igual cuando las propiedades se escrituren a nombre de sus hijos y le mire la cara de mantenido.

Lo de menos soy yo, me importa el niño. No quiero que de grande me eche en cara que alguna cosa le llegó a faltar, como no sea el papá (que aquí entre nos de poco nos servía), y cuando llegue la hora de darle un buen consejo, le diré: Nunca te cases con tu secretaria, a menos que la quieras con todo el corazón. Porque a la esposa se le puede mentir, y más si es buena gente así como Alma Laura, pero la secretaria lo sabe todo. A ésa no te le escapas ni cambiándote el nombre, aunque creas que nomás por ser humilde ya no te va a alcanzar. Al contrario, chiquito, la tropa no se cansa.

Y sí, me lo advertiste, pero no me arrepiento. Hoy soy una señora, tengo un hijo divino que ya va al kínder y una casa chiquita, por el momento. No me digas que es poco, para siete años. Mira, manita, ni para qué engañarnos, se me dan los malvados. Me atarantan, les creo, pienso que son personas y salen gusarapos, pero si un día me los pones juntos me temo que mi ex sería el menos peor, calculando todos los pros y contras. ¿Te imaginas si fuera madre soltera y estuviera solita con el pobrecito Ernie? Tengo amigas así, no creas que pocas. Yo sé lo que te digo, mana, mejor el mal marido que el novio irresponsable. Otras siguen solteras, y seguirán. ¿Tú crees que a estas alturas tengo por qué aguantar a un patrón pitoloco, a un novio pintacuernos, a un esposo sin pilas o siquiera a algún jefe de personal? No, señora, a mí lo único que me hace mucha falta es mi abogado, y como no soy Neto, ni Corina, ni nada parecido, me abstengo de llevármelo a la cama, y por supuesto que le hablo de usted. Qué esperanzas, hermana, tampoco por ahí me gustaría que el niño viera cosas que después no supiera yo explicar. ¿Cómo me ves, por fin? ¿Paso la prueba? No me lo digas, mana. O mejor dicho, no me digas que no. Y si de veras piensas que me saqué la espina, hazme un favor chiquito: no vayas a decirme que me lo advertiste. ¿Para qué, si aquí está por escrito? Firmado y a tu nombre, con todo mi cariño y mi gratitud.

Y a ver si ya me escribes, aunque sea. Cuéntame del cuñado y los sobrinos, perdón que hablara nada más de mis cosas, pero ya me quemaba el guardadito. Y un último favor: no vayas a contarle nada de esto a Brunilda, y menos a mamá, que está malita. Yo voy a hablar con ellas, en cuanto pueda (qué me duran, después de haberte escrito). Si te preguntan, no has hablado conmigo.

Un beso y un abrazo de tu hermana, la terca,
Judith

LXV. Naturaleza tuerta

Go against Nature, ilustra la canción, *is part of Nature too.* A Ana Bárbara le divierte decir que ella es la mejor prueba de que la gente cambia, pero no apostaría a que es verdad. Podría cambiar de look cinco veces al día, con tal de obedecer a su naturaleza. O de no traicionarla en el nombre de la naturaleza. ¿Qué mamadas son ésas de La Naturaleza? Cursilería insufrible, si le preguntan, como insufribles eran aquellos días de campo que padeció a lo largo del calvario infantil. Piedras, mosquitos, ramas, zanjas, troncos, bichos, lombrices, víboras, estiércol, lodo, espinas, ¿como por qué tenía el pobre de Alvarito que hacerle caso a La Naturaleza, con el trato de mierda que ella siempre le dio? Igual que con La Patria, La Familia, La Identidad o El Pueblo, acudimos al cuento de La Naturaleza para que nadie cambie sin nuestro permiso. Ahora que si se trata de esgrimir entelequias elegantes, ahí está la quimera de Lo Femenino. ¿Qué no ha sacrificado Barbie por rasguñarla? ¿Cuál de todos sus cambios, de pronto tan violentos y dizque diametrales, no ha tenido que ver con la persecución de ese estado de gracia no sabe si inasible o imposible? ¿Cambia la gente, acaso, de verdad? ¿Y no será Ana Bárbara la prueba viva de que nadie es más fuerte que su naturaleza?

—Míralo así, mi Barbie —se le anuda la lengua entre los dientes al Richardson—. Todos los grandes hombres pasaron por el bote, y conste que no dije que fuera yo un gran hombre, o sea no mames, nena, tengo veintitrés años, pero igual ya cumplí con ese requisito, *I'm qualified to join the Major Leagues!*

—Pues yo no estaré tan calificada, pero sin mí ni al bote habrías llegado, papi —ya se aburre Ana Bárbara de volver a soplarse la cantaleta del Mahatma del Baby'O. Le gustaría pararse a bailar sola, deben de ser las seis de la mañana y no se alcanza a ver un alma sobria, pero como bien dice el que invita la cuenta: no nos cabe otro pedo entre las tripas.

—Esta vieja, cabrón, es una pinche diosa, así como la ves —pesca Papi de un brazo al mesero y le arrebata su whisky en las rocas, mientras acaba de catequizarlo—. Si no fuera por ella, me habría quemado vivo la puta Inquisición. Juana de Arco se queda pendeja, ¿me entiendes?

—Ándale pues, cariño, cuéntale que Afrodita es mi sirvienta, pero antes que me traiga otro Margarita —si él grita, ella susurra. Con tantos drinks adentro tiende más al olvido de sí misma que a obedecer las leyes de la femineidad. Tampoco es que en sus cinco las observe, si para darle cuerpo y espíritu a Ana Bárbara tiene que ir por la vida promulgándolas.

Gregorio sabe poco sobre el tema del traslado de reos, pero entiende que entraña varias complicaciones infumables, como ésa de viajar esposado, encerrado y escoltado y tener que dormir en cualquier calabozo pestilente. Claro que estos asuntos no suelen arreglarse en los juzgados, sino en otras instancias menos indiscretas. Gente que puede hacer la diferencia entre arresto y asueto, si tu manejo llega a esos niveles (marca la uvé al decirlo, por si alguien ignoraba que sabe de lo que habla). En tal caso te extienden unos documentos que te libran de esposas y barrotes, aunque no del sobaco de los escoltas (cuenta este chiste enfrente de sus guardias, por si alguien se pregunta quién manda ahí). Noscierto, mijo, se excusa a media risa, palmadita en el hombro y al rato su propina, cuando llegue el relevo que le mandan de la oficina del Señor Gobernador, a ver si ya se apuran esos monos, tiene sueño, quedó de ir a esquiar a las doce, ya se cansó del puto Baby'O.

Del día del arresto para acá se ha pasado encerrado un par de meses. Lo dejaron salir por Navidad, luego por Año Nuevo. Teóricamente no podía dejar la ciudad, pero según su propio marco teórico todo Acapulco es parte de Mexico City, prueba de ello es que llama Insurgentes Sur-Sur a la Costera Miguel Alemán. No bien llegó a la playa, se colgó del teléfono hasta mover el centro de la Tierra (lo cuenta sacudiendo los antebrazos, como King Kong al mando del Empire State) y conseguir quedarse, oficialmente preso, en el noveno piso del hotel Princess. ¿O esperaba el esclavo del Ministerio Público que Gregorio Grajales fuera a dar con Espiridión y Gamaliel? No ha pagado un centavo, hasta el momento, y ello es razón de doble vanidad. Una porque refuerza la oferta extraoficial de traérselo a chambear de Pashá a Acapulquito, nada más quede oficialmente libre. La otra porque recalca su inocencia, si no para qué tanto compensarlo. No lejos del hotel hay unos terrenitos que eran zona arqueológica y los ofrecen a precio de ejido, si todo sale bien se hará de una casita a toda madre. Aunque puede que fuera mejor *deal* comprarse alguna mesa en el Baby'O. (¡Este pinche congal lo he comprado tres veces a puros cuentazos!, celebra cuando llegan el Márgara y el Chivas camineros en vasitos de plástico, por cuenta de la casa.)

No ha sido sin embargo la cárcel, ni Ana Bárbara, ni el linchamiento implícito de la noticia lo que hizo de Gregorio *otra persona*, sino acaso el magneto de su naturaleza, que ahora lo ha transformado en liberal. No es que ya no le gusten los privilegios, nada más lejos de su corazón, pero le toca hablar de sus derechos. Espiro y Gamaliel me secuestraron, subraya, resoplando de cívico estupor, soy víctima, quejoso, afectado, sacrificado, mártir, inocente, nada que ver con esos chimpancés, esto es una injusticia, ya nada más por eso no puedo permitirlo. Diez días amordazado, amarrado, insultado, escupido, satanizado, torturado mental y físicamente por una pandillita de extraviados furiosos, ¿cómo es que después de eso se atrevieron a meterlo a la cárcel? ¿Cuándo vio alguien que Gregorio Grajales Richardson ofreciera, comprara, vendiera, promoviera una estúpida pirámide? ¿Dónde está el dineral que según los periódicos se ganaron Gregorio y Lamberto con esa transa? ¿Qué pruebas tienen ellos (y la policía no) para hablar así? ¿No está claro que es todo una calumnia, un chantaje asqueroso en contra de él y su hermano Lamberto, a saber con qué oscuros intereses atrás? ¿Y no es tanta elocuencia muestra clara de que es *otra persona* la que hoy se va a la cama y aún le embarra a la almohada sus derechos?

—*Mister Greg Richardson?* —se luce pronunciando la telefonista—. *Long distance call from Mexico City.*

—*Yeah, baby, right on* —gruñe aún entre sueños el mal espabilado, tapa el auricular, execra en voz más baja—: Diez de la madrugada, no hay derecho, *cocksuckers…*

—¡Hijo! ¿Sigues dormido, corazón? —inquiere, cantarina, Felisa Richardson. No parece dispuesta a dejarlo volver al arrullo del whisky, tiene buenas noticias y no piensa callárselas.

Cuando sale del baño, envuelta en un corset muy poco acapulqueño, con veinte uñas pintadas de carmín y ni rastro de vello en las piernas, Ana Bárbara finge que no escucha, igual que hace unos meses pretendía jamás haber oído a nadie llamarla Ano Bárbaro. Y fingirá también llorar de la emoción, una vez que Gregorio cuelgue el auricular y le aclare que el Ministerio Público se desistió de las querellas en su contra. Sólo es cuestión de que Lamberto y él se presenten a firmar los papeles y aquí no pasó nada, Ladies & Gentlemen.

—¿Y ahora qué, Papi? ¿Ya me vas a botar para buscarte a tu Primera Dama? —le resopla en la oreja la encorsetada, diríase que presta a desencorsetarse sin mayores gestiones—. ¿Seguro que no quieres una de repuesto?

—¿Cómo la ves, mi Barbie? —chasca la lengua Papi (él sí que no la escucha, y como para qué), le guiña el ojo izquierdo, se pasea la punta de la lengua entre los dos colmillos superiores, mira hacia el ancho mar que se rinde a sus pies con todo y playa, se peina la melena con la mano y sentencia, como una pitonisa—: Vamos a ser los dueños de Acapulco.

LXVI. Mi carrera a la hoguera

Agosto de 1989

My dear Lilly,

Sé desde aquí que llevo todas las de perder. Que con cada renglón me hundiré un poco más. Que todo lo que diga será usado en mi contra. Como dicen mis tías, el pez por su boca muere. Esto es lo que me toca, no estoy siendo abnegada ni haciéndote un favor. Vamos, ni por ti lo hago. Quiero decir, querida, me importa la verdad. La mía, Lilí, sólo eso. Puedes pensar que soy la peor de las arpías, pero nunca dirás que soy mentirosa. No después de esta carta, para eso te la escribo.

De niña me enseñaron que a Dios no le hacen gracia las mentiras. Y a esa edad tú ya sabes, nadie puede evitarlo. Yo no sé si serías de las sinceras, que vergüenza pero a mí las mentiras me hacían doble cola en la garganta. Luego, en la secundaria, tienes otros secretos, nuevas vergüenzas, miedos chicos y grandes. ¿Qué vas a hacer, más que seguir mintiendo? Hasta que llega el día en que te preguntas, como decía Ana Bárbara, si el pecado es mentir… o tener que mentir. Yo, que cambié de amigos, de país y casi hasta de nombre para no avergonzarme de la que todo el mundo creía que era, sé lo que es congelarte del terror cada vez que el pasado se te asoma. Una le da la espalda, pero igual sigue ahí, como una sombra negra. ¿Sabes lo que es vivir disimulando, con la esperanza de que nadie vea esa sombra que es más grande que tú? Te cuento: es muy cansado. Te hartas. Te fastidias. Te enojas. Te rebelas. Porque de todos modos, y aunque mientas veinticuatro horas diarias, van a acabar pensando lo que se les antoje. Van a poner sus propias mentiras encima de las tuyas y seguro serán peores que la verdad. Súmale los efectos especiales y no va a haber engaño que te salve.

Tú me salvaste, claro. Me aceptaste en tu casa, me ayudaste a inscribirme en la GSU, me protegiste de tu querida hermana, te la jugaste por Lamberto y yo. Y yo mientras seguía de mentirosa, como quien dice esclava de mi sombra. Me daba tanto miedo hacer el oso que no veía el grizzly atrás de mí. Sólo que mis mentiras no eran armas letales ni estratégicas, sino herramientas de supervivencia. Me estaba defendiendo, Lilí. Aspirar a ser nuera de doña Felisa es como ir a un sepelio en monokini. O por lo menos ella te hace sentir así. «¿Cómo, me equivoqué de cabaret?» Tus mentiras no van a convencerla. Como en la ceremonia del colegio: pasas al frente, recitas el poema a la bandera y vuelves a la fila sin esperar que nadie te haya creído nada. El problema, tú sabes, era con Lamberto. Se había hecho un esclavo de sus mentiras. Con su mamá, conmigo, con él mismo.

Nadie me va a creer si digo que el dinero no me importa, pero no fue por eso que volví con él. Tampoco por amor, así que digas, aunque algo había de eso. Algo quedaba vivo, y parecía más vivo desde que nos citábamos a escondidas de la policía. Verlo en peligro, solo, prófugo y aun así detrás de mí, era creerme la estrella de la película. Muy tarde me di cuenta que eso significaba seguir actuando. Sentirme chinche siempre porque no logro ser la que no soy. Tú un día lo dijiste: «Mi hermana le instaló a todos los hijos una embajada suya en la conciencia». Y yo digo que es más bien virreinato, si no en Lamberto de seguro en Gregorio, y por supuesto que en los otros dos. Se lo dije una vez y lo aceptó. Se reía, con Rubén y conmigo. «Mi mamá es la embajada soviética en La Habana.» Muy felices de estar a salvo de ella, aunque no de Gregorio, que era un poco el papá a larga distancia. Con una diferencia, como también Rubén me dijo un día: nosotros dos éramos adoptados. Pero no esos que adoptas porque quieres, sino por compromiso. Hijos que te caen gordos, que te avergüenzan, que te desagradan, que ni tu sangre llevan, y que si por ti fuera los tendrías escondidos bajo tierra. ¿De qué otro modo iba a vernos Gregorio? Dos colados en el reparto de la herencia. Y yo peor que Rubén, si era la sabandija que vino de Satélite a saquearlos.

Lo soltó varias veces, en voz alta, sin importarle mucho mi opinión. Como si me quisiera restregar, anyway, que no puede ser peor que la suya de mí. Y bueno, que le basta la nariz para saber quién soy y cuánto cuesto. No tiene que mirarme, y hasta creo que tiene que no-mirarme. Ubicarme en el mismo ángulo muerto donde manda a las otras no-personas. Una ventaja mía, de repente. Si me preguntas qué es lo que más me gusta de Gregorio, no lo dudes: su espalda. Bien lejos, si se puede. Mi último interés en esta vida, y no exagero, es retener un segundo de más cerca de mí a ese moco mal sonado. Sería tanto como encariñarme con la tuberculosis, y todavía no empiezo a exagerar. Aunque sí exageré cuando opiné, delante de Rubén y el guardaespaldas, que Gregorio era el diablo. I mean, I didn't mean it! Son cosas que una dice para dar a entender que tiene miedo de alguien. Por Dios, Lilí, no lo estaba acusando, ni he creído jamás en esas tomaduras de pelo. Ya te lo dije, el pez por su boca muere. Y tu sobrino, sorry, es muy bocón. O si quieres, bocón como el demonio. Y ya, es una expresión como cualquiera. Que yo sepa, todavía no me acusan de bruja.

Pero metí la pata, y hasta el fondo. Me temo que por eso ya me gané la hoguera. Cuántas impertinentes no habrán muerto quemadas por mucho menos, pero digo, mujer, estamos a diez años del siglo XXI, ¿de dónde sale tanto endemoniado? Una no puede andar adivinando a qué santo le reza cada desconocido que cruza por su vida, y si por ahí de pura casualidad trae un pleito casado con el Anticristo. Empieza porque yo nunca en mi vida supe lo que era tener guardaespaldas y no sé qué decir o no delante de ellos. Se supone que están para cuidarte, no para averiguar si andas con el de arriba o el de abajo. Ya de por sí era de lo más incómodo tener al monigote pegado a toda hora. Tomando nota, ¿no? Pero antes de que siga con Espiridión, que yo veía como un hotentote obediente, permíteme contarte en qué acabó el romance que tú misma una vez viste crecer.

No voy a refrescarte lo que pasó en Atlanta, nada más te recuerdo que estabas de mi lado. Tú misma sugeriste que me fuera, si él seguía dejándose mangonear por tu hermana, y eso era cuatro meses antes de que acabara de desesperarme. ¿Sabes qué es lo más triste? Pensar que si no ha sido por doña Felisa, que tanto cooperó con sus obstáculos, habríamos terminado en unos mesecitos. Tú viste que era ella, ya no tanto nosotros, quien nos unía más. Y cuando al fin se le hizo separarnos, como que nos quedamos en suspenso.

Él quería la revancha contra su mamá, más que volver conmigo. ¿Yo? No sé qué quería, puede ser que lo mismo. Nos vimos pocas veces, aunque muy divertidas. De repente le brillaban los ojos con una intensidad que ya conocía yo. Pero no era la del amor enloquecido de los primeros días, aunque así lo pensé por comodidad. ¿Te has fijado en los ojos que pone tu sobrino mientras juega al Nintendo? Pues igual te ve si anda en algo chueco. Cuando estábamos solos en Mulegé, le miraba esos ojos y le decía aguas, eso que estás pensando no alcanza fianza. Y no estuviera cerca su amiguito Rubén, porque entonces le echaban tanto coco que les daban las seis de la mañana planeando robos espectaculares, que terminaban siempre en islas exóticas donde nadie jamás iba a encontrarnos. O sea en el infierno, que era donde ya estábamos, según decía Lamberto, en mi cara y a espaldas de su amigo. Me llegué a preguntar si no les haría falta robar algún banquito, aunque fuera de sangre, para sentirse a gusto con la vida.

¿Y a mí, maldita sea, para qué me querían? Así como ellos se la pasaban bomba planeando sus asaltos de fantasía, yo pasé varias noches haciendo planes bobos para escaparme de ese oasis del demonio, con tu perdón. ¿Y cómo, si no había para dónde, ni con qué, ni con quién? Yo creía que Lamberto estaba harto de mí y me aguantaba de puro celoso, pero andaba en la luna. Celos, para empezar, sentíamos todos, aunque nadie quería que alguno se largara. Antes de saber eso, yo estaba muy segura de que el par de niñotes no me necesitaba en absoluto. Una seguridad de lo más tonta, porque si de algo me acusaba Lamberto (en privado, te digo) era de querer irme y dejarlos botados.

«No te vayas, Luisita.» Lo decía cuando nos contentábamos, y ni modo que yo le respondiera «No te preocupes, novio, no tengo adónde ir». De Rubén no sabía qué pensar. Tenía cantidad de atenciones conmigo, o sea cortesías, como dejarme siempre el primer turno, pero ni cuando hablábamos volteaba a verme. Haz de cuenta que me tuviera miedo, pero igual fue más fácil suponer que le caía yo mal y se ponía de amable por quedar bien con su querido socio. ¿Sabes de qué «turno» hablo? Quería decir que era él quien preparaba el churro, o sea el «joint», you know, y yo la primerita en darle el golpe. Según dice, ya ves cómo es de opinionated, en las cárceles nunca falta la droga, y si llega a faltar se arma un motín. No creo que sea tan cierto, pero allá en Mulegé así funcionábamos. A cierta hora del día, cuando ya te pesaba la quietud panteonera, corría Rubén por su caja de galletas danesas, haciendo un ruido como de ambulancia. No íbamos a drogarnos, sino a medicarnos, según nosotros para desconectar las alarmas internas. Decían cantidad de tonterías, me hacían reír mucho, pero ni así Rubén se relajaba. Se fugaba, de pronto, contra las advertencias de Lamberto, y volvía no sé cuántas horas más tarde. ¿Sabes, Lilí? Yo le decía a Rubén que tiene un tercer ojo para hacer contacto con personajes turbios, pero creo que es un talento de los dos. Viven dentro de un casting de granujas y están enamorados de su papel. Se ilusionan pensando que un día de éstos sus vidas van a hacerse película.

Antes de proponerme que no te iba a inventar un cuento chino, me prometí a mí misma que me daría el gustazo de ahorrarme las mentiras, los baños de pureza y el qué-dirá-Lilí. No lo voy a saber, de cualquier forma, así que para qué pido disculpas que luego no tendría dónde recibir. Nadie me ha sonsacado, ni corrompido, ni obligado a hacer nada que a mí, Alma Luisa, no me diera la gana probar. Con una excepcioncita, pero igual no me quejo. Cierta vez, a la orilla de la alberca, Rubén se aprovechó de nuestra ingenuidad. Se había ido en la tarde, todo misterioso. Yo sí pensé que iba a buscar al dealer, por lo vacía que estaba la lata de galletas, pero nunca esperé que regresara con un gotero medio lleno de ácido. Tampoco habría esperado perdonarle tan fácil que nos lo confesara cuando ya eran historia las dos piñas coladas donde puso una gota de esa cosa divina.

Sorry que sea tan cínica, pero es que te equivocas si crees que lo que vino fue una orgía, un asalto o un crimen espantoso. Yo sé que tú no piensas como doña Felisa, aunque tampoco creo que tu campo de estudio sean las drogas. Es verdad que esa noche no metí ni las manos para irme así de arriba, pero fui tan feliz que al día siguiente le rogaba a Rubén que me diera otro poco de su mágico elíxir. Ahora que lo recuerdo no podría negar que nos dijimos cantidad de sandeces, como que éramos «árboles con la misma raíz» y nuestra encomienda era salvar al universo, pero también hablamos de nosotros. Del miedo que nos dábamos, de lo que cada quien pensaba de los otros, de lo solos que a veces nos sentíamos. Dirás que así no vale, pero yo nunca había llorado de alegría. Y eso que soy chillona, a poco no. Más lloré al día siguiente y ya estaba en mis cinco.

Conté todo, por eso tanta lágrima. La pura sensación de ya no tener nada que ocultar me elevaba del piso, como si la varita mágica del ácido me hubiera liberado de todas mis angustias, y más que nada de la necesidad de abrir la boca solamente con la armadura puesta. Su hermana y su mamá (no sé si tú, de paso) seguro opinarían que me perdí el respeto. Como mujer, no sé, como persona, y en realidad lo único que me perdí fue el miedo. Está bien, reconozco que me ha faltado un poco de vergüenza, pero no porque sea ya una desvergonzada, como dirían ellas, si me vieran en semejante estado. Lo que no siento ahora es la penita absurda que me daban las cosas que no podía cambiar, y entonces me guardaba como grandes pecados. Nunca pude sacarme de la cabeza que siempre que Lamberto se paraba en mi casa nos miraba con ojos de Felisa. El Kremlin en La Habana, ¿verdad? Sólo una vez, en cambio, llegué a poner un pie en la casa de ellos. Corrijo: la mansión.

Me acuerdo que veníamos de mi casita, la señora no estaba y las muchachas traían uniforme. Negro, además, como si hubiera fiesta. Con el delantal blanco resplandeciente, listas para salir en un comercial. Y yo me hacía la desentendida, o hasta la desdeñosa, para que no se viera que hacía bizcos para todos lados. Cómo sería la cosa que pasé por la orilla de la alberca como si fuera un monte de ladrillos, cuando en mi pobre choza ni jardín había. Qué burra, ¿no?, pero eso y más les dije en la noche del ácido, y un ratito más tarde ya estábamos los tres torcidos de la risa. Peor todavía Ruby, que según dice le pasó lo mismo, sólo que enfrente de doña Felisa. ¿Qué nos diste, Rubén?, le preguntaba yo a cada ratito, y él decía que El Suero de la Verdad. Era broma, al principio, hasta que alguien adentro de mí se lo creyó. Un angelito medio drogadicto que te empuja a hermanarte con el mundo entero y está dispuesto a hacerte confesar lo que sea, delante de quien sea, para hacerte creer que así te purificas.

Todavía no acabo de explicarme cómo no nos cayó la policía, después de tantas cartas que mandé. De repente me daba por arrinconarme, mientras ellos le entraban al Nintendo, y ahí me ponía a escribirle a mi hermanita. Lamberto nunca supo, Rubén me las echaba en el correo, ahora que ya los dos éramos amiguitos. Y yo sabía muy bien que Ana Ofelia hablaba a cada rato con mi prima Corina, que es como reportera de la página roja familiar. Sólo que en ese estado angelical yo lo miraba todo tan bonito que poco me faltó para escribirle también a mi prima. Rubén, por suerte, no perdió tanto el piso. Fue idea suya sobornar al empleado del correo para que el sello no pudiera leerse.

¿Qué le conté a Ana Ofelia? Mi vida, por ejemplo. Lo que me iba pasando en esos días, desde que entramos en el peace and love. El tema de Gregorio y el dinero se había esfumado de la conversación, junto con todo lo chueco del mundo. ¿Qué bonito, verdad? Estúpida de mí, todas esas monadas fraternales nunca duraban más que el efecto del ácido. Después cayó Ana Bárbara. I mean, she killed the mood! Rubén ya nos había contado de ella, o de él. Le tenía entre tirria, coraje y terror, desde que estuvo cerca de caer en sus redes. Te lo contó ella misma,

¿no?, cuando se hizo tu amiga y tuviste la idea de mandárnosla. Yo me decía: Alma Luisa, no vas a ventilar tus pensamientos delante de esta jota advenediza, que además cada día se le arrimaba un poco más a Ruby. No digo que lo fuera a seducir, intentaba nomás congraciarse con él, pero es que a mí me daba hasta jaqueca. Curiosamente, me importaba un cuerno que bailara «La isla bonita» con Lamberto, a la orilla de la alberca. Eso era divertido, yo hasta les aplaudía, pero verla cantando con Rubén, ya otra vez amiguitos, me daba como náuseas. Y el repertorio, pues. Iban de Nina Hagen a Ana Gabriel como yo de mi casa a la de Lamberto. Puro filmar la pose, o sea. ¿Iba a meterme el suero de la verdad, y arriesgarme a acabar por confesarles que me moría de celos, con un demonio?

No estoy siendo sarcástica, se me sale y no quiero corregirlo. Diablos, cuernos, infiernos, los usamos a diario, Lilí. Mandas a cantidad de gente para allá, sin que nadie se vaya por tu culpa. Rubén ya nos había contado del tal Espiridión. Unas historias de lo más truculento, parece que eran varios y lo traían frito. O sea amenazado. Después murieron dos, cuándo iba yo a pensar que se iba a aparecer el tercero en la casa de Mulegé, y que ese horror iba a tranquilizarme. Rubén planta carita de convicto cuando se clava hablando de sus aventuras. Y «Alvarito» encantado: público palero. Había una lucha callada entre el travesti y yo por llamar la atención de Rubén y Lamberto. O bueno, de Rubén. No sé si gané yo, por mis encantos, o si fue idea tuya que se fuera Ana Bárbara a esperar a Gregorio en Loreto, pero en esos tres días yo decidí dos cosas. Una, que me tenía que largar de ahí. Dos, que no pensaba irme sin Rubén.

Perdón, pero fue así. En la segunda noche, Lamberto se quedó dormido en un camastro, al lado de la alberca. Nos metimos el ácido sin él, con el pretexto de no despertarlo. Esto no va a gustarte, pero es que la mejor razón para juntarnos era hacer equipito contra Gregorio. No había que adivinar para saber qué tanto nos odiaba, ni para suponer que nos iba a voltear a su hermano. Estábamos solitos en el agua cuando nos pegó el suero de la verdad. De repente ya hablábamos de cambiar estrategia. ¿Qué tal si en vez de unirnos contra él tratábamos de unirlo a la fraternidad? ¿Era muy complicado darle su gota de ácido al briago de Gregorio?

Se me quedó mirando, como si no me oyera. Volteó a mirar las plantas de los pies de Lamberto, que era todo lo suyo que se alcanzaba a ver. Yo hice la misma cosa y cuando me di cuenta ya lo tenía abrazándome. Está bien, empecemos por unirnos nosotros. Eso me dijo y eso esperaba yo. Me sentía en las nubes y andaba más arriba todavía. Me le rendí: «No puedo más, Rubén», y nos dimos el beso más largo de mi vida. No sé, puede que fuera un momentito pero yo lo recuerdo como una eternidad. Nada que me disculpe, aunque tampoco me ves de rodillas. ¿Crees que yo no sabía que el chiste de los ácidos era acercarse a mí? Mala estrategia, ¿no?, cuando el dinero lo tenía Gregorio.

Mucho miedo, más bien. Y muy justificado, porque apenas llegó, dizque muy amiguito de Ana Bárbara, El Satánico Doble de Luis Miguel pintó la raya entre ellos y nosotros. Como si ya supiera que traíamos algo (que es lo que él más quería, but of course), aunque siempre me había tratado así. Con Rubén fue un poquito amigable, al principio. Conmigo se pasó, creo que como nunca, pero yo qué me gano con echártelo en cara, si de todas maneras no lo quieres saber. Cuando se apareció el Espiridión, Rubén y yo ya estábamos por escaparnos, no tanto por amor sino del puro miedo. Con eso de que «el Richardson» te cantaba a toda hora influencias y palancas, nos sentíamos presos y sentenciados.

Lo demás ya lo sabes. Gregorio nos quitó al Espiridión y tras eso llegaron los endemoniados. A la mujer, Matilde, le tomó un par de horas echar a andar a su traidor marido. Fue él, no yo, quien los hizo creerse que el diablo era Gregorio. Una vieja rarísima, con cara de brujita y mirada perdida, llena de tics, manías y supersticiones. Llegó con un taxista que hablaba todo el día del Espíritu Santo y un cojo medio amigo de Espiridión. «Mi Monster», le decía, si no estaban los otros.

Cierto que alucinaban diablos por todas partes, aunque algo había de teatro. Sabían lo que hacían. El gangoso llevaba su buen tiempo rastreando a la familia de Lamberto. Le seguía los pasos a doña Felisa, lo mismo que a Gregorio y hasta a ese Hermilo Flores al que tu hermana había contratado para que vigilara a tus sobrinos. Y por supuesto que siguió a tu Ana Bárbara, le dio sus cachetadas y le sacó los datos de Mulegé. Además de los tuyos, allá en Knoxville. ¿Tengo la culpa yo de que confíes a ciegas en el primer travesti que se te para enfrente? ¿Qué clase de exorcista le pega a una vestida y la recluta para sus santos fines? Como quien dice, todo lo que dijéramos delante de Ana Bárbara le llegaba al Espiro en dos patadas, incluyendo todo sobre Gregorio.

A Rubén y a mí no nos amarraron, pero eso no nos hace secuestradores. Les llevé la comida algunas veces porque yo era la criada de esos dementes. Nadie podía salir, y encima de eso nos tenían rezando como degenerados. ¿Iba yo a preferir que me llamaran hermana Alma Luisa, o que me exorcizaran con cigarros prendidos en el pecho, como hicieron después con Gregorio y Ana Bárbara? Yo no tenía el dinero, iban tras tu sobrino consentido porque él puso las cuentas a su nombre y porque tienen todas las pruebas en su contra. El Espiro nunca vino a cuidarnos, era puro chantaje y Rubén lo sabía, aunque nunca esperó que lo quisieran todo. Menos que se atrevieran a ir a buscarte a Knoxville.

Y aquí es donde llegamos, tía Lilí, a otra de las ventajas de haber sido La Hermana Alma Luisa, cuando según fuiste tú de chismosa me había vuelto yo secuestradora. ¿Y sabes qué me dio por secuestrar? <u>Surprise, my dear!</u> Un paquete de copias con estados de cuenta, reservaciones y boletos de avión. ¿Te suena, tía Lilí, cuatro días y tres noches en Los Cabos? Supongo que estará en tu pasaporte. No te mando las fotos porque sería imprudente, pero saliste guapa de la mano del niño. Porque eso sí, Elidé, parece que lo llevas al colegio. Y así lo tratas, claro. Y es que yo me sospecho que Gregorio no supo de tus planes. Pensabas engañarlo como escuincle, ¿verdad, zorra ambiciosa? Y es lo que habría pasado, si no ha sido por los cazafantasmas. Esos que según tú te aplicaron tormentos inimaginables y no dijiste nada porque estabas amenazada de muerte. ¿Por mí, tal vez? ¿Por Rubén, puede ser? ¿No será que para eso te enseñaron las copias y las fotos, picarona?

Rubén le sonsacó otro juego a Gamaliel, no quise preguntarle a cambio de qué. Nada más de echar ojo en esa carpeta supimos que les ibas a dar hasta el último penny que pensabas robarte. ¿Qué hacíamos ya ahí, además de estar presos? Matilde y el taxista se fueron tras de ti, quedaban solamente Gamaliel y el Espiro. Tenían a Rubén leyéndoles la Biblia y a mí haciendo cafés. Y ahí fue donde perdieron. En menos de una hora ya andaban rebotando con las tres gotas de ácido que se tomó cada uno en el café. Estaban hechos bola en los camastros, llore y llore los dos. Como diría Matilde, tenían a Jesucristo regañándolos. Salimos como Pedro por su casa, conseguimos un taxi y desaparecimos del radar, que no es más que una forma de decir que nos fuimos por donde no te importa hacia donde también te vale madres. ¿Sabes qué sí me asusta de ti? Sorry, si me equivoco, pero pensabas irte sin tus gatos, no sólo sin Gregorio. ¿Quién nos iba a decir que tía Lilí, la liberal, la culta, la siempre buena onda, fuera la ficha a la que aquí le escribo?

Relájate, my dear. Yo tampoco quisiera que estas cosas tan feas llegaran a saberse. Si somos lo que somos, nadie va a ganar nada ventilándolo. Y ya que nos quitaron el dinero, me enteré que Gregorio te dio unos cuantos cheques de viajero, según parece a cuenta del alquiler. El asunto, Lilí, es que esa casa no era «de un profesor», sino que la rentaste por unos pocos pesos, con la ayuda de cierto vicerrector. ¿Te suena un tal Bruce Hamilton, que también es tu amante?

Según mis cuentas, darling, te sobraron treinta y cuatro mil dólares. Te pido que los tengas a la mano, y que si sales los traigas contigo. It's not your money, Lilly, consuélate con eso. Tú estás del otro lado, como quien dice lejos del bien y el mal. Con tus gatos, tus hombres y tu buen puesto de señora profesora. Y si quieres seguirte merendando a Gregorio, ahora que lo libraron de los cargos y es otra vez el higadito que era, te dejo una tarea: pregúntale a Ana Bárbara qué es lo que más le gusta a Greg en una chica. Te vas a sorprender de lo que sabe. Mientras tanto, ¿sería mucho pedir que no vuelvas a dar declaraciones a los periodistas, ni a decir más mentiras de todos los tormentos que nadie te ha aplicado, you wise gal?

Perdona que te adjunte las copias de boletos y estados de cuenta, pero Rubén opina que era el único modo de asegurarnos de que leyeras mi carta completa. Como te lo ofrecí, es la pura verdad, y si eran competencias ya lo ves: tú ganaste la carrera a la hoguera. Junto a ti, Lilly Darling, soy una principiante. Y la prueba es que mira, saliste ilesa de un viaje al infierno. Sorry, baby, por perderte el respeto, pero comprenderás que tu opinión ahora se me resbale. Si Gregorio, que se siente influyente (y te aviso, le comentó a Lamberto, yo supongo que en broma, que tienes el trasero algo caído), aprendió ya a callarse el hociquito, tú serás por lo menos una vez más prudente por cada año de todos los que le llevas. Como decía mi abue, nadie sabe, nadie supo, lo que no cabe no cupo.

Por mi parte, la oferta es mirar para adelante. Mientras no te me cruces, Elidé, no habrá necesidad de pasarte las ruedas por encima. Créeme que mi intención será siempre esquivarte, pero ya ves que luego pasan cosas. No es una el diablo, pero Dios tampoco. Mientras tanto, te encargo ese dinero. Es la última verdad que nos estorba, luego de aquí borrón y cuenta nueva. Un beso y no hard feelings.

Atentamente,
Liza

LXVII. Mil años de perdón

Su más grande ventaja es también su más grande maldición: el dinero provoca que las cosas sucedan. Cosas que uno soñó toda la vida o nomás una vez, de puro ocioso. Sucesos que pensaba poco o nada probables y apenas le cabían en la imaginación. Ocurrencias idiotas, incluso aquellas raras que nos juramos que jamás haríamos y serían impensables si no, ay, las hubiéramos pensado. El dinero no hará que lluevan ranas ni que el ciego recobre la vista, pero de sus milagros hay aún más evidencias que ranas en la historia del planeta. ¿No es acaso el dinero —su escasez, su abundancia, su huella caprichosa— la prueba irrefutable de que la gente cambia?

Nunca acabó Matilde González Garduño de imaginar a Espiridión Santacruz Rebollar totalmente cambiado, y en realidad ni siquiera un poquito, pero es verdad que supo valorarlo a tiempo. Es un buen policía, pero un mal ladrón. Valga la redundancia, puesto que al buen ladrón, por la fineza misma de su oficio, se le llama siempre de otra manera. Hermano. Compañero. Eminencia. Maestro. Santidad. ¿Y no desde la cruz el buen ladrón es aquel que se sale con la suya y se cuela a la Gloria sin boleto? De más está decir que el amor, la amistad o siquiera la mera simpatía entre buenos y malos ladrones deben ser evitados como la lepra. Cabrá la sociedad, ojalá temporal y por favor discreta, no así los lazos comprometedores. Y el Espiro se ha vuelto inconveniente, desde que está otra vez en la cárcel y de seguro hace cuentas ociosas para cuando sea rico. Lo sabe, lo conoce, a ella no va a engañarla, aunque ya nunca más vaya a volver a verlo. Pobre de Gamaliel, se pasará los días aguantándolo. Jesucristo lo perdone y lo reciba al lado de los justos, cuando acabe de pagar por sus culpas. Lo repite menos como argumento que a modo de conjuro, apurando las sílabas rumbo a un tema distinto, cual si el mensaje fuese *enpazdescanse.* ¿Ella mirar atrás? Con el perdón de Dios, ni para verlo a Él.

Desde que se dedica a la floricultura, Estanislao Roa no contesta el teléfono. Sus ayudantes en la florería y su esposa en la casa lo hacen siempre por él. Ya soy otra persona, mi estimado Rubén, soltó una risa a medias esquinada cuando lo vio llegar, tras mucho perseguirlo. ¿Y no sería que *esa otra persona* podría interesarse en comprar un local más atractivo, donde cupieran más flores y clientes? Una chamba sencilla, limpiecita, nada de lo que luego se fuera a arrepentir. Trabajo estrictamente policiaco, y si algo salía mal no habría siquiera parte acusadora. Lo haría yo sin broncas, mi Capi, besó la cruz Rubén, pero esta gente ya sabe quién soy y no van a caer ni vendándoles los ojos. Puesto en otras palabras, justo porque era otro Estanislao Roa no podía dejar ir la oportunidad de ser *aún más otro,* con una buena feria que de ello diera fe.

Sus antiguos amigos lo llamaban Leo. Luego vino el alcohol, la mala vida, el castigo y el arrepentimiento, y así nació el hermano Leopoldo. Hoy que dejó a sus hijos y a su esposa por la mujer más buena que conoce, así como el empleo de taxista del que tan orgulloso llegó a sentirse, Leopoldo Salvador Benítez Cano firma el registro de cada habitación con el nombre y la rúbrica de un tal Leoncio Cano, cuya licencia de automovilista descansa en la guantera del Ford Thunderbird nuevo que los hace pasar por gente de provecho. Y no es que no lo sean, le ha explicado a Matilde veinte veces, sino que tiene-siempre-que-saltar-a-la-vista. ¿O a poco ella se cree que él anda muy a gusto así de perfumado? Preferiría gastarse en otra cosa el dinero de los trajes de seda, pero esos lujos dan impunidad. Con esta pinta entras a todas partes y ni quién te moleste. ¿Ah, sí? ¿Y por qué tanto miedo, entonces? ¿No podrían ir pensando en comprarse una casa, un departamentito, aunque fuera en el cerro o en algún pueblo feo, en lugar de tener al coche como casa y mudar de motel cada tercer día?

Vistas sus dotes como dibujante, más de una vez consideró Rubén la idea de enseñarse a hacer dinero en casa. O es quizá su prurito por el perfeccionismo la virtud que lo lleva a pensarse buen falsificador. Nunca hasta hace unos días había visto una orden de aprehensión y estas dos le han quedado mejor que originales. Lo dice Estanislao, que ha visto tantas pasar por sus manos y éstas querría enmarcarlas, de tan chulas. ¿Y qué dice Rubén del uniforme, la charola, el walkie-talkie, el cuetito SIG-Sauer que se fue a conseguir? Cierto, lo más difícil fue encontrarlos a ellos, aunque tampoco es para presumir que son la pinche banda de Ríos Galeana. Como decía Rubén, un par de papanatas. No es que lo hayan planeado, ni que vayan a hacer milagros con la lana. Están ahí esperando sin saberlo a que venga el demonio a desplumarlos, y ese cabrón no tiene la fama de impuntual (menos el Capitán, que en cosa de unos días dio con los dos ladrones que se pensaban buenos por obra y gracia de Cristo Jesús). ¿No se habrá imaginado el hermanito Leo la cantidad de datos suculentos que Marina, la esposa abandonada, estaría encantada de desembuchar? ¿Y Matilde mamá, cansada de ser nana, qué no le enseñó al Capi, empezando por la factura del Thunderbird? ¿Cómo se les ocurre a esos ataramtados andar dizque de incógnitos en un carrote rojo, deportivo y del año?

Miércoles por la noche, motel Mirador: habrá unas diez cocheras ocupadas. Pancho Hernández Arrieta no tiene inconveniente en llevarse una leve comisión por hacer compañía al Capitán, mientras lo deje usar pasamontañas. Eso intimida, dice, y Roa Tavares no está en desacuerdo. Un Rambo nunca sobra, opina por su parte Rubén Ávila, a la hora de cubrirse la cabeza y sumirse cada uno en su lugar, como lo haría cualquier señorita discreta, y de paso se dice que ese pinche Panchito tiene cara de acólito, más que de policía. Pero bien dice el Capi, se trabaja con lo que hay.

—¿Ya no te acuerdas, mi estimado Rubén, de ese problema lógico que ponían en la escuela, donde tenías que hacer cruzar el río a un lobo, una oveja y un paquete de paja, sobre una lancha donde no cabían todos? —Estanislao Roa ya ha pagado la cuota y la propina, suben los tres al cuarto contiguo a la guarida—. Pues así es como vamos a hacerle hoy. Tú te escondes un rato en mi coche, Pancho y yo vamos juntos a arrestarlos, nos traemos a los dos para acá y tú te lanzas a registrar su cuarto.

—¿Y si no encuentro nada, qué? —se rasca la cabeza Rubén Ávila, como ya conjurando el sonsonete que desde hace unas horas trae otra vez pegado. *Some guys have all the luck...*— ¿Nos llevamos el coche?

No se aprende a robar a la primera. Puede que haya «suerte de principiante», como llaman los cándidos al *hook* del dos de bastos y el as de oros, pero esos triunfos bobos y adictivos no hacen sino precipitar la hora perenne de los chingadazos. Y así como el granuja encontrará un calvario en el camino recto, los senderos torcidos reservan penitencias indecibles para los hasta ayer morigerados. ¿Y quién, sino el demonio del dinero, ha hecho caer a Matilde y Leopoldo en una situación que era inimaginable en la pobreza? Y hacia allá van de vuelta, no bien Rubén los oye pasar de un cuarto al otro, de seguro esposados, entra a buscar y advierte cierto fulgor modesto dentro de una pantufla. «El próximo paso es volar», escupe de memoria y se apodera de las llaves del Thunderbird. Puede sentir las alas en la espalda, es Sting y Sean Penn y Richard Gere y Bill Rizer y cruza el Rubicón sin salpicar siquiera su plumaje, sólo eso le faltaba a estas alturas. Baja los escalones de dos en dos, le da la vuelta al coche, abre apenas un poco de cajuela y ya estalla la alarma, puta madre. Da dos pasos atrás, prende la luz, examina la lámina a la carrera. Una de las tres llaves, la del filo redondo, la desconectaría, si pudiera encontrar el agujero. Por un instante trémulo, se le ocurre a Rubén salir corriendo hacia la carretera, pero igual se responde que no tiene hacia dónde y ya ve aparecer a Estanislao.

Honk-honk-honk-honk-honk-honk, parece el fin del mundo hasta que el Capitán le arrebata las llaves a Rubén y encaja la redonda en la hendidura al lado de la calavera. Un silencio, por cierto, harto imperfecto, si del cuarto de al lado brotan los gritos de Matilde y Leopoldo. Cabrones, asaltantes, hijos de la chingada, se desgañitan juntos los otrora piadosos. No están intimidados, y al contrario. Lo que sí están es locos y mal amordazados, ya se huelen que aquí no hay policías y ellos son otros dos malos ladrones. Tal como había supuesto Roa Tavares, los inocentes traían la cajuela de caja fuerte. Pesos, dólares, cheques de viajero, apretujados entre ropa vieja. Ruge el motor del Thunderbird, por delante del Chevrolet Impala que asimismo abandona la cochera. Tendría Pancho que salir agachado y en vez de eso saluda con la mano al de la puerta. El empleado los mira alternativamente, deja ir una risilla que los inquieta y calma a un mismo tiempo. Si lo hubieran planeado, no les sale mejor, se ríe a la distancia el Capitán.

Tiene razón Rubén: lo que sigue es volar. Y él no sabe hacer eso, ni cree que baste un Thunderbird robado para darle la vuelta a la fortuna. Habrá que abandonarlo, venderlo, deshuesarlo, ya sabrá el Capitán qué hacen con él. Por ahora, acelera al entrar en cada curva y goza del efecto aerodinámico que hace al carro pegarse al pavimento. «Voy a cambiar», ha dicho tantas veces como el vicioso que jura ser otro. «Voy a cambiar de coche, eso sí», se burla, se consuela, se adorna, se defiende, se excusa cual si hablara frente a su familia. Pero es verdad, no quiere ser el mismo. No desde que Alma Luisa lo cree de verdad otro. No con toda esta lana, que para varios cambios alcanzará. Luego piensa en Lamberto: pobre Roxy, tendría que mandarle una lanita, si es que de veras va a cambiar en algo. De esas ideas bobas y fugaces que le vienen a uno a media huida, ráfagas de propósitos bonitos que se diluirán pronto, como el fervor fugaz del afligido y la mala conciencia de la sabandija. Nada que aún recuerde cuando vuelva al espejo, enderece la espalda, tuerza la boca y aúlle, igual que el primer día y ojalá que hasta el último:

—*Ruby can't fail!*

Tetelpan, San Ángel, verano de 2016

ATENTO RECORDATORIO

Los hechos, personajes y situaciones aquí narrados son fruto del trabajo literario. Cualquier semejanza con la realidad es, por su parte, fruto del azar.

Índice

Los años sabandijas de Xavier Velasco
se terminó de imprimir en noviembre de 2022
en los talleres de
Impresora Tauro, S.A. de C.V.
Av. Año de Juárez 343, col. Granjas San Antonio,
Ciudad de México